IM JAHR DER FINSTERNIS

Dieses Buch ist ein Roman. Handlungen und Personen sind frei erfunden. Ähnlichkeiten mit lebenden oder toten Personen sind nicht gewollt und rein zufällig.

I. L. CALLIS

IM JAHR DER FINSTERNIS

THRILLER

emons:

Lust auf mehr? Laden Sie sich die »LChoice«-App runter, scannen Sie den QR-Code und bestellen Sie weitere Bücher direkt in Ihrer Buchhandlung.

Bibliografische Information der Deutschen Nationalbibliothek
Die Deutsche Nationalbibliothek verzeichnet diese Publikation in der Deutschen Nationalbibliografie; detaillierte bibliografische Daten sind im Internet über http://dnb.d-nb.de abrufbar.

MIX
Papier aus verantwortungsvollen Quellen
FSC® C083411

Umschlagmotiv: shutterstock.com/monaliza0024
Umschlaggestaltung: Nina Schäfer
Gestaltung Innenteil: César Satz & Grafik GmbH, Köln
Lektorat: Carlos Westerkamp
Druck und Bindung: CPI – Clausen & Bosse, Leck
Printed in Germany 2019
ISBN 978-3-7408-0582-1
Thriller
Originalausgabe

Dieser Roman wurde vermittelt durch die
AVA international GmbH, Autoren- und Verlagsagentur.

Für meinen Vater

Le courage, c'est de chercher la vérité et de la dire.
Jean Jaurès

In the nightmare of the dark
All the dogs of Europe bark,
And the living nations wait,
Each sequestered in its hate.

Intellectual disgrace
Stares from every human face,
And the seas of pity lie
Locked and frozen in each eye.
W. H. Auden, »In Memory of W. B. Yeats«

Mögest du in interessanten Zeiten leben!
Chinesischer Fluch

And if all others accepted the lie which the Party imposed –
if all records told the same tale –
then the lie passed into history and became truth.
George Orwell, »1984«

PROLOG

Angola, 1975

Das Feuer begann sich zu regen, es zuckte und züngelte. Wie Irrlichter schwebten kleine Flammen über dem Kohlenbett. Funken wirbelten empor und hingen sekundenlang als glühender Schleier in der Luft, ehe sie vergingen.

Ein Soldat hockte vor der Glut, die in einem Ring aus Steinen auf dem festgestampften Lehmboden der Hütte schwelte, und wedelte mit einem Fächer über die glühenden Kohlen, um die Hitze weiter zu entfachen. Der Rücken seines Uniformhemdes hatte dunkle Flecke.

Rote Lichter huschten über die Gesichter der drei Offiziere und der jungen Frau im Tropenhemd, die hinter ihm standen und sein Tun beobachteten. Einer der Uniformierten, kleiner und zarter als die anderen Männer, rauchte. Immer wenn er einen tiefen Zug nahm, leuchtete die Spitze seiner Zigarette auf und zeigte sein von scharfen Falten gezeichnetes Gesicht, das, dreieckig und mit ausdruckslosen Augen und Strichmund, unangenehm an ein Reptil erinnerte. Eine feine Narbe schlängelte sich über seine Kehle und verschwand hinter seinem linken Ohr.

Gedankenverloren zupfte sich der zweite Offizier am Ohrläppchen. Der Feuerschein färbte seinen glatt rasierten Schädel rot, tanzte auf dem Metall seiner Kalaschnikow und spiegelte sich in den Brillengläsern des dritten Militärs, der, die Hände auf dem Rücken, ein wenig abseits stand. Die Frau hielt sich die Hand vor den Mund, während sie immer wieder gegen einen würgenden Husten ankämpfte. Rauch und der Geruch nach Schweiß und Angst erfüllten die Hütte.

Die Bewegungen des Soldaten wurden schneller, der Rhythmus des Fächers steigerte sich zu einem wirbelnden Tanz. Das Feuer loderte und beleuchtete die beiden nackten Männer, die, die dunkle Haut mit Blut und Staub verkrustet und die Gesichter verschwollen, mit auf dem Rücken gefesselten Händen in einer Ecke knieten.

Endlich hob der Soldat am Feuer den Kopf, wandte sich um und schaute die anderen Uniformierten fragend an. Der Raucher nahm noch einen letzten Zug, dann trat er vor und warf seine Zigarette auf die knisternde Glut. Er öffnete eine Schnalle neben dem Pistolenholster an seinem Gürtel, löste mit wenigen Griffen das Bajonett aus der Halterung und klappte es auf. Dann beugte er sich vor und reichte es seinem Untergebenen.

Vorsichtig, um sich nicht zu verletzen, nahm der Soldat die Stichwaffe entgegen, pflanzte sie auf einen rauchgeschwärzten Holzstock und stieß die Klinge zwischen die glühenden Kohlestücke, wobei die Sicherheit seiner Handbewegungen seine Routine erahnen ließ. Die beiden Gefangenen in der Ecke verfolgten jede Tätigkeit mit weit aufgerissenen Augen.

Der Offizier fuhr mit dem Zeigefinger gedankenverloren die Narbe an seinem Hals entlang, dann zog er eine zerdrückte Packung Gitanes aus der Tasche. Während er eine Zigarette halb aus der Schachtel klopfte und sie der Frau anbot, streifte sein Blick flüchtig die gefesselten Männer.

»Zigarette?«, fragte er freundlich.

Die Frau im Tropenhemd schüttelte den Kopf. Ihr Gesicht war blass, ihre braunen Locken klebten feucht an ihren Schläfen. Sie atmete schwer. Schwarze Flecke breiteten sich auf dem Stoff unter ihren Achseln aus.

»Nehmen Sie nur, das dauert immer.« Die Stimme des Offiziers klang leise, sanft, verständnisvoll. Es war unangenehm, aber nicht zu ändern.

»Nein, danke.« Die Frau schaute zum Eingang hinüber.

Von draußen war Pferdegetrappel und Kriegsgeschrei zu hören. *Reitermilizen.* Schüsse peitschten durch die Luft, und die Frau begriff, dass sie die Hütte nicht verlassen konnte, ohne ihr Leben zu riskieren.

Der Offizier hatte sie nicht aus den Augen gelassen. Sein Finger fuhr über die Narbe, sein Blick glitt von ihrem angespannten Gesicht nach unten, blieb an ihrer Brust hängen, wanderte weiter. Sie bemerkte seine Aufmerksamkeit, trat einen Schritt zurück in Richtung Tür. Seine Mundwinkel zuckten, als hätte er ihre Fluchtgedanken gelesen und als wüsste er zugleich, dass es für sie kein Entrinnen gab. Nachdenklich knetete er die Zigarettenpackung zwischen Daumen und Zeigefinger, sodass das Zellophan wie das Feuer knisterte. Auf einmal wandte er sich abrupt von der Frau ab und dem Glatzkopf zu.

»Merde alors, Bébert«, zischte er. »Setz deinen verfaulten Kadaver in Bewegung. Wir ersticken hier noch.«

»Sofort, mon capitaine.« Der Mann hastete zum Eingang und stieß die Tür auf. Draußen herrschte gleißendes Tageslicht, aber die Sonne drang kaum in die Hütte vor. Die Pferdehufe hatten den Staub aufgewirbelt, und nur der Wüstenwind fegte Lehmkrümel herein. In der Ferne verklang das Donnern von Hufen und Kriegsgeheul.

»So.« Der Soldat nahm den Holzstock aus dem Feuer und schwang ihn durch die Luft, sodass die weiß glühende Bajonettspitze einen Kometenschweif durch die Nacht in der Hütte zog. »Fertig.«

Der Offizier mit der Brille drehte sich um, ging an der Frau vorbei zur Tür und blieb mit dem Rücken zu den anderen stehen. Die Spitzen seiner Schnürstiefel berührten fast die Schwelle. Er verschränkte die Finger im Kreuz, legte den Kopf in den Nacken und starrte in die sich langsam auflösenden Staubwolken hinaus.

Der Blick des Soldaten wanderte zu dem jüngeren der beiden Gefangenen, der verzweifelt den Kopf schüttelte.

»Nein! Nicht ich ... pas moi ... ich weiß nichts! Gar nichts!« Er wand sich in seinen Fesseln. »Rien, rien!«

Der andere Gefangene wirkte jetzt ganz in sich gekehrt. Er schien weder seinen Schicksalsgenossen noch seine Peiniger wahrzunehmen. Nur das Zucken eines Muskels auf seiner Wange verriet seine innere Anspannung.

Der Soldat stand auf, trat vor und tippte mit der Bajonettspitze auf die Schulter des Jüngeren. Es zischte. Der Gefangene kreischte los, und Rauch stieg von seiner Schulter auf. Der Folterknecht hob die Lanze, stieß die Klinge zwischen die Rippen und zog sie blitzschnell wieder heraus. Der Mann riss die Augen auf, schnappte nach Atem und fing an zu schreien. Nun war die Luft erfüllt von Rauch und dem Gestank nach verbranntem Fleisch.

Die Frau gab ein würgendes Geräusch von sich.

»Aufhören, auf...« Die Stimme des Gemarterten überschlug sich. *»Nein!«*

Der Soldat holte aus und stach wieder zu. Diesmal traf er die Mitte seines Opfers, und der Unglückliche schrie und schrie und schrie. Sein Folterer wartete ein paar Augenblicke, ehe er die Waffe aus dem Fleisch zog. Nun war die Klinge nicht mehr weiß, sondern orange. Der Gefangene riss den Kopf in den Nacken, das Weiß seiner Augäpfel leuchtete im Feuerschein auf, dann sackte er zusammen und fiel auf die Seite. Schaum stand vor seinem Mund, und wilde Zuckungen liefen durch seinen Körper. Aber er schrie nicht mehr, sondern stöhnte nur noch.

Der zweite Gefangene hatte die Augen geschlossen, bewegte die Lippen wie im Gebet, wiegte sich vor und zurück. Er schenkte den Anwesenden keine Beachtung, zeigte nicht die leiseste Regung von Angst vor dem Kommenden.

Der Folterknecht unterzog sein Instrument, dessen erkaltende Klinge sich langsam dunkelrot färbte, einer kritischen Musterung. »Hm ...«

»Na los, worauf wartest du?« Die Stimme des schmächtigen Offiziers klang ungehalten. »Glaubst du, ich hab den ganzen Tag Zeit?«

Wieder fasste er die Frau ins Auge, diesmal schärfer.

Sie wirkte wie versteinert. Nur die Hand, mit der sie ihre Kehle umfasste, zitterte.

Ein schmales Lächeln erschien auf seinem Gesicht.

Der Soldat holte mit der Lanze aus und stieß sie dem Sterbenden am Boden in die Brust. Ein Röcheln des Mannes war die einzige Antwort, doch die unkontrollierten Muskelkontraktionen hörten auf. Dafür wurde das Murmeln seines Schicksalsgefährten lauter, der sich mit noch immer geschlossenen Augen schneller im Rhythmus seiner Worte bewegte und ganz in sein Gebet versunken wirkte.

Die Frau zerrte am Kragen ihres Tropenhemdes. »Er ... er hat nichts verraten«, flüsterte sie und schien um Fassung zu ringen. »Warum haben Sie ihn ...?« Ihre Stimme brach.

Der Offizier lächelte, nickte. »Der Erste war nur Anschauungsmaterial«, sagte er so sachlich, als erklärte er ihr eine einfache Regel des Kriegshandwerks. »C'est pour encourager l'autre.« Sein Ton war so freundlich, ja geradezu vertraulich wie unter Landsleuten üblich, denn sie waren beide Franzosen. Wieder musterte er die Frau, während er mit dem Finger erneut die schlangenförmige Narbe an seiner Kehle entlangstrich. Er wirkte etwas abgelenkt, schien nachzudenken oder etwas abzuwägen.

Der Soldat schob das Bajonett zwischen die rot glühenden Kohlen, sodass es zischte und stinkender Rauch aufstieg.

»Für unsere Zielperson«, fügte der Offizier hinzu, und es klang, als wäre nicht klar, wer jetzt die Zielperson war.

Die Frau ballte die Fäuste, ihre Füße in den Springerstiefeln suchten festen Stand, und in ihrem Gesicht malten sich widersprüchliche Gefühle. Ihr Instinkt schien sie zur Flucht zu drängen, denn seit ein paar Minuten waren die Schüsse vor der Hütte verklungen, doch sie rührte sich nicht von der Stelle. War es ihr Berufsethos, das sie zum Bleiben zwang – oder war es die Faszination des Grauens, die zu ihrer Arbeit gehörte so wie das Adrenalin in ihren Adern und das Ausblenden von Gefahr?

Der Offizier beobachtete ihr Mienenspiel, und ein schmales Lächeln erschien auf seinem Gesicht, als hätte er ihre Gefühle erkannt, ja vorausgesehen. Dann drehte er sich abrupt um und herrschte seinen Untergebenen an: »Wird das heute noch was, con?«

Der Glatzkopf, obwohl nicht angesprochen, holte hastig ein Notizbuch und einen Bleistiftstummel aus der Tasche seiner Uniformjacke. »Also ich, ich bin bereit«, sagte er.

Der Soldat zog die Klinge aus der Glut, umfasste den Stock mit festem Griff und wandte sich dem noch lebenden Gefangenen zu. Der hatte aufgehört zu beten und blickte seinem Peiniger jetzt kalt entgegen. Das Weiß seiner dunklen Augen leuchtete im Feuerschein rot. Er zog die Mundwinkel nach unten und spuckte seinen Folterern vor die Füße.

Nun drehte sich die Frau doch um und ging mit schnellen Schritten zur Tür, wo noch immer der Offizier mit der Brille stand. Er wandte sich ihr zu, streifte ihr Gesicht mit einem mitleidigen Blick, überließ ihr seinen Platz und kehrte in die Hütte zurück.

Die Frau verharrte vor der Tür, stützte die Hände in Schulterhöhe auf den Rahmen und starrte vor sich hin. Für kurze Zeit stand sie wie eine Gekreuzigte da, bevor sie über die Schwelle in den Sonnenschein hinausstolperte.

Der Wüstenwind blies ihr seinen heißen Atem ins Gesicht, und Sandkörner trieben ihr Tränen in die Augen. Die

Luft flirrte, und das flache Buschland dehnte sich unter einer weißen Staubschicht. Neben der mit Steinen markierten Straße lag das Gerippe einer Kuh. Weit in der Ferne verschwammen die Umrisse rauchender Hüttenreste mit dem Horizont, als wollte sich die Erde mit dem Himmel vereinigen.

Markerschütternde Schreie erfüllten die Luft.

Auf der anderen Straßenseite parkte ein sandfarbener Pick-up, in dessen Kabine die Kameratasche der Frau und ihr schwarzes Moleskine-Notizbuch lagen. Von der Ladefläche hing eine dreckverkrustete Plastikplane herab und flatterte im Wind. Die Frau wankte auf den Wagen zu und legte die Hände auf die staubige Seitenwand. Dann kniff sie die Augen zusammen und ließ den Kopf zwischen die Arme sinken.

Aus der Hütte drang animalisches Gebrüll.

Die Frau im Tropenhemd erbrach sich.

Plötzlich verstummten die Schreie, und für ein paar Minuten herrschte Ruhe, ehe die unbeteiligte Stimme des Offiziers zu hören war. Er schien keine Befehle mehr zu geben, sondern nur noch ein paar abschließende Anweisungen. Dann schlug die Tür der Hütte zu.

Die Frau hob den Kopf, lauschte.

Feste Schritte näherten sich.

Sie spürte, wie ihr der Schweiß ausbrach. Der Wahnsinn der vergangenen Wochen war zu viel gewesen.

Jemand blieb dicht hinter ihr stehen, und der Geruch nach kaltem Zigarettenrauch stieg ihr in die Nase. Die Schweißperlen zwischen ihren Schulterblättern schienen zu Eissplittern zu gefrieren. Ihr Blick irrte verzweifelt über die flirrende Landschaft, suchte nach einem Ausweg, doch die Schreie und die Qual der letzten Stunde füllten ihren Kopf, verhinderten jeden klaren Gedanken. Sie fühlte den fordernden Druck seines Körpers an ihrem Rücken, seine kühle Wange an ihrem Hals, hörte seine geflüsterten Worte, deren Sinn zu erfassen ihr nicht gelang.

Der Mann war kaum größer als sie.

Aber sie konnte sich nicht wehren, konnte nicht fliehen, die Angst lähmte ihre Glieder. Als sie spürte, wie seine Finger um ihre Taille krochen und nach der Gürtelschnalle griffen, fing sie an zu weinen und senkte den Kopf.

1

Cayetano José Maria Rossi war kein Mörder.

Er war jetzt siebenunddreißig Jahre alt und hatte in zweiundzwanzig Arbeitsjahren dreihundertsechsundfünfzig Menschen getötet. Ihre Namen, die Umstände ihres Sterbens und die Summe, die er für ihre Beseitigung erhalten hatte, waren gewissenhaft in einem Kalender, seiner Buchhaltung des Todes, notiert. So wie der Name des Mannes, der als Nächster auf seiner Liste stand. Ein Südamerikaner mit italienischen Wurzeln wie er selbst. Auch das Datum und der Tatort und vor allem der Name seines Auftraggebers waren hier vermerkt.

Cayetano tötete nie aus Hass oder aus eigenem Antrieb oder um sich an seinem Opfer zu bereichern. Er brauchte nicht zu wissen, ob der Mann, den er töten sollte, ein guter oder schlechter Mensch war, ob er einen Nachbarn ärgerte oder einen Säugling vergewaltigt hatte. Ein moralisches Urteil stand ihm nicht zu. Gott allein war der Richter. Für Cayetano zählte nur, dass er im Voraus bezahlt wurde und seine Arbeit erledigte.

Cayetano war ein Pistoleiro.

Natürlich wusste er, dass Töten Sünde war.

Aber Gott verzieh alles. Das wurde der Priester in der Kirche, in die er regelmäßig ging, nie müde zu betonen. Und so wandte sich Cayetano an Gott, wie er sich früher bei kindlichen Vergehen an seinen Vater gewandt hatte, und bat den Allmächtigen jedes Mal bevor er abdrückte um Vergebung.

Nie vergaß er nach der Tat die Sühne.

Zehn Ave-Maria und zwanzig Vaterunser erlösten von allen Sünden, das wusste jeder. Nur manchmal musste er dieses Ritual mehrmals ausführen, ehe er sich reingewaschen fühlte und seine Nachtruhe nicht mehr gestört wurde.

Cayetano beherzigte den Ehrenkodex der Pistoleiros.

Töte keine Schwangere.
Töte keinen anderen Pistoleiro.
Töte nicht auf Kommission.
Töte niemanden im Schlaf.
Raube das Opfer nicht aus.

Noch nie hatte er jemanden verraten, und obwohl er schon Zeuge von furchtbaren Folterungen geworden war, wusste er, dass er eher sterben würde, als einen Verrat zu begehen. Verräter hatten nach dem ehernen Gesetz der Pistoleiros ihr Leben verwirkt. Wer je die Leiche eines Verräters gesehen hatte, hütete von da ab ohnehin seine Zunge.

Schon sein Vater war ein Pistoleiro gewesen und hatte das Militär im gerechten Kampf gegen die kommunistischen Guerilleros unterstützt. Wenn er in sein Heimatdorf mitten im Amazonaswald kam, trug er eine Polizeiuniform und brachte Lebensmittel für alle und Coca-Cola für Cayetano und seine kleine Schwester Lucía mit.

Pistoleiro war ein krisensicherer Beruf.

Mit fünfzehn Jahren hatte Cayetano seinen ersten Menschen getötet. Es sei ein wenig wie bei der Jagd, hatte sein Vater gesagt, und dass Cayetano ein guter Schütze sei und einfach auf das Herz zielen solle. Der Mann, der sterben solle, habe den Tod mehr als verdient.

Einen Menschen zu töten war dann aber doch noch mal was anderes gewesen, als ein Faultier oder einen Hirsch zu erlegen. Cayetano hatte gezielt, Gott um Vergebung gebeten und abgedrückt. Der Mann war sofort tot gewesen. Cayetano hatte die Leiche zur Abschreckung liegen lassen, so wie sein Vater es ihm befohlen hatte, und war durch den

Urwald nach Hause gerannt. Sein Herz hatte bis zum Zerspringen geklopft, und er hatte die ganze Strecke über geweint. Tief in seinem Innersten wusste Cayetano, dass sein Vater diesen Tod nicht von ihm hätte verlangen dürfen.

Der Vater hatte in der Hütte seelenruhig Reis und gebratenes Fleisch gegessen und so getan, als bemerkte er das tränenverschwollene Gesicht seines Sohnes nicht.

Und, Cayetano, hast du getan, was ich dir gesagt habe?

Ja, Vater, alles, was du gesagt hast.

Sehr schön, ab morgen kommst du mit mir in die Stadt.

Bevor er sich an diesem Abend zum Schlafen in seine Hängematte legte, hatte Cayetano sein Ritual mit den Gebeten unzählige Male wiederholen müssen. Die Worte »Und vergib uns unsere Schuld« hatte er mit besonderer Inbrunst gesprochen.

Sein Vater hatte Wort gehalten und ihn mitgenommen.

Eine Weile hatte Cayetano niemanden töten müssen, nur bei Verhören helfen und die Gefangenen festhalten, was er besonders hasste. Er ertrug ihre Bitten und Schreie nicht, und am Ende starben die Gefolterten meist ohnehin. Bei einem dieser Verhöre lernte er El Capitán und seine Methoden kennen. Obwohl man Cayetano gesagt hatte, dass die Guerilla nichts anderes vorhatte, als Brasilien zu zerstören, hatte er sich danach übergeben müssen. Und einmal flogen sie mit einem Hubschrauber über den Amazonaswald und stießen die kaum noch lebenden Rebellen aus der offenen Heckklappe. Cayetano hatte gehofft, dass unter dem dichten Blätterdach nicht die Hütten seines Heimatdorfes lagen.

Irgendwann starb sein Vater bei einem Auftrag.

Cayetano hatte insgeheim immer seine Kaltblütigkeit bewundert, mit der er ohne Reue und Bedauern seiner Arbeit nachgegangen war. Die Familie hatte von seinem Geld gelebt. Und obwohl Cayetano überzeugt davon war, dass ihn die Schuld an seinem ersten Mord für immer verfolgen würde, übernahm er ab da die Aufträge seines Vaters als Pistoleiro.

Eine Kugel – ein Tod.

Das war sein Motto, und bald war er berühmt.

Cayetano betrachtete sich als ehrlichen Arbeiter.

Seine Frau Angelina sah das anders.

Sie waren zusammen, seit sie Teenager waren, jeder Mann beneidete ihn um ihre Schönheit. Aber Cayetano wusste, dass seine Frau noch einen anderen Vorzug hatte als glänzende Augen und einen verführerischen Körper. Angelina hatte einen scharfen Verstand. Eine kluge Frau war für einen Mann einerseits schmeichelhaft – immerhin hatte sie ihn gewählt –, machte sein Leben aber andererseits nicht einfacher. Denn Angelina litt unter dem Elend seines Berufes.

Ich werde dich verlassen, warte nur.

Der Kerl stirbt sowieso, und wenn ich den Auftrag ablehne, macht ihn ein anderer.

Du denkst nie an deinen Sohn und deine Tochter.

Und das Schulgeld? Du willst doch ein Haus am Meer?

Das beendete die Diskussion jedes Mal.

Sie träumten beide von einem Haus am Meer, wo ihn niemand kannte und er sich zur Ruhe setzen konnte, und von einer guten Ausbildung für ihre Kinder. Dieser Auftrag, sein letzter, würde ihm so viel einbringen, dass ihr Traum Wirklichkeit wurde. Und Cayetano wurde nicht jünger.

El Capitán persönlich hatte ihm die Arbeit angeboten, doch zum ersten Mal in seiner Laufbahn als Pistoleiro hatte Cayetano sich Bedenkzeit erbeten.

Er war Katholik.

Er mischte sich nie in Politik ein.

Und vor allem – er hatte ein schlechtes Gefühl.

Ein guter Pistoleiro brauchte einen Instinkt wie ein Jaguar – ein untrügliches Gespür für die Beute, aber auch für den Jäger, der ihm selbst auf den Fersen war. Dieser Instinkt hatte Cayetano bisher bei seiner gefährlichen Arbeit erfolgreich gemacht. Und ihn am Leben gehalten.

Der Instinkt des Pistoleiros warnte Cayetano.

Am Ende hatte er mit Angelina gesprochen, das tat er immer. Wenn ein Mann seine Frau nicht achtete und nicht für seine Familie zu sterben bereit war, war er kein Mann. Cayetano schätzte Angelinas Rat, was nicht hieß, dass er ihn immer befolgte. Aber er half ihm bei seinen Entscheidungen.

Diesmal hatte er bis weit nach Mitternacht gewartet, als sie beide im Bett lagen und die Kinder schliefen. Bei geschlossenem Fenster hatte er ihr flüsternd von dem neuen Auftrag erzählt. Angelina hatte ihm schweigend zugehört. Lange Zeit war nur das leise Summen des Deckenventilators zu hören gewesen. Als er schon dachte, sie wäre eingeschlafen, hatte sie sich endlich zu seiner Frage geäußert.

Wenn du es nicht machst – wird El Capitán dich töten?

Ich bin doch kein Verräter.

Aber dieser Mann ist einer?

Er verrät uns Christen, sagt El Capitán.

Wenn Gott will, dass dieser Mann stirbt, wird ihn eine Kugel treffen, oder er wird an einer Krankheit sterben. Wenn Gott das Leben dieses Mannes nicht will, wird er es nicht nehmen. Du musst tun, was du für richtig hältst.

Angelina hatte nicht über das Geld gesprochen, das ihnen die Ruhe garantieren würde, nach der sie sich beide sehnten. Sie hatte ihm die Verantwortung abgenommen und sie in die Hände des Allmächtigen gelegt.

Cayetanos Erleichterung war so groß gewesen, dass er Angelina mit seiner Umarmung fast erstickt hätte. Und dann hatten sie den besten Sex seit Langem gehabt.

Am nächsten Morgen war er zur Frühmesse gegangen, hatte die Beichte abgelegt und eine Kerze entzündet und Gott im Gebet angefleht, ihm ein Zeichen zu geben, wenn er diesen letzten Auftrag missbilligte.

Gott hatte geschwiegen.

Und deshalb hatte Cayetano den Instinkt des Pistoleiros zum Schweigen gebracht und El Capitán zugesagt.

Bald würde ihn sein Weg aus einer Kleinstadt im Norden von Brasilien zum ersten Mal in die Hauptstadt, über einen Ozean und auf einen fremden Kontinent führen – Europa.

2

Die Linienmaschine der Brussels Airlines ging planmäßig um zwölf Uhr vor der Küste Südfrankreichs in den Landeanflug über. Der Flughafen Marseille-Provence lag außerhalb der Stadt am Étang de Berre. Seine Landebahn reichte in den See hinaus, sodass für die Passagiere die Illusion entstand, über das blaue Mittelmeer hereinzuschweben.

Beim Anblick der in der Mittagssonne glitzernden Wasseroberfläche lehnte Sophie Wellendorff die Stirn an das vibrierende Bullauge und wünschte für einen flüchtigen Augenblick, sorglose Ferientage lägen vor ihr. Sie verreiste gern. Nizza, Cannes, Saint-Tropez waren die magischen Worte, die ihr durch den Kopf gingen. Aber man hatte ihr gesagt, dass das »Mas«, wie die provenzalischen Bauernhäuser genannt wurden, nicht an der Küste war, sondern zwischen Marseille und Aix-en-Provence, im hügeligen Hinterland, dort, wo auf jeder Bergkuppe ein mittelalterliches Dorf stand und der Mistral durch die Pinienwälder strich.

Sophie war als Austauschschülerin ein Jahr in Avignon gewesen, sprach neben Englisch und ein wenig Spanisch fließend Französisch. Es war einer der Gründe, warum man sie entsandt hatte. Neben ihr waren keine heimlichen Absprachen möglich. Die anderen Gründe waren ihre gute Ausbildung und ihr analytischer Verstand.

»Wunderbares Wetter, Mademoiselle Wellendorff«, sagte ihr Sitznachbar, ein Franzose Mitte sechzig. Sein Gesicht unter den militärisch kurz geschnittenen eisengrauen Haaren war so braun gebrannt und faltendurchzogen, wie es für Menschen typisch war, die ihr Leben im Süden und im Freien verbrachten. Sein anthrazitfarbener Anzug und eine runde Goldrandbrille gaben ihm das intellektuelle Aussehen eines alternden Bibliothekars. Er war kaum mittelgroß, sein Körperbau athletisch. Doch beim Abflug in Brüssel hatte Sophie bemerkt, dass er das rechte Bein ein wenig nachzog. »Der Frühling ist die schönste Jahreszeit an der Côte.« Er war ein Abgesandter wie sie.

»Und der September«, sagte Sophie. Sie hatte die Morgenmaschine von Wien genommen. Bei der Zwischenlandung in Brüssel war ihr Nachbar wie verabredet zugestiegen. Seit ihrem Abflug vor eineinhalb Stunden unterhielt er sie mit Small Talk. Sie fragte sich, ob das zur Tarnung gehörte. Ein älterer Herr und eine blonde junge Frau in Businesskleidung, beide mit Aktentaschen. *Geschäftsleute.* »Finde ich.«

»Bien sûr.« Er lächelte. »Natürlich.«

Das Flugzeug landete, und als sich die Türen öffneten, empfing ein heftiger Windstoß, der ein Geruchsgemisch aus Kerosin und Meeresluft mit sich trug, die Ankommenden. Anfang April lagen in Wien noch Schneereste in den Gassen, an der Côte d'Azur herrschte bereits Frühling.

Zwanzig Minuten später verließen Sophie und ihr Begleiter die Ankunftshalle des Flughafens. Der Franzose führte sie direkt zu einem großen schwarzen Geländewagen, der bereits mit laufendem Motor wartete. Er ließ sie auf dem Rücksitz Platz nehmen und setzte sich selbst neben den Fahrer, einen jungen Mann mit verspiegelter Fliegerbrille und Schulterklappen auf dem Uniformhemd.

Sophie bemerkte, dass der Mann sie im Rückspiegel musterte, konnte seine Augen jedoch nicht erkennen. Sie starrte zurück, bis er das Gesicht abwandte und Gas gab.

Zunächst fuhren sie in Richtung Marseille, kamen trotz des Mittagsverkehrs gut voran. Die Fahrer in den anderen Autos rauchten oder telefonierten, alle hatten es eilig, niemand schenkte dem Geländewagen mit den dunklen Scheiben Beachtung. Am Straßenrand wiegten sich hohe Palmen im Wind, und rechts von ihnen glitzerte das Mittelmeer. Am blauen Himmel hingen ovale Wolken. *Mistral.* Sophie wollte am späten Nachmittag zurückfliegen. Hoffentlich verzögerte sich der Abflug nicht wegen des aufkommenden Sturms.

»Wie lange dauert die Fahrt, Monsieur Mercier?«

Der Franzose drehte sich um. »Ab jetzt können wir uns duzen«, sagte er. »Ich bin Henri. Das Mas Boniface liegt in der Nähe von Grand Sud. Eine halbe Stunde etwa.«

Sophie nickte, lehnte sich zurück und schlug die langen Beine übereinander. Sie legte Wert auf einen korrekten Auftritt. Ihr ungeschminktes Gesicht wirkte durch die blaugrauen Augen und die hellblonden Haare etwas blass, aber ihre Größe von fast einem Meter achtzig und ihre androgyne Figur verliehen ihrem Auftritt Autorität. Für diesen Termin hatte sie sich für ein blaues Leinenkostüm, ein weißes Seidentop und flache Schuhe entschieden. Trotz ihrer achtundzwanzig Jahre besetzte sie bereits eine Schlüsselposition innerhalb der Bewegung.

»Sophie«, sagte sie freundlich zu Henri.

Bei Septèmes-les-Vallons wandten sie sich nach Norden.

Etwa eine Viertelstunde später tauchten auf einer bewaldeten Hügelkuppe der Kirchturm und die grauen Häuser von Cabriès auf. Jetzt fuhren sie auf schmalen, von wildem Thymian gesäumten Landstraßen weiter.

An jenem Frühlingstag lag das karge Land noch nicht unter der brütenden Sommerhitze, das Licht entbehrte der gleißenden Schärfe, und durch die Gassen der alten Bergdörfer flossen keine Touristenströme.

Nur sechs alte Männer, die auf einem Dorfplatz unter Platanen zwei Mannschaften bildeten und Pétanque spielten, hielten inne und beobachteten den Geländewagen, der zügig an ihnen vorüberfuhr und in Richtung Grand Sud verschwand.

»Hast du gesehen, Pierrot?«, rief einer der Männer vom Ende der Bahn. »Jean hat Besuch.«

»Ja, eine blonde Frau«, sagte Pierrot. »Keine Ahnung, wer das war.«

»Etwa eine Holländerin oder Deutsche? Merde alors.«

»Sah aus wie eine Maklerin.« Einer der Männer wog seine Boulekugel in der Hand. »Jean wird seinen Hof doch nicht an die boches verkaufen? Dreckige Ausländer.«

Pierrot holte aus und ließ seine Kugel die Bahn entlangrollen. Sie kam dicht vor der Zielkugel zum Stehen. »Jean ist ein echter Franzose, mon vieux«, sagte er zufrieden. »Der ist so ein Patriot wie wir alle hier.«

Allgemeines Nicken und beifälliges Gemurmel. Das Spiel wurde wieder aufgenommen, das Auto vergessen.

Kurze Zeit später hielt der schwarze Geländewagen vor einem großen Eisentor, das in eine lange, von alten Pinien überragte Natursteinmauer eingelassen war. Nur eine kleine steinerne Tafel verriet, dass hinter dem Tor das Mas Boniface lag. Zwei Videokameras auf hohen Masten überwachten die Einfahrt.

Aus einem Mauervorsprung trat ein junger Mann in grauer Uniform mit rotem Barett hervor. Auch auf seiner Nase saß eine verspiegelte Sonnenbrille, an seinem Gürtel hing gut sichtbar ein Pistolenhalfter. In der Hand hielt er ein großes Funkgerät. Als er an das Auto trat, glitten die Scheiben herab.

Der Uniformierte legte eine Hand auf das Autodach, beugte sich zum Fahrer hinab und spähte ins Innere.

»Parole?«, fragte er. Er war penibel rasiert, hatte ein junges Gesicht, breite Kiefer und ein Grübchen im Kinn. *»Top Gun«.* Aufmerksam musterte er Sophie im Fond.

Henri beugte sich vor. »Pour Dieu et la patrie.«

Der Wachmann hob das Funkgerät ans Ohr, trat vom Wagen zurück. Es knisterte und rauschte, er sagte schnell ein paar Worte und eine schnarrende Stimme antwortete ihm. Dann glitt das große Eisentor auseinander.

»Passez«, sagte der Wächter, und der Geländewagen fuhr an.

»Warum verlangt der Mann die Parole?«, fragte Sophie.

»Er muss wissen, ob alles in Ordnung ist«, antwortete Henri. »Bei Gefahr hätte ich einen Code verwendet.«

Sophie war beeindruckt. »Und dann?«

Henri lächelte, sah aus dem Fenster und schwieg.

Hinter dem Tor lag ein weitläufiges Grundstück.

Sophie hatte einen mediterranen Garten erwartet, mit blühenden Mandelbäumen und einem Teppich gelber Mimosen. Doch hier bewegten ausladende Pinien ihre Zweige im Wind und warfen blaue Schatten auf den mit Feldsteinen gepflasterten Weg, der sich zwischen Zypressen, halb verblühtem Lavendel und verholzten Rosmarinbüschen schlängelte. Graugrüner Salbei wucherte über Reste von Natursteinmauern. Nirgends gab es Blumenbeete oder grüne Rasenflächen, stattdessen dürre Sträucher und verkümmertes Gras.

Macchia, wohin das Auge blickte, Wüste statt Paradies.

Ein paar Kurven später tauchte das Mas Boniface auf.

Anders, als der Name vermuten ließ, war es kein Bauernhaus, sondern eine von Lorbeerhecken umgebene terrakottafarbene Villa mit Türmen und Loggien, eines der prunkvollen Häuser, die reiche Ausländer im 19. Jahrhundert an der Côte d'Azur zur Sommerfrische gebaut hatten. Die türkisfarbenen Fensterläden waren geschlossen. An einem heißen Sommertag ein gewohnter Anblick im Midi, wirkte es um diese Jahreszeit seltsam abweisend. Schlichte, mit Oliven- und Zitronenbäumen bepflanzte Tontöpfe säumten einen Kiesweg, der um das Haus herumführte.

Der Wagen hatte das Ende des Vorplatzes noch nicht erreicht, als sich die Haustür öffnete und ein weiterer Uniformierter heraustrat. Breitbeinig, die Hände auf dem Rücken, postierte er sich auf der obersten Eingangsstufe. Auch er trug ein rotes Barett. Von dort oben behielt er die Ankommenden im Auge. Dann erschien ein Mann um die vierzig, wohl ein Hausangestellter, in grauer Hose und weißem, kurzärmeligem Hemd. Kaum war der Motor verstummt, stand er neben der Hintertür und riss sie auf.

»Willkommen auf Mas Boniface, Mademoiselle«, sagte er auf Englisch, aber mit starkem französischen Akzent. Sein Gesicht war braun gebrannt und von Narben gezeichnet. Er trug keine Waffe, aber in seinem linken Ohr saß ein Knopf. »Ich bin Antoine.«

Sophie stieg aus, streckte sich diskret nach der Fahrt über die engen Bergstraßen. Ein leiser Wind strich über ihre Haut, das Zirpen von Zikaden erfüllte die Luft.

»Monsieur le Marais ist auf der Terrasse«, sagte Antoine. »Ich darf vorangehen?«

Ohne eine Antwort abzuwarten, führte er Sophie und Henri ums Haus. Einmal deutete er nach links und wies auf ein paar Agaven in Steintrögen, deren steife, sägeartige Blätter auf den Weg ragten.

»Attention, Mademoiselle«, warnte er Sophie.

Dann war außer ihren Schritten wieder nur noch das Zirpen der Zikaden zu hören.

Die Terrasse war einer von Weinlaub überwucherten Veranda vorgelagert. Hohe Zypressen umrahmten eine wie von Cézanne gemalte Aussicht, die weit nach Süden schweifte, über grüne Hügel und in eine dunstige Ferne, in der das Mittelmeer und die Küste Afrikas liegen mussten.

Sophie erkannte Jean le Marais sofort an seinem silbrig glänzenden Haar, der breiten Stirn und dem spitzen Kinn. Er sah genau wie auf dem Foto aus, das man ihr gezeigt hatte.

Marais saß mit dem Rücken zum spektakulären Panorama in einem von mehreren tiefen Sesseln, die sich um einen kleinen Tisch gruppierten, und telefonierte. Mit der freien Hand gestikulierte er, wobei die Zigarette, die er zwischen Daumen, Zeige- und Mittelfinger hielt, kleine Rauchwirbel in der klaren Luft hinterließ. Beim Erscheinen seiner Gäste blickte er ihnen entgegen und hob in einer abwehrenden Bewegung den Arm.

Antoine blieb so abrupt stehen, dass Sophie fast auf ihn aufgelaufen wäre. Marais sagte noch ein paar Worte ins Telefon, legte es auf den Tisch und drückte die Zigarette in einem großen Aschenbecher aus, der neben einem Stapel Zeitschriften und einem Notebook stand. Dann erhob er sich, und Sophie bemerkte überrascht, wie klein er war – kaum über einen Meter siebzig. Marais hob das Kinn, und sie setzten sich wieder in Bewegung. Sophie hatte den Eindruck, dass ihr eine Audienz gewährt wurde.

»Sophie«, sagte Marais und trat zwei Schritte hinter dem Tisch hervor. Ein weißes Polohemd hing locker über seine verblichenen Jeans. Seine Füße steckten in Espadrilles, die er an den Hacken heruntergetreten hatte, sodass sie wie Pantoffeln aussahen. »Bonjour, ma chère. Ich bin Jean.«

Marais sprach den Gruß »Bongjour« aus. Es war der Dialekt der Region, den Sophie aus Avignon kannte. Auch seine zarte Statur und die schwarzen Augen verrieten den geborenen Provenzalen. Dieser Mann gehörte in den Midi wie die Zypressen, die Zikaden und der Mistral. Auf den ersten Blick wirkte er wie Mitte sechzig, aber man hatte Sophie gut gebrieft. Der schlanke, durchtrainierte Körper täuschte. Jean le Marais ging auf die achtzig zu.

»Bonjour.« Sophie schüttelte seine Hand. »Danke, dass dieser Termin so schnell möglich war.«

»Es ist Zeit, sich zusammenzuschließen«, sagte Marais, »und gemeinsam zu marschieren.«

»Wir werden eine Kooperation prüfen«, sagte Sophie.

Marais musterte sie, als wollte er nicht nur ihre Person, sondern ihre ganze Persönlichkeit erfassen. Er schätzte sie ab. Man hatte Sophie gesagt, er sei ein Ex-Militär. *Sicherheitspolitischer Berater.* In den letzten Jahrzehnten hatte er für zahlreiche Regierungen rund um den Erdball gearbeitet. Sie hakte seinen inquisitorischen Blick als berufsbedingt ab. *Déformation professionnelle.* Umgekehrt ließ seine unbewegte Miene keine Rückschlüsse auf ihn zu.

Sophie hatte Politikwissenschaften in Harvard studiert. Jetzt fiel ihr ein Satz ein, den die ehemalige amerikanische Außenministerin Madeleine Albright nach dem Treffen mit einem der mächtigsten Staatschefs der Welt notiert hatte.

Er ist so kalt, dass er an eine Echse erinnert.

»Wie geht es Wien?«, fragte Marais. »Haben Sie Erfolg?«

Niemand von der Bewegung gab Auskünfte über das Headquarter. »Vielleicht sollten wir gleich anfangen?«, fragte Sophie und warf einen demonstrativen Blick auf die teure Herrenarmbanduhr an ihrem Handgelenk, das einzige Schmuckstück, das sie trug. Ihr Vater hatte ihr die Uhr nach ihrer Graduierung geschenkt. Sie war die Erste in der Familie hessischer Weinbauern, die Abitur gemacht hatte, alle waren entsprechend stolz auf sie und ihre Karriere. »Meine Maschine geht in vier Stunden.«

Marais' schwarze Augen glitzerten, und auf einmal wusste Sophie, dass er ihr eine Falle gestellt hatte. Hätte sie auf seine Frage geantwortet – und sei es auch nur mit einer unverbindlichen Höflichkeitsfloskel –, wäre sie nicht verschwiegen genug und das Treffen damit beendet gewesen.

»Möchten Sie Kaffee? Perrier?«, erkundigte sich Marais. »Oder lieber einen Pastis?« Seine Stimme war keineswegs laut, klang aber befehlsgewohnt.

Sophie wusste, dass er der Führer einer Organisation war, die sich Gladius nannte – nach dem Schwert der römischen Gladiatoren.

»Kaffee ist wunderbar«, sagte Sophie.

»'toine.« Marais machte eine Handbewegung, als wollte er einen Diensthund voranschicken. »Beeil dich.«

»Oui, mon capitaine.« Antoine kehrte auf dem Absatz um und eilte zum Haus.

Marais bot Henri und Sophie die Sessel gegenüber dem seinen an und nahm selbst wieder Platz. Erst als Sophie sich in die tiefen weißen Polster sinken ließ, bemerkte sie, dass sie nun das gleißende Licht des frühen Nachmittags blendete. Auch der immer mehr auffrischende warme Wind war unangenehm.

Marais lächelte. »Bien.« *Gut.*

Er sagte »bieng«, und Sophie fragte sich, aus welchem Teil der Provence er wohl stammte, aus dem Hinterland oder von der Küste. Sein stolz zur Schau gestellter Reichtum ließ nicht auf eine noble Familie und altes Geld schließen. Aber sein Rücken war zu gerade für Feldarbeit, seine Hände waren zu unversehrt für Fischfang, und seine Augen hatten einen wachsamen Ausdruck. Sophie folgerte daraus, dass er einem der Massenquartiere in Nizza oder Marseille entkommen war.

Marais, der entspannt mit dem Rücken zur Sonne saß, zündete sich eine Zigarette an und zog genussvoll daran. Bläulicher Rauch stieg auf und verschleierte seine Miene.

»Unsere Pläne sind Ihnen also bekannt«, sagte er.

»Nicht im Detail«, sagte Sophie.

»Gladius wird ein Attentat durchführen.« Er ließ Sophie nicht aus den Augen, wartete ihre Reaktion ab.

»Davon haben wir gehört«, sagte sie kühl.

Sophie war nach Frankreich entsandt worden, weil Gerüchte um ein unmittelbar bevorstehendes Attentat zu einer befreundeten Vereinigung nach Deutschland und von dort ins Headquarter nach Wien gedrungen waren. Der Zeitpunkt war denkbar ungünstig, die Wahlen zum Europäischen Parlament standen bevor, erhöhte Sensibilität war gefragt. Aber nähere Einzelheiten waren nicht zu erfahren gewesen. Der Informant aus Deutschland war inzwischen nicht mehr erreichbar, wurde vermisst. Sie hatten in einer internen Sitzung lange darüber diskutiert und dann entschieden, Kontakt mit Marais' Organisation aufzunehmen. Marais hatte einem Treffen sofort zugestimmt, kannte natürlich die Bewegung in Wien.

Nun sollte Sophie die Gerüchte verifizieren, Details erfragen und eine Lageeinschätzung vornehmen. Es galt zu klären, ob man jeden weiteren Kontakt peinlichst vermeiden musste oder ob Marais' Pläne sogar nützlich sein konnten.

Wieder schien es, als hätte Marais ihre Gedanken gelesen. »Unsere Zielperson ist einer der wichtigsten Männer der Welt«, sagte er, machte eine Pause, ließ seine Worte wirken. »Und einer der populärsten.« Er zog an seiner Zigarette und kniff die Augen gegen den Rauch zusammen.

Jetzt fiel Sophie auf, dass er sonst kaum zwinkerte. Es sah aus, als hätte er keinen Lidschlag, was seinem Blick tatsächlich das Starren einer Echse gab.

»Und wer soll das sein?«, fragte sie.

Marais beugte sich vor und drückte die Zigarette aus. Seine Hand war kaum größer als die eines Halbwüchsigen, jedoch sonnenverbrannt und muskulös. Am Handgelenk trug er einen klobigen stählernen Fliegerchronografen, einen von der Sorte, die bei Anzugträgern immer etwas lächerlich aussah. An ihm wirkte die Uhr authentisch.

»Das werden Sie gleich erfahren«, sagte er, stupfte den Zigarettenstummel länger in die kalte Asche, als es nötig gewesen wäre, um die Glut zu ersticken. Endlich ließ er ihn los, lehnte sich zurück und gab Henri ein Zeichen.

Henri beugte sich vor, drehte den Laptop zu Sophie und klappte ihn auf. »Sehen Sie gut so?«, fragte er fürsorglich, als wollte er ihr einen beliebigen Filmausschnitt zeigen.

In diesem Augenblick tauchte Antoine aus dem Schatten der Veranda auf, brachte ein Tablett mit einem türkisfarbenen Mosaikmuster, auf dem Espressotassen und ein Teller mit Marzipan standen. Er servierte den Kaffee, drückte das Tablett vor die Brust und blickte neugierig auf den noch dunklen Bildschirm des Computers.

»Démerde-toi«, zischte Marais. *Verpiss dich.*

Antoine fuhr zusammen und verschwand hastig.

Sophie notierte in Gedanken, dass ihr Gastgeber zur Unbeherrschtheit neigte, und vergab einen Minuspunkt. Dann richtete sie ihren Blick auf den Schirm und konzentrierte sich. Gleich würde sie den Mann sehen, über den das Todesurteil verhängt worden war.

Es war ein Video.

Kirchengesang setzte ein, die Kamera fuhr über die im frühen Morgenlicht rosa leuchtenden Dächer von Rom, erfasste die mächtige Kuppel des Petersdoms, senkte sich herab.

Der Vatikan.

Heiligenfiguren, grüne Gärten, Schweizergarde.

Papstaudienz.

Auf dem Petersplatz drängte sich eine fast unüberschaubare Menschenmenge. In einem im Schritttempo fahrenden Cabrio stand der Papst. Es sah aus, als wanderte er zwischen den Köpfen der Gläubigen. Mit einer Hand hielt er sich fest, mit der anderen grüßte er links und rechts. Er nickte, lächelte, die Pellegrina seiner weißen Soutane wehte.

»Mittwochs ist Generalaudienz«, sagte Henri leise.

Sophie gab keine Antwort.

Eine neue Einstellung zeigte den Wagen des Papstes von vorn in einer schmalen Gasse in der Menge. Er wurde von dunkel gekleideten Leibwächtern mit Headsets eskortiert, vor seinem Kühler bewegte sich ein Kameramann rückwärts, hielt Schritt mit dem Auto und filmte. Jemand hob ein Kleinkind hoch. Der Papst nahm es auf den Arm, küsste es, reichte es zurück.

Henri drückte auf die Stopptaste.

Sophie starrte auf das Standbild.

»Alles in Ordnung?«, fragte Henri.

Sophie hob den Blick.

Der Papst.

Marais fixierte sie über den Bildschirm hinweg. Dabei strich er mit dem Zeigefinger über eine dünne Linie, die sich über seine Kehle zog und hinter einem Ohr verschwand. Dann nahm er eine halb leere Packung Gitanes vom Tisch und hielt sie ihr mit der aufgerissenen Seite hin.

»Möchten Sie eine?«, fragte er. »Sie sehen so aus.«

Das Papier knisterte wie der Mistral im vertrockneten Strauchwerk neben dem Sitzplatz. Es klang, als würde das dürre Geäst gleich in Flammen aufgehen.

Der Papst.

»Ich rauche nicht«, sagte Sophie, hörte, dass ihre Stimme rau klang. Ein Gefühl der Unwirklichkeit hatte sie erfasst. Der Vatikan, das religiöse und politische Machtzentrum der katholischen Kirche. »Das ist Irrsinn.«

Der Papst.

Marais reagierte nicht gleich, die Packung schwebte sekundenlang zwischen ihnen, erst dann klopfte er eine neue Zigarette heraus und zündete sie an.

»Ich dachte, in Wien kennt man unser Vorhaben?«, fragte er und runzelte leicht die Stirn.

»Wir wussten nicht, dass es um die Person des Papstes geht«, sagte Sophie, die sich wieder gefasst hatte, scharf. Jeder Kampf verlangte Opfer. Aber sie selbst hatte nicht vor, sich die Hände schmutzig zu machen. Außerdem waren diese Pläne vollkommen weltfremd. Dann fiel ihr noch etwas ein. »So ein Attentat wäre kontraproduktiv. Der Papst ist immerhin das Oberhaupt der katholischen Kirche – *das* Symbol des Christentums.«

»Das Volk weiß, was von diesem Verräter zu halten ist.« Marais schwenkte seine Zigarette. »Dieser Papst respektiert das Menschenrecht der Europäer auf die Unversehrtheit ihrer eigenen Heimat nicht«, sagte er. »Auf den Erhalt der europäischen Kulturen – *auf ein christliches Abendland.*«

Henri nickte zustimmend.

Sophie blickte wieder auf den Bildschirm.

Der Papst, wie er lächelte, die Hände hob, auf die Menschen zuging – und die Massen jubelten ihm zu.

»Ihr Attentat würde ihn zum Heiligen machen«, sagte sie überzeugt. »Wie soll das unserer Bewegung nützen?«

Henri hielt sich die Faust vor den Mund, hüstelte.

Marais verzog seinen Mund zu einem dünnen Lächeln. »Und wenn der Stellvertreter Gottes nun von einem Moslem liquidiert wird?«, fragte er. »So ein Terroranschlag würde nicht nur Europa erschüttern, sondern die ganze Welt.«

Der Mann war tatsächlich verrückt.

»Arbeiten Sie etwa mit einer islamistischen Terrorbewegung zusammen?«, fragte Sophie.

Marais legte den Kopf zurück und lachte.

Die Narbe an seinem Hals begann mit einem Hautwulst, wohl eine schlecht behandelte Verletzung, wand sich um seine Kehle und wurde dünner, wo sie im Nacken verschwand.

Sophie war irritiert, ihre Frage legitim gewesen. Ohne Kenntnis aller Risiken würde sie keine Zusammenarbeit auch nur in Erwägung ziehen.

»Wir sind keine Terroristen«, sagte Marais. »Wir sind Demokraten. Es ist unsere Pflicht, unser Land zu schützen. Millionen Franzosen – *Europäer* – stehen hinter uns.«

»Ist der Papst nicht zu stark bewacht?«, fragte sie.

Marais schüttelte den Kopf. »Kein Leben ist so schwer

zu schützen wie das des Papstes«, sagte er. »Einen Politiker oder einen Rockstar zu bewachen ist leicht. Aber ein Papst muss auf die Menschen zugehen.« Er machte eine Pause. »Vor dem Attentat auf Johannes Paul II. konnte sich keiner vorstellen, dass auf den Heiligen Vater ein Anschlag verübt wird. Heute bekommt der Vatikan jeden Tag Terrordrohungen. Trotzdem können sie dort nichts an den Abläufen ändern.« Er beugte sich vor und tippte auf den Bildschirm. »Da, sehen Sie?« Sein Finger zeigte auf den Mann, der mit der Kamera rückwärts vor dem weißen Wagen lief. »Francesco Sforza, der Fotograf des Papstes. Er hält alles fest, bewegt sich im exakt gleichen Tempo wie der Wagen. Er darf nicht stehen bleiben, nicht stolpern, keine schnellen Bewegungen machen. Er muss quasi unsichtbar sein.« Er lehnte sich wieder zurück. »Wir werden ihn sichtbar machen.«

»Was heißt das?«, fragte Sophie irritiert.

»Wir lassen ihn stolpern«, erklärte Marais. »Er stürzt – und alle Augen richten sich auf den Mann, den bis dahin niemand bemerkt hat. Das ist das Überraschungsmoment. Und der Wagen des Papstes muss abbremsen, wenn er den Fotografen nicht überfahren will.« Er machte eine wegwerfende Handbewegung. »Mehr, als wir für unsere Aufgabe brauchen.«

Eine Weile waren nur der Wind und die Zikaden zu hören.

»Was ist mit den Sicherheitskontrollen?«, fragte Sophie. »Es gibt doch bestimmt Kontrollen rund um den Petersplatz.« Warum suchte sie die Schwachstellen im Plan? Wollte sie Sicherheit für die Bewegung oder für das Leben des Papstes?

»Wir haben Freunde im Vatikan«, sagte Marais.

»Jemand aus den eigenen Reihen?«

»Ein *Priester*?« Marais lachte. »Das ist doch kein Auftrag

für einen Amateur. Wir haben einen Profi. Er hat schon öfter für uns gearbeitet. Ein Mann mit Erfahrung.«

Henri räusperte sich. »Papst Franziskus' PR-Masche ist die Bescheidenheit«, sagte er. »Nach seiner Wahl ist er nicht in den Apostolischen Palast gezogen – angeblich ist ihm der zu protzig. Er ist lieber im bequemen Gästehaus Santa Marta geblieben. Aber das ist öffentlich zugänglich.«

Sophie sah Marais an. »Warum dann der Petersplatz?«

»Weil sie in Santa Marta einen Wahnsinnsaufwand treiben müssen«, sagte Marais. »Die früheren Päpste sind im Apostolischen Palast an normalen Arbeitstagen ganz ohne Leibwächter ausgekommen. Franziskus braucht rund um die Uhr Dutzende von Sicherheitsbeamten – einen Riesenapparat.«

Henri grinste. »Was glauben Sie, wie die rotieren«, sagte er, »wenn sich der Papst mit dem Plastiktablett für seine Spaghetti Bolognese in der Mensa anstellt?«

Sophie dachte an die Bilder, die sie im Kopf hatte. Franziskus nach der Wahl beim Auschecken im Wohnheim Domus Paolo VI. bescheiden in der Warteschlange an der Rezeption, um seine Rechnung selbst zu begleichen. Der Papst, der nicht auf dem päpstlichen Thron in der Sixtinischen Kapelle Platz nahm, die traditionelle Huldigung der Kardinäle ablehnte und stattdessen die Gratulanten stehend empfing. *Auf Augenhöhe.* Dieses demonstrative Understatement, die medial geschickt gestreuten Gesten der Demut, für die Franziskus berühmt war, nötigten ihr Respekt ab. Den genauen Betrachter machten sie zwar stutzig. Aber so betrieb man heutzutage eben Meinungsmache. Die enormen Kosten, die diese öffentliche Bescheidenheit verursachte, waren nie ein Thema.

»Dann also der Petersplatz«, sagte sie.

»Unser Plan ist perfekt«, sagte Marais. »Es wird keine Hinweise auf uns geben, vertrauen Sie mir.« Er machte eine Pause. »Das letzte Attentat wurde auch nicht aufgeklärt.«

Beim Anschlag auf Johannes Paul II. war Sophie noch nicht auf der Welt gewesen. Jetzt ging sie schnell in Gedanken durch, was sie darüber gelesen hatte.

Der Attentäter, Ali Ağca, hatte nicht auf Kopf oder Brust des Papstes gezielt, sein Opfer nur angeschossen. Später fand sich sein Gesicht auf einem Foto aus dem engsten Umkreis des Papstes. Auch Ağca musste jemand Zutritt zur Vorbereitung des Anschlags verschafft haben – und später die Möglichkeit zur Flucht. Wer hatte schützend seine Hand über ihn gehalten? Schnell waren Spekulationen über die Auftraggeber laut geworden. Die CIA hatte sich bemüht, die Sowjetunion mit dem internationalen Terrorismus in Verbindung zu bringen, später wurde der KGB als Drahtzieher ausgeschlossen, wohingegen eine Spur in die USA führte. Der Klerus geriet ebenso in Verdacht wie die Freimaurer, das organisierte Verbrechen und Gladio, die Geheimorganisation der NATO, deren Mitglieder gegen Partisanen agierten.

»War es damals ein Geheimdienst?«, fragte sie.

»Gute Frage«, sagte Marais. »Der internationale Terrorismus ist ein Machtinstrument. Natürlich steuern und nutzen ihn die Geheimdienste. Also – durchaus möglich.«

Eine Spur hatte in die Türkei geführt. Zu den Grauen Wölfen, einer paramilitärischen rechtsextremen Bewegung, die mit Terror und Mordanschlägen Politik machte. Die Grauen Wölfe hatten jeden Zusammenhang mit Ağca abgestritten. Aber später war bekannt geworden, dass Ağca zwei Journalisten erschossen hatte und dann unter ungeklärten Umständen aus dem Gefängnis geflohen war. Wer hatte ihm geholfen? Der Staat? Ein westlicher Geheimdienst? Doch die Grauen Wölfe?

»Und die Grauen Wölfe?«, fragte Sophie.

In letzter Zeit mehrten sich die Hinweise auf deren Aktivitäten in Europa. Erst kürzlich hatte sich ein Mann auf einen Granitblock im Weiheraum der Gedenkstätte des ehemaligen Konzentrationslagers in Mauthausen gestellt, den linken Arm ausgestreckt und mit den Fingern ein symbolisches Wolfsgesicht gezeigt. In der türkischen Community verstand das jeder. So ein Verhalten war natürlich wenig hilfreich.

Marais zuckte die Schultern. »Das sind Idealisten«, sagte er. »So wie wir – und Ihre Bewegung natürlich auch.«

»Wenn ich mich recht erinnere«, sagte Sophie, »hat Ağca behauptet, von Prälaten beauftragt worden zu sein.«

»Ja, aber da konnte niemand Fragen stellen«, antwortete Marais. »Man hätte die Souveränität des Vatikans verletzt.«

»Ağca war also ein Auftragsmörder.« Sophie war nicht überzeugt. Es hatte damals zu viele Spuren gegeben, es würde auch heute welche geben. »Genau wie Ihr Profi.«

»Unser Killer ist in Europa ein unbeschriebenes Blatt«, sagte Marais. »Der Mann bekommt mehr Geld, als er sich jemals erträumt hätte – und danach ist er verbrannt.«

»Verbrannt? Was heißt das?«

Henri beugte sich vor und klappte das Notebook zu. »Der Mann wird nie wieder arbeiten können«, sagte er. »Das wäre zu gefährlich für uns alle.«

»Verstehe«, sagte Sophie. Die Pläne waren zu weit gediehen, das Attentat würde stattfinden. Sie musste sich damit abfinden und das Beste daraus machen. »Sagten Sie nicht, ein Moslem würde den Anschlag durchführen?«

»Das habe ich nie behauptet.«

»Sondern?«

»Wir legen nur eine Fährte in die richtige Richtung.«

»Man wird die Dokumente eines in Deutschland anerkannten Flüchtlings finden«, fügte Henri hinzu.

Sophie hätte fast laut gelacht. Stattdessen griff sie schnell nach ihrer Tasse und nahm einen Schluck von dem erkalteten Kaffee. In welchem Zeitalter lebten diese alten Männer? Über soziale Medien ließen sich schließlich auch Falschinformationen genau platzieren. Und oft genug wiederholt, wurde jede Lüge glaubhaft.

»Das ist viel zu demonstrativ«, sagte sie, um einen sachlichen Ton bemüht. »Wir werden stattdessen eine Desinformationskampagne starten und Ihre Falschmeldung ganz gezielt Empfängern zuspielen, die aufgrund ihres persönlichen Profils dafür empfänglich scheinen. Sollten wir uns zur Zusammenarbeit entschließen. Darüber entscheide jedoch nicht ich. Es wäre auf jeden Fall ein neuer Weg.«

Marais drückte die Zigarette aus. Er stützte die Ellenbogen auf die Armlehnen seines Sessels und verschränkte die Hände. »Wie sähe dieser Weg konkret aus?«, fragte er.

»Zunächst wird es ein neutrales Ereignis sein«, sagte Sophie. »Ein Ereignis, das jedoch die Welt erschüttert. Wir werden alle Informationen kontrollieren und die Emotionen in die richtigen Bahnen lenken. Nach dem ersten Entsetzen kommen die Durchhalteparolen. Wir stehen zusammen, lassen uns nicht unterkriegen – *wir sind Papst.*«

Marais' Mundwinkel zuckten. »Weiter.«

Sophie redete sich warm, das war ihr Gebiet, sie liebte die Klaviatur der modernen Meinungsmache, wusste sie zu bedienen. »Dann streuen wir falsche Informationen, stiften Verwirrung, suchen im Netz Schuldige.« Sie breitete die Hände aus. »Zunächst wird es ein paar falsche Augenzeugen geben, die auf einen islamistischen Terroranschlag hindeuten, ein paar offensichtliche Spinner mischen wir darunter. Denen werden andere Nutzer vehement widersprechen – die Diskussion ist damit eröffnet. Im dritten Schritt greifen wir auf besonders wertvolle, sorgfältig aufgebaute Profile zurück. Diese Kommentatoren sind für ihre fundierten und kenntnisreichen Kommentare seit Langem im Netz bekannt. Sie diskutieren nun ganz sachlich und schließen sich endlich – nach Abwägung aller Berichte und Argumente – der ersten Gruppe an. Damit reißen sie alle anderen mit sich.« Sie blickte zwischen Marais und Henri hin und her. »So drehen wir die ganze Diskussion, bis alles in eine Richtung weist. *Ein islamistischer Terroranschlag – wir gegen sie.*«

Marais schwieg eine Weile, überlegte. Schließlich sagte er: »Wenn Ihre Bewegung das steuern kann …«

»Wahlen werden heute im Netz gewonnen«, sagte Sophie. »Die letzten US-Wahlen wurden fünf Tage vor dem Urnengang entschieden. Aber man muss Kanäle vorbereiten und passende Profile aufbauen. Also, wann ist der Stichtag?«

»Der siebzehnte April«, sagte Marais. »Das ist der Mittwoch vor Ostern, das letzte Mal, dass der Papst über den Petersplatz fährt. Bei Schlechtwetter findet der Empfang in einer Audienzhalle statt.«

»In der Aula Paolo VI.«, präzisierte Henri.

Sophie überschlug den Zeitplan im Kopf. »Mitte April – dann bleiben uns zwei Wochen. Das ist knapp, dürfte aber reichen.«

»Ihr Ziel sind die Europawahlen?«

»Unser Ziel ist *Europa*«, sagte sie. Die Wahlen waren ein Etappenziel, eine Schlacht, aber nicht der Krieg. »Die Menschen wollen ihr Land zurück. Und wir setzen uns dafür ein, dass es in einem neuen Europa wieder individuelle Nationalstaaten mit ihren eigenen Identitäten gibt. In ihren eigenen Grenzen. Weltoffenheit ist gut und schön, aber manchmal muss sich ein Volk abgrenzen, um zu überleben.« Sie sah Marais an. »Allein in Frankreich leben über sechs Millionen Menschen islamischen Glaubens – neun Prozent der Bevölkerung. Das werden niemals echte Franzosen werden.«

Marais nickte nachdenklich, griff nach der Packung Gitanes und zündete sich eine neue Zigarette an. »Sie sind gut informiert, Mademoiselle«, sagte er. »Bien, Gladius kämpft mit Ihrer Bewegung Seite an Seite für die Heimat.« Er lehnte sich wieder in seinem Sessel zurück, nahm einen tiefen Zug und blies den Rauch vor sich hin.

»Wir werden Details brauchen«, sagte Sophie.

Marais schüttelte den Kopf. »Non.«

»Wir müssen glaubhafte Augenzeugen aufbauen«, erklärte Sophie. Die Diskussion mit Laien war immer mühsam. »Ein paar voneinander unabhängige Quellen, die sich nach und nach zu Wort melden. Nur dann springen die Medien auf unseren Zug auf. Wie lange ist Ihr Mann in Italien? Wohnt er in einem Hotel oder privat? Fährt er Bus oder Vespa? So etwas.«

Marais ließ sich ihre Bitte durch den Kopf gehen. »Also gut«, sagte er schließlich. »Wir geben Ihnen ein paar Eckdaten, mit denen Sie operieren können.«

Henri stand auf und verschwand durch die weinüberrankte Veranda im Haus.

»Danke für Ihr Verständnis«, sagte Sophie.

Ein Lächeln huschte über Marais' Gesicht. Er pflückte mit Daumen und Zeigefinger einen Tabakkrümel von seiner Zunge und schnippte ihn weg. »In meinem Metier braucht man kein Verständnis, nur ein Ziel«, sagte er. »Für Ihre … *Bewegung* sind wir sowieso die Mörder, die die Drecksarbeit machen, n'est-ce pas?« Er hatte sich keine Sekunde von ihrer diplomatischen Darbietung täuschen lassen.

Der Mistral wurde stärker, drehte von Nordwest auf Süd, trug den Geruch nach Salz und Meer heran.

Sophie fiel die Parole ein.

Pour Dieu et la patrie.

Für Gott und Vaterland.

Gar nicht so falsch, dachte sie und sagte: »Natürlich nicht, wir setzen uns doch alle für dasselbe Ziel ein.«

Marais fuhr wieder mit dem Finger über die Narbe an seinem Hals. Es schien ein Tick von ihm zu sein, der anfing, sie ernsthaft zu nerven.

»Sie sind so jung«, sagte er schließlich und nahm die Hand herunter. »Mademoiselle, wir – die Männer von Gladius – sind Ex-Legionäre. Wir haben schon für unser Land gekämpft, als Sie noch nicht geboren waren. Wissen Sie überhaupt, was das ist? Die Fremdenlegion?«

»Wer nicht?«, sagte Sophie. Es war eine Mördertruppe, aber man konnte sich seine Kampfgefährten nicht aussuchen.

Marais wandte das Gesicht nach Süden, ließ den heißen afrikanischen Wind über seine Haut streichen. »Wir hielten uns für die seigneurs de la guerre – die Herren des Krieges«, sagte er. »Eine Gemeinschaft bis in den Tod, in der jeder sein Leben für jeden aufs Spiel setzt.«

Sophie nickte. »Einer für alle, alle für einen«, sagte sie. »Anders funktioniert keine Bewegung.«

Die Zypressen hinter der Terrasse begannen sich unter den immer heftiger anbrandenden Windböen zu neigen, und ein Rauschen ging durch den Pinienwald, der den Garten zur Straße begrenzte. Wenn der Mistral weiter anhielt, würde er Sophies Maschine auf dem Rückflug ordentlich durchschütteln.

»Afrika.« Marais seufzte. »Wir waren romantisch, abenteuerlustig und sentimental. Wir haben für fünf Jahre unterschrieben, und als wir, die Überlebenden der Grundausbildung, in Sidi bel Abbès ankamen, stand über dem Kasernentor ein einziger Satz.« Er hob die Hand und fuhr damit durch die Luft, als zeichnete er einen Schriftzug nach. »›Légionnaires, vous êtes venus pour mourir‹ – Legionäre, ihr seid gekommen, um zu sterben.« Er grinste. »Wir haben uns in die Hosen geschissen.«

»Das kann ich mir nicht vorstellen«, sagte Sophie, die sich erneut Sorgen über diese Zusammenarbeit machte. Wenn bei diesem Attentat auch nur ein Fehler geschah, die Fährte in ihre Richtung wies, war der Schaden in der öffentlichen Wahrnehmung nicht mehr gutzumachen. Sie würde die Zuverlässigkeit dieser Organisation mit einem Fragezeichen versehen. Am Ende waren die Leute von Gladius womöglich nur ein Haufen hitzköpfiger alter Haudegen.

Marais' Augen verengten sich. »Sie haben mich nicht verstanden, Mademoiselle«, sagte er scharf. »Ein Legionär sollte kein Killer sein, wissen Sie, sondern nur ein Soldat, der sein Handwerk versteht.«

Sophie spürte, wie ihr die Röte ins Gesicht stieg. Und wieder hatte er sie durchschaut. Wenn sie geglaubt hatte, dass sie in diesem Gespräch auch nur eine Sekunde lang die Führung gehabt hatte, war sie naiv gewesen.

»Eine letzte Frage«, sagte sie. »Wie groß ist der Kreis der Eingeweihten? Wer weiß alles von Ihren Plänen?«

Darüber musste Marais erst nachdenken. Die Sekunden dehnten sich. Schließlich sagte er: »Unsere Organisation umfasst natürlich viele Mitglieder, sehr viele. Von unserem Plan wissen nur ich, Henri, unser Profi und jetzt Sie. Und natürlich unsere Kontaktpersonen in Rom.« Er machte eine Pause. »Dabei muss es bleiben. In jeder Organisation wimmelt es von Spitzeln. Informieren Sie nur Manhardt. Mehr Mitwisser wird es nicht geben.«

Wird – nicht »darf« oder »sollte«.

»Für uns lege ich die Hand ins Feuer«, sagte sie.

Marais beugte sich vor, fixierte sie. »Ich habe schon viele Hände brennen sehen«, sagte er. »Und Menschen auch.«

Sophie fragte sich, was passieren würde, wenn sie das Vertrauen der Männer von Gladius enttäuschte. Ihre Ankunft und der Torwächter fielen ihr wieder ein.

Warum verlangt der Mann die Parole?

Bei Gefahr hätte ich einen Code verwendet.

Und dann?

Sie hatte keine Antwort erhalten. Was war mit ihrem Informanten geschehen, den sie nicht mehr erreichen konnten? Ihr wurde kalt. »Vertrauen gegen Vertrauen«, sagte sie.

Marais schlug mit den Händen auf die Armlehnen seines Sessels und stand auf. »Dann auf gute Zusammenarbeit«, sagte er. »Grüßen Sie mir Wien – quelle belle ville.«

Was für eine schöne Stadt.

Sophie erhob sich ebenfalls.

Vom Haus her waren Schritte zu hören, gleich darauf gesellte sich Henri wieder zu ihnen. Sophie bemerkte Antoine, der mit auf dem Rücken verschränkten Händen im Schatten der Veranda stand und sie musterte. Hatte er die Runde die ganze Zeit beobachtet? Gab es ein verstecktes Mikrofon, das zu dem Knopf in seinem Ohr führte? War das Gespräch am Ende etwa mitgeschnitten worden? Das wäre ein Verstoß gegen die Abmachung – ein Beweis ihrer Anwesenheit auf Mas Boniface in den Händen dieser Söldnertruppe.

Marais gab Henri ein Zeichen, und der überreichte Sophie ein braunes DIN-A5-Kuvert. Es war gepolstert, zugeklebt und überraschend leicht. Ein schmales weißes Etikett verschloss seine Rückseite. Der Umschlag war versiegelt.

»Ein paar vertrauliche Informationen«, sagte Marais. »Henri hat sie gerade für Sie zusammengestellt.«

Sophie zögerte, das Kuvert fühlte sich in ihren Händen nicht gut an. Es war eine Sache, theoretisch über einen Papstmord zu reden, und eine andere, mit konkreten Anschlagplänen durch halb Europa zu reisen. Sie wollte den Umschlag schon zurückgeben, als Henri sagte: »Niemand außer Ihnen kann damit etwas anfangen.«

Sophie steckte den Umschlag in ihre Aktentasche. Immerhin hatte sie jetzt auch etwas in der Hand.

»Au revoir, Mademoiselle«, sagte Marais. »Henri wird Sie zum Flughafen bringen. Wir bleiben in Kontakt.«

»Wir melden uns«, sagte Sophie. »Adieu.«

Die Fahrt zum Flughafen dauerte erheblich länger als die nach Grand Sud. Inzwischen war die Temperatur empfindlich gefallen, und der Sturm hatte mit voller Wucht eingesetzt. Die langen Wedel der Palmen am Rand der E714 peitschten die Luft, abgerissene Zweige und Papierfetzen wirbelten über die Fahrbahn, und in Richtung Marignane ging es zeitweise nur noch im Schritttempo voran. Das Meer, nun auf der linken Seite, hatte die Farbe flüssigen Bleis angenommen. Schaumkronen tanzten auf den Wellenkämmen, und meterhohe Brecher schlugen ans Ufer, zerbarsten und sprühten Salzwasser auf die dahinschleichende Autokolonne.

Sophie ging das Gespräch mit Marais in Gedanken noch einmal durch. Das Attentat auf den Papst würde eine europaweite, wenn nicht weltweite Krise heraufbeschwören. Die Folgen waren vorhersehbar. Kriege und Terroranschläge bewirkten immer, dass sich die Öffentlichkeit um die Fahne scharte. Sophie hatte in Harvard studiert. Der USA PATRIOT Act, dem George W. Bush im Oktober 2001 mit seiner Unterschrift Gesetzeskraft verliehen hatte, war ihr ein Begriff. Das Gesetz wäre ohne die nur einen Monat zurückliegenden Terroranschläge niemals durch den Kongress gegangen. Doch nach dem 11. September 2001 hatte es die Mehrheit der Amerikaner für nötig gehalten, ein paar bürgerliche Freiheiten zu opfern – um den Terrorismus eindämmen zu können.

Sophie blickte nachdenklich aus dem Fenster.

Alle Kritiker wären auf einen Schlag zum Schweigen gebracht. Ein Attentat auf den Papst war ein Angriff auf das gesamte Abendland. Wer es wagte, die Stimme gegen notwendige Sicherheitsmaßnahmen zu erheben, begab sich in den Dunstkreis des Terrorismus, machte sich der Sympathie für die Mörder verdächtig. Die Idee von Gladius war genial.

Nach Pearl Harbour hatten sich die Amerikaner für die

Ausweisung von Amerikanern japanischer Herkunft ausgesprochen. Noch Jahre später forderten viele deren Internierung. Man musste nur mit dem Finger auf den Schuldigen zeigen. Henris Worte fielen ihr wieder ein.

Man wird die Dokumente eines in Deutschland anerkannten Flüchtlings finden.

Sie hatte eine andere Vorgangsweise vorgeschlagen, und das Gespräch hatte sich schnell in eine neue Richtung entwickelt. Jetzt fragte Sophie sich, wo man diese Dokumente überhaupt hätte finden sollen. Etwa auf dem Petersplatz? Marais' ursprünglicher Plan musste einen Haken haben. Ihrem analytischen Verstand entgingen Ungereimtheiten nie.

Sophie wollte schon Henri fragen, der wieder vorne auf dem Beifahrersitz saß, aber in Gegenwart des Fahrers war das nicht möglich. Also tröstete sie sich damit, dass das Thema ohnehin vom Tisch war.

Sie dachte an den letzten Anblick, den Jean le Marais geboten hatte. Aufrecht und unbewegt, die Hände in den Hosentaschen und das silberne Haar ein Spiel des Windes. Im Hintergrund die schwankenden Zypressen und der sich verfinsternde Himmel über der Provence.

Ein Papstmord.

Jetzt schien ihr das Bild wie ein Symbol für die dunklen Gewitterwolken, die sich über Europa zusammenzogen.

3

Der Tag, an dem Viktor Hellbergs Leben aus seiner Bahn geworfen und in die Tiefen eines dunklen Universums katapultiert wurde, war Freitag, der zwölfte April.

In Berlin war ein sonniger Frühlingstag angebrochen, als Viktor wie jeden Morgen seinen Mercedes gegen acht Uhr auf seinem reservierten Parkplatz in der Tiefgarage abstellte. Sie lag unter einem jener Hochhäuser, die auf der ganzen Welt gleich aussahen. Moderne Architektur und verspiegelte Glasflächen zwischen Betonsäulen. Läden und Cafés im Erdgeschoss und Büros und Arztpraxen darüber.

Viktor fuhr im Außenlift in den achten Stock hinauf.

Hinter der Rauchglas-Fassade versanken die Dächer von Berlin unter ihm in goldbraunem Dunst. Die Alleebäume, zwischen denen der Morgenverkehr wie Spielzeugautos dahinkroch, schienen statt erstem Frühlingsgrün bereits herbstliches Laub zu tragen. Während der Aufzug Stockwerk um Stockwerk erklomm, schwebte nicht allzu weit entfernt das stählerne Ei des Fernsehturms vor Viktors Augen.

Normalerweise genoss er dieses Schauspiel.

Die Etage im achten Stock, die er vor zwei Jahren in dieser begehrten Bürolage für seine Anwaltskanzlei gekauft hatte, war der sichtbare Ausdruck seines Erfolgs. Viktor hatte eine Zeit lang mit seinem Vater eine kleine Kanzlei geführt, sie nach dessen Tod übernommen und sich auf Wirtschaftsrecht spezialisiert. Vor ein paar Jahren hätte keiner seiner Standeskollegen auch nur einen Cent darauf verwettet, dass er den Wettbewerbsprozess eines deutschen Mittelstandsunternehmens gegen einen Weltkonzern gewinnen würde. Er hatte es nicht nur getan, inzwischen vertrat er auch den Konzern und beschäftigte sieben Partner.

Das gebürstete Metallschild an der Eingangstür listete die Namen aller Juristen auf – Hellberg, Bendix, Kellermann & Partner war eine der renommiertesten Anwaltskanzleien in Berlin. Wichtige Klienten verlangten jedoch nur Viktor.

An diesem Tag beschäftigten ihn andere Gedanken.

Bis Mittag reihten sich Termine und Telefonate, gegen dreizehn Uhr würde ihn seine Tochter Marie abholen, um kurz nach halb drei ging ihr Flug nach Wien. Marie würde seine für zwei Tage gepackte Reisetasche mitbringen. Er wollte spätestens am Sonntagabend wieder in Berlin sein, hatte seine Frau dahingehend informiert.

Dass er wenig Zeit für Aenne und sein einziges Kind zu erübrigen hatte, wusste Viktor. Es ließ sich jedoch nicht ändern. Aenne hatte sich an seine Abwesenheit gewöhnt, traf Freundinnen, trieb Sport, machte – nun ja, eigentlich wusste er gar nicht, was sie den ganzen Tag so machte. Aber sie quälte ihn nicht mit Vorhaltungen. Sie waren Mitte vierzig, seit fast zwanzig Jahren verheiratet und drifteten jedes Jahr ein Stück weiter auseinander. Der Zeitpunkt, an dem man diese Entwicklung hätte aufhalten können, war längst verstrichen. Seiner Tochter gegenüber hatte Viktor jedoch gelegentlich ein schlechtes Gewissen.

Der Lift kam mit einem leisen Klingeln zum Stehen.

Viktor ging den langen Gang hinunter, der graue Teppichboden schluckte das Geräusch seiner Schritte. Die Diskretion von Hellberg, Bendix, Kellermann & Partner begann schon auf den letzten Metern vor der Eingangstür.

In der Kanzlei herrschte bereits voller Betrieb.

Am Empfang telefonierten die drei Sekretärinnen. In der schwarzen Ledergarnitur gegenüber las ein Klient den Berliner Tagesspiegel und trank Kaffee. Johanna Mosbeck, die Referendarin, stand im Mantel und mit einem Aktenkoffer in der Hand vor dem großen Kanzlei-Kalender, überflog ihre Termine und war anscheinend im Begriff, zu Gericht zu gehen. Ein mit Ordnern bepackter Jurastudent kam aus David Kellermanns großem Büro, lächelte Viktor kurz zu und verschwand eilig im Arbeitszimmer von Katharina Bendix.

Viktor grüßte und wollte gerade in sein Eckbüro mit Blick über die Stadt gehen, als sich Johanna Mosbeck umdrehte und auf ihn zukam. Er blieb stehen.

»Johanna?«, fragte er. »Kann ich was für dich tun?«

Sie zögerte. »Ich habe da einen Familiennachzug«, sagte sie schließlich. »Vier Personen aus Damaskus …«

»Wir sind eine Wirtschaftskanzlei.«

»Ich übernehme die Sache persönlich«, sagte sie, »und arbeite am Abend daran. Aber ich brauche dein Okay.«

Viktor musterte sie. Johanna war Ende zwanzig, auffallend attraktiv, eine gute Juristin. Er hatte sogar schon eine zukünftige Partnerschaft in Erwägung gezogen. Aber eine solche Sache begründete einen speziellen Ruf für eine Kanzlei, zog ähnliche Mandate nach sich. Außerdem taten Aenne und er zur Genüge Gutes. Sie suchte die karitative Organisation aus, er setzte die Spende von der Steuer ab.

»Tut mir leid, Johanna, aber – nein.«

»Habe ich mir schon gedacht.« Sie holte tief Luft. »Ich bin dann mal bei Gericht. Salzmann gegen Salzmann.«

»Sehr schön.« Er schenkte ihr ein Lächeln. »Und nicht gleich nachgeben. Der kann sich die Scheidung leisten.« Viktor hob die Hand zum Gruß und ging in sein Büro.

Die Chefsekretärin stand vor dem Schreibtisch, klopfte einen Papierstapel auf Kante. Bei seinem Eintreten drehte sie sich um. Sie arbeiteten seit über zehn Jahren zusammen.

»Morgen, Brigitte«, sagte er. »Johanna hat mich wegen eines Familiennachzugs gefragt. Was ist das für ein Mandat?«

»Ihr neuer Freund ist aus Syrien.«

»Großer Gott.« Er legte seine Aktentasche auf eine Ecke des Schreibtischs.

»Ja«, sagte sie. »Karims Diplome sind nostrifiziert, jetzt macht er die Zusatzprüfungen. Er ist auch Jurist.«

Viktor sah sie scharf an. »Nein.«

»Wie bitte?«

»Nicht bei uns.« Viktor konnte sich nicht erinnern, wie oft er schon von sogenannten guten Freunden gefragt worden war, ob es in seiner Kanzlei nicht einen Platz für hoffnungsvolle Töchter und Söhne gäbe. Beziehungen waren nützlich, aber für ihn zählte vor allem Leistung. »Sagen Sie Johanna, wir wünschen dem jungen Kollegen Erfolg bei seinen Prüfungen.«

»Natürlich«, sagte sie. »Ich habe Ihre Post schon mal vorsortiert, nachdem Sie ja nur bis heute Mittag da sind. Den Termin mit den Ehegatten Sandner habe ich auf nächste Woche verschoben. Das Telefonat mit Wollersby & Partners fällt aus. Direktor Wollersby musste kurzfristig nach Dubai und meldet sich am Montag.«

»Was ist mit diesem Hotel in der Innenstadt?« Katharina Bendix hatte in Wien Silvester gefeiert und dort gewohnt.

»Wie gewünscht«, sagte die Sekretärin. »Suite im Hotel am Stephansplatz, erster Bezirk, Balkon mit Blick auf den Dom. Ich hätte für Marie ja ein eigenes Zimmer gebucht.«

»Marie wollte aber unbedingt mit mir zusammenwohnen.«

»Ganz Daddy's Girl, was?«

»Manchmal etwas anstrengend«, sagte Viktor. Er gab nur ungern zu, wie abgöttisch er seine Tochter liebte und wie sehr ihm ihre Anhänglichkeit schmeichelte.

Ich fliege mit nach Wien, Papa, keine Widerrede.

Marie, das wird kein schöner Ausflug, glaub mir. Ich will es hinter mich bringen und kann dich nicht gebrauchen.

Mich kann man immer gebrauchen.

Natürlich hatte ihn ihr Angebot gefreut. Wenn ihm jemand die nächsten zwei Tage erträglich machen konnte, dann war es seine Tochter. Mit genügend Selbsttäuschung gelang ihnen ja vielleicht sogar so etwas wie ein Städtetrip.

»... liegt auf dem Tisch«, sagte die Sekretärin gerade.

»Wie bitte?« Er hatte nicht zugehört.

»Die Reiseunterlagen liegen wie immer auf Ihrem Schreibtisch.« Sie zeigte auf eine schwarze Ledermappe mit Kanzleiaufdruck neben einem Aktenberg. »Die Tickets für den Hinflug sind auch drin – den Rückflug habe ich noch offengelassen. Dr. Kellermann lässt übrigens fragen, ob er die Gesellschafterversammlung am Montag übernehmen soll.«

»Nicht nötig«, sagte Viktor. »Ich bin am Sonntagabend sicher zurück.« Er setzte sich in seinen Schreibtischsessel. »Morgen früh spreche ich mit dem Beerdigungsinstitut, und der Nachlass meiner Mutter ist überschaubar.«

»Mein Beileid noch mal.«

»Danke. Haben wir den Termin mit dem Bürgermeister?«

»Donnerstag, zehn Uhr dreißig.« Die Sekretärin musterte ihn. »Dann hole ich nur noch schnell Ihren Kaffee.« Sie drehte sich um und verließ das Büro.

Viktor stützte die Ellenbogen auf den Tisch und fuhr sich mit den Händen durchs Haar. Er blickte zu der Fotogalerie in schweren Silberrahmen hinüber, die Aenne auf seinem Schreibtisch aufgebaut hatte, und betrachtete das Foto seiner lachenden Tochter. Sie beide hatten dicke braune Locken, ein Erbteil seiner Mutter. Sein Haar war akkurat geschnitten, aber Maries wilde Mähne schien so unbezähmbar wie sie selbst. Die zarte Marie, ein Ebenbild ihrer französischen Großmutter Simone. Gelegentlich bereitete ihm das Sorgen. Aber auch er hatte weder den hohen Wuchs noch die blauen Augen seines Vaters geerbt.

Simone.

Viktor war immer nur besuchsweise bei seiner Mutter,

die unter ihrem Mädchennamen Simone Colbert Karriere als Pressefotografin gemacht hatte, gewesen. In seiner Erinnerung sah er sie an dem Arbeitstisch in ihrem kleinen Haus am Chiemsee sitzen, Fotos und Aufzeichnungen vor sich. Immer mit dem Rücken zur Wand und den Blick zur Tür. Es fiel schwer, sich Verhaltensweisen abzugewöhnen, die man sich unter Lebensgefahr angeeignet hatte.

Vor drei Tagen war Simone, wie sie in der Familie nur genannt wurde, überraschend in einer Wiener Pension gestorben, im Alter von fünfundsechzig Jahren – und an einer für ihr bereits geschädigtes Herz tödlichen Menge Alkohol.

Simone, was hast du in Wien gewollt?

Viktor wusste nicht, wann das langsame Sterben seiner Mutter begonnen hatte. Wann hatten ihre Panikattacken eingesetzt? Wie viel Grausamkeit und Leid konnte eine Seele aushalten, ehe sie zerbrach? Wie viel Scham bei dem Gedanken, was Menschen einander antaten? Das Einzige, was er wusste, war, dass ihr Tod ein unaufhaltsamer Prozess, ein langer Weg in den Abgrund gewesen war.

Am Beginn ihrer Karriere hatte Simone wohl erwartet, dass ihr Mann verstand, was sie in ihrem Beruf durchmachte. Aber wie sollte ein Anwalt mit geregeltem Berliner Alltag begreifen, was sich Tausende Kilometer von seiner Welt entfernt abspielte, das Grauen erfassen, das sich der Vorstellungskraft der meisten Menschen entzog? Die Bilder, die Simone quälten, waren die Schicksale Fremder gewesen. Von dem, was ihr selbst zugestoßen sein mochte, hatte sie nie gesprochen. So lebten Viktors Eltern auf verschiedenen Planeten, und wenn seine Mutter aus einem Kriseneinsatz zurückkehrte, kam sie nie bei Mann und Kind an.

Viktor war drei Jahre alt gewesen, als sein Vater sich scheiden ließ, das Sorgerecht für ihn erstritt und seine Mutter von Berlin in ein kleines Haus südlich von München zog.

Von da ab sah Viktor sie nur noch in den Ferien und an ein paar Wochenenden im Jahr. Und auch dann hatte er jedes Mal das Gefühl gehabt, es stünde eine unsichtbare Wand zwischen ihnen.

Bei jedem Besuch fand Viktor eine Welt vor, deren Chaos er seinem Vater, der Unordnung genauso hasste wie er selbst, verschwieg, um seine Mutter überhaupt sehen zu dürfen.

Simone rief nicht den Klempner an, sondern stellte stattdessen einen Kochtopf unter den tropfenden Wasserhahn. Rechnungen ließ sie liegen, bis sich die Mahnungen stapelten, weil sie immer einen größeren Geldbetrag in mindestens zwei Währungen bei sich trug und stets bar bezahlte. Sie schien unfähig, sich mit normalen Alltagsgeschäften auseinanderzusetzen. Irgendwann hörte sie auf, es überhaupt zu versuchen.

Simone war eine gute Köchin, Viktor liebte die *tartes* und *galettes,* die sie an ihren guten Tagen für ihn buk, das warme Weißbrot und die Fischsuppen.

Nur Kurzgebratenes gab es nie.

Wenn im Sommer der verführerische Grillgeruch nach brutzelnden Fleischstücken von den Nachbarn herüberzog, stürzte Simone ins Haus, schlug Türen und Fenster zu. Schaffte sie das nicht rechtzeitig, hörte Viktor jedes Mal, wie sie sich auf der Toilette erbrach.

Warum tust du das, maman?

Frag mich das nie wieder, hörst du? Du nicht!

Dass seine Mutter unter einem posttraumatischen Belastungssyndrom litt und ihr Kind nur schützen wollte, begriff Viktor erst als Erwachsener, als es zu spät war, ihren wirren Geist wieder in geordnete Bahnen zu zwingen. Statt professionelle Hilfe zu suchen, bekämpfte Simone ihre Dämonen mit immer mehr Alkohol. Oft saß sie schweigend am Küchentisch, eine Flasche Wodka und ein hohes Glas in Reichweite, und starrte angespannt auf die verschlossene

Terrassentür. Als wartete sie auf jemanden, dessen Ankunft sie erhoffte und fürchtete zugleich.

So fiel Simones Leben nach und nach auseinander.

Bis vor drei Tagen, als ein Stubenmädchen am Morgen ein Pensionszimmer in Wien betreten und die Tote gefunden hatte. Nun lag sie in einem Wiener Beerdigungsinstitut und wartete auf die Überführung nach Berlin.

Simone, warum ausgerechnet Wien?

Irgendwie hatte seine Mutter es immer geschafft, sich selbst und ihre Familie in Schwierigkeiten zu bringen.

Sogar jetzt noch, im Tod.

Viktor verbannte die verstörenden Gedanken, schaltete das Diktiergerät ein und schlug die oberste Akte auf seinem Schreibtisch auf. Wenn private Probleme ihn zu überwältigen drohten, fand er immer Zuflucht in der Arbeit. Nach wenigen Minuten hatte er die bevorstehende Wienreise vergessen.

Irgendwann piepste die Gegensprechanlage.

Viktor drückte auf den Knopf. »Ja?«

»Marie ist jetzt da.« Die Stimme der Sekretärin.

Er warf einen Blick auf seine Armbanduhr. Viertel vor eins. Auf seine Tochter war Verlass. »Ja, gut, ich komme.«

Marie saß in einem der schwarzen Ledersessel am Empfang, eine große Reisetasche neben sich, und schmökerte in einem Bildband. Sie trug einen viel zu großen Norwegerpullover, Jeans mit Löchern an den Knien und graue Turnschuhe, die sicher einmal weiß gewesen waren. Die wilde braune Lockenmähne hatte sie in einem wuscheligen Dutt am Hinterkopf zusammengenommen. Marie war sechzehn, aber wie sie so, das Kinn auf die rechte Faust gestützt und ganz in ihr Buch versunken, dasaß, erinnerte sie Viktor an das ernsthafte kleine Mädchen, das sie einmal gewesen war.

»Mariechen, wir können«, sagte er.

Sie hob den Kopf, strahlte ihn an, schloss das Buch mit

einem Knall und hielt es hoch. »Schau mal, was ich gefunden habe. Ich wusste, es ist in unserer Bibliothek.«

Das Cover zeigte das Schwarz-Weiß-Porträt einer ernsten jungen Frau, die eine Kamera vor die Brust hielt. Die Linse zielte auf den Betrachter. Es war nicht klar, ob die Fotografin ein Selbstporträt in einem Spiegel geschossen oder den Betrachter im Visier hatte und im nächsten Augenblick auf den Auslöser drücken würde. Der Umschlag hatte schon Knicke und Risse.

»Im Brennpunkt«.

Es war ein Bildband mit Simone Colberts Fotografien.

Viktor sank das Herz.

»Marie, musste das sein?«, fragte er genervt.

»Bordlektüre«, antwortete sie ungerührt. »Immerhin war Simone meine Großmutter.« *Ssimónn.* Jeder sprach den Namen französisch aus. »Ihre Bilder sind so genial.«

Auf der Fahrt zum Flughafen fotografierte Marie mit ihrem Handy aus dem Seitenfenster. In erster Linie alte Leute, soweit er das von der Seite sehen konnte. Manchmal fragte Viktor sich, ob Sechzehnjährige die Welt nur noch durch das Auge einer Handylinse betrachteten, um ihr Leben anschließend auf sozialen Plattformen dokumentieren zu können. Es wurde Zeit, dass Marie solche Flausen vergaß und anfing, sich auf höhere Ziele zu konzentrieren.

Endlich lehnte sich Marie zurück, klopfte mit dem Handy an ihr Kinn.

»Warum haben wir Simone nie besucht?«, fragte sie.

Weil er bei jedem Telefonat mit seiner Mutter die Kälte ihres Herzens zwischen ihren warmen Worten gefühlt hatte. Psychologisches Gespür war das Ass im Ärmel eines Anwalts.

»Meine Mutter war sehr beschäftigt«, sagte er.

»Ach, und du nicht, oder?«

»Freche Kröte.«

»Man muss die Dinge beim Namen nennen, deine Worte.«

Viktor gab sich geschlagen. Er bewunderte Maries Schlagfertigkeit, ihren scharfen Verstand, der sie eines Tages zu einer guten Juristin machen würde. Dass seine Tochter andere Pläne für ihr Leben haben könnte, schloss er aus. Sie war ihm so ähnlich, er selbst mit Leib und Seele Anwalt. Viktor wusste, dass seine Partner seine Arbeitsweise gelegentlich für tollkühn hielten. Aber er liebte die Herausforderung, den Kampf und den Sieg. Dass er dabei nicht immer mit der feinen Klinge focht, machte für ihn durchaus den Reiz der Sache aus. Er kämpfte für seine Klienten, die seine unerbittliche Prozessführung übrigens zu schätzen wussten. Das Recht wurde den Hellbergs in die Wiege gelegt.

»Erinnerst du dich eigentlich an Simone?«, fragte er.

Marie krauste die Nase. »Nein«, sagte sie, »nicht wirklich. Ich glaube, ich war einfach noch zu klein. Sie war irgendwie hektisch, nicht? Außerdem konnte ich damals noch kein Französisch.« Sie sah aus dem Fenster auf die vorüberrinnenden Häuserfassaden. »Und sie roch komisch.« Ihr Tonfall war nachdenklich. »Und jetzt ist sie tot.«

Irgendwie hektisch.

Und sie roch komisch.

Viktor fasste das Steuer des Mercedes fester und bog zum Parkhaus des Flughafens ab. Es blieb noch genügend Zeit bis zum Abflug, um einen Städteführer über Wien zu kaufen. Er stellte den Mercedes ab, löste ein Parkticket für drei Tage, und sie schlossen sich den Touristen an, die auf das Abfluggebäude zuströmten. Als sie am Schalter eingecheckt und ihre Reisetaschen aufgegeben hatten, fühlte sich die Unternehmung schon nicht mehr ganz so schrecklich, sondern ein wenig wie ein Vater-Tochter-Wochenendtrip an. Während sie in der Schlange vor der Sicherheitskontrolle warteten, wandte sich Viktor an Marie und hielt die frisch erworbene Lektüre hoch.

»Wir haben ein volles Programm«, sagte er. Er würde Ablenkung brauchen, war froh über Maries Gegenwart.

»Ach, Papa, nicht schon wieder Kirchen.«

»Nur ein paar ganz kleine«, versprach er. »Und das Museumsquartier, Schönbrunn und natürlich den Stephansdom.«

Marie presste wortlos den Bildband vor die Brust, als wollte sie auf den eigentlichen Zweck der Reise hinweisen.

Auch während des Fluges hatte sie keinen Blick für die Hochglanzbilder einer prachtvollen Weltstadt, sondern saß schweigend auf ihrem Fensterplatz und blätterte konzentriert durch die Schwarz-Weiß-Bilder ihrer Großmutter.

»Da, schau mal, das hier«, sagte sie auf einmal.

Widerstrebend blickte Viktor auf das Foto.

Die Männer auf dem Bild trugen Uniformen und Gewehre. Im Halbkreis beugten sie sich über einen verwundeten Kameraden, der mit geschlossenen Augen auf dem Boden lag. Jemand hatte noch ein zerrissenes Hemd wie einen Verband um seinen Kopf gewickelt, doch es war deutlich zu sehen, dass es dafür zu spät war. Das Gesicht des Jungen war blass und friedvoll wie das eines Schläfers. Aber seine Seele war schon irgendwo anders. Er konnte kaum mehr als zwanzig Jahre alt gewesen sein. Die Beschriftung des Fotos war verwischt und nicht mehr leserlich. Niemand würde mehr erfahren, wann und wo dieser Junge gefallen war.

Ein Mann mit einem Gewehr ist nur ein Soldat. Aber wenn er schießt oder blutet oder stirbt, ist es ein Bild.

Viktor verdrängte die Stimme seiner Mutter.

»Hat Simone die alle selbst entwickelt?«, fragte Marie.

»Mhm.«

Simone hatte ihre Dunkelkammer geliebt, die Finsternis, die Chemikalien. Wenn sie dann irgendwann wieder aufgetaucht war, hatte sie immer ein stechender Geruch umgeben, so wie andere Mütter ein teures Parfüm.

Das nächste Foto zeigte einen nackten alten Mann auf einer Krankenhauspritsche. Seine Haut war am ganzen Körper verbrannt, hing in roten und schwarzen Fetzen herab. Dunkle Augen schauten direkt in die Kamera. Schicksalsergeben wartete der Alte auf den Tod. Wie lange war Simone an seinem Sterbebett geblieben? Bis zum bitteren Ende?

»Simone war genial«, sagte Marie. »Great job.«

Wenn es bloß ein Job wäre, würde ich aufhören.

Was hatte seine Mutter angetrieben? Nur die Jagd nach dem nächsten guten Schuss, wie sie die Fotos nannte? Vielleicht hatte er ja von ihr seine Lust an der Herausforderung und dem Nervenkitzel geerbt. Er war Anwalt, seine Aufgabe war es, eine Situation zu kontrollieren. Denn anders als seine Mutter verlor er nie den Kopf. Seine Härte war wohl ein Erbteil seines Vaters.

Was hatte Simone bloß in Wien gewollt?

Bei aller Trauer und allem Schmerz über den Verlust fing Viktor wieder an sich zu ärgern.

»Es gibt schönere Motive«, sagte er.

»Möglich«, sagte Marie nachdenklich. »Aber der Krieg hat auch eine ungemeine Ästhetik und Faszination.« Sie tippte auf eines der Fotos. »Die Kraft und die Macht, und immer gibt es ein Ziel. Die Waffen, die Soldaten in Uniform – das törnt die Leute doch an, oder? Irgendwie ist das eben auch sexy, es gibt nur keiner zu.« Sie sah ihren Vater an. »Wenn wir ehrlich sind, sind wir doch alle Killer.«

Marie war sechzehn – woher diese subversiven Gedanken?

»Wir leben in einer aufgeklärten Gesellschaft«, sagte er. »Wir haben die Europäische Menschenrechtskonvention – erklär mir bitte noch mal, was sie regelt.« Er war Jurist wie sein Vater, wie sein Großvater, wenigstens dieses Gesetz sollte eine Hellberg kennen. »Wenn du zum Studium nach Freiburg willst –«

»Papa, fang nicht wieder damit an!«

»Du solltest dir ruhig hohe Ziele setzen.«

»Wenn einer meint, dass sich Gewalt für ihn auszahlt, wird er sie anwenden, ob zivilisiert oder nicht«, beharrte sie ungerührt. »Ich wette, bei den Nazis –«

»Das waren ganz andere Zeiten«, unterbrach Viktor sie. In dieser allgegenwärtigen Rückwärtsgewandtheit stellte er jedes Mal einen Mangel an Ambitionen fest, fehlte ihm das Streben nach Erneuerung und nach Erkenntnisgewinn. »Marie, ich würde es begrüßen, wenn du dich mehr auf deine Zukunft konzentrieren würdest. Das, was gewesen ist, ist vorbei.«

»Das waren Leute wie du und ich«, sagte sie.

Darauf wollte Viktor erst recht nicht eingehen. Sein Großvater war Richter gewesen, einer der zahlreichen Juristen des Dritten Reichs. Keine Symbolfigur des Volksgerichtshofs, nur ein kleines Rädchen im Uhrwerk der Justiz, das mit vielen anderen zusammen das System am Laufen gehalten hatte. Viktor kannte seinen Großvater nur als pensionierten Mann, der aufmerksam zuhörte und auf alle Fragen eine Antwort wusste. Erst als er zufällig während des Jurastudiums auf den Namen Heinrich Hellberg gestoßen war, hatte er von dessen Vergangenheit erfahren. Die Familie hatte auf Nachfragen abweisend reagiert. Irgendwann war das Foto des jungen Strafrichters im Talar unter der Hakenkreuzfahne hinter Viktors Erinnerung an den gütigen alten Mann im Lehnstuhl verblasst. Maries Frage hatte es wieder ans Licht gezerrt.

»Weißt du, Marie«, sagte er. »Wenn man so mitten in Ereignissen lebt, dann bemerkt man so eine Entwicklung vielleicht gar nicht gleich. Jeder einzelne Schritt ist unbedeutend und wird gut begründet. Außerdem gab es auch damals Gesetze. Wenn du erst mal in Freiburg –«

»Ich werde Fotografin«, sagte Marie.

Die Bordstimme meldete sich und teilte mit, dass sie sich nun im Landeanflug auf Wien befänden.

»Du hast ja noch ein wenig Zeit für die Entscheidung«, sagte Viktor. »Und jetzt schau mal aus dem Fenster.«

Unter ihnen lag Wien.

Ein Meer aus roten und grauen Dächern, spitzen Türmchen und grünen Kuppeln erstreckte sich zwischen sanften Hügeln und einer weiten Ebene. Moderne Glasbauten reihten sich wie aufgefädelt am Ufer der Donau, alte Häuser bildeten mit verwinkelten Gassen ein schier unentwirrbares Labyrinth. Dazwischen thronte der mächtige Stephansdom. Wie mit Messerzacken gesäumt, ragte sein Turm in den Himmel.

»Oh, cool«, quiekte Marie, riss das Handy hoch und knipste durch die Plastikscheibe. »Im Sommer gibt es einen Foto-Workshop an unserer Schule. Man muss sich bewerben – wegen der wenigen Plätze. Was hältst du davon, wenn ich eine Wien-Reportage fotografiere und die einreiche?« Sie ließ das Handy sinken. »Jens fotografiert Zootiere.«

Viktor wurde hellhörig. »Wer ist Jens?«

»Ein Junge aus meinem Leistungskurs.«

»Ach ja?«

»Papa.«

»Kenne ich ihn?«

»Nein.«

»Kenne ich seine Eltern?«

»Nein.« Sie klang genervt. »Aber er ist irre nett.«

»Das will ich hoffen, weil sonst …«

Das Fahrwerk des Flugzeugs fuhr rumpelnd aus.

»Was sonst?«

»Du weißt ja – sonst werde ich ihn töten müssen.«

Marie verdrehte die Augen. »Papa, ich bin erwachsen.«

»Ja, das hört man.« Viktor konnte einen Seufzer nicht

unterdrücken. Seine Drohung enthielt ein Körnchen Wahrheit. Wie allen Vätern, deren Töchter langsam flügge wurden, machte ihm der Gedanke an einen künftigen Schwiegersohn zu schaffen. »Hör mal«, fügte er voll schlechten Gewissens hinzu, »solltest du für diesen ... Workshop nicht einen besseren Fotoapparat haben? Wenn du willst, sehen wir mal die Ausrüstung von Simone durch. Sie hat bestimmt ihre Kamera mit nach Wien genommen.«

Marie riss die Augen auf. »In echt?«

»Simone war ein Profi.«

Das Flugzeug setzte holpernd auf der Landepiste auf.

»Sind ihre Kameras nicht irre wertvoll?«, fragte Marie.

»Du bist auch irre wertvoll.«

Marie kicherte, boxte ihren Vater zärtlich in den Arm. »Können wir nicht sofort die Kamera holen?«, fragte sie. »Bitte, Papa, dann kann ich gleich ein paar Bilder machen.«

Das Flugzeug rollte über das Vorfeld, Walzermusik setzte ein, und die Maschine kam zum Stillstand. Die Borddurchsage wünschte einen angenehmen Aufenthalt in Wien.

Viktor bedeutete Marie, sitzen zu bleiben und zu warten, bis die anderen Passagiere ihr Gepäck zusammengesucht hatten. Im Gang bildete sich eine lange Menschenschlange, die Luft roch muffig. Viktor hasste diese Momente in der Menge. Vielleicht war Maries Idee gar nicht so schlecht. Wenn sie sich sofort um die Sachen seiner Mutter kümmerten, konnten sie nach dem Termin im Beerdigungsinstitut noch die Stadt besichtigen und mit der Abendmaschine nach Berlin zurückfliegen. Es hatte keinen Sinn, es aufzuschieben.

Ein Taxi setzte sie vor dem grünen Jugendstilhaus ab, in dem Simone Colbert die letzten Stunden ihres Lebens verbracht hatte. Es lag in Sichtweite einer Barockkirche in der Alser Straße, einer langen Einkaufsmeile mit billigen Geschäften und Imbissbuden, durch die eine Straßenbahnlinie lief.

Viktor bat den Taxifahrer zu warten.

»Pension Kaiserin Elisabeth«, stand auf einem kleinen Messingschild an dem Haus, dessen Fassade an manchen Stellen abgeblättert war, das jedoch die müde Eleganz einer vergangenen Zeit verströmte. Die Balkongitter vor den hohen Fenstern zierten schmiedeeiserne Blätter, ein schmaler Erker schien wie von langstieligen Pflanzen gehalten, und über dem schlichten Eingangsportal befanden sich zwei Glasfenster, in deren Bleifassungen rosa-weiße Lilien eingelassen waren.

Die schwere Haustür war nur angelehnt und so verzogen, dass sie wohl nicht mehr schloss. Im Inneren führte eine Treppe zur Rechten in ein Zwischengeschoss. Neben dem Absatz hing ein weißes Emaille-Schild, auf dem in altmodischen Buchstaben »Mezzanin« stand. Darunter war ein Waschbecken aus rotem Marmor in die Wand eingelassen. Ein mit Grünspan überzogener Wasserspeier in Form eines stilisierten Delphinkopfes ragte in die Luft. Eine zweite Treppe und ein Aufzug in einem Metallkäfig führten in die oberen Stockwerke. Es roch nach gebratenen Zwiebeln.

Die Pension Kaiserin Elisabeth lag im ersten Stock.

Hier gab es einen Knopf, und als Marie ihn drückte, schrillte ein Klingelton und verhallte im Inneren. Kurz darauf wurde die Tür geöffnet. Eine weißhaarige kleine Frau in Pullover, Rock und Hausschuhen stand auf der Schwelle.

»Guten Tag«, sagte Viktor. »Mein Name ist Hellberg.«

»Haben Sie reserviert?« Ihr Blick war wachsam.

»Wir sind wegen Frau Colbert hier«, sagte Viktor.

Die Frau gab den Weg nicht frei. Fast sah es aus, als wollte sie die Tür wieder schließen. »Sind Sie etwa auch ein Freund von der Madame Colbert?«, fragte sie misstrauisch.

»Nein«, sagte Viktor. »Ich bin ihr Sohn, das ist meine Tochter Marie. Wir wollten die Sachen meiner Mutter abholen. Hat die Kanzlei uns nicht angekündigt?«

»Ach so.« Die Frau trat zurück, gab den Weg frei. Hinter ihr war ein langer Gang zu sehen, von dem links und rechts weiß lackierte Türen abgingen. Neben der ersten Tür hing ein Schlüsselbrett mit Messinghaken. »Da müssen S' jetzt entschuldigen, Herr Doktor, aber es waren schon zwei Leute hier für die Sachen von der Madame Colbert.« Sie winkte Viktor und Marie herein und schloss die Tür hinter ihnen. »Ich bin die Pensionswirtin, die Frau Hrdlicka. Hat Ihnen die Madame Colbert nicht von mir erzählt?«

»Wir haben in letzter Zeit wenig telefoniert.«

Frau Hrdlicka schüttelte den Kopf. »So eine nette Person, die Madame Colbert«, sagte sie. »Wir haben am Abend gern noch ein Glaserl zusammen getrunken. Und sie hat immer so interessant erzählt. Was die arme Frau alles erlebt –«

»Sie sagen, jemand wollte die Sachen meiner Mutter abholen?«, unterbrach Viktor ihren Redeschwall.

Frau Hrdlicka stemmte die Fäuste in die Seiten. »Also, das war seltsam«, sagte sie. »Zuerst war da so ein älterer Mann, ein Ausländer, konnte kaum Deutsch. Na, den hab ich gleich rausgeschmissen, Ausländer kommen mir nicht ins Haus. Ich meine«, setzte sie verlegen hinzu, »die Madame Colbert, das war natürlich was ganz anderes, ned? So eine feine Dame. Ich hab ja auch nichts gegen Ausländer im Allgemeinen, nur – es werden halt schon zu viele. Man fühlt sich ja schon ganz fremd im eigenen Land. Diese ganzen kriminellen Banden …«

»Ich verstehe«, sagte Viktor schnell.

Er fragte sich zunehmend, wie seine Mutter es in dieser Pension hatte aushalten können. Wie lange hatte sie hier gewohnt, bis sie allein in einem der Zimmer gestorben war? Eine kalte Hand griff nach seinem Herzen, drückte unbarmherzig zu. Auf einmal wünschte er, er könnte die Zeit zurückdrehen. Er warf Marie einen Seitenblick zu und sah, dass sie die Wirtin mit weit aufgerissenen Augen anstarrte.

»Und wer war noch hier?«, fragte er.

»Also das war ein sehr netter Mensch«, sagte Frau Hrdlicka. »Ein älterer Herr, vielleicht ein wenig *bohémien*, wenn Sie verstehen, was ich meine. Trug so einen auffälligen grünen Ring, ein Katzengesicht, glaube ich.« Sie wandte sich an Viktor. »Mein Beileid, Herr Hellberg. Wie die Milenka da die arme Madame Colbert gefunden hat, also ich war ganz … Was machen wir denn mit der offenen Zimmerrechnung?«

»Die zahle ich jetzt gleich«, sagte er. »Nehmen Sie auch Kreditkarten? Mastercard oder American Express?«

»Natürlich.« Sie zögerte. »Brauchen Sie einen Beleg?«

Viktor behielt sich im Griff. »Ich zahle gerne bar.«

»Sehr schön.« Frau Hrdlicka nickte zufrieden. »Dann hole ich Ihnen gleich mal die beiden Taschen.« Sie verschwand hinter der Tür neben dem Schlüsselbrett.

Marie blies die Backen auf. »Puh.«

Viktor blickte den Gang entlang. Von der Decke hingen die gläsernen Ballons einer Jugendstillampe, beleuchteten einen abgetretenen Orientteppich und eine Sammlung kolorierter Stiche an den Wänden.

Biedermeier.

Straßenszenen aus dem alten Wien.

Er empfand die Situation zunehmend als surreal. Auch wenn Viktor wenig Kontakt zu seiner Mutter gehabt hatte – diese Umgebung passte einfach nicht zu ihr. Wie hatten Simones letzte Tage in Wien ausgesehen, einer Stadt, die sie, soweit er wusste, gar nicht kannte? Wie einsam musste sie sich in dieser Umgebung gefühlt haben, dass sie mit einer geschwätzigen alten Frau mit zweifelhaften Ansichten ihre Abende verbracht hatte?

»So.« Frau Hrdlicka erschien mit einem Trolley und einer schwarzen Kameratasche. »Dann bekomme ich jetzt noch die Miete für eine Woche, Einzelzimmer mit Frühstück.«

Viktor zog seine Brieftasche aus dem Mantel und zählte der Wirtin die Geldscheine in die offene Hand, während Marie sich die Kameratasche über die Schulter warf. Frau Hrdlicka wünschte ihnen einen schönen Aufenthalt in Wien.

Das Taxi wartete noch immer vor dem Haus.

Schweigend ließen sie sich durch den dichten Feierabendverkehr auf den breiten, von blühenden Alleebäumen gesäumten Straßen vorbei an großen Gründerzeithäusern und kleinen Parks zu ihrem Hotel fahren.

Während der gut zehnminütigen Fahrt starrte Marie wortlos aus dem Fenster, vergaß anscheinend ganz, mit dem Handy Fotos zu machen. Auch Viktor war nicht nach Reden zumute. Er war sich der persönlichen Dinge seiner Mutter bewusst, die im Kofferraum des Taxis lagen und von denen er nicht wusste, wie er es jemals über sich bringen sollte, sie auszupacken.

Der Wagen fuhr am Ufer der Donau entlang, bog in die engen, verwinkelten Gassen der mittelalterlichen Innenstadt ein und entließ sie vor ihrem Hotel neben dem Stephansdom.

»Na, was sagst du jetzt?«, fragte Viktor, versuchte, einen munteren Ton zu treffen. »Den sehen wir uns an.«

Marie legte den Kopf in den Nacken und blickte an der gotischen Fassade des Doms hoch. Der Hauptturm war bereits hell angestrahlt, seine Zacken und Spitzen ragten in den roten Abendhimmel. Das Kirchenschiff sah wie aus Zuckerwerk aus, und das blau-gelbe Muster der glasierten Dachziegel glitzerte. Auf dem Vorplatz drängte sich eine Menschenmenge, eine Gruppe von Bettlern belagerte das Hauptportal. Neben einem Seitenschiff stand eine Reihe offener Kutschen.

»Ich schieße mal ein paar Bilder«, sagte Marie.

»Heute nicht mehr«, sagte Viktor. »Jetzt beziehen wir erst unser Zimmer, und dann gehen wir schön abendessen.«

Auf Maries Unterlippe hätte eine Euromünze Platz gefunden, aber sie folgte ihm in die Lobby.

Die Suite, die man für sie reserviert hatte, befand sich im Dachgeschoss. Ein moderner Stahlbalkon führte auf den Stephansplatz hinaus, der Dom nahm die ganze Aussicht ein. Imposant, mächtig, fast drohend erhob er sich hinter jeder Glastür und jedem Fenster.

Viktor warf die Reisetasche auf sein Bett und verstaute gerade den Trolley in einem Kleiderschrank, als sein Handy zu läuten begann. Er zog es aus der Jackentasche.

Es war Aenne.

»Hallo, mein Schatz«, sagte er betont gut gelaunt. Alles im Griff, hieß das, keine Nachfragen nötig. »Wir sind gerade im Hotel angekommen. Die Aussicht ist phantastisch.«

»Eine Leica«, rief Marie und zog ein Lederetui aus der Kameratasche. »Wahnsinn! Und schau mal, Papa, das Objektiv.« Sie hielt sich ein Teleobjektiv von der Größe eines Entdeckerfernrohrs vor das rechte Auge. »Huhu, Papa.«

Viktor musste lächeln, winkte ihr zu.

»Ich glaube, da sind sogar noch Filme«, sagte Marie. Sie trug jetzt ihre Windjacke. »Schau mal.«

»Simone hatte ihre Ausrüstung dabei«, erklärte Viktor seiner Frau. »Marie hat einen alten Fotoapparat gefunden.«

Marie legte das Teleobjektiv auf ein Nachttischchen und warf den Kamerariemen über die Schulter. »Ich geh zum Stephansdom rüber«, flüsterte sie, womit sie sein väterliches Verbot klar missachtete, »und fotografiere ein bisschen, ehe das Licht schlechter wird. Grüß Mama von mir.« Sie lief durchs Zimmer, die Kamera wippte an ihrer Seite.

Viktor warf einen Blick auf die Uhr. Gleich sechs, es war noch Zeit bis zum Abendessen. »Eine Stunde«, sagte er und legte Autorität in seine Stimme, »dann bist du wieder da.« Er scheuchte Marie mit der Hand zur Tür.

Marie lachte, hob den Daumen und verschwand.

»Was hast du gesagt?«, fragte Viktor ins Handy.

»Wo ist Marie?«

»Sie ist schnell runtergelaufen und schießt ein paar Fotos vom Stephansdom, du weißt ja, wie sie ist«, sagte Viktor und machte sich auf eine ermüdende Diskussion gefasst.

Er griff in die Jackentasche und fuhr mit Daumen und Zeigefinger über das ziselierte Silber seines schweren Feuerzeugs. Bis vor zwei Jahren war er Kettenraucher gewesen. Doch niemand in seiner Familie hatte je geraucht, Christian, sein Freund und Arzt, hatte ihm ständig ins Gewissen geredet, und so hatte er sich am Ende die Zigaretten mühsam abgewöhnt. Aber sein altes Feuerzeug trug er immer noch mit sich herum. Auch wenn die Gelegenheiten, jemandem Feuer zu geben, merklich schwanden.

»Etwa allein? Sie kennt sich doch in Wien –«

»Hör mal, Schatz«, sagte Viktor und ließ das Feuerzeug los. »Der Dom ist gleich gegenüber, ich habe unsere Tochter praktisch die ganze Zeit im Blick. Marie ruft dich später an, ja? Gut, Kuss.«

Viktor schaltete das Handy aus und warf es aufs Bett.

Er fuhr sich mit den Händen über das Gesicht. Eine bleierne Müdigkeit, die nicht von den körperlichen Strapazen des Tages herrührte, breitete sich in seinen Gliedern aus. Der nächste Morgen und der Termin im Beerdigungsinstitut würden noch belastend werden, dann, so beschloss er, gehörte der Tag Marie und ihm. Er konnte die Vergangenheit nicht mehr ändern, Versäumnisse nicht mehr gutmachen. Simones Leben mit allen selbst verschuldeten Katastrophen war zu Ende.

Die Zukunft hieß Marie.

Viktor zog sich aus, warf seine Sachen über einen Sessel und ging nackt ins Bad. Er drehte die Dusche auf und ließ das Wasser, so heiß, wie er es gerade noch ertrug, minutenlang über sein Gesicht und seinen Körper laufen. Als könnte es auch die Erinnerung an die Pension und seine schuldbeladenen Gedanken von ihm abwaschen.

Endlich kehrte er, etwas entspannter und eingehüllt in einen flauschigen weißen Bademantel, ins Zimmer zurück.

Marie war noch nicht wieder da.

Viktor legte sich aufs Bett, faltete die Hände auf der Brust und schloss die Augen.

Er musste eingeschlafen sein, denn als er sie wieder öffnete, herrschte im Zimmer ein psychedelisches Licht. Hinter den Fenstern flimmerten die Leuchtreklamen von Wien. Die Domfassade leuchtete.

Viktor hob den Kopf vom Kissen. »Marie?«

Keine Antwort.

Viktor stand auf und sah sich um. Sein Blick fiel auf das riesige Teleobjektiv, das noch auf seinem Nachttisch lag. Er legte es auf die restliche Fotoausrüstung in der schwarzen Kameratasche, fasste den gepolsterten Tragegurt, tappte zum angrenzenden Zimmer und klopfte an die Tür. Wahrscheinlich war Marie ebenfalls eingeschlafen.

»Marie? Zeit fürs Abendessen.«

Als er keine Antwort erhielt, drückte er auf die Klinke. Das Zimmer war dunkel, Marie war nicht da. Das Bett war unberührt, nur ihr Norwegerpullover lag darauf. Viktor stellte die Kameratasche daneben und ging zum Badezimmer.

»Marie?«, rief er durch die Tür. »Bist du da drinnen?«

Niemand antwortete.

Angst kroch in Viktors Herz, ließ es schneller schlagen. Marie war so pünktlich wie ein Uhrwerk. Auf sie war immer Verlass. Was, wenn sie sich in dieser fremden Großstadt verlaufen hatte oder ihr etwas zugestoßen war?

In diesem Augenblick läutete sein Handy.

Viktor lief in sein Zimmer zurück. Das Handy blinkte auf dem Bett, dort, wo er es hingeworfen hatte. Das Display zeigte die Uhrzeit: zwanzig Uhr dreiunddreißig. Es war Marie.

Er drückte den Annahmeknopf.

»Marie?«, sagte er. »Hallo?«

Zunächst herrschte Stille. Dann Rascheln und schweres Atmen. Plötzlich zerrissen Schreie sein Trommelfell.

»Nein, nicht! Papa, Hilfe, hilf mir, Papaaaa …«

»Marie? Wo bist du? Marie, sag doch was!«

Aber Marie antwortete nicht mehr.

4

Der Regen prasselte auf die Dächer von Wien, lief in Rinnsalen an den Schaufensterscheiben der noch geschlossenen Geschäfte und Galerien herab, sammelte sich in Pfützen auf dem Pflaster der Altstadt. Dunkle Wolken hingen tief am Himmel, die alten schmiedeeisernen Straßenlaternen waren noch nicht erloschen und verbreiteten ihr gelbes Licht.

Gegen acht Uhr verließ Sophie Wellendorff die U-Bahn-Station am Stephansplatz. Den Kragen ihres Burberry-Trenchcoats hochgeschlagen und unter einen karierten Regenschirm geduckt, hastete sie über den Graben, die Fußgängerzone im Herzen der Altstadt. Für gewöhnlich verband sie den Weg zur Arbeit mit dem einen oder anderen Blick in die Auslagen der Luxusgeschäfte, heute hielt sie nicht nur das Wetter von einem Bummel ab. Wingolf von Manhardt, der Begründer der Bewegung, war nach einer tagelangen Reise durch die Hauptstädte Europas nach Wien zurückgekehrt. Es gab einiges zu besprechen.

Die Innenstadt war noch wie ausgestorben.

Zwei Straßenfeger zogen ihren Wagen mit Besen und Schaufeln an der Auslage eines bekannten Juweliers vorbei. Am Beginn einer Geschäftspassage hatten ein paar Bettler ihr Nachtquartier unter zerschlissenem Bettzeug eingerichtet. Der Karton, auf dem sie schliefen, war vom Regen aufgeweicht. Die Nässe fraß sich unter die Decken.

Sophie bedauerte diese Menschen, doch wie jeder wusste, waren sie Mitglieder ausländischer Bettelbanden und arbeiteten für einen Paten. Fast täglich gingen im Büro der Bewegung Beschwerden der Bevölkerung über diesen höchst unerfreulichen Anblick ein. Für die Ladenbesitzer in der Innenstadt war die Anwesenheit der Elendsgestalten schlicht geschäftsschädigend. Die Bewegung wurde nicht müde, auf allen Kanälen ihrer sozialen Netzwerke ein strengeres Vorgehen gegen die Bettelmafia zu fordern. Dagegen befürwortete sie jede Hilfe, die es diesen armen Menschen ermöglichte, in ihren Heimatländern zu bleiben und dort durch ehrliche Arbeit ihren Lebensunterhalt zu verdienen. Europa auf der Tasche zu liegen war keine Option.

Jetzt hatte sie die große Pestsäule vor sich. Der Regen strömte über ihre barocke Pracht – von der goldenen Darstellung der Dreifaltigkeit an der Spitze über die Engel in ihrer Mitte und schließlich über die bittenden Menschen zu ihren Füßen. Es sah aus, als erhebe sich die steinerne Menge aus einem grauen Meer.

Sophie mochte an Wien dieses Flair einer Weltstadt, die gleichzeitig ihre Traditionen bewahrt hatte. Sie stammte aus einem Dorf am Ufer des Mains, ihre Eltern betrieben einen kleinen Weinbau. Aus der ländlichen Enge hatte sie sich mit viel Fleiß, einem Stipendium für Harvard und nun mit einer wichtigen Funktion in der Bewegung, der Leitung des Headquarters, für immer befreit. Nie wieder würde sie zum verhassten Landleben zurückkehren.

Am Ende des Grabens wandte Sophie sich nach links.

Nur noch ein paar Meter bis zum Headquarter.

Das großbürgerliche Stadthaus, das so diskret wie stilvoll die Zentrale der Bewegung beherbergte, befand sich an einer der besten Adressen von Wien, am Kohlmarkt, direkt neben dem Regierungsviertel. Seine Gründerzeitfassade strahlte in makellosem Weiß, im Erdgeschoss befanden sich die Flagship-Stores einer französischen und einer italienischen Luxusmarke. Dazwischen stemmten zwei streng blickende Karyatiden ein Marmorportal, das eine schwere Eingangstür umrahmte, einst die Einfahrt für Kutschen in den Innenhof. Ihre Doppelflügel waren schwarz lackiert, ein Löwenkopf diente als Türklopfer und hielt einen Eisenring zwischen den gefletschten Zähnen. Auf Hochglanz polierte Messingschilder wiesen auf ein Notariat im zweiten Stock und das Atelier eines Maßschneiders im Dachgeschoss hin.

Das Büro der Bewegung lag in der Beletage.

Als Sophie die weitläufige Zehn-Zimmer-Altbauwohnung betrat, herrschte bereits geschäftige Arbeitsatmosphäre.

Alle Lampen brannten, spiegelten sich in den Scheiben der Doppelfenster, schimmerten auf dem dunklen Fischgrat-Parkett und woben einen goldenen Dunst unter die vier Meter hohen Stuckdecken. Ein paar alte Orientteppiche und etwas Biedermeiermobiliar verbreiteten den Charme des alten Wien, sonst erinnerte das Büro eher an das Herz eines Medienzentrums oder einer Parteizentrale. An den Wänden hingen Plakate von Veranstaltungen, gerahmte Artikel aus der internationalen Presse und zahlreiche Fotos von Wingolf von Manhardt mit prominenten Unterstützern aus Politik, Wirtschaft und Kultur.

Die Wall of Fame wuchs ständig und immer schneller.

Genau wie die Bewegung.

In jedem Raum standen große Schreibtische, moderne Computer, liefen auf riesigen Flachbildschirmen TV-Nachrichtensender aus aller Welt. Dazu gab es ein technisch perfekt ausgestattetes Medienzentrum, in dem Filme abgespielt und Pressekonferenzen abgehalten und mitgeschnitten werden konnten. Außerdem ein großes Sitzungszimmer, das aus zwei zusammengelegten Räumen bestand und für zwanzig Tagungsteilnehmer Platz bot.

Sophie hängte ihren Mantel an die Garderobe, ging durch das große Hauptbüro, grüßte die jungen Leute, die auf Tastaturen tippten, mehrsprachig Telefonate führten und von Raum zu Raum eilten. Hätten sie nicht korrekte Businesskleidung getragen, wären sie von den Mitarbeitern einer großen Redaktion nicht zu unterscheiden gewesen.

Sie bedienten die neuen Informationswege, um die alten Medien zu ersetzen, entwarfen eine neue Weltsicht und den richtigen Blick auf ihren Kandidaten, dessen Eigenschaften perfekt auf das mediale Zeitalter zugeschnitten waren.

Wingolf von Manhardt entfachte bewusst Kontroversen und erhielt auf diese Weise die kostenlose Aufmerksamkeit der Mainstreammedien. Selbst Nachrichtensender und Medien, die den rechtskonservativen Bewegungen nicht nahestanden, erwähnten ihn doppelt so oft wie seine politischen Mitbewerber. Zentrales Ziel war, alle Informationen zu kontrollieren, jetzt und nach dem Sieg natürlich erst recht.

Manchmal wunderte sich Sophie, wie unbedarft die IT-Revolution als Möglichkeit betrachtet wurde, soziale Schichten miteinander in Verbindung zu bringen, Gedankenaustausch anzuregen und den Sinn für die Wahrheit zu schärfen. *Fakten zu verbreiten.* Die Flut an persönlichen Daten, die in den sozialen Netzwerken hochgeladen wurde, nützte doch nicht nur Unternehmen, um diese Informationen gezielt für ihre Werbung zu verwenden. Wer hinderte eine Bewegung wie die ihre daran, zur gezielten Einflussnahme dasselbe zu tun? Natürlich schuf die Bewegung auch eigene Echoräume im Internet zur Verbreitung von Verschwörungstheorien, falschen Behauptungen und dummen Ansichten über fremde ethnische Gruppen. Je öfter sie ihre Botschaften wiederholten, desto glaubhafter wirkten sie.

Bei ihrer Arbeit fühlte sich Sophie oft wie ein Hirte, der eine Herde Schafe zu deren Schutz vor sich hertrieb.

Auch Wingolf von Manhardt war davon überzeugt, dass unabhängige Presse und Rechtsprechung nichts anderes waren als Opposition im eigenen Land. Hier galt es, frühzeitig Vertrauen zu zerstören und Ersatz zu schaffen – nicht nur für die Machtübernahme, sondern auch für deren Erhalt.

Wir gegen sie.

So lautete die zentrale Botschaft der Bewegung.

Wingolf von Manhardt schuf Ängste, schürte sie auf allen Kanälen und präsentierte gleichzeitig Sündenböcke. Nebenbei stellten seine Parolen den politischen Gegner ruhig, der zuverlässig seine Ressourcen mit Empörung und Entgegnungen verbrauchte. Oder ermüdete und sich zurückzog.

Sophie bewunderte die politische Weitsicht des Wolfs, wie er unter Verkürzung seines Vornamens von den Mitgliedern der Bewegung genannt wurde.

Seit die Bewegung das Headquarter im letzten Herbst in den Räumen am Kohlmarkt eingerichtet hatte, waren einige Veränderungen vor sich gegangen. Am Anfang hatten dem Wolf nur ein paar freie Mitarbeiter, die aus Idealismus und Überzeugung ihre Zeit für die Sache opferten, zur Verfügung gestanden. Inzwischen war die Bewegung in eine Stiftung umgewandelt worden und beschäftigte einen Stab von vier fest angestellten Referenten, zwei politische Analysten, eine Pressesprecherin und drei Schreibkräfte. Alle arbeiteten mit Hochdruck daran, rechtsgerichtete, nationalliberale und wertekonservative Organisationen in Europa zu stärken und mittels Umfragen, Analysen und Beratung zu unterstützen.

Das kostete eine Menge Geld, es floss in immer breiteren Strömen aus dem In- und Ausland.

Auch wenn die Bewegung mit extremistischen Organisationen in England, Frankreich und Polen zusammenarbeitete und dieselben Themen ansprach, legte sie Wert darauf, sich vom Ruch des Faschismus zu distanzieren.

Wingolf von Manhardt und seine Anhänger waren Demokraten, wollten mit demokratischen Mitteln an die Macht.

Das machte die finanzielle Unterstützung von außen, vornehmlich von Russland oder von mit der Bewegung sympathisierenden Kreisen in Amerika, leichter. Natürlich kamen auch namhafte Summen aus Europa. Unternehmen, die von öffentlichen Aufträgen lebten – ob Stahl- oder Flugzeugindustrie, Bau- oder Infrastrukturunternehmen –, investierten gerne in die Zukunft. Nur wenige Wähler wussten das oder interessierten sich überhaupt dafür.

Zu den Angestellten der Stiftung kamen die immer zahlreicher werdenden freien Mitarbeiter, junge Leute, die die Botschaft der Bewegung in Schulen und Universitäten, in Vereine und Organisationen trugen. Sophie war immer wieder von ihrem Idealismus gerührt, fühlte sich von ihrem Enthusiasmus und Glauben an die Sache befeuert.

Diese Jugend war die Zukunft Europas.

Inzwischen pflegten sogar Vertreter etablierter Parteien, die sich mit den Zielen der Bewegung identifizieren konnten, offenen Kontakt. Die nationalkonservativen Organisationen waren in der Mitte der Gesellschaft angekommen.

»Ist der Wolf schon da?«, fragte Sophie.

Helene, die Chefsekretärin, unterbrach ihre Arbeit. »Ist vor einer halben Stunde eingetroffen«, sagte sie. »Ich glaube, die Reise war ein Erfolg. Er wartet auf dich, aber …« Sie tippte auf eine Taste. »Er telefoniert mit Berlin.«

Alle Mitarbeiter des Headquarters hatten Firmenhandys, die über ein zentrales Computerprogramm angewählt werden konnten. Auf diese Weise ließ sich jedes Gespräch nachvollziehen und dokumentieren – sowohl die Kontaktnummer als auch geführte oder verpasste Anrufe sowie die Dauer der Telefonate. Der Rechner trug die Daten laufend in eine Excel-Tabelle ein und speicherte sie ab. Helene druckte endlose Listen aus, die zwar abgelegt, aber, soweit Sophie wusste, von niemandem mehr angeschaut wurden. Dafür fehlte einfach die Zeit.

»Danke.« Sophie spreizte die Finger zum Victory-Zeichen. »Ich gehe gleich zu Wingolf.«

Tobias, einer der politischen Analysten, saß an seinem Arbeitsplatz und telefonierte auf Englisch. Als sein Blick auf Sophie fiel, legte er die Hand über die Sprachmuschel und sagte: »Ich schreibe gerade die Hintergrundinformation für den runden Tisch in London nächste Woche. Haben wir jetzt endlich die Teilnehmerliste?«

Tobias war groß, blond, Anfang dreißig, trug stets Anzug und Maßhemden, aber keine Krawatten. Er war Jurist, hatte in Cambridge und Bologna studiert, sprach fließend Deutsch, Englisch und Italienisch. Vor den Europawahlen 2014 war er mit Nigel Farage, dem Chef der Unabhängigkeitspartei Ukip, durch die englische Provinz getourt und hatte gefühlt jedes Pub besucht. Sie hatten vierundzwanzig Mandate für das Europaparlament geholt. Tobias behauptete stets, es habe daran gelegen, dass sie etwas getan hätten, was die meisten Parteien nicht mehr taten. Sie waren zu den einfachen Leuten gegangen. Wie er so hinter seinem Schreibtisch saß, die Ärmel seines hellblauen Oxford-Hemdes aufgekrempelt, eine alte Armbanduhr am Handgelenk, erinnerte er an den tatkräftigen jungen Kennedy. Sophie hatte das Gefühl, dass er auch im Büro schlief. Sie mochte ihn nicht.

»Wir warten noch auf die Antwort aus Holland«, sagte sie. »Aber ich denke, Wilders und seine Leute sind dabei.«

»Mit denen habe ich gestern schon gesprochen«, sagte Tobias. »Sie stellen eine ganze Delegation, die Namen bekommen wir zur Akkreditierung bis heute Mittag. Der Wolf will vorab einen persönlichen Termin mit Geert. Ich bin schon im Gespräch mit seinem Büro – schaut gut aus.«

Er sprach den Namen natürlich korrekt aus – »Cheert«. Womit klar war, auf welcher Ebene er mit Wilders verhandelte. Von Mann zu Mann.

Old boys' network, Sophie, old girl.

Sophie beherrschte sich. »Ich sag's ihm.«

»Der Wolf und ich haben deswegen schon telefoniert.« Tobias schwang seinen Sessel herum. »Jenny? It's me again.«

Sophie verkniff sich die Antwort, die ihr auf der Zunge lag, und drehte sich um. Dabei wäre sie fast mit Nina, der kleinen Volontärin, zusammengestoßen, die einen Stapel Akten schleppte, der für sie zu schwer schien.

Nina studierte Politikwissenschaften im fünften Semester und war vor einem halben Jahr von einer Jugendorganisation zu ihnen gestoßen. Das Mädchen hatte einen raspelkurzen Haarschnitt von undefinierbarer Farbe und war so dünn, dass man es in seiner Unscheinbarkeit leicht übersah. Ständig huschte sie durch die Büros und Besprechungszimmer, brachte frischen Kaffee oder räumte gebrauchtes Geschirr ab. Jeder war an ihre lautlose Gegenwart gewöhnt und nahm sie kaum mehr zur Kenntnis.

»Guten Morgen, Ninalein«, sagte Sophie genervt. Das Mädchen sah mit seiner verwaschenen Jeans, dem ausgeleierten grauen Pullover und den selbst gestrickten Socken, die aus Birkenstock-Sandalen lugten, wieder unmöglich aus. Aber sie bemühte sich, und Nachwuchsarbeit war wichtig. »Ich bin beim Wolf – bist du ein Schatz und bringst mir Milchkaffee?«

Nina starrte Sophie erschrocken über ihren Aktenstapel an. Anscheinend war sie wieder ganz in Gedanken gewesen. Ihre häufige geistige Abwesenheit brachte es mit sich, dass die anderen kaum jemals das Wort an sie richteten.

»Gerne«, sagte sie etwas atemlos. »Eine Melange.«

Sophie stutzte. »Alles in Ordnung?«

»Ja, wieso?« Nina zwinkerte nervös.

»Du siehst blass aus.«

»Alles gut – ich hole dir nur schnell deinen Kaffee.«

Nina ließ Sophie stehen, knallte den Aktenstapel auf Helenes Schreibtisch, ignorierte deren lautstarken Protest und rannte in Richtung Küche.

Sophie setzte ihren Weg fort und betrat das Nachbarbüro. Hier saßen Constanze, die Pressesprecherin, und Pia, die

Assistentin des Wolfs, die seine persönlichen Social-Media-Aktivitäten betreute. Sie begleitete ihn auf Termine, machte mit dem Handy Fotos und kurze Videos, die gewollt unprofessionell und gerade deshalb ansprechend wirkten. Auch private Schnappschüsse streute sie in regelmäßigen Abständen ein und Bilder, auf denen dem Wolf kleine Fehler unterliefen. Der Gulasch-Fleck auf der Krawatte bei einem schnellen Mittagessen mit Wählern, eine Nacht auf dem Flughafen mit dem müden Team, der Boxerwelpe der Familie Manhardt, der einen Schuh des Vaters zerkaute. Auch Helden sind nicht perfekt, so die Botschaft, aber sie werden damit fertig.

Auf Constanzes Bildschirm lief der Mitschnitt einer Rede auf einer Wahlveranstaltung an einem Industriestandort. Die Region lebte von einem Großbetrieb, aber in letzter Zeit machten Gerüchte um Kurzarbeit und Stellenabbau Schlagzeilen. Der Wolf stand am Pult, im Publikum saßen vor allem junge Leute. Manche hatten Kinder dabei.

»Wissen Sie, woran ich glaube?« Der Wolf hielt das Pult mit beiden Händen, erinnerte an einen Pfarrer auf der Kanzel. Er machte eine Pause, blickte die Reihen entlang. *»Ich glaube daran, dass wir uns um die kümmern müssen, die hart arbeiten. Damit diese Menschen – Menschen wie Sie – eine Zukunft haben in unserem Land. Dieses Land gehört Ihnen! Und ich werde dafür sorgen, dass es so bleibt.«*

Applaus brandete auf, ein paar Pfiffe gellten.

Die Pressesprecherin, eine fotogene Frau um die dreißig mit langer brünetter Haarmähne und Hornbrille, schaltete das Bild ab. »Was hältst du davon?«, fragte sie.

»Wissen Sie, woran ich glaube?«, sagte Sophie. »Glauben heißt *nicht wissen*. Er muss weg von diesem Prediger-Gehabe. Wir verkünden keine Heilsbotschaft, wir liefern Fakten.«

»Mehr Sachpolitiker – sehe ich genauso.«

»Haben wir schon die neuen Dreißig-Sekunden-Spots?«, fragte Sophie. »Hat der Wolf sie schon gesehen?«

Constanze nickte. »Sind abgesegnet«, sagte sie. »Aber wir drehen jetzt doch noch einen Spot auf dem Großglockner. Der Hubschrauber bringt uns rauf. Hundert Meter Aufstieg und dann jede Menge Fotos am Gipfel. Naturverbundenheit und tolle Symbolik.« Sie warf einen Blick in den Terminkalender, der neben der Telefonanlage auf ihrem Schreibtisch lag. »Ach ja, ich versuche alles wegen der Teilnahme an der Talkshow am Sonntagabend. Das ist noch nicht in trockenen Tüchern.«

»Was ist los?«

Constanze zuckte die Schultern. »Anscheinend Probleme mit den anderen Gästen«, sagte sie. »Der Sender hat Bedenken.«

»Was Konkretes?«

»Die Rede vor dem Rassemblement National«, sagte Constanze. »Die wollen uns in die extremistische Ecke stellen.«

»Wir verklagen den Sender«, sagte Sophie. »Das sind Verleumdungen, die nehmen wir nicht hin.« Sie überlegte. »Nein, besser – wer ist denn in der Redaktion zuständig?«

»Bibi Mitterhammer, leider«, sagte Constanze. »Hat letztens einen hysterischen Bericht zur Europawahl gesendet.«

»Haben wir was gegen die in der Hand?«

Constanze lächelte charmant. »Bin schon dabei.«

»Prima«, sagte Sophie. »Was ist mit dem Interview in Newsweek? Bekommen wir die Titelseite?«

Constanze nickte. »Wenn es keine Breaking News gibt.«

»Toll.« Sophie freute sich. »Was Neues bei den Blogs?«

Pia schüttelte den Kopf. »Die Umfrageergebnisse sind super«, sagte sie. »Streue ich in den Kommentaren.«

»Gut«, sagte Sophie. »Ich bin dann beim Wolf.«

Sie verließ das Büro, ging einen Gang hinunter und betrat Wingolf von Manhardts Zimmer, ohne anzuklopfen.

Der Wolf saß an seinem Schreibtisch neben den großen Atelierfenstern, die auf die Marmorfassaden des Regierungsviertels hinausgingen, und unterschrieb Post. Während seiner Abwesenheit hatte sich einiges angesammelt.

Sophie wusste, dass er erst gegen Morgen mit dem Nachtzug aus Paris zurückgekommen war, wo er eine Rede vor dem Rassemblement National gehalten und für eine ultrarechte Bewegung gegen das Establishment, gegen die Banken und vor allem die Presse geworben hatte.

Die Presse war ein zentrales Thema der Bewegung.

Ein Hauptgrund, der die Macht traditioneller Parteien verringerte, war die explosive Entwicklung alternativer Medien – der Nachrichtensender und der sozialen Netzwerke. Konnte man früher landesweite Bekanntheit nur durch ein paar Kanäle etablierter Medien erreichen, die gemäßigte Politiker gegenüber nationalkonservativen Bewegungen sogar immer noch bevorzugten, war es nun möglich, seinen Namen über die neuen Medien praktisch über Nacht europaweit bekannt zu machen. Und Unterstützung zu mobilisieren.

Später, nach dem Sieg, konnte man die kritischen Medien mundtot machen oder ganz abschalten. Ihr ständiges Störfeuer beeinträchtigte die gute Arbeit für die Menschen, die die Bewegung gewählt hatten, die ihr Vertrauen schenkten.

Der Wolf sah müde aus.

Die Veranstaltung in Paris war der Abschluss seiner erfolgreichen Europa-Rundreise gewesen. Der Plan der Bewegung, populistische Websites in verschiedenen Sprachen einzurichten und von Wien aus zu bedienen, war bei den Spitzenvertretern befreundeter Gruppierungen auf positive Resonanz gestoßen, wie er Sophie bei ihren täglichen Telefonaten mitgeteilt hatte.

»Guten Morgen.« Sophie schloss die Doppelflügeltür zu den anderen Büroräumen hinter sich. »Gratuliere noch mal.« Sie durchquerte das Büro, setzte sich auf das mit grünem Samt überzogene Sofa, das mit drei Sesseln und einem kleinen Tisch die Besprechungsecke neben einem runden weißen Kachelofen bildete, und schlug die Beine übereinander. »Toller Erfolg.«

Der Wolf streckte den verspannten Rücken und verschränkte die Hände im Nacken. »Der Applaus war gigantisch«, sagte er. Bei der Erinnerung erschien ein Lächeln auf seinem Gesicht. »Es war genial – überall, wo wir hingekommen sind. Wir sind voll auf dem Vormarsch.« Er schwenkte seinen Schreibtischsessel hin und her.

Die Tür öffnete sich, und Nina kam herein.

Sie hatte ein Tablett mit einer großen Kaffeekanne, Milch, Zucker und zwei Tassen mitgebracht. Das handgemalte Muster auf dem Porzellan zeigte Efeuranken. *Augarten.* Das Büro hielt auf Tradition und kulturelle Werte.

Nina stellte das Tablett auf dem kleinen Tisch ab, schenkte Kaffee ein und reichte Sophie eine Tasse.

Der Wolf stand auf, ging zu der Sitzgruppe hinüber.

»Wie war's in Frankreich?«, fragte er und nahm seine Tasse entgegen. »Wollen wir mit denen ins Bett?«

Nina verschränkte die Hände, wartete.

»Unser Informant hatte recht«, sagte Sophie, tropfte etwas Milch in ihren Kaffee und sah zu, wie sich weiße Spiralen auf der schwarzen Oberfläche ausbreiteten. »Ich konnte am Telefon natürlich nicht darüber reden.«

Der Wolf nippte an seiner Tasse. »Was? Wirklich ein Anschlag?« Er schüttelte den Kopf. »Die sind ja verrückt.«

»Nein, sind sie nicht«, sagte Sophie. »Warte nur, bis du die Einzelheiten erfährst.« Sie bemerkte Nina, die mit abwesender Miene aus dem Fenster starrte. »Danke, Nina.«

»Wen haben sie denn im Visier?«, fragte der Wolf.

»*Danke, Nina*«, wiederholte Sophie.

Das Mädchen fuhr wie aus einer Trance hoch. »Ich geh dann mal«, sagte sie hastig. »Wenn ihr noch was braucht …«

»Melden wir uns«, sagte Sophie. Sie wartete, bis sich die Tür hinter Nina geschlossen hatte. »Wenn dieses Attentat gelingt und wir es richtig ausschlachten, drehen wir die Europawahlen. Und nicht nur das – wir verändern Europa.«

Der Wolf nahm noch einen Schluck Kaffee, musterte sie über den Tassenrand. »Große Worte«, sagte er endlich.

Sophie nickte. Dann ließ sie die Bombe platzen.

»Es ist der Papst«, sagte sie.

Der Wolf setzte abrupt die Tasse auf die Untertasse, das Porzellan klirrte, Kaffee spritzte über seine Hand.

»*Wer?*« Er schüttelte die Hand ab.

»Der Anschlag der Franzosen gilt Franziskus.«

Der Wolf starrte sie an. Dann stellte er die Kaffeetasse auf den Tisch, steckte die Hände in die Hosentaschen und fing an, im Raum herumzuwandern.

»Der Papst«, murmelte er. »Das ist völlig unmöglich.«

Sophie beobachtete ihn bei seinen nervösen Runden durch das Arbeitszimmer. Der Wolf war auf dem besten Weg, zur Frontfigur der nationalkonservativen Vereinigungen zu werden. Er verkündete ihre Botschaft aus einer Position der Mitte heraus, wobei er die Ansicht vertrat, dass Demokratie nur auf nationaler Ebene möglich war. Der Wolf selbst stammte aus einem relativ jungen Adelsgeschlecht, was der Reputation in seinen Kreisen nicht gerade nützlich war. Umso mehr zelebrierte er den Habitus einer alten katholischen Familie. Er war Anfang vierzig, groß und schlank, hatte volles dunkles Haar und blaue Augen und nutzte sein gutes Aussehen genauso wie sein rhetorisches Talent. Sogar seine Gegner bescheinigten ihm Charisma. Er hatte kirchlich geheiratet und war inzwischen Vater von fünf Kindern. Seine Frau Anna Maria engagierte sich öffentlich für das ungeborene Leben und gegen Abtreibung. Die Familie lebte auf einem von etwas Wald umgebenen Bauernhof vor den Toren von Wien, weshalb Wingolf von Manhardt als Beruf gerne Land- und Forstwirt angab.

»Die Planung scheint abgeschlossen«, sagte Sophie.

Er blieb stehen. »Das ist doch irre – *der Papst*!«

»Nicht *irgendein* Papst«, sagte Sophie. »*Dieser* Papst. Das ist ein großer Unterschied. Es ist nicht so verrückt, wie es klingt. Ich habe darüber nachgedacht.« Sie machte eine Pause, wollte ihre Worte wirken lassen. »Was, wenn es ein islamistischer Anschlag wäre – oder so aussähe?«

Der Wolf hob die Brauen und stieß einen leisen Pfiff aus. »Ein zweites 9/11?«, fragte er, hatte sofort begriffen. »Wann soll das Ganze über die Bühne gehen?«

»Mittwoch vor Ostern«, sagte Sophie. »Bei der letzten Papstaudienz. Rom wird zum Bersten voll sein, alles ist auf die Osterfeierlichkeiten eingestellt – Kamerateams aus der ganzen Welt sind vor Ort. Der Zeitpunkt ist perfekt.«

»Ostern«, sagte der Wolf. »Das ist schon nächste Woche.«

»Es ist knapp«, sagte sie. »Aber ich schaffe das.«

Vor zwei Jahren war der Wolf Gastredner im Palazzo der Päpstlichen Akademie der Wissenschaften in den Vatikanischen Gärten, dem Dignitatis Humanae Institute, zum Thema Armut, Kapitalismus und Christentum gewesen. Dabei hatte er ausführlich Gelegenheit zur Darlegung der Standpunkte seiner rechtskonservativen Bewegung und seiner Auffassung des Konservativismus generell gehabt. Sophie hatte die Rede gemeinsam mit dem Wolf vorbereitet und geübt. Sie teilte seine Ansichten in allen Punkten.

Der Kapitalismus als Wirtschaftsform war überholt.

Aufgrund seiner jüdisch-christlichen Werte war er zwar lange Zeit in der Lage gewesen, europäische Kultur und Wirtschaftsinteressen zu vertreten. Doch zunehmende Säkularisierung hatte einem Neoliberalismus den Weg bereitet, der zwar seine Eliten, aber nicht mehr die breite Masse versorgte. Der soziale Aspekt ihrer Arbeit nahm bei der Bewegung einen großen Stellenwert ein, nicht nur aus ideologischen Gründen. Er war die Basis ihres Erfolges bei der breiten Masse. Nur eine Rückkehr zur traditionellen abendländischen Religiosität konnte den Kapitalismus zähmen und den radikalen Islam besiegen. Die Welt brauchte neue weltliche und religiöse Führung – *und nicht diesen Papst*.

»Also, was sagst du?«, fragte Sophie. »Ja oder nein?«

Der Wolf wirkte noch immer nachdenklich. »Wir stehen am Beginn eines blutigen Konflikts gegen den dschihadistisch-islamischen Faschismus«, sagte er. »Es ist Zeit, mit allen Mitteln für unsere Überzeugungen und gegen diese neue Barbarei zu kämpfen. Bisher haben wir nur einen ideologischen Kampf gegen den Islam und für die christliche Tradition geführt.« Er blieb stehen und fuhr mit der flachen Hand wie mit einer Schwertklinge waagerecht durch die Luft. »Es wird endlich Zeit, zu anderen Waffen zu greifen.«

»Toll.« Sophie war beeindruckt. Sie bewunderte seine Fähigkeit, aus dem Stegreif eine Rede zu halten, die Zuhörer für die Sache zu begeistern. »Ich bin ganz bei dir.«

Der Wolf breitete die Arme aus. »Und wir haben in Rom starke Verbündete aus dem innerkirchlichen Widerstand gegen Franziskus, vergiss das nicht. Prinzipientreue Männer, die ähnliche Schlachten auf kulturellem Gebiet schlagen wie wir.« Er nahm seinen Rundgang wieder auf, wurde schneller, fand Argumente, erwärmte sich für sein Thema. »Es wird einen neuen Papst geben. Ich denke da an diesen deutschen Kardinal – mindestens ein Meter achtzig, starke Ausstrahlung, sehr telegen und vor allem ganz auf unserer Linie.«

»Wir werden uns den Kandidaten nicht aussuchen können.«

Der Wolf lachte. »Der macht den Job«, sagte er. »Besser, man regiert die Hölle, als im Himmel zu dienen.« John Miltons »Paradise Lost« war eines seiner Lieblingsgedichte. »Nicht nur die Kirche ist auf unserer Seite.« Er wurde lebhaft. »Matteo Salvini hat Franziskus in der Vergangenheit oft genug kritisiert. Hat er nicht bei einem Parteikongress so ein T-Shirt mit Aufschrift getragen: ›Mein Papst ist Benedikt‹?«

»Damals war Salvini nur Chef der Lega Nord, heute –«

»Heute hat er das ganze Land voller Illegaler«, schnitt ihr der Wolf das Wort ab. »Franziskus' Vorstellung zum Umgang mit Flüchtlingen ist glatter Wahnsinn. *Wahnsinn.* Er hat sogar die Mauer zwischen den USA und Mexiko als *unchristlich* bezeichnet. In seiner Vorstellung darf ein Volk nicht einmal mehr seine Heimat schützen.« Er schüttelte den Kopf. »Dieser Papst ist eine Gefahr für das christliche Abendland.«

»Das sagt Marais auch, nur mit anderen Worten.« Sophie überlegte. An mögliche Unterstützung von staatlicher Seite hatte sie gar nicht gedacht. »Du meinst also, Ermittlungen im Vatikan würden ohnehin keinen Erfolg haben?«

»Natürlich nicht«, sagte er. »Franziskus hat sich in den eigenen Reihen angreifbar gemacht. Und vergiss nicht: Inzwischen sind unsere Freunde überall. Bei der Polizei, in der Justiz, in den Ministerien. Und dieser Anschlag ist ein Angriff auf den christlichen Glauben. Ach was – auf das gesamte Abendland! Einen religiösen Führer zu töten, Sophie, ist der ultimative Tabubruch. Wer nicht einmal vor dem Mord an einem Papst zurückschreckt, dem ist alles zuzutrauen.«

Sophie nickte. »Das Entsetzen wird quer durch alle Gesellschaftsschichten gehen«, sagte sie, »und auch nicht-kirchliche Kreise erfassen.«

Angst ergriff zuverlässig nicht nur die, die nichts zu verlieren, jedoch eine klare Meinung dazu hatten, was ihnen zustand. Hier ging es darum, eine emotionale Bindung zu den Massen herzustellen, tiefe, hässliche Gefühle an die Oberfläche zu bringen. Neid und Hass. Und natürlich waren da noch jene, die um ihren Wohlstand fürchteten. Der Erfolg jeder politischen Bewegung hing nicht nur vom Mann auf der Straße ab, er brauchte die Unterstützung der Reichen und Mächtigen.

Der Wolf legte die Hände auf eine Sessellehne, beugte sich zu ihr vor. *»Wir gegen sie«*, sagte er. »Das Abendland befindet sich in einem dramatischen Niedergang.« Sein Blick wanderte zum Fenster hinüber. »Was ist mit der Talkshow?«

»Constanze arbeitet schon daran«, sagte Sophie.

»Wir werden den Fokus der Diskussion weg von den EU-Wahlen bringen«, sagte der Wolf. »Das wirkt sowieso viel zu zielgerichtet. Jetzt geht es uns um die große Frage: Wie sieht die Zukunft des Abendlandes aus? Wir haben die Visionen und die politische Klarsicht.« Er zielte mit dem Zeigefinger auf Sophie. »Die Ereignisse werden uns nur recht geben – bereite schon mal die Kampagne vor.«

»Das heißt, wir machen es?«, fragte Sophie.

Der Wolf nickte, schlug mit der Hand auf die Lehne, die Entscheidung war gefallen. »Dieser Plan ist ein Geschenk an uns«, sagte er. »Besser hätte es gar nicht kommen können. Wir werden vorbereitet sein – die Einzigen, die reagieren und zuschlagen können. Das heißt …« Er brach ab, überlegte. »Wir machen eine Osterkundgebung, kurz nach dem Anschlag, dann ist die Berichterstattung auf dem Höhepunkt. Das Osterfest – Aufbruch und neues Leben. Tolle Symbolik. Es wird eine reine Wahlveranstaltung zur EU-Wahl. Und wenn dann die Neuigkeit hereinbricht, schlachten wir sie aus.«

»Ich kümmere mich um die Organisation«, sagte Sophie.

»Du bildest einen Stab, nimmst dir zwei Leute«, sagte er.

»Es darf nichts nach außen dringen. Absolute Diskretion auch im Headquarter. Die Überraschung muss glaubhaft sein.«

»Wir beziehen ein eigenes Büro.«

»Sehr gut«, sagte er. »Offiziell gehen wir in die heiße Phase vor den Europawahlen. Wir brauchen Legitimität, wollen schließlich ins Amt gewählt werden – lass dir was einfallen, das wir kommunizieren können.«

Sophie nickte. »Ich nehme Sebastian und Hannah.«

Der Wolf wanderte zu dem großen Atelierfenster und blickte auf die Steinfiguren auf der gegenüberliegenden Fassade. »Wir denken sogar noch weiter«, sagte er so leise und fast zu sich selbst, dass Sophie seine Worte kaum verstand. »Aber wir müssen schnell sein.« Er fuhr herum. »Haben wir einen guten Juristen?«

»Im Team? Ja, klar, Sebastian.«

»Nein.« Er klang ungeduldig. »Uni oder so.«

Sie dachte nach. »Professor Alberich in München.«

»Der ist doch Rechtshistoriker.«

»Was willst du eigentlich?«

»Wir müssen die neue Rechtslage vorbereiten«, sagte er. »Such mir einen Verfassungsrechtler, der unserer Bewegung nahesteht, und mach einen Termin. Wir brauchen ein Gesetz, das uns erlaubt, im Hinblick auf das Papstattentat Verfassungen und Parlamente im Bedarfsfall zu umgehen. Im Sinne einer neuen, stabilen Ordnung.«

»Dann musst du die Verfassung abschaffen.«

»*Wir* sind die Verfassung«, sagte der Wolf ungerührt. »Der Gesetzesentwurf – *die Gesetzesreform* – muss zu den Wahlen in der Schublade liegen, klar?« Er bemerkte ihre Miene und fügte hinzu: »Das ist eine Frage der nationalen Sicherheit. *Wir schützen die Bevölkerung vor ihren Feinden.* Und zwar mit ganz legalen Mitteln.«

»Ich höre mich um«, sagte Sophie.

Der Wolf kam zur Sitzgruppe zurück, ließ sich in einen Sessel fallen. Er verschränkte die Hände wieder im Nacken, streckte die Beine von sich. »Jetzt erreichen wir mehr als alle europäischen Politiker zusammen«, sagte er. In seiner Stimme schwang Siegesgewissheit. »Wir erfassen den Zeitgeist, verstehst du? Die Menschen in Europa werden in uns eine Bewegung sehen, von der sie ein Teil sind und die gemeinsam marschiert.« Seine Augen glänzten. »Eine, die durch nichts aufzuhalten ist. Die einzige, die für sie kämpft. Ehrlich, Sophie, lohnt es sich nicht, dafür ein paar Freiheiten aufzugeben?« Die Frage war rein rhetorisch.

»Sehen die Leute die Lage wirklich so dramatisch?«

»Hier geht es doch nicht um Zustände, wie sie *sind*«, sagte er. »Sondern um Zustände, wie sie sein *könnten*.«

»Das ist genial«, sagte Sophie.

»Ich weiß.« Ein selbstzufriedenes Lächeln umspielte seinen Mund. »Aber zurück zu diesen Wahnsinnigen in Frankreich – ab jetzt keinerlei Kontakt mehr.«

»Ist klar«, sagte sie. »Wir wissen ohnehin genug.«

Das Telefon fing an zu läuten.

Der Wolf erhob sich, ging zum Schreibtisch und nahm den Hörer ab. »Ja, Helene?« Er hörte kurz zu. »Okay, wir sind sowieso fertig.« Er legte auf, drehte sich zu Sophie um. »Ein Telefonat für dich, scheint wichtig zu sein. Übrigens, hast du schon von dem geplanten Treffen mit Geert gehört?«

Sophie stand auf. »Tobias hat es mir vorhin erzählt.«

»Der Junge kriegt das auf die Reihe – tüchtig.«

Sophie drehte sich nur wortlos um, verließ das Zimmer und lief in ihr eigenes Büro. Es war der zweitgrößte Raum nach Wingolf von Manhardts Arbeitszimmer und ging auf den Kohlmarkt hinaus. Unter der breiten Fensterfront konnte sie bereits die Touristen hören, die durch die Fußgängerzone strömten. Die Geschäfte hatten gerade geöffnet.

Sie trat zu der Telefonanlage, die auf dem Biedermeier-Schreibtisch stand, und drückte auf den Annahmeknopf.

»Wellendorff?«

»Bonjour, Mademoiselle«, sagte Jean le Marais.

Sophie stutzte, war irritiert. Ein Kontakt mit Gladius war nicht vereinbart und nicht erwünscht, das hatte sie in Grand Sud deutlich kommuniziert. »Wir haben nicht damit gerechnet, von Ihnen zu hören«, sagte sie kühl.

»Vertrauen gegen Vertrauen«, sagte er scharf, zitierte die Worte, die sie selbst zu ihm gesagt hatte.

Sophie runzelte die Stirn. »Ist etwas passiert?«

»Was ist mit unseren Unterlagen?«

»Ich hatte leider noch keine Gelegenheit, sie mir anzusehen«, sagte Sophie, die anfing, sich zu ärgern.

Jetzt, da dieser echsenhafte Mann nicht direkt vor ihr saß, fühlte sie sich stark. Wenn diese Leute der Bewegung misstrauten, würde man die Zusammenarbeit noch einmal evaluieren müssen. Ihr bisheriger Kenntnisstand reichte ohnehin aus, rechtzeitig und angemessen auf das bevorstehende Ereignis zu reagieren. Das Kuvert lag noch immer versiegelt im Tresor. Sophie hatte davor zurückgeschreckt, es zu öffnen, wollte zunächst mit dem Wolf darüber reden. Das ungute Gefühl, das sie in Grand Sud erfasst hatte, war noch immer nicht verflogen.

»Haben Sie es sich anders überlegt?«, fragte sie. »Das ist kein Problem. Ich gebe Ihre Unterlagen noch heute zur Post, wenn Sie möchten. Allerdings nicht per Einschreiben.« Keine schriftliche Verbindung, hieß das. »Ich habe den Umschlag nicht einmal geöffnet.«

Am anderen Ende der Leitung wurde leise gesprochen, anscheinend gab es einen Mithörer im Hintergrund. Endlich meldete sich Marais wieder. »Wir werden unsere Informationen prüfen«, sagte er. »Au revoir, Mademoiselle.«

Er legte auf, das Gespräch war zu Ende.

Sophie starrte auf den Hörer in ihrer Hand.

Welche Informationen?

Dieser Anruf hatte ihre dunklen Vorahnungen bestätigt, ja noch verstärkt. Etwas Entscheidendes musste passiert sein. Und das machte ihr Sorgen. Sie musste mit dem Wolf sprechen, zur Not alle Pläne absagen.

Die zentrale Frage war nun, wie weit die Bewegung als Mitwisser in diesen Anschlag bereits verstrickt und ob ihr eine Beteiligung nachzuweisen war. Bisher wussten nur der Wolf und sie von dem Kontakt zu Gladius.

Auf einmal wollte sie das Kuvert unter allen Umständen loswerden. Außerdem – wer waren sie denn? Die Bewegung ließ sich nicht von einem Haufen blutrünstiger Ex-Legionäre vor sich hertreiben. Sie würde den Umschlag holen, eine Briefmarke draufkleben und Nina damit zur Post schicken.

Aber vorher wollte sie noch einen Blick hineinwerfen.

Entschlossen lief Sophie durch das Schreibbüro, wo sich das Arbeitstempo merklich erhöht hatte, ging zur Garderobe, fischte ihren Schlüsselbund aus der Tasche ihres Trenchcoats und betrat die Abstellkammer.

Die Zentrale der Bewegung befand sich in den ehemaligen Räumen eines K.-u.-k-Handelskontors. Direkt neben dem Eingang lag ein kleiner Raum, den die Putzfrau nutzte und in dem sich auch ein Kühlschrank für die Mitarbeiter befand. Hier stand ein Eisentresor aus der Kaiserzeit. Seine schwarze Front war im Laufe der Jahrzehnte genauso zerkratzt worden wie der aufgemalte goldene Doppeladler. Er hatte kein modernes Zahlenschloss, war aber so schwer, dass man ihn weder aufbrechen noch davontragen konnte.

Sophie steckte den Schlüssel in das Schloss, drehte ihn zweimal und wartete, dass der Mechanismus auf der Innenseite der zentimeterdicken Tür einrastete. Dann packte sie einen Eisenring, der wie das Steuer eines Schiffes aussah, drehte ihn mit aller Kraft nach rechts und zog die Tür auf.

Auf acht Metallbrettern lagerten hier Personalakten, Gesprächsprotokolle, geheime Telefonnummern und die Adressen von Sympathisanten in den höchsten Regierungs- und Gesellschaftskreisen. Listen für zu vergebende Posten und Schattenkabinette. Auch die Namen der Geldgeber, die niemals an die Öffentlichkeit dringen durften, lagen hier sicher unter Verschluss. Das Kuvert aus Frankreich hatte Sophie auf dem obersten Bord deponiert. Sie streckte die Hand aus, wollte es herunterziehen und – griff ins Leere.

Sophie erstarrte.

Sie war, als sie vor einigen Tagen aus Marseille zurückgekehrt war, auf dem Weg vom Flughafen extra noch im Headquarter gewesen, um den Umschlag mit dem verfänglichen Inhalt sicher zu verwahren. Nie hätte sie ihn in ihre kleine Wohnung mitgenommen. Sie tastete das Brett entlang, wurde immer schneller, immer hektischer. Doch ihre Finger glitten nur über das Leder eines Kalenders und altes Metall.

Das Kuvert war weg.

Sophie zog ihre Hand zurück.

Jemand hatte die geheimen Unterlagen von Gladius aus dem Tresor der Bewegung gestohlen.

Ihr Herzschlag beschleunigte sich.

Für uns lege ich die Hand ins Feuer.

Ich habe schon viele Hände brennen sehen.

Jean le Marais bereute anscheinend schon, ihr vertraut zu haben. *Zu Recht.* Sie spürte, wie ihr der Schweiß ausbrach, und verfluchte sich selbst, dass sie nicht in den Umschlag geschaut hatte. Wer immer im Besitz der Unterlagen war, wusste nun um den Kontakt der Bewegung zu Gladius und möglicherweise sogar von dem geplanten Anschlag.

Niemand außer Ihnen kann damit etwas anfangen.

Fast hätte Sophie gelacht. Darauf wollte sie sich lieber nicht verlassen. Jede Information, die in Richtung ihrer Bewegung wies und nun in falschen Händen war, konnte der

Todesstoß für die Arbeit von Jahren sein. Sie musste mit dem Wolf sprechen, ihren Fehler eingestehen.

Nein, auf keinen Fall.

Der Wolf würde sie aus seinem inneren Kreis verstoßen. Mit Bedauern zwar, aber todsicher.

Ein Papstmord.

War sie verrückt gewesen? Wie weit hatte ihre Loyalität sie eigentlich gebracht? Es gab nur eine Lösung, um den drohenden Schaden irgendwie zu begrenzen.

Die Sache musste gestoppt werden.

Langsam schloss Sophie die schwere Tresortür.

Wir werden unsere Informationen prüfen.

Was wusste Marais? Dachte er, sie hätte die Unterlagen weitergegeben? Ihre Hände, die den Schlüssel hielten, zitterten. Da hörte sie das Geräusch hinter sich.

Sophie fuhr herum.

Tobias lehnte im Türrahmen.

»Was soll das?«, zischte sie. »Hast du nichts zu tun?«

Er stieß sich vom Rahmen ab. »Ich wollte mir eine Cola holen«, sagte er, ging zum Kühlschrank und nahm eine rot-weiße Dose heraus. »Du siehst müde aus. Brauchst du ein paar freie Tage?« Er zog den Verschlussring auf. Es zischte, Schaum quoll aus der Öffnung. »Alles in Ordnung?«

»Bestens«, sagte Sophie. »Allerbestens.« Noch wusste niemand vom Fehlen der Unterlagen. Sie musste die Situation für sich in Ruhe analysieren, einen Ausweg finden.

Tobias nahm einen Schluck Cola, ließ sie nicht aus den Augen. »Na, dann ist ja alles gut«, sagte er.

Sophie spürte, dass er ihr nicht glaubte. Aber das war ihr geringstes Problem. Der Gedanke an Jean le Marais und seine Söldnertruppe verursachte ihr Übelkeit. Wie konnte sie erklären, dass sie über den Verbleib ihrer Unterlagen nichts wusste? Für diese Männer war sie jetzt eine gefährliche Mitwisserin, ein Sicherheitsrisiko.

Oder noch schlimmer – eine Verräterin.

Sophie zwang sich zu einem Lächeln. »Tobias«, sagte sie. »Wenn du keinen Durst mehr hast, kannst du mir die Liste für London ausdrucken. Ich entscheide dann über die Teilnehmer.« Sie ging zur Tür, drehte sich noch einmal um. »Ach ja, ich glaube, ich habe was Falsches gegessen. Sei ein Schatz und hol mir in der Apotheke was gegen Sodbrennen.«

Damit verließ sie die Abstellkammer.

5

Die Pistole war eine Glock 17, das Kaliber 9 mm Parabellum.

Cayetano Rossi stand auf einer Terrasse in Frankreich und unterzog seine neue Waffe einer eingehenden Musterung. Prüfend umschloss er den Griff mit der rechten Hand, schmiegte den Zeigefinger an den Lauf und drehte die Pistole hin und her. Dann suchte er festen Stand, legte die linke Hand um die rechte und hob die Waffe auf Augenhöhe, bis das Korn mit der Aussparung zu einer Linie verschmolz. Mit dem rechten Arm machte er eine Vorwärtsbewegung, mit dem linken hielt er dagegen und stabilisierte die Pistole. Es war eine leichte Polymer-Pistole, angenehm anzufassen und zu halten.

El Capitán persönlich hatte sie ihm gegeben.

Cayetano ließ die Pistole sinken und runzelte die Stirn. Der Plastikgriff war sehr leicht. Das hieß, er würde ein volles Magazin brauchen, damit der Schwerpunkt sich nicht nach vorn verlagerte und der Lauf nach unten zog.

Seine eigene Waffe war ein Revolver Kaliber .38. Er brauchte auch kein Holster dafür, sondern steckte ihn einfach in den Hosenbund. Den Revolver hatte er von seinem Vater, der mit ihm jeden Tag frühmorgens im Wald geübt hatte.

Ab jetzt nimmst du nur noch diesen Revolver.

Ich schieße am besten mit einem Jagdgewehr.

Du musst immer aus der Nähe töten, mein Sohn. Der Schuss muss sitzen. Am besten in den Kopf.

Ja, Vater.

Du darfst immer nur mit derselben Waffe arbeiten. Das wird dich absichern. Und jetzt nimm den Revolver.

Cayetano dachte an seinen guten Revolver und seufzte. Wie jeder Arbeiter schätzte er sein gewohntes Handwerkszeug. Doch das hatte er natürlich nicht im Flugzeug mitbringen können.

Die Glock war dagegen die Dienstpistole des Militärs und für den offenen Gebrauch konzipiert. Wenn man sie zur Selbstverteidigung benutzte, konnte man sie aber mit dem richtigen Holster auch unter der Kleidung tragen. Ein volles Magazin machte sie schwer und unbequem für den Schützen.

Cayetano ließ seinen Blick über den kleinen Tisch zwischen den Korbsesseln wandern. Dort lagen neben einem Papierstapel und ein paar Büchern mehrere Griffrücken. Er würde die Pistole den Abmessungen seiner Hände anpassen.

In den nächsten Tagen würde er sich mit ihren Eigenheiten vertraut machen und einige Probeschüsse abgeben. Im Keller des Hauses befand sich ein schalldichter Schießstand. Cayetano brauchte die Männer aus Pappe nicht, die mit erhobener Waffe und aufgemalten Zielscheiben an einer Wand standen. A, B, C, D hießen die aufgemalten Sektoren, die den Grad der Tödlichkeit eines Schusses anzeigten. Cayetano konnte sich nicht vorstellen, wozu das gut sein sollte. Ein Pistoleiro wusste, wohin er schießen musste. Aber er konnte sich an dem Schießstand die Funktionsweise der Pistole zu eigen machen.

Eine Waffe sollte der verlängerte Arm des Schützen sein, ihre Befehle direkt aus seinem Gehirn empfangen. Kopf, Armmuskel, Schießfinger, Waffe – das war eine Befehlskette.

Cayetano hob erneut die Pistole, legte den ausgestreckten Zeigefinger an den Abzug und tippte ihn an. Nichts geschah. Er krümmte den Finger um die Metallzunge und zog durch. Jetzt hörte er ein leises Klicken. Er ließ die Pistole sinken. Der Widerstand war relativ hoch. Bei einer Selbstverteidigungswaffe durfte sich eben in Stresssituationen kein Schuss vorzeitig lösen.

Als Pistoleiro hielt Cayetano nichts von scharfen Waffen in den Händen von ängstlichen Laien, vor denen man andere

Menschen sogar durch einen Abzugswiderstand schützen musste. Aber er würde die Pistole unter seiner Kleidung versteckt tragen müssen. Die Pistole schien jedenfalls rundum solide zu sein. Visierung und Präzision würde er gesondert prüfen.

Cayetano ging in Gedanken seinen Auftrag durch.

Der Wagen des Papstes würde anhalten.

Für eine gute Arbeit brauchte Cayetano natürlich kein stehendes Ziel. Im Grunde war es wie bei der Jagd. Man hielt die Laufmündung knapp vor den Kopf der laufenden Beute, fuhr mit ihrer Bewegung mit, passte sich ihrer Geschwindigkeit an, drückte ab und – schwang den Lauf im selben Tempo weiter und aus. Wie beim Tango war es eine einzige elegant fließende Bewegung. Es war der Tanz des Pistoleiros mit seinem Opfer. Cayetano beherrschte ihn perfekt.

Diesmal blieb keine Zeit für Schönheit.

Er würde von Menschen umgeben sein, musste die Waffe schnell ziehen und schießen. Dieser letzte Auftrag verlangte noch mehr Umsicht von ihm als jeder andere.

Eine Kugel – ein Tod.

El Capitán hatte ihn gewählt, weil er für seine gute Vorbereitung und seine Zuverlässigkeit bekannt war. Bei der Ausführung hatte Cayetano wie immer freie Hand. Er war kein Befehlsempfänger, kein gedungener Mörder, sondern Pistoleiro. Wer seine bewährten Dienste in Anspruch nahm, akzeptierte damit gleichzeitig seine Geschäftsbedingungen.

Cayetano legte die Waffe auf den Tisch und setzte sich in einen der tiefen Sessel. Nun kam der anstrengende Teil.

Auf dem Tisch stapelten sich Bücher, Reiseführer und Zugfahrpläne. Cayetano las nie mehr als den Sportteil der Tageszeitung. Wenn Angelina eine Telenovela im Fernsehen sah und dabei ein Taschentuch in ihren Händen knetete, setzte er sich manchmal zu ihr. Aber es fiel ihm schwer, der Handlung zu folgen. Die Menschen sahen nicht echt aus, und wenn sie redeten, merkte man, dass sie logen. Die Lüge war die Wurzel des Verrats. Außerdem war er ein Mann der Tat.

Deswegen griff er nun beherzt nach dem ersten Buch.

Es war ein Reiseführer in portugiesischer Sprache.

»Rom und der Vatikan«.

Cayetano war vier Jahre bei den Patres in der kleinen Missionsstation in der Nähe seines Heimatdorfes, die man nur mit dem Boot erreichen konnte, zur Schule gegangen und konnte leidlich lesen. Auch der Habitus der Geistlichen war ihm noch vertraut, ein unschätzbarer Vorteil bei seinem bevorstehenden Auftrag. Außerdem sprach er ganz gut Italienisch, ein Vermächtnis seines Großvaters, eines Flussbauingenieurs aus Turin, der die Liebe seines Lebens am Amazonas gefunden, sich aber nie die Mühe gemacht hatte, die Landessprache richtig zu lernen.

In bocca al lupo!

Crepi.

Diese Worte mochte er besonders.

Ins Wolfsmaul!

Möge er krepieren.

Das hieß so viel wie »Hals- und Beinbruch« und durfte niemals mit einem »Danke« beantwortet werden. Der gute Wunsch hätte sich sofort in einen Fluch verwandelt.

Crepi – möge er krepieren.

Cayetano hob den Blick von dem Reiseführer.

In der Nacht hatte es geregnet. Die Luft war klar und ziemlich kalt. Der dicke Pullover, den ihm António gegeben hatte, kratzte. Wenn Cayetano die Augen zusammenkniff, konnte er am südlichen Horizont eine helle Linie erkennen. Das Haus El Capitáns stand auf einem Hügel über dem Meer. So wie das, das Angelina und er nun bald bewohnen würden. In bocca al lupo! El Capitáns Kommando hieß Gladius. Crepi. Ja, möge dieser Verräter im Vatikan krepieren. Wenn die Worte kein Zufall waren, dann galten sie als gutes Omen.

Zur Sicherheit bekreuzigte er sich jedoch.

Hinter dem Haus waren Männerstimmen zu hören. Es waren El Capitán, Enrique und ein junger Mann, den Cayetano zweimal beim Mittagessen gesehen hatte. Seinen Namen hatte man ihm nicht gesagt. Der Mann hatte schnell gegessen und nur wenige Worte mit ihm gewechselt. Und er war seinem Blick ausgewichen. Das war kein Wunder. Der Mann hatte ein blaues und ein braunes Auge, ein schlechtes Zeichen für einen Menschen. Solche Leute waren gerne Hexen oder Zauberer. *O mago.* So nannte er ihn deshalb bei sich.

Cayetano nahm wieder die Pistole zur Hand.

Sie fühlte sich einfach fremd an.

Jetzt war das Schlagen von Autotüren zu hören. Ein starker Motor startete. Das Geräusch entfernte sich.

Seit ein paar Tagen war die Stimmung im Haus angespannt. Cayetano merkte gefährliche Schwingungen in der Luft. Wie wenn man im Urwald ein Schwein jagte. Und auf einmal spürte man die Gegenwart des Jaguars. *A onça-pintada.* Er war unsichtbar, doch er beobachtete einen, war auf dem Sprung.

Jetzt sprachen El Capitán und Enrique miteinander.

Die Stimme von O Mago fehlte.

Cayetano umschloss den Pistolengriff mit den Fingern. Er vermisste das vertraute Sicherheitsgefühl seiner eigenen Waffe. Ihr Griff hatte sich im Lauf der Jahre seinem Körper angepasst, war mit ihm zu einer Einheit verschmolzen.

Er wog die Glock in der Hand. Sie war zu leicht, zu perfekt, zu vielversprechend – so wie sein letzter Auftrag.

A onça-pintada.

Cayetano legte die Pistole auf die Knie und starrte wieder zum gleißenden Horizont hinüber. Auf einmal schien ihm der Gedanke an ein Haus am Meer nicht mehr verlockend.

Irgendetwas stimmte nicht.

6

Das Wetter in Wien hatte sich verschlechtert. Regen hing wie ein schmutziger Schleier vor den Fenstern, verbarg die überheblichen Fassaden der Häuser und die schartigen Zacken des Stephansdoms. Der graue Morgen strahlte die lähmende Hoffnungslosigkeit aus, die Viktor während der langen Nachtstunden, in denen er in seinem Hotelzimmer auf und ab gegangen war, erfasst hatte.

In seinem Kopf liefen in Endlosschleife bewegte Bilder, verbanden sich zu einem Film. Marie, die im Auto Fotos machte. Marie, die sich begeistert den Aufnahmen seiner Mutter widmete. Marie, die zur Tür ging und verschwand.

Nein, falsch, ganz falsch.

Der Film in seinem Kopf hatte ein Happy End. Viktor hielt Marie auf, denn es war schon spät. Sie aßen in einem Wiener Heurigen zu Abend und unterhielten sich über Maries Zukunft in der Kanzlei. Er brachte sie sicher ins Hotel.

Marie war immer noch da.

Die Vorstellung war so lebendig, dass Viktor fast zu ihrem Zimmer hinübergegangen wäre und nachgesehen hätte, ob sie nicht noch im Bett lag. Dann musste er sie wecken, denn sie hatten einen Termin im Beerdigungsinstitut. Den hatte er gleich um acht unter einem Vorwand abgesagt.

Noch am Abend hatte Marie wieder angerufen.

Papa, die sagen, sie wollen nur die CD.

Marie – wie geht es dir? Wo bist du?

Nur die CD von Simone, sagen sie, und keine Polizei. Dann passiert mir nichts. Papa, bitte!

Das Telefonat war unterbrochen worden, und seitdem zermarterte er sich den Kopf wegen einer CD, von der er weder den Inhalt kannte noch die leiseste Idee hatte, wo er sie finden könnte. Diese CD konnte in Wien sein, aber genauso gut in Simones Haus am Chiemsee. Er dachte an das Chaos, das Simones Leben ausgemacht hatte, und wurde wütend. Wenn sich die CD in Bayern befand, dann hatte er keine Chance, sie rechtzeitig aufzuspüren. Das Haus seiner Mutter lag vier Fahrstunden entfernt. Außerdem war es undenkbar, Wien und Marie auch nur für einen Tag zu verlassen. Nun wartete er verzweifelt darauf, dass Marie wieder anrief und ihm weitere Anweisungen oder Hinweise lieferte.

Es klopfte an der Tür.

Viktor fuhr zusammen, drehte sich um. »Ja, bitte?«

»Housekeeping.«

Er warf einen Blick auf die Uhr. Gleich zehn. Wie lange stand er schon hier, starrte auf den Stephansplatz hinunter?

»Ich bin noch nicht fertig«, rief er. »Später bitte.«

Das Stubenmädchen antwortete etwas, Rascheln war auf dem Gang zu hören. Dann Schritte, die sich entfernten. Hatte die Frau in der Pension seiner Mutter auch angeklopft?

Viktor fuhr mit der Hand über sein Gesicht.

Nur die CD von Simone, sagen sie, und keine Polizei.

Er war nicht einmal sicher, dass seine Mutter Musik mochte. In seiner Erinnerung mussten Radio und Fernseher immer leise gedreht werden. Simone war extrem lärmempfindlich gewesen. Bei Gewitter litt sie unter jedem Donnerschlag.

Der Trolley fiel ihm ein. Sofort regte sich gegen den Gedanken Widerstand in seinem Innersten. Aber einen Versuch musste er zumindest machen.

Viktor ging zum Kleiderschrank und öffnete die Tür.

Der Trolley hockte in der hintersten Ecke, dort, wo er ihn am Vorabend hingeschoben hatte. Entschlossen packte Viktor seinen Griff, zog ihn heraus und warf ihn auf sein unberührtes Bett. Der Trolley war aus Nylon, der schwarze Stoff schon grau von vielen Reisen, die Ecken abgestoßen. Das Zahlenschloss hing am Griff. Die Pensionswirtin oder wer immer hatte Simones Habseligkeiten in den Trolley gepackt.

Viktor zog den Reißverschluss auf und klappte den Kofferdeckel zurück. Sofort entströmte dem Inneren ein vertrauter Hauch nach Körperpuder und Aceton. Simone musste in den letzten Tagen ihres Lebens schwer getrunken haben.

Viktor versuchte, flach zu atmen.

Er nahm ein schwarzes Moleskine-Notizbuch, das ganz zuoberst lag, heraus und strich mit der flachen Hand darüber. Es war das letzte von unzähligen vollgeschriebenen Büchern, die er im Laufe der Zeit bei Simone gesehen hatte. Er schüttelte es zur Sicherheit, aber als keine CD herausfiel, legte er es auf der Bettdecke beiseite.

Nach und nach holte er die bescheidenen Besitztümer, die Simone auf ihrer Wienreise begleitet hatten, heraus. Ein Handy, ein kleines iPad, ein Lederetui mit drei Stiften. Zwei Jeans, ein paar weiße Blusen, ein schwarzer und ein grauer Pullover, ein violettes Seidentuch, schwarze Sneakers, etwas Unterwäsche. Und Simones *Caban* – die dunkelblaue Seemannsjacke, die er so gut an ihr kannte. Nirgends waren ein CD-Player oder CDs zwischen der Kleidung versteckt. Viktor versuchte, das Handy und das iPad einzuschalten, aber beide Geräte waren mit Passwort gesichert.

Keine CD.

Er öffnete den Kulturbeutel. Waschzeug, der geliebte Körperpuder, ein wenig Make-up, Kontaktlinsen.

Keine CD.

Ganz zuunterst im Koffer lagen zwei Romane, einer auf Englisch, einer auf Französisch, und eine neue Ausgabe des Nachrichtenmagazins L'Express. Er schüttelte die Bücher und die Zeitschrift aus, und ein U-Bahn-Ticket fiel zu Boden.

Keine CD.

Viktor ging ins Bad und holte seine starke Nagelschere. Verbissen machte er sich daran, den harten Nylonstoff aufzuschneiden, alle Koffernähte aufzutrennen. Er brauchte fast eine Stunde dafür. Als er endlich fertig war, seine Hände schmerzten und sein linker Zeigefinger aus einem tiefen Schnitt blutete, riss er den Trolley Schicht für Schicht auseinander. Flusen, Staub und eine Handvoll Sand rieselten auf das Bett.

Keine CD.

Erschöpft und enttäuscht ließ er sich auf das Fußende des Bettes sinken, nahm seinen zerschnittenen Zeigefinger in den Mund und saugte das Blut auf. Der metallische Geschmack verstärkte seine Übelkeit – und seine Hoffnungslosigkeit.

Worauf hatte Simone sich wieder eingelassen?

Viktor sah zu Maries Zimmertür hinüber.

Eine Möglichkeit gab es noch.

Die Kameratasche.

Er erhob sich und ging in das angrenzende Zimmer. Die schwarze Tasche stand noch immer neben Maries Kleidern. Sie war aus wasserfestem Material und sah nicht so mitgenommen aus wie der Trolley. Auf ihre Ausrüstung hatte Simone immer besonderes Augenmerk gelegt.

Viktor klappte den Überschlag zurück. Der starke Reißverschluss glitt fast wie von selbst über die Metallzähne. Er nahm das große Teleobjektiv heraus, legte es aufs Bett und warf einen Blick in die Tasche. Ihr Inneres war so gut organisiert, wie er es aus seiner Kindheit in Erinnerung hatte. Alles hatte seinen Platz. Ein Fotoapparat, kleiner und handlicher als die Profi-Kamera, mit der Marie unterwegs war. Objektive in verschiedenen Längen und Größen. Ein Filtercontainer aus Plastik, ein Fläschchen Objektivreiniger und zwei Mikrofasertücher. Filmpackungen für die Leica. Und ein Ersatz-Akku samt Ladegerät.

Viktor nahm die Ausrüstung Stück für Stück heraus, schraubte den Filtercontainer auseinander, wendete die Objektive in seinen Händen, entfernte den Plastikboden, überprüfte jedes Seitenfach.

Nichts.

Enttäuscht legte er alles wahllos wieder in die Tasche und klappte sie zu.

Keine CD.

Als Viktor in sein Zimmer zurückkehrte, fiel sein Blick auf das schwarze Moleskine-Notizbuch neben dem zerstörten Trolley. Im Laufe ihres Lebens hatte Simone unzählige dieser Bücher mit ihrer schrägen, ein wenig gehetzt wirkenden Handschrift gefüllt. Sie waren eine Mischung aus Gedächtnisstütze und Tagebuch. War ein Buch vollgeschrieben, wurde es mit einem weißen Aufkleber und der entsprechenden Jahreszahl versehen und auf den aktuellen Stapel gelegt.

Obwohl Viktor das Notizbuch schon durchsucht hatte, nahm er es noch einmal zur Hand und blätterte es durch. Das Buch war erst zur Hälfte vollgeschrieben. Die Seiten bedeckten Kürzel, Telefonnummern und Sternchen. Pfeile liefen quer über das Papier, ein paar Worte und Daten waren dick unterstrichen. Simone hatte ihre Notizen auf Französisch und in einer eigenen Kurzschrift verfasst. Was vielleicht einst zur Geheimhaltung brisanter Informationen diente, war in den letzten Jahren zu ihrer täglichen Handschrift geworden.

In der Hoffnung, irgendwo einen nützlichen Hinweis zu finden, versuchte Viktor, wenigstens die letzten Seiten zu entziffern. Es war der Griff nach dem Strohhalm.

Simone hatte in den vergangenen drei Wochen immer

wieder Datum und Uhrzeit vermerkt. Zwei Angaben im Abstand weniger Stunden, die etwa eine Woche zurücklagen, hielt Viktor für Abfahrts- und Ankunftszeiten. Das konnte die Zugverbindung sein, die Simone für die Fahrt nach Wien genutzt hatte. Dann gab es eine Wiener Telefonnummer, die ihm bekannt vorkam. Nach kurzer Überlegung fiel ihm die Pension in der Alser Straße ein. Eine zweite Nummer in Wien sagte ihm genauso wenig wie eine mit rotem Kugelschreiber dick unterstrichene in Frankreich. Hinter letztere hatte Simone ein paar Zickzacklinien und Spiralen gezeichnet, die wie Blitze und Rauchwirbel in einem Comic aussahen. Dann brachen die Aufzeichnungen unvermittelt ab.

Der Amtsarzt hatte Tod durch Herzversagen festgestellt.

Am Ende war es nur eine Frage der Zeit gewesen.

Viktor starrte auf die vollgekritzelten Seiten. Sollte er die dick markierte Nummer in Frankreich anrufen? Offensichtlich hatte sie Simone etwas bedeutet. Aber nach guten Beziehungen sahen die aufs Papier geworfenen Blitze nicht aus, eher nach einem frischen Streit. Außerdem – wem immer der Anschluss gehörte, er wusste bestimmt nichts über eine verzweifelt gesuchte CD in Österreich.

Blieb die zweite Nummer in Wien.

Viktor zog das Handy aus der Hosentasche. Während er auf die Verbindung wartete, ging er zum Fenster und blickte auf die gotische Fassade des Stephansdoms. Es hatte aufgehört zu regnen. Die glasierten Dachziegel des Kirchenschiffs gleißten unter der Aprilsonne, die aus den letzten dunklen Wolken brach.

Nach mehrmaligem Läuten wurde abgenommen.

»Markgott?« Die Stimme eines älteren Mannes.

»Viktor Hellberg«, sagte Viktor. »Ich bin der Sohn von Simone Colbert und habe Ihre Telefonnummer in ihren Aufzeichnungen gefunden.« Was wollte er eigentlich von diesem Mann? *Meine Tochter ist entführt worden und – haben Sie zufällig eine CD?* »Könnten wir uns irgendwo sehen?« Es war ein Ansatz und gab ihm das Gefühl, etwas tun zu können.

Ein kurzes Schweigen entstand, dann: »Simones Sohn?« Sein Misstrauen war deutlich zu hören. »Ich wusste nicht, dass Simone sich mit Ihnen treffen wollte.« Er machte eine Pause. »Wo leben Sie?«

»In Berlin.« Viktor begriff. Der Mann wollte sich von seiner Identität überzeugen. »Ich bin Anwalt.«

»Wo wurde Ihre Mutter geboren?«

»Grenoble.«

»Verzeihen Sie, aber ich musste sichergehen«, sagte Markgott. »Mein Name ist Leopold Markgott, Simone und ich hatten beruflich miteinander zu tun. Können Sie mir sagen, woran sie gestorben ist?«

Ein paar Sonnenstrahlen stießen wie Speere auf den Stephansplatz, umgaben den Dom mit einer goldenen Aureole. Menschen wimmelten wie Ameisen um seine Fundamente.

»Sie hatte eine Herzschwäche«, sagte Viktor.

»Das wusste ich nicht.« Zu Viktors Überraschung schwang in Markgotts Stimme Erleichterung. »Ich nehme an, Sie sind wegen Simones Tod nach Wien gereist?« Seine Ausdrucksweise war ein wenig altmodisch.

»Ja.«

»Und was wünschen Sie?«

»Meine Mutter hat Ihre Telefonnummer notiert«, sagte Viktor. »Und eine Nummer in Frankreich. Ich hatte gehofft, Sie könnten mir etwas dazu sagen.«

»Die Aufzeichnungen sind noch in Ihrem Besitz?«

»Ja, hier – deswegen rufe ich an.«

»Behalten Sie sie bei sich«, sagte Markgott hastig. »Erzählen Sie niemandem davon und vor allem – geben Sie sie nicht aus den Händen. Das ist sehr wichtig! Verstehen Sie?«

Zwei Tauben lösten sich aus dem steinernen Spitzenwerk des Stephansdoms. *Papa, die sagen, sie wollen nur die CD.* Die Vögel flatterten wie aufgeschreckt um den Turm.

»Natürlich.«

»Ist Ihnen jemand aufgefallen«, fragte Markgott, »seitdem Sie in Wien sind? Irgendwas Ungewöhnliches?«

Allerdings, meine Tochter ist entführt worden.

Viktors Hilflosigkeit wollte in Wut umschlagen. Ihm war nach Schreien zumute. Stattdessen holte er tief Luft. Dieser Mann klang, als könnte er ihm helfen.

»Ich komme zu Ihnen«, sagte er. »Bitte.«

»Auf keinen Fall, das geht nicht.« Markgott schwieg, schien zu überlegen. »Wo wohnen Sie?«

»In einem Hotel«, sagte Viktor. »Am Stephansplatz.«

»Kennen Sie die Zwölf Apostel?«

»Ich bin kein treuer Sohn der Kirche.«

»Der Zwölf Apostelkeller ist ein Weinlokal«, sagte Markgott. »Ein alter Heurigenkeller, gleich hinter dem Stephansdom. Immer voll und mit lauter Musik. Da können wir ungestört reden. Kommen Sie heute Abend um sieben dorthin.«

Viktor hatte sich schon öfter mit Klienten diskret getroffen. Der Gedanke daran verlieh diesem surrealen Gespräch einen Hauch von Normalität. »Wie erkenne ich Sie?«

»Ich lese den Standard, das ist eine Tageszeitung.«

»Um sieben«, sagte Viktor. »Ich werde da sein.«

Markgott legte ohne ein weiteres Wort auf.

Viktor umschloss das Handy fest mit seiner Hand. Musste Marie nicht längst wieder angerufen haben? Er sehnte sich verzweifelt danach, ihre Stimme zu hören. Gleichzeitig fürchtete er, gestehen zu müssen, dass er mit der Suche nach dieser verdammten CD keinen Schritt weitergekommen war.

Die Tauben am Stephansdom hatten sich vermehrt. Mindestens zehn schwarze Punkte umschwirrten die Steinfiguren und Pilaster auf der Fassade. Ein großer Vogel löste sich aus einem Turmfenster, stand sekundenlang flatternd in der Luft. Dann, plötzlich, legte er die Flügel an und stieß auf den Taubenschwarm herab. Die schwarzen Punkte stoben auseinander. Der Raubvogel kehrte, ein dunkles Bündel in den Fängen, zu seinem Turmfenster zurück und verschwand.

Das Handy läutete.

Viktors Herz machte einen Satz. *Marie.* Ohne auf das Display zu schauen, riss er das Handy ans Ohr. »Ja?«

»Hallo, wie geht es meinen Städtebummlern?«

Viktor schloss die Augen, es war Aenne. Sie wusste es noch nicht. Er hatte beschlossen, ihr nichts von Maries Entführung zu erzählen. Aenne würde sofort die Polizei einschalten, egal, was er sagte. Aenne tat immer, was sie selbst für richtig hielt.

»Hallo, Schatz«, krächzte er. »Gut.«

»Du klingst aber nicht so – hast du dich erkältet?«

»Sicher die Klimaanlage im Flugzeug.«

»Und wie ist das Wetter in Wien?«

»Regnerisch.«

»Nimm lieber immer einen Schal«, sagte Aenne. »Gib mir doch mal Marie. Ich habe Karten fürs Ballett und –«

»Marie ist nicht da.«

»Wieso? Wo ist sie denn? Sie geht nicht an ihr Handy.«

Viktors Kopf war wie leer gefegt. »Das funktioniert nicht«, sagte er. »Ich fürchte, es wird wieder mal Zeit für ein neues. Ach, und – Marie ist in der Hotelbar.«

»Sag nicht, sie isst schon wieder so ein Clubsandwich mit Pommes.« Aennes Ärger war unüberhörbar. »Das Mädchen wird zu dick. Du musst einfach besser auf sie aufpassen.«

»Ja«, sagte er. »Ja, da hast du wohl recht.«

»Dann frage ich Marie wegen des Balletts eben morgen«, sagte Aenne. »Wenn ihr wieder zurück seid.«

Viktor fuhr hoch. »Wir bleiben noch«, sagte er schnell.

»Ich meine, wir müssen noch in Wien bleiben. Wegen der Überführung, irgendwelche Papiere fehlen.« Er räusperte sich. »Ich fürchte, das klärt sich frühestens am Montag.«

War das genügend Zeit? Würde Marie dann wieder bei ihm sein? Bei dem Gedanken, dass dieser Wahnsinn noch länger dauern könnte, packte ihn Panik. An eine noch schlimmere Entwicklung weigerte er sich zu denken.

»Na gut«, sagte Aenne. »Aber Marie soll mich anrufen.«

»Ja, klar, mach's gut, Schatz.«

Viktor legte auf. Ihm war immer noch flau im Magen, doch das Telefonat hatte ihn abgelenkt und auf die organisatorischen Notwendigkeiten gebracht.

Er sollte in der Kanzlei Bescheid sagen.

David Kellermann konnte die Gesellschafterversammlung am Montag übernehmen, brauchte aber mindestens einen Tag Einarbeitungszeit. Auch der Termin beim Bürgermeister musste vorbereitet werden. *Donnerstag, zehn Uhr dreißig.* Noch fast eine Woche. Bis dahin musste Marie einfach wieder da sein. Sollte er David ins Vertrauen ziehen? Sie waren nicht nur Partner, sondern in den letzten Jahren so etwas wie Freunde geworden. David würde sich die sich anbahnende Katastrophe in Viktors Leben in seiner ruhigen Art anhören, eine Lösung finden. Aber wenn er David anrief, akzeptierte er dann nicht die Möglichkeit, dass er Marie nicht so schnell wiedersehen würde?

Viktor beschloss, noch zu warten.

Er ging zu seiner Jacke, die über einer Stuhllehne hing, zog seine Brieftasche hervor und nahm das Foto von Marie heraus, das er immer bei sich trug.

Nachdenklich betrachtete er die Aufnahme.

Sie war schon ein gutes Jahr alt, aber Marie hatte sich nicht sehr verändert. Die langen, wilden Locken, die braunen Augen und das verschmitzte Lächeln waren unverkennbar. Er verspürte einen Stich in der Brust.

Marie wollte Fotografin werden, war noch schnell zum Stephansdom gelaufen, um ein paar Bilder zu schießen. Irgendwer hatte sie vielleicht gesehen.

Viktor verfluchte sich selbst.

Warum hatte er sich nicht früher auf die Suche gemacht? Wie viel wertvolle Zeit hatte er bereits verloren? Es musste schon auf Mittag zugehen.

Es klopfte erneut an die Tür. »Housekeeping.«

»Ja, ja, ich komme.«

Viktor schnappte sich sein Jackett vom Sessel, schlüpfte hinein, steckte das Foto ein und war schon an der Tür, als ihm etwas einfiel. Er machte auf dem Absatz kehrt, rannte noch einmal ins Nebenzimmer und griff die schwarze Kameratasche. Wenn er um den Dom herumschlich und Fragen stellte, war es sicher besser, er wirkte wie ein normaler Tourist. Dann lief er zur Tür.

Das Stubenmädchen war eine hübsche Afrikanerin. Sie lächelte ihn an, schien über die Arbeitsverzögerung, die er verursacht hatte, nicht verärgert. Er zog einen Geldschein aus der Jackentasche und gab ihn ihr.

»Oh, thank you, Sir«, sagte sie.

Er nickte der Frau zu und fuhr ins Foyer hinunter.

Hinter der Rezeption stand dieselbe junge Frau, die ihm bei der Ankunft die Zimmerschlüssel gegeben hatte. Vielleicht war Marie gar nicht bis zum Stephansdom gekommen. Vielleicht hatte man im Hotel auf sie gewartet.

Nur die CD von Simone, sagen sie, und keine Polizei. Dann passiert mir nichts. Papa, bitte!

Er musste zur Sicherheit nachfragen, durfte dabei jedoch keinen Verdacht erwecken.

Viktor ging zum Empfang, wartete, bis die Rezeptionistin einem amerikanischen Paar einen Stadtplan und eine Visitenkarte gegeben hatte. Als die beiden sich endlich auf den

Weg zu einem Taxi, das hinter der gläsernen Eingangstür wartete, gemacht hatten, trat er an den Tresen.

»Guten Morgen«, sagte er. »Hellberg.«

»Herr Hellberg, was darf ich für Sie tun?«

»Hat meine Tochter nach mir gefragt?«

»Ich habe keine Nachricht für Sie, Herr Hellberg.«

Viktor zog das Foto aus der Tasche und legte es auf den Tresen. »Marie macht Besorgungen«, sagte er. »Wir wollten uns in der Stadt zum Mittagessen treffen, aber ich fürchte, ihr Telefon funktioniert schon wieder nicht.«

Die junge Frau warf einen Blick auf das Bild. »Ja, ich erinnere mich«, sagte sie. »Ihre Tochter hatte gestern einen Fotoapparat dabei, nicht?«

»Immer allein auf Entdeckungstour«, sagte Viktor. »Als Vater macht man sich da manchmal Sorgen.«

»Wien ist eine sehr sichere Stadt, Herr Hellberg.«

Ein Mann stellte sich neben Viktor, legte eine Reservierung und einen englischen Pass auf den Tresen.

»Möchten Sie Ihrer Tochter vielleicht eine Nachricht hinterlassen?«, fragte die Rezeptionistin.

Viktor steckte das Foto ein. »Sie wird sich schon bei mir melden«, sagte er. »Danke.«

»Sehr gerne.« Die Frau schenkte ihm ein professionelles Lächeln, griff nach dem Pass und widmete sich dem nächsten Hotelgast. »Welcome to Vienna, Sir«, sagte sie.

Viktor verließ das Hotel.

Graue Wolken hingen tief über der Stadt, und ein leiser Nieselregen verwischte die Konturen der barocken Häuserfassaden wie mit einem Weichzeichner. Auf dem Graben waren die Auslagen der Geschäfte hell erleuchtet. Es wimmelte von Menschen in Plastiküberwürfen und mit Regenschirmen. Unter einer Toreinfahrt stand ein junger Musikant und spielte auf einer Geige.

Mozart, »Eine kleine Nachtmusik«.

Vor seinen Füßen war ein schwarzer Regenschirm aufgespannt, der einen aufgeklappten Geigenkasten vor dem Nieselregen beschützte. Auf dem abgeschabten Samtfutter glänzten ein paar Münzen. Die Passanten eilten vorüber, kaum jemand schenkte dem Geigenspieler Beachtung.

Viktor schlug den Mantelkragen hoch und lief durch den Nieselregen zum Stephansdom hinüber. Wenn Marie bis zum Dom gekommen war, gab es vielleicht jemanden, der sie gesehen oder sogar mit ihr gesprochen hatte.

Ach, Papa, nicht schon wieder Kirchen.

Nur ein paar ganz kleine.

Vor dem großen romanischen Haupteingang, dessen Trichterform nach innen tief und schräg abfiel und auf diese Weise eine eigenartige Sogwirkung entfaltete, standen Reisegruppen mit ihren Führern und mehrere Kartenverkäufer. Ein paar junge Leute verteilten Werbeprospekte. Am Fuße der Dommauer kauerten Bettler, die Hände gefaltet und die Köpfe gesenkt. Vor ihnen standen Plastikbecher für die Almosen. Ein Mann hatte sich und seinen gelben Hund in eine zerschlissene Steppdecke gewickelt. Links neben dem Portal saß eine alte Bettlerin in einer blauen Strickjacke und hielt den Kirchenbesuchern die geöffnete Hand hin. Wenn jemand ihr eine Münze gab, lächelte sie den Spender an und sagte etwas. Die Bettler waren offensichtlich die Konstante in dem Treiben um den Dom.

Die Autofahrt in Berlin fiel ihm ein. Auf dem ganzen Weg zum Flughafen hatte Marie aus dem Seitenfenster fotografiert. *Alte Leute.* Er hatte sich darüber geärgert.

Viktor zog einen der Geldscheine, die er immer lose in der Manteltasche trug, heraus und ging zu dem reich geschmückten Portal hinüber. Unter anderen Umständen hätte er den in Stein gemeißelten Vögeln, Löwen, Mönchen, Drachen und Dämonen, die es umgaben, mehr Zeit gewidmet. Nein, unter anderen Umständen hätte er Marie diese

Welt von Kampf und Mord gezeigt, und sie hätten darüber diskutiert.

Die alte Bettlerin sah Viktor direkt auf sich zukommen und streckte ihm die Hand schon von Weitem entgegen. Jetzt bemerkte er, dass sie direkt neben einer Darstellung von Petrus mit seinem Schlüssel saß. Vielleicht sollte er den Kirchenbesuchern Sicherheit vermitteln und das Gefühl, mit dem Dom bereits eine Vorstufe des Paradieses zu betreten.

Viktor blieb vor der Bettlerin stehen, beugte sich hinab und legte den Schein in ihre Hand.

Die Frau sah erst das Geld und dann ihn selbst überrascht an. »Alles Gute für la familia«, sagte sie. »Alles Gute für la familia.« Ihr Gesicht war dunkel, fast lederartig. Sie schloss ihre knochigen Finger um das Geld und steckte es in die Tasche ihrer blauen Strickjacke. »Alles Gute –«

Viktor hob die Hand, unterbrach ihren Redeschwall. »Hier«, sagte er und zog das Foto heraus. »Das ist meine Tochter.« Er hielt der Alten die Aufnahme hin. »Haben Sie meine Tochter gesehen? Vielleicht gestern am Abend?«

Die Bettlerin betrachtete das Bild eingehend. Viktor hatte das Gefühl, als hätte sie ihn verstanden. Endlich hob sie den Blick und fragte: »La familia?«

Viktor nickte. »Meine Tochter.«

Die Frau überlegte, dann beugte sie sich vor und rief etwas um den Pfeiler herum, neben dem sie saß. Viktor verstand ihre Worte nicht, hielt sie aber für Rumänisch. Die Alte lächelte ihn an und nickte zuversichtlich.

»Familia«, sagte sie. »Familia.«

Kurz darauf erschien ein junger Mann in Jeans, schwarzer Regenjacke und abgetretenen Turnschuhen. Die Bettlerin sagte etwas zu ihm, es klang wie ein Befehl. Der Mann wandte sich an Viktor.

»Meine Mutter sagt, Sie brauchen Hilfe.« Sein Akzent war nicht zuzuordnen. »Um was geht es?«

Viktor zeigte ihm das Foto. »Meine Tochter«, sagte er. »Ich suche sie. War sie gestern Abend vielleicht hier?«

Der junge Mann musterte Maries Gesicht, dann nickte er. »Ja, habe ich gesehen«, sagte er. »Die haben Fotos gemacht. Sie hatte so eine teure Kamera.«

»Meine Tochter war hier?« Viktor musste sicher sein.

»Das Mädchen hat meine Mutter fotografiert«, sagte der junge Mann. »Aber wir möchten das nicht. Deswegen hat es diesen Streit mit ihrem Freund gegeben. Aber es ist nichts passiert, wirklich nicht.« Er streckte die Arme aus, drehte die Handflächen nach oben. *Tut mir leid.* »Der Kamera ist nichts passiert. Alles ist gut.«

»Ihr Freund?«, fragte Viktor. Hatte der Junge ihn richtig verstanden? »Meine Tochter war nicht – *allein*?«

»Er hat sie fotografiert – hier.« Der Sohn der Bettlerin zeigte auf einen Sockel, um den sich steinerne Pflanzen rankten. »Erst der Freund. Und danach sie ihn. Dann hat das Mädchen Fotos von meiner Mutter gemacht, und ich habe Nein gesagt. Ich wollte den Film haben. Dann ist sie mit ihrem Freund weggegangen.« Es war eben so.

Viktor zwang sich zur Ruhe. »Wie sah der Freund aus?«

Der junge Mann zuckte die Schultern. »Normal«, sagte er. »Ein wenig älter als das Mädchen.«

Normal. »Wo sind sie hingegangen?«

»Weiß nicht.«

»Was hat der Mann gesagt?«

»Hat gar nichts gesagt.«

»Hat der Mann meine Tochter zum Mitgehen gezwungen?«

»Nein, die haben gelacht – war alles gut.«

»Wo ist dieser Film jetzt?« Wenn Marie die Umgebung fotografiert hatte, gab es möglicherweise ein Bild ihres Entführers. »Mit den Bildern Ihrer Mutter?«

»Den haben sie mir gegeben.«

»Wo ist er jetzt?«

Der Junge sah ihn überrascht an. »Na, habe ich weggeworfen«, sagte er. »Wir möchten keine Bilder.«

»Wo?«, fragte Viktor. »Wo haben Sie ihn weggeworfen?«

»Da drüben.« Der junge Mann zeigte quer über den Platz auf die Reihe der Kutschen. »Der Freund von dem Mädchen hat den Film – *zack*.« Er machte eine reißende Geste.

»Er hat den Film aus der Kamera gezogen?«

»Ja – *zack*.« Der Junge nickte. »Wir wollen keine …«

»… Bilder, ich weiß schon«, sagte Viktor gereizt. Was immer Marie auf dem alten Filmmaterial festgehalten hatte, das Tageslicht hatte die Aufnahmen zerstört.

Er spürte, wie ihn Ohnmacht und Verzweiflung erfassten. Marie war ein Berliner Stadtmädchen. Niemals wäre sie freiwillig mit einem Fremden mitgegangen. *Ist sie aber doch.* Was hatte er sich vorgestellt? Dass die Entführer Marie eine Decke über den Kopf geworfen und sie in eine wartende Limousine gestoßen hatten? Mitten auf dem Stephansplatz hätte das einen Polizeigroßeinsatz ausgelöst.

Und wenn es kein Fremder war?

Möglicherweise kannte Marie diesen Mann, hatte ihn vor dem Stephansdom, einer viel besuchten Touristenattraktion, wiedergetroffen. Der Entführer konnte Marie schon in Berlin als Opfer ausgewählt, sich ihr Vertrauen erschlichen haben. War er ihnen vielleicht sogar nach Wien gefolgt? Aenne und er waren nicht reich, aber es waren schon Kinder aus ärmeren Familien entführt worden. Oder hatte Maries Verschwinden am Ende mit einem Fall in seiner Kanzlei zu tun? Er verfügte über sensible Daten, jonglierte im Auftrag von Klienten mit Millionen. Auf seinen Treuhandkonten lagen große Summen, über die er verfügen konnte. Würde er das Vermögen von Klienten gegen Maries Leben tauschen? Jederzeit.

»Der Kamera ist nichts passiert«, sagte der Sohn der Bettlerin. »Eine Leica.« Er nickte anerkennend. »War's das?«

»Ja«, sagte Viktor leise. »Das war's.«

»Haben Sie noch mehr so Kameras?«, fragte der Junge. »Wollen Sie sie verkaufen?«

»Nein«, antwortete Viktor, in Gedanken immer noch bei Maries Begleiter. »Haben Sie den Mann schon mal gesehen?«

»Den Freund Ihrer Tochter?« Er schüttelte den Kopf.

»Aber Sie würden ihn wiedererkennen?«

Der Junge nickte. »Ja, sicher.«

»Wie heißen Sie?«

»Florin.«

»Hören Sie, Florin«, sagte Viktor. »Mein Name ist Hellberg, Viktor Hellberg. Können Sie sich das merken?«

Florin nickte.

Viktor zeigte über den Stephansplatz. »Ich wohne in dem Hotel dort drüben«, sagte er. »Wenn Sie den Mann sehen, mit dem meine Tochter weggegangen ist, dann sagen Sie mir sofort Bescheid, ja?«

Florin schwieg, zögerte.

»Es ist sehr, sehr wichtig«, sagte Viktor. »Sie bekommen auch eine Belohnung.«

Florin überlegte, dann zeigte er auf die Kameratasche. »Was haben Sie da drin?«, fragte er. »Kann ich mal sehen?«

»Warum?«

»Ich handle ein wenig«, sagte Florin ausweichend. »Dies und das, aber ich habe meine Stammkunden.«

Viktor begriff. »Okay«, sagte er. »Wenn Sie bei der Fotoausrüstung etwas finden, schenke ich es Ihnen. Dafür halten Sie aber nicht nur die Augen offen, sondern hören sich um. Vielleicht kennt jemand hier am Stephansplatz den Mann.«

Florin streckte die Hand aus. »Ist gemacht«, sagte er.

Viktor schlug ein. Er setzte die Kameratasche ab, zog den Reißverschluss auf und klappte den Deckel auf. Dann trat er einen Schritt zurück. Es war Simones Erbe, die professionelle Ausrüstung einer bekannten Fotografin, eine Erinnerung und sicher wert, gehütet zu werden. Aber wenn es zu Marie führte, war jedes Stück gut angelegt.

»Bedienen Sie sich«, sagte Viktor.

Florin hockte sich hin und warf einen Blick in die Tasche. Mit sicherem Griff zog er den kleinen Fotoapparat heraus, drehte ihn in den Händen, legte ihn zurück. Er schob das Ladegerät und den Akku beiseite, untersuchte die verschiedenen Objektive. Endlich stieß er einen Pfiff aus.

»Das«, sagte er in fast ehrfürchtigem Ton und hielt das riesige Teleobjektiv in die Höhe. »Ich nehme das hier.«

Viktor überlegte. Das Objektiv war bestimmt das wertvollste Stück der Ausrüstung, und niemand garantierte ihm, dass der Junge nicht einfach damit verschwand, ohne nach Maries Entführer zu suchen.

»Gut«, sagte er. »Ich höre von Ihnen.«

Florin nickte und schob das Objektiv unter seine Jacke.

Die alte Bettlerin lächelte. »La familia?«, fragte sie.

Ihr Sohn sagte ein paar scharfe Worte zu ihr. Dann steckte er die Hände in die Taschen seiner Jeans und machte eine tänzerische Drehung auf dem Absatz, ehe er in der Menschenmenge vor dem Stephansdom verschwand.

Viktor legte den Kopf in den Nacken und blickte zur Spitze des Portals hinauf. Christus thronte, von zwei Engeln flankiert, dort als Weltenrichter. Links und rechts von ihm hatte der Steinmetz die zwölf Apostel angeordnet.

Die zwölf Apostel.

In wenigen Stunden würde er sich mit Leopold Markgott im Zwölf Apostelkeller treffen. Der alte Freund seiner Mutter war jetzt seine letzte Hoffnung.

»La familia«, sagte die Bettlerin verständnisvoll. Es klang, als hätte sie »Familie macht nur Ärger« sagen wollen.

Simone, was hast du uns eingebrockt?

Marie, mit wem bist du mitgegangen?

»Ja«, sagte Viktor, zog noch einen Geldschein aus der Tasche und reichte ihn der alten Frau. »Immer la familia.«

Mit diesen Worten nahm er die Kameratasche, drehte sich um und ging ins Hotel zurück. Seine Mutter hatte die CD gehabt. Das psychologische Gespür, das ihn so viele Prozesse hatte gewinnen lassen, machte ihn sicher. Er würde das verdammte Ding finden.

Ehe Marie etwas zustieß.

7

Der Eilzug nach Rom stand auf einem anderen Gleis in der Station Milano Centrale. Die große Bahnhofsuhr zeigte noch fünf Minuten bis zur Abfahrt.

Cayetano, eine schlichte schwarze Reisetasche in der Hand, lief die Treppen zur Unterführung hinunter. Eine junge Frau kam ihm auf den Stufen entgegen, fast hätte er sie überrannt. Die Frau legte schnell die Hand aufs Herz.

»Mi perdoni, Padre«, sagte sie erschrocken, obwohl sie an dem Beinahe-Zusammenstoß keine Schuld traf.

Cayetano nickte und lächelte väterlich, so wie es die Patres in seiner Schule gemacht hatten, wenn tatsächlich einmal ein Vater oder eine Mutter in der Station aufgetaucht war, um ein paar Fische oder ein wenig Kuchen vorbeizubringen. Bei den Schülern war die Mühe eines freundlichen Gesichts natürlich nicht nötig gewesen.

Cayetano trug nun einen schwarzen Anzug, seinen Hals umschloss der weiße Kragen eines Priesters, und auf seiner Brust lag ein schlichtes Silberkreuz.

Es war das Kreuz eines Toten.

Die junge Frau erwiderte sein Lächeln, sagte etwas, was er nicht verstand, und ging an ihm vorbei.

Cayetano eilte weiter und fand seinen Zug.

Enrique hatte ihn zum Bahnhof Saint-Charles nach Marseille gebracht. Der Zug war pünktlich um neun Uhr siebenundzwanzig abgefahren. Cayetano schätzte Pünktlichkeit. Es war ein gutes Omen. Doch dann hatten sie wegen Gleisarbeiten hinter Monaco fast eine halbe Stunde Zeit verloren. Die Zeit zum Umsteigen war knapp geworden.

Ab jetzt war Cayetano auf sich allein gestellt.

Bis sein Auftrag erfüllt war, würde es keine Verbindung

mehr zu El Capitán und seinen Leuten geben. Cayetano hatte sich nicht über diese Anweisung gewundert, ein Pistoleiro arbeitete immer nach eigenem Ermessen. Nur die Hartnäckigkeit, mit der Enrique auf der Maßnahme bestanden hatte, hatte ihn irritiert.

A onça-pintada.

Er musste wachsam sein.

Cayetano erreichte den Bahnsteig in dem Moment, als die Türen des Zuges geschlossen wurden. Der Bahnsteigvorsteher war im Begriff, die Hand zu heben und das Signal zur Abfahrt zu geben, als sein Blick auf den herbeieilenden Priester fiel. Er nahm den Arm wieder herunter.

Cayetano winkte freundlich, lächelte väterlich und riss die nächste Waggontür auf. Er musste sich erst ein freies Abteil suchen. Eine Sitzplatzreservierung auf seinen Namen wäre eine Spur gewesen, die nach Marseille geführt hätte.

Cayetano war unter eigenem Namen als Tourist nach Frankreich geflogen. Paris hatte die Hauptstadt geheißen. Sie war kalt und grau, und er war froh gewesen, als er in Marseille am Meer angekommen war. Ab jetzt fuhr er immer mit der Bahn und bezahlte seine Fahrkarte bar.

Aufmerksam ging er den Gang des Zuges entlang.

Im ersten Abteil saßen zwei Männer im Anzug, Laptops auf den Knien, und arbeiteten. Cayetano ging weiter. Ein paar junge Leute, die zwischen Rucksäcken im nächsten Abteil hockten, waren vielleicht zu kontaktfreudig. Aber schon im dritten Abteil war eine Familie mit drei kleinen Kindern. Die Mutter hatte ein Baby auf dem Schoß, versuchte, es aus einem Gläschen mit Fertignahrung zu füttern, und machte einen genervten Eindruck. Der Vater hatte sich hinter einer Zeitung vergraben, die zwei Mädchen stritten. Es war schon fast Abend, zweifellos waren die Kleinen übermüdet. Cayetano kannte das von seinen eigenen Kindern.

Cayetano öffnete die Abteiltür. »Permesso?«, fragte er höflich und blickte fragend in die Runde.

Der Vater spähte über den Zeitungsrand, brummte etwas und verschwand wieder. Die Kinder unterbrachen ihren Streit für ein paar Sekunden, verloren aber sofort wieder das Interesse an ihm und zankten weiter. Die Mutter hatte den freundlichen Priester gar nicht zur Kenntnis genommen.

»Permesso«, wiederholte Cayetano und trat ein.

Zufrieden stellte er seine Reisetasche auf den freien Platz neben der Tür, holte Fahrkarte, Pass und einen Reiseführer heraus und hievte die Tasche auf die Ablage. Sie war noch fast leer und daher ziemlich leicht. Er würde sie erst in Rom zum Transport des Anzugs brauchen. Wenn er seine Soutane trug. Mit Schwung schob er die Abteiltür zu.

Der Zug fuhr an, und Cayetano wurde in seinen Sitz geworfen. Die Mädchen kicherten, er lächelte väterlich.

Der Zug rollte aus dem Bahnhof und nahm Fahrt auf.

Cayetano hätte gerne aus dem Fenster geblickt und etwas von der Stadt Milano gesehen, aber er wollte sein Gesicht nicht zu lange ungeschützt lassen. Also schlug er den Reiseführer auf und vertiefte sich in den Stadtplan von Rom. Mitten in dem Gewirr der Straßen lag das Ziel seiner Reise.

Der Vatikan.

Der Petersplatz und dahinter die große Kirche.

Der Petersdom.

Er blätterte zu den Bildern. Sein Zimmer war in einer kleinen Pension an einem Platz in der Altstadt. Ein Brunnen stand dort, mit Muscheln und jungen Frauen, die Schildkröten über ihre Köpfe hielten. Es gab sogar ein Foto davon im Reiseführer. Die Adresse hatte er sich gemerkt.

Piazza Mattei, Rione Sant'Angelo.

Cayetano schlug den Reiseführer zu. Das Lesen strengte ihn an. Stattdessen griff er zu der schwarzen Lederhülle, in der er die Dokumente mit sich trug, mit denen er sich in Italien ausweisen sollte. Enrique hatte sie ihm gegeben. Auch das war ein ehernes Gesetz des Pistoleiros: *Verwende niemals deinen richtigen Namen.*

Der Ausweis und der Führerschein waren echt.

Cayetano schlug den Pass auf und betrachtete das Foto.

Wie schon beim ersten Mal stockte ihm der Atem.

Der Mann, der da eindringlich in die Kamera blickte, sah ihm so ähnlich, dass er sich zunächst gefragt hatte, wann und wo er die Aufnahme hatte machen lassen. Dicke schwarze Haare, dunkle, ein wenig mandelförmige Augen und eine scharfe Kerbe im markanten Kinn. Den starken Hals des Mannes umschloss der schwarz-weiße Kragen des Priesters, auf seiner Brust lag ein schlichtes Silberkreuz.

Pater Roberto Lima de Moura.

Der erste Anblick seines Doppelgängers hatte Cayetano zutiefst erschreckt. Er hatte sich sofort ein paarmal bekreuzigt und ein Vaterunser für die Seele des verstorbenen Priesters gesprochen. Jeder wusste, was ein toter Doppelgänger für ein böses Omen war. Wieder hatte sich der Instinkt des Pistoleiros warnend zu Wort gemeldet, und diesmal hatte Cayetano auf ihn gehört. Ja, bei diesem Auftrag würde er Augen und Ohren offen halten.

Pater Roberto Lima de Moura war tot.

Seine Leiche lag irgendwo im Amazonas, ein Fraß für die Piranhas. Wer seinen Doppelgänger entdeckt oder welcher Pistoleiro den Auftrag zu dessen Beseitigung übernommen hatte, brauchte Cayetano nicht zu wissen. Er war jetzt selbst Pater Roberto Lima de Moura aus Brasilien, dem größten katholischen Land der Erde. Seine Anwesenheit in Rom zu den Osterfeierlichkeiten würde unverdächtig sein.

Wenn du einen fremden Namen verwendest, dann nimm einen von jemandem, den du kennst. Dann vergisst du ihn nicht und antwortest, wenn dich jemand ruft.

Damit sich Cayetano an seine neue Identität gewöhnte,

hatten ihn alle im Haus des Capitán vom ersten Tag an nur mit »Roberto« oder »Pater« angesprochen. Sogar in der Nacht, wenn er in tiefem Schlaf lag, waren António oder Enrique in sein Zimmer gekommen und hatten ihn bei seinem neuen Namen gerufen. Die ersten Male war er nicht aufgewacht. Sie hatten ihn aus dem Bett gezerrt, angebrüllt und geohrfeigt. Die Methode war überaus hilfreich gewesen. In seinen letzten Nächten in Frankreich war er jedes Mal aufgefahren und hatte richtig geantwortet.

Cayetano steckte den Pass in die Jackentasche. So konnte er ihn bei einer Kontrolle schnell vorzeigen. Niemand sollte sich irgendwann an das Gesicht eines verzweifelt herumkramenden Priesters erinnern. Seine Finger stießen gegen den Computerausdruck, den ihm Enrique gegeben hatte und auf dem die Stationen in Pater Robertos Leben standen.

Zur Sicherheit überflog Cayetano ihn noch einmal.

Pater Roberto Lima de Moura war in Porto Alegre geboren worden und mit elf Jahren in das Priesterseminar »Nossa Senhora da Conceição« eingetreten. Zuletzt hatte er als Vikar in São Paulo und in Uruguaiana gearbeitet.

Besonders wertvoll für seinen Auftrag, so hatte man Cayetano erklärt, war das vor einem Jahr abgeschlossene Studium Pater Robertos am Päpstlichen Brasilianischen Pius-Kolleg in Rom. Er hatte Kanonisches Recht gehört und an der Päpstlichen Universität Gregoriana vergleichende Religionswissenschaften belegt. Cayetano verstand nichts von alledem. Aber Pater Robertos Studien waren Cayetanos Eintrittskarte in den Vatikan.

Er betrachtete eingehend die beigefügten Fotos.

Eine Aufnahme zeigte den weiß gekleideten Papst bei einer Audienz mit brasilianischen Priestern des Kollegs. Er thronte auf einem hohen Lehnstuhl, links und rechts von ihm saßen Kardinäle und andere Geistliche. Wenn Cayetano genau hinsah, konnte er in der vorletzten Reihe

Pater Roberto – *sich selbst* – erkennen. Anlass für die Audienz im Vatikan war, so stand unter dem Bild, das Dreihundert-Jahr-Jubiläum der Marienerscheinung im brasilianischen Wallfahrtsort Aparecida. Laut Papst Franziskus könnten Priester Brasilien aus der Krise helfen. Schöne Worte interessierten Cayetano so wenig wie Politik an sich.

Er musterte sein Opfer mit dem Auge des Pistoleiros.

Franziskus hielt seinen Kopf stets ein wenig gesenkt. Sein Blick kam von unten. Natürlich lächelte sein Mund väterlich, aber seine klugen Augen hatten einen wachsamen, fast lauernden Ausdruck. Auf Cayetano machte der Papst einen verschlagenen Eindruck. Das überraschte ihn nicht. El Capitán hatte ja von diesem Mann als einem Verräter im Vatikan gesprochen. Aber für die Erfüllung seines Auftrags war der Charakter des Papstes natürlich völlig egal.

Sprich nicht mehr als nötig mit dem Opfer.

Es machte Cayetano eigentlich nichts aus, noch ein paar Worte mit seinem Opfer zu wechseln, bevor er abdrückte. In diesem Fall war es nicht nötig, ja gar nicht möglich.

Sprich nicht mit Leuten aus der Umgebung des Opfers.

Das würde schon schwieriger werden. Cayetano sollte sich unter die anderen Geistlichen mischen, die an der Audienz auf dem Petersplatz teilnahmen. Er musste nur rechtzeitig in der ersten Reihe der Besucher stehen, dabei keine Aufmerksamkeit erregen und mit niemandem reden. Er würde eben den tief in seine Verehrung Versunkenen mimen.

Zu dem Zeitpunkt, an dem er in der ersten Reihe bereitstand, sollte der Wagen des Papstes bereits ein oder zwei Runden gefahren sein.

In Frankreich hatte man Cayetano mehrere Videos über die Audienzen des Papstes gezeigt. Daher wusste er, dass Franziskus unberechenbar war. Mal drehte er zwei, mal vier Runden auf dem Petersplatz. Cayetano schätzte so ein

Risiko nicht. Sobald er in der Aufmachung von Pater Roberto in der ersten Reihe der Gläubigen stand, sollte daher ein Helfer auf der anderen Seite der Gasse dem rückwärtslaufenden Fotografen unauffällig einen Stein zwischen die Füße werfen. Der Mann geriet ins Straucheln und stürzte.

Der Wagen des Papstes hielt an.

Der Pistoleiro schoss.

Eine Kugel – ein Tod.

Nach getaner Arbeit musste Cayetano die Waffe möglichst unauffällig zu Boden fallen lassen und Teil der in Panik kopflos flüchtenden Masse werden.

Mi perdoni, Padre.

Niemand würde einen Priester aufhalten.

Pater Roberto Lima de Moura konnte unbehelligt durch die Sicherheitskontrolle gehen und den Vatikan verlassen.

Cayetano faltete das Papier zusammen und steckte es zu seinem neuen Pass in die Tasche. Im Abteil war es ruhig geworden. Die Frau starrte, das schlafende Baby auf dem Arm, blicklos aus dem Fenster in die Dunkelheit. Ihr Spiegelbild zeigte ein blasses, abgespanntes Gesicht. Der Mann las jetzt ein Automagazin. Eines der kleinen Mädchen flocht einem rosafarbenen Plüschpony Zöpfe in die Mähne, das andere beobachtete den fremden Priester.

»Come ti chiami?«, fragte es.

Cayetano lächelte väterlich. »Roberto«, sagte er.

»Roberto?«

Jetzt sah die Mutter zu ihnen herüber.

Cayetano nickte freundlich. »Padre Roberto.«

Dann lehnte er den Kopf an das Rückenpolster und schloss die Augen. Der Zug würde erst um kurz vor zweiundzwanzig Uhr in Rom ankommen. Er konnte also beruhigt noch ein wenig schlafen.

Sein Opfer erwartete ihn.

8

Der säuerliche Geruch nach gärenden Trauben war das Erste, was Marie wahrnahm. Dann einen eisigen Luftzug an ihrer Stirn und das Kratzen von rauem Stoff an ihrer Wange. Der harte Boden, auf dem sie lag, und die Kälte, die von unten in ihre Glieder drang. Die rasenden Kopfschmerzen.

Marie riss die Augen auf.

Um sie herum war nichts als Stille und Einsamkeit. Der Raum roch nach Staub und Erde und feuchtem Holz. Und er war nahezu dunkel, schien keine Grenzen zu haben.

Marie zog Arme und Beine an, krümmte sich wie ein Embryo zusammen, fühlte sich winzig klein in der schwarzen Unendlichkeit. Eisige Schauer liefen durch ihren Körper, schüttelten sie und ließen ihre Zähne gegeneinanderschlagen. Es war ein Alptraum. Verzweifelt versuchte sie aufzuwachen, in die Wirklichkeit zurückzufinden. In ihrem richtigen Leben war sie nicht in einem kalten dunklen Nichts. Sie war bei ihrem Vater. Er wartete in einem schönen Hotel auf sie. In Wien. Sie wollten essen gehen.

Die gewaltige Fassade des Stephansdoms schob sich vor ihr inneres Auge. Die Kirchtürme mit den scharfen Kanten.

Ich geh zum Stephansdom rüber und fotografiere ein bisschen, ehe das Licht schlechter wird.

Eine Stunde, dann bist du wieder da.

Wann hatte dieses Gespräch stattgefunden?

Marie versuchte sich zu konzentrieren, aber sie hatte das Gefühl, als läge ein Eisenring um ihre Schläfen, der sich immer weiter zusammenzog, jeden Gedanken aus ihrem Kopf presste. Warum war sie hier?

Etwas raschelte in der Dunkelheit. Es kam näher, verhielt

neben ihrem Ohr. Ein muffiger Geruch stieg ihr in die Nase. Dann huschte es vorbei, verschwand im Nirgendwo.

Was war auf dem Stephansplatz geschehen?

Ein Mann hatte sie angesprochen, Simones Namen erwähnt. Er hatte französisch gesprochen. Wie ihre Großmutter.

Salut, ich bin Sébastien.

Es hatte geklungen, als hätte er sie endlich gefunden. Sébastien hatte sogar gelächelt, sich wirklich gefreut, sie zu sehen. Marie hatte ihn auf Mitte zwanzig geschätzt. Er hatte richtig gut ausgesehen. Groß und dunkelhaarig, mit strahlend blauen Augen. Er hatte einen schwarzen Caban getragen und einen langen Strickschal lässig um den Hals gewickelt gehabt. Solche Männer nahmen in der Regel keine Notiz von einem Teenager. Marie war ziemlich geschmeichelt gewesen.

Salut – ich heiße Marie.

Ich habe dich zufällig mit deinem Papa gesehen, ihr wohnt dort drüben im Hotel, nicht? Ich war ein Kollege von Simone.

Du kanntest meine Großmutter?

Ja, sehr gut sogar.

Bist du auch Fotograf?

Nein, Journalist.

Dann bist du mit Simone hier in Wien gewesen?

Ja, genau. Es ist alles sehr traurig.

Und woher wusstest du, wer ich bin?

Wusste ich gar nicht, aber ich kenne deinen Papa gut.

Jetzt wurden die Bilder in ihrem Kopf klarer. Sie hatten Fotos vor dem Domportal gemacht und jede Menge Spaß gehabt. Bis ein junger Mann gekommen war und sie beschimpft hatte. Sébastien hatte sie vor dem Typen beschützt und sie dann zum Trost auf eine heiße Schokolade eingeladen.

Un chocolat, Marie.

Sie waren zu einem kleinen Café gegangen, das in einer

Seitengasse lag. Während sich auf dem Stephansplatz die Touristen drängten, war dort keine Menschenseele zu sehen gewesen.

Ich habe nur eine Stunde.

Mehr Zeit brauchen wir nicht.

Plötzlich war ein Auto neben ihnen aufgetaucht. Ein Fenster war herabgelassen worden, ein Mann hatte etwas gerufen.

Sébastien war auf die Fahrbahn getreten, hatte sich hinuntergebeugt und ein paar Worte mit dem Mann gewechselt, gelacht und dann Marie zu sich gewinkt.

Marie, ich möchte dir einen Freund vorstellen.

Natürlich war sie Sébastiens Aufforderung gefolgt.

Ab da wurde Maries Erinnerung verschwommen. War sie eingestiegen? Hatte man sie in das Wageninnere gestoßen? Sie wusste nur noch, dass auf einmal ein Tuch auf Mund und Nase und ein scharfer Geruch gewesen waren. Die Welt hatte sich im Nebel aufgelöst. Plötzlich die Stimme ihres Vaters, ganz nah an ihrem Ohr.

Marie? Hallo?

Nein, nicht! Papa, Hilfe, hilf mir, Papaaaa …

Marie? Wo bist du? Marie, sag doch was!

Es war ein Telefon gewesen, nur ein Telefon. Jemand hatte es ihr ans Ohr gedrückt und wieder weggenommen. Dann waren da wieder das Tuch und der beißende Geruch gewesen. Sie war müde geworden und eingeschlafen. Jetzt wurde ihre Erinnerung bruchstückhaft. Eine lange Autofahrt. Sie hatte auf dem Rücksitz neben Sébastien gesessen, war immer wieder in sich zusammengesunken. Der Gurt hatte schmerzhaft auf ihre Brust gedrückt, sie hatte kaum atmen können.

Endlich das Ende der Fahrt.

Die Autotür öffnet sich. Männerstimmen. Jemand lacht. Kalte Luft, die nach feuchter Erde und nassem Laub riecht. Ein unbefestigter Weg, den sie entlangstolpert.

Ein Haus.

Stufen.

Kälte.

Einsamkeit.

Die Nebel lichteten sich. Jemand hatte sie entführt, hier eingesperrt und allein zurückgelassen.

Seitdem hatte sie immer wieder für kurze Zeit das Bewusstsein zurückerlangt. Stunden des Wachens und des Dösens hatten sich abgewechselt, waren verronnen, bis sie jedes Zeitgefühl verloren hatte. Dennoch hatte sie den Eindruck, dass seit ihrer Entführung viel Zeit vergangen war.

Marie fror, zitterte vor Kälte. Sie musste etwas unternehmen, sich befreien. Sonst würde sie sterben.

Sie stützte die Hände auf, versuchte, vom Boden hochzukommen. Von der Anstrengung wurde ihr schwindelig, und ihr Magen rebellierte. Sie ließ sich zurückfallen.

Schüttelfrost und Übelkeit.

Das mussten die Reste des Betäubungsmittels sein. Nach ihrer Blinddarmoperation war es ihr genauso gegangen.

Eine unbändige Wut packte sie.

Wer hatte ihr das angetan? Und warum? Die Schweine wollten eine CD von ihrem Vater. Eine CD? Auf einmal kamen Marie Zweifel. Das war doch Schwachsinn. Ihr Vater hörte keine Musik, hatte bestimmt auch keine wertvolle CD. Vielleicht spielte ihr ihre Erinnerung einen Streich? Die Entführer wollten doch sicher Lösegeld für ihre Freilassung.

Marie biss die Zähne zusammen, sammelte alle Kräfte und schaffte es, sich aufzusetzen. Sie wartete, bis das Karussell in ihrem Kopf zum Stehen gekommen war und sich ihr Magen etwas beruhigt hatte. Dann tastete sie vorsichtig mit der rechten Hand über den Fußboden. Jenseits der Decke war er kalt und uneben und fühlte sich wie festgestampfte Erde an. Ein Keller hatte so einen Boden, tief unter einem Haus.

Aller Ärger verflog.

Jetzt erfasste sie Panik.

Aus dem Geschichtsunterricht kannte sie grausame Berichte über Kerker, Verliese und Sklavengefängnisse. Diese Gedanken ließen wieder Übelkeit in ihr aufsteigen. Sie zog die Beine an, umschlang sie mit ihren Armen und legte die Wange auf ihre Knie, wiegte sich vor und zurück. Das durfte einfach nicht wahr sein.

Die Kellertür öffnete sich.

Im Licht, das durch die Öffnung drang, zeichneten sich die Umrisse eines Mannes ab. Der Strahl einer starken Taschenlampe glitt ein paar Stufen hinab, wanderte über den rauen Erdboden, fand sie und kroch über ihren Körper. Nun erkannte sie auch undeutlich ihre Umgebung.

Ihr Verlies war groß, eher ein Gewölbe als ein Keller.

Die Wände bestanden aus rohem Stein, waren aus dem Felsen herausgeschlagen. An einer Seite reihten sich mächtige Holzfässer, standen Eimer und Bottiche mit Kellen und Glasrohren. In einem aus Ziegeln gemauerten Regal sah sie die dunklen Böden gestapelter Flaschen. Unter der Decke hing ein geschmiedeter Reifen mit heruntergebrannten Kerzen.

Ein Weinkeller.

Der Strahl der Taschenlampe glitt über ihr Gesicht, blendete sie. Sie kniff die Augen zusammen. Das ist Absicht, sagte sie sich, das Schwein will nicht, dass ich ihn sehe. Das war ein gutes Zeichen. Man wollte sie am Leben lassen. Vorerst zumindest.

Marie spürte, wie Ruhe und Kälte sie erfassten. Aber es war nicht mehr die Kälte der Hilflosigkeit, die sie auf ihrem Lager umfangen hatte. Diese Kälte kam aus ihrem Innersten. Genau wie die Welle der Wut, die sie erneut durchströmte und sie zu überwältigen drohte. Sie machte die Augen auf, ballte die Fäuste, spannte jeden einzelnen Muskel ihres Körpers. Dann wartete sie auf den richtigen Moment.

Der Mann stand jetzt im Licht, das die Treppe hinunterfloss. Er war mittelgroß und kräftig. Es war nicht Sébastien. In der linken Hand hielt er die Taschenlampe, in der rechten hatte er eine Henkeltasse. Er stieg die Stufen herab und ging auf Marie zu. Sein Schatten tanzte über die gegenüberliegende Felsenwand. Marie konnte lockiges Haar, eine Hakennase und ein vorspringendes Kinn erkennen.

Er ist nicht maskiert.

Maries Herz fing an zu rasen. Wenn ihr Entführer sein Gesicht nicht vor ihr verbarg, hatte er keine Angst, wiedererkannt zu werden. Er würde sie töten.

Der Mann kam näher.

Marie sprang auf.

Der Mann blieb überrascht stehen, beobachtete sie. Er war um die dreißig, trug Jeans und ein blaues Sweatshirt. Endlich bückte er sich, stellte die Tasse auf den Boden und leuchtete sie mit der Taschenlampe an. Es war ein Becher aus Pressglas, um den aufgemalte Weinranken liefen.

Marie sah einen zitternden Wasserspiegel und musste schlucken. Ihr Hals war trocken. Sie war so durstig, hatte seit Stunden nichts mehr getrunken. Aber sie blieb misstrauisch, ließ sich nicht locken, behielt ihren Entführer im Auge.

Der Mann ließ seinen Blick über ihren Körper wandern.

Ihr wurde wieder schlecht.

Der Mann sah die Treppe hinauf, lauschte. Dann zog er mit der linken Hand einen schmalen Gegenstand aus der Hosentasche, klappte ihn auf. Das Licht spiegelte sich auf Metall.

Marie erstarrte.

Ein Taschenmesser – jetzt oder nie.

Sie nahm allen Mut zusammen, stürzte los, rannte auf die Treppe zu, wollte an dem Mann vorbei. Mit zwei Schritten war er bei ihr, umfing sie mit dem rechten Arm, hielt sie fest. Jetzt schwebte die Messerklinge genau vor ihrem Gesicht. Marie hörte auf zu schreien, zappelte, trat um sich. Der Mann drückte sie fester an sich. Sie verlor den Boden unter den Füßen, konnte seinen Schweiß riechen, spürte seinen Brustkorb, der gegen ihren Rücken drückte, sich hob und senkte.

Der Mann verstärkte seinen Griff.

Blitzschnell beugte sie sich vor, schlug ihre Zähne in seine Hand. Sie biss zu, als wollte sie das Fleisch vom Knochen lösen. Mit der Ferse trat sie zwischen seine Beine.

Der Mann brüllte auf, riss ihren Kopf zurück.

Marie fühlte etwas Kühles über ihre Kehle gleiten.

Das Messer.

Die Berührung war leicht, wie ein Strich mit der Spitze einer Feder, tat gar nicht weh. Sie ließ seine Hand los, spürte keinen Schmerz, nur Überraschung.

Der Mann schleuderte sie von sich, spuckte aus.

Marie kauerte auf dem Boden, auf Händen und Knien, dort, wo sie nach dem Sturz gelandet war. Sie konnte sich nicht mehr rühren. Etwas Warmes lief ihren Hals hinab, sickerte in den Ausschnitt ihrer Windjacke.

Blut – er hat mir die Kehle durchgeschnitten.

Nun würde sie also sterben. Der Gedanke jagte ihr tiefes Entsetzen ein. Sie ließ sich auf den kalten Boden fallen, schmiegte die Wange gegen die kalte Erde.

Wie aus weiter Ferne hörte sie, dass der Mann die Treppe hinaufstieg. Dann das Klappen der Tür und das Drehen des Schlüssels im Schloss. Jetzt war sie wieder allein. Sie schloss die Augen und machte sich bereit, zu sterben.

»Papa«, flüsterte sie. »Papa.«

Sie würde ihren Vater nie wiedersehen. Der Gedanke an seinen Schmerz trieb ihr die Tränen in die Augen. Wahrscheinlich würde man nicht einmal ihre Leiche finden, und ihre Eltern würden den Rest ihres Lebens mit der Ungewissheit über das Schicksal ihrer einzigen Tochter leben müssen. Sie konnte nur hoffen, dass der Tod schnell kam.

Doch der Tod ließ auf sich warten.

Marie wusste nicht, wie lange sie schon auf dem Boden gelegen hatte, als sie merkte, wie die Kälte wieder nach ihr griff, in ihren Körper kroch, sie schläfrig machte. Ihr Hals schmerzte, doch sie traute sich nicht, nach der Wunde zu fassen. Und sie hatte immer noch schrecklichen Durst.

Marie hob den Kopf.

Irgendwo musste in dem Dunkel der Glasbecher stehen.

Sie stützte die Ellenbogen auf und robbte vorsichtig los, meinte, sich an die Stelle zu erinnern. Doch wohin sie auch tastete und griff, sie fand die Tasse nicht. Nach und nach verließen sie die Kräfte.

Marie gab die Suche auf.

Sie kroch immer weiter, bis sie den kratzigen Stoff der Decke fühlte. Sie wälzte sich auf das dünne Stück Stoff, rollte sich auf den Rücken und schloss die Augen.

Der kalte Lufthauch, den sie bei ihrem Erwachen gespürt hatte, strich eisig über ihren feuchten Hals. Marie schluckte. Dann überwand sie sich und tastete mit den Fingerspitzen über ihre Kehle. Das Blut war klebrig, schon fast getrocknet. Sie konnte die scharfe Linie fühlen, die das Messer auf ihrer Haut hinterlassen hatte, und die aufgeworfenen Wundränder. Wenn sie nun eine Blutvergiftung bekam? Sie hätte ihren Angreifer umbringen können.

Marie schob ihre Hand in die Tasche ihrer Jeans und zog das blaue Nickituch heraus, mit dem sie immer ihre Haare zusammenband. Sie faltete es zu einem Schal, legte ihn über die Wunde und machte einen provisorischen Knoten im Nacken. Dann rollte sie sich ganz klein zusammen.

Und jetzt fing Marie an zu weinen.

9

Gegen halb sieben machte sich Viktor auf den Weg zu den Zwölf Aposteln, dem Lokal, in dem Leopold Markgott ihn treffen wollte. Die Sonne war gerade untergegangen, der Himmel über Wien glühte im Westen blutrot. Die Lichter der Stadt glitzerten bereits, und die Kutschen am Stephansdom – die *Fiaker*, wie er dem Hotelprospekt entnommen hatte – rollten im Schritttempo zu ihren Ställen.

Ein kalter Wind strich durch die Straßen.

Viktor ging frierend, das Kinn in den hochgeklappten Mantelkragen vergraben, die Wollzeile hinunter. Es war jedoch nicht der kühle Abend, der ihn frösteln ließ, sondern eine Kälte, die aus seinem Innersten kam und ihn schon den ganzen Tag nicht losgelassen hatte.

In den Läden wurde aufgeräumt, auf der Fahrbahn staute sich der Abendverkehr, Menschen hasteten blicklos an ihm vorbei. Ihre Gesichter wirkten müde und mürrisch.

Viktor zog den Plan aus der Tasche, den ihm die Rezeptionistin gegeben hatte und in dem sie für ihn den Weg zu den Zwölf Aposteln eingezeichnet hatte.

Das Lokal lag in der Nähe eines Jesuitenkollegs inmitten eines Gewirrs enger Straßen, deren alte Namen an Handwerkszünfte und Handelshäuser erinnerten.

Viktor versuchte sich den Weg einzuprägen, bog an der nächsten Straßenecke in eine menschenleere Gasse ein und fand sich in einer anderen Welt wieder.

Das Licht der Laternen, die an den alten Hausfassaden hingen, warf einen gelben Schein auf die Gehwege, ihre verschnörkelten Gestänge zeichneten ein Spitzenmuster aus Schatten auf die Hausmauern und ließen die abgeschlagenen Prellsteine neben den halbrunden Einfahrtstoren wie zerbrochene Zuckerhüte aussehen. Hinter den meisten Holzkreuzen der kleinen Fenster war es dunkel.

Viktor steckte die Hände in die Manteltaschen, umklammerte das Handy – für den Fall, dass Marie anrief – und ging zügig den kaum einen Meter breiten Gehweg entlang.

Das Geräusch seiner Schritte hallte auf dem alten Pflaster wider, lief die Mauern hinauf, fiel zurück.

Er bog um schiefe Hausecken und hastete durch verwinkelte Gassen, die jedoch stets an einer neuen Häuserfront endeten, sodass er nur links oder rechts gehen konnte. Einmal zog er den Plan hervor, aber das Licht der alten Laternen reichte nicht aus, um den richtigen Weg zu erkennen. Als er meinte, sich für immer in diesem steinernen Labyrinth verloren zu haben, entdeckte er endlich auf einer hell angestrahlten Barockfassade ein Neonschild mit einer altdeutschen Aufschrift: »Zwölf Apostelkeller – Stadtheuriger«.

Viktor warf einen Blick auf die Uhr. Es war bereits Viertel nach sieben. Er beschleunigte seine Schritte.

Eine große Toreinfahrt und ein Kreuzgang mit Stalllaternen führten zum Eingang des Lokals.

Schon als Viktor die schwere Tür aufzog, hörte er die Musik. Es war eine Walzermelodie. »Wiener Blut«. Eine Geige und ein Akkordeon spielten gegen eine Geräuschkulisse aus vielen Stimmen an. Über mehrere Treppen stieg Viktor in den gut besuchten Heurigenkeller hinab.

Der Zwölf Apostelkeller bestand aus einer Reihe von Kreuzgewölben mit unverputzten Wänden, von der Decke hingen an Eisenketten alte Räder, auf denen Lampen montiert waren. Kerzen brannten auf den voll besetzten Tischen, warfen ihren Schein auf Nischen im groben Mauerwerk, in denen Fassböden, Blumensträuße und Heiligenfiguren standen.

Viktor ging den Mittelgang zwischen den Holztischen hindurch, sah sich suchend nach einer aufgeschlagenen Tageszeitung um. Das Stimmengewirr war irritierend, und immer wieder drängten sich Gäste an ihm vorbei.

Endlich erreichte er ein paar Stufen, die in ein weiteres Gewölbe hinaufführten. Links und rechts des schmiedeeisernen Handlaufs standen zwei Laternen. Ihre bunten Glasfenster waren mit Heiligendarstellungen, zweifellos den zwölf Aposteln, bemalt. Eine lebensgroße Mönchsfigur hatte die linke Hand auf das Geländer gelegt und schien eben im Begriff zu sein, den Fuß auf die unterste Stufe zu setzen. Ihr Bart reichte bis auf die Brust, ihre Augen waren himmelwärts gewandt, ihre Mönchskutte wehte.

Schaudernd wandte Viktor den Blick ab.

Da entdeckte er auf der anderen Seite der Treppe an einem kleinen Tisch zwei große rosafarbene Zeitungsseiten.

Der Standard.

Der Anblick hatte etwas Konspiratives, erinnerte an den »Dritten Mann« und das Wien der Nachkriegszeit. Das mochte auch daran liegen, dass die Kerze auf dem grünen Tischtuch die grotesk verzerrten Umrisse des Zeitungslesers wie den Schatten Harry Limes, der als Herr der Unterwelt den Trümmern entstieg, auf die raue Wand warf. Leise Zithermusik hätte die Illusion perfekt gemacht. Neben der Kerze standen eine Flasche und ein halb volles Rotweinglas.

Viktor stellte sich vor die Zeitung.

»Herr Markgott?«, fragte er.

Die Zeitung sank langsam herab.

Fast hätte Viktor erwartet, das Gesicht von Orson Welles zu sehen, aber nur ein weißer Haarschopf und eine runde Goldrandbrille tauchten hinter den großen Seiten auf. Das Kerzenlicht spiegelte sich flackernd in den dicken Gläsern, sodass die Augen des Mannes nicht zu erkennen waren. Sein Gesicht war schmal, sogar im schwachen Licht des Kellers auffallend blass und wirkte abgespannt.

Viktor streckte die Hand aus. »Hellberg«, sagte er.

Der Mann nickte. »Leopold Markgott. Setzen Sie sich doch.« Er faltete umständlich die Zeitung zusammen, sichtlich bemüht, das Papier von der Kerze fernzuhalten.

Viktor nahm Platz. »Ich bin etwas zu spät.«

»Oh, ja – ich hatte schon um Sie gefürchtet.«

Leopold Markgott trug eine Samtjacke und darüber einen gewebten indischen Schal. Als er die Zeitung endlich neben sich auf den Sitz legte, fiel das Licht der Kerzenflamme auf seine linke Hand und spiegelte sich in einem grünen Stein in Form eines Tierkopfes. An Leopold Markgotts Mittelfinger steckte ein großer Ring.

Viktor sah genauer hin.

Es war ein Katzengesicht. Nein, ein fauchender Tiger, geschnitten in helle Jade.

Ein älterer Herr, vielleicht ein wenig bohémien, wenn Sie verstehen, was ich meine. Trug so einen auffälligen grünen Ring, ein Katzengesicht, glaube ich.

»Was für ein eindrucksvoller Treffpunkt«, sagte Viktor. »So stellt man sich Auerbachs Keller vor.« Er liebte Goethes »Faust« und natürlich auch das darin erwähnte Studentenlokal.

»Sie könnten recht haben«, sagte Markgott in seiner etwas gesetzten Art. »Generationen von Schülern und Studenten haben hier ihre Zeit verbracht – ich ebenfalls.« Er deutete auf den Boden. »Drei Stock geht es darunter noch in die Tiefe. Und wer weiß, vielleicht noch weiter. Im Nebenhaus gibt es eine Steintreppe, die zu den Zwölf Aposteln führt. Sie endet an einer Tür, die sich nicht öffnen lässt.« Er verstummte, dann seufzte er. »Rätsel interessieren mich sehr. In diesem Leben werde ich das Geheimnis jedoch nicht mehr lösen.«

»Es erinnert mich an den ›Dritten Mann‹«, sagte Viktor.

Markgott nickte. »In Wien gibt es eine Oberwelt und eine Unterwelt«, sagte er. »Es existiert ein ganzes unterirdisches

System aus Kellern und Kanälen. In der Zeit der Türkenbelagerung und während der Weltkriege diente es als Zufluchtsort. Natürlich waren viele Keller auch einfach Grüfte. Das eine hängt ja mit dem anderen zusammen. Heben Sie irgendeinen Kanaldeckel auf einer Straße, dann können Sie heute noch in ein verzweigtes System hinuntersteigen. Besser ist es, wenn Sie sich einer Führung anschließen.« Ein schmales Lächeln erschien auf seinem Gesicht. »Wir Wiener leben eben ganz gut mit und von unseren Toten.«

Viktor hatte einen Fernsehfilm über Wien gesehen und darin blauschimmernde Rappen, die eine schwarz-goldene Kutsche mit verhängten Fenstern zogen. Kutscher und Pagen in goldbetressten Uniformen und mit ernsten Gesichtern hatten dem Toten das Geleit auf dem Weg zur letzten Ruhe gegeben. Es war ein prächtiges Bild gewesen, das sich ihm eingeprägt hatte, ein lebendes Memento mori. Warte auf mich, hatte der Tod geraunt, ich warte auf dich. Am Ende des Films hatte Viktor es für ein geschickt inszeniertes Klischee gehalten.

Seit er in Wien war, wusste er es besser.

Viktor schüttelte die verstörende Erinnerung ab und fragte: »Warum waren Sie in der Pension meiner Mutter?«

»Ich habe mehrmals vergeblich versucht, Simone zu erreichen«, sagte Markgott. »Dann habe ich dort angerufen, und die Wirtin hat mir von ihrem Tod erzählt.«

»Warum waren Sie dort?«, beharrte Viktor.

»Ich wollte etwas wiederhaben«, sagte Markgott. »Aber der – verzeihen Sie – alte Drachen in der Pension hat mich fortgeschickt. Wenn ich gewusst hätte, dass Simone so leichtsinnig war, meine Nummer aufzuschreiben, wäre ich sicher hartnäckiger gewesen.«

Ein Kellner in grüner Weste stand an ihrem Tisch.

»Was möchten Sie essen?«, fragte Leopold Markgott und setzte, ohne eine Antwort abzuwarten, an den Kellner hinzu: »Geh, bringen Sie uns eine Brettljause – für zwei, ja?« Sein Blick fiel auf Viktor. »Und noch ein Weinglas.«

»Sehr gern.« Der Kellner entfernte sich.

»Ich habe keinen Hunger«, sagte Viktor.

»Das macht nichts«, sagte Markgott. »Wenn wir nichts essen, fallen wir unnötig auf.« Er beugte sich über den Tisch. »Sie haben Simones Koffer aus der Pension geholt?«

»Ja, gestern, mit meiner …« Viktor brach ab.

»Haben Sie ihre Sachen durchgesehen?«

Viktor dachte an den zerstörten Trolley. »Ja.«

»Haben Sie einen Umschlag gefunden?«, fragte Markgott, nun hörbar aufgeregt. »Ein DIN-A5-Format, gepolstert?«

Viktor überlegte. »Nein, keinen Umschlag.« Anscheinend suchte hier jeder irgendetwas.

Markgott ließ sich zurückfallen, legte die linke Hand auf den Tisch. Seine Finger öffneten und schlossen sich, das Tigergesicht schien zu fauchen. »Irgendwelche französischen Papiere?«, fragte er endlich. »Ausdrucke, Pläne, Zeitangaben, Namen, Adressen – so etwas?«

»Nur das schwarze Notizbuch.«

Der Kellner erschien mit einer Holzplatte, auf der sich Schinken, Wurststücke und Käseecken unter hellgrünen Peperoni türmten. Er stellte die Platte, zwei Teller und ein Weinglas auf den Tisch.

»Guten Appetit, die Herrschaften«, sagte er und ging.

Viktor starrte auf das Essen. Die sich ringelnden Peperoni erinnerten ihn an Echsenschwänze.

In Wien gibt es eine Oberwelt und eine Unterwelt.

Er hatte immer in der Oberwelt gelebt. Zumindest bis jetzt. Nun schien es ihm, als hätte ihn der Sog der Unterwelt erfasst, als drohte er ihn und Marie in seinen Mahlstrom zu ziehen.

Viktor schenkte sich Rotwein ein.

Leopold Markgott betrachtete eingehend seinen Jadering. »Dann weiß ich auch nicht weiter«, sagte er leise. »Ich hatte so gehofft, dass Sie …« Er fuhr sich mit der Hand übers Gesicht. »Zu spät.«

Viktor nahm sein Glas und schwenkte es. Das Kerzenlicht spiegelte sich in dem Rotwein und ließ ihn glühen. »Können Sie mir sagen, weshalb meine Mutter in Wien war?« Er trank einen Schluck Wein und verzog das Gesicht. Der Alkohol brannte in seinem leeren Magen.

»Natürlich.« Markgott nickte. »Ich habe sie angerufen.«

Viktor setzte sein Glas ab. »Sie war *Ihretwegen* hier?«, fragte er. »Woher kannten Sie meine Mutter?«

»Aus Angola«, sagte Markgott.

»Woher?«

»Aus Angola«, wiederholte Markgott. »Ich habe in den siebziger Jahren für ein neues Buch recherchiert. Über Stellvertreterkriege. Simone war ebenfalls beruflich dort. Wir haben im selben Hotel gewohnt.« Er machte eine Pause. »Ich habe ihr einmal helfen können. Sie brauchte einen Arzt.« Er sah Viktor an, und in seinem Blick lag eine unausgesprochene Frage. Als Viktor nicht reagierte, fuhr er fort: »Danach sind wir in Kontakt geblieben.«

»Sie sind Journalist?«

Markgott winkte ab. »Ich lehre an der Uni Wien«, sagte er. »Politikwissenschaften.« Er nahm eine Scheibe Schinken, rollte sie zusammen und schob sie sich in den Mund. »Ein paar meiner Studenten treffen sich einmal im Monat zu einem kleinen Imbiss bei mir. Wir sind eine Art Debattierclub.« Markgott schenkte Viktor ein verlegenes Lächeln. »Es ist ein bisschen wie an den englischen Universitäten.« Er wischte sich die Hände an der Papierserviette ab. »In letzter Zeit reden wir allerdings weniger über Theorien als über die aktuelle Politik.«

Die Musik wurde lauter, näherte sich Tisch für Tisch, der

Mann mit dem Akkordeon fing an zu singen, ein paar Gäste fielen nach und nach ein.

Es wird a Wein sein, und mir wer'n nimmer sein,
d'rum g'niaß ma 's Leb'n, so lang's uns g'freut.

»Vor ein paar Tagen«, sagte Markgott, »stand plötzlich eine meiner Studentinnen noch spätabends vor meiner Tür.« Er strich mit dem Zeigefinger über das grüne Tigergesicht. »Sie war völlig durcheinander. Ich habe sie hereingebeten.«

Die Musiker standen am Nebentisch.

's wird schöne Maderln geb'n, und wir werd'n nimmer leb'n,
d'rum greif ma zua, g'rad is's no Zeit.

»Und?«, fragte Viktor.

»Dann hat sie mir eine ...« Markgott brach ab. »Also, sie hat mir im Vertrauen eine Geschichte erzählt.« Er beugte sich vor, sprach leise und schnell im Schutz der lauten Musik. »Am Ende hat sie mir diesen Umschlag gegeben. Sie hat ihn in dem Büro gestohlen, in dem sie neben dem Studium arbeitet.« Er machte eine kurze Pause. »Die Bewegung – sagt Ihnen der Name etwas?«

Viktor schüttelte den Kopf.

»Ist eine rechtsgerichtete Organisation«, erklärte Markgott. »Mit Sitz in Wien und Ambitionen nach Europa.« Er schwieg kurz. »Der Name meiner Studentin tut nichts zur Sache.«

Wieder wurde Viktor das Surreale dieser Begegnung bewusst. Saß er hier wirklich mit einem völlig Fremden in einem Wiener Weinlokal und führte eine Unterhaltung wie in einem Spionagefilm? Harry Lime stieg vor seinem inneren Auge aus der Unterwelt empor. Sein übergroßer Schatten schien auf die gegenüberliegende Wand zu fallen. Leopold Markgott streckte die Hand nach seinem Weinglas aus. Der Schatten hob ebenfalls den Arm. Viktor dachte an Marie, und ein schneidender Schmerz fuhr durch seine Brust.

»Was war in dem Umschlag?«, fragte er.

Die Musiker wanderten an ihrem Tisch vorbei, der Akkordeonspieler beugte sich zu ihnen hinunter, strahlte sie an. Viktor und Leopold Markgott reagierten nicht. Die Männer zogen weiter, stimmten ein neues Lied an, Leute klatschten.

Markgott setzte sein Glas ab, zuckte die Schultern.

»Sie haben ihn nicht geöffnet?«, fragte Viktor.

»Ich kann kein Wort Französisch«, sagte Markgott. »Und die Unterlagen kamen aus Frankreich.«

»Deshalb haben Sie ihn Simone gegeben«, sagte Viktor.

Markgott sah ihn wortlos an, schien zu überlegen.

Viktor wiederholte seine Frage.

»Ich habe Sie verstanden«, sagte Markgott. »Nein.«

»Was?«

»Nein«, sagte Markgott. »Zumindest war das nicht der Hauptgrund. Meine Studentin hat einen Mann erwähnt, hinter dem Simone schon lange her war und der jetzt anscheinend mit der Bewegung zusammenarbeitet. Sagt Ihnen der Name Jean le Marais etwas?«

Viktor schüttelte den Kopf. »Nie gehört, leider.«

Markgott gab einen verächtlichen Laut von sich. »Muss Ihnen nicht leidtun«, sagte er, nahm sein Glas und trank einen Schluck Rotwein. »Eigentlich heißt der Mann Jean Troyat, stammt irgendwo aus einem Slum in Südfrankreich. Mit siebzehn hatte er eine Freundin, die ihn aber sitzen ließ. Kurz darauf haben sie das Mädchen und ihren neuen Freund mit durchgeschnittenen Kehlen gefunden.« Er räusperte sich. »Troyat war abgetaucht, wahrscheinlich war er da schon bei der Fremdenlegion.«

»Woher wissen Sie das alles?«

»Ich sage doch, Simone war ihm auf den Fersen«, sagte Markgott. »Na, jedenfalls – bei der Legion bekommen sie eine neue Identität und einen neuen Namen.« Er zog die Mundwinkel nach unten. »Nach dem Krieg bestand die Truppe deswegen hauptsächlich aus deutschen Kriegsverbrechern.«

»Was hatte meine Mutter mit diesem Troyat zu schaffen?«

»Troyat hat ziemlich schnell Karriere gemacht«, sagte Markgott, ohne auf Viktors Frage einzugehen. »Er war einer der Initiatoren der französischen Doktrin – einer Anleitung für Militär, Polizei und Geheimdienst für den Kampf gegen Guerilla und Opposition.«

»Schmutziger Krieg?«

Markgott nickte. »Geheime, oft nächtliche Verhaftungen, Folter und illegale Tötungen«, sagte er, hob die Hand mit dem Tigerring. Die Jade versprühte grünes Feuer. »Und jetzt kommt der für uns wichtige Teil der Geschichte: Terroranschläge, die keine sind. Das heißt, die eigenen Leute begehen Straftaten, die dann dem Gegner in die Schuhe geschoben werden. Sie verstehen – danach sind alle Mittel erlaubt.«

Viktor hörte schweigend zu.

»›Operation Condor‹«, fuhr Markgott fort und schob sein Weinglas hin und her, »nannte sich eine Aktion der Geheimdienste von Argentinien, Chile, Paraguay, Uruguay, Bolivien und Brasilien in den 1970er und 1980er Jahren. Man wollte linke und oppositionelle Kräfte weltweit – *weltweit* – verfolgen und töten. Immer mit Unterstützung der USA.« Er nahm einen großen Schluck Rotwein, hatte sich heiser geredet. »Troyat war einer der wichtigsten Berater – *weltweit*.«

Viktor schenkte Markgott nach. »Und meine Mutter?«

»Sie kannte Troyat«, sagte Markgott. »Ist ihm einmal über den Weg gelaufen. Das hätte ihr reichen sollen, meine ich.«

Er schüttelte den Kopf. »Niemand weiß genau, an wie vielen verbrecherischen Aktionen Troyat beteiligt war. Eine Weile war er wohl in Brasilien auf Rebellenjagd, jetzt lebt er ganz offiziell in Südfrankreich und hat eine eigene Organisation gegründet – Gladius. So wie das Schwert der altrömischen Kampftruppen. Es ist eine paramilitärische Truppe. Keiner weiß, was sie wirklich tun. Ich nehme an, es sind Hunde des Krieges.«

»Was?«

»Söldner – legitimierte Auftragsmörder.«

Viktor blickte zur Treppe hinüber. Der bärtige Mönch starrte zur Decke empor, das Licht der bunten Laternen verlieh seiner Kutte scharfe Schattenfalten. Es sah aus, als wandte er sein Gesicht von den weltlichen Schrecken ab.

»Was hatte meine Mutter mit einem Mann wie Troyat zu schaffen?«, fragte Viktor.

Ihr angespanntes Verhältnis hatte dazu geführt, dass er nie nach den Menschen gefragt hatte, mit denen sie in Kontakt gekommen war. Wer ihrem Leben den Todesstoß versetzt haben könnte. Er wusste, dass das keine Entschuldigung war.

Markgott nahm seine Brille ab und begann, sie mit seinem Schal zu putzen. »Hat sie Ihnen das nie erzählt?«, fragte er und hielt die Gläser prüfend ins Kerzenlicht. Er setzte die Brille wieder auf, überlegte, suchte wohl nach den richtigen Worten. »Simone hat ihn in Angola kennengelernt«, sagte er endlich. »Troyat hat sie zu einer Befragung mitgenommen – zwei Männer, Rebellen, die das Verhör am Ende nicht überlebt haben. Ob er seine Arbeit dokumentieren oder Simone beeindrucken wollte?« Er zuckte die Schultern. »Manchmal stachelt Öffentlichkeit solche Leute zu noch größerer Grausamkeit an. Es muss furchtbar gewesen sein.« Er machte eine Pause. »Simone war einfach zur falschen Zeit am falschen Ort.«

Zur falschen Zeit am falschen Ort.

Die Worte charakterisierten das Leben seiner Mutter genau. Nur dass Viktor inzwischen auch das Gefühl hatte, zur falschen Zeit den falschen Ort gewählt zu haben.

»Meine Mutter ist an ihrem Beruf zerbrochen«, sagte er.

Markgott musterte Viktor. »Simone war eine sehr starke Frau«, sagte er. »Und diesmal wollte sie *mir* helfen. *Die Bewegung.* Was meine Studentin mir erzählt hat, hat mich veranlasst, Simone anzurufen. Es gibt anscheinend eine Verbindung von der Bewegung zu Gladius. Wenn jemand Troyat hätte auffliegen lassen können, dann Simone. Sie hatte sich viel mit ihm beschäftigt. Ich glaube, er ist so was wie eine fixe Idee für sie gewesen.«

»Auffliegen lassen?«

»Meine Studentin hat von gewissen Plänen erfahren«, sagte Markgott, »in die Troyat verwickelt ist. Sie hat zufällig mitgehört, als über ein Attentat gesprochen wurde, an dem auch Mitglieder der Bewegung beteiligt sein sollen. Und Gladius natürlich.«

»Ein Attentat? Auf wen?«

Markgott seufzte. »Das weiß sie nicht.«

»Sie glauben ihr?«

»Kennen Sie diese Leute?« Markgotts Tonfall lag irgendwo zwischen Mitleid und Spott.

»Ich verkehre nicht in rechtsextremen Kreisen.«

»Das kann man nie wissen«, sagte Markgott. »Es bereitet sich in Europa etwas vor, das mir Sorgen macht. Ich fürchte, wir haben uns zu lange an den Gedanken gewöhnt, dass die Demokratie allen anderen Staatsformen überlegen ist und vor allem – dass sie selbstverständlich ist. Und wir gehen davon aus, dass alle unsere Meinung teilen.« Er nahm sein Glas und schwenkte es. Der Wein warf rote Lichter auf den Tisch. »›Geschichte wiederholt sich nicht, aber sie zitiert sich.‹ Ich weiß nicht mehr, wer das gesagt hat.« Er nahm einen Schluck, verzog den Mund, als wäre der Wein plötzlich bitter geworden. »Aber vielleicht müssen wir ja Verständnis dafür haben. Wir, die Vielgereisten, wissen um die Wichtigkeit der Integration. Aber sieht das ein Tagelöhner am Rand der EU, der täglich ums Überleben kämpft, genauso? Muss er das überhaupt?«

»Ich kämpfe täglich mit der Gesetzesflut«, sagte Viktor. »Das ist diese Überbürokratisierung der EU.«

»Sehen Sie«, sagte Markgott. »Dazu kommt die Bedrohung von außen. Die Leute haben Angst, von legaler und illegaler Zuwanderung überrollt zu werden und in wirtschaftliche Not zu geraten. Da setzen Organisationen wie die Bewegung an.«

»Politische Spinner gibt es nicht erst seit heute.«

»Nein.« Markgott stellte sein Glas ab, schob es von sich weg. »Aber vor zwanzig Jahren hatten Neonazis noch keinen Rückhalt in der Gesellschaft, im Bürgertum und in der Politik. Heute sitzen die Rechtspopulisten in vielen EU-Ländern in der Regierung – Polen, Ungarn, Österreich, Italien, Dänemark, Finnland, Slowakei.« Er machte eine Pause, musterte Viktor. »Es heißt, Stephen Bannon, einer ihrer Vordenker, habe irgendwo in den Bergen südlich von Rom ein altes Kloster angemietet und wolle dort eine ›Gladiatorenschule für Kulturkämpfer‹ aufziehen – ganz offen. Worüber reden denn Ihre einflussreichen Freunde so? Über den Zustand des Golfrasens? Über vegane Ernährung? Selbstfindung?«

»Ja, leider«, sagte Viktor. Er hasste es, wenn jemand seine Lebenszeit mit derartigen Gesprächen verschwendete.

Ein müdes Lächeln huschte über Markgotts blasses Gesicht. »Sie leben in einem saturierten Paralleluniversum«, sagte er. »Diese ständige Beschäftigung mit sich selbst ist nicht nur eine besonders widerwärtige Form des Egoismus.« Er hob die linke Hand, um Viktors Einwänden zuvorzukommen. Die flackernde Kerze verlieh dem fauchenden Tigergesicht Leben. »Wir leben in einer Zuschauerdemokratie. Wer ungestört regieren will, muss Apathie erzeugen – durch Sorgen um den finanziellen Lebensunterhalt, Angst, Konsumismus. Dann braucht es nur noch ein paar Techniken des Meinungs- und des Empörungsmanagements.«

»Wir leben im Informationszeitalter«, sagte Viktor, der den Tag mit zwei großen Tageszeitungen begann, in der Mittagspause die Online-Ausgaben las und dem die Stunde Fernsehnachrichten am Abend heilig war.

Leopold Markgott musterte ihn, und Viktor meinte, so etwas wie Mitleid in seinem Blick zu erkennen. »Sie gehören zur sogenannten gebildeten Schicht, nicht wahr?«, fragte er.

»Nun ja, sicher.«

Markgott nickte. »Abgesehen davon, dass die kosmopolitischen Eliten und die liberalen Meinungsmacher in den Medien das Ziel dieser Bewegungen sind, sind gebildete Schichten besonders anfällig für die Illusion des Informiertseins«, sagte er. »Es gibt eine bewährte Doppelstrategie für militärische Operationen: Für Angriffskriege redet man den gebildeteren Teilen der Bevölkerung eine *humanitäre Intervention* ein – dem Rest der Bevölkerung macht man Angst vor einem gefährlichen Feind.« Ein trauriges Lächeln spielte um seinen Mund. »Zur Schlachtbank trotten dann alle. Und das bringt uns wieder zum Empörungsmanagement.«

»Ich bin Anwalt – ich lasse mich nicht manipulieren.«

Markgott lachte. »Manipulation ist Ihr Geschäft«, sagte er. »Aber keine Sorge, schweigende Duldung reicht den Ideologen schon aus. Als Politikwissenschaftler sage ich Ihnen: In der Weimarer Republik war es auch die lethargische Mehrheit, die zu spät reagiert hat. Wer in der Demokratie schläft, wacht in der Diktatur auf, sagt –«

»Goethe, ich weiß«, sagte Viktor. Ihm fiel das Gespräch ein, das Marie und er im Flugzeug geführt hatten.

Das waren ganz andere Zeiten.
Das waren Leute wie du und ich.

Maries Worte hatten ihn an seinen Großvater, den stolzen Strafrichter unter dem Hakenkreuz, erinnert. *Den Mitläufer.* Hatte er die Gefahr kommen sehen? Hatte auch er zur lethargischen Mehrheit gehört, oder war er aktiv gewesen? Der Jurist in ihm meldete sich zu Wort. *Eine Tat begeht man durch Handeln oder Unterlassen.* Am Ende wäre Heinrich Hellberg in beiden Fällen schuldig geworden. Es war das erste Mal, dass Viktor von seinem Großvater als Täter dachte. Er beschloss, das Thema zu wechseln.

»Dieses – potenzielle – Attentat …«

»Passt genau ins Schema«, sagte Markgott. »Wer immer die Zielperson ist – nach ihrem Tod werden Ausschreitungen und Gewaltexzesse folgen, wie wir sie in Europa seit fast hundert Jahren nicht mehr erlebt haben. Sie werden es als Selbstverteidigung verkaufen und rechtfertigen.« Er schob sein Glas hin und her.

Die Musikanten kamen durch den Mittelgang zurück. Der Geigenspieler beugte sich im Vorübergehen zu den Tischen hinab, der Mann mit dem Akkordeon sang.

Brüderlein fein, Brüderlein fein,
musst mir ja nicht böse sein;
Brüderlein fein, Brüderlein fein,
musst nicht böse sein.

»Ihre Studentin ist ziemlich mutig«, sagte Viktor.

»Sie ist seit ein paar Monaten in unserer Debattierrunde«, sagte Markgott. »Wir respektieren jede politische Ausrichtung, aber ich glaube, ihr sind selbst Zweifel gekommen. Und diese Pläne haben wohl das Fass zum Überlaufen gebracht. Ihre Eltern sind stramme Rechte, zu denen hat sie nicht gehen können.« Er zog ein Stofftaschentuch aus seiner

Jacke, wischte damit über seine Stirn, und Viktor fiel auf, dass sie schweißbedeckt war. »Eine Frau aus ihrer Bewegung war in Frankreich«, fuhr er fort. »Eben bei Troyat – oder Marais, wie er sich jetzt nennt. Sie hat diesen versiegelten Umschlag mitgebracht. Meine Studentin hat ihn aus dem Tresor gestohlen, bei sich versteckt und ihn dann zu mir gebracht.«

»Wusste meine Mutter von diesen Plänen?«

Markgott steckte das Taschentuch ein, legte die Hand auf den Tisch. Jetzt erst bemerkte Viktor, dass sie wie ein Bündel Knochen aussah und ihre Haut von Altersflecken gesprenkelt war. Der Jadering glitt auf dem Mittelfinger hin und her. Für den Ringfinger, für den er wohl ursprünglich gedacht gewesen war, war er zu groß geworden.

»Ich habe es ihr erzählt«, sagte Markgott leise. »Aber ich hätte sie da nie hineingezogen, wenn ich noch genug Kraft hätte, mich der Sache selbst anzunehmen. Ich habe nämlich Krebs.« Er machte eine Handbewegung, als wollte er sich für seine Krankheit entschuldigen. »Bauchspeicheldrüse, unheilbar. Austherapiert, sagt der Arzt.«

Das Maul des Tigers klaffte, seine Ohren waren wütend angelegt. Eine Ohrspitze war abgebrochen. Es gab dem fauchenden Katzengesicht etwas Rührendes. Als wäre der Tiger verwundet, aber sein Kampfgeist ungebrochen.

Die Musikanten kamen zurück.

Scheint die Sonne noch so schön,
einmal muss sie untergehn.
Brüderlein fein, Brüderlein fein,
musst nicht traurig sein.

»Ich bin nicht sehr mutig«, fuhr Markgott fort. »Aber sie können mir nichts mehr tun. Mit viel Glück reicht es noch bis zum Herbst.« Er schenkte Viktor ein müdes Lächeln.

»Ich hatte große Hoffnung in dieses Treffen gesetzt. Aber wie es aussieht, war es umsonst.«

Ob es die Anspannung des Tages war, das lange Gespräch oder Markgotts Geständnis – Viktor entschloss sich, offen zu sein. »Meine Tochter wurde entführt«, sagte er. Auf einmal tat es ihm gut, darüber zu reden. »Ich habe seit gestern Abend nichts mehr von ihr gehört.« Wieder überlief ihn eine Welle der Wut.

Die Sänger waren unermüdlich.

Brüderlein fein, Brüderlein fein,
zärtlich muss geschieden sein;
Brüderlein fein, Brüderlein fein,
's muss geschieden sein.

Markgott starrte ihn an. Seine dicken Brillengläser funkelten im Kerzenlicht. Auf seiner Stirn standen auf einmal wieder Schweißperlen. »Was?«, flüsterte er.

»Marie wollte nur ein paar Fotos machen«, sagte Viktor, hörte, wie gepresst seine Stimme klang. »Sie hat noch einmal angerufen, aber das Gespräch wurde unterbrochen.«

»Was hat Ihre Tochter gesagt?«, drängte Markgott. Er wirkte aufgeregt. »Wollen die Entführer den Umschlag? Unterlagen?« Die Polizei erwähnte er nicht.

»Nein.« Viktor schüttelte den Kopf. »Wissen Sie, ob meine Mutter eine wertvolle CD in ihrem Besitz hatte?«

»Die verlangen eine – *CD*?«

»Ich habe alles durchsucht«, sagte Viktor. »Alles.« Stimmte das? Nein, er hatte Simones Pensionszimmer mit dem Gepäck verlassen. Es hatte schließlich keinen Grund gegeben, sich dort genauer umzusehen.

Markgott runzelte die Stirn. »Das Mädchen wurde entführt, nachdem Sie Simones Koffer abgeholt haben?«

Viktor nickte. »Zwei Stunden später.«

»Dann sind Sie beobachtet worden.« Markgott nahm sein Weinglas und leerte es auf einen Zug. »Ich frage mich, ob Simone so unvorsichtig war und Kontakt aufgenommen hat. Wenn sie Beweise für irgendwelche illegalen Machenschaften gehabt hätte, dann hätte sie ihn ans Messer geliefert. Das wäre ihre Chance gewesen. Sie war so auf Troyat fixiert – ich traue ihr das zu.«

Es waren schon zwei Leute hier für die Sachen von der Madame Colbert. Zuerst war da so ein älterer Mann, ein Ausländer, konnte kaum Deutsch. Na, den hab ich gleich rausgeschmissen, Ausländer kommen mir nicht ins Haus.

Viktor räusperte sich. »Jemand hat schon vor Ihnen versucht, an die Sachen meiner Mutter zu kommen«, sagte er. »Ein Mann, der schlecht Deutsch gesprochen hat.« Nach der Tirade der Wirtin war Viktor von einem Osteuropäer ausgegangen. Es konnte selbstverständlich auch ein Franzose gewesen sein. Viktor schämte sich seines Vorurteils.

Die Musiker standen zwei Tische weiter, spielten die Melodie von Neuem. Ein junger Mann erhob sich und sang mit. Er hatte eine klare Stimme, die das Kellergewölbe erfüllte. Ein paar Gäste klatschten, andere stimmten in das Lied ein.

Denk manchmal an mich zurück,
schimpf nicht auf der Jugend Glück.
Brüderlein fein, Brüderlein fein,
schlag zum Abschied ein.

Markgott beugte sich über den Tisch. »Die Studentin, von der ich Ihnen erzählt habe, kommt morgen nach der Arbeit bei mir vorbei«, sagte er. »Ich rufe sie heute Abend noch an und berichte ihr von unserem Gespräch. Ich denke, sie kann Ihnen weiterhelfen.« Er lehnte sich zurück. »Wenn Sie gestatten, möchte ich jetzt nach Hause gehen. Der Abend hat mich angestrengt. Ich wohne im Servitenviertel, und der Fußmarsch wird mir nach unserem Gespräch guttun.«

»Das kann ich verstehen«, sagte Viktor und machte dem Kellner, der gerade am Nachbartisch kassierte, ein Zeichen.

Inzwischen war das ganze Lokal aufgestanden und sang den Refrain mit. Es klang ernst, schwermütig, als sängen die Menschen eine Hymne, die sie miteinander vereinte. Die Stimmen hallten in dem alten Kreuzgewölbe, fanden ihre Resonanz an den nackten Mauern, wurden lauter und lauter.

Denk manchmal an mich zurück,
schimpf nicht auf der Jugend Glück.
Brüderlein fein, Brüderlein fein,
schlag zum Abschied ein.

Viktor zahlte die Rechnung, ignorierte den Blick des Kellners auf das unberührte Essen und half dem sichtlich erschöpften Leopold Markgott beim Aufstehen.

Zwischen Tischen, Gästen und Musikanten kämpften sie sich zum Ausgang durch. Vor dem Torbogen der Zwölf Apostel nahmen sie Abschied voneinander.

»Sie hören von mir«, sagte Markgott. »Adieu.«

Er wandte sich nach links und tappte davon.

Viktor wollte schon den Weg nach rechts in das Gewirr der alten Gassen einschlagen, als ihm einfiel, dass er die Studentin lieber selbst ins Kreuzverhör genommen hätte. Immerhin war das Mädchen eine mögliche Spur, die zu Marie führen konnte, ein erster kleiner Erfolg.

Er drehte sich noch einmal um.

Dabei wäre er fast mit einem jungen Mann in einer schwarzen Windjacke zusammengestoßen, der ebenfalls gerade den Heurigenkeller verließ.

»Verzeihung«, sagte Viktor automatisch.

Der Mann blickte Viktor kurz ins Gesicht, dann brummte er etwas und drängte an ihm vorbei, wandte sich nach links.

Viktor sah ihm nach.

Der Mann ging schnell, war bald auf derselben Höhe mit Leopold Markgott, dessen Gestalt nur noch als Schemen im gelben Licht der Laternen zu erkennen war. Der hatte anscheinend zu seinem Rhythmus gefunden, denn er ging zügig, war schon zu weit entfernt, als dass Viktor ihm noch hätte hinterherrufen können.

Der Mann in der schwarzen Windjacke beschleunigte seine Schritte und überholte Markgott. Kurz darauf bog er in eine Seitengasse ein. Markgott nahm denselben Weg.

Viktor stand noch immer vor den Zwölf Aposteln. Etwas an dem Mann, der ihn eben fast umgerannt hätte, hatte ihn irritiert. Dann fiel es ihm ein.

Der Mann hatte ein braunes und ein blaues Auge gehabt.

Viktor schüttelte den Kopf und machte sich auf den Weg ins Hotel. Irgendwo klapperten Pferdehufe. Wahrscheinlich kehrte nur ein verspäteter Fiaker in den Stall zurück. Aber nach dem Gespräch mit Leopold Markgott beschlich Viktor auf einmal die Ahnung, es könnte jeden Augenblick vor ihm eine von Rappen gezogene Kutsche mit verhängten Fenstern zwischen den barocken Häusern auftauchen.

Warte auf mich, hatte der Tod geraunt, ich warte auf dich.

Viktor war nicht abergläubisch, nur seine Nerven waren überreizt. Das Gespräch mit Markgott hatte ihn aufgewühlt.

Trotzdem ging er jetzt schneller.

10

»Und ich sage Ihnen noch etwas, meine Damen und Herren.« Wingolf von Manhardt blickte vom Rednerpult auf dem Podium zu seinen Zuhörern hinab, wartete ein paar Sekunden. Dann hob er plötzlich die Faust, schüttelte sie. *»Kryptowährungen sind ein wichtiges Werkzeug für die europäische Bewegung gegen das Establishment! Wir nehmen den Zentralbanken die Kontrolle weg – wir holen uns die Macht zurück!«*

Beifall brandete auf, die Kamera schwenkte in den vollen Zuschauersaal. Männer und Frauen in Anzügen und Kostümen. Aufmerksame Gesichter, zustimmendes Nicken.

Sophie Wellendorff ließ den großen Flachbildschirm im TV-Raum nicht aus den Augen. *Establishment.* Nichts anderes war das Publikum, das in dem überfüllten Saal saß.

Ein großer Medienkonzern hatte den Veranstaltungsort für die Bewegung gemietet. Von Beginn seiner politischen Laufbahn an hatte der Wolf auf engen Kontakt mit den politischen Medien geachtet, vor allem im Internet, das von unmittelbaren Reaktionen lebte. Brachte man hier die Linke gegen sich auf, ergab sich ein Wechselspiel von Beifall und Empörung, häuften sich die Klicks, instrumentalisierte man den Feind. Konflikt hieß das Zaubermittel dieser Medien. Nur so ließen sich die Gutmenschen bezwingen.

Mach sie wahnsinnig und treib sie weiter nach links.

Das war zum Bonmot im Headquarter geworden.

Inzwischen war die europäische Boulevardpresse, deren Leserschicht das Zielpublikum der Bewegung war, auf ihren Zug aufgesprungen und wurde zuverlässig vom Wiener Büro mit vertraulichen Informationen – die nicht immer der Wahrheit entsprechen mussten –, mit Pressetexten, vorgefertigten Artikeln und Veranstaltungshinweisen versorgt. Der Wolf wusste, dass nur der gewinnen konnte, der eine wirtschaftliche und kulturelle Botschaft an diejenigen sandte, die um ihren mühsam erworbenen Wohlstand fürchteten.

Neben Sophie stand Tobias, in einer Hand eine Coladose, die andere in der Hosentasche.

»Das Pult ist doch viel zu hoch«, sagte er. »Warum hat der Wolf denn kein Podest, so wie immer?«

»Weil Pia die Terminbegleitung macht«, sagte Sophie. »Die denkt nicht an so etwas.«

»Das Redemanuskript ist direkt vor seinem Gesicht.«

»Ich weiß.«

»Der Wolf wirkt zu klein – und noch dazu kurzsichtig.«

»Ich weiß.«

»Zentralbanken, Regierungen und die ganzen großen Tech-Firmen nehmen den einfachen Menschen ihre Rechte und ihre Identitäten weg und spannen sie für ihre eigenen Zwecke ein«, rief Manhardt. Das Publikum applaudierte.

»Wie viele Zuschauer?«, fragte Tobias.

»Tausend«, sagte sie. »Und alle haben bezahlt.«

Tobias stieß einen anerkennenden Pfiff aus. »Und wie viele Demonstranten?«, fragte er.

»Die Polizei spricht von etwa hundert«, antwortete sie. »Das Einsatzkommando hält sie von den Fernsehkameras fern.«

Tobias nickte anerkennend. »Sauber.«

»Mittlerweile haben wir auch Freunde in der Schweiz.«

Tobias trank von seiner Cola. »St. Gallen als Standort für Kryptowährungen war eine super Idee für die Rede.«

»Im Kanton Zug gibt's Dutzende Firmen auf dem Sektor.«

»Früher hat jeder Aufrechte sein Eigentum selbst verteidigt. Das waren noch Männer und Frauen mit Entschlossen-

heit und Tatkraft!« Der Wolf schüttelte die Faust. *»Unseren Vorfahren ging die Sicherheit ihrer Kinder über irgendwelche zahnlosen Bestimmungen!«*

Applaus.

»Wir, die nationalkonservativen Bewegungen Europas, unterstützen die Revolte gegen das überholte politische Establishment. Brüssel muss endlich anfangen zuzuhören und Veränderungen einzuführen.«

Frenetischer Applaus unterbrach die Rede.

»Sonst hat dieses Europa ausgedient«, fuhr der Wolf endlich fort. *»Die Politiker in Brüssel können nicht weiter Migranten in die Union lassen und zusehen, wie sie diesem maroden System den Todesstoß versetzen – ohne eine Lösung anzubieten.«* Er machte eine Pause, griff nach dem Glas auf dem Rednerpult und nahm einen Schluck Wasser. Dabei ließ er den Blick über die Zuschauer wandern. Er stellte das Glas ab, wartete ein paar Sekunden und brüllte auf einmal ins Mikrofon: *»Wir sind die Lösung!«*

Nach einer kurzen Schrecksekunde brandete Applaus auf. Einige Zuhörer erhoben sich von ihren Plätzen.

Standing Ovations.

Der Moderator der Sendung stieg auf das Podium. Auch er klatschte. Der Wolf hob den Arm, grüßte nach allen Seiten. Die nächsten Minuten gingen in Dauerbeifall und Pfiffen unter.

Fast hätte Sophie ebenfalls geklatscht.

Der Wolf war genial, wie er jede Diskussion in die gewünschte Richtung drehte. Er war überzeugt davon, dass die Europäer die Nase voll hatten von Ausländern. Es galt, jede Gelegenheit zu nutzen, sein ethnozentrisches Herz zu zeigen. Nachlässige Einwanderungsgesetze waren ein zentrales Anliegen der linken Phantasten. Dabei musste jeder, der nicht durch ideologische Scheuklappen an einer klaren Weltsicht gehindert wurde, erkennen, dass eine Einwanderungsflut Probleme verursachte. Und zwar nicht für die saturierten linken Philosophen, sondern für die Masse der Bevölkerung, die ihr tägliches Leben stemmen musste. Der Wolf wurde nicht müde, diese Botschaft zu senden.

Die Leute wollen ihr Land wiederhaben.

So einfach ist das.

»Der Wolf sollte mit dem EU-Thema zurückhaltender sein«, sagte Tobias. »Der Schulterschluss ist schwer genug.«

»Wie meinst du das?«

Tobias zeigte mit der Coladose auf den Bildschirm, wo der Wolf jetzt vom Podium herabstieg und die erste Reihe entlangging, Hände schüttelte und ins Publikum winkte.

»Du kannst nicht dauernd die nationale Souveränität betonen«, sagte er, »und dich dann plötzlich als EU-Vorkämpfer präsentieren, weil du gewählt werden willst. Es gibt genug Europaskeptiker unter unseren Freunden, und die sind im EU-Parlament auf mehrere Fraktionen verteilt.«

»Wer redet von einem Parteien-Zusammenschluss?«

Sophie wusste, wovon Tobias sprach. Ohne eine gemeinsame Linie und einen gemeinsamen Spitzenkandidaten – Wingolf von Manhardt – gab es keine Teilnahme an den wichtigen TV-Debatten und anderen Auftritten. Der Wolf hatte den Posten aufgrund seiner Persönlichkeit in den letzten Monaten selbst besetzt. Aber ob das reichte, alle Gruppen für die Wahl hinter sich zu sammeln, war fraglich. Außer, es geschah etwas Unvorhergesehenes. Etwas, das die Welt erschütterte und einen Schulterschluss erzwang.

Ein Attentat zum Beispiel.

Sie dachte an Marais, und ihr wurde kalt.

»Wir wollen eine Art Dachorganisation«, fuhr sie fort.

»Einen *informellen Club*, ich weiß.« Tobias drückte die leere Coladose zusammen. »Ich rede mit dem Wolf.«

Sophie trat zum Fernseher und schaltete ihn aus.

»Der Wolf und ich sind da ganz auf einer Linie«, sagte sie.

»Er kommt übrigens mit der Abendmaschine aus Zürich.« Sie warf einen Blick auf ihre Armbanduhr.

Gleich halb drei.

Sie musste noch einiges für den runden Tisch in London organisieren. Aber sie konnte sich kaum konzentrieren. Der verdammte Umschlag ging ihr nicht aus dem Kopf. Sie sah Jean le Marais vor sich, wie er auf der Terrasse seines Anwesens gestanden hatte. Aufrecht und unbewegt, das silberne Haar ein Spiel des Windes. Bei dem Gedanken, wie dieser eiskalte Mann reagieren würde, wenn er von dem Verlust seiner vertraulichen Unterlagen erfuhr, wurde ihr schlecht. Sophie schloss kurz die Augen, sammelte sich und blickte Tobias dann direkt ins Gesicht.

»Ich hole den Wolf vom Flughafen ab«, sagte sie.

»Kann ich auch machen, wenn du willst«, sagte Tobias.

»Danke, nicht nötig«, sagte Sophie. »Der Wolf und ich haben heute Abend noch einiges zu besprechen.«

Tobias hob die zerquetschte Coladose. »Kein Problem.« Er lächelte versöhnlich, aber sein Augenausdruck war starr.

Hinter ihnen waren verstohlene Geräusche zu hören.

Sophie drehte sich erschrocken um.

Nina war dabei, so leise wie möglich die Verpackungen vom Mittagessen abzuräumen. Die meisten Mitarbeiter aßen, um keine Zeit zu verlieren, an ihrem Arbeitsplatz. Jetzt hantierte sie mit einer halb leeren Pizzaschachtel, in der noch die Reste des Essens herumrutschten.

»Kannst du dich nicht melden wie jeder andere auch?«, fauchte Sophie Nina an. »Immer schleichst du durchs Büro.«

»Tut mir leid, Sophie«, flüsterte Nina.

Sophie bemerkte, dass Tobias' Blick nachdenklich auf ihr ruhte, und bereute, vor ihm die Fassung verloren zu haben. »Macht ja nichts«, sagte sie schnell.

Ein Lächeln erschien auf Tobias' Gesicht. Doch ehe Sophie fragen konnte, was denn so lustig war, schüttelte er den Kopf und verließ mit schnellen Schritten den Raum.

Nina stand noch immer wie angewurzelt da.

»Mädchen, du gehst mir auf den Nerv«, sagte Sophie.

Nina gab keine Antwort. Sie wirkte noch kleiner und blasser als sonst. *Unscheinbarer.* Sie schien krank zu sein.

»Ich möchte, dass du heute Nachmittag die Teeküche aufräumst«, sagte Sophie. »Die kann einen Putz vertragen.«

»Heute Nachmittag?« Nina schluckte.

»Geht das etwa bei dir nicht?«, fragte Sophie freundlich. »Hast du vielleicht schon was anderes vor?«

»Ja, ich …« Nina brach ab, sah verzweifelt zur Fensterfront hinüber. »Mein Professor wartet auf mich.«

»Welcher Professor?«

»Professor Markgott.«

»Leopold Markgott?« Sophie staunte nicht schlecht.

Der Politikprofessor war in letzter Zeit mehrmals durch Fernsehauftritte und Interviews in Zeitungen aufgefallen, in denen er sich zu Demokratie und Propaganda geäußert hatte. Sophie hatte ihm mit Interesse zugehört und einiges gelernt, wenn auch sicher nicht in Markgotts Sinn. Jetzt fragte sie sich, wie wenig politisches Gespür Nina hatte, um sich in den Dunstkreis dieses Mannes zu begeben.

Nina nickte wortlos, biss sich auf die Unterlippe.

»Dieser Alt-Achtundsechziger? Diese linke Bazille?«

Nina drückte die halb leere Pizzaschachtel in ihren Händen zusammen und wich Sophies Blick aus.

Sophies analytischer Verstand lief auf Hochtouren. Der Samen eines Verdachts keimte in ihr auf. Es war nur eine Ahnung, eine Möglichkeit, aber noch keine Überzeugung.

»Wann bist du denn bei deinem Professor?«

»Um fünf.« Nina klang unglücklich.

»Dann solltest du da auch hingehen.«

»Ja – danke, Sophie.«

»Ist schon gut«, sagte Sophie freundlich. »Und denk an die Teeküche, ja?« Sie drehte sich um und wandte sich zur Tür.

»Ja, Sophie«, sagte Nina hörbar erleichtert. »Gerne.«

Die nächste Stunde verbrachte Sophie an ihrem Schreibtisch. Die großen Doppelflügeltüren ihres Arbeitszimmers ließ sie offen stehen, sodass sie einen guten Blick ins Hauptbüro hatte. Geschlossene Türen signalisierten ein vertrauliches Gespräch oder eine drohende Deadline und waren generell nicht gern gesehen.

Immer wieder kamen Mitarbeiter herein und baten Sophie um eine Entscheidung oder eine Unterschrift, legten ihr neue Artikel aus der internationalen Presse oder Interview-Anfragen vor. Sie versuchte den Wolf zu erreichen, um ihm zu sagen, dass sie ihn vom Flughafen abholen würde, doch er hob nicht ab. Einmal erschien eine französische Nummer auf dem Display ihres Handys. Sie erschrak und – drückte das Gespräch weg.

Um Viertel vor vier nahm Sophie schließlich den nächstbesten Computerausdruck von ihrem Schreibtisch, drehte ihn zu einer Rolle zusammen und spazierte ins Hauptbüro.

Nina war anscheinend mit der Teeküche fertig, denn sie saß gegenüber von Helene und steckte Briefe in Kuverts.

Tobias korrigierte mit dem teuren Füllfederhalter, den er immer benutzte, offensichtlich ein Redemanuskript für den Wolf und beachtete sie nicht.

Sophie schenkte Nina keinen Blick, sondern ging sofort zur Chefsekretärin und hob den Ausdruck in ihrer Hand.

»Helene«, sagte sie. »Ich lege die Namensliste in den Tresor.« Sie erklärte nicht, um welche Liste es sich dabei handelte. »Wenn der Wolf fragt, wir haben endlich die vertraulichen Informationen.«

Tobias hob den Kopf und sah herüber.

Helene runzelte die Stirn, nickte dann aber nur.

Sophie rollte den Ausdruck auf und lief, den Blick auf das Papier gerichtet, als würde sie die gereihten Namen noch einmal überfliegen, zur Garderobe, wobei sie darauf achtete, dass ihr Tun vom Hauptbüro aus gut zu sehen war.

Sie zog den Schlüsselbund aus der Tasche ihres Trenchcoats, klimperte ein wenig wie gedankenverloren damit herum und verschwand endlich in der Abstellkammer.

Sie schloss den Tresor auf und legte den Ausdruck gut sichtbar in ein mittleres Fach auf ein paar Kontoauszüge. Sie verschloss die schwere Stahltür, kehrte in den Vorraum zurück und ließ den Schlüsselbund geräuschvoll in die Manteltasche fallen. Dann ging sie ins Hauptbüro.

»Helene«, sagte sie. »Ich habe gleich ein Gespräch mit dem Wolf auf dem Handy.« Sie hörte, wie Tobias etwas notierte. Sein Füllfederhalter kratzte hastig über Papier. »Also die nächsten zwanzig Minuten keine Telefonate und keine Störung bitte.« Tobias stand auf und verließ das Zimmer.

Helene nickte und tippte weiter.

Nina schob den nächsten Brief in einen Umschlag.

Sophie ging in ihr Büro, schloss die Tür und setzte sich an ihren Schreibtisch. Gedankenverloren starrte sie aus dem Fenster, lauschte den Stimmen der Menschen, die unten auf dem Kohlmarkt vorübergingen. Endlich, nach etwa zehn Minuten, hörte sie, wie Nina draußen etwas zu Helene sagte. Ein Stuhl wurde zurückgeschoben, das alte Parkett knarrte.

Ein Telefon läutete, Helene nahm ab, sprach kurz mit dem Anrufer und verband anscheinend weiter.

Tobias sprach rasend schnell italienisch, lachte dazwischen immer wieder, und Sophie fiel ein, dass der Wolf der Zeitung La Repubblica ein Interview geben sollte.

Ausgerechnet.

Sophie wartete noch ein paar Minuten, dann stand sie auf,

ging zügig ins Hauptbüro und an Tobias und Helene vorbei, die ihr beide keine Beachtung schenkten.

Der Vorraum war leer.

Die Tür der Abstellkammer war geschlossen.

Mit drei Schritten war Sophie an der Tür, riss sie auf.

Nina stand wie vom Donner gerührt vor dem offenen Tresor und starrte Sophie aus weit aufgerissenen Augen an. In den zitternden Händen hielt sie den Computerausdruck.

Sophie betrat den Abstellraum und schloss die Tür hinter sich. »Ninalein«, sagte sie. »Dachte ich mir's doch.«

»Sophie, bitte ...«

»Für wen spionierst du?«

»Für niemanden.« In Ninas Augen standen Tränen.

»Leg das Papier weg«, sagte Sophie, »das ist nur eine Büromaterialliste.« Sie sah Nina scharf an. »Hast du vor ein paar Tagen einen Umschlag aus dem Tresor genommen?«

Nina biss sich auf die Unterlippe, schüttelte den Kopf.

Sophies Herzschlag setzte kurz aus. Wenn dieses dumme Mädchen nicht die Diebin war, gab es keine Chance, die Unterlagen zurückzubekommen.

»Nina«, sagte sie ruhig. »Du hörst mir jetzt gut zu.«

Nina starrte sie wortlos an.

»Ich weiß, dass du das Kuvert genommen hast.«

Nina zwinkerte.

»Wir machen alle mal Fehler«, sagte Sophie. »Trotzdem muss ich wissen, wer an unserem Tresor war.« Nina nickte, war offensichtlich beschämt. »Und bis jetzt ist ja auch noch nichts passiert. Also, Schwamm drüber.«

»Wirklich?« Nina klang ungläubig.

»Natürlich«, sagte Sophie.

Durch die geschlossene Tür waren Stimmen zu hören. Tobias gab Constanze Anweisungen. Anscheinend besprachen sie das Interview für La Repubblica.

Sophie senkte die Stimme. »Wir müssen nur schauen, dass wir den Umschlag wiederkriegen, verstanden?«, sagte sie.

Nina kniff den Mund zusammen, nickte.

»Und dann vergessen wir die Sache.«

»Oh, danke, Sophie, danke, ich –«

Sophie hob die Hand, unterbrach Ninas Redeschwall. »Wo hast du den Umschlag denn hingetan?«

Constanze lachte affektiert, jeder im Headquarter wusste, dass sie ein Faible für Tobias hatte.

»Ich habe ihn gar nicht mehr«, flüsterte Nina.

Sophie wurde kalt. »Was heißt, du hast ihn nicht mehr?«, fragte sie. »Hast du ihn etwa weggeworfen?«

Nina riss die Brauen hoch. »Ich dachte, du wüsstest das«, sagte sie. »Ich habe ihn Professor Markgott gegeben.«

Sophie schloss kurz die Augen. Das war der Worst Case. Unterlagen der Bewegung und ihrer französischen Verbündeten in den Händen des ideologischen Feindes. Sie hätte Nina umbringen können. Und sich selbst auch. Aber vielleicht erledigte das ja bald Jean le Marais' Auftragskiller.

Galgenhumor.

»Wann bist du noch mal bei Markgott?«, fragte sie.

»Um fünf«, sagte Nina schüchtern.

»Dann holst du den Umschlag, verstanden?« Sophie überlegte. »Oder nein, warte, ich begleite dich.« Sie würde Nina nicht mehr aus den Augen lassen, bis alles erledigt war. Je eher sie das Kuvert in Händen hatte, desto besser.

»Das kann ich nicht«, sagte Nina.

»Was?«

»Professor Markgott hat die Unterlagen weitergegeben«, sagte sie. »Er hat mich gestern Abend noch angerufen. Ich soll mich mit einem Anwalt treffen.«

Sophies Herz begann zu rasen. *»Mit einem Anwalt?«*, fragte sie, versuchte, ihre Fassung zu bewahren.

Markgott hatte die Unterlagen gesichtet und sich juristischen Beistand genommen. Der geheime Plan von Gladius war aufgeflogen. Durch ihre eigene Schuld. Am liebsten hätte sie dieses Mädchen geohrfeigt und wäre dann geflohen. Irgendwohin. Am besten ans Ende der Welt. Die Gedanken in ihrem Kopf fuhren Karussell. Verzweifelt suchte sie nach einer Lösung, wusste nur, dass sie Nina die Sache aus der Hand nehmen musste. Sie würde mit Markgott reden, mit diesem Anwalt verhandeln. Vielleicht war ja noch irgendwas zu retten. Sophie zwang sich zur Ruhe, atmete tief ein.

»Wen vertritt dieser Anwalt?«, fragte sie so sachlich wie möglich. »Professor Markgott?«

»Möglich, aber … Nein, weiß ich nicht.«

»Und wo sollst du den Mann treffen?«, fragte Sophie. »Wie heißt er? Weißt du das wenigstens?« Unwillkürlich war ihre Stimme lauter geworden.

Im Vorraum verstummten Tobias und Constanze.

»Ja«, flüsterte Nina. »Er heißt Hellberg und wohnt in einem Hotel am Stephansplatz. Aber zuerst soll ich zu Professor Markgott fahren. Er will mir etwas Wichtiges –«

Die Tür zum Abstellraum wurde aufgerissen.

»Was ist denn das für ein konspiratives Treffen?« Tobias stand im Türrahmen, ließ seinen Blick zwischen Sophie und Nina hin- und herwandern. Constanze spähte über seine Schulter, strich sich eine lange brünette Haarsträhne hinter das Ohr. »Braucht ihr Hilfe?«

Sophie zwang sich zu einem kalten Lächeln. »Wir sind hier fertig«, sagte sie. »Nina, schließ bitte den Tresor ab und gib mir den Schlüssel. Ich möchte nicht, dass Unbefugte darin herumsuchen.« Nur der Wolf und sie hatten hier Zugang.

Tobias starrte sie an, dann drehte er sich abrupt um und ging mit schnellen Schritten in Richtung Hauptbüro.

»Hör mal, Sophie«, sagte Constanze. »Der Sender hat die Teilnahme vom Wolf an der Talkshow am Sonntag abgesagt.«

Sophie war das jetzt egal. »Ach so? Warum?«

»Angeblich haben mehrere andere Gäste ihre Zusage gecancelt.«

»Wer ist der verantwortliche Redakteur?«

»Immer noch Bibi Mitterhammer«, sagte Constanze. »Ich habe natürlich recherchiert. Es gibt da so ein altes Foto von einer Demo der Autonomen. Erste Reihe, alle maskiert, werfen Steine. Roter Rauch, schwarze Vermummte, berittene Polizei – super eindrucksvoll. Angeblich war die Mitterhammer dabei.«

»War sie – oder war sie nicht?«

Constanze zuckte die Schultern. »Ich glaube nicht«, sagte sie. »Aber sie *könnte* dabei gewesen sein. Ihr Bruder sitzt in Hamburg im Knast – Körperverletzung.«

»Wir lancieren das«, entschied Sophie.

»Roger.« Constanze hob den Daumen. »Der Boulevard wird jubeln.« Sie machte auf dem Absatz kehrt und verschwand.

Sophie warf einen Blick auf die Uhr. Gleich halb fünf. Sie wandte sich an Nina. »So, mein Fräulein«, sagte sie. »Und wir beide fahren jetzt zu deinem Professor. Über die Konsequenzen für dich reden wir später.« Sie musste einen Vorwand finden, Nina aus dem Umkreis der Bewegung zu entfernen, ohne dass das Mädchen redete. »Wo wohnt dein Professor?«

»Im Servitenviertel.«

Das Servitenviertel lag nur ein Stück vom Headquarter der Bewegung entfernt. Eine U-Bahn-Fahrt und ein kurzer Fußmarsch brachten Sophie und Nina zu einem gepflegten weißen Gründerzeithaus mit hohen Fenstern, Erkern und Balkonen mit Säulenumrandungen.

Drei Stufen führten zu einer reich geschnitzten Eingangstür hinauf, die zu beiden Seiten von Marmorsäulen eingerahmt war. Über dem Portal saß eine lebensgroße Steinfigur, ein barfüßiger alter Mann in einem langen Gewand und mit einem Barett auf dem Kopf. Ein Bein hatte er untergeschlagen, das andere hing lässig herab, so als habe er sich gerade auf der Tür niedergelassen. Die rechte Hand streckte er dem Besucher entgegen, in der linken hielt er wie Moses mit den Zehn Geboten eine Tafel.

»Hier ist es«, sagte Nina, stieg die Stufen hinauf und drückte auf einen Klingelknopf auf einem Messingschild.

Sophie ließ ihren Blick die Fassade hinaufwandern, betrachtete die Steinfigur auf dem Portal und versuchte, die Inschrift auf der Tafel zu entziffern.

»In terris visus est
et cum hominibus
conversatus est«.

Sophies Lateinkenntnisse waren nicht mehr gut.

Er wurde auf Erden gesehen und …?

»Das verstehe ich nicht«, sagte Nina, läutete erneut.

Nichts geschah.

Sophie kam ein Verdacht.

»Du hast deinen Professor angerufen, oder?«, fragte sie. »Hast du ihn vorgewarnt, dass ich mitkomme?«

Nina zwinkerte, schüttelte den Kopf. »Nein«, sagte sie. »Vielleicht geht seine Klingel nicht. Was jetzt?«

Sophie ließ ihren Blick über die Namensschilder gleiten. »Markgott« stand etwa in der Mitte. Darüber gab es noch vier Namen. Der oberste lautete Wagner. Sie drückte einen Knopf im Erdgeschoss und wartete. Endlich ein Rauschen und eine ungeduldige Männerstimme.

»Ja?«

»Grüß Gott«, sagte Sophie. »Ich wohne ein Stück die Straße runter, und der Postzusteller hat wohl die Hausnummern verwechselt. Ich habe hier einen Brief für Wagner.«

»Wir nehmen keine Post für andere an.«

»Ich will Sie auch gar nicht stören«, sagte Sophie. »Wenn ich den Brief nur schnell vor die Wohnungstür ...«

Statt einer Antwort ertönte ein Summton.

Nina warf sich gegen die Haustür und drückte sie auf.

Im Inneren des Hauses war es überraschend kalt. Die Wände zierten großflächige Marmorintarsien. Ein Aufzug und eine breite Steintreppe führten in die oberen Stockwerke. Auf den flachen Stufen lag ein schon etwas abgetretener roter Sisalläufer, der von bläulich angelaufenen Messingstangen gehalten wurde.

Sie nahmen die Treppe.

Professor Markgott wohnte im zweiten Stock.

Die Wohnungstür hatte zwei Flügel und war wohl vor Jahren rotbraun gestrichen worden. Jemand hatte ein paar Kratzer nachträglich ausgebessert. Tränenspuren aus Farbe liefen über die Kassetten in der Tür. Unter der Klinke hatte der Schlüsselbund einen halbmondförmigen Kranz geschabt, durch den das ungebeizte Holz durchschimmerte.

Sophie klingelte.

Hinter der Tür schrillte eine Glocke und verhallte.

»Die Klingel funktioniert«, sagte Nina.

Sie warteten ein paar Minuten.

»Dein Professor ist nicht zu Hause«, sagte Sophie.

Nina kniff den Mund zusammen, läutete selbst noch einmal.

Alles blieb ruhig, nur ein Stockwerk über ihnen schabte etwas über den Sisalläufer, Metall klirrte leise.

Sophie wandte sich um, blickte die Treppe hinauf.

Doch niemand kam die Stufen herunter. Das Treppenhaus schien so leer zu sein wie Professor Markgotts Wohnung.

»Und jetzt?«, fragte Nina.

Sophie überlegte. »Mit wem solltest du dich treffen?«

»Mit diesem Anwalt«, antwortete Nina. »Hellberg.«

»Vielleicht ist Markgott schon bei seinem Anwalt«, sagte Sophie. Anscheinend hatte dieses Mädchen den Treffpunkt falsch verstanden. »Zu dem fahren wir jetzt jedenfalls. Hast du eine Adresse? Eine Telefonnummer?«

Nina überlegte. »Der Anwalt ist aus Berlin.«

»Berlin?« Jetzt zog die Affäre schon internationale Kreise. Sophie hatte das Gefühl, die Sache stieg ihr endgültig über den Kopf. »Wo wohnt der Typ?«

Nina zuckte die Schultern. »Professor Markgott hat was von einem Hotel am Stephansplatz gesagt.«

Sophie seufzte. »Hoffentlich ist dein Professor bei Namen genauer als bei seiner Terminplanung«, sagte sie. Wie viele Hotels gab es rund um den Stephansdom? »Also dann zurück zur U-Bahn-Station.« Sie warf einen Blick auf die Uhr. »Der Wolf landet um halb zehn.«

Schweigend liefen sie zur U-Bahn-Station am Schottenring zurück. Inzwischen hatte der Feierabendverkehr voll eingesetzt, und in den Gängen und auf den Treppen der U-Bahn-Station kämpften sich die Menschen zu den Gleisen.

Auf dem Bahnsteig drängten sich die wartenden Fahrgäste, Handys läuteten, Kinder brüllten, dazwischen ertönten die Zugdurchsagen. Sophie und Nina versuchten, am Rand der Menge zu bleiben.

Sophie, die keine Ahnung hatte, in welchem Hotel sie nach einem Berliner Anwalt suchen, geschweige denn, wie sie die Verhandlung mit ihm aufnehmen sollte, stellte sich mit dem Rücken zu den anderen Fahrgästen vor einen Plan des U-Bahn-Netzes und starrte deprimiert auf die bunten Linien.

Wo lagen die Hotels rund um den Stephansplatz? Wie sollten sie diesen Hellberg finden? Mit der Fahrt zu Markgott hatte sie nur wertvolle Zeit verloren.

Eine Ansage hallte über den Bahnsteig.

»Die U-Bahn kommt«, sagte Nina neben Sophie.

Sophie gab keine Antwort.

»Sollten wir nicht …?«

»Ja, gleich«, sagte Sophie, wollte noch ein paar Sekunden allein sein, ertrug dieses Mädchen nicht mehr.

Im Tunnel war entferntes Rauschen zu hören.

Sophie sah aus dem Augenwinkel, wie Nina sich von ihrer Seite löste und aus ihrem Blickfeld verschwand.

Sie spürte die Druckwelle, die der einfahrende Zug vor sich herschob, roch die muffige Luft des Tunnels.

Die Stimmen hinter ihr wurden lauter. Bewegung kam in die Wartenden, jemand stieß sie von hinten an. Ein Mann schimpfte laut. Ein Kind fing an zu weinen.

Sophie drehte sich um.

Menschen drängten an ihr vorbei.

Sophie hörte das Dröhnen des einfahrenden Zuges, dieser stählernen Schlange, die ohne Pause durch die Unterwelt von Wien raste. Und sie sah Nina, die jetzt ganz vorne an der Bahnsteigkante stand, und sie sah einen Mann, der sich von hinten an sie heranschob, und sie schrie Ninas Namen, und Nina drehte sich um und hob den Arm und winkte sie zu sich, und der Mann stand plötzlich zwischen ihnen und verdeckte Ninas Gesicht, und dann verschwand Ninas Arm, als tauchte er in ein finsteres Meer.

»Nina!«

Sophie rannte los, stieß die Menschen beiseite, und die Luft war erfüllt von dem Donnern und Dröhnen des Zuges und von blitzendem Stahl und von gleißendem Neonlicht.

Und dem Kreischen von Bremsen.

Und von hysterischen Schreien.

11

In Rom verbrachte Cayetano seine Zeit damit, die letzten Vorbereitungen zu treffen und seinen Einsatzort zu erkunden.

Er wohnte jetzt in diesem kleinen Pensionszimmer unter dem Dach an der Piazza Mattei. Enrique hatte ihm gesagt, die Wirtin sei eine fast taube alte Frau, die jeden Tag in die Kirche ging und einem Priester keine Fragen stellen würde. Doch als Cayetano das schmale Haus, in dem die Pension lag, betreten hatte, war er von einem jungen Mann in Jeans und T-Shirt empfangen und auf sein Zimmer geführt worden.

Meine Großmutter liegt seit gestern im Krankenhaus.

Ich werde Ihre ehrenwerte Großmutter in mein Gebet einschließen und um eine schnelle Genesung bitten.

Sie würde sich sicher über Ihren Besuch freuen, Padre.

Cayetano hatte väterlich gelächelt.

Aber er machte sich Sorgen. In der Küche, an deren offener Tür er vorbeigehen musste, spielte den ganzen Tag das Radio. Eine junge Frau schien immer im Haus zu sein. Am Nachmittag trank sie Kaffee mit ihren Freundinnen, und die Frauen sahen sein Kommen und Gehen. Es waren Kleinigkeiten, die die ordentliche Arbeit eines Pistoleiros gefährdeten.

Das Zimmer war sehr komfortabel.

Wenn sich Cayetano aus dem Fenster lehnte, sah er den Brunnen mit den Schildkröten, nachts drang das sanfte Plätschern des Wassers an sein Bett unter dem bunten Madonnenbild. Das Geräusch erinnerte ihn an den Atem des Amazonas, wenn er in der Hitze und Schwüle des Morgens in sein Kanu stieg und zur Jagd ein paar hundert Meter stromabwärts paddelte. Nur der Gesang des Urwalds fehlte. Das Springen der Fische, die Schreie der Tiere und das Rascheln der Blätter über einem. Nie wusste man, was einen im nächsten Augenblick erwartete.

Diesmal war die Jagd einfach.

Cayetano musste seine Beute nicht tagelang verfolgen, sondern brauchte nur zu lauern, bis sie ihren Bau verließ und zum perfekten Ziel wurde. Er hatte auch kein Jagdfieber.

Es war eben nur ein Auftrag.

Aber das Gefühl des erfahrenen Jägers, der eine drohende Gefahr spürt, verließ ihn auch in Rom nicht.

A onça-pintada.

Oft, wenn er durch die lauten Straßen mit den vielen Menschen lief, vorbei an den unzähligen Bars und österlich dekorierten Geschäften, drehte er sich schnell um. Dann blieben die Leute stehen, lächelten ihm zu, entschuldigten sich, fassten ihn am Arm.

Mi perdoni, Padre.

Nie weckte ein Gesicht sein Misstrauen.

Cayetano trug noch immer den schwarzen Anzug und dazu das weiße Kollar. Manchmal legte er sich einen bunten Seidenschal um den Hals und verdeckte das Zeichen seiner kirchlichen Würden. So ging er als Geschäftsmann durch und konnte bei Bedarf jederzeit in seine Identität als Pater Roberto Lima de Moura schlüpfen. In dieser Aufmachung erkundete Cayetano mit dem Reiseführer tagelang Rom, wobei er wie ein Raubtier immer engere Kreise um den Vatikan zog.

An einem frühen Morgen stand er schließlich mit den ersten Besuchergruppen in der langen Schlange, die auf der linken Seite des Petersplatzes neben einem rot-weißen Sperrgitter auf die Sicherheitskontrolle wartete, und fror. Niemand hatte daran gedacht, ihm einen Mantel für die überraschend kalte Stadt Rom mitzugeben. Er würde sich irgendwo einen einfachen schwarzen Mantel kaufen müssen. Einen, wie ihn Padres trugen.

Während er dem Rauschen der beiden Brunnen lauschte, die sich zu beiden Seiten eines hohen Obelisken auf dem großen Platz befanden, beobachtete Cayetano aufmerksam die Obdachlosen, die ihre Decken und Pappen, mit denen sie die Nacht vor dem Vatikan verbracht hatten, zusammensuchten.

Zwei kleine Putzmaschinen kreisten auf dem Steinboden, und eine Gruppe dunkelhäutiger Priester in langen blutroten Gewändern überquerte das feuchte Pflaster.

Um die große Kuppel des Petersdoms flog im ersten Morgenlicht ein Schwarm Möwen und kreischte, als folgte er in der Hoffnung auf Beute einem Amazonasfischer.

An den Stationen mit den Scannern sammelten sich langsam immer mehr Polizisten in schwarzen Uniformen. Sie redeten, lachten, rieben sich die Hände gegen die Kälte.

Cayetano hatte diesen Platz gewählt, um sich unauffällig mit dem Besucherstrom durch den Vatikan treiben zu lassen. Er war für seine gute Vorbereitung bekannt. Nur seine eigene Sicherheit gewährleistete die Zuverlässigkeit des Pistoleiros und eine ordentliche Arbeit. Zu seinen Auftraggebern hatte er deshalb auch keinen Kontakt mehr. Jede Spur wäre zu gefährlich. Ein Pistoleiro, der die Durchführung seines Auftrags begonnen hatte, war wie eine Kugel, die den Lauf verlassen hatte.

Sein Lohn lag auf einem Konto in Brasilien. Dass der Auftrag unter allen Umständen ausgeführt wurde, verstand sich von selbst. Was mit Verrätern geschah, wusste jeder. Die Vorstellung, von El Capitán als Abtrünniger betrachtet zu werden, konnte selbst einem Profi wie ihm die Schweißperlen auf die Stirn treiben.

Für die Zeit in Rom und bis zu seinem Abflug nach Brasilien hatte man ihm eine große Geldsumme in bar mitgegeben. Für den Fall, dass etwas Unvorhergesehenes passierte, er zum Beispiel nach dem Auftrag nicht sofort zurückkehren konnte und eine längere Zeit untertauchen musste. Denn dann konnte er selbstverständlich keinen Kontakt zu seinen Auftraggebern aufnehmen. Dieser Ernstfall war zwar bei Cayetano noch nie vorgekommen, aber er wusste es zu schätzen, dass El Capitán Vorsorge dafür traf.

Am Tag zuvor hatte Cayetano die Mauer des Vatikans einmal von außen umrundet. Er war sehr sorgfältig gewesen, nichts war ihm entgangen. Besonders den Toren hatte seine Aufmerksamkeit gegolten. Der Plan sah vor, dass er am Tag seines Auftrags mit Zehntausenden anderen durch die Sicherheitskontrolle den Vatikan betreten sollte, in der Tasche die kostenlose Einlasskarte. Und die Glock.

Padre Roberto Lima de Moura war bereits vor vielen Wochen im Pilgerbüro in der Via del Banco di Santo Spirito für die Generalaudienz angemeldet worden.

Cayetano hatte sich den Ablauf genau eingeprägt.

Am Tag seines Auftrags musste er rechtzeitig bei den Toren des Vatikans sein, um den richtigen Stehplatz zu bekommen. Bereits um neun würden sie geschlossen werden. Dann begann zunächst die Verlesung der Besuchergruppen. Der Papst selbst kam gegen neun Uhr dreißig, um seine Runden zwischen den Gläubigen auf dem Petersplatz zu fahren. Dann segnete er Eheringe und küsste kleine Kinder, begrüßte spezielle Besuchergruppen und die Brautpaare, die vor dem Podium auf dem Petersplatz saßen.

Sobald der Papst seinen Platz auf dem Podium eingenommen hatte, begann die eigentliche Audienz. Es gab Lesungen in verschiedenen Sprachen und eine weitere Begrüßung. Die Veranstaltung endete mit dem Segen des Papstes zwischen elf Uhr und elf Uhr dreißig.

Am letzten Mittwoch vor Ostern würde der Ablauf ein anderer sein.

Cayetano trat von einem Bein auf das andere, ihm war kalt, und er hatte das Gefühl, dass die Polizisten ihre Arbeit nicht allzu ernst nahmen. Außerdem fielen ihm junge Männer auf, die die Warteschlange entlanggingen und mit den Besuchern sprachen. Immer wieder zogen sie ein paar Personen heraus und brachten sie an die Spitze der Wartenden. Dieses System war wie in Brasilien.

Cayetano fasste sich in Geduld.

Neben den Polizisten gab es noch die Wachmannschaften des Papstes. Es waren gut aussehende junge Männer, die in papageienbunten Kostümen steckten und besser in eine Tanzshow in Rio gepasst hätten als in das Haus des Heiligen Vaters. Trotzdem durfte man sie nicht unterschätzen.

Aber für seinen Auftrag waren diese jungen Männer eigentlich egal. Einer der Polizisten würde auf ihn warten und ihn durch den Scanner gehen lassen. Er gehörte zu den Freunden El Capitáns. Cayetano wusste, dass er heute Dienst hatte, wollte sich den Mann ansehen.

Der Einlass war kein Problem.

Etwas schwieriger würde sich sein Abgang nach Erfüllung des Auftrags gestalten. Sollte Cayetano an einer Stelle aufgegriffen werden, wo Padres normalerweise nichts zu suchen hatten, war sein Auftrag gescheitert. Wenn die Audienz bei schlechtem Wetter in der Aula Paolo VI stattfand und Cayetano improvisieren musste, bot sich die Porta Perugina an. Doch daneben war das Gästehaus Santa Marta. Wie Cayetano herausgefunden hatte, wohnte der Papst dort. Man würde wohl auch seine Leiche dort hinbringen. Jeder, der sich dann noch in der Nähe aufhielt, galt als verdächtig.

Die Porta Pertusa lag am Ende des großen Gartens und war damit zu weit entfernt. Außerdem wusste Cayetano nicht, ob der Garten des Papstes am Tag der Generalaudienz geöffnet war. Nach den Schüssen würde er bestimmt gleich geschlossen werden.

Cayetano hatte sich vorläufig für die Via di Porta Angelica als Fluchtweg entschieden. Zunächst würde er mit der Masse der in Panik Fliehenden zurück zum Haupteingang, der Porta Sant'Anna, laufen. Die Gasse war allerdings sehr schmal, sodass ein Teil der Menschen nach rechts in Richtung Porta Angelica abgedrängt werden musste. Nach ein paar hundert Metern konnte er sich von der Masse absetzen und in einem der vielen Souvenirshops Unterschlupf suchen. Wer jetzt noch an ihm vorbeikam, hatte ihn auf dem Petersplatz nicht gesehen.

Padre Roberto würde ein paar Postkarten mit dem Bild des Papstes und des Petersdoms kaufen und dazu vielleicht noch Briefmarken und sich von dem Ladeninhaber erklären lassen, was passiert war. Seine schwarze Reisetasche lag dann schon in einem Schließfach am Bahnhof Roma Termini. Gegen Abend sollte er in Mailand sein.

Cayetano hob den Blick zum nun rosafarbenen Himmel.

Plötzlich erhob sich wie auf ein Zeichen Gesang unter den Gläubigen. Cayetano kannte das Lied nicht. Der Mann neben ihm sagte etwas auf Englisch zu ihm. Cayetano lächelte väterlich, obwohl er seinen Schal trug und nicht als Priester erkennbar war. Der Mann zeigte nach Osten, wo gerade die Sonne aufging.

»Gennaro, Tivoli Mountains.«

Cayetano lächelte und nickte.

Eine Ordensschwester in Sandalen und Rucksack, die an dem Absperrgitter lehnte, las den Osservatore Romano. In einer fremden Sprache, weshalb Cayetano die Schlagzeilen nicht verstand.

Auf einmal kam Bewegung in die schwarz uniformierten Polizisten. Sie verteilten sich auf die Stationen, immer zu zweit oder zu dritt. Am Tag der Papstaudienz, so hatte man Cayetano gesagt, konnten es auch sechs oder acht sein.

Die Polizisten blickten den Besuchern entgegen, und mit dem ersten von mehreren Glockenschlägen öffneten sich die Tore.

Die Gläubigen setzten sich in Bewegung.

Cayetano ließ die Menge der Frühbesucher an sich vorüberziehen und nahm den Schal ab. Sein Blick glitt über die Polizisten. Er brauchte ein paar Minuten, dann entdeckte er das Gesicht, das man ihm auf einem Foto gezeigt hatte. Es gehörte einem schmächtigen Mann Mitte zwanzig, war bleich und mit Sommersprossen gesprenkelt. Der Junge sah eher wie ein Engländer aus und war gut von den schwarzhaarigen Kollegen zu unterscheiden. Cayetano schlenderte an den Scannern entlang, Metalltoren wie auf einem Flughafen, und entschied sich scheinbar spontan für die Station des Rothaarigen. Geduldig wartete er in der Schlange der Besucher, bis er an der Reihe war.

»Guten Morgen, Padre«, sagte der Junge gut gelaunt. »Auf dem Weg zur Frühmesse, was? Da haben Sie sich einen schönen Tag ausgesucht.«

Cayetano lächelte väterlich. »Ich werde dich in mein Gebet einschließen, Kleiner.«

Der Rothaarige stutzte. »Kennen wir uns?«

»Ich komme zur Papstaudienz nach Rom.«

Das Gesicht unter den Sommersprossen wurde noch blasser. »Die ist jeden Mittwoch«, sagte er rau.

»Sogar in der Osterwoche, ich weiß.«

Jetzt sah der Kleine aus, als müsste er sich übergeben. Cayetano kannte diesen Ausdruck. Manchmal gab es trotz aller Umsicht Zeugen. Cayetano fragte sich, ob der Junge sich in seine tadellos gebügelte Uniformhose gemacht hatte.

»Ich habe nur mein Brevier dabei«, sagte er und gab das kleine Buch in einen Plastikkorb, der durch einen Apparat fuhr. »Keine Schlüssel oder anderes Metall.« Er legte die Hand auf die Brust. »Nur das Kreuz.«

Jetzt wurde ein zweiter Polizist auf sie aufmerksam. Anscheinend dauerte ihr Gespräch zu lang. Der Mann kam zu ihnen herüber, ließ seinen Blick über Cayetano wandern.

»Alles in Ordnung, Paolo?«, fragte er.

Der Rothaarige nickte. »Der Padre geht zur Frühmesse.«

Der Polizist schüttelte den Kopf. »Die findet aber nicht hier statt, Padre«, sagte er. »Los, Paolo, mach weiter.« Er wandte sich ab, kehrte auf seinen Posten zurück.

Cayetano schenkte dem Rothaarigen keinen weiteren Blick, ging durch das Metallportal des Scanners und nahm sein Brevier wieder an sich. Dann ließ er sich mit den anderen Besuchern vorbei an dem Obelisken über den Platz treiben. Er stellte fest, dass bereits viele Reihen an Sitzplätzen vor dem Petersdom aufgestellt waren. Alle waren auf das Podium unter einem weißen Baldachin ausgerichtet. In Frankreich hatte Cayetano auf einem Video gesehen, wie der Papst nach seiner Fahrt durch die Menschenmenge von hier aus die Pilgergruppen grüßte. Am Tag seines Auftrags würden die Gläubigen keinen Segen des Verräter-Papstes mehr bekommen.

Cayetano folgte dem Besucherstrom zum Petersdom.

Die Menschen rannten durch eine Vorhalle zu von dicken Engeln gehaltenen Weihwasserbecken. Cayetano hätte für sich persönlich auch gerne etwas von dem geweihten Wasser gehabt, aber das Gedränge war so dicht, dass er unweigerlich mit jemandem zusammengestoßen wäre, der sich später an sein Gesicht erinnern könnte.

Er spazierte tiefer in die Kirche hinein.

Ehrfürchtiges Staunen erfasste ihn.

Noch nie hatte er so etwas Prächtiges gesehen, so viel Gold und Glanz und Marmor. Und noch nie hatte er so viel Kälte verspürt. Sie biss in seine Haut, kroch in seine Knochen und versuchte seine Glieder zu lähmen. Cayetano hatte das Gefühl, als wollte Gott ihn, den Pistoleiro, aus seinem Haus weisen. Er dachte an das Zwiegespräch mit dem Allmächtigen, das er in seiner heimatlichen Kirche gehalten hatte. Und dass Gott keine Einwände gegen diesen letzten Auftrag erhoben hatte. Also musste es etwas anderes sein, das Cayetano mit dieser warnenden Kälte schlug.

A onça-pintada.

Doch dann geschah das Wunder.

Die Sonne, die wohl endlich hinter diesem Tivoli aufgegangen war, warf ihren Schein direkt durch die Dompforte. Der Strahl traf Cayetano, hüllte ihn in goldenes Licht und erfüllte ihn wieder mit Wärme. Auf einmal wusste er, dass er auf dem richtigen Weg war. Gott hatte geantwortet, und er hatte seine Meinung nicht geändert.

Cayetano bekreuzigte sich zum Dank.

An den Beichtstühlen entflammten die Lampen. Priester eilten mit Tabletts herum, auf denen Kelche und Hostienschalen standen. Durch eine Bodenöffnung drangen Stimmen von unten herauf. Dann Kirchengesang.

Aus seinem Reiseführer war Cayetano bekannt, dass in einem Grottengewölbe die toten Päpste lagen, um dort auf ihre Auferstehung zu warten. Doch Cayetano war der Einzige unter den Besuchern des Petersdoms, der wusste, dass ihnen bald ein neuer Papst in der Erwartung des Paradieses Gesellschaft leisten würde. Nur der Allmächtige und Allwissende kannte sein Vorhaben, so wie er jeden Gedanken und jedes Tun aller Menschen kannte.

Nonnen in weißen und in grauen Gewändern gingen vorbei. Eine Gruppe Pilger hielt Rosen, deren Stiele mit Stanniolpapier umwickelt waren, in den Händen. Sie zogen betend zu einer Grabplatte. Es waren zwei Worte, die sie ständig wiederholten, und die einzigen, die Cayetano verstand.

Jan Pawel.

Nachdem sich der Kirchenraum immer mehr füllte, fuhr

Cayetano mit dem Aufzug zur großen Dachterrasse hinauf. Auf dem Kuppelkranz trat er zwischen die steinernen Heiligen, die dreimal so groß wie er selbst waren, und blickte auf das Gewimmel auf dem Petersplatz hinunter. Mit dem erfahrenen Blick des Pistoleiros erkundete er sein Arbeitsgebiet.

Die Schlange der Pilger reichte inzwischen an der einen Seite der Kolonnaden entlang bis zum Ende der anderen Seite. Überall schoben sich Menschen, hielten Plakate hoch, sangen, schrien in allen Sprachen dieser Welt und fotografierten.

Aufmerksam beobachtete Cayetano eine Gruppe Priester, die zwei Ministranten folgte. Zwei der afrikanischen Geistlichen in den roten Gewändern schlossen sich dem Zug an. Gemeinsam verschwand die Gruppe aus seinem Blickfeld. Niemand hatte sich nach den beiden Neuen umgesehen oder sie gar angesprochen.

Cayetano wunderte sich.

Es war einfacher als angenommen. Sobald er durch die Sicherheitskontrolle gegangen war, musste er sich nur dem Ende eines solchen Zuges von Priestern anschließen.

Nun schätzte Cayetano die Schussweiten.

Von hier oben wäre die Erfüllung seines Auftrags mit einem guten Jagdgewehr natürlich ein Kinderspiel. Als Jäger schoss Cayetano auf dreihundert Meter punktgenau. Als Pistoleiro verließ er sich auf den Rat seines Vaters.

Du musst immer aus der Nähe töten, mein Sohn. Der Schuss muss sitzen. Am besten in den Kopf.

Ja, Vater.

Wenn man von Weitem schoss, konnte immer etwas Unvorhergesehenes passieren. Man konnte sein Ziel verfehlen, oder etwas versperrte einem die Sicht. Mit einer Pistole hatte man nur eine Reichweite von etwa fünfzig Metern. Doch das dürfte kein Problem werden. Die Menge der Gläubigen bei der Papstaudienz würde ihn auch unten auf dem Petersplatz nicht stören. Im Gegenteil, er konnte sich wie ein Fisch im Wasser bewegen. Man würde ihm sogar Platz machen und ihn in die erste Reihe der Besucher lassen.

Mi perdoni, Padre.

Cayetano sah geduldig auf die Uhr, stoppte die Zeit.

Überrascht stellte er fest, dass es auch jetzt nur fünfundzwanzig Minuten vom Ende der Besucherschlange vor dem Petersplatz bis zu den beiden Sicherheitsschranken dauerte. Ab und zu stockte der Fluss der Gläubigen, wenn ein Besucher bei den Polizisten neben den Scannern stehen blieb. Dann entspann sich ein Gespräch, am Ende wurde der Besucher weitergewinkt. Cayetano schüttelte den Kopf. Die Nachlässigkeit der römischen Wachbeamten wunderte ihn sehr. Natürlich konnte man sich nicht darauf verlassen, und es war ja auch nur ein ganz gewöhnlicher Tag. Bei der Papstaudienz würden die Sicherheitskräfte verstärkt werden und waren bestimmt aufmerksamer. Er selbst hatte seine Anweisungen. Genau wie der rothaarige Junge da unten auf dem Platz. Cayetano hoffte, dass der Kleine sich am Ende nicht durch seine schwachen Nerven verraten würde.

Cayetano hatte genug gesehen.

Da er noch nicht gefrühstückt hatte, beschloss er, eine Pause einzulegen und in der kleinen Bar auf der Terrasse einen Kaffee zu trinken und ein Stück Gebäck zu essen.

Cayetano knotete den Seidenschal wieder um den Hals und suchte sich einen freien Tisch, von dem er die Tür im Auge behalten konnte. Einen Platz am Tresen vermied er immer, zu viele Menschen kamen daran vorbei, konnten ihn versehentlich anstoßen und in sein Gesicht sehen. Außerdem kehrte er nie dem Lokal seinen ungeschützten Rücken zu. Das hieße, den Tod herauszufordern.

Während Cayetano in der Sonne saß und einen Kaffee mit einer Haube aus Milchschaum probierte, dachte er an

Angelina und an das Haus am Meer, das sie nun bald haben würden. Seine Vorbereitungen waren fast abgeschlossen. Der nächste Punkt auf seiner Liste war die Soutane. Man hatte ihm die Adresse eines portugiesischen Schneiders gegeben, der seine Werkstatt unweit des Vatikans hatte und auf die Anfertigung von Kirchengewändern spezialisiert war.

Sílvio Peres Paschoal – Via del Falco.

Cayetano hatte sich Namen und Adresse gemerkt. Genauso wie das Datum, an dem Senhor Paschoal ihn erwartete.

Den ganzen Tag verbrachte Cayetano im Vatikan.

Er besuchte die schönen grünen Gärten, die wirklich wie das Paradies auf Erden aussahen, und schloss sich dem Ende einer spanischen Reisegruppe an, die er zufällig vor einer Madonna mit dem toten Jesus auf dem Schoß traf. Cayetano sprach kein Spanisch, aber er verstand es genauso gut wie die meisten Spanier sein Portugiesisch. Die Muttergottes und ihr Sohn waren aus Marmor und standen vor einer goldenen Wand. Ein großes Kreuz hing darüber.

Cayetano, der schon viele tote Männer gesehen hatte, fand die Darstellung des Gottessohnes sehr echt. Die Figur war, so erfuhr er, von einem erst dreiundzwanzigjährigen Steinmetz gemacht worden, der wie der Erzengel Miguel hieß. Bestimmt hatte der junge Mann in seinem Leben genau wie er vielen Hingerichteten in das schlafende Gesicht gesehen.

Cayetano faltete die Hände und sprach ein Ave-Maria zu der Madonna. Er liebte Schönheit. Fast bedauerte er, dass er nur zur Arbeit an diesen wunderschönen Ort gekommen war.

Gegen halb sechs fing der Petersplatz an sich zu leeren. Nach und nach verwandelte sich Cayetanos Umgebung in eine fremde steinerne Welt. Unter den Kolonnaden standen mehrere Uniformierte und besprachen wohl den Tag.

Ein Glöckchen bimmelte vom Eingang her, und die Wärter drehten ihre Runden und trieben die letzten Besucher an.

»Signori, uscita! Exit! Grazie!«

Cayetano verließ den Vatikan um Punkt achtzehn Uhr mit dem Schließen des Petersdoms. Er hatte genug gesehen.

Als er an den bunten Plastikfiguren vorbeiging, die in den Souvenirshops der Via di Porta Angelica verkauft wurden, dachte er beruhigt daran, dass all die Schätze des Vatikans, die er an diesem Tag entdeckt hatte, nun für die Nacht eingeschlossen und in Sicherheit waren.

Genau wie der Papst.

So lange, bis er, der Pistoleiro, wiederkam.

12

Marie weinte.

Eine gefühlte Ewigkeit konnte Viktor sie nicht verstehen, fragte nach, versuchte sie zu beruhigen, obwohl er selbst um Fassung rang. Er befahl sich abzuschalten, den inneren Abstand zu finden, den er zwischen sich und seine Klienten legte. Vergebens. Es war seine Tochter. Dann sagte er sich, dass Marie lebte, wenigstens das, und dass nicht alle Hoffnung verloren war.

»Marie, ich bin ja da«, sagte er zum wiederholten Mal.

Schluchzen, dann endlich: »Papa, hol mich hier raus.«

»Das tue ich, Schätzchen, das tue ich.«

Sie holte tief Luft. »Hast du … du diese … CD?«

Viktor sah Maries Gesicht vor sich, kannte dieses kindliche Flehen in ihren Augen, in dem nicht nur eine Bitte, sondern auch unerschütterliches Vertrauen in ihn lag. Beim letzten Mal war Lupo, ein dicker brauner Labrador, ins Haus gekommen. Diesmal ging es nicht bloß um einen Hund.

Es war bereits Nacht.

Den ganzen Tag hatte er auf diesen Anruf gewartet, war wie gelähmt gewesen, hatte in einem Paralleluniversum geschwebt. Nach dem Frühstück, das aus vier Tassen schwarzem Kaffee bestanden hatte, war er stundenlang ziellos durch die Straßen von Wien gelaufen, immer in der irren Hoffnung, dabei eine Lösung für sein Problem zu finden. Oder wenigstens einen klaren Gedanken fassen zu können, der ihn ans Ziel führen würde. Wie ein verfolgter Feldhase, hatte er gedacht, der herumrennt, um seine Angst in den Griff zu bekommen.

Es hatte nichts genützt.

Irgendwann hatte er vor einem Plakat mit putzigen Pandabären und Bambuszweigen gestanden. Werbung für den Tiergarten Schönbrunn. Das hatte ihm den Rest gegeben. Jahrelang waren Ausflüge in den Berliner Zoo mit Marie fixer Bestandteil seines sonntäglichen Vater-Tochter-Programms gewesen. Auch jetzt noch gönnten sie sich hin und wieder einen Besuch. Immer wenn Marie etwas auf dem Herzen hatte, das nur die gefangenen Tiere und ihr Vater hören durften, schlug sie als plötzlichen Einfall einen gemeinsamen Zoobesuch vor. Dann wusste er, dass sie Unterstützung brauchte. Aber nie hatte sie seine Hilfe so sehr gebraucht wie in diesem Moment. Und zum allerersten Mal war er nicht für sie da.

Jens fotografiert Zootiere.

Der Schmerz hatte ihn bei dem Gedanken an Marie und an seine eigene Nutzlosigkeit so heftig gepackt, dass er ihn körperlich hatte spüren können. Erschöpft und niedergeschlagen war er ins Hotel zurückgekehrt.

Maries Stimme hatte ihn in die Wirklichkeit zurückgeholt.

Eine heiße Welle der Wut durchströmte ihn.

Viktor ballte seine linke Hand so fest, dass sich die Fingernägel schmerzhaft ins Fleisch gruben. Er würde um das Leben seiner Tochter verhandeln. *Kämpfen.* Mit aller Härte. Mit allen Tricks. Er war Anwalt. Einer der besten.

»Papa?«

»Ja«, sagte Viktor ruhig. »Ich weiß, wo die CD ist.«

Geräusche am anderen Ende der Leitung, offenbar wurde mitgehört. Dann eine leise Männerstimme, die Marie anscheinend Anweisungen gab. Endlich wieder Marie: »Weißt du, was drauf ist, Papa?«

»Noch nicht, Mariechen.«

Wieder die leise Männerstimme.

Marie holte hörbar Luft, versuchte wohl, sich zusammenzureißen. »Papa? Die tauschen mich am Donnerstag gegen die CD aus, nicht eher. Hast du verstanden?«

»Ja.«

»Ich soll dir sagen«, Marie schluckte hörbar, »wenn du den Inhalt kennst, musst du ihn für dich behalten. Sonst … sonst ist der Handel hinfällig.« Ihre Stimme klang gepresst, angestrengt. »Du darfst nicht darüber reden, mit niemandem.«

Handel. Es war ein Handel um das Leben seiner Tochter.

»Bist du verletzt?« Viktor kannte seine Tochter.

Eine Pause, dann: »Nur Halsweh.«

Viktor biss die Zähne zusammen. »Okay, dann sag denen, es interessiert mich einen Dreck, was auf deren CD gespeichert ist, und dass ich schweigen werde.« Er musste Zeit gewinnen. »Ich muss das Ding sowieso erst ausgraben. Du kennst ja Simones Chaos.«

»Ja, klar.« Maries Stimme war schwächer geworden.

»Wo sehe ich dich denn wieder?«, fragte er. »Gib mir mal …« *Deinen Entführer?* »Wer ist bei dir?«

Rascheln, undefinierbare Geräusche, dann Ruhe.

»Marie?«

»Papa?« Maries Stimme war ein Piepsen. »Wir melden uns.«

»Ich hole dich da raus, ganz sicher … *Marie?*«

Aber die Leitung war schon tot.

Viktor schleuderte das Handy aufs Bett. Auf seinem Kopfkissen lag Maries Norwegerpullover. Er hatte die Nacht darauf wach gelegen. Der Geruch hatte ihm das Gefühl gegeben, ein Stück von Marie bei sich zu haben. Das war einerseits tröstlich gewesen. Es hatte aber auch ihren Verlust noch greifbarer und schmerzhafter gemacht.

Viktor ging zu der Glasfront und riss eine Tür auf. Er trat auf den Balkon hinaus, vergrub die Hände in den Hosentaschen und versuchte nicht daran zu denken, dass er Marie vielleicht zum letzten Mal gehört hatte. Er brauchte eine Strategie.

Der Stephansdom leuchtete.

Die Kutschen waren nicht mehr da, noch immer überquerten Passanten den Stephansplatz, bogen zum Graben ab. Aber ihre Zahl hatte sich merklich gelichtet. Es musste bereits auf zehn Uhr zugehen. Wo Marie jetzt wohl war? Lag sie im Bett? *Allein?* Er hätte morden können.

Auf der anderen Seite des Platzes stand eine Frau in einem hellen Mantel, schien auf jemanden zu warten.

Ein Taxi hielt vor dem Hoteleingang. Der Fahrer stieg aus und verschwand in der Lobby. Kurz darauf tauchte er wieder auf, stieg ohne Fahrgast in den Wagen und fuhr davon.

Die Frau blickte die Hotelfassade hinauf.

Hinter ihm klopfte es an die Tür.

Viktor drehte sich um und kehrte ins Zimmer zurück.

»Dr. Hellberg?« Eine Männerstimme. »Es ist etwas für Sie abgegeben worden.«

»Ich komme schon.« Viktor strich sich durchs Haar, fuhr mit der Hand über die Augen und machte einen tiefen Atemzug. Dann ging er zur Tür und öffnete sie.

»Guten Abend, Herr Doktor, entschuldigen Sie die späte Störung.« Der Nachtportier stand vor ihm. In den Händen hielt er einen gepolsterten DIN-A5-Umschlag. »Das ist eben an der Rezeption für Sie abgegeben worden.«

»Aha. Danke.« Auf dem Umschlag war keine Briefmarke, kein Poststempel und keine Anschrift zu sehen. Viktors erster Gedanke war, dass dies der Umschlag war, von dem Leopold Markgott gesprochen hatte. »Wer hat ihn abgegeben?«

Der Portier trat näher und hielt ihm den Umschlag hin. »Die Sendung ist mit einem Taxi gekommen«, sagte er. »Der Fahrer hat gesagt, der Umschlag sei für Sie.«

Viktor war Jurist, Fakten waren sein Geschäft. An einen sechsten Sinn glaubte er nicht. Aber etwas in ihm sträubte sich, das Kuvert entgegenzunehmen.

Der Portier verlagerte sein Gewicht von einem Bein aufs andere. Der Umschlag schwebte zwischen ihnen.

»Wenn ich bitten darf, Herr Doktor.«

Er hielt Viktor den Umschlag direkt vors Gesicht. Etwas in seiner Miene sagte, dass er noch eine lange Arbeitsnacht vor sich hatte und nur seine Dienstauffassung ihn zwang, die Marotten eines launischen Hotelgastes zu ertragen.

Viktor griff nach dem dicken Kuvert. Es war mit Klebeband zusätzlich gesichert und relativ schwer.

»Danke«, sagte er, zog einen Geldschein aus der Tasche und drückte ihn dem Mann in die Hand.

»Gute Nacht, Herr Doktor.« Der Portier nickte kurz, drehte sich auf dem Absatz um und entfernte sich rasch.

Nachdenklich schloss Viktor die Tür und musterte den Umschlag. Er war so makellos weiß, als wäre er gerade erst verschlossen worden. Viktor versuchte, den Inhalt zu ertasten, fühlte einen runden, harten Gegenstand.

Er ging ins Bad, holte die Nagelschere und setzte sich an den kleinen Schreibtisch vor der Glasfront. Vom Aufschneiden des Koffers war die Schere locker geworden, aber es gelang ihm, die Spitze unter das Klebeband zu stechen und die Verschlusslasche aufzuschlitzen.

Im Umschlag steckte ein Päckchen aus fleckigem rosafarbenen Zeitungspapier. Etwas war darin eingewickelt.

Vorsichtig faltete Viktor das Papier auseinander.

Ein glitzernder Gegenstand fiel ihm entgegen, rollte über die Tischplatte und blieb zitternd im Lichtkegel der Schreibtischlampe liegen. Ungläubig starrte Viktor ihn an. Das letzte Mal hatte er dieses grüne Katzengesicht in einem Heurigenkeller gesehen. Am Mittelfinger eines Mannes, der ihm hatte helfen wollen.

Es war ein Jadering.

Das glatte Tigergesicht funkelte im Schein der Lampe. Sein Maul klaffte, und die Ohren waren wütend angelegt.

Es war eine perfekte Kopie.

Zögernd griff Viktor nach dem Ring und hielt ihn sich vor

die Augen. Der Ring war nicht neu, das Gold zerkratzt vom Gebrauch vieler Jahre. Und dann sah er es. Der Tiger hatte ein abgebrochenes Ohr. Es gab dem fauchenden Katzengesicht etwas Rührendes. Als wäre das Raubtier verwundet, aber sein Kampfgeist ungebrochen.

Der Ring war keine Kopie.

Papa, hol mich hier raus.

Viktor spürte, wie sich seine Nackenmuskeln verhärteten. Dieser Jadering hatte Leopold Markgott sichtlich durch viele Jahre begleitet. Unwahrscheinlich, dass er sich freiwillig von ihm getrennt hätte.

Papa, hol mich hier raus.

Der grüne Stein versprühte kaltes Feuer, und auf einmal hatte Viktor das Gefühl, als könnte er sich daran verbrennen. Schnell wollte er ihn auf den Schreibtisch legen, aber seine Finger gehorchten ihm nicht, sodass ihnen der Ring entglitt und auf den Boden fiel. Vom Teppichboden abgefedert, rollte er irgendwohin in den Schatten eines Vorhangs.

Viktor stützte die Ellenbogen auf die Tischplatte, barg sein Gesicht in den Händen und schloss die Augen. Hinter seinen Lidern wirbelten rote Kreise, in seinen Ohren rauschte das Blut, und sein Herz hämmerte. Auf einmal bekam er keine Luft mehr. Er sprang auf, stürzte auf den Balkon.

Leichter Nieselregen hatte eingesetzt.

Die Stadtluft roch nach nassem Laub. Ein fast voller Mond stand hoch am Himmel über dem Dom, warf seinen fahlen Schein auf das riesige Dach und spiegelte sich in den Pfützen auf dem Stephansplatz. Die Menschen duckten sich unter Schirme, gingen schnell. Zwei Priester eilten in Richtung des Domportals. Ihre Soutanen schwangen im Gleichtakt ihrer Schritte.

Die Frau im hellen Mantel war noch immer da.

Viktor machte einen tiefen Atemzug, ließ die feuchte

Nachtluft in seine Lungen strömen und spürte, wie sein Kopf langsam klar wurde. Seine Gedanken begannen sich zu ordnen.

Er kehrte ins Zimmer zurück, blickte zum Schreibtisch.

Unter der Zeitung ragte die Ecke einer Karte hervor.

Viktor ging hinüber und zog die Zeitung beiseite.

Es war keine Karte, sondern ein Foto. Die Aufnahme zeigte die Titelseite einer Tageszeitung.

Der Standard.

Direkt unter dem Namenszug und dem Datum lag eine linke Hand. Nur die Hand. Die pergamentdünne Haut war mit Altersflecken gesprenkelt, und die Knochen zeichneten sich darunter ab. Auf dem Mittelfinger steckte der Tigerring. Dort, wo das Handgelenk durchtrennt worden war, breitete sich ein dunkler Fleck auf dem Zeitungspapier aus.

An der Form des Fleckes erkannte Viktor, dass genau diese Seite vor ihm lag. Das Blut hatte das poröse Papier steif werden lassen, die Buchstaben unleserlich gemacht und den Falz dort, wo es entlanggeronnen war, mit einem braunen Strich gezeichnet.

Er spürte, wie sich sein Magen hob, aber er zwang sich, auf das Erscheinungsdatum zu schauen. Es war die Ausgabe vom Vortag. Als er und Leopold Markgott sich getroffen hatten. Vielleicht war dies sogar dieselbe Zeitung, die Markgott in den Zwölf Aposteln gelesen hatte.

Irgendwann danach musste es passiert sein.

Jemand hatte Markgott ermordet, ihm die Hand abgeschnitten und Viktor den Beweis seiner Tat gesandt. Nicht nur das – er hatte ihm auch einen Kurier mit der blutigen Fracht ins Hotel geschickt, wusste, wo er wohnte. Jemand verfolgte alle seine Schritte.

Viktor wurde ruhig, eine innere Kälte erfasste ihn.

Natürlich ließen sie ihn nicht aus den Augen. Wer immer Marie in seiner Gewalt hatte, überwachte auch ihren Vater.

Wahrscheinlich waren die Entführer Marie und ihm seit ihrem Besuch in der Pension auf den Fersen. Sie hatten nur darauf gewartet, dass sie Simones Habseligkeiten abholten. Weil sie selbst schon beim ersten Versuch gescheitert waren.

Viktor starrte auf das getrocknete Blut.

Was für eine grausame Drohung.

Auf einmal spürte Viktor Magensäure seine Speiseröhre hinaufsteigen. Sein Hals brannte. Er stürzte ins Bad und schaffte es gerade noch zur Toilette, ehe er sich übergab. Dann hangelte er sich zum Waschbecken, drehte den Kaltwasserhahn auf, hielt sein Gesicht unter den Strahl.

Als er sich wieder aufrichtete, war seine Haut fast taub. Aus dem Spiegel starrte ihm ein fremdes Gesicht entgegen. Es schien seit dem Morgen gealtert. Sein Mund war ein gerader Strich. Seine Augen hatten einen kalten Glanz.

Marie, ich komme.

Viktor umklammerte den Rand des Waschbeckens so fest mit den Händen, dass seine Knöchel weiß hervortraten. Das Entsetzen, das ihn seit zwei Tagen an den Rand des Wahnsinns getrieben hatte, verwandelte sich in Wut. Wenn Maries Entführer in diesem Moment hinter seinem Rücken aufgetaucht wäre, hätte er ihn getötet. Ohne Skrupel, ohne Bedauern.

Viktor ließ das Waschbecken los, nahm ein Handtuch und trocknete sich sorgfältig Gesicht und Hände ab. Eine fast unheimliche Ruhe ergriff Besitz von ihm.

Er musste es schaffen.

Er würde es schaffen.

Er brauchte Hilfe.

Mit entschlossenen Schritten kehrte er in das Zimmer zurück. Er suchte den Jadering, fand ihn unter dem Vorhang neben der Balkontür und steckte ihn in die Jackentasche. Dann ging er zum Schreibtisch und schlug die Zeitung über dem Foto zusammen, wobei er sich bemühte, die blutigen Stellen nicht zu berühren. Anschließend nahm er sein Handy und tippte eine Kurzwahl in Berlin.

Die Minuten dehnten sich, bis endlich abgehoben wurde. »Kellermann?«, sagte eine verschlafene Männerstimme. »Oh – Viktor, was ist los? Bist du schon wieder in Berlin?«

Viktor setzte sich auf den Bettrand. »Nein«, sagte er. »Aber hör zu, David. Ich muss mit dir reden – vertraulich.«

»Ja, klar.« Jetzt klang Davids Stimme wie immer. Er sagte nicht, dass es schon spät war. »Warte eine Minute, Julya schläft schon.«

Viktor hörte Rascheln, dann das Knarren alten Parketts und das Quietschen einer Türangel. Die Kellermanns bewohnten mit ihren vier Kindern eine großzügige Altbauwohnung in Charlottenburg. Julya Kellermann, eine Kulturredakteurin, betrieb dort jeden Donnerstagabend einen literarischen Salon, bei dem es, so hatte Viktor gehört, inzwischen nicht nur um Bücher, sondern zunehmend auch um die politische Lage ging. Aenne und er hatten früher ein paarmal an den Treffen teilgenommen. In letzter Zeit waren die Einladungen sporadischer geworden, und David reagierte ausweichend, wenn Viktor sich aus reiner Höflichkeit nach Gästen erkundigte.

Eine Tür wurde geschlossen, dann fragte David so ruhig und sachlich, als befänden sie sich in seinem Arbeitszimmer in der Kanzlei: »Also, ich höre. Was brauchst du?«

»Ich bin immer noch in Wien.«

»Und ich bin morgen Vormittag im Büro«, sagte David. Jetzt war ihm doch Verwunderung anzuhören. »Wenn ich also etwas für dich übernehmen soll, dann –«

»Marie ist entführt worden.«

Am anderen Ende der Leitung entstand Schweigen.

»Hast du gehört, was ich gesagt habe?«, fragte Viktor.

»Ja, natürlich.« David räusperte sich. »Wann?«

»Vorgestern Abend. Ich bin mit den Nerven am Ende.«

Viktor hörte Geschirrklappern, dann schaltete sich eine Kaffeemaschine ein. »Was ist mit Aenne?«, fragte David.

»Die weiß es nicht«, sagte Viktor schnell. »Niemand darf davon erfahren, David – wirklich niemand.«

»Ich versuche, das zu verstehen.« Die Maschine brummte, Kaffee lief zischend in eine Tasse. David trank ihn zu jeder Tages- und Nachtzeit. »Gibt es schon eine Lösegeldforderung? Du weißt, dass du über unsere Kanzleikonten verfügen kannst. Und wenn du mehr Geld brauchst, sag es mir einfach.«

Viktor schloss die Augen. Die Last, die ihn seit zwei Tagen zu erdrücken drohte, war um ein paar Gramm leichter geworden. »Danke, David«, sagte er. »Es geht nicht um Geld.«

»Sondern?« Viktor hörte David schlucken und meinte, sein Stirnrunzeln hören zu können. »Eine Klienten-Sache?«

Viktor blickte zum Schreibtisch hinüber, auf dem das blutige Zeitungspapier lag. Mit dem darin eingewickelten Foto von der abgeschlagenen Hand. Der Ring wog schwer in seiner Jackentasche.

»Meine Mutter hatte anscheinend eine CD«, sagte er. »Die Entführer verlangen sie im Austausch gegen Marie. Aber ich kann das verdammte Ding nirgends finden, verstehst du?«

David trank Kaffee. »Was war da drauf?«

»Keine Ahnung – Musik, nehme ich an.«

»Eine CD«, sagte David nachdenklich. »Oder eine DVD?«

Viktors Herz machte einen Satz. Er hatte auch keine DVD gefunden, aber Davids Einwand gab seinen Überlegungen eine neue Richtung. »Meine Mutter ist anscheinend irgendwelchen politischen Spinnern zu nahe gekommen«, sagte er. »Einer rechtsextremen Organisation in Frankreich mit Kontakten nach Wien. Die Bewegung – schon mal davon gehört?«

»Ja, klar! Das ist die Organisation von diesem Manhardt«, sagte David. »Wingolf von Manhardt hat letztes Jahr eine Stiftung gegründet mit dem Zweck, die rechtspopulistischen Bewegungen in Europa zu stärken. Mit Umfragen, Analysen und Beratung, heißt es. Hat ja nicht jede Splittergruppe einen eigenen Apparat. Aber ich wette, da fließt auch eine Menge Geld aus dem Ausland.«

»Ja, so was habe ich gelesen«, sagte Viktor.

Simone, was hast du uns da wieder eingebrockt?

»Ich glaube, Manhardt tourt derzeit durch alle Hauptstädte und sammelt Verbündete«, sagte David. »Die wollen im neuen Europaparlament eine Art Supergruppe stellen, mit bis zu einem Drittel der Abgeordneten.« Das Parkett knarrte, David ging auf und ab. »Ein vereinter Block von dieser Größe stört natürlich nicht nur den parlamentarischen Prozess. Stell dir vor, welchen Einfluss dieser Manhardt dann innerhalb der rechtspopulistischen Vereinigungen hat.« Er holte Luft. »Scheiße, Viktor, und mit diesen Leuten hat sich deine Mutter eingelassen?«

Viktor fuhr sich mit der Hand über die Augen. Mit Leopold Markgott zu politisieren war eine Sache. David, dessen Urteil er uneingeschränkt vertraute, eine andere. Er fühlte sich erschöpft, wollte seine Tochter in die Arme schließen.

»Meine Mutter hat sich anscheinend bei denen gemeldet«, sagte er resigniert. »Es ist so typisch für sie.«

In Berlin breitete sich Schweigen aus.

»David?«

»Woher weißt du das alles?«, fragte David.

»Ein alter Freund meiner Mutter hat ihr einen Umschlag gegeben«, sagte Viktor und dachte wieder an den Ring. »Er behauptet, es wären Unterlagen für …« Er brach ab, zögerte, doch dann setzte er hinzu: »… für ein Attentat darin gewesen.« Er hörte selbst, wie lächerlich das klang.

Aber David lachte nicht. »Ein Attentat? Auf wen?«

»Das wusste er nicht«, sagte Viktor. »Ich habe ihm zuerst auch nicht geglaubt.« Das Papier auf dem Schreibtisch schien zu rascheln. »Jetzt ist er tot.«

David schwieg.

»Hast du mich gehört?«

David gab keine Antwort.

»Irgendwer hat mir heute Abend ein Foto geschickt«, fuhr Viktor fort. »Darauf ist seine Hand zu sehen. *Nur* seine Hand, verstehst du? Die haben ihn einfach verstümmelt.«

David sagte noch immer nichts.

»Ich überlege, ob ich zur Polizei gehen soll.«

»Nein.« Die Antwort kam wie aus der Pistole geschossen.

»Die Untätigkeit macht mich wahnsinnig, David.«

»Keine Polizei, hörst du?« In Davids Stimme lagen Sorge und Dringlichkeit, ein Ton, den Viktor noch nie an ihm gehört hatte. »Keine Polizei, kein Verfassungsschutz – überhaupt keine Behörde. Sonst siehst du Marie vielleicht nie wieder.«

»Die Polizei hat Erfahrung mit Entführungsfällen.«

»Aber du hast es mit einer extremistischen Szene zu tun, oder?« Es war keine Frage. »Glaubst du, die beschränken sich auf Gewaltaufrufe? Nur damit ein paar geschichtlich Unbedarfte spontanen Volkszorn mimen?« David machte eine Pause. »Die haben ein paar nette Gesichter in der Öffentlichkeit. Und jede Menge Leute in der zweiten und dritten Reihe.« Er lachte, es klang bitter.

»Noch gibt es diesen ominösen rechten Block nicht.«

»Nein«, sagte David. »Aber du weißt nicht, wie weit ihr Machtapparat schon reicht.«

»David, hier geht es nicht um Politik«, sagte Viktor, betonte jedes Wort. »Sondern um das Leben meiner Tochter.«

David schwieg eine Weile. Als er weitersprach, war seine Stimme ruhig, argumentierend, so, als wollte er mit seinem

Kanzleipartner ein Rechtsproblem erörtern, das dieser noch nicht im richtigen Licht sah. »Bloß weil keine Panzer durch die Straßen fahren, heißt das nicht, dass du in dieser Zeit auf staatliche Institutionen vertrauen kannst«, sagte er. »Die Institutionen bleiben bestehen, aber die Autokraten höhlen die Demokratie aus. Alles ist legal …«

»Du sagst es.« Viktor wollte keine Diskussionen, er wollte seine Tochter. Der Gedanke an Marie schmerzte körperlich.

»Verdammt, Viktor, wir wissen doch beide, was die Legislativen absegnen und was Gerichte billigen können.« Wenn David sich in ein Thema verbiss, ließ er nicht mehr locker. »Da wird die Judikative eben ›effizienter‹ gestaltet, nicht?«, fuhr David fort. »Oder die Verfassung mit Gesetzen umgangen, ausgesetzt oder ganz aufgehoben. Du kannst die Regierung kritisieren, aber dann hast du halt gleich mal ein Steuerproblem, weil die ›die Korruption bekämpfen‹.« Er redete sich immer mehr in Rage. »Sprich doch mal mit Julya. Zeitungen erscheinen weiter, aber die Verlage gehen in andere Hände über oder werden zur Selbstzensur genötigt, es nennt sich noch Demokratie –«

»David, hör auf«, unterbrach ihn Viktor scharf.

Natürlich wusste er, dass David recht hatte.

Nur wer neutrale Behörden und Gerichte mit eigenen Leuten besetzte, Medien und Privatwirtschaft gefügig oder mundtot machte, schaffte es, die Regeln der Politik neu zu schreiben, erreichte den Gipfel der Macht. Aber er hatte keine Kraft mehr für Grundsatzdiskussionen.

Es ging um das Leben von Marie.

Das waren Leute wie du und ich.

Weißt du, Marie, wenn man so mitten in Ereignissen lebt, dann bemerkt man so eine Entwicklung vielleicht gar nicht gleich. Jeder einzelne Schritt ist unbedeutend und wird gut begründet. Außerdem gab es auch damals Gesetze.

Er lebte mitten in den Ereignissen, verfolgte jede Entwicklung, hatte sich an sie gewöhnt. Bisher war es das Leben der anderen gewesen. Auf einmal betraf es ihn selbst.

»Und dann kommst du«, fuhr David ungerührt fort, »und wirfst mir Übertreibung und Schwarzmalerei vor.«

Ein ungutes Schweigen breitete sich aus. Viktor dachte an Julya und David, an ihren literarischen Salon, in dem angeblich inzwischen Politik gemacht wurde. Im Grunde war er der gleichen Meinung wie David, verstand auch, dass die Kellermanns von der politischen Entwicklung persönlich betroffen waren. Von Aenne wusste er, dass beide Verwandte im Holocaust verloren hatten. Doch darüber wurde zwischen ihnen nie gesprochen. Trotzdem – Hellberg, Bendix, Kellermann & Partner war nun mal eine Wirtschaftskanzlei. Er würde mit David reden, aber jetzt war nicht die Zeit dafür.

»David, ich denke, du hast recht«, sagte Viktor müde. »Aber ich weiß einfach nicht weiter. Ich gehe zur Polizei.«

»Auf welche Beweise willst du dich bei der Polizei stützen?«, fragte David so sachlich, als wäre Viktor sein Klient. »Dein Informant ist tot, richtig? Warum verhandelst du nicht direkt mit den Entführern?«

»Ich habe behauptet, ich wüsste, wo diese CD ist«, sagte Viktor. »Vielleicht springen die drauf an.«

»Und was ist mit diesem Attentat?«, fragte David, nun mit gesenkter Stimme. »Im Mai sind die Europawahlen. Ein Anschlag, ausgerechnet jetzt – das ist doch kein Zufall.«

»Nein«, sagte Viktor. »Wahrscheinlich nicht.« *Empörungsmanagement.* Er verdrängte Leopold Markgotts Stimme. »Aber das ist gerade meine geringste Sorge.«

»Vielleicht sind die Informationen, die die suchen, auf dieser DVD.« Im Hintergrund quietschte eine Tür, und David sagte in normaler Lautstärke: »Es ist Viktor aus Wien, nichts Besonderes. Geh einfach wieder schlafen, Julya.«

Julya sagte etwas, die Tür knallte zu.

Viktor sah erneut zu dem blutigen Zeitungspapier hinüber. Sie hatten Leopold Markgott wegen eines politischen Komplotts getötet und ihm eine Warnung geschickt.

Sieh her – die Nächste ist deine Tochter.

»Erst hole ich Marie da raus«, sagte er. »Dann töte ich den Entführer, und zwar sehr langsam. Und wenn ich dann noch am Leben bin, rette ich deinen Politiker und die restliche Welt.« Ihm war, als hörte er Leopold Markgotts Stimme.

Wer immer die Zielperson ist – nach ihrem Tod werden Ausschreitungen und Gewaltexzesse folgen, wie wir sie in Europa seit fast hundert Jahren nicht mehr erlebt haben. Sie werden es als Selbstverteidigung verkaufen und rechtfertigen.

Viktor wusste, dass Markgott und David recht hatten.

Empörungsmanagement.

Was für ein schönes Wort – auch für den Gerichtssaal.

»Man braucht immer eine Krise, um nach der Macht zu greifen«, sagte David. »Kein Mensch, der bei Verstand war, hat doch damals geglaubt, dass ein junger Holländer allein den Reichstag abfackeln kann. Aber Hitler, Göring und Goebbels haben sich vor das brennende Parlament gestellt und die fertige Reichstagsbrandverordnung aus dem Ärmel geschüttelt. Danach Ermächtigungsgesetz und das ganze weitere Programm. Wo warst du eigentlich beim Studium in Rechtsgeschichte? Ende der Opposition, Ende der Diskussion. Nur, diesmal brennt *Europa*.«

»Hast du's nicht kleiner?«, fragte Viktor. »Ich finde einen Weg zu Marie, verlass dich drauf.«

»Du gehst also zur Polizei?«

Viktor zögerte. »Nein«, sagte er und griff in die Jackentasche. Der Ring war glatt und kühl und fasste sich angenehm an. Das Gespräch hatte ihm gutgetan. »David?«

»Ja?«

»Ich versuche, etwas über diesen Anschlag herauszufinden«, sagte er. »Wer weiß, wie viel Zeit uns noch bleibt.« Er zog den Ring heraus, drehte ihn im Licht. Der Tiger fauchte kampfesmutig. »Marie soll später nicht sagen, ihr Vater wäre ein Feigling gewesen.«

»Ich halte die Stellung in der Kanzlei«, sagte David. »Pass auf dich auf und – setz nicht dein Leben aufs Spiel.«

»Das tue ich doch schon.«

Viktor schaltete das Handy aus, starrte vor sich hin.

Hinter den Fenstern strahlte die in Stein gemeißelte Fassade des Stephansdoms – kalt, starr, gefühllos.

Das blutige Zeitungspapier ragte steif empor.

Viktor dachte an das Gespräch im Zwölf Apostelkeller und daran, dass jetzt irgendwo Leopold Markgotts verstümmelte Leiche lag. Jemand würde sie finden oder hatte sie sogar schon gefunden. Die Polizei würde Ermittlungen anstellen. Die letzten Tage des Politikprofessors rekonstruieren. Seinen Terminkalender und sein Handy akribisch durchgehen.

Viktor stieß einen Fluch aus.

Am Tag seiner Ermordung hatte Markgott mit ihm telefoniert. Vielleicht war es sogar das letzte Telefongespräch gewesen, das er geführt hatte. Es war nur eine Frage der Zeit, bis die Polizei in seinem Umfeld auftauchte. Und Marie damit in Gefahr brachte.

Viktor starrte auf die Zeitung mit dem Foto auf dem Schreibtisch. Er musste das blutige Papier loswerden.

Der Anwalt in ihm riet, zu Beweiszwecken noch ein Foto zu machen. Aber er widerstand der Versuchung.

Auf einmal hielt Viktor es nicht mehr aus.

Er sprang auf, lief zum Schreibtisch und knüllte die Zeitungsseite mit dem Foto darin zusammen. Dann riss er seinen Mantel von der Garderobe, schlüpfte hinein, stopfte den Papierball in die Tasche und stürzte aus dem Zimmer.

Der Aufzug fuhr gerade aus dem zweiten Stock ins Parterre, hielt an. Viktor drückte mehrmals auf den Knopf, aber der Lift reagierte nicht. Er drehte um und rannte die Treppen vom Dachgeschoss ins Foyer hinunter.

Der Concierge sah ihm entgegen. »Herr Hellberg«, rief er und deutete zu einer Sitzgruppe in der Lobby, wo mehrere Hotelgäste saßen. »Ich wollte gerade zu Ihnen hinaufrufen.«

Viktor hob die Hand. »Später«, sagte er, eilte weiter.

Vor dem Hoteleingang blieb er stehen.

Der Nieselregen hatte aufgehört. Die Luft war kalt und feucht. Das Pflaster auf dem Stephansplatz schillerte in den Farben der Neonreklamen auf den umliegenden Dächern. Ein paar junge Leute zogen untergehakt und singend über den Graben. Die große Pestsäule strahlte weiß und golden. Ein Mann in zerlumpter Kleidung saß auf einer ihrer schweren Eisenketten und trank Bier. Zu seinen Füßen standen mehrere Flaschen und eine Reisetasche.

Viktor schlug den Mantelkragen hoch und marschierte an den hell erleuchteten Schaufenstern der Luxusgeschäfte entlang in Richtung Kohlmarkt. Er musste das blutige Papierknäuel loswerden. Es einfach in den nächsten Abfallkorb zu werfen, schien ihm nicht nur zu riskant. Er wollte auch so viel Abstand wie möglich zwischen die grausame Botschaft und sich legen. Und er musste unbeobachtet sein.

Hinter der Pestsäule verlangsamte Viktor seine Schritte und begann, sich unauffällig umzusehen.

Vor einem Juwelier stand ein japanisches Paar, zeigte auf die Auslage und lachte. Kurz dachte Viktor daran, dass er Aenne etwas aus Wien mitbringen musste. Das tat er immer auf seinen Geschäftsreisen. *Routinemäßig.* Dann fiel ihm Marie ein. Ein eiserner Ring legte sich um seine Brust, zog sich zusammen. Das Papier in seiner Tasche raschelte.

Aenne, ich bringe dir Marie mit – versprochen.

Auf seiner rechten Seite zogen zwei Bettler mit zerschlissenen Steppdecken in die Passage eines großen Herrenmodengeschäfts. Gleich neben dem Eingang stand ein Straßenschild: »Halteverbot. Ausgenommen Ladetätigkeit«.

Darunter hing ein voller Abfallkorb.

Viktor wandte sich nach rechts und schlenderte über den Platz, ein wenig ziellos, so, als hätte er alle Zeit der Welt. Vor der Auslage des Kleidergeschäfts blieb er stehen, betrachtete Kaschmirmäntel und Seidenschals, ohne sie wirklich zu sehen. Bei dem Gedanken, dass er das Papier, an dem Leopold Markgotts Blut klebte, erneut berühren musste, wurde ihm flau. Im Winter steckte in allen seinen Jacken und Mänteln das gleiche Paar Handschuhe aus feinem Leder. Doch es war Frühjahr. Es gab keinen Schutz. Am Ende hatte er sogar noch Fingerabdrücke auf der Zeitung hinterlassen.

Jetzt fiel Viktor ein, dass er das Papier und das Foto auch in kleine Schnipsel hätte schneiden und die Toilette hinunterspülen können. Er unterdrückte einen Fluch.

In der Passage fingen die Bettler an zu streiten.

Viktor wandte sich von der Auslage ab.

Der Platz war nun fast leer. Ein paar Jugendliche zogen in Richtung Stephansdom. Die Japaner gingen untergehakt die Auslagenreihe entlang. Der zerlumpte Mann mit der Bierflasche, der auf der Eisenkette an der Pestsäule gesessen hatte, war verschwunden. Dafür stand jetzt ein Mann im grauen Mantel dort und wischte über sein Handy, schien ganz konzentriert. Trotz der Jahreszeit trug er Handschuhe.

Viktor ging zu dem Abfallkorb.

Zerdrückte Getränkedosen, Pappschachteln einer Fast-Food-Kette, gärende Essensreste, jede Menge Verpackungsmaterial und leere Flaschen ließen den Korb fast überquellen. Der Gestank war unbeschreiblich. Wahrscheinlich kam die Straßenreinigung gleich am nächsten Morgen.

Viktor zog die zerknüllte Zeitung aus der Tasche und

stopfte sie zwischen einen Pappteller mit Ketchupresten und eine Bierflasche tief in den Müll. Nach kurzer Überlegung zog er die Flasche heraus, drehte sie um und stieß ihre Öffnung in das Zeitungspapier. Ein Rest bräunlicher Schaum sickerte aus ihrem Hals, floss über Leopold Markgotts Blut. Viktor spürte einen Anflug von Übelkeit.

Irgendwo klapperten Absätze, hallten über den Platz.

Viktor warf noch einen letzten Blick auf die Zeitung. Jetzt bedauerte er, dass er nicht doch ein Foto gemacht hatte. Wenn Marie wieder bei ihm war und die Entführer gefasst waren, konnte man ihnen den Mord an Leopold Markgott nicht mehr nachweisen. *Und dir auch nicht.* Wieder erfasste ihn dieses Gefühl der Unwirklichkeit.

Eine Hand legte sich von hinten auf seine Schulter.

Viktor fuhr zusammen, wirbelte herum.

Vor ihm stand eine hochgewachsene Frau.

»Dr. Hellberg?«, fragte sie leise.

Er gab keine Antwort.

Es war die Frau im Mantel, die er früher am Abend vom Balkon seines Zimmers aus gesehen hatte. Glattes blondes Haar fiel auf die Schulterklappen ihres Trenchcoats. Im Licht der Schaufensterbeleuchtung schien ihr Gesicht wächsern. Der Blick ihrer hellen Augen, die im Tageslicht wohl eher kalt wirkten, war unstet.

»Dr. Hellberg?«, wiederholte die Frau. »Entschuldigen Sie, aber ich habe mehrere Hotels nach Ihnen abgesucht.« Sie wirkte erschöpft. »Ich bin Ihnen nachgegangen.«

»Kennen wir uns?«

Viktor trat einen Schritt nach rechts, verdeckte den Abfallkorb mit seinem Körper. Wie lange folgte diese Frau ihm schon? Was hatte sie gesehen? Sollte er eine Ausrede erfinden, oder erweckte das erst recht Verdacht? Er machte ein paar Schritte, als hätte er das ohnehin vorgehabt, spazierte los. Die Frau heftete sich an seine Fersen.

»Der Concierge hat Sie mir beschrieben«, sagte sie. »Ich hatte in der Lobby auf Sie gewartet.«

Ich wollte gerade zu Ihnen hinaufrufen.

Viktor blieb stehen. *Marie.* »Was wollen Sie?«

»Mein Name ist Sophie Wellendorff«, sagte sie.

Die Frau holte Luft, zwang sich sichtlich zur Ruhe. Ihr Blick huschte über den Platz, blieb kurz an dem Mann in dem grauen Mantel hängen, der noch immer an der Pestsäule stand und jetzt eine Handynachricht tippte.

Viktors Nerven lagen blank. »Wenn es um Marie geht …«

»Was? Nein – ich komme von Professor Markgott.«

Wir Wiener leben mit unseren Toten.

Es gibt eine Oberwelt und eine Unterwelt.

Viktor war endgültig in seiner Unterwelt angekommen.

13

An diesem römischen Morgen stand Cayetano am Fenster seines Pensionszimmers und blickte hinaus. Das Plätschern des Schildkrötenbrunnens war kaum zu hören, weil die Straße, die an zwei Seiten um den Platz führte, im Frühverkehr fast erstickte. Aus dem Supermarkt an der Ecke strömten bereits mit Tüten und Taschen bepackte Hausfrauen. Schulkinder schnatterten so laut wie eine Horde Affen im Urwald.

Es war der Tag, an dem Cayetano zu dem portugiesischen Schneider gehen und Maß für seine Soutane nehmen lassen sollte. Sie würde ein paar Extras haben, wie einen langen Eingriff auf der rechten Seite, durch den er bequem die Glock ziehen konnte. Außerdem musste die Soutane etwas weiter geschnitten sein, damit sich das Holster nicht abzeichnete. El Capitán hatte gescherzt: *Kein Problem, Roberto, Pfaffen sind immer fett.*

Cayetano schloss das Fenster.

In der Nacht hatte er von Angelina geträumt. Sie fehlte ihm sehr. Noch nie waren sie so lange getrennt gewesen. Cayetano sehnte sich danach, ihren warmen, weichen Körper in den Armen zu halten, sich unter ihrem langen Engelshaar zu verkriechen. Das würde die unerklärliche Unruhe in seinem Innersten, die dieser Auftrag mit sich brachte, besänftigen. Angelina hätte sicher einen Rat für ihn. Wenigstens ihre Stimme wollte er hören. Natürlich war es undenkbar, Angelina einfach anzurufen. Später, wenn er seinen Auftrag erfüllt hatte, durfte es keine Spur nach Brasilien geben.

Als Cayetano sich umdrehte, fiel sein Blick auf das Bild der Madonna über seinem Bett. Es hatte einen schönen goldenen Rahmen, und die Muttergottes blickte freundlich.

Cayetano mochte das Bild nicht.

Das lag an einem seiner ersten Einsätze. Er war mit El Capitán und ein paar Soldaten unterwegs gewesen und hatte einen fliehenden Guerillero ins Bein schießen sollen. El Capitán wollte den Mann lebend, denn er hatte noch einige Fragen an ihn. Doch im letzten Augenblick war der Rebell gestolpert. Der Schuss hatte nicht das Bein, sondern den Kopf getroffen. Cayetano war auf die Knie gefallen und hatte mit so viel Inbrunst gebetet wie noch nie. Zwei Soldaten hatten sich der Leiche genähert und ihn schließlich gerufen.

Merda – das ist eine Frau.

Du solltest sie nicht töten.

Cayetano wäre am liebsten selbst gestorben. Doch El Capitán hatte ihm sofort die Absolution erteilt.

Kein Problem. Jetzt begreifen die Hunde, dass wir es ernst meinen. Sie werden sterben. Einer nach dem anderen.

So hatten sie es dann auch gemacht.

Selbstverständlich hatte Cayetano auch vor jenem Schuss um Vergebung gebeten und Gott danach versprochen, nie wieder eine Frau zu töten. Vielleicht war das voreilig gewesen.

Cayetano dachte an die junge Frau, die unten in der Küche der Pension Radio hörte. *Marina.* Auch jetzt klang dieses schnelle italienische Geschwätz des Radiosprechers, das ihn an das Gackern in einem Hühnerhof erinnerte, bis in sein Zimmer hinauf. Immer wenn er an der offenen Küchentür vorbeiging, grüßte ihn die Frau.

Gestern Abend, als er von einem Erkundungsgang zurückgekehrt und die Treppe hinaufgestiegen war, hatte er auf einmal einen Blick im Rücken gespürt. Seine Hand war an die rechte Hüfte gefahren, und er hatte sich schnell umgedreht. Am unteren Treppenabsatz hatte diese Marina gestanden und ihm hinterhergestarrt.

Es hatte ihn Mühe gekostet, väterlich zu lächeln.

Cayetano war in sein Zimmer hinaufgegangen und hatte die Tür hinter sich abgeschlossen. Dann hatte er sich neben dem Bett auf den Boden gekniet und seine Finger den Bettrahmen entlanggleiten lassen. Es war undenkbar, eine nicht registrierte und einsatzbereite Pistole mit sich in der Öffentlichkeit herumzutragen. Ein unachtsamer Radfahrer, ein verdorbenes Essen reichten, ihn ins Krankenhaus zu bringen. Und was dann? Also hatte er Griff, Schiene und Schlitten der Glock auseinandergenommen und die Einzelteile zwischen Bettrahmen und Bettgestell versteckt. Die dicken Staubflusen unter der Matratze hatten ihm verraten, dass sich niemand für diesen Platz interessierte.

Alles war noch an Ort und Stelle.

Trotzdem hatte der warnende Instinkt des Pistoleiros zu ihm gesprochen. Am liebsten hätte Cayetano die Pistole zusammengebaut und für die Nacht unter sein Kopfkissen geschoben. Schließlich schlief jeder Mann besser mit einer Waffe unter dem Kopf.

Cayetano betrachtete die Madonna.

Warum schickte Gott ihm gerade jetzt dieses Bild?

Er würde Marina besondere Aufmerksamkeit schenken.

Cayetano ging zu der Kommode neben der Tür und zog die Wäscheschublade auf. Er nahm Padre Robertos weißes Kollar und legte es um seinen Hals. Die steife Kragenkante scheuerte auf seiner Haut. Dann zog er das kleine Gebetbuch zwischen den ordentlich zusammengerollten schwarzen Socken hervor. Nach einem letzten Blick auf das Bettgestell verließ er das Zimmer und schloss die Tür hinter sich zweimal ab, ehe er die Treppe hinunterlief.

Marina saß in der Küche und hatte zwei Freundinnen zu Gast. Als sie ihn sahen, riefen sie: »Buongiorno, Padre.«

Cayetano hob kurz das Gebetbuch und eilte weiter.

Der Schneider, zu dem man Cayetano geschickt hatte,

war ein Spezialist im Anfertigen von Messgewändern. Über sein erstes Leben als Legionär im Kommando von El Capitán hatte man Cayetano nichts gesagt. Genauso wenig wie darüber, warum er sein zweites Leben als Schneider in den Dienst der Diener Gottes gestellt hatte.

Das Maßatelier von Senhor Sílvio Peres Paschoal lag in der Via del Falco, nicht weit vom Vatikan entfernt. Was, wie Cayetano fand, im Hinblick auf seine Klientel sehr praktisch war. Über die versteckte Lage der Schneiderwerkstatt wunderte er sich dagegen. Dies war wohl der einzige Schneider, der auf Laufkundschaft keinen Wert legte.

Gegen elf Uhr ging Cayetano zunächst durch eine große Toreinfahrt, durchquerte dann einen Innenhof, in dem ein winziges Stück Rasen und ein paar Topfpflanzen ums Überleben kämpften und wohl wie ein Garten aussehen sollten. Dann betrat er ein Hinterhaus, das nach aufgewärmtem Essen, nach staubigen Holzbrettern und nach Katzenurin roch.

Durch die schmutzigen Treppenhausfenster fiel nur wenig Licht, sodass sich Cayetano zu den auf Pappschilder gekritzelten Namen an den zerkratzten Wohnungstüren hinunterbeugen musste, um sie zu entziffern. Das war nicht ganz einfach, denn er konnte zwar lesen, aber hauptsächlich eben nur Druckschrift. An einer schwarz lackierten Eingangstür im zweiten Stock, die sich durch ihre Eleganz von ihrer Umgebung abhob, hing ein Messingschild: »Paramente Paschoal«.

Cayetano betätigte die Klingel.

Sofort begann im Inneren der Wohnung ein Hund zu kläffen. Dann näherten sich schlurfende Schritte, und die Tür wurde einen Spalt geöffnet. Ein kleiner alter Mann in weißem Hemd und grauer Hose öffnete die Tür. Über seine rechte Wange lief eine wulstige Narbe. Seine schwarzen Augen musterten Cayetano wachsam, während um die auf Hochglanz polierten Schuhe ein kleiner weißer Hund hüpfte.

Cayetano wartete, er mochte keine Tiere in der Wohnung.

Senhor Paschoal wartete auch, dann schickte er den Hund mit einer Handbewegung aus Cayetanos Sichtfeld.

»Bom dia, Senhor Paschoal«, sagte Cayetano höflich.

Senhor Paschoal steckte den Kopf aus der Tür und warf einen Blick ins Treppenhaus. »Padre Roberto?«, fragte er.

»Padre Roberto Lima de Moura.«

Senhor Paschoal gab den Weg frei.

»Permesso«, sagte Cayetano und trat ein.

Senhor Paschoal schloss die Tür hinter ihm. »Du bist also der neue Spezialist«, sagte er.

So hätte sich Cayetano zwar nie genannt, aber die Bezeichnung gefiel ihm. »Das kann man so sagen.«

»Seit wann bist du in Rom?«

»Noch nicht sehr lange, Senhor.«

»Und wie lange willst du bleiben?«

»Ich weiß nicht«, antwortete Cayetano, der langsam die Geduld verlor. Schwatzhaftigkeit war in seinem Geschäft gefährlich. So, wie Paschoal mit ihm sprach, redete er auch mit anderen Personen. »Ich komme wegen der Soutane.«

Paschoal ließ seinen Blick wieder über Cayetano wandern. »Du bist ziemlich dünn – na ja, das kriegen wir schon hin.« Paschoal bedeutete Cayetano, ihm zu folgen.

Sie gingen durch einen langen Flur, an dessen Wänden gerahmte Fotos von Priestern und Kardinälen hingen. Ihre Kleidung war schwarz, violett oder bunt bestickt. Ein Gruppenfoto zeigte afrikanische Priester unter Palmen in weißen Soutanen. Fast alle Bilder trugen Widmungen und Unterschriften. Von Papst Franziskus gab es keine Aufnahme.

»Los, komm schon«, sagte Senhor Paschoal, der in einer offenen Tür stand. »Häng da nicht herum. Du solltest überhaupt nicht so lange hier sein.«

Cayetano betrat die Schneiderwerkstatt.

Licht fiel durch ein großes Atelierfenster, das wohl auf die Straßenseite des Rückgebäudes hinausging. An allen Wänden standen Regale, in denen sich Stoffballen stapelten. In Glaskästen lagen runde Kappen, weiße Kollare und Schnüre, wie sie die Patres in seiner Schule als Gürtel benutzt hatten. Eine lebensgroße Schneiderpuppe trug eine Soutane, eine ein weißes Hemd mit einem Spitzensaum, und über den Schultern der dritten hing ein goldgestickter roter Mantel.

Auf mehreren Nähmaschinen lagen angefangene Arbeiten, ein großes Bügeleisen stand auf einem Bügelbrett, und an einem Samttorso steckte ein schwarzer, mit weißen Nähten gehefteter Mantel. Auf einem Schneidertisch lagen große Scheren, Maßbänder, Kreide und Stifte.

Obwohl es anscheinend genügend Arbeit gab, war keine Menschenseele zu sehen. Trotz seiner lockeren Zunge war Paschoal vorsichtig. Cayetano wusste das zu schätzen.

»Du brauchst diese Soutane«, sagte Paschoal. »Und wir machen dir auch noch ein passendes Zingulum.«

»Ein was bitte, Senhor?«

»Einen Stoffgürtel.« Paschoal nahm ein Maßband und einen Stift von dem Schneidertisch und rückte den Block zurecht. »Ich zeige dir, wie du den bindest. Unter den Enden verstecken wir den seitlichen Eingriff für die Waffe. Niemand wird sie von außen sehen. Aber denk daran – du musst durch die Sicherheitskontrolle. Da stehen sechs oder acht Polizisten an jeder Station. Warte, bis deiner dran ist, und lass niemand anderen an deiner rechten Seite herumfummeln.«

»Ja, Senhor.«

»Zieh die Jacke aus.«

An der Eingangstür läutete es. Sofort fing irgendwo in der Wohnung der Hund an zu kläffen.

Paschoal runzelte die Stirn, warf sich das Maßband um den Hals und lief in den Flur hinaus.

Der Hund verstummte.

Cayetano zog die Anzugjacke aus, faltete sie zusammen und legte sie ordentlich auf einen Stuhl. Dann wartete er.

Draußen entspann sich eine Diskussion. Paschoal und eine Frau stritten an der Tür. Cayetano verstand nur »Signora Maria« und das Wort »padre«. Anscheinend erklärte Paschoal, dass er Kundschaft hatte. Signora Maria lamentierte.

Cayetano begann, in der Werkstatt herumzuwandern.

Die fertige Soutane interessierte ihn. So eine würde er auch bald tragen. Es war eine gute Gelegenheit, sich schon einmal mit deren Schnitt vertraut zu machen. Aufmerksam umrundete er die Schneiderpuppe, prüfte jedes Detail.

Die Soutane war bodenlang und für einen Priester gemacht, der gut einen Kopf größer war als Cayetano. Sie hatte einen Stehkragen und vorne eine Leiste mit kleinen Knöpfen, die bis zum Saum reichte. Um die Taille verlief eine Naht. Die würde also später durch dieses Zingulum verdeckt werden. Die Rückseite der Soutane war in vier breite Falten gelegt, die dem Rock sicher Schwung und Bequemlichkeit verleihen sollten.

Doch nun kamen Cayetano Bedenken.

Die Stofffülle war bestimmt störend. Er würde nach der Pistole suchen müssen, die breiten Falten würde das Ziehen der Waffe behindern, und am Ende konnte dieser Weiberrock auch noch seine Flucht gefährden. Um abschätzen zu können, wie viel Stoff es tatsächlich war, fasste er die Soutane und zog sie auseinander.

Und da sah er es.

In der rechten Seitennaht, etwa auf Hüfthöhe, war ein langer Schlitz angebracht. Cayetano drehte sich zur Tür um.

Paschoal und Signora Maria zankten noch immer.

Cayetano untersuchte den Schlitz. Er war so breit, dass sogar der Werkstattboden darunter zu sehen war. War das etwa seine Soutane? Würde Paschoal sie noch kürzen? Nein, der Saum war schon fertig, die Naht ordentlich versäubert.

Der Instinkt des Pistoleiros erwachte wieder.

Die Eingangstür schlug zu, schlurfende Schritte näherten sich. Cayetano ließ die Soutane los und stellte sich neben den Stuhl mit seiner Anzugjacke.

»Die Hausmeisterin«, brummte Paschoal. »Ständig geht es um den Hund. Der Hund hier, der Hund da – dauernd läuft er im Hof durch ihren Garten. *Ihren* Garten! Alte Hexe.«

Cayetano wartete, schenkte der Soutane keinen Blick.

Paschoal zog das Maßband vom Hals und begann, Cayetanos Körper zu vermessen. Immer wieder ging er zu dem Block auf dem Schneidertisch und notierte ein paar Zahlen, überlegte, schrieb etwas dazu oder strich das Geschriebene durch.

Cayetano war gespannt, ob er etwas über die Soutane auf der Puppe erfahren würde, aber Paschoal tat, als hinge dort gar keine. Das machte ihn noch misstrauischer.

»Arbeiten Sie schon lange für den Capitán?«, fragte er.

»Länger, als es dich gibt«, sagte Paschoal. »Und jetzt steh still, sonst mache ich dir eine Nonnenkutte.«

»Dieser Eingriff in der Seitennaht«, sagte Cayetano. »Ich kann mir nicht vorstellen, wie das funktionieren soll.«

»Tut es«, sagte Paschoal. »Wär nicht das erste Mal.«

»Ihr nehmt öfter Priester?«

Paschoal unterbrach seine Arbeit und sah Cayetano an. »Du redest gerne, was?«, fragte er. Es klang nachdenklich und nicht so, als ob eine Antwort von Cayetano erwartet wurde. Er betrachtete wieder das Maßband, kniff den Mund zusammen und schien im Kopf etwas nachzurechnen.

Die Gelegenheit, Cayetano die Soutane zu zeigen und zu erklären, war vorbei. Die Stimme des Instinktes wurde immer lauter. Fast war Cayetano, als müsste man sie inzwischen im ganzen Haus hören. Er fluchte innerlich. Ohne Waffe fühlte er sich nackt und schutzlos. Am Ende war Europa doch nicht so anders als Brasilien.

A onça-pintada.

»In drei Tagen«, sagte Paschoal. »Dann kannst du deine Soutane abholen, aber ruf vorher an. Ich will nicht, dass du meinen anderen Kunden über den Weg läufst.«

»Ich werde mich melden, Senhor Paschoal.«

Paschoal musterte ihn. »Woher kommst du eigentlich?«

»Aus Brasilien, Senhor.« Das war nicht zu leugnen, er sprach das brasilianische Portugiesisch.

»Brasilien ist groß«, sagte Paschoal.

»Da haben Sie vollkommen recht, Senhor.«

»Ich kenne Leute, die einen guten Pistoleiro brauchen könnten«, sagte Paschoal. »Eine große Familie, hier in Rom.«

»Ich habe bereits einen Auftrag, Senhor.«

»Ja, das weiß ich.« Paschoal klang nachdenklich. »Vielleicht habe ich was Besseres für dich. Interessiert?«

»Senhor?«

»Du arbeitest für den Capitán.«

Cayetano überlegte, ob er gehen sollte.

»Ich weiß, dass du keinen Kontakt zu seinen Leuten hast, bis du deinen Auftrag erfüllt hast«, sagte Paschoal. »Die erwarten also keinen Anruf von dir.«

Cayetano schwieg.

»Wenn du meinen Rat hören willst«, sagte Paschoal, »dann denk noch mal über deinen Auftrag nach. Ich meine es gut mit dir. Gibt nicht viele Spezialisten wie dich. Also – wenn du es dir anders überlegst, kann ich dir helfen.«

Jetzt glaubte Cayetano zu verstehen. Paschoal war Katholik, sein Gewissen setzte ihm zu. Gerne hätte Cayetano ihm zur Zwiesprache mit dem Allmächtigen geraten. »Das Wort eines Pistoleiros gilt«, sagte er stattdessen.

»Und was ist nach deinem Auftrag?«, fragte Paschoal und hob die Brauen. »Danach bist du für immer verbrannt. Ich sorge dafür, dass du hier weiterarbeiten kannst. Du kriegst eine neue Identität und holst deine Familie nach. *Europa.* Besser als bei deinen Affen im Urwald.«

Cayetano mochte den Ton nicht, in dem Senhor Paschoal mit ihm sprach. Er war kein Sklave auf einer Kakaoplantage, sondern ein freier Pistoleiro. Außerdem – was wusste dieser kleine Mann aus Rom schon vom Amazonas und vom Regenwald? Von den endlosen Flüssen, von den Baumriesen und von den Schreien in ihren Zweigen und dem Rauschen des Regens auf ihrem Blätterdach?

Von dem Leben eines Fischers oder Jägers.

Cayetano machte eine respektvolle Verbeugung. »Ihr Vertrauen ehrt mich, Senhor«, sagte er.

»Du bist interessiert?«

»Ich werde über Ihr Angebot nachdenken.« Cayetano machte sich niemals Feinde. Man wusste nie, wann und wo man sich wieder begegnete. Und wer dann einen geladenen Revolver zur Hand hatte. »Nun sollte ich gehen.«

»Wie heißt du eigentlich?« Paschoal klang unzufrieden.

Arbeite immer unter fremdem Namen.

»Padre Roberto Lima de Moura.«

Paschoal starrte ihn wortlos an.

»Ich rufe Sie an, damit Sie mir sagen können, ob die Soutane fertig ist«, sagte Cayetano. »Dann hole ich sie.«

»Ich kann die Soutane in dein Quartier bringen lassen.«

»Das ist nicht der Mühe wert, Senhor, glauben Sie mir.« Cayetano deutete eine Verbeugung an. »Adeus, obrigado.«

Paschoal brachte ihn zur Tür und schloss hinter ihm ab.

Unten im Hof saß jetzt eine alte Frau auf einem Holzstuhl unter einer halb vertrockneten Palme. Sie war ganz schwarz angezogen und häkelte an einer weißen Spitzendecke. Bestimmt war das die Hausmeisterin. *Signora Maria.*

Als Cayetano an ihr vorüberging, hob sie den Kopf und musterte ihn misstrauisch, ohne ihre Handarbeit zu unterbrechen. Ihre Augen schillerten dunkel wie der Amazonas bei Nacht.

Alte Hexe.

Am liebsten hätte sich Cayetano schnell bekreuzigt. Stattdessen nickte er ihr zu und lächelte väterlich.

»Bom dia«, sagte er. »Senhora.«

»Padre ...« Signora Marias Finger häkelten schneller.

Den ganzen Weg bis zur Toreinfahrt hatte Cayetano das Gefühl, als bohrte sich der Blick ihrer schwarzen Hexenaugen in seinen Rücken. Auf der Via del Falco angekommen, schlug er ein Kreuz. Ein junges Mädchen tat es ihm gleich. Es war hübsch, aber es erinnerte ihn an die Pension und an Marina.

Marina war es, die ihm wirklich Sorgen machte.

Er kannte diese Art neugieriger Frauen, die ihre Nase in jede Angelegenheit steckten. Und er hatte das Gefühl, als machte sie sich so ihre Gedanken um diesen Priester, irgendetwas schien ihr nicht geheuer zu sein. Hoffentlich konnte er sie von seiner Harmlosigkeit überzeugen. Vielleicht würde er sich aber auch um sie kümmern müssen. Nichts durfte seinen Auftrag gefährden.

Ein Pistoleiro tötete nie mit seinen nackten Händen. Und die Glock war nur für einen einzigen Schuss bestimmt. Er musste sich zur Sicherheit eine andere Waffe besorgen.

Die Sache hatte nur einen Haken.

Dann brauchte er eine neue Unterkunft.

14

»Wingolf von Manhardt dankt Ihnen für Ihr Kommen, meine Damen und Herren, und steht Ihnen gleich Rede und Antwort.«

Als Sophie gegen neun das Headquarter am Kohlmarkt betrat, erblickte sie Constanze inmitten eines Trosses von Journalisten mit Diktiergeräten und einer Kamerafrau vor dem TV-Raum.

Sophie hob die Hand, winkte Constanze zu sich.

Constanze entschuldigte sich bei dem jungen Mann, der ihr gerade ein Handy unter die Nase hielt, und kam eilig herüber.

»Morgen, Sophie«, sagte sie.

»Was ist hier los?«, fragte Sophie mit gesenkter Stimme.

»Du warst ja gestern Abend nicht zu erreichen«, flüsterte Constanze. »Was ist denn passiert?«

»Ein kurzfristiger Termin«, sagte Sophie schroff.

Sie hatte mit Viktor Hellberg bis kurz vor Mitternacht in der Bar seines Hotels gesessen und geredet. Dann hatte der Barkeeper nachdrücklich die Nebentische abgewischt und neu gedeckt, sodass kein vertrauliches Gespräch mehr möglich gewesen war. Auf der Rückfahrt in ihre Wohnung hatte sie mehrere Anrufe von Pia auf dem Handy gehabt, aber das war ihr egal gewesen. Sie hatte zwei Schlaftabletten mit einem Glas Rotwein hinuntergespült und war in einen totenähnlichen Schlaf gefallen. Heute, im hellen Tageslicht, schien ihr der gestrige Tag wie ein böser Traum.

»Du hast meine Frage nicht beantwortet«, sagte Sophie.

»Es ist wegen der geplatzten Talkshow«, sagte Constanze. »Ich habe einen guten Kontakt im Sender angerufen.« Auf ihrem hübschen Gesicht erschien ein selbstzufriedenes

Lächeln. »Die Bibi Mitterhammer ist auf unbestimmte Zeit von der Arbeit freigestellt – zumindest bis sich der Verdacht mit der Autonomen-Demo zerstreut hat.«

»Und was machen diese Leute hier?«

»Wir kriegen statt der Diskussionsrunde einen Bericht zur besten Sendezeit«, sagte Constanze. »Gespräch mit dem Anchorman im Nachrichtenstudio, Zehn-Minuten-Filmbeitrag über unsere Arbeit für die Europawahlen.«

»Ist das mit dem Wolf akkordiert?«

»Tobias hat ihn gestern vom Flughafen abgeholt und vorinformiert«, sagte sie. »Wir haben uns heute Morgen gleich um sechs in seinem Büro zusammengesetzt und die Linie besprochen.« Constanze schenkte den wartenden Journalisten ein entschuldigendes Lächeln. *Bin sofort bei euch.* Dann wandte sie sich wieder an Sophie. »Der Wolf wartet, er gibt gleich ein großes Interview in seinem Büro.«

»Und wo ist Tobias?«

Constanze sah sie erstaunt an. »Na, beim Wolf«, sagte sie. »Brieft ihn noch – wozu ist ein Analyst sonst da?«

Die Journalisten sahen zu ihnen herüber.

»Hast du noch was vor?«, fragte Constanze.

Sophie hatte ausnahmsweise ihr Gesicht geschminkt. *Überschminkt.*

»Ist gestern etwas später geworden«, sagte sie. »Mein Cousin ist da.« Das war ein spontaner Einfall. Sie gratulierte sich dazu. In den nächsten Tagen würde sie mehr freie Zeit brauchen. »Überraschungsbesuch.«

»Aha.« Constanze sagte nicht, was sie von privaten Vergnügungen in Wahlkampfzeiten hielt, aber es war ihr deutlich anzusehen. »Na ja, wir müssen dann mal.« Sie ließ Sophie stehen und ging zu den Journalisten hinüber. »Meine Damen und Herren von der Presse«, sagte sie gut gelaunt mit erhobener Stimme. »Wir sehen uns jetzt einen kurzen Film über den Auftritt vor dem Rassemblement National in

Paris an, anschließend gehen wir zu Herrn von Manhardt. Er wartet schon auf Sie und freut sich, alle Ihre Fragen zu beantworten. Danach gibt es ein paar Erfrischungen im großen Sitzungszimmer und die Gelegenheit für ein zwangloses Gespräch mit Herrn von Manhardt und seinem Referenten, Herrn Tobias Schauer. Wir haben zwei ganze Stunden nur für Sie reserviert …« Sie ließ sich von einem anerkennenden Murmeln unterbrechen und lächelte. *Aber gerne doch.* »Am Ende des Termins liegt eine Pressemappe für Sie bereit.«

Sophie wurde klar, dass Tobias und die anderen die halbe Nacht durchgearbeitet haben mussten, um diesen Pressetermin vorzubereiten. Unter anderen Umständen hätte sie den kleinen Wichtigtuer sofort zur Rede gestellt. Alle im Headquarter wussten, dass ohne ihre Zustimmung keine Informationen an die Öffentlichkeit gingen. Aber sie war zu müde und zu deprimiert für eine Auseinandersetzung. Ihre Glieder waren bleischwer, und hinter ihren Augenlidern schienen Sandkörner zu reiben.

Sie ging zur Garderobe und hängte ihren Trenchcoat auf. Viktor Hellberg hatte einen Ring aus der Tasche gezogen. Das Gesicht einer Katze, aus Jade geschnitzt. Angeblich hatte er Leopold Markgott gehört. Man hatte Hellberg den Ring mitsamt einem unappetitlichen Foto von Markgotts abgeschlagener Hand geschickt. Das Bild hatte der Anwalt allerdings nicht vorweisen können. Genauso wenig wie einen Schnappschuss auf dem Handy. Doch Hellberg hatte ruhig und mit Autorität in der Stimme berichtet. Sophie hatte ihm geglaubt. Außerdem kannte sie Jean le Marais.

Ein Legionär sollte kein Killer sein, wissen Sie, sondern nur ein Soldat, der sein Handwerk versteht.

Die Männer von Gladius verstanden ihr Handwerk.

Nina. Der einfahrende Zug, der Mann, der sich von hinten an sie heranschob. Sophie hatte instinktiv die Todesgefahr erkannt und versucht, Nina zu warnen. Aber dann hatte der Mann zwischen ihnen gestanden, und es war zu spät gewesen.

Sophie spürte, wie sich ihr Magen hob.

Hinter ihr tönte Constanzes Stimme. »Zur Erinnerung an Ihren Besuch haben wir dann noch eine Kleinigkeit für Sie zum Mitnehmen«, sagte sie fröhlich. »Der Schlüsselanhänger soll ein Symbol für die offenen Türen sein, die Sie stets bei uns vorfinden.«

Eine Frau lachte, die Stimmen entfernten sich.

Sophie schloss für einen Moment die Augen.

War es wirklich erst einen halben Tag her, dass Nina sich an ihrem Mantel zu schaffen gemacht hatte?

Gestern um diese Zeit war Nina noch am Leben.

Ihr letztes Gespräch fiel ihr ein, ihr laut geäußertes Vorhaben, zu Viktor Hellberg zu fahren. Und das irritierende Geräusch auf der Treppe, während sie vor der Tür des Professors diskutiert hatten. Jetzt war sie davon überzeugt, dass jemand im Treppenhaus gewesen war, wenn wohl auch nur zufällig, und sie belauscht hatte.

Der Mörder?

Die Hausbesorgerin?

Hinter der Wohnungstür hatte Markgotts Leiche gelegen. *Mit einem blutigen Handstumpf.*

Wer immer Nina vor die einfahrende U-Bahn gestoßen hatte – seine Botschaft war angekommen. Es war eine Warnung gewesen. Für sie, Sophie. Es ging um zu viel. Um einen über Monate, vielleicht Jahre vorbereiteten Plan. Um das Ansehen von Gladius in der Szene. Um den Ausgang der EU-Wahlen.

Um Europa.

Es war die Sprache, die Jean le Marais sprach. Was würde er mit ihr tun? Vielleicht hatte er Ninas schnellen Tod in einem Anflug von Milde beschlossen. Nina war nur ein kleines Rad gewesen, sie hatte nichts gewusst. Sie selbst würde nicht so viel Glück haben. Nicht, solange Marais davon überzeugt war, dass sie im Besitz des Umschlags war.

Oder anderer nützlicher Informationen.

Wie zum Beispiel der Antwort auf die Frage, wer durch ihr Verschulden alles in den Besitz der geheimen Pläne gekommen sein könnte.

Das Dröhnen und Donnern der einfahrenden U-Bahn bohrte sich in ihren Kopf, wurde lauter und lauter, fraß sich durch ihre Gehirnwindungen, breitete sich aus, bis es all ihre Gedanken und ihre ganze Welt erfüllte. Nie wieder würde sie das Geräusch der kreischenden Bremsen und die hysterischen Schreie auf dem Bahnsteig loswerden.

Sophie spürte, wie ein kaum zu kontrollierender Fluchtreflex sie erfasste. Sie dachte an zu Hause, das Dorf in den Weinbergen, an ihre Eltern, die langweiligen Gespräche über Alltägliches. Jetzt schien ihr diese kleine Welt wie ein Hort der Sicherheit. Einen Augenblick wurde sie schwankend. Aber dann schaltete sich ihr analytischer Verstand wieder ein. Wohin hätte sie vor Marais und seinen Leuten fliehen können? Er würde sie überall finden.

Sie fischte den Schlüsselbund aus der Tasche und steckte ihn in ihre Jacke. Dann ging sie ins Hauptbüro und stellte ihre Aktentasche auf eine Ecke von Helenes Schreibtisch. Die Sekretärin trug ihr Headset und starrte auf den Bildschirm ihres Computers, während ihre Finger auf die Tastatur klopften. Von hier konnte Sophie den langen Gang hinunter bis zum Arbeitszimmer des Wolfs sehen.

Die Bürotür stand offen.

Der Wolf saß auf einem Stuhl, ein weißes Tuch um den Hals und den Kopf mit geschlossenen Augen in den Nacken gelegt. Emma, die Visagistin, die ihn immer für Fernsehauftritte vorbereitete, stand vor ihm, beugte sich über ihn. Mit einem großen Pinsel stäubte sie gerade losen Puder auf sein bereits geschminktes Gesicht. Er sah zu ihr auf, sagte etwas, sie lachte. Flirtstimmung lag in der Luft. Ein großes TV-Interview. Der Wolf hatte erwartungsgemäß ausgezeichnete Laune.

Sophie wandte sich an Helene. »Wo ist die Teilnehmerliste für den runden Tisch in London?«, fragte sie.

»Noch nicht fertig«, sagte Helene und tippte weiter.

»Ich habe Tobias gestern Mittag darum gebeten.«

»Hatte wohl keine Zeit dafür, aber der Wolf will sowieso, dass ich zuerst das Memorandum für unsere Stellung zur Sicherheitspolitik schreibe«, sagte Helene und deutete auf einen Schreibblock mit eng beschriebenen Seiten. »Und er will ein Rundschreiben für einen fraktionsübergreifenden Beschluss. Tobias hat schon mal einen Entwurf gemacht.«

»Was für einen Entwurf?«, fragte Sophie.

Helene zuckte die Schultern. »Der Wolf und Tobias wollen unsere Position zur Wehrpflicht klarstellen«, sagte sie. »Ich soll auch die Pressemappe ergänzen.«

Der Wolf und Tobias.

Sophie starrte Helene an. »Warum weiß ich das nicht?«

»Tut mir leid, Sophie«, sagte Helene. »Du warst ja nicht zu erreichen. Der Wolf und Pia haben am Flughafen auf dich gewartet. Zum Glück war Tobias sofort verfügbar. Er war zwar auf einer Geburtstagsfeier, hat aber alles stehen und liegen lassen. Na ja, ist noch mal gut ausgegangen.«

»Ja, was für ein Glück«, sagte Sophie.

Hätte der Wolf kein Taxi nehmen können?

Tobias, dieses kleine Arschloch.

Helene beugte sich vor. »Hast du schon von der armen Nina gehört?«, flüsterte sie in konspirativem Ton.

Das Dröhnen und Donnern des einfahrenden Zuges.

Am liebsten hätte Sophie sich die Ohren zugehalten, aber sie machte nur eine verständnislose Miene.

Helene schob den Schreibblock beiseite und fischte ein Lokalblatt hervor. »Da, bitte«, sagte sie, legte die Zeitung mit der Titelzeile nach oben hin. »Nina hatte gestern einen Unfall. U-Bahnhof Schottenring. Ist beim Einfahren des Zuges auf die Gleise gestürzt.« Ihre Miene war ein Bild der Missbilligung. »Die Nina war auch immer so geistesabwesend.«

Sophie zog die Zeitung zu sich heran und tat, als läse sie den Bericht. Aber die Buchstaben verschwammen vor ihren Augen, ergaben keinen Sinn. »Ein Unfall?«, flüsterte sie.

»Na ja, was sonst?«, fragte Helene. »Sie ist doch gestern mit dir weggegangen – hat sie dabei was gesagt?«

»Nein.« Sophie schüttelte den Kopf. »Keine Ahnung, wohin sie wollte.« Sie bemühte sich um eine feste Stimme.

»Das arme Ding«, sagte Helene. »Ob es Selbstmord war? Das Mädel war in letzter Zeit so unrund.« Sie seufzte. »Na ja – wir brauchen jedenfalls bald eine neue Praktikantin.«

Unrund. »Tobias soll eine suchen«, sagte Sophie, fasste ihre Aktentasche fester und marschierte zum Arbeitszimmer des Wolfs. Nach wenigen Metern hörte sie hinter sich bereits wieder das Tastaturgeklapper. Nina war nur eine unbedeutende Eintagsfliege im Zentrum der Bewegung gewesen.

Der Wolf saß noch immer auf seinem Stuhl, das weiße Tuch steckte im Hemdkragen, verhinderte bis zur letzten Minute, dass das Make-up auf den makellosen Stoff abfärbte. Die Visagistin packte ihre Sachen zusammen, klopfte gerade einen Pinsel auf ihrem Handgelenk aus. Tobias saß auf dem grünen Sofa neben dem Kachelofen und schrieb eifrig in die dicke Kladde, die er immer mit sich herumschleppte.

Als Sophie eintrat, wandte ihr der Wolf das Gesicht zu.

Von den Strapazen der letzten Tage war darauf nichts mehr zu sehen. Die Augenringe und die ungesunde Blässe waren verschwunden. Seine Haut wirkte jugendlich frisch und leicht gebräunt, so als hätte der Wolf die letzten Tage auf einer Bergtour und nicht unter dem kalten Neonlicht verschiedener Flughäfen Europas verbracht.

»Morgen, Sophie«, sagte er gut gelaunt. Dass sie ihn versetzt hatte, war kein Thema. Über derartige Kleinigkeiten sah er hinweg. Man hatte ihn abgeholt, das reichte. »Ich gebe gleich ein großes Interview.«

Tobias schenkte Sophie keine Beachtung, schrieb weiter.

»Habe ich gehört«, sagte Sophie und stellte ihre Aktentasche neben sich ab. »Brauchst du den Wolf noch, Emma? Wir haben was zu besprechen.«

Tobias hob den Kopf und musterte sie.

Die Visagistin schob den Pinsel in eine Halterung ihres Schminkkoffers. »Dann lasse ich euch mal«, sagte sie und schenkte allen ein Lächeln. »Ein Kaffee wäre super.«

Sophie wartete, bis Emma das Zimmer verlassen hatte, schloss beide Türen und wandte sich an den Wolf.

»Du willst Fragen zur Sicherheitspolitik beantworten?«

»Es ist an der Zeit, finde ich.«

»Was willst du sagen?«

»Hör mal, Sophie –«, schaltete sich Tobias ein.

Sie hob die Hand und unterbrach ihn. »Also?«

»Wir lehnen die Wehrpflicht für unsere jungen Wähler ab«, sagte der Wolf. »Wer zum Militär will, soll das freiwillig tun können. Das lässt alle Möglichkeiten offen.«

Sophie ging zum Schreibtisch, lehnte sich dagegen und verschränkte die Arme. »Nicht *freiwillig*«, sagte sie. »Wir sind für die Wehrpflicht – auch für Frauen. Oder wahlweise für ein soziales Jahr für alle. Unser Motto lautet: *Gib der Gesellschaft was zurück.*«

Tobias machte einen verächtlichen Laut.

»Kein Schwein will in die Kaserne«, sagte er.

»Das kommt bei der Jugend nicht an«, ergänzte der Wolf.

»Aber bei den Alten«, sagte Sophie. Sie ließ ihre Worte ein paar Sekunden wirken, dann fügte sie hinzu: »Die waren selbst beim Militär, die verstehen das. Und ohne Wehrpflicht kein Zivildienst. Wir sagen: Wenn wir nicht genügend Zivildiener haben – Männer und Frauen –, werden Oma und Opa im Altersheim nicht mehr ausreichend versorgt. Jede Familie hat da einen Angehörigen. Die alten Leute müssen auch ins Krankenhaus gefahren werden oder zum Arzt oder in die Tagesbetreuung. So schnappen wir die Alten und ihre Kinder gleich mit. Wer hat schon Zeit und Lust für solche Dienste?«

»Die Frage ist bereits entschieden«, sagte Tobias.

»Die Jugend wird dagegen sein«, sagte der Wolf.

»Aber die wählt dich nicht«, sagte Sophie. »Die Jugend geht bei schönem Wetter nicht mal ins Wahllokal. Die Alten haben Angst vor der Hilflosigkeit, vor der Einsamkeit.« Sie machte eine Pause. »Unsere Botschaft lautet: Wir kümmern uns um die Generation, die unser Land zu dem gemacht hat, was es ist. Die die Ausbildung der Jungen mit ihren Steuern bezahlt hat. Deshalb: *Gib der Gesellschaft was zurück.*«

Der Wolf blickte zu Tobias hinüber, als erwartete er ein Gegenargument. Aber der kniff nur den Mund zusammen.

Draußen auf dem Gang waren Stimmen zu hören.

Der Wolf stand auf und riss sich das weiße Tuch vom Hals. Kurz stand er unschlüssig da, dann warf er es Tobias zu, der es mit einer Hand auffing und Sophie gleichzeitig einen hasserfüllten Blick hinüberschickte.

»Also?«, fragte Sophie.

Der Wolf nickte. »Gib der Gesellschaft was zurück.«

Sophie ging zu ihrer Aktentasche, die noch immer mitten im Zimmer stand, und nahm sie hoch.

»Tobias, schreib den Pressetext neu«, sagte sie.

Sie hatte das Beste für die Bewegung getan. Und gleichzeitig Tobias auf seinen Platz verwiesen. Aber es befriedigte sie nicht.

Die Tür öffnete sich einen Spalt, und Constanze steckte den Kopf herein. »Die Damen und Herren von der Presse.«

Ein breites Lächeln erschien auf dem Gesicht des Wolfs,

sogar seine hellen Augen schienen zu strahlen. »Nur hereinspaziert«, sagte er. »Es gibt ein neues Thema.«

Sophie ging zur Tür und drängte sich durch die Menge der Journalisten hindurch, wobei sie jeden Blickkontakt vermied, trat auf den Gang hinaus und machte sich auf den Weg in ihr Büro. Sie setzte sich an ihren Schreibtisch, stützte die Ellenbogen auf die Tischplatte und vergrub den Kopf in ihren Händen. Die letzten Minuten hatten sie erschöpft. Für einen gnädigen Augenblick hatte sie das Tagesgeschäft abgelenkt. Nun fragte sie sich zusätzlich, wie sie ihre Aufgaben in der Bewegung erfüllen und gleichzeitig ihr Problem mit Gladius lösen sollte.

Jean le Marais hatte ihr gezeigt, wie weit sein Arm reichte und wozu er fähig war. Was hatten sie sich dabei gedacht, sich mit diesem Mann einzulassen? Hatten sie wirklich geglaubt, der Informant, der ihnen das Gerücht von einem Attentat zugetragen hatte, sei untergetaucht? Natürlich nicht. Aber alle hatten es glauben wollen.

Viktor Hellberg hatte gesagt, seine Mutter sei im Besitz des Kuverts gewesen. Doch nun war es verschwunden. Marais musste vermuten, dass Hellberg den Inhalt kannte, von dem Attentat wusste. Deshalb hatte er dessen Tochter entführt. Er musste nicht nur das Beweismaterial zurückhaben – er wollte auch, dass Hellberg schwieg.

Sophie hob den Kopf.

Sie hatte am Telefon behauptet, den Umschlag noch zu haben. Woher hatte Marais gewusst, dass sie log? Viktor Hellberg hatte recht. Simone Colbert musste tatsächlich so verrückt gewesen sein, Kontakt zu Gladius aufzunehmen.

Und Nina?

Woher wusste Marais von Nina?

Sophie gab sich selbst die Antwort.

Von Professor Markgott.

Freiwillig hatte der alte Mann seine Studentin sicher nicht verraten. Was hatten Marais oder seine Schlächter ihm angetan – außer ihm die Hand abzuschneiden? Und das womöglich bei lebendigem Leib. Warum hatte der Auftragskiller nicht gleich sie, Sophie, vor den Zug gestoßen und sie so für immer zum Schweigen gebracht?

Weil sie nicht sicher sind.

Weil sie glauben, dass du Informationen zurückhältst.

Weil sie die von dir bekommen wollen.

Bekommen werden.

Sophie spürte, wie Magensäure ihre Speiseröhre hinaufstieg, ihre Kehle verätzte. Noch nie hatte sie solche Angst gehabt. Marais würde sie nicht einfach töten. Nicht, bevor er nicht alle Informationen hatte, die er bei ihr vermutete. Sie waren Nina und ihr unauffällig und unbemerkt gefolgt.

Wie ein Rudel Wölfe.

Und sie waren unsichtbar, konnten überall sein.

Sophie umfasste ihre Kehle, schluckte.

Die Pressemeute lärmte auf dem Gang. Die Konferenz war zu Ende, man wechselte ins große Sitzungszimmer zu Kaffee und Häppchen. Und zu informellen Gesprächen mit dem Kopf der Bewegung und seinem Referenten. Wenn sie nicht aufpasste, würde Tobias ihren Platz an der Seite des Wolfs und als Leiter des Headquarters einnehmen.

Sophie stand vom Schreibtisch auf.

Nein, das war Unsinn. Tobias konnte ihr nicht gefährlich werden. Sie litt wirklich unter Verfolgungswahn.

Ihr war ein wenig schwindelig, und ihre Knie waren weich, in ihrem Mund war ein widerlich saurer Geschmack. Aber sie riss sich zusammen. Ihr Kampfgeist kehrte zurück. Und auch ihr Verstand arbeitete wie in allen bisherigen Krisen ihres Lebens wieder kühl und sachlich. So leicht ließ sie sich nicht unterkriegen. Nicht von Tobias Schauer, dem kleinen Arschloch.

Und Jean le Marais?

Der war von ganz anderem Kaliber. Aber dem musste man eben geben, was er wollte. Und das lag in ihrer Hand.

Auf einmal sah Sophie ganz klar. Sie würde um jeden Preis diesen Umschlag auftreiben und ihn zurückgeben. Oder wenigstens die Unterlagen, die er enthalten hatte.

Alles wieder auf Anfang.

Für die Bewegung war das kein Nachteil. Sie wussten jetzt von dem Papstattentat, konnten rechtzeitig darauf reagieren und es für sich nutzen.

Sophie straffte sich, holte tief Luft. Es würde eine großartige Kampagne werden. Aber vorher brauchte sie Hilfe.

Jemand klopfte an ihre Tür.

Sophie zog die Schreibtischschublade auf, nahm einen Pfefferminzbonbon heraus und steckte ihn in den Mund. Dann strich sie sich die Haare glatt und straffte die Schultern.

»Herein«, rief sie.

Es war Kathleen, eine der Referentinnen.

»Der Wolf braucht die Teilnehmerliste für London«, sagte sie. »Er sucht sie seit gestern Abend überall.«

»Ist anscheinend noch nicht fertig«, sagte Sophie.

Kathleen riss die Augen auf. Dass die Wünsche von Wingolf von Manhardt nicht in der Sekunde Wirklichkeit wurden, entzog sich offensichtlich ihrer Vorstellungskraft.

»Nicht fertig?«, fragte sie. »Wie meinst du das?«

Sophie griff nach ihrer Aktentasche und kam um den Schreibtisch herum. »Frag Tobias«, sagte sie. »Ich habe gleich einen Termin.«

»Und was sage ich jetzt dem Wolf?«

»Keine Ahnung, streng dein Hirn an.«

Sophie ging an Kathleen vorbei, ignorierte deren bestürzte Miene und durchquerte das Hauptbüro, ohne einen der Mitarbeiter an den Schreibtischen anzusehen. Sie nahm ihren Mantel und verließ das Headquarter.

Jetzt war Eile geboten.

Sie musste unbedingt verhindern, dass dieser Anwalt die Unterlagen vor ihr in die Hände bekam. Wenn es darin einen Hinweis auf eine Verbindung von Gladius zur Bewegung gab, war sie geliefert. Dann hatte sie nicht nur die Arbeit von Jahren vernichtet, sondern die Bewegung, an deren Ziele sie glaubte, gleich mit. Ihr eigenes Leben wäre zerstört.

Kurz schoss ihr der Gedanke durch den Kopf, dass die gesuchte CD der Gegenwert für das Leben von Hellbergs Tochter war. Wenn sie dieses Unterpfand zerstörte – was geschah dann mit dem Mädchen? Sie verdrängte diese Überlegung. Hier ging es um mehr als ein einziges Menschenleben. Und wer wusste schon, wie Marais reagierte? Vielleicht ließ er die Kleine einfach frei, wenn sie keinen Wert mehr für ihn hatte.

Sophie ging den Kohlmarkt hinunter. Als sie weit genug vom Haus der Bewegung entfernt war, blieb sie stehen, holte ihr Handy hervor und suchte Viktor Hellbergs Nummer aus den Kontakten. Dabei fiel ihr ein, dass sie mit einem Firmenhandy telefonierte. Alle ihre Anrufe wurden erfasst, gespeichert, ausgedruckt und als Listen abgelegt. Es hatte sie nie gestört, war eine Frage des Vertrauens.

Nun war alles anders.

Sie musste ein Prepaid-Handy anschaffen. Es war ohnehin an der Zeit dafür. Wer wusste schon, wo Tobias in seinem Aufstiegswahn überall die Nase hineinsteckte. Mit einem Anflug von Bitterkeit dachte sie daran, dass sie als Abgesandte der Bewegung nach Frankreich geflogen war. Würde Wingolf jetzt Tobias schicken? Möglich. Dann hätte er Jean le Marais am Hals. Der Gedanke verschaffte ihr keine Befriedigung.

Sie blickte aufmerksam nach links und nach rechts.

Touristen und vorbeieilende Wiener. Was hatte sie erwartet? Henri, wie im Spionagefilm mit einer Zeitung getarnt im gegenüberliegenden Ladeneingang? Trotzdem beschloss sie, das Telefonat mit Hellberg kurz zu halten und nicht unnötig lange herumzustehen. Sie wählte die Nummer, die sie in der Nacht zuvor eingespeichert hatte.

Er nahm sofort ab. »Ja?« Es klang etwas atemlos.

»Sophie Wellendorff«, sagte sie. »Wir müssen reden.«

»Das haben wir bereits.«

Sie überlegte schnell eine neutrale Formulierung. »Eine Zusammenarbeit könnte in unserem beidseitigen Interesse sein«, sagte sie. Hellberg antwortete nicht, und Sophie spürte, dass er ablehnen wollte. »Kommen Sie zur Albertina. Das ist neben dem Burggarten und nicht weit von Ihnen.«

»Haben Sie Kontakt zu den Entführern?«

»Ich habe einen Vorschlag«, sagte sie. »Wenn Sie Ihre Tochter wiedersehen wollen, sollten Sie ihn sich wenigstens anhören. Es ist kein Versprechen, aber eine Chance.«

Hellberg räusperte sich. »In Ordnung.«

»In einer halben Stunde vor dem Haupteingang?«, fragte sie. »Ich warte neben dem großen Reiterdenkmal.«

»Ich werde dort sein.«

»Gut.« Sophie schaltete das Handy ab.

Während sie den Kohlmarkt hinunterging, blickte sie immer wieder in die großen Auslagenscheiben, in denen sich die Menschenmenge spiegelte. Fiel ihr jemand zum zweiten oder dritten Mal auf? Wurde sie verfolgt? Ein junger Mann in einer schwarzen Windjacke tauchte ein paarmal auf, aber vor dem Café Demel blieb er stehen, zündete sich eine Zigarette an und blickte auf seine Armbanduhr. Er schien auf jemanden zu warten. Etwas an diesem Mann kam Sophie bekannt vor. Waren sie sich bereits begegnet?

Sophie drehte sich noch einmal um.

Der Mann hielt die Zigarette zwischen Daumen, Zeige- und Mittelfinger und zog daran. Dabei sah er ihr nach. Sie standen nur wenige Meter voneinander entfernt. Ihre Blicke begegneten sich. Er kniff die Augen gegen den Rauch zusammen und drehte ihr den Rücken zu, wartete weiter.

Jetzt war Sophie sicher, dass sie ihn noch nie gesehen hatte. Der Mann hatte verschiedenfarbige Augen. So ein Merkmal wäre ihr aufgefallen und sicher im Gedächtnis geblieben.

Etwas beruhigter setzte sie ihren Weg fort.

Und wenn es eine Frau war?

Nein, so schätzte sie Marais nicht ein.

Les seigneurs de la guerre.

Die hielten sich für die Herren des Krieges.

Jean le Marais hatte viele solcher Soldaten.

Einer für alle, alle für einen.

Noch vor zwei Wochen hatte sie daran geglaubt. War fest davon überzeugt gewesen, dass dies das Motto nicht nur von Gladius, sondern auch der Bewegung war. Für Leute wie Tobias galt das ja anscheinend ohnehin nicht.

Sophie war so in ihre Gedanken vertieft, dass sie kaum auf den Weg achtete, bis sie den Albertinaplatz erreichte.

An dem alten Palais der Albertina herrschte Hochbetrieb, Reisegruppen standen vor dem modernen Tor mit der goldenen Aufschrift auf einer schwarzen Steinplatte. Touristen schossen Fotos, Fiaker rollten im Schritttempo vorbei. Videos wurden aus den Kutschen gedreht.

Sophie stellte sich auf den Vorplatz neben die Stufen am Marmorsockel des großen Reiterdenkmals und blickte in die Richtung, aus der Viktor Hellberg kommen würde. Sie musste nicht lange warten. Kaum zehn Minuten nachdem sie ihren Posten bezogen hatte, sah sie ihn quer über die Fahrbahn durch den dichten Mittagsverkehr auf sich zulaufen.

Hellberg blickte links und rechts, für kurze Zeit verschwand er hinter einem mit zwei Schimmeln bespannten

Fiaker, dann überquerte er mit der Unverfrorenheit des geborenen Großstädters die Straße. Während Sophie ihm entgegensah, bemerkte sie, dass er nur mittelgroß gewachsen war. In der vergangenen Nacht hatte sie nicht darauf geachtet, war zu verstört gewesen. Viktor Hellberg war eher zart als athletisch gebaut, aber ihr fielen die Gewandtheit, mit der er sich zwischen den Autos hindurchschlängelte, und seine fast tänzerische Körperbeherrschung auf. Er hielt die Schultern gerade, bewegte sich aus dem Schwerpunkt seines Körpers heraus, wirkte kaum verhohlen angriffslustig.

Wie ein Boxer vor dem Kampf im Ring.

Sophie löste sich von ihrem Platz neben der Reiterstatue, ging ihm entgegen und reichte ihm die Hand. Sein Händedruck war fest, sein Blick forschend.

»Und?«, fragte er.

»Wir gehen in die Ausstellung«, sagte sie.

»Ist das nötig?«

»Ich habe Angst, dass ich verfolgt werde«, sagte Sophie und fragte sich im nächsten Augenblick, warum sie ihm das überhaupt erzählte. Es schwächte ihre Position, sich als Opfer zu präsentieren. Doch dieser kühle Mann vermittelte ihr auch ohne Worte, dass er sie durchschaute. Als ob er ihr in die Seele blicken könnte. Eine Fähigkeit, die er zweifellos in langen Jahren als Anwalt entwickelt hatte. Etwas lahm setzte sie hinzu: »Ich hoffe, Sie mögen Schiele.«

»Nein«, sagte er. »Aber Sie haben einen Vorschlag.«

Viktor Hellberg kaufte die Tickets für sie beide, dann stiegen sie auf einem roten Läufer eine der beiden gegenüberliegenden Marmortreppen, die in den ersten Stock führten, zur Galerie hinauf. Von hier zweigten mehrere Gänge zu den verschiedenen Ausstellungen ab.

An einer hohen geschnitzten Tür hing ein übergroßes Selbstporträt Egon Schieles. Sein blasses, spitzes Gesicht sah krank aus und strahlte Todessehnsucht aus. Das Bild passte zu Sophies Stimmung. Hellberg schien es nicht zu bemerken oder zu stören, denn er betrat mit schnellen Schritten, so als eilte er in den Gerichtssaal, den ersten Ausstellungsraum. Sie beeilte sich, ihm zu folgen, stellte sich zu ihm vor ein Landschaftsbild.

»Vier Bäume, 1917«.

Aus einem Boden, der an Kohlehalden erinnerte, wuchsen spärlich belaubte Bäume, ein roter Punkt – Sonne oder Mond – beleuchtete einen rosa- und lilafarbenen Himmel, über den rauchgraue Wellenlinien liefen.

»Ich höre«, sagte Hellberg, den Blick unverwandt auf die trostlose Landschaft gerichtet. »Wie lautet also Ihr Vorschlag? Ich warte auf den nächsten Anruf meiner Tochter. Haben Sie neue Informationen für mich? Ich will übrigens mit den Entführern direkt verhandeln.«

Sophie warf ihm einen Seitenblick zu. Erst jetzt fiel ihr auf, dass er das Bild gar nicht betrachtete. Seine dunklen Augen hatten etwas Starrendes. Viktor Hellberg wirkte hoch konzentriert, ganz auf die Herausforderung des Augenblicks fokussiert. Er arbeitete an der Lösung.

»Sie glauben, dass ich mit den Entführern gemeinsame Sache mache?«, fragte sie verblüfft. »Warum?«

Ein junges Paar stellte sich eng umschlungen zu ihnen. Die Frau legte den Kopf zur Seite, dann sagte sie etwas auf Spanisch. Ihr Begleiter lachte, zog sie enger an sich, und die beiden spazierten weiter.

»Sie sitzen doch ideologisch im selben Boot«, sagte Viktor Hellberg. »Ich weiß, dass Sie die entsprechenden Kontakte haben. Markgott hat von Ihrer Frankreichreise berichtet.«

Sophie blickte wieder auf die rosafarbene Landschaft. Nina hatte also ihrem Professor doch mehr erzählt, als sie ihr gegenüber gestanden hatte. Sophie musste vorsichtig sein, durfte nicht mehr zugeben, als Hellberg bekannt war.

Sie strich sich eine Haarsträhne hinter das Ohr und

schlenderte zum nächsten Bild. Es zeigte eine Frau mit hochgetürmten roten Haaren, die einen Windhund auf dem Schoß hielt. Der schmale graue Kopf des Hundes war exakt ausgeführt, rührte in seiner animalischen Schönheit. Das Gesicht der Frau war nur angedeutet, wirkte anonym.

Ein grauhaariger Mann im grünen Tweedjackett, den Ausstellungkatalog in Händen, stand andächtig davor. Als Sophie neben ihn trat, drehte er sich um.

»Very nice dog«, sagte er lächelnd zu Sophie.

»Yes, Schiele was a great painter«, sagte sie.

Der Mann zeigte auf den Hund. »I own a greyhound myself«, sagte er. »She's a wonderful bitch.«

»Lovely«, sagte Sophie.

»Yeah«, sagte der Mann. »Have a nice day.«

Sophie wartete, bis er ein paar Meter weitergegangen war und vor einem Mädchenakt Position bezogen hatte. Dann wandte sie sich an Hellberg.

»Nina hat diesen Umschlag im Headquarter gestohlen«, zischte sie, »und ihn ihrem Professor gegeben. Ich weiß gar nichts über den Inhalt.« Dabei würde sie bleiben.

Hellberg stellte sich direkt neben sie, richtete den Blick auf die Frau und den Hund. »In dem Umschlag war ein Datenträger«, sagte er. »Wahrscheinlich mit Details zu einem geplanten Anschlag.« Seine Stimme klang, als spräche er nicht von einer Möglichkeit, sondern einer Tatsache.

Sophie wurde heiß. Sie hatte das Gefühl, als bekäme sie in der trockenen Luft des Ausstellungsraumes keine Luft mehr. Hellberg suchte diese CD, hatte sie noch nicht gefunden. Er konnte nichts von dem Papstattentat wissen.

Doch, er kann es nur nicht beweisen.

Sophie räusperte sich. »Anschlag?«, fragte sie.

»Man hat Ihnen das Kuvert in Frankreich übergeben.«

»Aber ich habe nicht hineingesehen.«

»Für wen war es dann bestimmt?«

Sie zögerte kurz. »Für Wingolf von Manhardt«, sagte sie. »Hören Sie, wenn so brisantes Material darin gewesen wäre, hätte ich einen Blick darauf geworfen. Das ist meine Verantwortung bei der Bewegung.« Sie schüttelte den Kopf, wies jeden Verdacht von sich. »Ein Anschlag, das ist Unsinn.«

Ihr Wissen für sich zu behalten war ihm gegenüber nicht fair. Doch sie musste sich und die Bewegung schützen. Dass sie damit auch die Pläne von Gladius unter dem Deckmantel hielt, war nicht zu ändern. Der Wolf und sie hatten entschieden. Und doch hätte sie jetzt, fern des Headquarters, diesem kühl kalkulierenden Anwalt gerne alles anvertraut. Probleme anderer Leute zu lösen war sein Beruf, die Art, wie er fragte und zuhörte, war professionell.

»Unsinn«, wiederholte Hellberg ihre Worte, als hätte er mit dieser Antwort gerechnet. »Warum macht eine Frau wie Sie eigentlich mit diesen Leuten gemeinsame Sache?«

Sophie wurde heiß. »Das tue ich nicht.«

Er verzog den Mund, und sie begann sich in seiner Nähe unwohl zu fühlen. Er vertraute ihren Worten nicht, sondern spürte in ihrem Innersten nach der Wahrheit.

Als könnte er Gedanken lesen.

»Ich mache keine *gemeinsame Sache* mit Gladius«, sagte sie. Sofort wurde ihr klar, dass sie mit ihren Worten zu lange gezaudert hatte. »Die Bewegung wird täglich von nationalkonservativen Organisationen zur Zusammenarbeit eingeladen. Ich kenne die Gladius-Leute kaum.«

»Ich spreche von Ihrer – *Organisation*«, sagte er.

»Wingolf von Manhardt ist der Mann, der das Leben der Menschen wirklich verändern kann«, sagte Sophie. Jetzt war sie auf sicherem Boden. »Ich glaube fest an ihn und seine Ziele.« Sie hörte selbst, dass sie in den Ton verfallen war, der sie an den Predigten des Wolfs so störte. *Glauben heißt nicht wissen.* Der Wolf als Heilsbringer. »Wingolf von Manhardt steht für Gleichheit und Gerechtigkeit, für christliche

Werte.« Sie machte eine Pause. »Und er hat Handschlagqualität. Was Wingolf von Manhardt verspricht, dazu steht er, das hält er.«

»Politiker stehen in den seltensten Fällen zu dem, was sie versprechen«, sagte Hellberg. »Eines Tages werden Sie das erkennen. Hoffentlich ist es dann nicht zu spät.«

»Wingolf von Manhardt verrät die Seinen nicht.«

Für uns lege ich die Hand ins Feuer.

Hellberg schwieg, wanderte weiter, vorbei an ein paar Aktzeichnungen und einer grünen Seenlandschaft. Vor einem Bild in blutigen Rottönen blieb er stehen und bückte sich, um das Schild mit der Beschreibung zu lesen.

»›Mutter und Kind‹«, sagte er. »›Madonna‹.«

Sophie schloss zu ihm auf und musterte die Leinwand. Eine monströse Frauenfigur mit pupillenlosen Dämonenaugen hielt einen Säugling im Arm. Ihre Hände, durch deren rotes Fleisch die hellen Fingerknochen schimmerten, umklammerten den Kopf des Kindes. Sophie bemerkte, dass dies das erste Bild war, das Hellberg mit Interesse betrachtete.

»Seltsames Mutterbild«, sagte sie.

Hellberg sah sie von der Seite an, und sie erschrak über die Kälte in seinem Blick. »Warum haben Sie eigentlich keine Angst vor mir?«, fragte er.

Sophie geriet kurz aus dem Konzept. »Was? Warum?«

»Ich könnte jetzt vorgaukeln, mit Ihnen gemeinsame Sache zu machen«, sagte er. »Dann entführe ich Sie und tausche Sie gegen meine Tochter.« Sein Tonfall war nachdenklich. »Sie sind offenbar ziemlich wertvoll für Ihre – Bewegung. Man wird sich also für Sie einsetzen. Und vielleicht haben diese Franzosen ja auch Rachegefühle.«

Sophie wurde kalt. Sie starrte auf das blutrote Bild. »Mutter und Kind (Madonna)«. Kinder waren kein Teil ihrer Lebensplanung. »Das würden Sie nie tun«, sagte sie.

»Irrtum«, gab er ungerührt zurück. »Für meine Tochter würde ich alles tun.«

Sie wandte ihm das Gesicht zu. »Auch töten?«

»Das wäre die leichteste Übung«, sagte er.

Sophie wusste, dass er es ernst meinte. »Die wollen mich nicht«, sagte sie. »Weder tot noch lebendig.« *Doch, lebendig schon.* »Die brauchen ihre Unterlagen.«

Eine neue Besuchergruppe betrat den Ausstellungssaal und scharte sich am Eingang um eine junge Frau mit langen schwarzen Haaren. Sie deutete auf die verschiedenen Bilder und erklärte anscheinend die einzelnen Lebensstationen Egon Schieles. Sie sprach französisch. Ein Mann stellte eine Frage auf Flämisch. Es waren wohl Belgier.

»Verstehen Sie Französisch?«, fragte Sophie.

»Meine Mutter war Französin«, sagte er. »Natürlich.«

Hellberg ließ sie stehen und ging weiter. Er passierte ein paar Bilder, entfernte sich von der Gruppe der Belgier. Sophie folgte ihm.

Als sie zu ihm aufgeschlossen hatte, sagte er leise: »Wem gilt dieser Anschlag?«

»Ich weiß nicht«, sagte sie. »Es gibt keinen.«

»Sie lügen«, sagte er.

»Hören Sie, machen wir's kurz.« Sophie hatte dieses Kreuzverhör satt. Sie packte seinen Ärmel. Er blickte auf ihre Hand herab, und sie ließ ihn los. »Sie wollen Ihre Tochter zurück – und ich brauche diese Unterlagen. Umschlag oder Datenträger, egal. Außerdem habe ich schreckliche Angst.« Sie sah das Aufblitzen in seinen Augen. Er wusste, dass sie endlich die Wahrheit sagte, hatte sie geschickt dazu gebracht. »Gestern ist neben mir ein junges Mädchen ermordet worden – das wissen Sie doch. Sie war nicht viel älter als Ihre Tochter.« Seine Miene wurde hart, das hatte gesessen. »Also beschaffen Sie mir dieses verdammte Kuvert, und Sie bekommen Ihre Tochter zurück.«

»Die Forderung lautet CD gegen Marie«, sagte er. »Ich werde Ihnen die Unterlagen nicht geben.«

»Und wenn es wirklich um einen Anschlag geht?«

Hellberg hob die Brauen und schwieg, wartete ab.

»Dann nimmt Marais seine Pläne«, fuhr sie fort, »und führt das Attentat durch. Ihre Tochter rettet das nicht.«

Hellberg zwinkerte. »Wie lautet also Ihr Vorschlag?«

»Ich stelle für Sie den Kontakt zu den Entführern her«, sagte sie. »Sie sprechen gut Französisch. Verhandeln Sie. Nicht mit irgendwem, sondern mit dem Führer von Gladius – mit Jean le Marais.« Sie sah, dass er überlegte, und setzte hinzu: »Ich will Ihnen helfen, dass Ihre Tochter freikommt. Deswegen bin ich doch hier.«

Er zog die Mundwinkel nach unten. »Sie sind hier, weil Sie Ihre Haut retten wollen«, sagte er. »Und zwar in jeder Hinsicht. Weiß Manhardt von den gestohlenen Unterlagen?«

»Nein«, gab sie unumwunden zu. »Deswegen der Deal: Ich helfe Ihnen, und wir arbeiten zusammen.«

Hellberg beugte sich zu dem Bild, vor dem sie jetzt standen, und nahm es in Augenschein. Eine rot gekleidete Frau schmiegte sich an einen Mann in schwarzer Kutte. Sie schienen auf einem Bettlaken zu liegen, waren von einer braungrauen Felsenlandschaft umgeben. Das Gesicht der Frau war leichenblass, einen bleichen Arm hatte sie wie in liebevoller Umarmung um ihren Gefährten geschlungen. Sein Körper schien sie zu umfangen, kam ihr entgegen, sein Gesicht war ihr aufmerksam zugeneigt.

Sophie las das Schild.

»Tod und Mädchen«.

Ausgerechnet.

Hellberg drehte sich abrupt um. »Genug gesehen«, sagte er. »Ich mag Schiele sowieso nicht.« Mit diesen Worten steuerte er auf den Ausgang des Ausstellungssaales zu.

Sophie beeilte sich, ihm zu folgen, wollte weiterreden, doch auf den großen Marmortreppen drängten sich die Besucher, das Stimmengewirr war babylonisch. Es gelang ihr nicht, noch einmal das Wort an ihn zu richten. Sie hoffte, dass er wenigstens über ihren Vorschlag nachdachte.

Schweigend gingen sie durch den Innenhof, vorbei am Museums-Shop und den Schlangen vor den Kassen.

Die Mittagssonne schien auf das Reiterdenkmal vor der Albertina und verlieh der Kruppe des Pferdes und dem Helmbusch des Reiters eisernen Glanz. Auf den Stufen des Marmorsockels saßen junge Leute, tippten auf ihren Handys. Ein junger Mann, der trotz des schönen Wetters eine schwarze Windjacke trug, las in einer Wiener Zeitung. Ab und zu hob er den Kopf, musterte seine Umgebung ohne übertriebenes Interesse und versenkte sich wieder in seine Lektüre.

Sophie packte Viktor Hellbergs Arm, zog ihn in den Schatten des weit auskragenden modernen Vordachs.

»Der Mann da«, flüsterte sie aufgeregt. »In der schwarzen Jacke. Der ist mir heute schon vor dem Café Demel aufgefallen.«

»Sie glauben, er ist Ihnen gefolgt?«

»Oder Ihnen«, sagte sie ärgerlich. »Kennen Sie den?«

Viktor Hellberg betrachtete den Mann in der Windjacke, der seinen Blick nicht zu bemerken schien und keine Notiz von ihnen nahm, eine Weile.

»Er erinnert mich an jemanden«, sagte Hellberg endlich. »Vielleicht habe ich ihn neulich Abend schon mal gesehen. Vor einem Heurigenkeller. Aber so eine Jacke gibt es tausendfach.«

Sophie dachte an Jean le Marais, an den Landsitz in Gran Sud, an den bewaffneten Torwächter. Am liebsten wäre sie umgekehrt und in den Tiefen der Albertina abgetaucht.

»Was machen wir jetzt?«, flüsterte sie.

»Wo wollen Sie hin?«

»Ich arbeite manchmal von zu Hause aus«, sagte Sophie. Sie musste nachdenken, eine Strategie entwickeln.

»Wo wohnen Sie denn?«

»Hinter dem Burggarten, nicht weit von hier.«

»Sie können nicht zurück in Ihre Wohnung«, sagte er. »Unmöglich. Nicht nach dem, was mit Markgott passiert ist. Es ist zu gefährlich.«

Sophies Herz sank, er hatte recht. »Stimmt«, sagte sie.

»Können Sie irgendwo anders hin? Zu Verwandten? Freunden?«

Sophie überlegte. »Ich kann für ein paar Tage ins Headquarter ziehen«, sagte sie. »Wir haben ein Gästezimmer.« Sie würde einen Wasserrohrbruch erfinden. In so einem alten Haus wie dem, in dem sie lebte, ging ständig etwas kaputt.

»Wo ist das?«, fragte Hellberg, ohne den Mann auf den Stufen des Denkmals aus den Augen zu lassen.

»Am Kohlmarkt«, sagte sie. »In der Nähe Ihres Hotels.«

Hellberg wandte ihr das Gesicht zu. Seine dunklen Augen blickten wachsam. »Sind Sie dort in Sicherheit?«

»Ja«, sagte sie zögernd. »Ich denke schon.«

Wenn der Wolf – *oder Tobias* – erfuhren, in welche Lage sie sich und die Bewegung gebracht hatte, würde es keine Gnade für sie geben. Sophie hielt es sogar für wahrscheinlich, dass man sie aufforderte, die Sache mit Marais gefälligst selbst zu regeln. Und zwar umgehend. Es war Wahlkampf, ein Skandal eine Katastrophe. Sie hatte nichts gegen die Bewegung in der Hand. Nichts, was den Wolf zwang, sich schützend vor sie zu stellen.

Gegen die Bewegung – wo war dieser Gedanke hergekommen?

»Gut«, sagte Viktor Hellberg. »Ich begleite Sie.«

Er wirkte weder aufgeregt noch ängstlich. Wenn es nicht um seine Tochter ging, fand Sophie, zeigte dieser Mann überhaupt erstaunlich wenige Emotionen. Sie meinte sogar, eine Härte und innere Kälte zu spüren, die sie einerseits abstieß, ihr aber andererseits in ihrer Lage ein Gefühl von Sicherheit vermittelte. Wahrscheinlich wurde ein Anwalt im Laufe der Zeit so. Ob er verheiratet war?

Sophie hob das Kinn. »Danke«, sagte sie.

Hellberg nickte und fasste ihren Arm. So überquerten sie den Platz, hielten auf das Café auf der anderen Straßenseite zu. Als sie am Bordstein warteten, während der dichte Mittagsverkehr vorüberrauschte, drehte sich Sophie gegen besseres Wissen um. Fast erwartete sie, dass der Mann in der schwarzen Jacke hinter ihr stand. Das Bild auf den Stufen des Reiterdenkmals hatte sich jedoch nicht verändert.

Erleichtert hakte sie sich bei Hellberg unter.

Erst als Sophie und Viktor Hellberg auf der anderen Straßenseite angekommen waren und an den voll besetzten Tischen der Caféterrasse vorbei in Richtung Innenstadt gingen, schlug der Mann in der schwarzen Windjacke seine Zeitung zusammen und steckte sie unter den Arm.

Dann folgte er ihnen in gebührendem Abstand.

15

Das Glas war wunderschön, tiefblau und grün wie ein See.

Es war bis an den Rand voll kühlen Wassers und wartete nur darauf, dass Marie die Hand ausstreckte und danach griff und es an den Mund führte und trank und trank und trank.

Marie wusste das, obwohl sie das Glas in der Dunkelheit nicht sehen konnte. Irgendwo in diesem säuerlich riechenden Keller stand es, lockend, ganz nah und für sie unerreichbar. Seit vielen Stunden hatte sie nichts mehr getrunken. Ihre Kehle war ausgedörrt. Ihre Zunge war ein geschwollener Fleischklumpen, der an ihrem Gaumen klebte. Sie lag auf der dünnen Decke, dämmerte vor sich hin.

Stundenlang?

Tagelang?

Der Schnitt auf ihrer Kehle schmerzte, sobald sie den Kopf drehte. Die Wundränder pochten, und die Haut fühlte sich heiß an. Aber ihre Arme und Beine waren von einer Gänsehaut überzogen. Wahrscheinlich würde sie demnächst erfrieren.

Marie drehte sich auf den Rücken und legte den Arm über das Gesicht. Ihr Kopf war voller Watte. Sie war schläfrig. Bald würde sie in eine Ohnmacht gleiten, nichts mehr spüren.

Und das war's.

»Mach's gut, Papa«, flüsterte sie.

Marie war überzeugt davon, dass ihr Vater alle Forderungen ihrer Entführer erfüllen, jede Summe für ihre Freilassung aufbringen würde. Bei dem Gedanken schöpfte sie ein wenig Hoffnung. Bald würde sie frei sein.

Nur der Durst, dieser grausame Durst.

Marie schlug die Augen auf und versuchte zu schlucken. Vergeblich. Sie kniff den Mund zusammen. Wie lange dauerte es, bis man verdurstete? Der Mann hatte ihr ein Wasserglas hingestellt. Ihre Entführer wollten nicht, dass sie starb.

Zumindest nicht gleich.

Nicht, bis sie haben, was sie wollen.

Und dann?

Marie setzte sich auf, umschlang die Knie mit ihren Armen und versuchte, sich zu konzentrieren. Der Mann war nicht maskiert gewesen. Es war also egal, ob sie die Verbrecher erkannte. Der Plan sah gar nicht vor, sie am Leben zu lassen. Einen Moment lang drohte sie Panik zu überwältigen. Im nächsten Augenblick durchströmte sie bei dem Gedanken an ihre Mörder eine heiße Welle der Wut und erfüllte sie wieder mit neuer Energie. Es musste einen Ausweg geben.

Und wenn ich das Schwein töte.

Auf dem kalten Boden zu liegen und auf den eigenen Tod zu warten, war jedenfalls keine Lösung.

Marie sah sich um, versuchte, das Dunkel mit ihren Augen zu durchdringen. Inzwischen hatte sie sich an den Raum gewöhnt, spürte die Kälte, die die Wände ausstrahlten, je näher sie ihnen kam, fühlte die Dimensionen des Weinkellers.

Hey, ich bin eine Fledermaus.

Und der Besuch des Mannes mit der Taschenlampe hatte ihr noch mehr verraten. Es gab Holzfässer und Gerätschaften für den Winzer. Und ein gut gefülltes Weinregal.

Mit vielen Glasflaschen.

Auf einmal sah Marie die Lösung klar vor sich.

Sie stützte die Hände zu beiden Seiten auf und versuchte sich hochzustemmen. Sofort wurde ihr schwindelig, und sie sank auf die Decke zurück. Sie schloss die Augen und zählte bis zehn. Dann probierte sie es erneut. Diesmal schaffte sie es bis in die Hocke. Sie spürte ihr Grinsen.

Na bitte.

Wieder legte sie eine Pause ein, sammelte ihre Kräfte, vertrieb die letzten Reste des wattigen Nebels aus ihrem Kopf. Beim dritten Anlauf stand sie auf den Füßen. Wackelig zwar und mit ausgestreckten Armen, um das Gleichgewicht nicht zu verlieren. Aber immerhin – es war ein erster Sieg.

Wo war die nächste Wand?

Marie wartete, bis sie die verschiedenen Arten von Kälte, die sie umgaben, zuordnen konnte. Die Angst der letzten Stunden und ihre neue Energie schärften all ihre Sinne. Links von sich meinte sie eine Abstrahlung zu spüren. Mit ausgestreckten Händen ging sie langsam darauf zu. Wie auf einer geraden Linie setzte sie einen Fuß vor den anderen, bis ihre Fingerspitzen auf Mauerwerk stießen.

Geschafft – und wo ist das Regal?

Die runden Böden der Holzfässer hatten sich gegenüber ihrer Decke befunden. Die Weinflaschen links davon.

Marie legte die Handflächen auf die Ziegelwand und tastete sich Schritt für Schritt vorwärts.

Irgendwo über ihr klappte eine Tür.

Marie erstarrte. Zum ersten Mal machte sie sich bewusst, dass ihr Keller nicht die ganze Welt war, dass über ihr ein Haus stand. Mit Menschen darin, die vielleicht gar nichts von ihrer Gefangenschaft wussten. Ihr erster Impuls war, einfach loszuschreien. Aber dann bezwang sie sich. Es waren bestimmt nur ihre Entführer.

Verbissen setzte sie ihren Weg fort.

Plötzlich stießen ihre Finger gegen eine Wand, die in den Raum hineinragte. Maries Herzschlag beschleunigte sich. Sie tastete sich weiter, fuhr die Wand entlang, umrundete mit den Fingern eine Mauerkante und – erfasste Glas. Es war rund und glatt und kühl und hatte eine Vertiefung.

Ein Flaschenboden.

Wieder schlug eine Tür.

Marie horchte angestrengt. Diesmal, so schien ihr, war das Geräusch nicht von oben gekommen, sondern vom Gang.

Scheiße, sie kommen.

Marie zog die Flasche heraus. Sie war voll und schwer. Sie zögerte nur kurz, dann packte sie den Hals mit beiden Händen und schmetterte die Flasche auf den Boden.

Glas splitterte, Wein spritzte auf ihre Jeans, tropfte auf ihre nackten Knöchel über den Turnschuhen. Ein saurer Geruch breitete sich aus und stach ihr in die Nase.

Etwas huschte über ihre Füße.

Marie erstarrte, doch ehe sie noch darüber nachdenken konnte, mit welchen Tieren sie sich ihr Verlies teilte, hörte sie Schritte auf dem Gang, die sich näherten.

Vorsichtig, um sich nicht zu schneiden, fuhr Marie mit der Fingerspitze über den abgebrochenen Flaschenhals. Er war so scharf wie ein Messer. Tiefe Befriedigung erfüllte sie. Jetzt hatte sie eine Waffe, jetzt konnte sie sich wehren.

Sie hörte, wie sich ein Schlüssel im Schloss drehte, und suchte festen Stand. Gleich darauf öffnete sich die Kellertür. Der Lichtstrahl einer Taschenlampe fiel in ihren Kerker, lief über den Boden, richtete sich auf Marie und stach ihr in die Augen. Geblendet wie ein Tier im Licht von Autoscheinwerfern erstarrte sie.

Die Schritte kamen die Treppe herab.

Marie nahm alle Kraft und allen Mut zusammen.

Jetzt oder nie!

Den abgebrochenen Flaschenhals voran, stürzte sie mit einem Kampfschrei los, auf das Licht und ihren Wärter zu. Im nächsten Augenblick fühlte sie einen Arm, der sie um die Mitte packte und festhielt. Wahllos stach sie um sich, spürte endlich Widerstand, stach erneut zu.

Der Mann brüllte los und fluchte, schleuderte sie weg.

Marie verlor den Flaschenhals, stürzte zu Boden, doch diesmal rappelte sie sich sofort wieder auf. Geduckt zog sie sich zurück. Dorthin, wo das Flaschenregal war. Wo die anderen Waffen auf sie warteten.

Der Mann schimpfte auf Französisch vor sich hin.

Marie hätte fast gelacht und antwortete in Gedanken.

Démerde-toi, con!

Verpiss dich, du Arschloch!

Es war derselbe Mann wie beim ersten Mal. Er trug einen schwarzen Kapuzenpullover und presste eine Hand auf den Oberarm. Anscheinend hatte sie ihn an dieser Stelle erwischt.

Touché!

Marie machte einen weiteren Schritt rückwärts.

Der Mann nahm die Hand herunter.

Jetzt sah Marie, dass er einen langen Gegenstand hielt.

Ein Messer, er hat ein Messer.

Und nun packte sie die Panik mit ihren eisigen Klauen, griff nach ihrem Herzen und drückte erbarmungslos zu. Ihre Fluchtpläne lösten sich in Luft auf. Sie konnte keinen klaren Gedanken mehr verfolgen – nur noch schluchzen.

Ein kleiner Schatten huschte über den Kellerboden.

Marie stürzte los, so weit weg von ihrem Entführer wie möglich. Sie stieß gegen das Flaschenregal, klammerte sich daran wie eine Ertrinkende an das rettende Brett.

Der Mann sah zu Marie herüber, schien zu überlegen. Auf einmal richtete sich seine Aufmerksamkeit auf etwas anderes.

Zitternd folgte Marie seinem Blick.

Im Lichtkegel der Taschenlampe saß ein kleines Tier. Eine Ratte. Geblendet vom Licht, wie Marie vor ein paar Minuten, und wie erstarrt. Die schwarzen Knopfaugen glitzerten, der Schnurrbart zuckte.

Der Mann hob den Blick und fixierte Marie.

Plötzlich riss er den Arm hoch und schleuderte das Messer wie ein Messerwerfer von sich. Sekundenbruchteile später bohrte sich die Klingenspitze in den pelzigen Körper der Ratte, durchschlug ihn. Das aufgespießte Tier quiekte, kreischte, zappelte verzweifelt. Marie sah, wie Blut aus seiner Schnauze rann. Auf einmal konnte sie sich nicht mehr rühren. Hilflos beobachtete sie den Todeskampf der Ratte.

Der Mann ging zu dem Tier und zog es von der Klinge. Dann fasste er den rosafarbenen Schwanz und schlug den sich noch immer windenden Körper einmal fest auf den Kellerboden. Die kleine Kreatur erschlaffte, seine Qual war vorüber.

Die Ratte war tot.

Marie wollte schreien, doch ihre Kehle war noch immer ausgetrocknet. Sie hatte die Nachricht begriffen.

Dies ist kein Kinderspiel.

Mit dem Fuß stieß der Mann das pelzige Bündel beiseite. Dann kam er, das blutige Messer in der Hand, auf Marie zu.

16

Senhor Paschoal hatte bereits am nächsten Tag angerufen.

Deine Soutane ist fertig.

Ich hole sie.

Hast du nachgedacht?

Ja, das hatte Cayetano, und er hatte beschlossen, sich Paschoals Angebot noch einmal anzuhören. Nicht, weil er im Sinn hatte, El Capitán zu verraten oder sein Arbeitsgebiet auf Rom zu erweitern. Aber er brauchte Paschoal. Genauer gesagt, er brauchte dessen Verbindungen.

Cayetano wollte einen Revolver.

Der Revolver war zu Cayetanos eigener Absicherung bestimmt. Dafür war die Glock nicht die richtige Waffe. Sie gehörte El Capitán und diente nur einem einzigen Zweck – seinem Auftrag. Nach seiner Ausführung musste Cayetano die Pistole sofort loswerden. Dann brauchte er den Revolver. Kein Mann fühlte sich ganz ohne Waffe sicher.

Komm heute Abend – nach acht.

Ich werde da sein, Senhor.

Am Abend war auf den Straßen von Rom so viel los wie am Tag. Ein fast voller Mond hing riesig über den schwarzen Dächern und Kuppeln und beleuchtete das Leben der Stadt. Der Verkehr quälte sich voran, es roch nach Abgasen und den Essensdünsten, die aus den offenen Restauranttüren strömten.

Cayetano schob sich durch die Menge auf den Gehwegen, vorbei an voll besetzten Cafés und Bars, vor denen die Menschen standen, tranken und diskutierten. Frauen eilten mit ihren Einkaufstüten nach Hause, junge Leute starrten auf ihre Handys und passten nicht auf, sodass er ständig ausweichen musste. Niemand schenkte dem Priester Beachtung, und wenn doch, dann streifte ihn nur ein flüchtiges Lächeln.

Ostern stand bevor, Rom war voll mit Touristen und Gläubigen, die das Fest in der Ewigen Stadt feiern wollten.

Am Abend schien Cayetano Rom weniger fremd als am Tag. Jetzt erinnerte es ihn fast an die kleine Stadt, in der er lebte und in der sich das Leben nach einem langen Arbeitstag auch draußen abspielte. Wenn er die Augen schloss und dem Lärm der Stadt lauschte, konnte er sich beinahe vorstellen, gleich um die Ecke in die kleine Straße zu biegen, in der er wohnte. Wo Angelina mit einem Teller Reis und Bohnen und gebratenem Fleisch auf ihn wartete.

Sprich nicht mit Leuten aus der Umgebung des Opfers. Vermeide jeden Ärger. Am Tatort und an deinem Wohnort.

Es war wichtig, dass man ihn in der Nachbarschaft als unauffälligen Familienvater kannte. Man hielt ihn allgemein für einen Vertreter, der viel auf Reisen war. Und wenn doch jemand Verdacht über seinen wahren Beruf schöpfte, dann hütete er seine Zunge.

In der Via del Falco spielten noch ein paar Kinder auf dem Gehsteig. Zwei Jungen kickten einen Fußball gegen eine Hausmauer, ein kleines Mädchen drehte Runden auf einem Roller. Als Cayetano die Tür zum Innenhof des Hauses, in dem sich Paschoals Schneiderwerkstatt befand, aufdrücken wollte, kam es herangerollt und bremste knapp vor seinen Füßen. Es blickte ihn neugierig an und fragte etwas, was er nicht verstand. Zur Sicherheit lächelte er väterlich und nickte ihm freundlich zu. Dann fasste er in die Tasche seiner schwarzen Anzugjacke und zog einen Schokoriegel hervor. Er trug immer eine Kleinigkeit zu essen bei sich. In seinem Beruf wusste man nie, wann die nächste Mahlzeit möglich war.

Die beiden Jungen kamen angerannt.

Cayetano wickelte den Schokoriegel aus, brach ihn ganz

gerecht in drei gleich große Teile und reichte jedem der Kinder ein Stück. Die Kleinen strahlten, und Cayetano dachte daran, dass es nun nur noch eine Woche dauerte, bis er wieder bei seiner Familie war.

»Grazie, Padre«, sagte das Mädchen und knickste.

»Grazie, Padre«, sagte der kleinere Junge.

Der ältere sah den fremden Priester misstrauisch an.

Cayetano wuschelte ihm mit der Hand durchs Haar, dann drückte er die Tür auf und verschwand schnell im Innenhof.

Im Licht des riesigen Mondes schimmerten die halb vertrockneten Pflanzen in ihren Töpfen silbrig. Die Palmen reckten ihre scharfen Blätter in die Luft. Cayetano fand, dass sie wie die Klingen einer Machete aussahen. Auf dem grauen Rasen saß eine dicke schwarze Katze. Als sie Cayetano kommen sah, stand sie auf und sträubte ihr Fell. Dabei fixierte sie ihn mit leuchtenden Augen. Cayetano machte das Zeichen gegen den bösen Blick. Er mochte keine Katzen.

Im Treppenhaus des Rückgebäudes roch es nach Knoblauch und Fleischsoße. Hinter einer Tür spielte laute Musik, und eine Frauenstimme zeterte. Eine schwarz-weiß gefleckte Katze kam Cayetano über die Stufen entgegen, maunzte und rieb ihr widerliches Fell an seiner schwarzen Anzughose. Mit einem gezielten Tritt beförderte er sie an den Fuß der Treppe, wo sie fauchend sitzen blieb und ihn hasserfüllt anstarrte.

Cayetano erreichte die Tür mit dem Schild »Paramente Paschoal«.

Er klingelte, und wieder kläffte der Hund. Paschoals scharfe Stimme war zu hören, und das Bellen verstummte. Cayetano fragte sich, warum die Europäer ihre Tiere mit ins Haus nahmen. Wenn es in Rom so viel Arbeit für einen Pistoleiro gab, wie Paschoal behauptete, dann liebten die Europäer die Tiere vielleicht mehr als die Menschen.

Die Tür öffnete sich, der Schneider stand vor ihm. Er trug

die graue Hose und das weiße Hemd und, trotz des relativ warmen Abends, eine weite schwarze Strickjacke.

»Boa noite, Senhor Paschoal«, sagte Cayetano.

Paschoal trat zurück, winkte ihm. »Los, komm.«

»Permesso«, sagte Cayetano und trat ein.

»Hat dich jemand gesehen?« Paschoal schloss die Tür.

»Nein«, sagte Cayetano und ließ die Kinder unerwähnt. In Brasilien tötete man kleine Kinder aus nichtigerem Anlass. Er zweifelte nicht daran, dass das in Europa genauso war. »Ich komme wegen meiner Soutane.«

»Ja, die ist auch fertig«, sagte Paschoal.

Wieder gingen sie den langen Flur entlang, doch diesmal führte der Schneider Cayetano nicht in seine Werkstatt.

Paschoal öffnete eine Tür, die zwischen den gerahmten Fotos eines Kardinals und eines Priesters vor einer Kirche lag. Dahinter befand sich ein kleines Wohnzimmer mit einer geblümten Sitzgarnitur und einer Schrankwand mit einem Fernseher, auf dem tonlos eine Fußballübertragung lief.

Vor das einzige Fenster war ein dicker Vorhang gezogen.

Cayetano begriff.

Die großen Glasscheiben im Schneideratelier konnte man nicht blickdicht verhüllen. Sein Besuch sollte völlig unbemerkt bleiben. Cayetanos Berufsinstinkt erwachte. Aufmerksam blickte er sich um, aber soweit er sehen konnte, waren sie allein. Trotzdem – er brauchte diesen Revolver.

»Wo ist denn meine Soutane?«, fragte er.

»Die hole ich dir gleich«, sagte Paschoal. »Setz dich.«

Cayetano ließ seinen Blick am unteren Rand des Fenstervorhangs entlangwandern. Die Holzleiste an der Wand war ziemlich abgeschabt, aber durchgehend sichtbar. Es lugten keine Schuhe unter dem Stoff hervor. Nur die Gummifüße einer Stehleiter waren zu sehen.

Mit etwas ungutem Gefühl setzte Cayetano sich in einen Sessel mit dem Rücken zum Fenster. Das tat er eigentlich nie, aber die Wohnung befand sich im dritten Stock, und die Tür konnte er nur von diesem Platz aus im Auge behalten.

Paschoal ließ sich aufs Sofa fallen. Dabei schob er eine Aktentasche beiseite, die neben seinen Beinen stand. Er stützte die Ellenbogen auf die Knie und verschränkte die Hände davor.

»Du hast also über mein Angebot nachgedacht?«, fragte er, beugte sich vor und sah Cayetano scharf an. »Und?«

»Ich würde das Angebot gerne noch einmal hören, wenn es Ihnen nichts ausmacht«, sagte Cayetano. »Sie haben einen Auftrag für mich?«

»Nicht ich«, sagte Paschoal. »Aber einer meiner Kunden. Fürs Erste ist es nur ein kleiner Auftrag, sehr sicher und – sehr gut bezahlt.« Er musterte Cayetano. »Wenn du gute Arbeit leistest, gibt es hier noch mehr für dich zu tun.«

Cayetano blieb ruhig, seine Miene ausdruckslos, obwohl Paschoal ihn gerade beleidigt hatte. Kein Pistoleiro schätzte es, wenn jemand die Qualität seiner Arbeit in Frage stellte. Wenn es eines Grundes bedurft hätte, nicht mit diesem Schneider und seinen Kunden zusammenzuarbeiten, dann hätte er ihn jetzt gefunden. Er lächelte väterlich.

»Ich sehe«, sagte Paschoal, »wir verstehen uns, was?«

»Was sind das für Aufträge, Senhor?«, fragte Cayetano höflich, ohne auf Paschoals Frage einzugehen.

Paschoal merkte es nicht. »Ach, dies und das«, sagte er. »Ein Pistoleiro kann hier sehr viel Geld verdienen. Manchmal muss man eben Dinge selbst regeln, wenn die Polizei keine Zeit dazu hat, für Gerechtigkeit zu sorgen.«

Cayetano nickte, das war in Brasilien nicht anders.

»Wenn ich von einer interessanten Arbeit für einen Spezialisten höre, werde ich dich empfehlen«, fuhr Paschoal fort. »Ich bekomme natürlich eine kleine Provision.« Er machte eine wegwerfende Handbewegung, der Betrag war lächerlich. »Betrachte mich einfach als deinen Agenten.«

Cayetano hatte noch nie von einem Agenten für Pistoleiros gehört. Und er hatte auch jetzt nicht vor, für einen Makler zu töten oder sein ehrlich verdientes Geld zu teilen. Ein guter Arbeiter erwarb sich seinen Ruhm selbst und brauchte keine Empfehlung.

Paschoal wartete anscheinend auf seine Zustimmung.

Cayetano hoffte nur, dass dieser Schneider nicht zu anhänglich wurde und er sich um ihn würde kümmern müssen.

»Ich danke Ihnen für Ihr Vertrauen, Senhor«, sagte Cayetano respektvoll und hätte fast väterlich gelächelt. »Aber ich werde einen Revolver für meine Arbeit brauchen.«

Paschoal zog die Brauen zusammen. »Ich wette, die haben dir in Frankreich was Passendes mitgegeben«, sagte er.

»Ich arbeite immer mit meiner eigenen Waffe«, sagte Cayetano, der nie über seine Aufträge sprach und sich jetzt fragte, was Paschoal von Frankreich wusste. Wollte er ihn etwa über El Capitán ausfragen? Wieder hatte Cayetano dieses ungute Gefühl.

A onça-pintada.

Er musterte den alten Schneider und fand, dass er verräterische Augen hatte. War er so wahnwitzig, El Capitán zu hintergehen? Fast hatte er Mitleid mit dem Alten.

»Was starrst du mich so an?«, fragte Paschoal.

»Ich brauche einen Revolver Kaliber .38.«

»Wir werden dir was besorgen«, sagte Paschoal.

»Einen Revolver Kaliber .38.«

»Ich stelle hier die Bedingungen, klar?«

Cayetano ließ seinen Blick durchs Zimmer wandern. Der Alte war wirklich dumm. So konnte man nicht mit einem Pistoleiro sprechen und schon gar nicht zusammenarbeiten. Er war dieses Gespräch leid, würde jetzt seine Soutane nehmen und sich anschließend um diesen anmaßenden Schneider mit den verräterischen Augen kümmern. Sein

Blick fiel auf die Gummifüße der Stehleiter, die unter dem Vorhang hervorschauten. Wenn der Alte in dieser Nacht von der obersten Sprosse fiel und sich den Hals brach, würde niemand Verdacht schöpfen. Selbst wenn außer den beiden Katzen jemand sein Kommen bemerkt haben sollte, so war der Besuch eines weiteren Padre in dieser Werkstatt unverdächtig. Cayetanos Entschluss stand fest. Mit einem respektvollen Lächeln wandte er sich an Paschoal.

»Dann warte ich auf Ihren Auftrag, Senhor«, sagte er.

»Wir haben uns verstanden«, sagte Paschoal zufrieden.

»Probiere ich jetzt die Soutane an?«, fragte Cayetano.

»Vergiss die Soutane und deinen alten Job.«

Der Schneider war noch dümmer, als Cayetano gedacht hatte. Aber er brauchte diesen Revolver. »Verschiedene Kleidung ist immer nützlich«, sagte er.

Paschoal kniff den Mund zusammen, schwieg eine Weile, und Cayetano hatte schon das Gefühl, dass er ihm misstraute.

»Du hast recht«, sagte Paschoal endlich. »Vielleicht kannst du sie ja noch gebrauchen. Und bezahlt ist sie ja auch.« Er erhob sich. »Ich hole die Soutane.«

Paschoal verließ das Zimmer.

Cayetano stand auf, rollte mit den Schultern, verschränkte die Hände und streckte die Arme vor sich, um die Muskeln zu lockern. Der Alte war klein, hatte einen dünnen Hühnerhals, aber er war Soldat gewesen. Söldner wie El Capitán. Er war wachsam, würde sich bei der kleinsten Bedrohung heftig wehren. Cayetano machte noch ein paar tänzelnde Schritte wie ein Fußballer, der sich für das Spiel lockerte. Dann fühlte er sich für die Aufgabe bereit.

Doch Paschoal kehrte nicht zurück.

Die Minuten dehnten sich.

Cayetano setzte sich und sah dem Fußballspiel in dem stummen Fernseher zu. Endlich waren auf dem Gang

Schritte zu hören, dann erklang Paschoals Stimme. Er telefonierte.

Die Tür öffnete sich, und Paschoal kam herein. Über dem linken Arm hing die Soutane, in der rechten Hand hielt er ein Handy. Er steckte es in die Hosentasche.

Cayetano stand langsam auf.

»Ich habe mit einem Freund telefoniert«, sagte Paschoal. »Er hat ein Jagdgeschäft weiter draußen in einem Vorort. Und er meint, er kann was Passendes für dich besorgen. Einen Revolver. Smith & Wesson.«

»Das klingt gut, Senhor.« Cayetano machte einen Schritt auf ihn zu. »Geben Sie mir seine Adresse.«

Paschoal hielt ihm die Soutane hin. »Später«, sagte er. »Hier, zieh das mal an. Ich glaube ...« Er verstummte, starrte Cayetano an. »Mach keinen Fehler, du kleine Ratte.«

»Senhor?« Cayetano ging weiter auf ihn zu.

Paschoal schob die Strickjacke beiseite und legte die rechte Hand auf den Hosenbund. Jetzt sah Cayetano das Pistolenholster an seiner Hüfte. Er blieb stehen.

»Glaubst du, ich hole mir einen Auftragskiller ins Haus – mit nichts als meinen nackten Händen?«, fragte Paschoal.

Cayetano gab keine Antwort.

Paschoal warf die Soutane in Cayetanos Richtung aufs Sofa, doch seine rechte Hand blieb wenige Zentimeter neben der Pistole. Cayetano zweifelte nicht daran, dass der alte Soldat sie blitzschnell ziehen konnte. Nicht so schnell wie Cayetano natürlich. Doch der hatte keine Waffe, sondern nur die Erkenntnis, dass er eben dringend eine brauchte.

»Smith & Wesson ist in Ordnung, Senhor«, sagte er.

Paschoal ließ seinen Blick über Cayetano wandern. »Pass mal auf«, sagte er schließlich. »Ich weiß nicht, was sie dir in Frankreich erzählt haben. Du warst mir auf den ersten Blick sympathisch. Und ich habe jede Menge Arbeit für dich, die uns beiden viel Geld einbringen wird.«

Cayetano schwieg.

»Also nimm meinen Rat an und vergiss deinen Auftrag.«

»Senhor?«

»Mehr will ich dazu gar nicht sagen«, sagte Paschoal. »El Capitán tut nur, was er für richtig hält.«

Cayetano schwieg, wartete ab.

»Ein Spezialist wie du läuft einem nicht jeden Tag über den Weg«, fuhr Paschoal fort. »Bist ein netter Kerl, täte mir leid um dich. Und denk auch mal an deine Familie.«

Cayetano fühlte, wie der Instinkt des Pistoleiros wieder erwachte. Schon in Frankreich hatte er den Verdacht gehabt, dass etwas mit diesem Auftrag nicht stimmte. Doch El Capitán zu verraten, stand außer Frage.

»Was ist denn mit meinem Auftrag?«, fragte er ruhig.

Paschoal verzog den Mund. »Vergiss ihn.«

»Was hat El Capitán zu Ihnen gesagt?«

»Ich weiß gar nichts Bestimmtes«, sagte Paschoal, und Cayetano spürte, dass er log. »Ich will dich nur warnen.«

Cayetano machte einen Schritt zurück.

»Also nimm die Soutane«, sagte Paschoal und ließ die Strickjacke über dem Pistolenholster zufallen. »Wir werden sie vielleicht brauchen können. Wie heißt du?«

»Roberto«, sagte Cayetano.

Paschoal verzog den Mund. »Na ja, ist so gut wie jeder andere Name«, sagte er. »Komm in zwei Tagen wieder her. Bis dahin hat mein Freund den Revolver besorgt, und ich sage dir, wo du ihn abholst.« Er warf Cayetano einen scharfen Blick zu, als wollte er ihn von weiteren Dummheiten abhalten.

»Ist gut«, sagte Cayetano. »Danke, Senhor.«

»Hat dich jemand kommen sehen?«

»Nur zwei Katzen, glaube ich.«

»Gut«, sagte Paschoal. »Trotzdem, zieh lieber die Soutane an, bevor du gehst. Dann weiß keiner, wie lange du hier warst, und außerdem sieht man deine Figur nicht.«

Paschoal half Cayetano beim Anlegen der Soutane und band einen dünnen Stoffgürtel um seine Taille. »Unter den Enden des Zingulums ist der Eingriff«, sagte er.

Cayetano fuhr die rechte Seitennaht entlang und fühlte den Schlitz in Hüfthöhe. Er steckte die Hand probeweise hindurch und fasste genau an die Stelle, an der in ein paar Tagen das Holster für die Glock sitzen würde. Das Kleidungsstück war exakt auf seine Größe zugeschnitten. Kurz schoss ihm die Soutane durch den Kopf, die er bei seinem ersten Besuch gesehen hatte und die für einen hochgewachsenen Mann gefertigt worden war. Wieder erfasste ihn Misstrauen.

In der Zwischenzeit hatte Paschoal den schwarzen Anzug ordentlich zusammengefaltet und die Aktentasche, die neben dem Sofa stand, von einem Wust an Papieren geleert. Er steckte den Anzug in die Tasche und reichte sie Cayetano.

»Bring sie mir das nächste Mal wieder mit«, sagte er.

»Danke, Senhor«, sagte Cayetano und nahm die Tasche.

Paschoal brachte ihn zur Tür und ging ins Treppenhaus voran, ehe er Cayetano hinausließ.

»Dann bis übermorgen, Padre«, sagte er.

»Boa noite, Senhor«, sagte Cayetano.

Der schwere Mond stand jetzt hoch am wolkenlosen Nachthimmel und warf seinen Schein auf Cayetanos Rücken, als er den Innenhof betrat und zum Durchgang zur Via del Falco ging. Niemand war zu sehen, nur die Zikaden machten einen Höllenlärm. Der lange Rock der Soutane war unangenehm auf der bloßen Haut, der Saum scheuerte an seinen Knöcheln, und die schweren Stofffalten behinderten die Bewegungen, sodass Cayetano ständig das Gefühl hatte, stolpern zu müssen. Und ohne seine lange Hose fühlte er sich schutzlos und nackt.

Cayetano betrachtete den langen Schatten seiner Soutane, der auf den silbrigen Kieseln hin und her schwang. Es sah aus, als machte sich ein fremder Priester, der nichts mit ihm selbst zu tun hatte, auf den Weg in den Vatikan.

Cayetano dachte an die Worte des Schneiders. Er wusste, welch hohes Risiko der Alte mit seiner Warnung einging.

A onça-pintada.

In dieser Mondnacht schien der Jaguar ganz nah zu sein, ja, Cayetano hatte das Gefühl, als könnte ihn das Raubtier nun jederzeit anspringen. Ihm war, als hörte er die Schreie der Tiere am Amazonas, spürte die drückende Schwüle und roch das Wasser des Flusses. Sein Jagdfieber erwachte. Es ging nicht mehr nur um die leichte Beute im Vatikan.

Cayetano wollte den Jaguar.

17

Die Geräusche drangen nur langsam in Sophies Bewusstsein. Es war heiß und stickig, und als sie die Augen aufschlug, konnte sie nichts sehen. Sie brauchte ein paar Sekunden, um sich zu erinnern, wo sie war. Dann zog sie die Schlafmaske vom Gesicht und blinzelte. Hinter den hohen Fenstern lag ein grauer Tag, die Marmorfiguren auf der benachbarten Hausfassade wirkten wie nackte Gespenster. Irgendwo ertönte eine Polizeisirene, mehrere Autos hupten. Das Regierungsviertel war nicht weit, vielleicht versperrte mal wieder ein Politikerkonvoi die Straße.

Sophie setzte sich im Bett auf.

Dies war nicht ihre Wohnung, sondern das Gästezimmer des Headquarters. Es lag am Ende der Zehn-Zimmer-Wohnung und stand durchreisenden Besuchern zur Verfügung, die zu diskreten Gesprächen nach Wien kamen und nicht in einem der großen Hotels unnötige Aufmerksamkeit erregen wollten. Mit Biedermeiermöbeln, echten und nachgemachten, eingerichtet, wirkte es wie ein billiges Pensionszimmer. Draußen auf dem Gang waren schon die Stimmen der ersten gut gelaunten Mitarbeiter der Bewegung zu hören. Es musste nach acht sein.

Sophie fuhr sich mit der Hand übers Gesicht. Dann warf sie einen Blick auf die Uhr – und erschrak. Es war gleich elf. Ihr Wecker stand natürlich in ihrer Wohnung. Sie hatte vergessen, die Weckfunktion ihres Handys zu aktivieren. Genervt warf sie sich ins Kissen zurück.

Ihr Kopf fühlte sich wie mit Watte gefüllt an, und ihr Mund war ausgetrocknet. Sie hatte sich am Vortag von Viktor Hellberg auf den Kohlmarkt begleiten lassen und sich für den Rest des Tages im Büro eingeschlossen. Gegen neunzehn Uhr dreißig hatte der Wolf als Letzter das Headquarter verlassen. Sie war ihm überraschend über den Weg gelaufen, hatte nicht mehr mit ihm gerechnet. Sonst ging er immer früh, um mit der Familie zu Abend zu essen. Seine Laune war denkbar schlecht gewesen.

Was zum Teufel machst du noch hier, Sophie?

Ich bereite die Osterkundgebung vor.

Der Wolf hatte sie finster angestarrt, dann hatte er etwas Unverständliches geknurrt und war gegangen. Nicht ohne die Eingangstür hinter sich zuzuknallen. Das war so ungewöhnlich, dass sie minutenlang auf die geschlossene Tür gestarrt hatte. Private Probleme? Das konnten sie im Wahlkampf nun wirklich nicht gebrauchen. Oder schlechte Presse? Sie hatte in Gedanken notiert, am nächsten Morgen gleich mit Constanze zu sprechen und sich um Schadensbegrenzung zu bemühen.

Sophie quälte sich aus dem Bett und tappte in das angrenzende kleine Bad mit der winzigen Dusche. Das Wasser war eiskalt. Es brauchte eine Ewigkeit, bis sich ein dünner, lauwarmer Strahl aus dem verkalkten Duschkopf ergoss. Sophie notierte ein ernstes Gespräch mit der Putzfrau. Zum Glück hatte sie immer frische Wäsche und zwei komplette Kleidergarnituren im Büro. Man wusste nie, wann der Wolf zu einem überraschenden Kurztrip aufbrechen musste und sie als Terminbegleitung brauchte.

Eine Viertelstunde später betrat Sophie in grauem Kostüm und makelloser weißer Hemdbluse, das lange blonde Haar zu einem Knoten gebunden, das Hauptbüro.

Constanze stand hinter Helene, einen Schreibblock in der Hand, und schaute über deren Schulter auf eine Liste. Als sie Sophie bemerkte, blickte sie auf.

»Hallo, Sophie«, sagte sie. »Na, ich muss dann mal.«

Constanze drückte den Block vor die Brust und verließ ohne ein Wort der Erklärung mit schnellen Schritten das

Büro. Sophie vermutete, dass sie wirklich Ärger mit dem Wolf hatte.

Helene war dabei, mit einem Kugelschreiber eine Liste abzuhaken. »Guten Morgen, Sophie«, sagte sie, ohne ihre Arbeit zu unterbrechen. »Tobias hat schon ein paarmal nach dir gefragt.«

»Ich brauche einen starken Kaffee«, sagte Sophie.

Helene hob den Kopf. »Ich mach dir einen.«

»Wo ist der Wolf?«, fragte Sophie.

»In seinem Arbeitszimmer.«

»Gut, ich bin dann mal bei ihm«, sagte Sophie. »Du kannst mir den Kaffee in sein Büro bringen.«

»Er telefoniert gerade.«

»Ach ja? Mit wem?«

Helene gab keine Antwort, schüttelte nur den Kopf.

Irritiert wiederholte Sophie ihre Frage. »Mit wem er telefoniert, habe ich dich gefragt.«

»Das darf ich nicht sagen.«

Sophie stutzte. »Ist was passiert?« Ihre Begegnung mit dem Wolf vom Vorabend fiel ihr wieder ein. »Schlimm?«

Helene deutete mit dem Kugelschreiber über ihre Schulter nach hinten in Richtung des Ganges. »Tobias hätte dich gerne gesprochen«, sagte sie. »Er ist in deinem Büro.«

»In meinem Büro?«

»Tut mir leid, Sophie«, sagte Helene hörbar unglücklich. »Ich kann nichts dafür, ehrlich nicht.«

Sophie reichte es. »Was ist hier eigentlich los?«

»Sprich mit Tobias.«

Sophie warf Helene noch einen wütenden Blick zu, dann stürmte sie den Gang hinunter und riss ihre Bürotür auf.

Tobias saß in ihrem Schreibtischsessel, die Beine auf eine Ecke des Schreibtischs gelegt und die Knöchel elegant gekreuzt, und las in seiner Kladde. In der linken Hand hielt er seine teure Füllfeder und wirbelte sie gedankenverloren durch drei Finger. Bei ihrem Eintreten hob er den Kopf und blickte ihr entgegen.

»Da bist du ja endlich«, sagte er.

»Sag mal – *hast du sie noch alle*?« Sophie ging zum Schreibtisch und knallte ihre Aktentasche darauf.

Tobias zog die Brauen hoch. Dann schwang er seine Beine vom Schreibtisch und zeigte mit der Füllfeder auf einen der beiden Biedermeierstühle vor dem Schreibtisch.

»Setz dich doch«, sagte er. »Bitte.«

Sophie war so überrumpelt, dass sie sich auf einen Stuhl fallen ließ. »Was geht hier vor?«, fragte sie.

Tobias legte die aufgeschlagene Kladde auf den Tisch. Dann zog er ein Blatt Papier beiseite, legte sein Handy frei und schob es Sophie hin. »Wir haben gestern Abend einen Anruf für dich bekommen«, sagte er.

»Gestern Abend?«

»Genau gesagt um achtzehn Uhr vierunddreißig.«

»Was für einen Anruf?«

»Wir mussten ihn erst verifizieren.«

»Meine Termine gehen dich nichts an«, fauchte Sophie. Die ganze Situation war surreal. *»Was für einen Anruf?«*

»Jean le Marais wollte dich sprechen«, sagte Tobias. »Der Chef einer Organisation namens Gladius. Es klang ziemlich dringend.«

Sophie wurde heiß. Während sie sich in ihrem Arbeitszimmer eingeschlossen hatte, hatte sich anscheinend im Hauptbüro eine Katastrophe angebahnt. So viel war ihr schon jetzt klar. Über die Beziehungen der Bewegung zu Gladius waren nur Wingolf von Manhardt und sie informiert. Wie sollte sie dem Wolf erklären, dass nun auch Tobias Bescheid wusste? *Was wusste er überhaupt?* Sie fasste sich.

»Warum ist der Anruf nicht bei mir gelandet?«

»Ich habe ihn mir durchstellen lassen.« Er zuckte die Schultern. »Politisches Gespür.« Er war der Analyst.

»Ja, und?« Sophie lehnte sich zurück und verschränkte die Arme vor der Brust. »Was wollte er?«

»Seine Unterlagen«, sagte Tobias sanft.

Sophie bekam Herzklopfen, doch sie schaffte es, Tobias verständnislos anzusehen. »Unterlagen?«

»Genau«, sagte Tobias. »Marais will den Umschlag, den er dir in Frankreich gegeben hat – oder zumindest seinen Inhalt. Er behauptet, er wäre bei uns gestohlen worden.«

Sophies Herzschlag beschleunigte sich.

»Weißt du etwas davon?«, fuhr Tobias fort.

Sophie schüttelte stumm den Kopf.

Tobias warf die Füllfeder auf seine Kladde. »Hast du eine Ahnung, was hier los ist?«, fragte er. »In welche Lage du die Bewegung gebracht hast? Sag die Wahrheit: Ist dieser Umschlag im Headquarter verschwunden, oder hast du ihn weitergegeben? An einen politischen Mitbewerber? Die Presse?«

Sophie schloss für einen Moment die Augen, versuchte, sich zu fangen. Das war eine ganz neue Situation, aber sie konnte damit fertigwerden, musste nur eine Lösung anbieten.

»Ich bin dabei, ihn wiederzubeschaffen«, sagte sie. »Ich habe Kontakt mit einem Anwalt, deswegen war ich gestern nicht hier. Er hat eine Spur. Gib mir drei Tage.« Bat sie jetzt schon Tobias Schauer um eine Gnadenfrist?

Tobias' Miene war ein Spiegel des Mitleids und der Herablassung. Er nahm seine Füllfeder und spielte damit herum. Endlich sagte er: »Darum geht es nicht, Sophie. So ein Missgeschick darf nicht passieren, aber es kommt vor. Wenn wir einen Maulwurf haben, dann finden wir den auch.«

Nina. Für den Bruchteil eines Augenblicks überlegte Sophie, ob sie von Nina erzählen, sie als Bauernopfer anbieten sollte. Doch sie verwarf den Gedanken sofort wieder. Das hätte unbequeme Fragen nach sich gezogen.

»Worum geht es dann?«, fragte sie stattdessen.

»Du hast die Sache für dich behalten«, sagte Tobias.

Sophie wurde ärgerlich. »Es war meine Entscheidung.«

»So ist es«, sagte Tobias. »Es war deine Entscheidung. Und du hast dich entschieden, es uns nicht zu erzählen.« Er legte den Kopf in den Nacken, sah sie unter halb geschlossenen Lidern an. »Nicht einmal dem Wolf.«

Sophie starrte ihn empört an.

»Du wolltest den Alleingang«, sagte Tobias. »Egal, was das für die Bewegung bedeutet.«

»Ich handle immer im Sinn der Bewegung.«

»Nein«, sagte er. »Du kamst dir einfach wichtig vor.«

»Die Franzosen sind meine Agenda«, sagte Sophie wütend.

»Deine – *Agenda* – ist die Bewegung«, sagte Tobias mit Verachtung in der Stimme. »Und das ist der Wolf. Du hast ihn hintergangen, warst illoyal.« Er beugte sich vor, die Spitze seiner Füllfeder zielte auf Sophies Brust. »Aber das Einzige, was in der Politik zählt, ist *Loyalität*. Loyalität ist die höchste Währung in unserem Geschäft. Wenn der Wolf ganz allein da vorne steht und seinen Kopf für die Menschen hinhält, dann muss er sich auf die Leute hinter sich verlassen können. *Bedingungslos*, verstanden?«

Eine innere Kälte breitete sich in Sophie aus. Sie begann die Tragweite des Gesprächs zu erfassen. *Tobias, das Arschloch.* Wagte es, hier über Loyalität zu reden.

»Du weißt es schon länger«, sagte sie voll Verachtung.

Tobias lehnte sich zurück. »Sagen wir so – ich hatte einen Verdacht«, sagte er. »Seit du angefangen hast, deine Meetings im Abstellraum abzuhalten. Nach dem Gespräch mit Marais gestern Abend habe ich mir gleich heute Morgen von Helene deine Telefonliste raussuchen lassen.« Er tippte auf einen Ausdruck, der neben seiner Kladde lag. »Und siehe da – an dem Tag, als ich dich vor dem Tresor erwischt habe, hast du mit Marais telefoniert. Er hatte dich angerufen.«

Sophie hob das Kinn. »Ja, na und?«, fragte sie.

»Aber du hast nichts davon erzählt«, sagte Tobias.

»Warum hast du mich nicht einfach auf deinen Verdacht angesprochen?«

»Weil ich dich beobachten wollte«, sagte er. »Du wirst verstehen, dass ich was Schriftliches brauchte, um die Sache wasserdicht zu machen.« Ein verschmitztes Lächeln erschien auf seinem Gesicht. »Und weil ich dich so leichter loswerde.« Er machte eine wirkungsvolle Pause. Dann ließ er die Bombe platzen. »Du bist gefeuert.«

Sophie hörte Tobias' Worte, es dauerte jedoch ein paar Augenblicke, bis sie deren Bedeutung verstand. Erst starrte sie Tobias ungläubig an, doch dann, nach den ersten Schrecksekunden, erfasste sie Heiterkeit. Fast hätte sie gelacht. Was für ein größenwahnsinniges Jüngelchen. Sie musste sich innerlich sammeln, ihre Argumente ordnen. Dann würde sie zum Wolf gehen und fordern, sich von Tobias zu trennen. Sie konnten ihn einfach nicht mehr gebrauchen.

»Pass auf, du kleiner Pinscher«, sagte Sophie und stand auf. Sie stützte die Fäuste auf ihren Schreibtisch und beugte sich zu Tobias hinüber. »Verschwinde aus meinem Büro und lass dich hier nie wieder blicken«, zischte sie. »Über die Konsequenzen für dich reden wir später.«

Tobias rührte sich nicht. »Es ist vorbei, Sophie.«

»Wir werden ja sehen, was der Wolf dazu sagt.«

»Der weiß es schon«, sagte Tobias. »Du bist gefeuert.«

»Was?«

»Du bist draußen – es ist fix.«

Sophie richtete sich auf, ließ die Arme hängen.

Tobias streckte die Hand aus. »Gib mir dein Handy.«

»Erst rede ich mit dem Wolf«, sagte sie.

»Er will dich nicht mehr sehen«, sagte Tobias. »Ich bin jetzt der Leiter des Headquarters. Gib mir das Firmenhandy.« Seine ausgestreckte Hand schwebte zwischen ihnen.

Sophie fasste in die Jackentasche und zog das Telefon heraus. Darauf waren die Daten aller Gespräche gespeichert, der mit Marais – und vor allem der mit Viktor Hellberg. Sie steckte das Handy wieder ein und griff nach ihrer Aktentasche.

»Ich gebe es Helene«, sagte sie würdevoll. »Viel Glück, du Verräter.« Damit drehte sie sich um, verließ ihr Arbeitszimmer und knallte die Tür hinter sich zu.

Auf dem Gang blieb sie stehen. Ihre Knie waren weich, und ihre Gedanken flogen. *Was jetzt?* Sollte sie mit dem Wolf reden? Ihren Standpunkt darlegen? Sie drehte sich um. Nur eine der Doppeltüren zu seinem Büro war geschlossen. Der Wolf telefonierte, aber sie konnte nicht verstehen, was er sagte. Resigniert wandte Sophie sich ab. *Es ist vorbei.* Sie glaubte Tobias jedes Wort. Es hatte keinen Zweck, den Wolf um Gnade zu bitten. Zumindest vorerst nicht. Jetzt ging es nur noch um den geordneten Rückzug.

Sophie zog das Handy heraus und nahm die Rückenklappe ab. Mit zitternden Fingern zog sie die Speicherkarte heraus und ließ sie in ihre Jackentasche gleiten. Dann setzte sie die Abdeckung wieder ein, marschierte ins Hauptbüro und legte das Telefon auf Helenes Poststapel.

»Wenn der Wolf nach mir fragt«, sagte sie freundlich. »Er weiß ja, wo er mich erreichen kann.«

Hocherhobenen Hauptes verließ sie das Headquarter.

Während sie mit dem alten Lift ins Erdgeschoss hinunterfuhr, ging ihr das Rütteln des schmiedeeisernen Fahrgastkorbs durch Mark und Bein. Es war, als wollte sie das prächtige alte Haus in ihrem Innersten erschüttern. Auf Nimmerwiedersehen. Sophie biss die Zähne zusammen. Die Bewegung war ihre Arbeit gewesen, ihre Zukunft, ihr Leben.

Der Aufzug kam zitternd zum Stehen. Sophie zog die schwarz-goldenen Scherengitter auf und verließ das Marmor-Entree, für immer, da war sie sicher.

Auf dem Kohlmarkt blieb sie stehen.

Ihre Kehle war eng, und ihre Lider brannten. Am liebsten hätte sie einfach losgeheult – laut und verzweifelt und vor allem voller Wut. Sie legte den Kopf in den Nacken, schloss die Augen und atmete tief durch. Sophie Wellendorff, die Harvard-Absolventin, die analytisch denkende Zukunftshoffnung der nationalkonservativen Szene, weinte nicht. Und außerdem: Egal, was sich gerade in den Räumen der Bewegung zugetragen hatte, die Franzosen saßen ihr immer noch im Nacken. Wenn sie es recht bedachte, dann war Tobias Schauer das geringste ihrer Probleme. Der Gedanke relativierte ihre Lage und machte sie etwas erträglicher.

Jean le Marais und Gladius.

Sophie öffnete die Augen. Sie musste mit Viktor Hellberg Kontakt aufnehmen. Vielleicht gab es Neuigkeiten von seiner Tochter, oder er hatte diese CD gefunden.

Und sich ihren Inhalt nicht angesehen.

Wo sollte sie jetzt überhaupt hin? In ihre Wohnung zurückzukehren traute sie sich nicht. Das Headquarter schied als sicherer Zufluchtsort ebenfalls aus. Sophie beschloss, sich zunächst eines der vielen billigen Pensionszimmer zu nehmen, die es überall in Wien gab und die absolute Anonymität garantierten. Irgendwo am Stadtrand, wo fast nur noch Ausländer lebten und niemand sich für sie interessierte. Diese Leute verstanden ja kaum Deutsch, lehnten es ab, sich zu integrieren. Niemand würde dort Auskunft über sie geben können. Die Vorstellung, Tür an Tür mit Vertretern dieser Parallelgesellschaft leben zu müssen, bereitete ihr Unbehagen. Aber nicht so viel wie der Gedanke an Jean le Marais und seine Söldner.

Sophie griff in ihre Manteltasche und umfasste die Speicherkarte. Sie gratulierte sich dazu, auch in dieser kritischen Situation die Nerven behalten zu haben. Aber jetzt brauchte sie ein Handy. Kein offizielles, kein neues Smartphone. Keines, das irgendwie gehackt werden konnte. Sondern ein altes Gerät mit einer Prepaid-Karte.

Nach kurzer Überlegung marschierte sie in Richtung der nächsten Haltestelle los. Zehn Minuten später stieg sie in die rotweiße Straßenbahn, löste eine Fahrkarte und setzte sich auf den Sitz gleich hinter dem Fahrer. In Anbetracht der Tatsache, dass sie ab jetzt darauf achten musste, die Tage bis zur Übergabe der Unterlagen zu überleben, schien ihr der Platz am sichersten.

In der Nähe der Mariahilfer Straße stieg Sophie mit mehreren anderen Fahrgästen aus. Sie registrierte zwei alte Frauen mit Einkaufstaschen, eine Mutter mit einem Kinderwagen, ein Mädchen mit Kopfhörern und einen dunkelhäutigen jungen Mann mit modischem Haarschnitt und in teurer Sportkleidung, der auf sein Smartphone starrte. Zweifellos ein Asylant, der auf Kosten der Steuerzahler mit der Heimat kommunizierte.

Die Mariahilfer Straße war sowohl Fußgängerzone als auch Einkaufsmeile. Hier reihte sich Geschäft an Geschäft, teure Flagship-Stores und Secondhandläden wechselten sich ab, dazwischen lagen gut besuchte Cafés, Würstelstände und Kebab-Buden. Schon bei anderer Gelegenheit waren Sophie ein paar passende Läden aufgefallen. Sie brauchte zwanzig Minuten, dann hatte sie gefunden, was sie suchte.

Das Geschäft befand sich in einem dottergelb gestrichenen Haus. »An- und Verkauf Matejka«, stand in grellroten Buchstaben über dem Eingang, der zwischen zwei Schaufenstern mit Elektrogeräten, Radios und Handys jeden Baujahrs lag.

Sophie stieg zwei Stufen zur Ladentür hinauf und betrat das Geschäft. Die Türglocke läutete wie Big Ben. Hinter dem Tresen stand ein junger Mann und schraubte mit einem Schraubenzieher an einer alten Küchenwaage herum. Bei Sophies Eintreten legte er Werkzeug und Waage beiseite.

»Grüß Gott«, sagte Sophie. »Ich brauche ein Handy.«

Der Blick des Mannes huschte über sie hinweg. Offensichtlich fragte er sich, was sie angesichts ihrer teuren Kleidung in seinem Laden wollte.

»Haben wir«, sagte er, wollte wohl witzig sein.

»Dachte ich mir«, gab sie zurück und trat an die Verkaufstheke. Unter der Glasabdeckung lagen Telefone, Kabel und Handyhüllen jeder Marke und jeden Alters. Sie zeigte auf ein dickes schwarzes Handy. »So was zum Beispiel.«

»Das ist zwanzig Jahre alt«, sagte er. »Fast schon eine Antiquität. Das ist doch nichts für Sie. Ich habe auch ganz neue Smartphones, aus erster Hand, kaum benutzt.«

»Ich will nur telefonieren«, sagte Sophie. »Irgendwas Einfaches mit einer Prepaid-Karte.«

Er grinste. »Ach so, alles klar«, sagte er.

Unter anderen Umständen hätte Sophie sich geärgert. Wahrscheinlich dachte er, sie wäre verheiratet und bräuchte ein Zweithandy für die Affäre. Oder sie wäre ein Callgirl.

»Einfachste Handhabung, oder?«, fragte der junge Mann.

»Wenn möglich, ja.«

Sophie wollte keine Verkaufsberatung, sondern nur ein Telefon. Sie hoffte, dass keiner von Marais' Männern ihr gefolgt war. Hatte dieser Laden eine Hintertür?

»Klar«, sagte der Verkäufer. »Ich hole was vom Lager.« Er drehte sich um und verließ den Laden durch den Vorhang.

Sophie sah sich um.

Hier gab es anscheinend alles, was die Technik der letzten zwanzig Jahre hervorgebracht hatte. Aber auch ein paar ganz neue Geräte waren dabei. Sophie zweifelte keine Sekunde daran, dass ein Teil des Angebots aus Einbrüchen stammte. Die Banden aus dem ehemaligen Ostblock, die in den letzten Jahren Europa überschwemmten, mussten ihr Diebesgut ja irgendwo verkaufen. Leider konnte sie es sich nicht leisten, wählerisch zu sein.

Das Regal hinter dem Tresen war verglast und mit einem Schloss gesichert. Hinter der Scheibe lagen Fotoapparate, Objektive, Ladestationen, Lederfutterale und aufwendig gearbeitete Kamerataschen. Zwei iPads lehnten an der Wand.

Sophie dachte an Viktor Hellbergs Worte. Er hatte die Ausrüstung seiner Mutter durchsucht, aber keine CD gefunden. Seltsam. Wenn sie eine Fotografin wäre, wo würde sie einen wertvollen Datenträger verstecken? Doch wohl in der Tasche, die sie auch im Notfall, bei Wassereinbruch oder Feuer, als Erstes retten würde. Aber Hellberg hatte gesagt, die Tasche seiner Mutter sei sauber gewesen.

Hinter dem Vorhang waren Schritte zu hören.

Sophie betrachtete noch immer die Fotoapparate in dem Glasregal. Eines der Objektive war besonders groß. Es war eines von der professionellen Sorte, mit der man immer Pressefotografen irgendwo im Ausland sah. Bestimmt hatte Simone Colbert ein ähnliches unter ihrer Ausrüstung.

»So.« Der Verkäufer war zurück. »Was halten Sie davon?«

Das Handy, das er auf den Tisch legte, war klobig, quietschgelb und hatte einen dicken Gummiüberzug.

»Was ist denn das?«, fragte sie. »Eine Gummiente?«

»Ich nenne es unseren Bock«, sagte er. »Das Teil können Sie auf jeder Skitour mitnehmen. Hundert Prozent stoß- und wasserfest.« Er grinste. »Und telefonieren können Sie auch damit. Ist sogar aufgeladen – Sie können gleich loslegen.«

Sophie sah über seine Schulter zu den Kameras.

Er folgte ihrem Blick. »Soll ich Ihnen da was zeigen?«

Sophie zögerte, es hatte wohl wenig Sinn, trotzdem war es einen Versuch wert. Sie deutete auf einen Fotoapparat in einem Lederfutteral und auf das große Objektiv.

»Kann ich die mal sehen?«, fragte sie. Und fügte hinzu: »Mein Mann ist ein begeisterter Hobbyfotograf.« Sie war schon immer eine gute Lügnerin gewesen.

»Gern.« Er zog einen Schlüsselbund an einer Silberkette aus der vorderen Tasche seiner Jeans und schloss die Glastür auf. »Die Kamera ist ein Sammlerstück«, sagte er. »Eine alte Leica. Ganz selten und natürlich nicht billig.« Er legte den Fotoapparat auf den Tresen. »Das Teleobjektiv auch?«

»Ja, bitte.«

»Welche Kamera benutzt Ihr Mann denn?« Er nahm das Objektiv, drehte es in der Hand, wartete auf eine Antwort.

»Er hat mehrere Apparate«, sagte sie. »Sie kennen das.«

»Hobbyfotografen sind oft besser ausgerüstet als jeder Profi«, sagte er, schraubte das Objektiv auf und legte die Einzelteile vor Sophie hin. »Sehen Sie? Da kann Ihr Mann so ziemlich jeden Filter reintun, den er braucht.«

Sophie starrte auf die dicken schwarzen und silbernen Ringe auf dem Tresen. Die runden Filter schimmerten im Licht der Lampe, die über der Verkaufstheke hing, reflektierten die Metalleinfassungen. Sie wirkten nicht wie aus Glas.

Sophie griff nach einer Fassung, drehte sie hin und her. Der Rand war ziemlich hoch, es passte ohne Weiteres noch eine zweite große Scheibe hinein.

»Ich hätte sogar einen Filter-Container«, sagte der Verkäufer hoffnungsvoll. »Kann Ihr Mann immer gebrauchen.«

»Ja«, sagte Sophie leise. »Stimmt.«

»Also – Leica oder Objektiv? Oder beides?«

»Was?« Sophie hatte nicht richtig zugehört. »Nein … nein, danke.« Sie legte die Einzelteile des Objektivs sorgsam auf die Theke zurück. »Mein Mann soll sich die Sachen lieber selbst ansehen. Ich nehme nur das Handy.«

»Soll ich die Fotosachen reservieren?«

»Das wäre sehr nett.« Sophie schenkte ihm ein Lächeln, hatte nicht vor, jemals wieder in die Nähe dieses Ladens zu kommen. »Peter kommt dann morgen nach der Arbeit vorbei.«

»Super.« Der Verkäufer freute sich. »Über die Straße ist eine Trafik, da kriegen Sie eine Prepaid-Karte.«

Sophie zahlte, verließ den Laden.

Vor dem Geschäft sah sie sich kurz um, doch außer dem üblichen Publikum der Mariahilfer Straße fiel ihr niemand auf. Sie wartete trotzdem ein paar Minuten, dann ging sie zu dem Zeitungsgeschäft hinüber, das ihr der Verkäufer gezeigt hatte. Sie kaufte eine Prepaid-Karte und aktivierte ihr Telefon. Als sie wieder vor dem Laden stand, holte sie einmal tief Luft und sammelte sich. Sie war sich ihrer Sache sicher. Doch ein Restrisiko blieb. Was, wenn Viktor Hellberg die CD durch ihren Hinweis fand und das Geschäft allein machte? Sie beschloss, das Risiko einzugehen, und tippte seine Nummer. Wieder meldete er sich sofort.

»Hellberg?« Atemlos, hoffnungsvoll.

»Hier ist Sophie Wellendorff.«

Schweigen am anderen Ende der Leitung.

»Haben Sie von Ihrer Tochter gehört?«, fragte Sophie.

»Nein.«

»Wir müssen uns treffen, heute noch.«

»Wozu?«

»Wenn die Entführer sich melden, dann vereinbaren Sie die Übergabe«, sagte Sophie. »Ich weiß, wo die CD ist.«

18

Cayetano verließ seine Pension an der Piazza Mattei gegen acht Uhr morgens in der Verkleidung des Priesters. Im Treppenhaus roch es nach Kaffee und Knoblauch, denn die Küchentür stand wie immer offen, und Marina fing mit ihren Vorbereitungen für das Mittagessen stets schon beim Frühstück an. Als er die knarrenden Stufen hinabstieg, Paschoals geliehene Aktentasche in der Hand, hörte er bereits ihre Absätze auf den Küchenfliesen. Gleich darauf stand sie im Türrahmen.

»Guten Morgen, Padre«, sagte sie und wischte sich die Hände an ihrer blauen Schürze ab. »Wünschen Sie Kaffee?«

»Guten Morgen, Signora Marina, nein danke.«

»Werden Sie lange wegbleiben?«

Cayetano lächelte väterlich. »Ich besuche heute einen alten Studienkollegen«, sagte er. »Aus meiner Zeit am Päpstlichen Brasilianischen Pius-Kolleg.«

Marina war beeindruckt. »Haben Sie da studiert?«

»Kanonisches Recht«, sagte Cayetano, obwohl er noch immer nicht wusste, was das war. Um ihrer nächsten Frage zuvorzukommen, fügte er daher schnell hinzu: »Mein lieber Freund wartet sicher schon, wir haben uns viel zu erzählen.«

»Perfekt«, sagte Marina. »Dann kann ich in Ruhe Ihr Zimmer putzen und die Bettwäsche wechseln.«

Sie schenkte ihm ein harmloses Lächeln. Aber Cayetano war gewarnt. Das Zimmer hatte alles, was er brauchte, aber sauber war es nicht. Wenn Marina also plötzlich einen Großputz ankündigte, dann hieß das nichts anderes, als dass sie sich Zutritt zu seinen Sachen verschaffen wollte. Sein Instinkt hatte ihn also nicht getrogen. Diese Frau argwöhnte etwas.

»Das ist doch gar nicht der Mühe wert, Signora«, sagte Cayetano. »Das mache ich immer selbst.«

Marinas Blick wanderte über seinen schwarzen Anzug, die Aktentasche, blieb an dem großen Silberkreuz auf seiner Brust hängen. Cayetano sah das Misstrauen in ihrer Miene.

»Na«, sagte sie. »Sie sind mir ein schöner Priester. Normalerweise ist den Herren ja jede Arbeit zu viel.«

Am liebsten wäre Cayetano noch einmal umgedreht und hätte die Einzelteile der Glock geholt. Aber das wäre zu auffällig gewesen. Eigentlich wusste er, dass er das Problem mit seiner Wirtin lösen musste. Doch dann brauchte er eine neue Unterkunft, denn er musste verschwunden sein, ehe die Leiche gefunden wurde. Natürlich durfte sich niemand an einen Priester auf Herbergssuche erinnern. Am besten, er ging dieses Problem gleich an.

»Signora Marina«, sagte er. »Ein Bruder aus Brasilien kommt dieser Tage nach Rom. Er sucht ein einfaches Zimmer, können Sie mir vielleicht etwas empfehlen?«

Marina dachte nach. »Wo soll es denn sein?«

»Wenn es geht, in der Nähe des Vatikans.«

Sie nickte, das klang plausibel. »Ich schreibe Ihnen ein oder zwei Adressen auf, Padre«, sagte sie.

Cayetano war erleichtert. Er dachte an die Staubflusen unter dem Bett und vertraute auf Marinas Faulheit.

»Legen Sie mir einfach die Bettwäsche hin, Signora.« Er zwang sich zu einem väterlichen Lächeln. »Bis später.«

»Einen schönen Tag, Padre.«

Cayetano ging zur Haustür und öffnete sie. Dabei konnte er ihren bohrenden Blick im Rücken spüren. Und auf einmal wusste er, dass sie nur darauf wartete, dass er das Haus verlassen hatte. Dann würde sie sein Zimmer auseinandernehmen. Und bei seiner Rückkehr wartete die Polizei auf ihn.

Langsam, als wäre ihm noch etwas eingefallen, schloss Cayetano die Tür und drehte sich zu ihr um.

»Haben Sie noch etwas vergessen, Padre?«

»Ich fürchte, ich habe mein Brevier liegen lassen«, sagte er. »Und vielleicht hätte ich doch gerne noch einen schnellen Espresso.« Er musste es in der Küche tun.

»Gerne, Padre, nur einen Moment.«

Cayetano lächelte väterlich und wandte sich zur Treppe, um die Pistole zu holen. Danach würde er die Glock im Tiber versenken. Wenn alles gut ging, hatte er am Nachmittag eine neue Waffe. Ein Pistoleiro musste flexibel sein.

In diesem Augenblick öffnete sich die Tür hinter seinem Rücken. Eine Wolke von Parfüm überlagerte alle Küchendünste.

Cayetano drehte sich schnell um.

Zwei junge Frauen betraten das Haus, schnatterten in diesem schnellen Italienisch. Marinas Freundinnen, mit denen sie ständig Kaffee trank.

»Guten Morgen, Padre«, sagten die beiden wie mit einer Stimme, ehe sie an Marina vorbei in der Küche verschwanden.

Cayetano drehte wieder um.

»Padre«, rief Marina hinter ihm her. »Was ist jetzt mit Ihrem Kaffee?« Sie klang ein wenig spöttisch. »Und wollten Sie nicht noch etwas holen?«

Cayetano, schon an der Tür, wandte sich noch einmal um und schüttelte den Kopf. »Was ich erledigen wollte«, sagte er, »hat noch ein wenig Zeit. Alles unter dem Himmel hat seine vorbestimmte Stunde. Und mein Studienfreund wartet auch auf mich.« Er schenkte ihr noch ein väterliches Lächeln.

Dann verließ Cayetano endgültig das Haus.

Eine halbe Stunde später betrat er durch die Via del Falco den Innenhof, der zu Paschoals Schneideratelier führte. Signora Maria kam ihm mit einem leeren Einkaufskorb entgegen. Er hielt ihr die Tür auf und trat beiseite.

»Buongiorno, Padre«, sagte sie gnädig, ehe sie an ihm vorbeirauschte. Einen zweiten Blick schenkte sie ihm nicht.

Paschoal wartete bereits an der Tür auf ihn.

»Komm rein«, sagte er und nahm Cayetano die Tasche ab.

Diesmal gingen sie wieder in die Werkstatt. Es war heller Morgen, sein Besuch ganz offiziell.

»Mein Freund heißt Bernardo Santo«, sagte Paschoal ohne Umschweife. »Er hat, was du brauchst.«

»Ist Ihr Freund Italiener?«

»Natürlich nicht«, sagte Paschoal. »Sein ganzer Name ist Bernardo Santos de Freitas – und wie sein Geburtsname lautet, brauchst du nicht zu wissen. Aber in Italien heißt er nur Bernardo Santo, klar?«

»Natürlich.«

»Du redest ihn mit seinem ganzen Namen an«, sagte Paschoal. »Dann weiß Bernardo, dass du von mir kommst.«

Cayetano nickte. »Senhor Santos de Freitas.«

»Er hat einen Laden für Jagd- und Fischereibedarf«, sagte Paschoal. »Draußen zwischen Casalotti und Selva Nera.«

»Wie gesagt, ich suche einen Revolver Kaliber .38«, sagte Cayetano und dachte an seine gute Waffe zu Hause. »Ich schieße immer damit.«

»Bernardo ist Büchsenmacher, er hat dir was besorgt.«

»Arbeitet Senhor Santo auch für den Capitán?«

Das war eine wichtige Frage, denn der Revolver war für ihn persönlich bestimmt. Unter Umständen musste sich Cayetano des Stillschweigens des Büchsenmachers versichern.

»Bernardo arbeitet für niemanden«, sagte Paschoal. »Er verkauft Jagdwaffen und Angelruten. Nur wenn mal ein guter Freund seine Hilfe braucht, macht er eine Ausnahme.«

Cayetano nickte verständnisvoll.

Diese Sorte guter Freunde kannte er aus Brasilien. Es

handelte sich fast immer um einen streng organisierten Verbrecherring. Das Geschäftsmodell hieß Drogen- und Organhandel, Prostitution und – wenn nötig – Massenmord. Ein Pistoleiro war kein Mörder.

Nur wenn mal ein guter Freund seine Hilfe braucht, macht er eine Ausnahme.

Cayetano hätte seine neue Soutane verwettet, dass dieses Geschäft für Jäger und Angler nur der Tarnung diente.

»Dann bin ich beruhigt, Senhor«, sagte er.

»Ich habe dich bei meinem Freund angekündigt.«

Cayetano nickte.

»Bernardo weiß natürlich nichts von deinem Auftrag.«

Cayetano nickte.

Paschoal sah ihn scharf an. »Ich habe gesagt, du arbeitest ab jetzt für uns.«

Cayetano konnte sich ein Lächeln nicht verkneifen. *Für uns.* Er hatte sich also nicht getäuscht. Es war ein Verbrecherring. Für ein Syndikat arbeitete er nicht.

»Alles klar«, sagte er.

»Gut.« Paschoal wirkte zufrieden. »Ich habe dir ein paar passende Klamotten besorgt.« Er zeigte auf Cayetanos schwarzen Anzug. »In der Kluft kannst du nicht fahren.«

Paschoal verließ die Werkstatt.

Cayetano sah sich um, aber zwei der Schneiderpuppen zeigten nur ihre abgeschabte schwarze Samthaut. Auf der dritten hing noch immer das Spitzenhemd. Der groß gewachsene Mann, dem die Soutane mit dem Schlitz in der Seite gehörte, musste sie bereits abgeholt haben. Vielleicht arbeitete die Kirche ja selbst mit Pistoleiros. Das war ein ganz neuer Gedanke und ließ seinen Aufenthalt in Rom fast normal erscheinen.

Als Paschoal zurückkam, hing über seinem Arm ziemlich abgetragene Freizeitkleidung. Er händigte Cayetano eine grüne Cordhose aus, ein grün-braun kariertes Flanellhemd mit einem abgestoßenen Kragen und eine Tweedjacke mit ausgebeulten Taschen und einer goldenen Anstecknadel auf dem Revers, die einen Vogel mit ausgebreiteten Schwingen und langen Schwanzfedern zeigte.

Um faisão.

Cayetano hatte noch nie einen lebenden Fasan gesehen und erst einmal mit einer Schrotflinte geschossen.

»Hier«, sagte Paschoal. »Zieh das an. Gehört meinem Neffen, der hat etwa deine Statur. Hinter dir findest du Schnürstiefel und eine Jagdtasche.« Er musterte Cayetano. »Ich habe auch noch eine Schirmkappe mitgenommen, sicher ist sicher. In der Aufmachung kannst du jedenfalls ein Jagdgeschäft betreten, ohne Aufmerksamkeit zu erregen.«

Cayetano zog seinen schwarzen Anzug aus und schlüpfte in die Jagdkleidung. Alles saß wie angegossen, und Cayetano fand, dass man den guten Schneider eben an seinem Augenmaß erkannte. Nur die Stiefel hatten sich dem Fuß ihres früheren Eigentümers bereits angepasst und drückten ein wenig.

Als Cayetano in den mannshohen Spiegel blickte, der in einem drehbaren Holzrahmen in der Schneiderwerkstatt stand, sah er einen Jäger in seiner geliebten und oft getragenen Freizeitkleidung vor sich.

Cayetano kam eine Idee.

»Ich würde die Kleider gerne behalten«, sagte er.

»Wozu?«

»Es könnte doch sein, dass Sie einen Auftrag für mich haben, bei dem ein Anzug oder eine Soutane nicht passen.«

Paschoal kratzte sich am Kopf. »Da hast du verdammt recht«, sagte er. »Am besten, du packst deinen ganzen Kram da in die Jagdtasche und nimmst ihn mit. So musst du auch nicht mehr hier auftauchen, bis ich dich brauche.«

Paschoal erklärte Cayetano noch, wo das Geschäft mit den Jagdwaffen lag – westlich der A 90 – und welchen Bus er nehmen sollte. Dann vereinbarten sie, sich nicht mehr zu treffen, bis Paschoal mit seinen Kunden über die Einzelheiten des Auftrags für ihn gesprochen hatte.

Cayetano wunderte sich.

Der Schneider wusste, dass er das Land sofort nach der Erfüllung seines Auftrags verlassen musste. Glaubte er wirklich, Cayetano würde sein Wort als Pistoleiro brechen? Wenn er in Rom blieb und – Gott behüte – noch seine Familie nachholte, würde er zum Verräter an El Capitán werden. Über das, was in so einem Fall mit seiner Familie und mit ihm geschehen würde, wollte er gar nicht nachdenken.

Cayetano brauchte eineinhalb Stunden, bis ihn der Bus in einem von Grünland umgebenen Vorort mit kleinen Einfamilienhäusern, Supermärkten und billigen Restaurants aussteigen ließ. Die Via di Selva Nera, in der das Geschäft von Bernardo Santo lag, war lang und ziemlich dicht befahren. Während der zwanzig Minuten, die Cayetano am Straßenrand entlangging, schenkte ihm niemand Beachtung. Nur einmal fuhr ein alter grauer Pick-up vorbei, und zwei Männer mit Schirmkappen im Tarnmuster grüßten zu ihm herüber. Nach den Tagen als Pater Roberto, der sich kaum der vielen Grüße und Berührungen erwehren konnte, war es ein seltsames Gefühl, wieder nahezu unsichtbar zu sein.

Der Laden für Jagdzubehör befand sich im Erdgeschoss eines kleinen Einfamilienhauses. In der Auslage waren Jagdkleidung und Angelzubehör zu sehen. Ein Schild mit der Aufschrift »Caccia & Pesca Articoli« hing über dem Eingang.

Cayetano nahm die Kappe ab und betrat den Laden.

Im Inneren des Geschäfts roch es nach Lederfett und Waffenöl. An einer Wand war ein Brett mit dem Kopf eines riesigen Welses befestigt. Darunter standen Angelruten und hingen Plastikbehälter für die Fische. In einem Regal stapelten sich Pullover, Hosen und Kappen. Auf großen Kartons waren Gummistiefel in verschiedenen Höhen aufgestellt.

Cayetano wunderte sich, wie viel Ausrüstung man in Europa für die Jagd brauchte. Eine Rute und ein Gewehr reichten auf den Flüssen des Amazonas aus.

Ein braun-weiß gefleckter Hund mit langen Ohren kam um den Tresen, hinter dem in einem Schrank mit Panzerglas Jagdgewehre standen, herumgetrottet und schnüffelte an Cayetanos Knie. Seine Lider waren schwer und die Augen blutunterlaufen. Er erinnerte an die Hunde, die manche Aufseher auf den Plantagen einsetzten, um entlaufene Tagelöhner zu suchen. Oft wurde auch ein Pistoleiro beauftragt, sich zur Abschreckung um die Frau oder die Kinder der Entflohenen zu kümmern. So eine Arbeit nahm Cayetano nicht an. Das hatte sich herumgesprochen.

Der Hund wich zurück und sträubte das Nackenfell.

»Nero!« Der Türvorhang teilte sich, und ein älterer Mann kam in das Geschäft. Er war klein und dünn und hatte das Haar zu einer Glatze rasiert. »Verschwinde.«

Der Hund starrte Cayetano ins Gesicht, knurrte leise, dann drehte er um und verzog sich wieder hinter den Tresen.

»Kann ich helfen?«, fragte der Mann.

»Guten Tag«, sagte Cayetano höflich. »Senhor Paschoal schickt mich. Er meint, Sie hätten genau, was ich brauche.«

»So.« Der Mann kam näher, stellte sich hinter den Tresen und stützte die Fäuste auf. »Und das wäre?«

»Ich suche eine Waffe«, sagte Cayetano und ließ seinen Blick über die Gewehre in dem Panzerglasschrank wandern.

»Hier finden Sie alles, was Sie für die Jagd brauchen«, sagte der Mann. »Büchse oder Flinte?«

»Weder noch, Senhor Santos de Freitas.«

Der Mann sah Cayetano scharf an. »Moment«, sagte er, kam hinter dem Tresen hervor, ging zur Ladentür und schloss sie ab. »Du bist also der neue Spezialist, von dem Sílvio gesprochen hat?« Er musterte Cayetano. »Südamerika?«

»Nun ja, Senhor …«

»Bernardo.«

»Cayetano.«

»Los, komm mit.«

Bernardo machte Cayetano ein Zeichen, ihm zu folgen, und führte ihn durch den Vorhang in ein Hinterzimmer. Hier befand sich offensichtlich das Büro des Geschäfts. Ein Fenster mit grauen Gardinen führte auf einen Garten auf der Rückseite des Hauses hinaus, davor standen ein mit Papieren und Jagdkatalogen vollgeräumter zerkratzter Schreibtisch und ein alter Drehsessel. Ein hochmoderner Computer und ein Kopiergerät bildeten die technische Ausstattung. An den Wänden hingen ausgestopfte Köpfe von Tieren, die Cayetano nicht kannte, und an einer Wand stand ein Waffenschrank aus grün lackiertem Stahl mit zwei Schlössern.

Bernardo hakte die Daumen in den Gürtel und musterte Cayetano. »Also, Sílvio sagte, du suchst einen Revolver?«

»Ja«, sagte Cayetano. »Kaliber .38.«

Bernardo stieß einen leisen Pfiff aus. »Eine Pistole ist handlicher«, wandte er ein. »Davon hätte ich mehrere.«

»Ich bin den Revolver gewöhnt.«

Bernardo betrachtete Cayetano schweigend. »Verstehe.« Er wirkte nachdenklich. »Ich habe im Moment nur eine Waffe, die ich dir anbieten kann. Die anderen sind registriert. Und du musst bar bezahlen.«

»Selbstverständlich.«

»Gut.« Bernardo zog einen Schlüsselbund aus der Hosentasche, wählte zwei Schlüssel aus und öffnete die Schlösser am Waffenschrank. »Es ist ein Smith & Wesson«, sagte er und zog die zehn Zentimeter dicke Stahltür auf.

Cayetano sah etwa fünfzehn Jagdgewehre, die in Reih

und Glied in ihren Halterungen standen, und mehrere Kartons auf einer Ablage. Aus einem davon nahm Bernardo eine Kurzwaffe, drehte sich zu Cayetano um und reichte sie ihm.

»Smith & Wesson .357 Magnum«, sagte er. »Keine Registrierung, keine Seriennummer. Ist eingeschossen, aber noch nie im Einsatz gewesen.«

Schon beim ersten Griff wusste Cayetano, dass der Weg nach Selva Nera hinaus nicht umsonst gewesen war. Schwer lag der Revolver in seiner Hand, solide und vertrauenswürdig.

Cayetano fuhr mit dem linken Zeigefinger über das Griffstück und den Lauf, umrundete die Trommel und das Patronenlager, legte den Finger um Abzugsbügel und Abzug. Mit dem Daumen der rechten Hand prüfte er den Entriegelungshebel und den Hahn.

Bernardo grinste. »Das ist eine Braut, was?«

Cayetano nickte. »Double-Action?«, fragte er.

Revolver hatten in der Regel einen außen liegenden Hahn. Hatte er eine einfache Abzugsfunktion, musste oder konnte er also von Hand gespannt werden, sprach man von Single-Action. Wurde der Hahn beim Betätigen des Abzugs automatisch gespannt und abgeschlagen, hieß das Double-Action. Cayetano bevorzugte das Spannen von Hand. Alles, was automatisch ging, konnte im Ernstfall versagen.

»Vorspann- und Spannabzug«, bestätigte Bernardo. »Du kannst ihn auch in der Single-Action-Funktion abfeuern.«

Cayetano entriegelte die Trommel, schwenkte sie seitlich heraus und tat so, als wollte er eine Patrone in die Bohrung einführen. Er schwenkte die Trommel wieder ein und hörte, wie sie einrastete. Dann richtete er die Mündung auf den Boden, spannte den Schlaghahn und berührte kaum merklich den Abzug. Daraufhin hielt er den Schlaghahn zum Entspannen fest, legte den Daumen davor und betätigte den Abzug, bis der Schlaghahn aus der Spannrast glitt. Langsam ließ er den Abzug wieder vorrutschen, bis der Schlaghahn in seiner Sicherungsrast war. Aus reiner Gewohnheit, und wie nach jeder Ausführung eines Auftrags, betätigte er noch den Entriegelungshebel und schwenkte die leere Trommel zum Entladen aus.

»Was sagst du?«, fragte Bernardo.

»Ist ein gutes Gefühl«, sagte Cayetano.

»Willst du ihn hier in Italien benutzen?«

Cayetano gab keine Antwort. Erstens sprach er nie über seine Arbeit. Und zweitens wusste er es ja noch nicht.

Sie sind mir ein schöner Priester. Normalerweise ist den Herren ja jede Arbeit zu viel.

»Viele Spezialisten arbeiten vom Motorrad aus«, sagte Bernardo. »Ich sag's nur, wegen der Reichweite.«

Im Laden bellte der Hund.

Cayetanos Hand umschloss die Griffschalen fester.

»Warte hier«, sagte Bernardo leise.

Bernardo ging in den Laden, und Cayetano hörte, wie er die Tür aufschloss, und gleich darauf die Stimme einer Frau.

»Warum hast du geschlossen, Bernardo, hast du etwa Besuch?«

Cayetano warf einen Blick in den noch immer offen stehenden Waffenschrank. Auf dem obersten Brett lagen Munitionsschachteln. Er ließ den Revolver sinken, überflog schnell die Aufdrucke auf den Schachteln und nahm die einzige passende herunter. Er entriegelte die Trommel, schwenkte sie heraus und füllte die Bohrungen mit Patronen. Nur eine Bohrung ließ er wie immer aus Sicherheitsgründen leer und drehte sie beim Einschwenken der Trommel vor den Hahn. Lautlos schlich er, den Revolver mit beiden Händen fest im Griff, zum Vorhang und lauschte. Sollte Bernardo ihn verraten, musste er sich in den nächsten Minuten um zwei Personen kümmern. Der Revolver machte ihm dabei keine Sorgen. Doch für gewöhnlich kannte er den Fluchtweg.

»Nur so ein Typ«, sagte Bernardo. »Will Welse angeln. Ich hab ihm erklärt, da muss er nach Norden fahren.«

»Ah, Touristen«, sagte die Frau. »Ich wollte nur sagen, dass ich Vincenzo Ostern mit zur Erstkommunion nehmen kann. Wir holen ihn gleich morgens um neun ab.«

»Perfekt, Sofia wird sich freuen«, sagte Bernardo.

Cayetano versuchte zu verstehen, ob es einen versteckten Hinweis in dem ganzen Geschnatter gab, aber die Frau bestellte nur noch Grüße an Sofia, wohl Bernardos Frau, und kurz darauf schlug die Ladentür zu.

Cayetano trat einen Schritt zurück.

Keine Sekunde zu früh, denn der Vorhang teilte sich, und gleich darauf stand Bernardo im Zimmer. Er erfasste Cayetano, den Revolver und die offene Patronenschachtel auf einen Blick und wurde blass.

»Was soll das?«, blaffte er.

Cayetano nahm den Revolver herunter. »Ich nehme ihn«, sagte er. »Ich zahle die Waffe bar und nehme auch noch die Munition.« Er zeigte auf die offene Schachtel. »Und dann gehe ich«, fuhr er fort. »Du wirst Paschoal nicht anrufen und ihn wegen meiner Arbeit löchern, klar?«

»Mir sagt keiner, was ich tun soll«, sagte Bernardo.

Cayetano blickte auf den Revolver hinab, wog ihn in der Hand. »Ist Vincenzo dein Sohn?«, erkundigte er sich.

»Ja, warum?«

Cayetano sah Bernardo in die Augen. »Wie alt?«

Bernardo starrte zurück, schluckte.

Cayetano hakte nach. »Wie alt, habe ich gefragt.«

»Neun.« Bernardos Stimme klang gepresst.

»Das ist ein nettes Alter für einen Jungen«, sagte Cayetano und lächelte väterlich. »Wenn ich merke, dass jemand mir folgt, oder wenn ich höre, dass du bei Paschoal etwas über mich oder meine Arbeit oder meine Auftraggeber herauszufinden versuchst, dann komme ich wieder.«

Bernardo hatte seinen Schreck überwunden. »Ich kenne so manchen von deiner Sorte«, zischte er. »Aber so was wie du ist mir noch nicht untergekommen. Wenn meinem Sohn –«

»Du hast gehört, was ich gesagt habe«, sagte Cayetano und zog ein Bündel Geldscheine aus der Jackentasche. Es zeigte sich wieder, wie vorausschauend El Capitán war. »Hier, das wird reichen. Kauf deinem Jungen ein Eis.«

Cayetano entlud den Revolver, verstaute ihn und die Munitionsschachtel unter Padre Robertos schwarzem Anzug in der alten Jagdtasche, die ihm Paschoal mitgegeben hatte.

Dann fiel ihm noch etwas ein.

»Der große Wels, der da im Laden an der Wand hängt«, sagte er. »Womit fängt man denn so ein Tier?«

»Mit Enten«, sagte Bernardo kurz angebunden.

»Mit ganzen Enten?«

»Ja, mit lebenden Enten.«

Cayetano schüttelte den Kopf. Paschoal hatte ihm geraten, seine Familie nach Europa nachzuholen. Nun gab es noch einen weiteren Grund, warum das nicht in Frage kam. Cayetano wollte nicht, dass seine Kinder in einem Land aufwuchsen, das so mit wehrlosen Tieren umging.

Zehn Minuten später ging Cayetano die Via di Selva Nera hinunter, zurück zur Bushaltestelle. Wenn ein Autofahrer zu ihm herübersah, antwortete er mit einem väterlichen Lächeln. Der Revolver in der Tasche gab ihm das Gefühl der Sicherheit zurück, das er seit seiner Ankunft in Europa vermisst hatte.

A onça-pintada.

Der Jäger war gerüstet.

19

Das finstere Universum umgab sie wieder.

Marie lag nicht mehr auf ihrer rauen Decke. Sie schwebte auf einem fliegenden Teppich durch die Nacht, ließ sich treiben, genoss den kühlen Wind auf ihrer brennenden Haut und rührte sich nicht. Ihr Hals schmerzte bei jeder Bewegung, sie konnte kaum schlucken. Die Wunde pochte.

Sepsis.

War das das Wort, das sie gehört hatte?

Blutvergiftung?

Einer der Männer hatte es gesagt, ein kleiner weißhaariger, den sie noch nie gesehen hatte. Er hatte leise gesprochen, aber Marie hatte gemerkt, dass er sehr wütend gewesen war. Etwas an ihm hatte sie an ihren Vater erinnert. Vielleicht weil er Befehle gab und wusste, was zu tun war. Eine Flüssigkeit war über ihren Hals gelaufen, die vor Kälte brannte. Finger, die ihre Kehle befühlten. Wieder die wütende Stimme. Jetzt hatte der Mann gezischt wie eine Schlange. Dann hatte man ihr etwas zu trinken gegeben.

Endlich.

Sie spürte den bitteren Geschmack noch auf der Zunge.

Medizin oder Gift?

Marie wusste es nicht. Sie wusste nur, dass sie in einer dunklen Wolke voller Qual schwamm. Der Schmerz war vom Hals in ihren Körper gekrochen. Ihr war abwechselnd heiß und kalt. Sie konnte nicht mehr. Wenigstens hatte sie jetzt eine Matratze und eine warme Decke und ein Kopfkissen.

Marie hob den Kopf. Sofort ergriff sie Schwindel. Der Kellerboden geriet ins Schlingern. Sie schloss die Augen. Hinter ihren Lidern drehten sich rote Kreise. Sie spürte, wie ihre Kräfte schwanden, fiel auf das Kissen zurück.

Eine neue Hitzewelle flutete durch ihren Körper.

Die Wunde pochte, als enthielte sie ein zweites Herz. Marie fiel es immer schwerer, klar zu denken. Während ihr Kopf glühte, liefen Eisschauer über ihren Körper. Sie zog die Beine an, machte sich unter der warmen Decke ganz klein, wiegte sich hin und her.

Aus der Ferne hörte Marie Schritte.

Sie riss angstvoll die Augen auf, lauschte angestrengt.

Die Schritte verhielten vor der Tür.

Marie hatte keine Kraft mehr. Kälte kroch durch die Decke in ihren Körper. Nun jagten abwechselnd Hitzewellen und Eisschauer durch sie hindurch. Ihr Kopf dröhnte. Rote Nebel trieben hinter ihren Augenlidern.

Ein Luftzug strich von der Tür in den Keller.

Marie blinzelte noch einmal.

Jemand stand in dem hellen Rechteck der offenen Tür.

Eine Stimme rief Marie aus der Ferne.

Die Gestalt am Treppenabsatz stieg die Stufen herab. Marie konnte nur noch einen Schattenriss erkennen. Die Gestalt war klein und zart. Auf einmal wusste sie, dass es nicht ihr Vater war.

Simone.

Die liebe Simone war gekommen, um Marie zu holen und sie zu ihrem Vater zu bringen. Alles würde gut werden.

Es war ihr letzter klarer Gedanke.

20

Um kurz vor sieben Uhr betrat Cayetano an diesem Mittwochmorgen in der Verkleidung des Jägers den Bahnhof Roma Termini über die Piazza dei Cinquecento. In seiner schwarzen Reisetasche trug er jetzt den Anzug, seine Soutane und den Smith & Wesson von Bernardo Santo.

Er hatte den Revolver nun doch nicht gebraucht. An dem Tag, als er damit von Bernardo Santo in seine Pension zurückgekehrt war, hatte ihn Marina schon am Treppenabsatz abgefangen. Ihr Gesicht hatte vor Aufregung geglüht. Cayetano war sicher gewesen, dass sie die Glock gefunden hatte, und hatte bereits überlegt, die Frau sofort unter einem Vorwand in die Küche zu lotsen und der Sache ein Ende zu machen – er hätte es längst tun sollen –, aber da war es schon aus ihr herausgesprudelt.

Padre, ich muss es Ihnen als Erstem sagen!

Ich bin ganz Ohr, Signora Marina.

Padre, ich erwarte ein Kind! Ich habe es gerade erst erfahren. Bitte, Padre, geben Sie uns Ihren Segen.

Cayetano hatte ein paar Augenblicke gebraucht.

Töte keine Schwangere.

Dann hatte er sein väterlichstes Lächeln aufgesetzt und angefangen, sich ehrlich zu freuen. Nicht nur für Marina und das neue Leben, das nun in ihr wuchs, sondern auch darüber, dass der Allmächtige ihn am Morgen daran gehindert hatte, eine schwere Sünde zu begehen.

Ich werde Sie und Ihr Kind in meine täglichen Gebete einschließen, Signora Marina, Gott segne Sie.

Sie hat uns der Himmel geschickt, Padre.

Ab da hatte Marina nur noch am Telefon gehangen und die frohe Botschaft der anscheinend äußerst umfangreichen

Verwandtschaft verkündet. Die Reinigung von Cayetanos Zimmer hatte nicht mehr zur Debatte gestanden.

Wenn Cayetano nun gleich die Tasche in das große Lager der Gepäckaufbewahrung brachte, würde er bereits wieder Padre Roberto Lima de Moura sein, in seinem geistlichen Ornat auf dem Weg zur Papstaudienz.

Doch er brauchte noch eine Fahrkarte.

Die musste er noch schnell in der Verkleidung des Jägers kaufen. Gegen Mittag würden sich die Nachrichten aus dem Vatikan überstürzen. Flughäfen und alle Ausfallstraßen von Rom würden gesperrt werden. Niemand sollte sich später an einen Priester erinnern, der schon am frühen Morgen ein einfaches Ticket nach Mailand gekauft und bar bezahlt hatte.

Cayetano durchquerte eine weitläufige Halle aus Glas und Stahl, nicht zu schnell und nicht zu langsam, gerade so, dass ein Ziel, aber keine Eile erkennbar war.

An einer großen Säule, die mit bunten Mosaiksteinchen beklebt war, lungerte eine Jugendgruppe zwischen Rucksäcken herum. Kaum jemand schenkte ihm Beachtung, alle wirkten übermüdet angesichts der frühen Tageszeit. Nur ein Mädchen hielt ein Handy hoch und schwenkte es langsam durch die Halle. Offensichtlich drehte es ein Video zur Erinnerung.

Cayetano unterdrückte einen Fluch.

Das waren genau die Amateuraufnahmen, die später der Polizei übergeben und in den Weltnachrichten auf allen Fernsehsendern ausgestrahlt wurden.

Er lief an der Glasfront eines überfüllten Geschäfts mit Souvenirs und Sandwiches vorbei und rettete sich, kurz bevor ihn die Handykamera erfasste, in den angrenzenden Zeitungsladen mit der Aufschrift »Hudson News«.

Der Ladeninhaber, ein älterer Mann in Jeans und blauem Hemd, stand an der Kasse und bediente eine Frau, hob nur kurz den Kopf bei seinem Eintritt.

Cayetano schob sich zwischen zwei Ständer mit bunten Postkarten von Rom und dem Vatikan und tat so, als überflöge er die Wand mit den Tageszeitungen, als suchte er einfach Reiselektüre. Dabei behielt er die Geschehnisse in der Halle durch die großen Glasscheiben unauffällig im Auge. Das Mädchen filmte nicht mehr, dafür zeigten zwei Jungen jetzt in seine Richtung. Cayetano wandte ihnen den Rücken zu und zog eine Zeitung aus dem Regal.

»Sentieri di Caccia?«, fragte eine Männerstimme.

Cayetano drehte sich um. Der Ladeninhaber stand hinter ihm und musterte ihn ungewohnt unfreundlich. Cayetano fiel ein, dass er ja nicht als Padre Roberto, sondern in den abgewetzten Kleidern von Paschoals Neffen unterwegs war. Vielleicht dachte der Mann, er wollte etwas stehlen. Aufsehen konnte Cayetano nun gar nicht gebrauchen.

»Wie bitte?«, fragte er.

»Die Jagdzeitschrift? Wollen Sie die neue Ausgabe?«

»Haben Sie etwas auf Portugiesisch?«, fragte Cayetano freundlich und verkniff sich ein väterliches Lächeln.

»Portugiesisch? Nein.«

»Spanisch?«

Der Ladeninhaber überflog sein Angebot, zog eine Zeitung heraus und hielt sie ihm unter die Nase.

El País.

»Sind Sie zur Jagd hier?«, fragte der Ladeninhaber.

Cayetano schüttelte den Kopf. »Zum Angeln«, sagte er. »Welse – ich bin auf dem Weg nach Norden.«

»Mein Bruder angelt Welse in Spanien«, sagte der Mann. »Spinnfischen am Rio Ebro. Waren Sie da schon mal?«

»Nein.« Cayetano warf einen Blick nach draußen. Die beiden Jungen waren auf dem Weg in den Laden. »Grazie.« Er griff nach der Zeitung und tat, als läse er die Schlagzeilen.

Die Jungen betraten den Laden, und der Inhaber ließ

Cayetano stehen. Anscheinend misstraute er der Jugend noch mehr als einem Jäger auf der Durchreise.

Die Jungen kauften Kaugummi.

Cayetano wartete, bis sie den Laden verlassen hatten, dann faltete er die Zeitung zusammen. Nach der Ausführung des Auftrags konnte er auf der Fahrt nach Mailand ja lesen.

Er wollte schon zur Kasse gehen, als sein Blick an der Titelseite einer Zeitung in deutscher Sprache hängen blieb.

Ein großes Foto zeigte einen Mann vor einem Kirchenportal. Es war ein Politiker, das sah Cayetano sofort. Er kannte diesen aalglatten Typ aus Brasilien. Die Kirche war sehr groß und hatte einen mächtigen Turm. Der Politiker sprach in ein Mikrofon, junge Leute in Westen verteilten Zettel. Es regnete, denn die Leute trugen Schirme, ihre Gesichter lagen im Schatten.

Doch das war es nicht, was Cayetano stutzen ließ. Ihm waren zwei Männer aufgefallen, die etwas abseits, auf der anderen Seite des Kirchenportals, standen. Sie brauchten anscheinend keine Schirme, hatten dafür die Kragen ihrer Mäntel hochgeschlagen. Ihre Gesichter kamen Cayetano bekannt vor. Er beugte sich vor, kniff die Augen zusammen und sah genauer hin.

Der kleinere der Männer war El Capitán.

Der andere Mann war Enrique.

»El País?« Der Ladeninhaber stand wieder neben ihm.

Cayetano deutete auf die deutsche Zeitung. »Und die nehme ich auch«, sagte er.

»Die Presse?« Der Mann hob die Brauen.

»Wo ist das?«, fragte Cayetano und zeigte auf das Bild.

Der Ladeninhaber zog eine Lesebrille aus der Brusttasche seines Hemdes, beugte sich vor und betrachtete das Zeitungsfoto. »Das ist in Österreich«, sagte er.

Cayetano hatte noch nie von Österreich gehört. »Wo?«

Der Mann zog die Zeitung heraus und entzifferte die Bildunterschrift. »In Wien«, sagte er. »Der Hauptstadt.«

»Wo in Wien?« Cayetano zeigte auf den Kirchturm.

»Ja – keine Ahnung«, sagte der Ladeninhaber. »Ich war noch nie in Wien. Wollen Sie die Zeitung jetzt oder nicht?«

»Ja, bitte.«

»Sentieri di Caccia?«

Cayetano, in der Verkleidung des Jägers, nickte, zog seine Geldbörse heraus und kaufte alle drei Zeitungen. Heute war der Tag seines Auftrags. Dass ihm ausgerechnet an diesem Morgen das Bild von El Capitán entgegengesprungen war, irritierte ihn sehr. War das nun ein gutes Omen? Eine Aufmunterung sozusagen? Oder musste man diesen unwahrscheinlichen Zufall als Warnung betrachten?

Vergiss deinen Auftrag.

Das war Paschoals Stimme.

Ein Spezialist wie du läuft einem nicht jeden Tag über den Weg. Bist ein netter Kerl, täte mir leid um dich.

Was wusste Paschoal?

Cayetano fühlte, wie der Instinkt des Pistoleiros wieder erwachte. Schon in Frankreich hatte er den Verdacht gehabt, dass etwas mit diesem Auftrag nicht stimmte.

Als er den Zeitungsladen verließ, brach die Jugendgruppe gerade auf. Die Mädchen und Jungen sammelten ihre Rucksäcke und Reisetaschen ein, eine Frau gab Anweisungen, ein Mann zählte die Jugendlichen durch. In dem allgemeinen Aufbruch gelang es Cayetano, unbemerkt an der Gruppe vorbeizugehen und hinter der Säule mit den bunten Mosaiksteinchen zu verschwinden. Von dort machte er sich auf den Weg zu den Toiletten. Nun hatte er Zeit verloren. Er würde die Fahrkarte erst zu Mittag kaufen können.

In zweieinhalb Stunden begann die Papstaudienz.

Es wurde Zeit für die Soutane.

Knapp zwei Stunden später stand Cayetano als Pater Roberto Lima de Moura hinter einer Schulklasse mit gelben Halstüchern in einer der Menschenschlangen, die vor den Sicherheitsposten auf den Einlass in den Vatikan warteten.

Der Himmel über Rom war bedeckt, doch die Luft war warm und drückend. Die Tauben, die auf den Kolonnaden hin und her trippelten und auf den Köpfen und Heiligenscheinen der großen Marmorfiguren saßen, sahen schwarz wie Krähen aus.

Cayetano blickte zu den tief hängenden Wolken hinauf. Wie unter dem Bauch eines Esels, dachte er. Regen konnte seinen Auftrag gefährden. Dann wurde die Generalaudienz des Papstes ins Innere verlegt.

Cayetano schnupperte, witterte wie ein Tier.

Er kannte die Feuchtigkeit, die in der Luft lag, kurz bevor der Regen über die Wälder des Amazonas hereinbrach, konnte das Wasser riechen. Doch vor den Toren des Vatikans roch es nach Autoabgasen und den Ausdünstungen der dicht gedrängt stehenden Menschen. Das Wetter würde wohl halten.

Cayetano hatte den Posten gewählt, den er ein paar Tage zuvor passiert hatte und an dem der rothaarige Polizist auf ihn warten sollte. Der Rotschopf würde den Scanner ausschalten, eine Panne simulieren, nur den Pater in der Soutane noch schnell durchwinken. Aller Augenmerk würde ab da auf den Apparat gerichtet sein.

Es gab nur ein Problem.

Der Rotschopf war nicht da.

Während der letzten halben Stunde war Cayetano immer wieder aus der Schlange getreten und hatte seinen Blick unauffällig herumschweifen lassen, aber er konnte den jungen Mann mit den roten Haaren nirgends entdecken. Vielleicht war er krank geworden. Oder er hatte im letzten Augenblick Angst bekommen. Cayetano dachte an ihre erste Begegnung und tippte auf Letzteres. Er wunderte sich, dass man diesen grünen Bengel überhaupt ausgesucht hatte. Für so einen Auftrag brauchte es erfahrene Männer. Vielleicht war er nur mit vollen Hosen zur Toilette gelaufen.

In der Schlange der Wartenden, die vor dem nächsten Posten standen, fingen ein paar Nonnen an zu klatschen und zu singen. Die Touristen in ihrer Nähe fielen ein. Cayetano bemerkte einen Priester in einer Soutane, ähnlich der seinen. Er stand mit dem Rücken zu ihm, und der Gesang schien ihn zu nerven, denn er ging auf die andere Seite der Menge. Jetzt konnte Cayetano ihn nicht mehr sehen.

»Es dauert immer ewig, Padre«, sagte die alte Frau, die neben Cayetano stand. Sie trug ein schwarzes Kleid und ein Kopftuch und hielt ein Foto in den Händen. Ihr Sohn war beim Militär. Im Auslandseinsatz, hatte sie Cayetano erzählt. Der Papst sollte das Bild segnen und ihr einziges Kind beschützen. »Ich komme jeden Mittwoch her.«

Cayetano nickte und fasste sich in Geduld.

Unter seiner Soutane trug er jetzt das Holster mit der Glock. Auch den Schalldämpfer hatte er bereits aufgesetzt. Das kalte Metall rieb an Cayetanos Oberschenkel, was beim Gehen unangenehm war.

Hinter seinem Rücken erklang Kirchengesang auf Spanisch, und auf einmal bemerkte er, wie die rechte Warteschlange ehrfürchtig beiseitetrat und Platz machte, als wollte sie den Weg zu den Kontrollen freigeben.

Cayetano drehte sich um.

Ein Dutzend Männer in schwarzen Mönchskutten schritt mit gesenkten Köpfen in einer Prozession auf den Petersplatz zu. Sie hatten die Kapuzen tief ins Gesicht gezogen, und von ihren Schultern wehten schwarze Pellegrinas. Weiße Seile lagen wie Henkersschlingen um ihre Hälse, waren über der Brust zusammengedreht, liefen als Gürtel um die Körpermitte und hingen in zwei langen Enden bis fast auf den Boden.

Der Mann an der Spitze schleppte sich gebeugt voran, ein mehrere Meter hohes Holzkreuz auf der rechten Schulter, dessen unteres Ende hinter ihm über den Asphalt schleifte. Schwerfällig setzte er den einen Fuß vor den anderen. Es sah aus, als ginge er zu seiner eigenen Kreuzigung. Die anderen Mönche, die ihn wie in einem Trauerzug begleiteten, hielten lange Stangen in den Händen, an deren Spitzen Kreuze und Laternen über den Köpfen der Umstehenden wie ein Meer aus christlichen Symbolen wogten.

Cayetano sprach schnell ein Vaterunser.

Die Mönche zogen an ihm vorbei, und nun bemerkte er, dass sie barfuß gingen. Um ihre nackten Knöchel lagen Fesseln, Eisenketten schleiften klirrend hinter ihnen her.

Die alte Frau neben ihm beugte sich zu seinem Ohr. »Sehen Sie nur die Büßer, Padre«, flüsterte sie. »Die armen Sünder, was haben sie getan?« Sie bekreuzigte sich.

Cayetano nickte, als hätte er das ohnehin gewusst.

Die Büßergruppe hielt auf die Sicherheitskontrolle zu, und die Wartenden machten Platz. Die beiden Polizisten an der Station hakten die Daumen in die Gürtel und fingen an, sich zu unterhalten. Anscheinend hatten sie nicht vor, die Büßer zu kontrollieren. Cayetano dachte, dass das mit den langen Stangen und dem großen Holzkreuz auch kaum möglich wäre. Sie passten nicht in die Scanner. Er hielt noch einmal nach dem Rotschopf Ausschau, konnte ihn jedoch immer noch nicht entdecken.

Auf einmal überfielen ihn Zweifel.

Missbilligte der Allmächtige seinen Auftrag doch?

Wollte Gott das Leben des Papstes nicht?

Cayetano begann zu beten.

Ave Maria,
cheia de graça
o senhor é convosco,
bendita sois vós entre as mulheres,
e bendito é o fruto do vosso ventre,
Jesus.

Der Zug der schwarzen Mönche hatte inzwischen die Sicherheitsposten erreicht. Ein Polizist nickte, grüßte.

Santa Maria, Mãe de Deus,
rogai por nós pecadores,
agora e na hora de nossa morte.

Die alte Frau neben Cayetano beugte sich zu seinem Ohr. »Sie wollten die armen Menschen zuerst nicht durchlassen, Padre«, flüsterte sie ehrfürchtig. »Wegen der Sicherheit. Aber der Heilige Vater persönlich hat bestimmt, dass Büßer mit ihren großen Kreuzen Zutritt zur Generalaudienz haben.«

Cayetano nickte anerkennend.

Der schwarze Mönch mit dem großen Holzkreuz auf der Schulter passierte unbehelligt die Kontrolle. Die anderen Männer folgten ihm auf die gleiche Weise – und jetzt begriff Cayetano. Gott war nicht nur auf seiner Seite, er wies ihm sogar den Weg. Dankbar beendete Cayetano sein Gebet.

Amém.

Er faltete die Hände vor der Brust und senkte den Kopf. Langsam und möglichst unauffällig löste er sich von der Seite der alten Frau, dann ging er mit festen Schritten, als wäre das sein Platz, zu den Büßern. Zunächst hielt er noch etwas Abstand, dann schloss er auf, bis man ihn für eine Begleitung der finsteren Gruppe halten konnte.

Die beiden Polizisten an der Kontrollstation ließen ihre

Blicke nachlässig und, wie Cayetano fand, etwas mitleidig über die Männer in den schwarzen Kutten schweifen. Einer der beiden Uniformierten sah ihn an und wandte sich dann ab. Der andere wollte es ihm schon gleichtun, als sein Blick an Cayetano hängen blieb. Etwas schien ihn zu irritieren. Er hob den Arm, bedeutete Cayetano zu warten.

Cayetano löste die Finger aus der Gebetshaltung und ließ die rechte Hand locker an seiner Seite herabhängen. Der Mann war so jung, und er tötete nur ungern Unschuldige. Bei manchen Zeugen war es natürlich nötig. Trotzdem – die Polizisten waren bewaffnet. Das konnte ein Blutbad werden. Ganz abgesehen von seinem Auftrag.

»Scusi, Padre«, sagte der Polizist und vertrat ihm den Weg. »Darf ich Ihre Zutrittskarte sehen?«

Cayetano beugte sich freundlich zu ihm hinüber. »Mi hijo?«, fragte er auf Spanisch. Mein Sohn?

Die Zutrittskarte steckte natürlich in der Tasche seiner Soutane. Aber als Pater Roberto Lima de Moura musste er durch die Kontrolle. Er setzte ein väterliches Lächeln auf.

Der Polizist forderte erneut seine Zutrittskarte.

Cayetano zuckte verständnislos die Schultern.

Der Polizist hob die Brauen, sah seinen Kollegen an.

»Spanische Büßer«, sagte der. »Sicher der Beichtvater.«

Der Polizist zögerte, sein Berufsinstinkt schien ihn zu warnen, doch dann trat er zurück. »Mi perdoni, Padre«, sagte er kurz und winkte den vermeintlichen Priester weiter.

Cayetano dankte Gott und betrat den Petersplatz.

Hier drängten sich die Gläubigen zu Tausenden.

Cayetano war früh gekommen, doch der Platz war bereits voll. In dem Film, den man ihm in Frankreich gezeigt hatte, waren es nicht so viele Menschen gewesen. Aber es war die Osterwoche. Ganz Rom erstickte in Touristen und Gläubigen. Sie hatten auch den Weg auf den Petersplatz gefunden.

Cayetano folgte den schwarzen Mönchen noch so lange, bis er sicher sein konnte, dass die beiden Polizisten ihn nicht mehr sahen oder mit der Kontrolle der nächsten Pilgergruppe beschäftigt waren. Dann ließ er sich zurückfallen und blieb endlich neben einer dicken Säule der Kolonnaden stehen.

Aufmerksam sah er sich um.

Die Büßergruppe bahnte sich inzwischen ihren Weg durch die Menschenmenge. Die Kreuze und Laternen schwankten über den Köpfen, bewegten sich auf die Mitte des Platzes zu.

Das Tageslicht war heller geworden, die Wolken rissen auf, ihre Ränder waren golden gesäumt. Das Kreuz auf dem großen Obelisken schimmerte in einem ersten Sonnenstrahl.

Um den Brunnen, der Cayetano am nächsten war, hatte sich eine dichte Menschentraube gebildet. Ein paar Jugendliche saßen und standen auf seinem Rand und spähten zum Podium des Papstes hinüber.

Zu viele Leute für seinen späteren Fluchtweg.

Eine Gruppe afrikanischer Priester in schwarzen Soutanen und mit violetten Kappen auf den Köpfen eilte vorbei und hielt auf den Petersdom zu.

Auf den großen Bildschirmen, die an mehreren Ecken des Petersplatzes hingen, erschienen jetzt nacheinander Kardinäle und hießen die Gläubigen in verschiedenen Sprachen willkommen. Die Übertragung war sehr laut, die Lautsprecher knackten und knatterten.

Die Generalaudienz hatte begonnen.

Die Zeit des Pistoleiros lief.

Wenn die Ansprachen vorüber waren, würde der Papst zunächst auf die Rollstühle in der ersten Reihe zugehen. Dann kam die Fahrt durch die Menge. Sie würde etwa zwanzig Minuten dauern.

Cayetano hatte beschlossen, die zweite Runde für die

Erfüllung seines Auftrags zu nutzen. Dann sah alles bereits nach Routine aus, die Sicherheitskräfte würden nicht mehr nervös sein. Darauf, dass der Papst noch eine dritte und vierte Fahrt machte, konnte er sich nicht verlassen.

Cayetano fuhr mit der rechten Hand die Naht seiner Soutane entlang. Er spürte die eckige Form der Pistole. Und den Zylinder des Schalldämpfers.

Noch etwa dreißig Minuten.

Cayetano war jetzt ganz ruhig. Seine Sinne waren geschärft. Wie ein Jäger hörte und sah er alles, nahm jeden Eindruck seiner Umgebung auf, bewertete ihn und zog seine Schlüsse daraus. Wenn er den Petersplatz nach dem Schuss lebend verlassen wollte, musste er nun auf der Hut sein.

In diesem Moment hörte er hinter sich das Rascheln von rauem Stoff. Kräftige Finger umschlossen seine Schulter.

Cayetano fuhr herum, die Hand noch immer auf der Glock.

Vor ihm stand der junge Polizist, der ihn wenige Minuten zuvor nicht hatte passieren lassen wollen.

»Haben Sie Ihre Gruppe verloren, Padre?«, fragte er.

Cayetano sah zu der Menschenmenge hinüber, die ihm den Rücken zuwandte. Alle Blicke waren gebannt auf die Bildschirme gerichtet. Gerade sprach wieder ein Kardinal, ein Deutscher oder ein Schwede. Der Lautsprecher knackte. Die Kreuze und Laternen der Büßer wogten vor dem Eingang des Petersdoms.

Auf einmal erhob sich Jubel und Geschrei. Eine kleine Gestalt im weißen Ornat war auf das Podium getreten, hob die Arme und grüßte. Der Papst war da. Er drehte sich nach links und rechts, dann stieg er die Stufen hinunter und verschwand aus dem Blickfeld. Dafür war jetzt auf den großen Bildschirmen zu sehen, wie er sich zum ersten der vielen Rollstuhlfahrer hinabbeugte, die in einer langen Reihe auf ihn warteten. Das konnte dauern, dachte Cayetano. Aber bestimmt war die Zeit in der Audienz eingeplant.

»Padre?« Der Polizist ließ nicht locker.

Cayetano wandte sich dem Mann zu, blickte dabei über dessen Schulter. Auch unter den Kolonnaden drängten sich die Menschen, schoben sich nach vorne, waren ganz auf den Auftritt des Papstes konzentriert. Sie jubelten, kreischten und pfiffen, machten einen Höllenlärm. Niemand schenkte dem Priester in der Soutane und dem Uniformierten Beachtung.

»Nein«, sagte Cayetano ruhig.

Der Polizist war kaum älter als dreiundzwanzig und etwa einen Meter siebzig groß. Genau wie Cayetano. Er hatte ein offenes Gesicht mit noch weichen, etwas kindlichen Zügen. Ein wenig erinnerte er Cayetano an die marmornen Putten, die er bei seinem ersten Besuch im Petersdom gesehen hatte. Der Junge begann Cayetano schon leidzutun, noch bevor er die Glock benutzt hatte. Einen Augenblick überlegte er, ob es nicht einen anderen Weg gab. Cayetano war nicht gefühlskalt. Aber er war wegen eines Auftrags hier. Es gab kein Zurück mehr. Er setzte ein väterliches Lächeln auf.

Der Polizist mit dem Engelsgesicht stutzte, hatte wohl begriffen, dass der spanische Priester auf einmal doch Italienisch verstand. Er wirkte verwirrt. Aber er hatte keine Zeit mehr, die richtigen Schlüsse aus der Erkenntnis zu ziehen und zu reagieren.

Mit einer einzigen eleganten Bewegung zog Cayetano die Glock aus der Soutane – der Schlitz war wirklich groß genug, genau wie Paschoal gesagt hatte – und drückte die Pistole gegen die Brust des Polizisten. Er trat ganz nah an den Mann heran, fühlte das hektische Auf und Ab des Brustkorbs an seinem eigenen, spürte den warmen Atem, der nach Kaugummi roch, im Gesicht.

»Ganz ruhig«, murmelte er. »Dann passiert dir nichts.«

Der Polizist starrte ihn angstvoll an.

Cayetano presste den Mann mit dem Rücken gegen die Säule, blockierte mit dem eigenen Körper seinen Schussarm.

»Ganz ruhig«, flüsterte er noch einmal warnend.

Der Polizist nickte, folgte Cayetano, der ihn wie ein Tangotänzer um die Säule herum unter die Kolonnaden führte, mit aufgerissenen Augen. Jetzt ging sein Atem stoßweise.

»Padre«, wisperte er. »Bitte – was machen Sie?«

Cayetano warf noch einen letzten Blick in die Runde. Niemand sah zu ihnen herüber. Er gratulierte sich zu dem vollen Magazin. Aber er würde nur einen Schuss haben. Normalerweise schoss er in den Kopf. Hier war das nicht möglich, doch ein Pistoleiro kannte sein Ziel.

»Hör gut zu, was ich dir zu sagen habe«, raunte er.

Der Polizist hing an seinen Lippen, Hoffnung malte sich in seinem Gesicht. »Ja, Padre?« Er versuchte zu schlucken, doch es gelang ihm nicht. »Ich höre, Padre.«

Blitzschnell zog Cayetano mit einer Hand das Gesicht des überraschten Polizisten auf seine Schulter, gleichzeitig presste er mit der anderen die Mündung des Schalldämpfers gegen seine Brust und – drückte ab.

Der gedämpfte trockene Knall ging im allgemeinen Jubel unter. Auch später würden die Umstehenden keinen Schuss hören, höchstens das Auftreffen der Pistole auf dem Asphalt, wenn Cayetano die Waffe im Schutz der weiß verhängten Absperrgitter fallen ließ.

Der Polizist sackte zusammen.

Cayetano steckte die Pistole durch den Seitenschlitz in das Holster zurück. Dann ließ er den Leichnam sanft zu Boden gleiten und lehnte ihn an den Fuß der Säule. Er nahm die Mütze des Polizisten und verdeckte damit das Einschussloch. Dann legte er die Hand des Toten an den Mützenschirm und schloss die starren Augen. Jetzt sah es so aus, als wäre dem Mann schlecht geworden und als gönnte er sich eine Rast.

Ohne noch einmal in die Runde zu sehen, ließ Cayetano die reglose Gestalt in der Uniform liegen.

Er faltete die Hände vor der Brust und senkte den Kopf. Er musste nicht einmal den betenden Geistlichen spielen, denn er begann sofort inbrünstig zur Sühne zehn Ave-Maria zu sprechen. Noch nie hatte er ein weiteres Leben genommen, ohne für das letzte Abbitte zu leisten. Gerade an diesem Tag auf die Vergebung des Allmächtigen zu verzichten, schien ihm undenkbar. Für die Erfüllung eines Auftrags musste sein Gewissen rein sein, seine Seele Ruhe haben.

Während seine Lippen die vertrauten Worte formten, umrundete Cayetano die dicke Säule, verließ die Kolonnaden und betrat gemessenen Schrittes den Petersplatz.

Die letzten Meter seines Weges lagen vor ihm.

21

Der Bote kam um kurz nach neun.

Viktor Hellberg hatte eine weitere schlaflose Nacht hinter sich, in der er in seinem Hotelzimmer auf und ab getigert war, so hilflos wie ein gefangenes Tier. Die Stunden waren dahingekrochen, die Glockenschläge vom Stephansdom hatten ihm schmerzvoll bewusst gemacht, dass die Zeit unbarmherzig verstrich und Marie noch immer in den Händen ihrer Entführer war.

Um sich zu beschäftigen, war er am Vortag durch die Straßen des ersten Bezirks gelaufen, hatte sich in dem engen Gewirr der alten Gassen verloren und den Rückweg nur durch Zufall gefunden. Er hatte vor dem Stephansdom gestanden und die Passanten beobachtet. Konnte Maries Entführer darunter sein? Observierte er das Hotel, um zu sehen, was Viktor unternahm? Doch niemand hatte sich auffällig verhalten oder ihm auch nur Beachtung geschenkt. Niedergeschlagen war er in sein Zimmer zurückgekehrt. Seitdem wartete er auf einen neuen Anruf und wurde immer verzweifelter. Am liebsten hätte er die Wut über seine Hilflosigkeit am Mobiliar ausgelassen.

Auch das Telefonat mit Sophie Wellendorff ging ihm nicht aus dem Kopf, ließ ihn zwischen Hoffnung und Zweifel schwanken.

Wenn die Entführer sich melden, dann vereinbaren Sie die Übergabe. Ich weiß, wo die CD ist.

Mehr wollte sie unter keinen Umständen preisgeben, angeblich, um ihm keine falschen Hoffnungen zu machen. Aber Viktor, jahrelang in Verhandlungen geschult, wusste, was dahintersteckte. Sophie Wellendorff wollte die Kontrolle nicht aus der Hand geben.

Viktor fragte sich, was ihn an dieser Frau, die ihm ihre Hilfe angeboten hatte, am meisten störte. Sie wirkte kühl, geradezu gefühlskalt. Versuchte sie nur, einen klaren Kopf zu behalten, weil sie selbst in Gefahr war? Oder steckte mehr dahinter?

Sie arbeitete für eine rechtsgerichtete Bewegung. Er versuchte, diese Tatsache bei ihren Begegnungen auszublenden. Als Anwalt begegnete er seinen Klienten sachlich und vertrat sie bestmöglich, auch wenn er sich mit ihren Ansichten nicht identifizieren konnte. Trotzdem hatte er in der Vergangenheit Mandate abgelehnt, die mit seinen Werten nicht vereinbar waren. Er konnte es sich leisten und machte von diesem Privileg Gebrauch.

Mit Sophie Wellendorff musste er verhandeln, ob er wollte oder nicht. Dabei missbilligte er ihre Weltanschauung zutiefst. Als Jurist vertrat Viktor die Überzeugung, dass alle Menschen gleich und mit unveräußerlichen Rechten geboren waren. Als Mensch lehnte er Diskriminierung in jeder Form ab. Neid, Hass und Verleumdungen waren Teil seines Geschäfts, wohin sie führten, wusste er aus Erfahrung. Auch die Unterscheidung in Erste und Dritte Welt entbehrte, seiner Meinung nach, jeder Grundlage. Hatte, wer Macht durch die Herabwürdigung anderer zu erlangen versuchte, in der Geschichte nicht schon genug Blutvergießen verursacht?

Viktor fing wieder an, im Zimmer herumzulaufen.

Die Glocken des Stephansdoms hatten gerade neun Uhr geschlagen, als es an der Zimmertür klopfte.

Viktor verließ seinen Platz am Fenster und durchquerte das Zimmer. Anscheinend hatte es Frau Wellendorff eiliger, als sie ihm hatte vermitteln wollen. Er öffnete die Tür.

Auf dem Gang stand der Hotelpage. »Guten Morgen, Herr Hellberg«, sagte er. »Das ist eben an der Rezeption für Sie abgegeben worden.« Er hielt Viktor ein Päckchen hin.

Viktor starrte darauf, hatte das Gefühl, als zöge sich seine

Kopfhaut zusammen, so stark war das Déjà-vu. Das Ding sah wie eine Schachtel aus und trug keine Aufschrift. Es war in braunes Papier eingeschlagen und mit Paketschnur umwickelt. Von der Form her konnte es ein dickes Buch enthalten. Oder etwas sehr viel Schlimmeres.

Marie, Marie, Marie.

»Von wem ist das?« Er hörte, wie rau seine Stimme klang.

»Ich nehme an, von dem Fotogeschäft«, sagte der Page. »Ich soll Ihnen ausrichten, die Kamera funktioniere wieder.«

»Die Kamera«, sagte Viktor.

Bilder liefen in rasendem Tempo vor seinem inneren Auge ab. Ein wattierter Umschlag. Zeitungspapier, steif von getrocknetem Blut. Das Foto einer abgeschlagenen Hand. Ein grünes Tigergesicht, das ihn anfauchte. Er trug den Ring ständig in seiner Jackentasche bei sich wie einen Talisman. Als könnte der Kampfgeist von Leopold Markgott ihm bei der Suche nach seiner Tochter helfen.

Viktor spürte, wie sich sein Magen hob.

Das war kein Umschlag mit einem Foto, dieses Päckchen enthielt etwas Größeres. Er dachte an Maries zarte kleine Hände, die ständig in Bewegung waren, ihre Worte untermalten, ihn zärtlich in den Arm knufften. Ein brennender Schmerz fraß sich in seine Brust.

»Bitte, Herr Hellberg, Ihre Kamera«, sagte der Page.

Viktor nahm alle Kraft zusammen und streckte die Hand nach dem Päckchen aus. Es war ziemlich schwer. »Warten Sie«, sagte er, griff mit der freien Hand in die Jackentasche, zog einen Geldschein heraus und gab ihn dem Pagen.

»Einen schönen Tag noch.« Der Mann verschwand.

Viktor schloss die Tür hinter sich.

Das Zimmer sah noch genauso aus wie vor ein paar Minuten. Doch Viktor hatte das Gefühl, als hätte sich seine eigene Welt von diesem Augenblick an für immer verändert. Bisher hatte er jedes Problem mit dem Verstand, mit psychologischem Gespür oder der nötigen Härte gelöst. Zum ersten Mal im Leben hatte er vollkommen versagt, stand dem Lauf der Dinge ohnmächtig gegenüber. Diese Hilflosigkeit beschädigte sein Selbstbild, erschütterte seine Person in den Grundfesten. Er hatte sein Kind, seine geliebte kleine Marie, sein Ein und Alles, nicht schützen können.

Viktor schleppte sich zum Schreibtisch, legte das Päckchen darauf und ließ sich auf den Stuhl davor fallen. Minutenlang stierte er vor sich hin, unfähig, sich zu rühren, geschweige denn, die furchtbare Sendung anzufassen.

Von unten drang der Großstadtlärm zu ihm herauf.

Die gemeißelten Mauern des Stephansdoms erhoben sich grau und abweisend hinter den glatten Metallstreben des Balkons. Seit Jahrhunderten ein Hort des Glaubens und des Aberglaubens, eine Welt für sich. Viktor dachte an den Flug von Berlin nach Wien, die letzten unbeschwerten Stunden seines Lebens. Ihm war, als hörte er Leopold Markgotts Stimme.

In Wien gibt es eine Oberwelt und eine Unterwelt.

Unter dem Stephansdom, so hatte er im Reiseführer gelesen, verbarg sich ein dunkles Universum. Grabkammer um Grabkammer, in denen die Gebeine von Generationen lagen, eine Welt der Toten. Und doch zehrten Kleinstlebewesen im Boden der Grüfte von den Stoff-, Sarg- und Leichenresten von Jahrhunderten. Es war ein Paralleluniversum gleich jenem, in dem sich Viktor unentrinnbar gefangen fühlte. Drachen und Dämonen bewachten den Eingang des Doms, und Christus thronte mit zwei Engeln als Weltenrichter auf dem Portal. Würde dieser Gott, an den Viktor nicht glaubte, über die Entführer – oder Mörder – von Marie zu Gericht sitzen?

Weltenrichter.

Er lachte höhnisch, ein Richter urteilte nach der Tat.

Warum hast du diese Tat nicht verhindert?

Die zwölf Apostel fielen Viktor ein, die in Stein gemeißelt

über dem Domportal standen, der Zwölf Apostelkeller und das Gespräch mit Leopold Markgott. Er hatte von einem Anschlag gesprochen, einem politischen Attentat.

Meine Studentin hat von gewissen Plänen erfahren, in die Troyat verwickelt ist. Sie hat zufällig mitgehört, als über ein Attentat gesprochen wurde, an dem auch Mitglieder der Bewegung beteiligt sein sollen.

Viktor legte die Hände flach auf den Schreibtisch, starrte auf das Päckchen. Marie und er waren in ein politisches Komplott geraten.

Danke, Simone.

Ein Attentat, in das Mitglieder der Bewegung verwickelt waren. Was wusste Sophie Wellendorff? Warum war sie so hinter diesen Unterlagen her? Weil es für Sophie Wellendorff um mehr ging als nur um einen Umschlag, der ihr abhandengekommen war, dachte er. Sie brauchte diese CD, um sich von jedem Verdacht reinzuwaschen. Um später jede Mitwisserschaft leugnen zu können.

Wer immer die Zielperson ist – nach ihrem Tod werden Ausschreitungen und Gewaltexzesse folgen, wie wir sie in Europa seit fast hundert Jahren nicht mehr erlebt haben. Sie werden es als Selbstverteidigung verkaufen und rechtfertigen.

Viktor erkannte die Tragweite seines Dilemmas. Wenn er die CD den potenziellen Attentätern zurückgab, rettete er Marie. Behielt er das Beweismittel, fand heraus, wer bei dem Anschlag sterben sollte, und konnte das Attentat verhindern, rettete er den gesellschaftlichen Frieden Europas. Bei dem pathetischen Gedanken verzog er den Mund.

Haben Sie's nicht etwas kleiner, Herr Anwalt?

Wieder klopfte es an die Tür.

Viktor rührte sich nicht.

»Hallo?« Eine Frauenstimme. »Ich bin's.«

Jetzt fiel ihm ein, dass er mit Sophie Wellendorff verabredet war. Sie sollte am Morgen ins Hotel kommen.

Ich weiß, wo die CD ist.

Viktor wollte lachen, tat es nicht aus Angst, den Verstand zu verlieren. Wenn diese feige Frau ihm das Versteck verraten hätte, wäre Marie dies hier erspart geblieben. Niemand hätte sie verstümmelt. Wenn sie überhaupt noch am Leben war. Er hasste diese Welt, hasste die Entscheidung, die von ihm verlangt wurde, hasste diese Frau, hasste vor allem sich selbst.

»Herr Hellberg?« Sie ließ nicht locker.

Viktor sprang auf. Mit wenigen Schritten durchquerte er das Zimmer, riss die Tür auf. »Ja?«, brüllte er. »Hier!«

Sophie Wellendorff starrte ihn an. Sie trug wieder ihren Trenchcoat, und unter ihren Augen lagen Schatten. Sogar in der schwachen Flurbeleuchtung schien ihr Gesicht fast weiß. »Um Gottes willen«, stammelte sie. »Was ist denn passiert? Ist etwas mit …?« Sie brach ab.

»Ja, allerdings«, schrie er.

Sie blickte schnell links und rechts den Gang hinunter, dann packte sie ihn an der Hemdbrust, drängte ihn ins Zimmer zurück, folgte ihm und schlug die Tür zu.

»Was ist los?«, flüsterte sie dicht vor seinem Gesicht, als könnte sie irgendwer in diesem gottverdammten Wiener Hotel hören.

Viktor zeigte auf den Schreibtisch. »Das ist los.«

Sophie Wellendorff folgte seiner ausgestreckten Hand mit dem Blick. Dann ging sie zum Schreibtisch hinüber und wollte schon nach dem Päckchen greifen, als er bei ihr war und es an sich riss. Niemand sollte sein Kind berühren.

»Was ist das?«, fragte sie verwirrt.

»Marie«, krächzte er.

»Was?«

»Sie haben es mir gerade geschickt«, sagte Viktor. Auf einmal war er froh, dass Sophie Wellendorff bei ihm war. Ihre hellen Augen hatten einen aufmerksamen Ausdruck, ihre Miene war sachlich. Diese Frau schien in jeder Situation einen kühlen Kopf zu bewahren. Er holte tief Luft, dann sagte er so ruhig, dass es ihn selbst erstaunte: »Es ist eine Nachricht von den Entführern.« Und ich schaffe es nicht, sie zu öffnen, setzte er in Gedanken hinzu.

»Verstehe.« Sie schien zu überlegen, dann nahm sie ihm sanft das Päckchen ab. »Ich werfe mal einen Blick hinein, ja?«, fragte sie. »Nur ganz kurz.«

Viktor zögerte, nickte. Es half ja nichts.

Sie legte das Päckchen auf den Schreibtisch und machte sich an der Paketschnur zu schaffen. »Hab's gleich.«

Viktor spürte wieder dieses Schlingern im Magen.

Sie zog die Schnur ab und schlug das Packpapier auseinander. Eine blaue Schachtel kam zum Vorschein.

Viktor wandte sich ab.

Es raschelte und schabte, dann Sophies Stimme. »Eine Kamera«, rief sie. »Es ist nur eine Kamera und … oh!«

Er drehte sich um.

Sophie hielt die alte Leica, mit der Marie zum Stephansplatz gelaufen war, in der rechten Hand. Die linke streckte sie ihm entgegen. Auf ihrer Handfläche lag, zusammengeringelt wie eine schlafende Schlange, eine lange braune Haarsträhne.

Viktors Herz machte einen Satz. Es war ein Stück von Marie, doch nur eine Haarlocke. Seine Erleichterung hielt nur wenige Sekunden an. Das Tabu war gebrochen, eine Schwelle überschritten. Sie hatten Marie angerührt, sie verletzt. Und die Botschaft war unmissverständlich.

Das nächste Mal schicken wir etwas anderes.

Er ließ sich auf das Fußende des Bettes sinken, vergrub das Gesicht in den Händen. Am liebsten hätte er geweint.

Sein Handy läutete.

Viktor reagierte nicht.

Sophie Wellendorff griff nach dem Apparat und warf einen Blick aufs Display. »Marie«, sagte sie.

Viktor sprang auf und riss ihr das Telefon aus der Hand. Es war Maries Nummer. *»Marie?«*, schrie er.

»Monsieur Hellberg?« Eine Männerstimme.

Viktor fasste sich, die Verhandlungen begannen. Er versuchte so viel Professionalität aufzubringen, wie er konnte. »Ja?«, fragte er knapp.

»Ihre Tochter ist bei uns«, sagte der Mann. Er sprach französisch, wusste offenbar, dass Viktor ihn verstand. Eine unaufgeregte Stimme, selbstsicher – befehlsgewohnt. »Sie haben unsere Nachricht bekommen.«

Viktor musste an sich halten. »Allerdings.«

»Bieng.« Ein Provenzale. »Sie haben unsere CD.«

»Natürlich.«

»Wir tauschen am Donnerstag aus.«

»Erst will ich mit meiner Tochter sprechen«, sagte Viktor. »Ich will hören, dass es ihr gut geht.« Was für eine Farce, dachte er. Als wenn es Marie je wieder so gut gehen würde wie vor der Entführung. Aber er musste das Gesicht wahren, auf Augenhöhe verhandeln. Auf einmal packte ihn Mordlust. »Wenn Marie etwas passiert, wenn sie nicht völlig unversehrt zu mir zurückkehrt – dann verfolge ich Sie bis ans Ende der Welt. Dann bringe ich Sie um. Das ist keine Drohung, das ist ein Versprechen.« Es war sein vollkommener Ernst.

Am anderen Ende der Leitung wurde hörbar Luft ausgestoßen. Der Anrufer schien zu rauchen. »Sie haben echt cojones«, sagte er. Sein Ton lag zwischen Anerkennung und Belustigung. »Ihre Tochter übrigens auch – quelle fille.«

Was für ein Mädchen.

Ich töte dich mit meinen eigenen Händen.

»Geben Sie mir Marie«, sagte Viktor eisig.

Kurzes Schweigen, dann: »Das Mädchen ist nicht hier.« Der Ton war abschließend. »Kommen Sie morgen um achtzehn Uhr zum Stephansplatz. Bringen Sie meine CD mit, und Sie halten Ihre Tochter schon morgen in den Armen.«

»Erst will ich mit Marie sprechen.«

»Um achtzehn Uhr am Stephansplatz«, sagte der Entführer. »Vertrauen gegen Vertrauen.« Er legte auf.

Viktor starrte auf sein Handy.

»Was ist?«, fragte Sophie Wellendorff.

»Sie wollen den Austausch«, antwortete Viktor. »Morgen Abend am Stephansplatz.«

»Morgen Abend?«, fragte sie überrascht.

»Um achtzehn Uhr«, sagte er.

»Da hat die Bewegung eine große Veranstaltung. Die ist schon seit Wochen angekündigt, ich habe auf dem Weg hierher die Bühne gesehen. Wingolf von Manhardt spricht zu den Europawahlen. Da werden Hunderte Menschen sein.«

»Gute Planung«, sagte Viktor. »Jede Menge Fluchtmöglichkeiten. Aber wie sollen wir uns da finden?« Er verdrängte den Gedanken an das, was dann mit Marie geschah. »Ich gehe jedenfalls allein«, fuhr er fort. »Wo ist die CD?«

Sophie Wellendorff lehnte sich mit dem Rücken gegen den Schreibtisch und verschränkte die Arme vor der Brust. »Die müssen wir jetzt suchen«, sagte sie. »Aber ich habe da so eine Idee. Wo ist die Fotoausrüstung Ihrer Mutter?«

Viktor hörte ihre Worte, doch es dauerte ein paar Sekunden, bis er begriff. »Suchen? Ich denke, Sie wissen, wo das Scheißding ist?«

Er konnte es nicht fassen. Hielt ihn diese Frau eigentlich zum Narren? Das Gebäude seiner Hoffnungen stürzte wie ein Kartenhaus in sich zusammen.

Ehe Viktor darüber nachdenken konnte, hatte er sie an der Schulter gepackt und zu sich herangerissen. Noch nie hatte er eine Frau attackiert, verachtete Männer, die sich an Frauen oder Kindern vergriffen. Doch nun brach sich etwas, das anscheinend seit über vierzig Jahren in seinem Innersten gesteckt hatte und nie nach außen gedrungen war, Bahn. Er dachte an die Straftäter, mit deren Verteidigung er sich nicht die Hände schmutzig machte, auch weil er deren selbstmitleidiges Gejammer nicht ertrug.

Ich weiß gar nicht, was da in mich gefahren ist.

Plötzlich hatte ich das Messer in der Hand.

Ich bin ja sonst ein echter Gemütsmensch, Herr Doktor.

Auf einmal hatte er Verständnis für diese Menschen.

Viktor zog Sophie Wellendorffs Gesicht ganz nah zu sich heran, bis ihre Nase fast die seine berührte. »Jetzt hören Sie mir gut zu, Sie kaltarschige Schnecke«, zischte er. »Sie beschaffen mir jetzt die CD, und ich kriege Marie – oder ich serviere Sie diesen Franzosen auf dem Silbertablett. Dann können Sie denen in Ruhe Ihre Lügen auftischen. Ich wette, wenn die mit Ihnen fertig sind, wissen die alles, was sie wissen wollten – und lassen meine Tochter gerne frei.«

Einen irren Augenblick überlegte er, ob das nicht wirklich ein gangbarer Weg war. Aber er schien ihm mit zu vielen Risiken behaftet. Und außerdem hatte seine Wut ein Ventil gefunden, und sein besseres Selbst gewann nach diesem Ausbruch wieder die Oberhand. Er stieß Sophie Wellendorff von sich weg. »Also: *Vertrauen gegen Vertrauen.*«

Sophie Wellendorff starrte ihn an. Bei seinen letzten Worten schien sie ihm noch blasser geworden zu sein. Aber sie schrie und schimpfte nicht. »Wo ist die Fotoausrüstung Ihrer Mutter?«, fragte sie erneut.

Wortlos deutete er zu Maries Zimmer hinüber.

Sie warf ihm noch einen seltsamen Blick zu, dann ging sie in den angrenzenden Raum. Er folgte ihr, blieb jedoch an der Tür stehen, lehnte sich mit der Schulter an den Rahmen. Jetzt wollte er ihr nicht mehr nahe kommen. Dass sie sich nicht gegen ihn gewehrt, seinen Ausbruch einfach hatte geschehen lassen, irritierte ihn. Verlor diese Frau nie die Fassung? Sie war jedenfalls bereit, einen hohen Preis – ihre Selbstachtung – zu zahlen. Nun war er sicher, dass sie in die Pläne der französischen Extremisten eingeweiht war. Und dass sie noch ein anderes Motiv hatte, von dem er nichts wusste. Sonst hätte sie die Zusammenarbeit mit ihm aufgekündigt oder das Zimmer einfach verlassen.

Die schwarze Kameratasche lag auf Maries Bett.

Sophie zog den Reißverschluss auf, klappte den Deckel auf und durchsuchte schnell den Inhalt. Sie nahm mehrere Objektive heraus, betrachtete sie und legte sie wieder weg. Endlich drehte sie sich zu ihm um.

»War da kein großes Teleobjektiv?«, fragte sie.

»Doch«, sagte er. »Warum?«

»Ich wette, Ihre Mutter hat die CD darin versteckt«, sagte sie. »Man kann das Objektiv auseinanderschrauben.« Sie machte eine entsprechende Handbewegung. »In die Fassung passen dann verschiedene Filter. Oder, wenn der Durchmesser groß genug ist, eine CD. Ich habe gestern so ein Ding in einem Geschäft in der Mariahilfer Straße gesehen.«

Der Boden unter Viktors Füßen geriet ins Schwanken.

Das Teleobjektiv!

Vor seinem inneren Auge erschienen die Bettlerin am Stephansdom und ihr geschäftstüchtiger Sohn.

Ich handle ein wenig, dies und das.

Wenn Sie bei der Fotoausrüstung etwas finden, schenke ich es Ihnen. Dafür halten Sie aber nicht nur die Augen offen, sondern hören sich um.

Wie hatte der Sohn der Bettlerin geheißen?

Florin!

Viktor drehte sich um, lief in sein Zimmer zurück, warf seine Jacke über und steckte Handy und Geldbörse ein.

Sophie Wellendorff rannte ihm hinterher. »Wo wollen Sie hin?«, rief sie, holte ihn ein, packte ihn am Arm.

»Sie bleiben hier«, herrschte er sie an.

»Ich denke nicht dran.« Ihr Griff wurde eisern.

Er beugte sich zu ihr hinüber. »Ich weiß von dem Scheißattentat«, sagte er. »Ich weiß, was Sie wissen. Machen Sie mit dieser Mörderbande gemeinsame Sache, aber verschwinden Sie aus Maries und meinem Leben!«

Sie zwinkerte nur. »Ich komme mit«, sagte sie.

»Vergessen Sie's.« Er befreite sich aus ihrem Griff.

»Sie brauchen mich.« Es war eine Tatsache.

Viktor lachte nur, klopfte auf die Taschen seiner Jacke. Hatte er genügend Geld bei sich? Florin würde sich das Objektiv bezahlen lassen. Wenn er es überhaupt noch hatte. An eine andere Möglichkeit durfte er nicht denken.

»Sie können die Entführer Ihrer Tochter nicht erreichen«, sagte Sophie Wellendorff. »Was, wenn Sie sich in dem Gedränge morgen Abend verpassen?«

Viktor hielt inne. »Wie bitte?«

»Sie müssen warten, bis die sich von selbst melden«, sagte sie. »Wie wollen Sie da mit denen verhandeln? Außerdem wäre es sicher gut, zu kommunizieren, dass Sie wissen, mit wem Sie es zu tun haben.« Sie machte eine Pause, ließ ihre Worte wirken. »Geben Sie das Thema vor, bestimmen Sie das Tempo. Was Sie brauchen, ist Handlungshoheit.«

Viktor starrte sie wortlos an.

»Jean le Marais ist der Führer von Gladius in Frankreich«, sagte Sophie Wellendorff. Sie wusste also mehr, als sie bisher zugegeben hatte. Die Zeit des Versteckspiels und der schönen Worte war vorbei, sie ließ die Maske fallen. Jetzt ging es um ihrer beider Leben. »Die Organisation arbeitet mit unserer Bewegung zusammen. Ich bin auf Ihrer Seite. Man vertraut mir, wird mit mir sprechen.« Der Blick ihrer hellen Augen war eindringlich, aber in ihrer Miene war nicht zu lesen.

Wieder hatte er das Gefühl, dass sie nicht aufrichtig war, dass sie noch andere Ziele verfolgte. Aber er wusste auch, dass es keinen Ausweg gab. Sophie Wellendorff war der Draht zu den Entführern. Er unterdrückte einen Fluch.

»Also gut«, sagte er. »Kommen Sie mit, die Zeit läuft.«

Auf dem Stephansplatz herrschte noch mehr Gedränge als sonst. Ostern stand bevor, die Touristen, die über das verlängerte Wochenende einen Städtetrip geplant hatten, trafen nach und nach ein. Dazu kamen die vielen Gläubigen aus aller Welt, die das Fest im Stephansdom feiern wollten. In Gruppen standen sie vor dem Domportal, scharten sich um ihre Reiseführer. Daneben Priester in schwarzen Anzügen und Soutanen und eine Abordnung geistlicher Schwestern.

Neben dem Seitenschiff war eine Bühne aufgebaut. Arbeiter liefen hin und her, befestigten Metallstreben und montierten Lautsprecher. Eine riesige Plakatwand, die den Hintergrund bildete, war mit Leintüchern verhängt.

Viktor drängte sich durch die Menschenmenge, achtete nicht darauf, ob Sophie Wellendorff ihm folgte, betete, dass die alte Bettlerin und ihr Sohn bereits an ihrem Arbeitsplatz waren. Ein Lautsprecher rauschte, dann bohrte sich ein Pfeifton schmerzhaft in sein Gehör.

»Eins, zwo, drei, vier, eins, zwo, drei, vier.«

Die Worte dröhnten über den Platz. Die Menschen blickten zur Bühne, machten erwartungsvolle Mienen. Ein lautes Knacken, dann verstummte der Lautsprecher.

Die Nonnengruppe begann ein Wanderlied zu singen.

Endlich entdeckte Viktor die alte Bettlerin.

Sie saß zusammen mit einer jüngeren Frau auf einer Decke etwas abseits des Portals. Vor den beiden Frauen standen zwei Plastikbecher und eine selbst gebastelte Schautafel mit Familienfotos. Die Alte war dabei, einen Apfel zu essen, doch als sie Viktor im Eilschritt auf sich zukommen sah, rappelte sie sich auf und drückte sich mit dem Rücken gegen die Dommauer. Die Jüngere warf Viktor einen Blick zu, dann kippte sie schnell den Inhalt des einen Bechers zum anderen, stand auf und schlenderte mit dem vollen Becher betont unauffällig davon. Kurz darauf war sie hinter dem Seitenschiff verschwunden.

Viktor blieb vor der Alten stehen. »Wo ist Florin?«

»So ein Gesindel«, sagte Sophie Wellendorff etwas atemlos neben ihm. »Haben Sie das Weibsstück gesehen? Nicht mal vor den eigenen Leuten machen die halt.«

»Florin? Wo ist Ihr Sohn?«, drängte Viktor.

Die Miene der Bettlerin wurde verschlossen.

»Ich muss wissen, wo Florin ist«, sagte er scharf.

Die Bettlerin kniff den Mund zusammen, schüttelte den Kopf. Vielleicht hatte sie Angst, dass Viktor die Polizei rief. Bestimmt war Florin dort kein Unbekannter.

Viktor zog das Foto von Marie, das er ständig bei sich trug, aus der Tasche. Inzwischen war es ganz abgegriffen.

»Hier«, sagte er. »Es geht um meine Tochter.«

Die Alte warf einen Seitenblick auf das Bild, schien sich zu erinnern. »Familia«, sagte sie. »Familia.«

»Was wollen Sie denn von der?«, fragte Sophie Wellendorff. »Die lügt doch, wenn sie den Mund aufmacht.«

Die alte Bettlerin sah Viktor forschend in die Augen. Er hielt ihrem Blick stand. Wer wusste schon, mit wem ihr Sohn Geschäfte machte und wen er fürchtete? Am Ende ging es ihnen beiden um ihre Kinder.

»Florin?«, fragte er leise. »Bitte.«

Die Alte hatte ihre Musterung beendet und sich ihr Urteil gebildet. Sie stieß sich mit dem Rücken von der Dommauer ab, humpelte auf den Stephansplatz hinaus, drehte sich ein paarmal nach allen Seiten, dann hob sie den Arm und machte ein Zeichen. Kurz darauf sah Viktor, wie ihr Sohn auf sie zugetrabt kam. Ein kurzer Wortwechsel, dann kehrten beide zum Domportal zurück.

Florin baute sich, die Hände in den Jeanstaschen, vor Viktor auf. »Der Freund Ihrer Tochter war noch nicht wieder hier«, sagte er. »Wenn ich was höre –«

»Ich brauche das Tele«, sagte Viktor, bemerkte, dass er zum ersten Mal einen Ausdruck von Simone verwendete.

Florin hob wortlos die Brauen.

»Das Teleobjektiv – ich muss es wiederhaben.«

Florin schob die Unterlippe vor. »Das habe ich nicht mehr«, sagte er. Anscheinend dachte er, dass Viktor jetzt erst den wahren Wert dieses Handels erkannte hatte und nun seinen Einsatz zurückforderte. »Ist mir gestohlen worden.«

»Du lügst«, sagte Viktor.

»Nein.« Frecher Blick.

»Ich seh's dir an«, sagte Viktor. »Mit Lügnern kenne ich mich aus, das ist mein Geschäft.« Er hätte dem Jungen eine runterhauen können und hätte nicht gezögert, wenn er vom Erfolg überzeugt gewesen wäre. »Pass auf!«

Er löste seine Armbanduhr vom Handgelenk. Es war eine goldene Patek Philippe, sein Promotionsgeschenk und der Gegenwert eines Mittelklassewagens. Die Uhr hatte seinem Vater gehört, er hatte sie stets voll Stolz getragen.

Die dritte Generation Juristen.

Das Recht wird den Hellbergs in die Wiege gelegt.

Marie wäre die vierte Generation.

Entschlossen verdrängte Viktor den Gedanken und hielt Florin die Uhr hin. »Hier«, sagte er kalt. »Die Uhr gegen das Objektiv.«

Florin riss die Augen auf, wollte danach greifen, aber Viktor verbarg sie mit einer schnellen Drehung in der Hand.

»Vielleicht ist das Objektiv doch nicht gestohlen worden«, sagte Florin langsam. »Ich sehe mal nach.«

»Ich komme mit«, sagte Viktor.

»*Wir* kommen mit«, sagte Sophie Wellendorff.

»Nein«, sagte Florin.

Viktor spürte das Ticken der Uhr in seiner Hand. Es klang wie ein winziger Herzschlag. Wie das Herz eines Kindes. Wie das der kleinen Marie. Er trat dicht vor Florin, sah von oben auf ihn herab. Der Junge hatte ein fein geschnittenes Gesicht und kluge Augen. Unter anderen Umständen hätte

Viktor ihn nach seinem Schulerfolg und seinen Zukunftsplänen gefragt. Aber Florin hatte keine Zukunft. Hatte wohl nie eine gehabt. Anders als Marie.

»Es gibt zwei Möglichkeiten«, sagte Viktor. »Entweder du führst mich jetzt zu dem verdammten Objektiv und ich schenke dir meine Uhr – oder ich rufe die Polizei und sage, dass du mich bestohlen hast. Du hast die Wahl.« Er hoffte, dass dieser aufgeweckte Junge den Bluff nicht durchschaute.

Florin zog die Nase kraus, dachte nach, wog sichtlich seine Möglichkeiten gegeneinander ab. »Kann ich die Uhr noch mal sehen?«, fragte er schließlich.

Viktor öffnete kurz die Finger, es glänzte golden.

»Wow«, sagte Florin. Dann schien er eine Entscheidung getroffen zu haben. »Ich gebe Ihnen das Objektiv. Aber Sie dürfen das Versteck nicht verraten. Sonst bekommen eine Menge Leute eine Menge Ärger.«

»Gut«, sagte Viktor, band die Uhr zum letzten Mal um.

Florin sagte etwas zu seiner Mutter, die die ganze Zeit schweigend zugesehen hatte. Sie zog die Brauen zusammen, schien mit der Entscheidung ihres Sohnes nicht einverstanden, doch sie erhob auch keine Einwände, sondern kehrte zu ihrem Platz unter dem Steinportal zurück.

Florin bedeutete Viktor und Sophie Wellendorff, ihm zu folgen. Er führte die beiden um den Dom herum und in ein Gassengewirr, das Viktor bekannt vorkam. War er hier nicht vor wenigen Tagen zu dem Treffen mit Leopold Markgott gegangen? Er wusste es nicht mehr, lief einfach hinter Florin her, dachte an das Teleobjektiv und hoffte, dass er keinen Fehler machte, sich einem Betteljungen auszuliefern.

Florin bog um Hausecken, folgte verwinkelten Gassen, vorbei an barocken Fassaden und versperrten Durchfahrten, so groß wie Scheunentore. Die Morgensonne beschien die verschnörkelten Marmorsimse der Fenster und spiegelte sich in ihrem schlierigen alten Glas. Menschen mit Aktenkoffern hasteten zur Arbeit. Andere trugen Einkaufstaschen mit den Aufdrucken der Innenstadt-Luxusgeschäfte. Niemand schenkte ihnen einen Blick.

Nach etwa zehn Minuten verschwand Florin plötzlich zwischen zwei abgeschlagenen Prellsteinen in einer breiten Toreinfahrt. Viktor sah, dass dahinter eine mit einem rostigen Eisengitter verschlossene Mauernische lag. Florin bückte sich und zog eine Plastiktüte zwischen den Streben hervor. Er holte einen dicken Stock und eine schwere Taschenlampe heraus und stopfte das leere Plastik wieder zurück.

»Wir haben nur wenig Zeit«, sagte Florin zu Viktor. »Sie müssen mir vertrauen.«

Viktor nickte, war zu allem bereit. Aber Sophie Wellendorff starrte misstrauisch auf den Holzprügel.

Florin blickte schnell nach links und rechts, dann trat er an ein Kanalgitter, das im Rinnstein lag, und setzte den Stock an. In wenigen Sekunden hatte er die Abdeckung ausgehebelt und aufgestellt. Mit der Taschenlampe winkte er Viktor und Sophie zu dem Einstiegsloch.

»Da hinein«, sagte er. »Schnell.«

Viktor stellte sich neben ihn und starrte in die Finsternis. Rostige Eisensprossen führten an der Wand des Kanalschachts hinunter, aus der Tiefe stieg ein fauliger Hauch auf. Alles in ihm sträubte sich dagegen, in dieses Dunkel hinabzusteigen. Aber er hatte keine Alternative.

Viktor drehte sich zu Sophie um. »Ich gehe allein«, sagte er. »Wenn ich in einer Stunde nicht zurück bin, kümmern Sie sich um Marie, versprochen?«

Sie nickte wortlos, war noch blasser geworden.

»Sie holen Marie da raus«, sagte er.

»Ja.«

»Ihr Ehrenwort.«

Sie warf ihm nur einen bösen Blick zu.

Florin schaltete die Taschenlampe ein, schwenkte den Lichtstrahl in die Tiefe. »Schnell«, drängte er.

Viktor trat an ihm vorbei auf die erste der eisernen Sprossen. Dann stieg er eine nach der anderen in die Tiefe. Nach ein paar Sekunden schwankte das Licht der Taschenlampe, und als Viktor nach oben blickte, bemerkte er, dass Florin ihm gefolgt war, das Kanalgitter mit dem Rücken stützte und es langsam herabgleiten ließ. Der metallische Ton, mit dem es an seine Stelle zurückfiel, hatte etwas Endgültiges.

Meter für Meter stiegen sie den Schacht hinab.

Unten angekommen, ließ Florin den Strahl der Taschenlampe über das Wasser auf der Kanalsohle gleiten, wohl um Viktor vor einem Fehltritt zu warnen. Links und rechts der gemauerten Wände zweigten Tunnel ab, verschwanden irgendwo im Dunkel. An manchen Stellen konnte Viktor verrostete Eisentüren über ausgetretenen Stufen erkennen. Es roch nach Fäulnis und Fäkalien. Viktor versuchte, möglichst flach zu atmen.

Florin wandte sich nach rechts, folgte schnell dem Bankett des Wasserlaufs. Das Licht der Taschenlampe tanzte über die Mauern, fuhr sichernd in dunkle Durchstiege. Einmal wurde es von einer Unzahl kleiner Augen zurückgeworfen. Wie grüne Irrlichter schwebten sie in der Finsternis. Es quiekte leise und raschelte, dann waren die Ratten verschwunden.

Viktor hastete hinterher, verzweifelt darauf bedacht, seinen Führer in diesem unterirdischen Labyrinth nicht zu verlieren. Trotzdem kam er Florin kaum nach, der sich so schnell und sicher wie ein Wiesel bewegte.

Auf einmal bog Florin nach rechts in einen niedrigen Durchstieg ab. Viktor blieb stehen, schnappte nach Luft, sah, wie sich das Licht langsam in der Schwärze verlor. Für einen Augenblick fragte er sich, ob er nicht umkehren sollte. Wer wusste schon, was am Ende diese Höllenfahrt auf ihn lauerte? Was, wenn dieser Bettler ihn in eine Falle führte? Wenn er nie vorgehabt hatte, Wort zu halten, sondern beides wollte – das Objektiv und die Uhr?

Viktor zögerte, war hin- und hergerissen.

Niemand würde hier nach ihm suchen. Es konnte Wochen dauern, bis man seine Leiche fand. Und was wurde dann aus Marie? Dass Sophie Wellendorff alles für seine Tochter tun würde, hielt Viktor für unwahrscheinlich.

Der Gedanke an Marie brachte die Entscheidung.

Dies hier war die einzige Chance, sie zu retten. Vorausgesetzt, er selbst überlebte die nächsten Stunden.

Viktor folgte Florin in den niedrigen gemauerten Gang. Gebückt hastete er dem ständig schwächer werdenden Lichtschein hinterher. Der Boden wurde uneben. Um nicht zu fallen und zurückzubleiben, ließ er seine Hand haltsuchend über die nasse, stellenweise glitschige Kanalwand gleiten.

Immer niedriger wurde die Decke, immer tiefer musste Viktor sich bücken, bis sich sein Oberkörper fast in der Waagerechten befand und er sich nur noch mit gebeugten Knien vorwärtsbewegen konnte. Die Luft in dem engen Gang wurde wärmer und stickiger. Viktor spürte, wie ihm der Schweiß ausbrach und sich zwischen seinen Schulterblättern sammelte. Ein salziges Rinnsal lief über seine Stirn, brannte in seinen Augen. Inzwischen ging sein Atem nur noch stoßweise. Seine Beinmuskeln zitterten schmerzhaft von der ungewohnten Anstrengung. Mit jedem Meter wurde ihm klarer, dass es ein Fehler gewesen war, sich an diesen finsteren Ort locken zu lassen. Seine Angst um Marie hatte ihn blind gemacht und seinen Verstand ausgeschaltet. Jetzt würde sie den Preis für seine Dummheit zahlen müssen.

Viktor spürte, wie sein Hals eng wurde.

Adieu, Marie, ich habe alles versucht – verzeih mir.

Aber er konnte sich selbst nicht verzeihen. Die Schuld

hockte auf seinen Schultern wie ein zentnerschwerer Dämon.

Einem schwerfälligen Käfer gleich kroch Viktor weiter.

Das Licht war verschwunden, er hatte jedes Gefühl für Richtung und Zeit verloren, irgendwann würde er nur noch planlos durch dieses unterirdische Labyrinth irren, dem er nur durch Glück und Zufall entrinnen konnte. Denn Florin war weg, hatte ihn in der Unterwelt zurückgelassen.

Viktor legte die rechte Hand auf die Wand neben sich. Jetzt spürte er den rauen, von Adern durchzogenen Stein. Der Schacht musste direkt aus dem Felsen herausgehauen worden sei.

Kurz überlegte er, einfach umzukehren. Aber er war Florin gefolgt, ohne sich den Weg zu merken. Außerdem drückten die feuchten Wände gegen seine Schultern, sodass er sich kaum rühren, geschweige denn umdrehen konnte. Der Gedanke streifte ihn, was passieren würde, wenn der Gang noch enger wurde. Dann steckte er fest wie ein Korken im Flaschenhals. Vielleicht für Jahre. Diese Vorstellung bescherte ihm einen Augenblick grimmiger Heiterkeit.

Marie, dein Vater spukt jetzt in der Wiener Unterwelt.

Ein Tier fiel ihm ein, das ihm Marie im Berliner Zoo gezeigt hatte. Es war ein Riesenmarder, ein Vielfraß, ein furchteinflößendes kleines Raubtier. Laut Marie kannte diese Art nur eine Richtung: vorwärts. Furchtlos arbeitete sich ein Vielfraß durchs Leben, ohne jemals zurückzuweichen.

Ich glaube, ich bin auch ein Vielfraß, Papa.

Ja, das sagt deine Mutter auch immer.

Viktor spürte, wie er lächeln musste. Die Erinnerung an jenen Tag verlieh ihm neue Kraft. Entschlossen kämpfte er sich durch den niedrigen Schacht vorwärts. Dabei hatte er das Gefühl, außer den Ratten das einzige Lebewesen in diesem Labyrinth zu sein. Seit er Florins Schritte nicht mehr hörte, waren sein Atem und das Tropfen des Wassers von den Kanalwänden die einzigen Geräusche. Obwohl seine Augen sich an die Finsternis gewöhnten, war es zu dunkel, als dass er auf die Uhr hätte sehen können. Also versuchte er abzuschätzen, wie viel Zeit vergangen war, seit er Florin in die Unterwelt gefolgt war. Wie lange würde Sophie warten? Er kroch weiter.

Auf einmal war Viktor, als hörte er Männerstimmen.

Kanalarbeiter?

Viktor hielt an, lauschte. Irgendwo vor ihm, am Ende des Ganges, unterhielten sich Leute. Und jetzt erblickte er auch einen Lichtschimmer. Eine Welle der Erleichterung lief durch seinen Körper. Er duckte sich noch tiefer, um schneller zu sein. Nun bekam er fast keine Luft mehr, aber er kämpfte sich die letzten Meter bis zum Ausgang.

Ein aus Ziegelsteinen gemauertes Gewölbe lag vor ihm.

Flaches Wasser sammelte sich in der Mitte des Bodens, sickerte träge dahin. An den Uferbänken standen kleine Zelte. Ein paar Baulampen verströmten einen gelben Schein und erleuchteten notdürftig ein Lager aus Sporttaschen, Plastiktüten und Kleiderhaufen. Um ein Lagerfeuer herum hockte ein halbes Dutzend Menschen. Sie aßen und tranken und unterhielten sich. Ein mittelgroßer gelber Hund, von dem Viktor nur den Rücken sehen konnte, saß neben ihnen. Es roch nach Holzrauch und Fäkalien.

Viktor streckte seinen schmerzenden Rücken und atmete tief ein. Nach der sauerstoffarmen, stickigen Luft in dem engen Schacht empfand er sogar diesen Gestank als Erholung.

Die Menschen am Feuer hörten auf zu reden und starrten zu ihm herüber. Es waren nur Männer. Sie trugen dicke Kleidung in mehreren Schichten übereinander und hatten Strickmützen tief ins Gesicht gezogen. Zwei rauchten, die Spitzen ihrer Zigaretten glühten rot im Halbdunkel. Der Hund machte eine ungeschickte Drehung auf dem Hinterteil und blickte Viktor entgegen. Seine Vorderpfote ragte seltsam steil in die Höhe.

Viktor kannte die Schlafstellen, die Bettler auf der ganzen Welt unter Brücken errichteten – so lange, bis sie ihre wenigen Habseligkeiten bei der nächsten Räumung verloren. Die alten Kanäle von Wien waren bestimmt seit Jahrhunderten ein gutes Versteck für die von der Gesellschaft Ausgestoßenen.

In der Hoffnung, dass er sich verständlich machen konnte und ihm jemand den Weg aus dem Labyrinth wies, ging er auf das Feuer zu.

Keiner der Männer rührte sich.

Nur der Hund erhob sich und humpelte Viktor auf drei Beinen entgegen, den linken Vorderlauf noch immer in die Luft gestreckt, die Pfote in Höhe der Schulter. Der Anblick war so grotesk, dass Viktor überrascht stehen blieb und das Tier beobachtete. Ein paar Meter vor ihm verharrte es, die Pfote wie zum Gruß erhoben, und schnüffelte in der Luft. Und nun sah Viktor, was mit dem Hund geschehen war. Sein Vorderbein war an zwei Stellen exakt abgewinkelt. Als wäre ein Brecheisen darauf niedergefahren. Jemand musste den Knochen absichtlich gebrochen und das Bein anschließend hinaufgebunden haben, damit es in dieser Fehlstellung zusammenwuchs. Der Anblick schockierte Viktor, erregte seinen Abscheu und sein Mitleid. Und genau das sollte er wohl auch. Man hatte das Tier zum Betteln verstümmelt. Der Hund drehte sich um und hinkte zum Feuer zurück.

Die Männer flüsterten miteinander. Es klang, als beratschlagten sie. Auch wenn Viktor sie nicht verstehen konnte, spürte er, dass gerade über sein Schicksal entschieden wurde. Er versprach nicht nur leichte und reiche Beute, für diese Ausgestoßenen stellte er auch ein Sicherheitsrisiko dar. Sie teilten sich ein illegales Lager, und wer wusste, was sie darin versteckten? Kein Ankläger verfolgte die Verbrechen in diesem Schattenreich.

Viktor begriff, dass es für ihn um Leben oder Tod ging.

Verzweifelt sah er sich um. Er war in besserer Verfassung als die Bettler, war vielleicht schneller als sie. Doch sie kannten dieses Labyrinth wie ihre Westentasche.

Er saß in der Falle.

Die beiden Männer, die geraucht hatten, standen auf und warfen nacheinander ihre Zigarettenstummel ins Feuer. Ein Funkenregen stieg auf. Ein Bettler rutschte zur Seite, um ihnen den Weg freizugeben. Viktor sah, dass dem Mann die Unterschenkel fehlten. Lederlappen bedeckten die Stümpfe. Sein Blick begegnete dem des Versehrten. Ein Unfallopfer? Kriegsveteran? Oder hatte man den Mann schon als Kind für ein Leben vom Mitleid der Almosenspender verkrüppelt? So wie den Hund?

Das Feuer flackerte in den schwarzen Augen des Mannes, trotzdem konnte Viktor seine Verachtung für den Besucher aus einer anderen Welt erkennen. Für sein Starren, sein Entsetzen. Er fragte sich, in welchen Kreis der Hölle von Dantes »Inferno« er geraten war. Dies war ein Ort der Verdammnis, für den normalen Menschen die Vorstellungskraft fehlte.

Die beiden Männer gingen auf ihn zu.

Viktor spürte, wie sich seine Nackenmuskeln verhärteten. Er wich zurück, ließ die Bettler dabei nicht aus den Augen. Wenn er es schaffte, sich zurück in den schmalen Gang zu flüchten, war er gerettet. Sie würden ihm nicht folgen. Für einen Kampf war der Schacht zu eng.

Die beiden Männer kamen immer näher. Sie teilten sich auf, um ihn wie Wölfe einzukreisen, nahmen ihre Beute in die Zange.

Was für ein Unsinn.

Trotzdem hatte Viktor das Gefühl, als stellten sich ihm gegen jedes Naturgesetz die Nackenhaare auf. Er machte einen großen Schritt nach hinten, fasste nach der Wand, hoffte, den Einstieg gefunden zu haben. Doch seine Finger stießen gegen eine Ziegelmauer. Viktor biss die Zähne zusammen, hörte das Knacken seiner Kiefergelenke.

Plötzlich entstand Unruhe unter den Bettlern. Einer von ihnen stieß einen scharfen Ruf aus. Es klang wie eine Warnung. Die beiden Männer fuhren herum, wandten sich nach links. Unwillkürlich folgte Viktor ihrem Blick. Ein paar Meter entfernt, am Ausgang eines Schachtes, stand breitbeinig ein junger Mann. In der rechten Hand hielt er eine große Taschenlampe. Er ließ den Lichtstrahl über das Bettlerlager wandern, leuchtete ungeniert in die Gesichter.

Es war Florin.

Viktors Gedanken rasten im Kreis. Hatte der Junge ihn absichtlich hierhergeführt? Ihn seinen Kumpanen ausgeliefert? Warum hatte seine sonst so untrügliche Intuition ihn nicht gewarnt?

Florin wedelte mit der Lampe in Viktors Richtung. »Wo bleiben Sie denn?«, rief er, als hätte Viktor auf einem Spaziergang herumgetrödelt. Seine Worte fanden ihren Widerhall in dem Gang hinter ihm. »Los, kommen Sie.«

Einer der Bettler rief Florin etwas zu.

Der Junge wandte sich zu dem Sprecher um, als überlegte er, ob sich da eine Antwort lohnte. Plötzlich brüllte er einen Redeschwall zurück, von dem Viktor nur das Wort »Politie« verstand. Anscheinend drohte der kleine Händler mit der Polizei. Aus seinem frechen Auftreten schloss Viktor, dass auch Beamte zu seinen Kunden zählten. Florin sprach ein ausgezeichnetes Deutsch, und gute Beziehungen zur Obrigkeit erlaubten ihm bestimmt nicht nur, ungestört seinen Geschäften nachzugehen, sie schützten ihn und seine Mutter auch vor diesen Ausgeburten der Hölle.

Florin winkte ihm mit seiner Taschenlampe.

Viktor ging zu dem Jungen hinüber. Dabei war er sich der feindseligen Blicke der Bettler bewusst, die ihrer so knapp entkommenen Beute nachsahen. Es war ein seltsames Gefühl, unter dem Schutz eines Teenagers zu stehen.

Florin führte Viktor in den Gang, aus dem er selbst gekommen war. Der Schacht war so breit und so hoch, dass sie aufrecht nebeneinander gehen konnten. Unter anderen Umständen hätte Viktor einige Fragen gehabt, aber seine Gedanken galten wieder Marie. Und dem Teleobjektiv. Und der vermaledeiten CD.

Das Licht wurde heller, die Decke hob sich, und ein Tor tauchte am Ende des Ganges auf. Kalte, feuchte Luft strömte herein. Dann lag ein breiter Kanal vor ihnen, der von einem hohen Tonnendach überwölbt wurde. Ein schmaler Wasserlauf schlängelte sich zwischen Sandbänken bis zu einem mächtigen Steinportal. Dahinter dämmerte graues Tageslicht. Das Rauschen eines Flusses brach sich an den nackten Tunnelwänden. Jetzt wusste Viktor, woher die kalte, feuchte Luft gekommen war.

Florin deutete mit der Taschenlampe eine Wand hinauf. Viktor folgte dem Lichtstrahl mit dem Blick und erkannte eine Galerie aus Eisengittern. Über der Brüstung hingen zerschlissene Steppdecken, darunter lagen zerdrückte Matratzen, Wände aus alten Kartons schirmten das armselige Lager zu dem offenen Tor und dem Fluss ab. Eine verrostete Leiter, ähnlich der an einer Schiffswand, führte hinauf.

»Da hoch?«, fragte Viktor.

»Sie nicht«, sagte Florin.

Er drückte Viktor die Taschenlampe in die Hand, kletterte geschickt und schnell wie ein Affe die Leiter hinauf und verschwand zwischen den Kartonwänden.

Viktor wartete, versuchte, sich in Geduld zu fassen.

Die Minuten dehnten sich. Endlich tauchte der Kopf des Jungen über einer blauen Steppdecke auf. Er streckte einen langen Gegenstand über die Brüstung und wedelte damit.

Das Teleobjektiv.

Viktor winkte eilig mit der Taschenlampe. Das Licht zuckte über die Tunnelwände, fiel auf das armselige Lager.

Florin kletterte bereits wieder die Leiter herab. Kurz darauf stand er vor Viktor, reichte ihm das Objektiv und nahm seine Taschenlampe an sich.

»Bitte schön«, sagte er.

Viktor umfasste das Objektiv mit beiden Händen, hielt es ganz fest, betete, dass dies der Weg zu Marie war.

»Und?«, fragte Florin.

Viktor löste seine Uhr vom Handgelenk, warf einen letzten Blick darauf. Es war Viertel vor zehn. Dann reichte er sie Florin. »Vertrauen gegen Vertrauen«, sagte er.

Der Junge nahm die massive Uhr und betrachtete sie eingehend im Schein der Taschenlampe, drehte sie hin und her, sodass das Gehäuse goldene Blitze warf. Seine Miene war geradezu ehrfürchtig. Wahrscheinlich stellte ein solches Stück in seiner Heimat den Gegenwert eines Lebensverdienstes dar. Viktor konnte seine Gier verstehen.

»Sie ist sehr schön«, sagte Florin und hielt Viktor die Uhr wieder hin. »Ich kann sie aber nicht annehmen.«

»Sie gehört dir – du hast mir das Leben gerettet.«

Florin schüttelte den Kopf. »Manche Polizisten sind gut, andere nicht«, sagte er und gab damit indirekt seine Verbindung zu Gesetzeshütern zu. »Die Polizei macht Kontrollen. Wenn sie mich damit erwischen, werden sie sagen, ich hätte sie gestohlen.« Ein trauriges kleines Lächeln spielte um seinen Mund. »Wir sind Bettler und Diebe aus dem Osten, wir sind – sagt man Abschaum?«

Viktor nahm die Uhr. »Ja«, sagte er und schämte sich. »So sagt man wohl. Warum sprichst du so gut Deutsch?«

»Habe ich auf dem Gymnasium gelernt«, sagte Florin. Ein wenig Stolz schwang in seiner Stimme. »Aber meine Eltern haben ihr Land an einen deutschen Investor verloren und … Na ja, die EU ist eben nicht für alle gut.« Er brach ab, zuckte die Schultern. »Jetzt begleite ich meine Großmutter und helfe ihr. Manchmal verkaufe ich was.«

Der Fluss hinter dem großen Tor rauschte, Autohupen waren zu hören. Sie mussten mitten in der Stadt sein.

»Ich dachte, das wäre deine Mutter«, sagte Viktor.

Florin verzog den Mund. »Wen interessiert das hier?«

»Du hast gewusst, dass du die Uhr nicht nehmen wirst.«

»Ja.«

»Warum bist du dann mit mir hierhergekommen?«

Florin hob die Brauen, wirkte ehrlich überrascht. »Sie suchen doch Ihre Tochter, nicht?«

Viktor nickte wortlos.

»Die Familie ist das Wichtigste, was es gibt.«

»Familia«, sagte Viktor und dachte an die alte Frau, die auf dem kalten Boden vor einer Kirche saß und von den Almosen der Gläubigen und Besucher lebte. Und wer wusste schon, wie viele Familienmitglieder in ihrer Heimat noch. »Wie heißt du?«

»Florin.«

»Und weiter?«

»Lascu.«

Das konnte stimmen oder auch nicht. »Woher kommst du?«

Florin zögerte. »Temeswar«, sagte er schließlich.

»Hast du keine Angst vor …« Den anderen Bettlern, hatte er sagen wollen. »Den Leuten hier unten?«

Florins Lächeln war ein wenig mitleidig, und Viktor verstand, was er sagen wollte. Wer auf der Straße lebte, war ständig in Gefahr. »Haben Sie keine Angst?«

Marie. »Doch«, antwortete Viktor. »Große sogar.«

Er befestigte seine Uhr am Handgelenk und klemmte das Teleobjektiv unter den Arm. Dann zog er seine Geldbörse hervor und nahm alle Scheine heraus, die sich darin befanden. Genau wie Simone zog er Bargeld Kreditkarten vor.

Es waren knapp über zweitausend Euro. Er dachte an das Bettlerlager. Sie hatten ihm Furcht eingejagt, aber niemand hatte ihm etwas getan.

»Hier«, sagte er und drückte Florin das Geld in die Hand. »Nimm das.«

Florin starrte erschrocken auf die Scheine.

»Na los«, sagte Viktor. »Glaubst du, das Leben meiner Tochter wäre nicht so viel wert?«

Florin nickte hastig, nahm das Geld und steckte es ein.

Viktor ging in die Hocke. »Gib mir Licht«, sagte er.

Im Schein der Taschenlampe musterte er das Teleobjektiv. Es bestand aus mehreren stufenförmigen Abschnitten, die mit Metallringen verbunden waren. Wahrscheinlich konnte man hier die Filter einlegen. Nur der Durchmesser des letzten Stückes war groß genug für eine CD. Dies war die letzte Hoffnung, Marie lebend wiederzusehen. Was, wenn Simone das Objektiv nicht als Versteck genutzt hatte? Was, wenn Sophie Wellendorff sich geirrt hatte? Auf einmal hatte er Angst, nachzusehen.

Florin räusperte sich. »Und jetzt?«, fragte er.

Viktor packte das untere Ende des Objektivs und schraubte es ab. Es ging ganz leicht. Dann sammelte er sich und blickte in die Aussparung. Das Licht der Taschenlampe wurde von einer glänzenden Scheibe reflektiert. Zunächst meinte Viktor, einen Glasfilter zu sehen. Sein Herz machte einen Satz, Verzweiflung packte ihn. Aber dann entdeckte er das Loch in der Mitte der Scheibe.

Es war reflektierender Kunststoff.

Und es war eine CD.

22

Als Viktor und Florin aus der Unterwelt von Wien wieder ans Tageslicht zurückkehrten, lehnte Sophie Wellendorff mit dem Rücken an einem grünen Range Rover auf der anderen Straßenseite und wirkte besorgt. Bei ihrem Anblick stieß sie sich von dem Wagen ab und rannte auf sie zu.

»Und?«, rief sie. »Habt ihr sie?«

»Ja«, sagte Viktor.

»Oh, Gott sei Dank.« Sie fuhr sich über die Stirn, dann streckte sie die Hand aus. »Geben Sie sie mir.«

»Nein«, sagte Viktor. Die kleine Scheibe, der Gegenwert des Lebens seiner Tochter, steckte in seiner Jackentasche. »Ich tausche die CD morgen Abend gegen Marie.«

Sophie Wellendorff starrte ihn an. »Die CD gehört mir«, sagte sie, und er konnte die Panik in ihrer Stimme hören. »Man hat sie mir gestohlen. Mein Leben hängt daran!«

»Nein«, wiederholte Viktor.

Metall schlug klirrend auf Metall, Florin hatte den Kanaldeckel zufallen lassen. Jetzt huschte er in die Toreinfahrt, zog die Plastiktüte heraus und verstaute die Taschenlampe und den Holzstock wieder darin. Gleich darauf lief er bereits die Gasse hinunter, verschwand um eine Hausecke. Zweifellos wollte er seinen frisch erworbenen Reichtum in Sicherheit bringen, ehe Viktor es sich anders überlegen konnte.

Viktor blickte die Straße hinunter.

Alles sah wie immer aus. Die Geschäfte hatten geöffnet, Kunden gingen ein und aus, an den Straßenrändern parkten Autos. Zwei Kinder mit Schulrucksäcken gingen schnatternd vorbei. Ein schwarzer Labrador hob das Bein an der mit Kreide geschriebenen Menütafel eines Lokals.

Die Unterwelt, das Bettlerlager, der rumänische Junge – auf einmal schien ihm das alles so unwirklich wie einem Alptraum entsprungen. Wien mit seinen alten Häusern, den verwinkelten Gassen und unterirdischen Gängen bildete eine passende Kulisse für die Intrige, in der Marie und er gefangen waren.

»… nicht tun.«

Sophie Wellendorff hatte weitergesprochen, Viktor hatte nicht zugehört. »Ich gehe jetzt«, sagte er noch ganz in Gedanken und wollte sich auf den Weg ins Hotel machen.

Sie vertrat ihm den Weg. »Die bringen mich um!«

Viktor betrachtete ihr blasses, knochiges Gesicht. Sie war eine Schlüsselfigur in dieser Geschichte, eine Ikone der Szene. Ohne jede Skrupel hatte sie sich auf dieses gefährliche Spiel eingelassen, hatte mit dem Leben anderer Menschen gepokert. Nur dass es am Ende so aussah, als wäre sie die Verliererin. Diese Frau hatte ihre Mitspieler eben unterschätzt, nun spielte sie mit gezinkten Karten.

»Möglich«, sagte er.

»Wir haben ein gemeinsames Vorgehen vereinbart«, sagte sie eindringlich. »Wir bringen das gemeinsam zu Ende.«

»Ohne Sie wäre meine Tochter noch immer bei mir«, sagte er. »Ich habe keine Ahnung, welche Geschäfte Sie mit diesen Leuten am Laufen haben. Ich will's auch gar nicht wissen. Nur so viel: Ich mache den Austausch, und dann nehme ich mit Marie die nächste Maschine nach Berlin.« Die Worte klangen nach Zuversicht und wie eine Tatsache und taten ihm gut.

»Ich bin doch auch in Gefahr!«, rief Sophie Wellendorff. Pure Fassungslosigkeit sprach aus ihrer Stimme.

»Ja«, sagte Viktor. »Aber das ist mir gleichgültig.«

Ohne Sophie Wellendorff noch einen Blick zu schenken, drehte er sich um und schlug den Weg zum Hotel ein.

Nach wenigen Metern hörte er ihre Schritte hinter sich.

»Halt«, rief Sophie Wellendorff, packte seine Schulter, grub ihre Finger hinein. »So werden Sie mich nicht los! Ich habe die CD gefunden, Sie müssen mich mitnehmen.«

Er fuhr herum, befreite seine Schulter mit einem Ruck aus ihrem Griff. »Verschwinden Sie«, zischte er. »Hauen Sie ab. Wenn Marie Ihretwegen was passiert, bringe ich Sie um!« In ihm waren nur Gefühlskälte und die Gewissheit, dass er in der Lage war, einen Menschen zu töten. Ja, in diesem Augenblick verspürte er sogar eine gewisse Lust dazu.

Sophie Wellendorff starrte ihn an. Zuerst erschrocken, dann wie hypnotisiert. Auf einmal weiteten sich ihre Augen, als hätte sie gerade eine Erkenntnis getroffen. Sie machte den Mund auf, aber Viktor wartete ihre Worte nicht ab.

»Es ist mein voller Ernst«, sagte er und ließ sie stehen.

Sophie Wellendorff folgte ihm nicht.

Den ganzen Weg zum Hotel umklammerte Viktor die Scheibe in seiner Jackentasche so fest, dass der scharfe Rand in seine Haut schnitt. Aber er lockerte den Griff nicht, aus Angst, das wertvolle Tauschgut zu verlieren. Er würde die CD morgen Abend ihren Eigentümern übergeben. Aber heute hatte er noch zu tun. Ein Anwalt prüfte stets alle Möglichkeiten. Das flache Notebook, das er auf Reisen immer dabeihatte, würde ihm gute Dienste leisten.

Eine halbe Stunde später saß Viktor in seinem Hotelzimmer vor dem Schreibtisch und ließ die Bilder, die auf der CD gespeichert waren, über den Schirm laufen.

Zunächst erschien der fotografierte Reisepass eines Priesters. Er gehörte einem Pater Roberto Lima de Moura. Es war ein Mann Mitte dreißig, mit starkem Unterkiefer und einem Grübchen im Kinn, der aus schwarzen, etwas mandelförmigen Augen ernst in die Kamera blickte. Um seinen Hals lag ein schwarz-weißes Kollar, und auf seiner Brust glänzte ein modernes Silberkreuz.

Viktor blickte dem Priester ins Gesicht.

Wer war das?

Wog dieses Wissen das Leben seiner Tochter auf?

Viktor zog das Notebook näher zu sich heran, gab den Namen des Priesters ein – und wurde sofort fündig.

Pater Roberto Lima de Moura war Brasilianer und vor neununddreißig Jahren in Porto Alegre geboren worden. Er war Absolvent des Priesterseminars »Nossa Senhora da Conceição« und arbeitete als Vikar in São Paulo und in Uruguaiana. In Brasilia hielt er einen Lehrstuhl für Vergleichende Religionswissenschaften. Studiert hatte Lima de Moura in Rom. Mehrere Forschungsstipendien hatten ihn aber auch in den Nahen Osten geführt. Er galt als einer der wenigen katholischen Fachleute auf dem Gebiet des Islams.

Auf einem Schnappschuss war Lima de Moura mit Schulkindern irgendwo in einer Urwaldstation zu sehen, ein offizielles Foto zeigte ihn mit dem weiß gekleideten Papst in einem römischen Kolleg. Eine Aufnahme war in Istanbul vor der prächtigen Hagia Sophia entstanden, eine andere in der Wüste mit Männern in langen weißen Mänteln.

Leopold Markgott hatte in den verschwundenen Unterlagen Pläne für ein politisches Attentat vermutet.

Wer immer die Zielperson ist – nach ihrem Tod werden Ausschreitungen und Gewaltexzesse folgen, wie wir sie in Europa seit fast hundert Jahren nicht mehr erlebt haben. Sie werden es als Selbstverteidigung verkaufen und rechtfertigen.

War Roberto Lima de Moura das Opfer?

Der Pater hatte anscheinend gute Beziehungen zum Nahen Osten, war vielleicht ein Mittler zwischen den Religionen. Wer einen solchen, wohl nur in Fachkreisen bekannten Mann tötete, der setzte ein Zeichen, aber keinen Flächenbrand.

Audiatur et altera pars.

Man muss auch die andere Seite hören.

Der juristische Grundsatz war Viktor in Fleisch und Blut übergegangen. Was, wenn es umgekehrt war? Wenn Lima de Moura ein U-Boot war? Infiltriert von islamistischen Lehren und radikalisiert? Ein Fanatiker, der es auf ein prominentes Opfer in Europa abgesehen hatte? Wenn man nach dem Augenschein urteilte, lag dieser Schluss auf der Hand.

Aber Viktor hatte gelernt, dem Augenschein zu misstrauen. Das war alles zu einfach, zu plakativ. Er klickte weiter.

Jetzt folgte ein Film, ein digitaler Reiseführer, der jedoch weder mit Musik noch Sprache unterlegt war. Es war eine stumme Abfolge von Bildern, schlecht geschnitten wie eine dilettantisch angefertigte Reiseerinnerung.

Das erste Bild war eine Aufnahme des Vatikans.

Grün leuchtete die mächtige Kuppel des Petersdoms, golden seine Mauern, Säulen und Figuren im Kunstlicht. Pinien breiteten schützend ihre schwarzen Schirme vor einem flammenden Sonnenuntergang über die Ewige Stadt.

Der Vatikan.

Sinnbild einer jahrtausendealten Weltmacht.

Nun folgten Aufnahmen von Papst Franziskus, der in seinem weißen Cabrio durch die Menge der Gläubigen auf dem Petersplatz fuhr. Ein Fotograf in dunklem Anzug lief rückwärts vor dem Wagen, filmte mit einer großen Kamera. Leibwächter liefen an die Absperrungen, nahmen Kinder entgegen und brachten sie Franziskus, der sie segnete. Die Kinder wurden wieder ihren Eltern übergeben.

Viktor und Aenne hatten vor ein paar Jahren einen Wochenendtrip nach Rom gemacht, eine päpstliche Generalaudienz war nicht Teil des Programms gewesen. Trotzdem war ihm der Ablauf aus unzähligen Fernsehsendungen vertraut. Was sollte der Film vermitteln?

In scheinbar willkürlicher Reihenfolge waren nun der

Grundriss des Vatikans, die Schweizergarde, Häuser, Gärten und Verbindungswege zu sehen. Die Kolonnaden, der Petersdom, die Porta Sant'Anna, ein Stadtplan. Und auf einem Zettel ein paar handschriftlich festgehaltene Uhrzeiten. Sieben Uhr dreißig, neun Uhr, neun Uhr dreißig, elf Uhr, elf Uhr dreißig. Dann war der Film zu Ende.

Viktor schaltete das Notebook aus.

Was hatte der brasilianische Pater mit irgendwelchen Anschlägen zu tun? Opfer oder Täter? Wenn Leopold Markgott recht hatte, dann war dieser Jean Troyat – oder Jean le Marais – das Mastermind hinter diesem politischen Attentat.

Jean le Marais war bei der Fremdenlegion gewesen.

Ein Fachmann für Mord, Folter und politische Intrige.

Er war einer der Initiatoren der französischen Doktrin – einer Anleitung für Militär, Polizei und Geheimdienst für den Kampf gegen Guerilla und Opposition.

Schmutziger Krieg?

Terroranschläge, die keine sind. Das heißt, die eigenen Leute begehen Straftaten, die dann dem Gegner in die Schuhe geschoben werden. Danach sind alle Mittel erlaubt, das ist ja klar.

Ein Terroranschlag unter falscher Flagge.

Ein Priester, der für seine guten Kontakte in den Nahen Osten und zu islamistischen Kreisen bekannt war.

Viktor sortierte im Geist die Puzzlesteine, setzte sie neu zusammen. Nach und nach entstand ein klares Bild. Pater Roberto Lima de Moura war nicht das Opfer. Viktor dachte wieder an den Film, den er gerade gesehen hatte.

Der Vatikan.

Der Papst.

Die Fluchtwege.

Viktor wurde heiß. Das Opfer war – der Papst. Es klang unwahrscheinlich, ja geradezu unmöglich. Aber es war die einzige Lösung, die Sinn machte. Wenn ein Priester wie

Lima de Moura den Papst tötete, dann würde die ganze Welt den bekennenden Feinden des Christentums die Schuld geben.

Viktor stand auf, begann im Zimmer herumzulaufen.

Cui bono? So lautete die juristische Grundfrage.

Zu wessen Nutzen?

Viktor suchte nach einem Präzedenzfall.

Ferdinand Marcos – Anfang der siebziger Jahre.

Marcos hatte nach Ablauf seiner zweiten und letzten legalen Amtszeit als Präsident der Philippinen nicht abtreten wollen. Er hatte einen Notstand zur Verlängerung seiner Macht gebraucht. Tatsächlich erschütterte 1972 eine Reihe von mysteriösen Bombenanschlägen die Hauptstadt Manila. Nach einem vermeintlichen Mordanschlag auf den Verteidigungsminister wurde dann den Kommunisten die Schuld an allen Anschlägen gegeben und das Kriegsrecht ausgerufen. Die Verfassung, so dachte Viktor sarkastisch, enthielt auch in diesem Fall die Mittel zu ihrem Schutz – durch ihre Abschaffung. Kriege, bewaffnete Aufstände oder Terroranschläge dienten stets zur Rechtfertigung antidemokratischer Maßnahmen.

Natürlich zum Schutz der Demokratie.

David Kellermann hatte recht. Demokratien gingen unter, weil das Argument ihres Schutzes häufig als Vorwand für ihre Aushöhlung diente. Es war eine Ironie der Geschichte.

Dieser Plan lief nach demselben Muster ab.

Die Sache hatte jedoch einen Haken. Der Plan funktionierte nur, wenn der Attentäter gefasst wurde. Wenn alle Finger auf einen Schuldigen weisen konnten. Nach dem Anschlag würde es Bekennerschreiben aus allen Richtungen hageln. War Pater Roberto Lima de Moura etwa ein Selbstmordattentäter? Und für wann war dieser Anschlag geplant? Das ging aus dem Film natürlich nicht hervor.

Viktor blieb stehen.

Tu was, tu was, tu was.

Polizei? Botschaft? Sicherheitsbüro des Vatikans?

Er hatte nur diesen Datenträger. Den er in wenigen Stunden aus der Hand geben musste. Er tippte auf der Tastatur herum. Die CD war kopiergeschützt. Außerdem musste er alles unterlassen, was auch nur im Entferntesten das Leben von Marie gefährdete.

Das Handy fing an zu läuten.

Mit zwei Sätzen war Viktor bei seiner Jacke, zog das Telefon heraus und drückte auf den Annahmeknopf.

»Viktor?« Es war Aenne, und ihr Ton war gereizt.

Viktor verfluchte sich selbst. Natürlich hätte er sich längst bei seiner Frau melden müssen. *Ausgerechnet jetzt.* Er sammelte sich, versuchte, gedanklich eine Brücke zu seinem früheren Leben zu schlagen. Ihre Stimme vermittelte ihm ein Gefühl von Vertrautheit und Alltag, bedeutete, dass es eine Realität außerhalb seines Alptraums gab. Für einen Augenblick war er versucht, Aenne die Wahrheit zu erzählen, die ganze Wahrheit. Aber die Konsequenzen waren unabsehbar. Er wartete ein wenig, und der schwache Moment ging vorbei.

»Hallo, mein Schatz«, sagte er schnell. »Ist gerade ungünstig.«

»Sag mal, wo steckt ihr denn?«

»Kann ich dich zurückrufen?« Das war sein Standardsatz.

»Ich versuche die ganze Zeit, Marie zu erreichen«, sagte Aenne, nun hörbar verärgert. »Sie sollte mich anrufen.«

»Es gibt Probleme mit der Überführung«, sagte Viktor, dann begab er sich auf sicheres Gebiet. »Anscheinend fehlt noch eine behördliche Genehmigung. Die Gesetzeslage in Österreich ist ziemlich kompliziert, wenn auch durchaus interessant. Wenn du möchtest, erkläre ich dir die Regelung im Detail.«

»Deine Gesetze interessieren mich nicht«, sagte Aenne erwartungsgemäß. »Ich habe hier alle Hände voll mit unserem Osterbrunch für dreißig Leute zu tun, weiß schon nicht mehr, wo mir der Kopf steht – und ihr macht Urlaub!«

»Die Verzögerung liegt nicht an mir«, sagte er kühl.

»Das tut sie ja nie, oder?«, schnappte Aenne. Sie war wütend, Jahre des vergeblichen Wartens und der gebrochenen Zusagen brachen sich Bahn. »Und Marie macht inzwischen auch nur noch, was sie will. Aber darüber reden wir, wenn ihr zurück seid. Lasst mich bloß nicht mit dem Brunch hängen. Also – wann seid ihr wieder zu Hause?«

»Bald«, sagte er. »Hoffe ich.«

»Ja, das hoffe ich auch.« Ihre Stimme war eisig. »Sag Marie, sie bräuchte mich auch nicht mehr anzurufen. Ich wäre sehr enttäuscht von ihr.« Es klang, als hätte sie »und von dir auch« hinzusetzen wollen.

Viktor holte tief Luft, wollte etwas Passendes erwidern, aber sie hatte bereits aufgelegt. Aenne gab jedes Jahr einen Osterbrunch, der wochenlange Vorbereitungen erforderte und dessen gedruckte Einladungskarten äußerst begehrt waren. »Viktor und Aenne Hellberg freuen sich …« Der Gedanke, erneut eines seiner wenigen freien Wochenenden mit höflicher Konversation zu verbringen, schien ihm auf einmal absurd. Wenn er wieder in Berlin war, würde er ein paar Dinge in seinem Leben ändern müssen.

Eine kalte Hand griff nach seinem Herzen.

Wenn er wieder in Berlin war.

Wenn Maire wieder bei ihm war.

Wenn er es schaffte, diesen Mordanschlag zu verhindern.

Viktor fing wieder an, durch das Zimmer zu tigern. *Ein Papstattentat.* Egal, wem er die Geschichte erzählte, niemand würde ihm glauben.

Er blieb stehen.

Doch, einen Menschen gab es, der ihm glaubte. Er blickte

auf das Telefon in seiner Hand, dann tippte er eine Kurzwahl der Kanzlei und wartete ungeduldig.

»Kellermann?« David hob stets sofort ab.

»Hier ist Viktor, ich bin noch immer in Wien.«

»Verstehe«, sagte David. »Gute Neuigkeiten?«

Viktor schloss einen Augenblick die Augen. »Morgen Abend«, sagte er mit mehr Zuversicht, als er empfand.

»Oh, gut.« Davids Erleichterung war deutlich zu hören.

»Lass alles stehen und liegen«, sagte Viktor. »Du musst sofort etwas unternehmen. Ich weiß, wem der Plan gilt.«

Eine Pause entstand. Offenbar musste David sich erst erinnern, aber dann rief er: »Was? Woher weißt du …?«

»Es ist der Papst.«

»Was?«

»Sie haben einen Selbstmordattentäter.«

»Moment. Halt, warte.« Porzellan klapperte am anderen Ende der Leitung, David trank wie immer Kaffee. »Bist du sicher?«

»Hundert Prozent sicher.«

»Und – wann? Ich meine, was können wir tun?«

Viktor atmete auf. David hielt sich nie mit langen Fragen auf, glaubte ihm aufs Wort, suchte Lösungen.

»Den Zeitpunkt kenne ich nicht«, sagte er. »Bis morgen Abend sind mir die Hände gebunden. Ich kann nichts machen, sie haben Marie. Wenn ich etwas unternehme, bringen sie sie um.« Und nach dem Austausch gibt es keine Beweise mehr, fügte er in Gedanken hinzu. »Setz dich mit dem italienischen Innenministerium in Verbindung, der Polizei in Rom, dem Vatikan – der deutschen Botschaft.«

Schweigen am anderen Ende der Leitung, dann Davids ruhige Stimme: »Und was erzähle ich denen?«

Viktors Zuversicht verflog. David hatte recht. Wieder einmal. Ohne Beweise würde man ihm keinen Glauben schenken. Außerdem würde es viel zu viel Zeit in Anspruch nehmen, bis er sich durch alle italienischen Behörden und Instanzen durchgefragt hatte. So schnell er konnte, spielte Viktor alle Alternativen durch. Dann hatte er die Lösung. Oder zumindest eine Lösung.

»Ruf unseren Korrespondenzanwalt in Rom an«, sagte er. »Diesen, diesen … wie heißt er noch mal? Ettore …?«

»Calvi«, sagte David.

»Calvi hat einen ausgezeichneten Ruf«, sagte Viktor. »Er weiß, an wen er sich wenden muss, und man vertraut ihm.«

David zögerte. »Ausgerechnet Calvi?«, fragte er.

»Calvi ist einer der renommiertesten Anwälte Italiens«, sagte Viktor. Mit anderen arbeitete die Kanzlei nicht. »Ich weiß nicht, was du hast.«

David gab keine Antwort.

»Ruf ihn an«, sagte Viktor.

David seufzte. »Na gut«, sagte er resigniert. »Ist wahrscheinlich so gut wie jeder andere.« Seine Stimme hatte einen Unterton, den Viktor nicht deuten konnte.

Viktor ging zum Schreibtisch und klappte das Notebook zu. »Du hörst spätestens übermorgen von mir«, sagte er und warf die CD aus. »Drück mir die Daumen für morgen Abend.«

»Ich werde mit dem Herzen bei dir sein«, sagte David.

Viktor wollte noch etwas sagen, konnte es jedoch nicht mehr, aus Angst, dass seine Stimme nicht fest bleiben würde. Stattdessen schaltete er das Handy ab und warf es aufs Bett. Er hatte getan, was ein Mann in seiner Situation tun konnte. Nun lag alles an David. Und an Ettore Calvi.

Viktor warf einen Blick auf die Uhr, die er nun doch behalten hatte. Es war kurz vor elf. Ab jetzt galt wieder jeder seiner Gedanken dem morgigen Abend.

Und natürlich Marie.

23

»Santità! Santità! Santità!«

Die Menge tobte.

Cayetano, einer der vielen Priester im geistlichen Ornat, bewegte sich an ihrem Rand. Unauffällig. Unmerklich. Wie ein Raubtier, das die Herde umschleicht. Er vermied allen Augenkontakt, nahm dabei selbst jede Einzelheit wahr. Eine Frau fütterte ein kleines Kind in einer Karre. Ein Teenager-Pärchen hielt sich an den Händen und wirkte ganz in sich gekehrt. Eine Gruppe von Nonnen mit weißen und schwarzen Schleiern schwenkte die Arme über den Köpfen und kreischte wie junge Mädchen auf einem Popkonzert. Handys, Kameras und iPads verdeckten die Gesichter der Menschen. Sie trugen Sandalen, kurze Hosen und Röcke, es war ein warmer Tag in Rom.

Endlich entdeckte Cayetano eine Lücke in der hintersten Reihe der Zuschauer. Sofort nutzte er die Gelegenheit, sich zwischen die Gläubigen zu schieben. Langsam, aber stetig, in einer ruhigen, fließenden Bewegung, ohne jemanden anzusehen oder zu bedrängen, bewegte er sich durch die Menschenmenge zu der abgesperrten Gasse, der Fahrtstrecke des Papstes.

Er brauchte etwa eine Viertelstunde bis in die vorderste Reihe. Was schneller war als eingeplant. Aber die Gläubigen machten ihm immer wieder bereitwillig Platz.

Mi perdoni, Padre.

Cayetano stellte sich hinter das Absperrgitter. Neben ihm schrien die Menschen, winkten, fotografierten. Doch niemand drängelte, niemand berührte ihn, es war, als hielte eine unsichtbare Macht die Gläubigen auf Abstand. Cayetano wunderte das nicht. Zum einen trug er ja die Soutane. Zum anderen hatte er immer wieder die Erfahrung gemacht, dass ihm die Menschen auf dem Weg zu einem Auftrag mit Zurückhaltung begegneten, auch wenn sie nicht wussten, wer er war. Es war der Respekt, der einem Pistoleiro unwillkürlich entgegengebracht wurde. Und die Angst.

Cayetano überprüfte sein Arbeitsfeld.

Die Gasse war frei, bereit für den Konvoi des Papstes. In regelmäßigen Abständen waren junge Männer aus dessen persönlicher Garde in ihren papageienbunten Kostümen postiert, die die Menge im Auge behielten.

Plötzlich ging ein Aufschrei durch die Menge.

Auf den großen Bildschirmen, die über dem Petersplatz schwebten, war jetzt der Papst zu sehen, wie er in ein offenes Auto, so weiß wie sein Ornat, stieg und seine Fahrt zwischen den Absperrungen begann. Mit der linken Hand hielt Franziskus sich an einer Querstange fest, die rechte hatte er zum Segensgruß erhoben. Er wandte sich nach links und rechts. Cayetano konnte das väterliche Lächeln auf seinem Gesicht sehen. Der Ausdruck seiner schwarzen Augen war nicht zu erkennen, doch Cayetano nahm an, dass er nicht so warm war wie sein Lächeln.

Auf beiden Seiten des Wagens gingen Männer in schwarzen Anzügen. Sicherheitsbeamte. Ihre Blicke wanderten in einer stetigen Pendelbewegung hin und her. Vor dem Wagen ging der Fotograf. Rückwärts. Genau wie El Capitán gesagt und wie Cayetano es in den Filmen in Frankreich gesehen hatte. Alles schien nach Plan zu laufen.

Die Sonne brach durch die Wolken, legte ihr goldenes Licht auf die mächtige Kuppel des Petersdoms. Die marmornen Heiligenfiguren, die von oben auf das Meer der Gläubigen herabschauten, schienen wie von innen erleuchtet.

Cayetano spürte die Wärme, und eine Welle der Energie

und der Zuversicht durchlief ihn. Der Allmächtige schenkte ihm statt Regen sogar gutes Schusslicht. Alles würde gut werden. *A onça-pintada.* Der Jaguar, den er seit Tagen auf seiner Fährte spürte, war eine Einbildung gewesen. Dieser Auftrag war etwas Besonderes, auch für einen erfahrenen Pistoleiro.

Auf der anderen Seite der Gasse beugten sich die Besucher über die mit weißen Tüchern verhängten Absperrgitter, jubelten und kreischten und streckten die Hände aus, als wollten sie den Wagen des Papstes, der sich ihnen nun im Schritttempo näherte, berühren.

Cayetano sah prüfend zu dem großen Bildschirm hinauf.

Die Leibwächter, die neben dem Wagen liefen, holten immer wieder Kinder aus der Besuchermenge und brachten sie zu Papst Franziskus. Der küsste und segnete sie. Die Kinder wurden zurückgebracht. Die Fahrt ging weiter. Der Fotograf lief immer noch rückwärts. Alles sah nach gut eingespielter Routine aus.

Cayetano beschloss, nicht länger zu warten.

Ein Pistoleiro wusste, wann der rechte Zeitpunkt da war. Er durfte nie riskieren, dass noch etwas dazwischenkam.

Cayetano ließ seinen Blick auf der anderen Seite der Gasse entlangwandern und hoffte, dass dort niemand mit einem kleinen Kind stand. Wenn der Papst ein Kind auf dem Arm hielt, würde er nicht schießen können, musste er die nächste Fahrtrunde abwarten. Nicht aus Angst, schlecht zu schießen und, Gott behüte, das Kind zu treffen. Aber im Zusammenbrechen konnte der Papst das Kleine fallen lassen und verletzen oder gar umbringen. Und auch für dieses Leben würde Cayetano zur Verantwortung gezogen werden.

El Capitán hatte gesagt, dass ein Helfer einen Stein werfen würde. Um den Fotografen zum Stolpern und den Wagen des Papstes zum Anhalten zu bringen. Doch Cayetano konnte auf der anderen Seite der Gasse niemand entdecken, der dafür in Frage kam. Natürlich brauchte er kein stehendes Ziel. Es ging auch ohne Helfer. Ein Pistoleiro zog, zielte und schoss. Cayetano konnte den Papst auch im fahrenden Wagen töten. Aber jede Abweichung vom Plan machte ihn nervös, hinterließ ein ungutes Gefühl. Es konnte seinen Auftrag gefährden.

Einzig ein Priester fiel Cayetano auf, der neben einer einzelnen Nonne stand und gebannt die Gasse entlangblickte. Cayetano kniff ein Auge zu. Hatte er diesen Mann nicht schon vor der Sicherheitskontrolle in seinem Umfeld gesehen? Oder an einem anderen Ort? Auf einmal kam er ihm bekannt vor. Sein Instinkt als Pistoleiro erwachte, doch sein Verstand brachte ihn zum Schweigen. Der Vatikan wimmelte von kirchlichem Personal.

Seine Aufmerksamkeit wurde abgelenkt, denn nun bog der weiße Wagen des Papstes um die Ecke.

Der Fotograf kam als Erster.

Cayetano begann die Zeit zu schätzen.

Noch etwa vier Minuten.

Er schob die Hand durch den Schlitz in der Soutane, so beiläufig, als würde er in der Hosentasche nach einem Taschentuch suchen. Er war jetzt ganz ruhig. Die Geräusche um ihn herum traten zurück, wurden immer stiller, bis er sie bewusst nicht mehr wahrnahm. Als hätte jemand einen Schalter umgelegt oder das Radio leiser gedreht. Nun war Cayetano nur noch der Jäger, der seine Beute im Visier hatte.

Der Wagen des Papstes hielt an.

Der Fotograf hantierte mit der Kamera.

Noch immer vier Minuten.

Einer der Männer in den schwarzen Anzügen trat an die Absperrung. Eine junge Frau reichte ihm ein Baby im rosa Kleidchen. Der Mann nahm es behutsam auf den Arm, ging zum Wagen zurück und hielt es hoch. Der Papst beugte sich hinab, küsste das Kind auf den Scheitel und strich ihm mit der Hand über die Wange. Das Baby fing an zu schreien, und der Leibwächter brachte es zu seiner Mutter zurück.

Der Wagen setzte sich wieder in Bewegung.

Der Fotograf lief rückwärts.

Cayetano schloss die Finger um den Pistolengriff.

Drei Minuten.

Wieder hielt der Wagen an, um ein Kind aufzunehmen.

Cayetano spannte seinen Körper an, machte sich bereit. Da bemerkte er aus dem rechten Augenwinkel eine Bewegung auf der anderen Seite der Gasse. Eine leichte Unruhe war in der ersten Reihe entstanden, die Menschen machten jemandem Platz. Cayetano drehte den Kopf leicht nach rechts.

Noch drei Minuten.

Der fremde Priester war an das Absperrgitter getreten. Auch er sah dem Wagen des Papstes entgegen. Doch dann richtete sich sein Blick auf einmal auf die Besucher auf der anderen Seite der Gasse.

Cayetano wandte dem Priester das Gesicht zu. Ihre Blicke kreuzten sich. Und mit einem Schlag wusste Cayetano, wo er dem Mann zum ersten Mal begegnet war – in Frankreich, im Haus von El Capitán. Nur wenige Meter von ihm entfernt stand O Mago, der Zauberer, der Mann mit einem blauen und einem braunen Auge.

Der Wagen des Papstes setzte sich in Bewegung.

Noch zwei Minuten.

Auf einmal umgaben Cayetano wieder die gefährlichen Schwingungen, die er in Frankreich zum ersten Mal gespürt hatte.

Wie wenn man im Urwald ein Schwein jagte, und auf einmal spürte man die Gegenwart des Jaguars. A onça-pintada war unsichtbar, doch er beobachtete einen, war auf dem Sprung.

Der Wagen des Papstes kam näher.

Jetzt konnte Cayetano genau die Gesichtszüge der Sicherheitsbeamten erkennen. Und das breite, aber wie eingefroren wirkende Lächeln des Heiligen Vaters. Sein Arm war erhoben, er winkte nach rechts und nach links. Seine rechte Hand war zum Segensgruß gekrümmt wie die Hand der Jesusfigur in der Kirche in Cayetanos Heimatort. An seinem Ringfinger glänzte es golden.

Noch eine Minute.

Cayetano fasste den Pistolengriff fester.

Der Fotograf lief rückwärts, gleich würde ein Stein aus der Menschenmenge auf der anderen Seite der Gasse zwischen seine Füße fliegen. El Capitán hatte O Mago geschickt.

Cayetano zog die Waffe aus dem Holster.

Jetzt hielt der Wagen noch einmal an. Ein Sicherheitsbeamter hob ein Mädchen, sechs oder sieben Jahre alt, aus der Menge und brachte es dem Papst. Die Kleine hatte ein geblümtes Kleidchen an und eine Schleife im langen dunklen Haar. Sie drückte dem Papst einen dicken Kuss auf die Wange. Franziskus kniff die Augen zusammen und lachte. Diesmal war es ein echtes Lachen, eines, das von Herzen kam. Die Menge kreischte vor Begeisterung.

Cayetano blickte schnell zu O Mago hinüber.

Zu seiner Überraschung war O Mago weder auf den Wagen des Papstes noch auf den Fotografen konzentriert. Er fixierte Cayetano. Mit einem Blick, den Cayetano kannte, dem er zuletzt über dem Lauf eines Revolvers begegnet war.

Der Blick eines Pistoleiros.

Und auf einmal ergab alles einen Sinn.

O Mago ist ein Pistoleiro.

Das Mädchen wurde wieder seiner Mutter überreicht, und der Wagen fuhr auf die Stelle zu, an der Cayetano stand.

Noch ein paar Sekunden.

Cayetano umschloss den Pistolengriff fest mit der rechten Hand, schmiegte den Zeigefinger an den Lauf und suchte festen Stand. Die Glock hatte statt einer manuellen drei automatische Sicherungen. Cayetano musste sie nicht entsichern, konnte sofort schießen. El Capitán hatte an alles gedacht.

Wie in Zeitlupe zog Cayetano die Waffe zwischen den Falten der Soutane hervor, legte die linke Hand um die rechte. Er sprach ein kurzes Gebet, visierte sein Ziel an, hob die Waffe schnell in Augenhöhe, bis das Korn mit der Aussparung zu einer Linie verschmolz. Mit dem rechten Arm machte er eine Vorwärtsbewegung, mit dem linken hielt er dagegen und stabilisierte die Pistole.

In diesem magischen Moment wurde die Glock zu Cayetanos verlängertem Arm, empfing sie ihren Befehl direkt aus seinem Gehirn. Kopf, Armmuskel, Schießfinger, Waffe – die Befehlskette schloss sich.

Cayetano schwenkte den Lauf auf das Ziel zu. Wie beim Tango war es eine einzige elegant fließende Bewegung.

Der Tanz des Pistoleiros mit dem Opfer.

Cayetano beherrschte ihn perfekt.

Er drückte ab.

Für den Bruchteil eines Augenblicks passierte nichts. Das Geräusch des schallgedämpften Schusses ging im Jubel der Masse unter. Auf einmal geschah alles gleichzeitig.

Die großen Monitore zeigten die Leibwächter, die sich über die weiße Gestalt des Papstes warfen, und den Wagen, der mit Höchstgeschwindigkeit davonraste. Die Bilder erinnerten an einen Hollywoodfilm, dann schwankten sie und erloschen.

Für einen Wimpernschlag schien die Zeit stillzustehen.

Dann kam Bewegung in die Menge, die schreckensstarr und ungläubig auf die Bildschirme gestarrt hatte. Polizisten stürmten den Platz, Pfiffe schrillten über den Köpfen der Menschen. Die Tauben, die auf den Kolonnaden gesessen hatten, flogen auf. Hunderte Vögel verdunkelten den Himmel.

Und jetzt brach Panik aus.

Zehntausende Menschen schrien, stießen sich gegenseitig beiseite, warfen sich gegen die Absperrgitter, drängten in wilder Flucht nach vorn. Die Garde des Papstes hatte alle Mühe, die Masse hinter den Absperrungen zu halten und nicht selbst überrannt zu werden. Alle wollten zu den Ausgängen.

Irgendwo heulte eine Sirene.

Cayetano ließ die Pistole an seiner Soutane entlang zu Boden gleiten, schob sie mit dem Fuß unter die weiße Plane der Absperrung und drehte sich um. Ein alter Mann stand hinter ihm, starrte ihn aus weit aufgerissenen Augen an. Er schien wie gelähmt, konnte nicht fassen, dass er gerade Augenzeuge eines Attentats auf den Papst geworden war. Und dass der Mörder in Gestalt eines Priesters vor ihm stand. Schnell bekreuzigte er sich, einmal, zweimal, dreimal.

Cayetano ignorierte den Mann, nahm einen Ausgang fest ins Visier und hielt direkt darauf zu. Er ging schnell, aber er rannte nicht, ließ sich von der Menge mitreißen.

Jetzt heulten überall Polizeisirenen, der Platz füllte sich mit schwarz Uniformierten. Doch der Zehntausenden, die versuchten, vom Petersplatz zu fliehen, konnten sie nicht Herr werden. Cayetano ließ sich treiben, schwamm wie ein Fisch im Wasser. Immer wieder geriet er in Gefahr, zu Boden geworfen und zu Tode getreten zu werden.

Eine junge Frau mit einem Baby auf dem Arm, die neben ihm lief, packte den Ärmel seiner Soutane, krallte ihre Finger in den Stoff. Sie hatte lange, dunkle, in der Mitte gescheitelte Haare und trug einen blauen Mantel. Ein wenig erinnerte sie Cayetano an die Muttergottes aus Stein, die er im Petersdom gesehen hatte und die ihren toten Sohn auf den Knien hielt.

»Padre«, keuchte sie. »Padre, was war denn los? Sagen Sie es mir! Es heißt, es ist ein Attentat passiert!«

»Ich weiß es nicht, mein Kind«, sagte Cayetano.

»Ist die Santità …?« Ihre Stimme brach.

»Wir müssen beten«, sagte Cayetano.

Dann kam ihm eine Idee. Er nahm die junge Frau an der Hand und fragte: »Wie heißt du, meine Tochter?«

»Caterina«, sagte sie, presste das Baby an sich.

Cayetano blickte zu den Kolonnaden hinüber. Die Sicherheitsposten hielten dem Ansturm der Flüchtenden nicht stand, sie wurden einfach überrannt. Wie eine unaufhaltsame Flut wogten die Köpfe der Gläubigen zwischen den Säulen.

»Vertraue dich mir an, Caterina«, sagte Cayetano schnell. »Ich bringe dich und dein Kind hier raus.«

Jemand rempelte ihn von hinten an.

Caterinas große dunkle Augen füllten sich mit Tränen. »Danke, Padre«, flüsterte sie. »Sie schickt der Herr.«

Sie standen mitten auf dem Petersplatz, die Menge schob und drängte. Jemand boxte Cayetano seinen Ellenbogen in die Seite, ein anderer stieß die junge Frau an, sodass sie fast gestolpert wäre. Das Baby fing an zu schreien.

»Komm mit«, sagte Cayetano.

Mit den Fingern, die vor wenigen Minuten noch die Glock gehalten hatten, umschloss Cayetano fest die Hand der jungen Mutter. Wenn diese Frau mit ihrem Kind stürzte, würden beide zu Tode getrampelt werden. In der letzten Stunde hatte er zwei Menschenleben genommen. Wenn es ihm gelang, diese beiden zu retten, so war ihm verziehen. Außerdem – niemand hielt einen Priester und eine Mutter mit Kind auf.

Während sich Cayetano seinen Weg durch die Menge der Fliehenden erkämpfte und dabei Caterina hinter sich herzog, begann er mit dem ersten Sühnegebet.

Ave Maria,
cheia de graça
o senhor é convosco,
bendita sois vós entre as mulheres,
e bendito é o fruto do vosso ventre,
Jesus.

Cayetano erreichte den Sicherheitsposten mit Caterina an der Hand. Einer der Polizisten, das Gesicht bereits schweißüberströmt, sah ihnen entgegen. Cayetano zögerte, er hatte keine Aufmerksamkeit erregen wollen.

Aber es war bereits zu spät.

Der Polizist schien die Notlage des hilfsbereiten Priesters und der jungen Mutter mit dem Baby erkannt zu haben. Energisch stemmte er sich der fliehenden Menschenmenge entgegen und kämpfte sich hindurch.

»Hier lang, Padre«, rief er, und als er endlich neben Cayetano und Caterina stand, legte er dem Pistoleiro eine Hand auf die Schulter und schob ihn vor sich durch den Ausgang. »Kommen Sie, Signora, kommen Sie, schnell.«

Vor dem Vatikan standen jetzt Mannschaftswagen der Polizei. Überall liefen Bewaffnete in schusssicheren Westen herum, Funkgeräte quäkten. Ein Hubschrauber drehte knatternd seine Runden. Die ersten Reporter verließen riesige Übertragungswagen und stürmten, Kameras und Mikrofone im Anschlag, an Cayetano und Caterina vorbei zum Petersplatz.

Der spanischen Büßergruppe war es anscheinend gelungen, zusammenzubleiben. Jetzt standen die schwarzen Mönche unter ihren mit Kreuzen und Lampen bestückten Stangen wie ein Schwarm Krähen beisammen und wiegten sich wie in Trance hin und her. Während einer von ihnen ein düsteres Requiem anstimmte, fielen die anderen mit dem Refrain ein. Der Mann mit dem großen Holzkreuz auf der

Schulter war nirgends zu sehen. Er hatte es wohl nicht geschafft.

Cayetano verabschiedete sich von der jungen Mutter, strich dem Baby über die Wange, wie es der Papst vor wenigen Minuten noch getan hatte, und schlug wie geplant den Weg über die Via di Porta Angelica ein. Doch er ging nicht in einen der vielen Souvenirläden, um eine Ansichtskarte zu kaufen und dabei mögliche Augenzeugen an sich vorüberziehen zu lassen. Denn er musste sich noch eine Fahrkarte besorgen.

Und er musste die Nummer anrufen, die man ihm gegeben hatte. Ehe die Nachrichten die Wahrheit verbreiteten.

Cayetanos Reiseziel hatte sich nämlich geändert.

Während sich der Pistoleiro unbehelligt mit jedem Schritt weiter vom Vatikan entfernte, unterbrachen die Sender in aller Welt ihr Programm.

Auf Papst Franziskus war ein Anschlag verübt worden.

24

Die Küche hatte unebene Wände und eine niedrige Decke. Auf dem Boden lagen abgetretene Steinplatten, und die Glasscheiben in den kleinen Holzkastenfenstern waren vom Alter verzogen. Es war warm und roch nach angebratenen Zwiebeln und Paprika.

Marie konnte das Gulasch in dem schwarzen Gusseisentopf auf dem Herd simmern hören. Sie saß an dem großen Küchentisch mit der Wachstuchdecke. Ein Tasse mit heißem Tee und ein angeschlagener Teller mit einem Speckbrot und einem Apfel standen vor ihr.

Es war erst halb sechs, aber schon ihr Abendessen.

Seit gestern schlief sie nicht mehr im Weinkeller, sondern wurde in einer kleinen Kammer neben der Küche eingeschlossen. Im Kabinett. So nannte das die dicke ältere Frau mit der blauen Schürze, die gerade am Ende des Küchentischs stand und aus einer großen Schüssel Rührteig auf ein Kuchenblech füllte. Auf einem Brett lagen rote Äpfel, ein Berg geschälter Apfelspalten und ein schweres Küchenmesser.

Die Frau hieß Herta und war Maries neue Kerkermeisterin.

In dem Kamin hinter Herta brannte ein Feuer. Sein Schein beleuchtete eine Sammlung von Zinnbechern auf dem Sims und spiegelte sich in den blank gescheuerten Kupfertöpfen, die von der Decke hingen. Die Wand über dem Kamin nahm ein riesiges Gemälde ein, das Weinberge zeigte und Leute, die Trauben von den Rebstöcken pflückten. Eine Ecke der Küche schmückte ein Kruzifix. Hinter dem Kreuz steckten Palmkätzchenzweige.

Marie musterte das Küchenmesser. Es hatte eine lange

Klinge, deren Schneide schon oft geschärft worden sein musste, denn der Stahl war von runden Schleifspuren gezeichnet. Das Messer war nur knapp außerhalb ihrer Reichweite. Unauffällig und möglichst leise rutschte Marie mit dem Stuhl ein wenig näher.

Die Tür ging auf, und Sébastien trat ein.

Marie rutschte mit dem Stuhl zurück.

Herta hob nur kurz den Kopf, dann setzte sie die leere Rührschüssel ab, nahm eine Handvoll Apfelspalten und legte eine exakte Reihe auf den Teig.

»Iss endlich«, sagte sie, ohne Marie anzusehen.

Marie nahm das Speckbrot zur Hand. Das Fett glänzte gelblich, und die Fleischstreifen waren dunkelbraun wie getrocknetes Blut. Schon bei dem Anblick wurde ihr schlecht. Aber sie brauchte die Kalorien, brauchte die Kraft für das, was sie vorhatte. Wahrscheinlich hatte man ihr ein Antibiotikum gegeben, denn ihr Hals tat nicht mehr weh, und es ging ihr schon wieder ziemlich gut. Aber sie ließ es sich nicht anmerken. Warum hatte man sie überhaupt in diesen eisigen Keller gesperrt? Marie gab sich die Antwort selbst. Damit sie mürbe wurde und ihrem Vater am Telefon etwas vorjammerte. Damit ihre Qual nicht nur glaubhaft, sondern echt war. Wenn sie an ihre Folterknechte dachte, überkam sie Mordlust. Sie warf einen Seitenblick auf das Küchenmesser.

»Salut, mignonne«, sagte Sébastien, nahm einen Apfelschnitz vom Tisch und schob ihn in den Mund. Er wirkte irgendwie aufgekratzt. »Wie geht's dir heute?«

Marie ließ das Brot sinken. »Schlecht«, flüsterte sie.

Herta blickte zwischen ihnen hin und her. Sie verstand kein Französisch, das hatte Marie schon herausgefunden. Nur ihr uralter Vater, Josef, sprach es ziemlich gut. Herta hatte erzählt, er sei im Krieg irgendwo in Frankreich gewesen. Und anschließend in der Fremdenlegion. Aber Josef war zu Nachbarn gefahren. Zum Kartenspielen. Das hatte er Herta vor etwa einer Stunde mitgeteilt. Kurz darauf hatte Marie draußen einen Motor gehört, der sich entfernt hatte. Josefs Fortbleiben war Voraussetzung für das Gelingen ihres Planes.

»Lass das nicht den Capitaine hören«, sagte Sébastien und runzelte die Stirn. »Iss das Brot.«

»Der Kapitän ist in Wien«, sagte Herta.

»Mir ist schlecht«, jammerte Marie. »Ich bekomme keine Luft. Es ist so heiß hier drinnen.«

Herta gab keine Antwort, sondern setzte ihre Arbeit schweigend fort. Als sie den ganzen Teig mit ordentlichen Apfelspalten belegt hatte, hob sie das Backblech auf und trug es quer durch die Küche zu dem alten Ofen. Sie schob das Blech hinein und knallte die Klappe wieder zu. Lauter als nötig, wie Marie fand. Wahrscheinlich mochte sie keine Hausgäste. Nun, ihre Gefangene würde sie bald los sein. Marie räusperte sich.

»Herta?«, fragte sie mit schwacher Stimme.

Herta runzelte die Stirn. »Was?«

»Kann ich ein Fenster aufmachen?«

»Was glaubst du, für was ich heize?«, gab Herta zurück.

Marie wandte sich an Sébastien. »Ich habe Halsweh«, sagte sie. »Mir geht's schlecht. Kommt der Capitaine wieder?«

Herta sah Sébastien an. Sie hatte gelbgraue Haare und kleine blaue Augen, die Marie an Schweinsaugen erinnerten.

Sébastien nickte. »Oui«, sagte er. »Und jetzt iss.«

»Was hat er gesagt?«, fragte Herta Marie.

Marie biss in ihr Speckbrot. »Ich soll aufessen«, sagte sie mit vollem Mund. »Dann darf ich ein wenig vor die Tür. Er hat den Kapitän gefragt, und der hat's erlaubt.« Sie nahm noch einen Bissen von ihrem Brot. So schlecht schmeckte es gar nicht. »Ich habe nämlich Asthma«, fügte Marie mit

Leidensmiene hinzu. Sie überlegte, ob sie hüsteln sollte, entschied sich dann aber dagegen. Das wäre zu viel gewesen. Stattdessen sagte sie: »Zum Spazierengehen bin ich zu schwach, aber ich brauche Luft.« Sie fand ihre Darbietung richtig gut. »Sonst bekomme ich einen Anfall.«

Herta wandte sich an Sébastien und zeigte zum Fenster hinaus. »Kapitän?«, fragte sie. »Marie?«

»Oui«, sagte Sébastien, der bisher mit Marie Französisch gesprochen hatte und überhaupt nur wenig Deutsch zu verstehen schien. »Hör zu, mignonne, ich muss los. Herta bleibt bei dir.«

Marie deutete mit dem Daumen über die Schulter zum Fenster und nach draußen. »Fährst du weg?«, fragte sie, als bäte sie noch einmal um Hafturlaub.

Sébastien schnappte sich den Apfel von ihrem Teller. »Hast du die Nachrichten gehört?«, fragte er.

Marie schüttelte den Kopf. Seit Tagen hatte niemand mit ihr gesprochen. Glaubte er, man hätte sie fernsehen lassen? »Ist was passiert?«, fragte sie.

»Allerdings«, sagte er, warf den Apfel in die Luft und fing ihn wieder auf. »In Rom – ein Terroranschlag.«

Herta nickte grimmig, das hatte sie verstanden. »Die Muslime haben versucht, unseren Papst Franziskus zu ermorden«, sagte sie, drehte sich zu dem Kruzifix in der Küchenecke um und bekreuzigte sich. »Aber Gott hat seine schützende Hand über den Heiligen Vater gehalten.«

»Ach«, sagte Marie. Diese Welt schien ihr so weit von ihrem Keller entfernt, als befände sie sich seit Tagen auf einem fremden Planeten. »Ist jemand gestorben?«

»Lass dich überraschen«, sagte Sébastien. »Wenn alles gut geht, bist du morgen wieder bei deinem Papa.«

»Wenn alles gut geht?«, fragte Marie. »Und wenn nicht?«

»Dann eben nicht«, sagte Sébastien mit leisem Bedauern. Er hob die Hand zum Abschied und verließ die Küche.

Dann eben nicht.

Sie würden sie genauso töten wie Marie ihre Entführer, wenn sie Gelegenheit dazu bekam. Es wurde höchste Zeit, ihren Plan umzusetzen. Vielleicht war dies ihre einzige Chance. Ein Terroranschlag in Rom war ihr geringstes Problem.

Marie nahm Herta ins Visier. »Sie haben es gehört«, sagte sie. »Ich darf hinaus.«

Herta kämpfte sichtlich mit sich. Einerseits trug sie die Verantwortung für den Häftling, andererseits wollte sie auch nichts falsch machen. »Du hast wirklich Asthma?«, fragte sie. »Das hätten die mir doch sagen müssen!«

»Und ich habe meinen Spray verloren«, legte Marie nach.

»Himmelherrgott«, sagte Herta. »Dann setz dich ein paar Minuten auf die Hausbank, ich gebe dir eine Decke. So warm ist der Abend noch nicht.«

Marie legte das angebissene Brot weg und stand auf. Sie stützte die Hände auf die Tischplatte, ließ den Kopf hängen und tat, als müsste sie erst zu Kräften kommen.

»Schaffst du's allein hinaus?«, fragte Herta.

Marie hob den Kopf und nickte heldenhaft.

Herta holte tatsächlich eine braune Plüschdecke, legte sie Marie um die Schultern und setzte sie auf eine Steinbank neben der Haustür. »Zehn Minuten«, sagte sie. »Keine Minute länger. Kannst hier sowieso nicht weg.«

Marie nickte gehorsam und lehnte sich gegen die Hausmauer.

Herta ging ins Haus zurück, die Tür ließ sie angelehnt.

Schnell sah Marie sich um. Links von ihr parkte ein roter Polo auf dem Vorplatz, und dahinter stand ein Traktor mit einem Anhänger. Das Gebäude, in dem man sie gefangen hielt, war ein alter Gutshof. Er lag ein wenig erhöht auf einem Hügel, sodass Marie über Weinberge hinab zu einem Fluss sehen konnte. In der Ferne war ein kleines Dorf zu erkennen. Auf beiden Seiten des Flusses schlängelten sich dicht befahrene Straßen. Marie schätzte die Entfernung zum Fluss auf einen guten Kilometer. Das war zu schaffen. Sie würde per Anhalter nach Wien fahren.

Behutsam schälte Marie sich aus der Steppdecke, dann schlich sie auf Zehenspitzen über den asphaltierten Vorplatz. Immer in Richtung des Flusses und der Straße. Nach wenigen Minuten hatte sie den Rand eines Weinberges erreicht. Nun fing sie an zu laufen. Immer schneller werdend und das nahe Ziel vor Augen, rannte sie den Hang hinunter. Nun wurde ihr doch schwindelig, aber sie lief weiter. Ausruhen konnte sie sich in Wien, im Hotel, bei ihrem Vater. Ihr Atem ging stoßweise, ihre Lungen schmerzten. Die letzten Tage hatten an ihrem Körper gezehrt.

Auf einmal hörte sie Schreie hinter sich. Herta kreischte.

Ihre Flucht war entdeckt worden!

Ein Mann brüllte. Sébastien. Er war noch nicht nach Wien gefahren! Marie hätte sich ohrfeigen können. Dann Türenschlagen und ein startender Motor.

Marie lief schneller, stolperte den Hang hinab. Ihre Füße wirbelten einen irren Takt. Nur weg, weg, weg. Das Motorengeräusch kam näher, wurde lauter, hielt sich auf gleicher Höhe. Im Rennen drehte Marie den Kopf nach links. Der rote Polo fuhr neben ihr her. Herta saß hinter dem Steuer, Sébastien auf dem Beifahrersitz. Ihre Blicke begegneten sich. Er schüttelte die geballte Faust im Fenster.

Marie warf sich herum, stürmte nach rechts, wollte zwischen die Weinreben abtauchen.

Eine Autotür schlug.

Rennende Schritte hinter ihr.

Zwei starke Hände, die sie an den Schultern packten.

Marie ließ sich zu Boden fallen, trat wie eine Verrückte um sich. »Nein«, brüllte sie. »Lass mich los! Polizei!«

Sébastien legte ihr die Hand über den Mund, drückte zu.

Marie warf den Kopf hin und her. Auf einmal spürte sie einen schneidenden Schmerz am Hals. Warmes Blut lief über ihre Haut. Und nun konnte sie nicht mehr.

Marie gab auf, sank in sich zusammen. Alle Kraft, die sie gesammelt hatte, war verbraucht. Mit geschlossenen Augen ließ sie sich hochheben, tragen und auf die Rückbank des Polos werfen. Sie hörte Hertas Schimpfen, aber sie war zu weit weg, um ihre Worte zu verstehen. Sie fuhren den Hang hinauf. Sébastien riss sie aus dem Wagen. Sie spürte, wie er sie über die Schulter warf und ins Haus trug.

Durch den warmen Geruch nach Essen.

In die Kälte eines Flurs.

Eine Treppe hinunter.

Marie roch den säuerlichen Hauch des Weinkellers, erschrak, wollte protestieren. Nur das nicht, nur nicht der Keller! Sie riss die Augen auf. Kälte und Dunkelheit umfingen sie. Durch die offene Kellertür fiel etwas Licht.

Sébastien setzte sie auf den Boden und trat zurück. Schnell warf sich Marie herum, umfasste seine Beine, klammerte sich fest. Schweigend löste er ihre Finger und stieß sie in ihr Verlies zurück.

Hilflos sah ihm Marie nach, wie er die Treppe hinaufstieg. Die Kellertür fiel zu, der Schlüssel drehte sich im Schloss.

Nachdem sie ihrer Freiheit so nah gewesen war, fühlte Marie die Finsternis und die Einsamkeit doppelt schmerzhaft. Und obwohl die Kälte von unten in ihren Körper kroch, fand sie nicht die Kraft, nach ihrer Decke zu suchen.

25

Am Donnerstag, dem 18. April, stieg Cayetano um acht Uhr sechsundvierzig am Wiener Hauptbahnhof aus dem Zug.

Er trug jetzt wieder seinen schwarzen Anzug. Auf der Bahnhofstoilette in Rom hatte er sich umgezogen und dann in den alten Kleidern von Paschoals Neffen den Nachtzug genommen, der um achtzehn Uhr achtundfünfzig Roma Termini in Richtung Wien verließ. Seine Papiere lauteten zwar auf Roberto Lima de Moura, aber er wollte in seiner Soutane kein Aufsehen erregen. Niemand stellte eine Verbindung her zwischen einem Jäger in abgetragener Kleidung und einer Generalaudienz auf dem Petersplatz. Auch hatte Cayetano sich angesichts der vielen Sicherheitsbeamten auf den Bahnsteigen gegen den Mittagszug entschieden. Bis zum Abend, davon war er überzeugt, hatte sich die Lage etwas beruhigt.

Cayetano hatte sich am Bahnhof in eine Bar gesetzt, etwas gegessen und getrunken und unbehelligt gewartet, während auf den Straßen die Polizeiwagen vorübergerast waren. Die hübsche Bedienung, die ein wenig wie Angelina aussah, hatte rot geweinte Augen gehabt. Der Geräuschpegel in der Bar war hoch gewesen. Gerüchte waren wie Vögel im Urwald durch die Luft geschwirrt.

Die Santità ist tot.

Nein, der Heilige Vater liegt in der Gemelli-Klinik.

Unsinn, man hat ihn nach Castel Gandolfo gebracht.

Die Polizei hat den Mörder, dieses Schwein, erschossen.

Ein Priester, man stelle sich das vor!

Einmal waren zwei schwer bewaffnete Polizisten in schusssicheren Westen hereingekommen und hatten an der Theke einen Kaffee getrunken. Cayetano war hinter der aktuellen Ausgabe der Sentieri di Caccia, dieser Jagdzeitschrift, die er am Morgen gekauft hatte, verschwunden. Aber den Jäger in seiner Ecke hatten die Polizisten keines Blickes gewürdigt, sondern lieber vor der hübschen Bedienung angegeben.

Der Heilige Vater lebt, carina.

Was wäre Rom ohne seine Polizei?

In Italien herrschen wieder Recht und Ordnung.

Und so weiter und so fort.

Zwanzig Minuten vor Abfahrt des Zuges war Cayetano aufgestanden, hatte bezahlt und der Bedienung ein Trinkgeld gegeben – nicht zu viel und nicht zu wenig – und war in die Bahnhofshalle hinübergegangen.

Der Nachtzug war pünktlich abgefahren.

Leider hatte in seinem Abteil ein aufdringlicher Mann gesessen, der unbedingt mit ihm reden wollte.

Fahren Sie zur Jagd?

Nein, Welse angeln im Norden. Aber meistens fische ich in Spanien, am Ebro.

Was sagen Sie zu dem Attentat auf den Heiligen Vater?

Es gibt zu viele gottlose Menschen.

Kurz hinter Orvieto hatte sich Cayetano dennoch zu seiner Entscheidung beglückwünscht, den Nachtzug genommen zu haben. So brauchte er keine langen Gespräche zu führen, sondern konnte die Augen schließen und vorgeben, zu schlafen.

Immer wenn der Zug angehalten hatte und Fahrgäste ein- oder ausgestiegen waren, hatte er am Gang das Schnarren von Funkgeräten gehört. Doch er war ruhig geblieben.

Mitten in der Nacht war der Zug im Bahnhof von Tarvisio eingelaufen. Cayetano hatte seine schwarze Reisetasche genommen, dem kurz erwachten Mitreisenden zum Abschied zugenickt und das Abteil verlassen. Später würde der Mann sagen können, der Jäger sei an der österreichischen Grenze ausgestiegen.

Cayetano war durch den ganzen Zug bis zum letzten

Waggon gegangen. In allen Abteilen, an denen er vorbeikam, schliefen die Leute. So hatte er unbemerkt die Toilette betreten und sich dort wieder in Pater Roberto verwandeln können. Dann hatte er gewartet, bis der Zug Fahrt aufgenommen hatte. Er hatte das Fenster geöffnet und die Jagdsachen in die Nacht hinausgeworfen. Kurz darauf war auch das Holster für die Glock hinterhergeflogen.

Cayetano hatte jetzt nur noch den Revolver, den er bei Bernardo Santo gekauft hatte. Den würde er einfach in den Hosenbund stecken, so wie er es zu Hause auch machte. Der Gedanke gab ihm fast ein heimatliches Gefühl.

Im schwarzen Anzug hatte sich Cayetano in ein Abteil im letzten Waggon gesetzt. Er hatte eigentlich damit gerechnet, dass unter den gegebenen Umständen Passkontrollen durchgeführt wurden, doch nur der Zugschaffner hatte kurz hinter Villach den Kopf ins Abteil gesteckt. In dem Priester mit dem großen Silberkreuz auf der Brust hatte er den Jäger, den er bei Orvieto kontrolliert hatte, nicht erkannt.

Und nun war Cayetano in Wien.

Genau wie El Capitán.

Der Gedanke erfüllte Cayetano mit Genugtuung.

Noch auf dem Weg nach Roma Termini hatte er die Nummer angerufen, die man ihm gegeben hatte, und nach El Capitán gefragt. Er hatte sich sogar schon eine Ausrede einfallen lassen, warum er nach Grand Sud fahren musste. António war am Telefon gewesen. Aber der Capitán war nicht in Frankreich.

Was willst du vom Capitaine?

Geht dich nichts an, es ist wichtig.

Er ist nicht hier.

Sag mir, wo ich ihn treffe, oder erklär ihm, warum nicht.

Der Capitaine ist über Ostern in Wien. Versuch's mal morgen Abend auf dem Stephansplatz, da ist so eine politische Veranstaltung. An der nimmt er, glaube ich, teil.

Danach hatte Cayetano sein Handy weggeworfen.

Nun ging er direkt zum Informationsschalter in der Bahnhofshalle. Er brauchte ein Zimmer in Wien.

Die dicke Frau hinter dem Schalter sprach nur Deutsch, aber sie verstand, dass der Pater ein Hotel suchte. Sie betrachtete das große Silberkreuz auf seiner Brust, dann schien sie eine Erleuchtung zu haben, denn sie riss ein Blatt von einem Notizblock, notierte die Adresse, die ihr passend erschien, und schob Cayetano den Zettel hin.

Schottenstift.

Benediktinerabtei Unserer Lieben Frau zu den Schotten.

»Das ist ein Kloster«, sagte die Frau. »Aber auch ein Gästehaus.« Sie sah seine verwirrte Miene. »Patres.«

Jetzt hatte Cayetano verstanden. Das war genau das, was er suchte. Ruhe, Verschwiegenheit, Diskretion, keine Fragen. Er nahm den Zettel, deutete eine Verbeugung an und schenkte der Schalterbeamtin ein väterliches Lächeln.

»Obrigado, Senhora«, sagte er höflich.

Die Frau nahm einen Stadtplan, zeichnete sein Ziel ein, markierte die U-Bahn-Linien und reichte ihn Cayetano.

»Schönen Aufenthalt«, sagte sie und lächelte.

»Obrigado, Senhora«, sagte er noch einmal.

Als Cayetano die Stufen zur U-Bahn hinunterging, war er in Gedanken schon bei der Ausführung seines Planes. Der Smith & Wesson steckte im hinteren Bund seiner schwarzen Hose. Die Schachtel mit der Munition lag sicher zwischen der Soutane und der Unterwäsche in der kleinen schwarzen Reisetasche. Er würde nur eine Patrone brauchen.

Cayetano beherzigte stets den Ehrenkodex der Pistoleiros. Nie tötete er, um sich an seinem Opfer zu bereichern, oder aus Hass. Auch diesmal hasste er nicht. Er hatte einen Auftrag erhalten und war bereit gewesen, ihn nach bestem Wissen und Gewissen auszuführen.

Ihm war, als hörte er Angelinas Worte in jener heißen Nacht, in der er ihr von diesem letzten Auftrag erzählt hatte. Sie hatte gut überlegt, ehe sie sich geäußert hatte.

Wenn Gott will, dass dieser Mann stirbt, wird ihn eine Kugel treffen, oder er wird an einer Krankheit sterben. Wenn Gott das Leben dieses Mannes nicht will, wird er es nicht nehmen. Du musst tun, was du für richtig hältst.

Cayetano dachte mit Bewunderung und Sehnsucht an seine schöne, kluge Frau. Wie recht sie immer hatte. Wie oft hatte sie ihm schon einen guten Rat erteilt.

Gott hatte das Leben des Papstes tatsächlich nicht gewollt. Er hatte Cayetanos Blick nur Sekundenbruchteile vor dem Schuss von seinem Auftragsziel weggelenkt. Hinüber zu einem Mann mit verschiedenfarbigen Augen, der mit der schussbereiten Waffe in der Hand gewartet hatte.

Darauf, dass Cayetano abdrückte.

Dass der Papst tödlich getroffen zusammenbrach.

Dass er den Pistoleiro liquidieren konnte.

Cayetano wusste nun, dass man ihn nie am Leben lassen wollte. Sein Tod war von Anfang an beschlossene Sache gewesen. Das war es gewesen, was er gespürt hatte, seit er in Frankreich im Haus des Capitáns angekommen war.

A onça-pintada.

Der Jaguar hatte ein braunes und ein blaues Auge gehabt. Aber Cayetano war der bessere Jäger gewesen und hatte seinen Verfolger rechtzeitig erlegt.

Denn auf einmal hatte alles Sinn ergeben. Die Warnung von Paschoal, die zweite Soutane, die für O Mago angefertigt worden war. Paschoal hatte gewusst, dass man Cayetano töten wollte. Jede Spur zu El Capitán und seinen Männern musste getilgt werden. Man hatte ihn verraten.

El Capitán war ein elender Verräter.

Der Pistoleiro kannte den Preis für diesen Verrat.

Die Benediktinerabtei, in der Cayetano wohnen sollte, befand sich in einem schönen alten Stadthaus mit einem gemeißelten Steinportal, zu dessen beiden Seiten Fahnen hingen. Die Fenster im Erdgeschoss hatten schmiedeeiserne Gitter, und über allen Fensterrahmen waren prächtige Marmordreiecke angebracht. Hinter dem Haus ragte ein Kirchturm mit einem grünen geschwungenen Dach empor.

Eigentlich sah es genauso aus wie in Rom, fand Cayetano, der auf der anderen Straßenseite stehen geblieben war, um sein neues Domizil in Ruhe in Augenschein zu nehmen.

Ein paar Minuten verharrte er ganz in Gedanken vor dem Anblick und bewunderte den Allmächtigen, der so gut für alles vorgesorgt hatte. Nun wusste er, dass er am richtigen Ort war und dass Gott sein Vorhaben billigte. Er nahm ihn, den Pistoleiro, in sein Haus auf und bot ihm einen Platz für seine Gebete. Denn Cayetano würde auch nach diesem Tag um Vergebung bitten und seine Seele reinwaschen müssen.

Zum Dank bekreuzigte sich Cayetano dreimal. Dann fasste er seine Reisetasche fester und überquerte die Fahrbahn.

Man musste den Priester, der auf die Abtei zuhielt, gesehen haben, denn die Eingangstür öffnete sich von allein.

Pater Roberto Lima de Moura verbeugte sich höflich. »Bom dia«, sagte er, lächelte väterlich und trat ein.

26

Die Fahrt führte durch eine hügelige Weingegend mit kleinen Dörfern und spitzen Kirchtürmen. Es war später Nachmittag, und ein weiches Licht lag über den Reben, die sich wellenförmig in der Landschaft ausbreiteten. Nach etwa einer Stunde tauchten die Vororte von Wien auf. Marie, die im Fond der dunklen Limousine saß, wusste, dass sie demnächst ausgetauscht werden sollte. Sie war nervös, auch wenn sie sich ständig sagte, dass ihr Martyrium nun bald ein Ende hatte und sie ihren Vater endlich wiedersehen würde. Aber in den letzten Tagen war so viel Unvorhergesehenes geschehen, dass ein Rest Zweifel blieb.

Wenn alles gut geht, bist du morgen wieder bei deinem Papa.

Und wenn nicht?

Dann eben nicht.

Die letzte Nacht und den ganzen Tag hatte Marie in dem Kabinett verbracht. Wie lange man sie zur Strafe für ihren Fluchtversuch in dem Weinkeller hatte frieren lassen, wusste sie nicht. Als sich die Kellertür endlich geöffnet hatte, war sie Sébastien widerstandslos gefolgt und hatte sich in dem kleinen Raum neben der Küche einsperren lassen. Alle paar Stunden hatte Herta ihr etwas zu essen gebracht und sie zur Toilette begleitet. Auch ihr Hals war frisch verbunden worden. Anscheinend wollte man sie in ordentlichem Zustand zurückgeben. Das machte ihr ein wenig Mut.

Sie waren zu viert im Wagen.

Sébastien saß am Steuer und hinter ihm Marie, sodass neben ihr der Verkehr vorbeifloss und sie die Tür nicht öffnen konnte. Abgesehen davon war die Kindersicherung aktiviert. Sie hatte es gleich bei der Einfahrt nach Wien, hinter dem Schild »Klosterneuburg«, diskret ausprobiert. Auf dem Beifahrersitz saß ein kleiner weißhaariger Mann. Marie meinte, sich aus dem Weinkeller an ihn zu erinnern. Er hatte leise gesprochen, aber trotzdem Befehle erteilt und sie in ihrem Fieberwahn an ihren Vater erinnert. Der Mann wurde mit »mon capitaine« angesprochen, aber Marie hatte gehört, dass er Marais hieß. Marais, das bedeutete auf Französisch »Sumpf«. Ein dritter Mann, den Marie noch nie gesehen hatte, saß neben ihr auf der Rückbank. Er trug eine Goldrandbrille und hinkte.

Sie lehnte die Stirn gegen das Fensterglas und sah hinaus. Jugendstilfassaden rannen vorüber, der Verkehr wurde dichter, immer wieder überholten Polizeiwagen mit Blaulicht. Der Capitaine ließ sein Fenster ein Stück herunter, zündete sich eine Zigarette an und blies den Rauch hinaus. Seit der Abfahrt hatte niemand ein Wort gesprochen.

Sie kamen an einem Markt mit Holzhütten vorbei, der gut besucht war. Marie konnte Familien mit Kindern sehen, Frauen mit Kopftüchern und Männer mit Schläfenlocken, die zwischen Ständen mit Obst und Frühlingsblumen flanierten. Um den Markt herum standen Polizisten mit Maschinengewehren und beobachteten den Verkehr.

Der Anblick irritierte Marie, doch dann fiel ihr der Terroranschlag in Rom ein, von dem Sébastien erzählt hatte. Natürlich wurden in so einem Fall in allen europäischen Städten die Sicherheitsvorkehrungen erhöht. Kurz überlegte sie, ob sie einen der Polizisten auf sich aufmerksam machen konnte. Aber Sébastien hielt mit dem Verkehr mit, erwischte immer eine grüne Ampel, sodass die Limousine nie zum Stehen kam. Wahrscheinlich hatte er diese Fahrweise trainiert.

Nach weiteren zwanzig Minuten passierten sie einen großen Park, dann tauchte der mächtige Hauptturm des Stephansdoms über den Dächern und Kuppeln auf. Noch ein paar verwinkelte Straßenzüge, dann hielten sie direkt neben dem Seitenschiff des Doms hinter der langen Reihe der wartenden Fiaker.

Auf dem Stephansplatz drängte sich eine Menschenmenge. Fahnen und Plakate wurden geschwenkt. Marie konnte die Rückseite einer Bühne sehen und fragte sich, ob hier etwa gleich ein Rockkonzert stattfinden würde.

Ein Mannschaftswagen der Polizei parkte quer zu einer Seitenstraße und blockierte die Zufahrt. Ein Uniformierter lehnte an der Fahrertür und beobachtete seine Umgebung. Zwei weitere Polizisten mit schusssicheren Westen und Maschinengewehren patrouillierten vor den Geschäften.

Der Capitaine nahm noch einen letzten Zug aus seiner Zigarette, dann warf er die Kippe aus dem Fenster.

Sébastien stieg aus und öffnete Maries Autotür.

»Wo ist mein Vater?«, fragte Marie.

Sébastien packte sie wortlos und zog sie aus dem Fond.

Über das Autodach hinweg sah Marie zu dem Polizisten neben dem Mannschaftswagen hinüber, schätzte ihre Chancen ab.

Der weißhaarige Mann stellte sich neben sie und blickte auf sie herab. »Ein Wort«, sagte er, »und du bist tot.«

27

Ein Meer von Fahnen wogte über den Köpfen der Menge, die den Stephansplatz besetzt hielt. Hinter den Absperrgittern drängten sich die Menschen. Auch sie schwenkten Fähnchen oder hielten Plakate hoch.

»Es lebe die Heimat«.

»Wir sind das Volk«.

»Für ein neues Europa«.

Es wurde gesungen, gewinkt und geschunkelt. Rund um den Dom herrschte Volksfestatmosphäre. Die riesige Plakatwand hinter der großen Bühne neben dem Stephansdom war jetzt enthüllt. Sie zeigte ein schwarzes Wolfsgesicht vor einer wehenden rot-weißen Fahne und einen Slogan.

»Die Bewegung – für ein neues Europa«.

Eine Musikgruppe in Tracht spielte eine Mischung aus Volksmusik und Schlager. Es schien eine Art Vorgruppe für den Star des Tages zu sein – Wingolf von Manhardt.

Seit dem Vorabend hatte Viktor ununterbrochen die sich überschlagenden Nachrichten von der Schießerei auf dem Petersplatz gehört. Seine Warnung war zu spät gekommen. Immerhin war Franziskus unverletzt geblieben. Stattdessen war ein Priester erschossen worden, dessen Identität zur Stunde noch nicht geklärt war. Letzten Meldungen zufolge hatte er zwar eine Waffe bei sich gehabt, aus der jedoch kein Schuss abgegeben worden war. Ein Augenzeuge wollte einen zweiten Geistlichen gesehen haben, der eine Pistole auf ihn abgefeuert hatte. Die Pistole, eine Glock, war gefunden worden. Von dem mysteriösen Geistlichen fehlte jedoch jede Spur. Die Spekulationen reichten von einem missglückten Anschlag auf den Heiligen Vater bis zu einem Eifersuchtsdrama unter Priestern des Vatikans und – natürlich – der Mafia und allen Geheimdiensten der Welt.

Die Medienmaschine lief auf Hochtouren.

Ab fünf hatte Viktor dann vom Balkon seines Hotelzimmers zugesehen, wie sich der Stephansplatz füllte. Es mussten Hunderte sein. Unter den Zuschauern waren Männer in schwarzer Lederkluft, aber auch Reisegruppen aus ganz Europa. Viele trugen rote Schals, erinnerten an den Fanclub eines Fußballvereins. Ihre Fahnen wehten an langen Stangen im Wind.

Adrette junge Leute verteilten Flyer, Ansteckbuttons, Getränkedosen und rot eingeschweißte Schokoriegel. Kinder schwenkten rote Luftballons mit einem lachenden Wolf darauf, der den Daumen siegessicher hochhielt.

Die Stimmung war überschwänglich und locker, trotzdem erinnerte Viktor das Ganze unangenehm an einen Aufmarsch entschlossener Gleichgesinnter und alte Wochenschaufilme.

Auch die Präsenz der Polizei passte dazu. Männer und Frauen mit schusssicheren Westen, Funkgeräten und Maschinenpistolen standen vor jedem Hauseingang, kesselten die Menge ein wie eine Meute Schäferhunde eine Herde Schafe. Hinter dem Dom parkten Mannschaftswagen. Nach dem mutmaßlichen Anschlag von Rom waren in ganz Europa die Sicherheitsvorkehrungen verschärft worden. Die Nerven lagen blank. Eine Versammlung wie diese stellte eine sicherheitstechnische Herausforderung dar.

Sowie die Polizisten aufgetaucht waren, waren die Bettler vor dem Dom verschwunden. Statt ihrer drängten sich Touristen vor dem Domportal mit den Löwen und Dämonen. Daneben stand schweigend eine Gruppe Priester.

Gegen halb sechs verließ Viktor das Hotel.

Während er sich am Rand des Stephansplatzes zum Dom kämpfte, dachte er beständig daran, dass er in kaum einer halben Stunde Marie wieder in den Armen halten würde. Die CD trug er in der fest verschlossenen Innentasche seiner Jacke, nichts und niemand konnte sie ihm wegnehmen.

Er brauchte zwanzig Minuten, bis er endlich bei einer japanischen Reisegruppe am Domportal stand, an einem der letzten freien Plätze, wie ihm schien. Vor seinen Schuhspitzen befand sich ein Kanalgitter. Der faulige Hauch, der daraus hervorkroch, erinnerte ihn an seinen Ausflug in die Unterwelt. Die Touristen fotografierten und filmten mit ihren Handykameras. Zwei Priester in schwarzen Anzügen verfolgten das Spektakel von der offenen Kirchentür aus mit skeptischen Mienen. Ein dritter, der eine Soutane trug, hielt sich etwas abseits im Schatten eines Pfeilers.

Um Punkt achtzehn Uhr ging ein Aufschrei durch die Menge. Begleitet von zwei Fahnenträgern und begrüßt von einem Tusch der Trachtenkapelle betrat Wingolf von Manhardt zusammen mit mehreren jungen Männern die Bühne. Er riss die Arme hoch und ballte die Fäuste.

Jubelnder Beifall brach aus.

Der Lautsprecher kreischte.

Viktor ließ seinen Blick über die Zuschauerreihen schweifen. Irgendwo dort zwischen den Menschen musste Marie sein. Doch er konnte sie nicht entdecken. Wenigstens, so sagte er sich, war er selbst gut zu sehen. Sie würden auf sich aufmerksam machen.

In diesem Augenblick tippte ihm jemand von hinten auf die Schulter. Erschrocken fuhr er herum.

Es war Sophie Wellendorff.

»Da bin ich«, sagte sie.

Viktor wurde wütend. So kurz vor dem Ziel durfte nichts mehr schiefgehen. »Verschwinden Sie«, zischte er.

»Freunde!«, rief Wingolf von Manhardt. »Freunde!«

Tobender Applaus.

»Freunde«, rief Manhardt wieder. »Freunde, wir sind hier

zusammengekommen, um zu feiern.« Er machte eine Pause. »Aus diesem Tag der Freude ist nun ein Tag der Trauer geworden. Doch in dieser Stunde stehen wir zusammen.«

Buhrufe, Klatschen, Zustimmung.

»Ich weiß, wo Marais ist«, sagte Sophie. »Er hat Ihre Tochter dabei. Und zwei weitere Leute.«

Viktor wurde schwankend. »Wo ist Marie?«

Sie deutete mit der Hand über den Platz. »Da drüben«, sagte sie.

»Ein Anschlag auf dem Petersplatz«, rief Wingolf von Manhardt, »erschüttert uns alle und mit uns die ganze Welt. Mitten im Zentrum des Friedens und der Nächstenliebe, mitten im Herzen des Christentums, hat ein feiger Attentäter versucht, den Heiligen Vater, Papst Franziskus, zu töten.«

Viktor suchte die Menge mit Blicken ab.

Und dann entdeckte er Marie.

Sie trug ihre Windjacke und einen dicken weißen Schal, den er nicht kannte. In den letzten Tagen hatte sie stark abgenommen. Ihr ohnehin schmales Gesicht wirkte fast durchsichtig, das zarte Kinn spitz. Unter ihren Augen lagen lila Schatten, und ihr Blick ging irgendwo ins Leere. Sie hatte die Schultern hochgezogen, als fröstelte sie.

Viktor wurde kalt.

Haben die Schweine ihr Drogen gegeben?

»Der Terror ist in Europa zum Alltag geworden«, rief Wingolf von Manhardt. »Aber er wird uns nicht besiegen.«

Applaus und Gejohle, Fäuste wurden geschüttelt.

»Wir werden uns wehren und kämpfen«, rief Manhardt, machte eine Pause. Dann schrie er ins Mikrofon: »Und zwar nicht mit den Mitteln des Terrors, sondern mit den Mitteln der Demokratie!« Er trat einen Schritt zurück, sah aus, als müsste er sich nach diesem Ausbruch erst wieder fassen.

Viktor ließ Marie nicht aus den Augen.

Neben ihr stand ein kleiner weißhaariger Mann in einem dunkelblauen Anzug. Ein karierter Schal war um seinen Hals geknotet, der seine Wangen zur Hälfte umschloss, sodass sein Gesicht fast so dreieckig aussah wie das von Marie. Aus der Ferne betrachtet, hatten die beiden eine fast gespenstische Ähnlichkeit.

War das das Mastermind des Papstattentats?

»Da drüben steht sie«, flüsterte Viktor, mehr zu sich selbst als zu Sophie Wellendorff. Nur noch ein paar Minuten. Sein Herzschlag beschleunigte sich. Er wäre am liebsten sofort losgerannt, hätte Marie an sich gerissen.

»Geben Sie mir die CD«, sagte Sophie. »Wir gehen hinüber, ich halte Marais auf, und Sie verschwinden mit Marie. Eine Hand wäscht die andere.«

Der Priester in der Soutane, der etwas abseits stand, blickte jetzt ebenfalls zu Marais hinüber. Dichte schwarze Haare bedeckten seinen Kopf wie eine Pelzkappe.

Vielleicht war es diese Beiläufigkeit, vielleicht sein Interesse an dem Franzosen, vielleicht hatten Viktors gespannte Nerven seine Sinne geschärft – auf einmal kam ihm der Geistliche bekannt vor.

Wo hatte er den Mann schon gesehen?

»Da drüben, neben Marais?«, fragte Sophie leise.

»Was?« Viktor hatte nicht zugehört. Er hatte ein unbestimmtes Gefühl von Gefahr, schrieb es seiner und der Lage seiner Tochter zu. »Ich hole jetzt Marie.«

»Wir brauchen eine neue Politik!«, rief von Manhardt. »Wir brauchen ein starkes Europa!«

»Wir reden hier von Jean le Marais«, sagte Sophie, packte seinen Arm und hielt ihn zurück. »Das geht nicht.«

Viktor sah zu Marie hinüber, sandte ihr seine Gedanken. Ihr Blick wanderte herum. Jetzt hatte sie ihn entdeckt. Ihre Augen weiteten sich, und ein kleines Lächeln huschte über ihr bleiches Gesicht. Es strahlte Erleichterung aus und Zuversicht. Maries schmächtiger Körper straffte sich. Aber sie rührte sich nicht.

Sie weiß, dass sie beobachtet wird.

»Geben Sie mir die CD«, wiederholte Sophie.

»Nein«, sagte er. »Ich hole Marie.«

»Sie konzentrieren sich auf Ihre Tochter«, sagte sie. »Und ich übergebe die CD. Gleichzeitig, okay?«

Viktor zögerte, traute ihr nicht.

»Ein starkes Europa starker Nationen!«, rief Manhardt. »Wir sind stolz auf unsere Sprache, unsere Traditionen, auf unsere Heimat, die unsere Mütter und Väter unter Entbehrungen wieder aufgebaut haben, und wir –« Beifall und Gejohle unterbrachen ihn. Er nickte ein paarmal. »Und wir lassen uns unsere christlichen Werte nicht nehmen. Wir sind wir!«

Jetzt hatte Marais wohl Sophie Wellendorff entdeckt und sah unverwandt herüber. Viktor fiel auf, dass der Blick des Franzosen etwas Starrendes hatte, als hätte er keinen Lidschlag. *Wie eine Echse.* Bei dem Gedanken, dass seine Tochter tagelang in der Hand dieses Mannes gewesen war, überlief ihn wieder diese heiße Welle der Wut. Hätte er eine Waffe gehabt, er hätte Maries Entführer ohne Gewissensbisse getötet. Ja, der Tod schien ihm, dem rechtsgläubigen Juristen und überzeugten Gegner der Todesstrafe, die einzige wahre Antwort auf das Verbrechen an seiner Tochter zu sein.

In Viktors Hinterkopf setzte sich der Gedanke an Rache fest. Noch war nicht aller Tage Abend, Marais würde ihm nicht entkommen. Nirgends auf der Welt.

Aber zuerst wollte er Marie.

Wingolf von Manhardts Stimme wurde immer lauter, ein Lautsprecher kreischte. Viktor konnte seinen Worten nicht mehr folgen, dachte nur noch an die Übergabe.

»Vertrauen gegen Vertrauen«, sagte Sophie Wellendorff.

Viktor schüttelte den Kopf, fasste in die Innentasche seiner Jacke, zog die CD heraus und machte sich bereit, zu Marie und ihrem Entführer hinüberzulaufen.

War da noch jemand, auf den er achten musste?

Ein älterer Mann mit einer Goldrandbrille stand neben Marais und sagte etwas zu ihm. Schräg dahinter konnte Viktor einen dunkelhaarigen jungen Mann sehen, der seinen Blick wachsam über die Menschen gleiten ließ. Er trug einen dunklen Caban und hatte den Kragen hochgeschlagen.

Ein Bodyguard.

Auf einmal bemerkte Viktor aus dem Augenwinkel eine Bewegung. Sophie Wellendorff war ganz nah an ihn herangetreten, sodass ihre Schulter die seine berührte. Ihre Hand tastete sich seinen Arm entlang.

Verblüfft wollte Viktor fragen, was das sollte, aber im nächsten Augenblick entriss sie ihm die CD.

Viktor brüllte los, wollte danach greifen, aber da bückte sie sich schon und steckte die CD zwischen die Stäbe des Kanalgitters. Ein letztes Aufblitzen, dann war die kleine Scheibe für immer in der Unterwelt von Wien verschwunden.

Viktor war wie versteinert.

Er konnte nicht glauben, was er eben mit eigenen Augen gesehen hatte. Sein Kopf war wie leer gefegt, er war zu keinem klaren Gedanken fähig. Ein Gefühl der Unwirklichkeit erfasste ihn, lähmte seine Glieder. Vor seinem inneren Auge rannten die Bilder der letzten Tage in rasender Schnelle. So wie das Leben angeblich vor dem Tod im Zeitraffer ablief.

»Sorry«, sagte Sophie Wellendorff. »Aber Sie waren so starrköpfig. Ich hätte Marais aufgehalten, bis Sie Ihre Tochter gehabt hätten – und das Ding dann vernichtet.«

»Warum?« Mehr konnte Viktor nicht sagen.

»Beweise«, sagte Sophie Wellendorff.

Viktor machte einen Schritt auf sie zu, aber seine Miene musste sie gewarnt haben. Sie drehte sich um und schob sich zwischen die japanische Reisegruppe. Sein erster Impuls war, ihr zu folgen, sie zu packen, all seine Verzweiflung und Wut an ihr auszulassen. Doch dann fiel ihm Marie ein.

Viktor blieb stehen.

Der Priester in der Soutane beobachtete ihn.

Viktor sah zu Marie hinüber, suchte ihren Blick. Noch vor wenigen Sekunden hatte ihre Rettung in seiner Hand gelegen. Nun war alles vorbei, alles verloren. Er hatte dieser Frau von Anfang an misstraut, hätte besser aufpassen müssen.

Zwei Polizisten standen jetzt nur wenige Meter hinter Marie. Einer von ihnen hielt sich ein Funkgerät vor den Mund. Marie musste ihn gehört haben, denn sie wandte dem Mann kurz das Gesicht zu. Dann blickte sie wieder zu Viktor und führte ihre Hand unauffällig vor ihrer Brust bis zum Hals. Anschließend machte sie eine Faust und deutete mit dem Zeigefinger leicht in seine Richtung.

Bleib, wo du bist.

Ich komme zu dir.

Die Botschaft war so klar, als hätte sie sie quer über den Stephansplatz gerufen.

Viktor erschrak. Das durfte sie nicht, das war viel zu gefährlich. Er schüttelte energisch den Kopf. Aber Marie ignorierte ihn wie immer und trat einen Schritt beiseite, weg von Marais, hin zu einer Gruppe Männer in Motorradkleidung, die einander mit Bierdosen zuprosteten. Wie in Zeitlupe bewegte sie sich seitwärts.

Viktor traute seinen Augen nicht. Es war nur eine Frage der Zeit, bis ihr Tun bemerkt wurde. Dieses Mädchen dachte nie an irgendwelche Konsequenzen. Er konnte einen Fluch nicht unterdrücken.

»Wir sind nicht mehr bereit, die leeren Phrasen der Politik zu akzeptieren!«, rief Wingolf von Manhardt. »Europa braucht Stärke und Sicherheit – Europa braucht eine ganz neue Sicherheitspolitik. Gegen den Terror – für die Heimat!«

Begeisterter Applaus.

Jean le Marais wandte sich an seinen Leibwächter, sagte etwas, der Mann entfernte sich in der Menge. Der Ältere mit der Goldrandbrille war nicht zu sehen.

Viktor lief los. Er rannte auf das erste Absperrgitter zu, kletterte hinüber, warf sich in die Menge und kämpfte sich zu Marie durch.

Marie sah ihn kommen und blieb stehen.

Viktor lief weiter, bis er bei Marie war. Er fasste ihren linken Arm, zog sie an sich.

Sofort packte Marais sie an der Schulter, hielt sie fest und sah Viktor direkt ins Gesicht.

In diesem Bruchteil eines Augenblicks schien die Zeit stillzustehen. Sekundenlang standen die beiden Männer so, das Mädchen in ihrer Mitte, und starrten einander an. Als sähen sie sich nicht zum ersten Mal, sondern als währte ihre Bekanntschaft schon viele Jahre, als verbände sie alle drei ein geheimes Band. Das unwirkliche Gefühl des Wiedererkennens lähmte Viktor, für einen Moment verlor er die Konzentration.

Dann, plötzlich, ließ der Franzose Marie los, wandte sich ab, brüllte etwas. Es klang wie ein Befehl. Die Worte gingen im Jubel der Menge unter.

»Papa!«, schrie Marie. »Da … Sébastien!«

Viktor sah, wie der Leibwächter sich durch die Menge zu ihnen durchboxte. Jetzt hatte er die Männer in der Motorradkluft erreicht. Einer von ihnen lachte, vertrat ihm den Weg und hielt ihm seine Bierdose hin. Er war sichtbar betrunken. Der Leibwächter versuchte auszuweichen. Der Betrunkene stieß ihn vor die Brust, dann hob er die Dose und schüttete dem Mann das Bier über den Kopf. Der Leibwächter packte ihn am Kragen, brüllte ihm ins Gesicht.

Marie legte die Hände vor den Mund und fing an zu schreien: »Hilfe! Hilfe! Hilfe!« Sie hob den Arm, winkte den Polizisten, zeigte auf Sébastien.

Viktor ergriff die Gelegenheit.

»Los«, flüsterte er Marie ins Ohr, fasste ihren Jackenärmel noch fester und zog sie gewaltsam hinter sich her, hörte, wie der Stoff riss, stieß sie vor sich in die Menschenmenge. »Schneller, Marie, lauf.«

Aus dem Augenwinkel sah Viktor noch, wie die beiden Polizisten Marais' Leibwächter in die Zange nahmen, dann drängte er sich zwischen zwei alten Frauen hindurch, die ihnen böse hinterherriefen. Sie hasteten an einer Gruppe Schaulustiger vorbei und gerieten in die Abordnung einer Organisation in schwarzer Ledermontur und mit weißen Pfeilen auf den Ärmeln. Einer der Männer pfiff hinter Marie her. Im Laufen drehte sie sich um und zeigte ihm den Mittelfinger.

»Verdammt, Marie!«

Plötzlich, wie aus dem Erdboden geschossen, stand der Priester in der Soutane vor ihnen, verstellte ihnen den Weg. Sein plötzliches Auftauchen hatte etwas von einer Erscheinung. Er war Mitte dreißig, hatte einen starken Unterkiefer und ein Grübchen im Kinn. Seine schwarzen, etwas mandelförmigen Augen blickten eindringlich. Um den Hals trug er ein weißes Kollar, und auf seiner Brust glänzte ein schweres Silberkreuz.

Viktor starrte ihn an.

Auf einmal dämmerte ihm eine Erkenntnis. Und jetzt wusste er auch, wo er den Mann schon einmal gesehen hatte. Er kannte nicht ihn – sondern seinen Pass.

Es war Roberto Lima de Moura.

Aber Viktor hatte keine Zeit, darüber nachzudenken, was dieser Mann in Wien tat oder warum er nicht tot auf dem Petersplatz lag. Sie waren dabei, ihren Vorsprung einzubüßen, Marais' Leibwächter konnte sie jeden Augenblick einholen.

»Verzeihen Sie«, sagte Viktor. »Lassen Sie uns durch.«

Der Priester wich keinen Zentimeter, sondern schenkte Marie ein mildes, fast väterliches Lächeln. Die warme Geste löste in Viktor einen unbezwingbaren Widerwillen aus, denn sie stand in scharfem Kontrast zu dem Ausdruck der schwarzen Augen, die so kalt wie aus Achat geschnitten schimmerten. Sie erinnerten Viktor an die Augen von Maya-Götzen.

Marie fasste nach Viktors Hand.

»El Capitán?«, fragte der Priester freundlich.

Hinter ihnen spielte die Kapelle einen Tusch, dann folgte ein Lied. Die Menge fiel singend ein.

Sophie Wellendorff hatte Marais' Titel in der Fremdenlegion erwähnt. Viktor begriff. Der Priester suchte Marais.

»Le Capitaine?«, fragte Viktor auf Französisch.

Die schweren Lider des Priesters sanken ein wenig herab, aber das unheimliche Lächeln blieb. »Si, Senhor, El Capitán.« Er deutete mit einer auffallend kräftigen Hand über die Köpfe der Menschen hinweg und zuckte die Schultern.

»Er sucht Marais«, flüsterte Marie. »Sag's ihm.«

Doch Viktor reagierte nicht. Seine angeborene und in vielen Berufsjahren geschulte Menschenkenntnis warnte ihn. Etwas war falsch an diesem Geistlichen, ja, der Mann strahlte eine geradezu unmittelbare Gefahr aus, die Viktor meinte, mit Händen greifen zu können.

Die Gefahr galt Jean le Marais.

Viktor räusperte sich.

»Sim?« Der Priester beugte sich ein wenig vor, wie es die Geistlichen taten, um die Nöte ihr Schäfchen zu hören.

Jean le Marais hatte Marie entführt, hätte fast das Liebste in Viktors Leben ausgelöscht. Alle Gefühle traten in den Hintergrund, lösten sich auf und verschwanden. Seine Gedanken waren glasklar. Wie seine Wut. Wie sein Hass.

»Da drüben«, sagte Viktor und zeigte über die Köpfe der Menge auf die Stelle, an der er Marie vor wenigen Minuten aus den Fängen von Marais befreit hatte. »El Capitán.«

Der Priester lächelte zufrieden, ja beinahe väterlich, und verbeugte sich. »Obrigado, Senhor«, sagte er höflich.

»Bonne chance«, sagte Viktor.

Der Priester drehte sich um und verschwand mit der geschmeidigen Bewegung eines Tangotänzers zwischen den vielen Zuschauern. Obwohl die Zeit drängte, sah Viktor ihm nach. Die Menschen wichen ihm geradezu beiläufig aus, ließen ihn passieren, doch keiner sah ihn an. Er schien niemanden zu stören. Es war, als hätte der Geistliche eine Tarnkappe auf. Viktor hatte die Vision eines Jägers auf der Pirsch, so lautlos war sein Abgang.

»Was wollte der Pater?«, fragte Marie misstrauisch.

»Keine Ahnung«, log Viktor. »Los, weiter jetzt.«

Sie rannten um den Stephansdom herum, an dem Standplatz der Fiaker vorbei und in Richtung der wartenden Taxis. Viktor hielt Marie an der Hand, sie lief mit ihm mit.

»Wo willst du denn hin?«, rief sie.

»Nach Hause«, sagte er.

»Aber meine Sachen …«

»Wir können nicht ins Hotel zurück«, sagte er, drehte sich zu Marie um. »Wir müssen das Gepäck und die Flugtickets hierlassen. Wir nehmen einen Mietwagen.«

»Marie!« Eine Männerstimme.

Und jetzt sah Viktor ihn.

Marais' Leibwächter stürmte am Seitenschiff des Stephansdoms entlang, hatte sie im Blick, hielt direkt auf sie zu. Nur noch Sekunden, dann hatte er sie eingeholt.

Viktor wandte sich nach rechts, zog Marie mit.

»Was ist denn?«, fragte sie.

»Wir schaffen es nicht zu den Taxis«, rief er und betete, dass die Zeit für seinen irren Plan reichen würde. »Komm.«

Da fiel ein Schuss.

Viktor fuhr herum, Marie strauchelte.

Der Leibwächter, eine Waffe in der Hand, blieb stehen.

Die Tauben flogen in einem einzigen Schwarm vom Dach des Stephansdoms auf, verdunkelten den Himmel und verschwanden über die Dächer und Kuppeln von Wien am Horizont.

Der Leibwächter zögerte.

Diesen Moment der Unentschlossenheit nutzte Viktor, um mit Marie in die Gasse zu laufen, in die ihn Florin geführt hatte. Er fand die Hauseinfahrt zwischen den Prellsteinen, das Gitter und den Plastiksack mit der Taschenlampe und dem Holzpflock. Auf der Gasse parkten Autos, aber die Kanalabdeckung lag vor der Ausfahrt, zwischen einem Mini und einem Geländewagen.

»Was machst du da?«, flüsterte Marie.

»Du musst mir vertrauen«, erwiderte Viktor und drückte Marie die Taschenlampe in die Hand. »Duck dich hinter die Autos.«

Er lief zu dem Kanalgitter und versuchte, es hochzuhebeln. Das Gitter hob sich ein paar Zentimeter, rutschte ein Stück beiseite und blieb liegen. Die Öffnung war viel zu klein, und nun hatte er keinen Ansatzpunkt mehr für den Pflock. Er schleuderte das Holzstück von sich.

Von irgendwo waren rennende Schritte zu hören.

Marie kauerte sich vor den Mini.

Viktor bückte sich, griff mit den Händen nach den Gitterstäben und zog daran. Das Metall war glitschig vom Dreck der Straße und ließ sich nur schwer fassen. Sofort glitt seine Hand ab, rutschte über die scharfe Metallkante, und Viktor spürte einen schneidenden Schmerz in der Handfläche und fluchte.

Marie warf einen Blick am Vorderrad des Minis vorbei. »Ich glaube, dahinten kommt Sébastien«, raunte sie.

Viktor packte das Kanalgitter von Neuem und versuchte, es beiseitezuziehen. Aber die Hand mit dem Schnitt schmerzte so stark, dass er es nicht richtig greifen konnte. Mit einem dumpfen Poltern rutschte der Deckel in das Loch. Als Viktor wieder danach griff, hatte er sich in dem Metallrahmen verkeilt.

Die Schritte kamen näher, hallten in der Gasse.

»Schnell«, drängte Marie.

Viktor zwang sich zur Ruhe. Er packte das Gitter erneut. Seine Armmuskeln zitterten, aber er zog und stemmte sich mit seiner ganzen Kraft in die entgegengesetzte Richtung.

Die Schritte verstummten in der Nähe, Sébastien schien sich zu orientieren. Die Autos versperrten ihm die Sicht.

»Komm schon«, zischte Viktor, biss die Zähne zusammen und machte einen heftigen Ruck. Und endlich, als hätte die verdammte Kanalabdeckung Mitleid mit ihm bekommen, gab das Gitter nach. Es ruckte, bewegte sich ein Stück und glitt schließlich aus der Eisenumrandung. Mit einem lauten Klirren fiel es auf den Asphalt und blieb dort liegen.

»Marie?« Sébastien rannte auf das Geräusch zu.

»Da rein, schnell!« Viktor zeigte auf den Schacht.

»Spinnst du?« Marie starrte in die faulige Finsternis.

»Jetzt folg mir *ein* Mal«, zischte er. »Los.«

»Marie!«

Marie kniff den Mund zusammen, aber sie drehte sich um, trat auf die erste der eisernen Sprossen und kletterte in die Tiefe. Viktor folgte ihr, wobei er hoffte, dass dieser Sébastien das offene Kanalgitter übersehen möge. Es wieder zu schließen, dafür fehlte die Zeit.

Nacheinander stiegen sie bis zur Schachtsohle hinab.

Viktor nahm Marie die Taschenlampe ab und ließ den Lichtstrahl über den Boden wandern. Das Wasser auf der Sohle glitzerte. Ein kleiner Schatten huschte an seinem Rand entlang und verschwand. Marie fing an zu zittern.

»Eine Ratte«, flüsterte sie. »Da war eine Ratte.«

»Ich gehe voran«, sagte er. »Bleib dicht hinter mir.« Er legte mehr Sicherheit in seine Stimme, als er verspürte.

»Aber da war eine –«

»Marie, wenn du die erste Ohrfeige deines Lebens –«

»Ich geh ja schon.«

Viktor führte Marie am Wasser entlang, vorbei an offenen Gängen und rostigen Eisentüren. Immer tiefer arbeiteten sie sich in der warmen, stickigen Luft voran, versuchten den Geruch nach Fäulnis und Fäkalien zu ignorieren.

Hinter ihnen quietschten Gummisohlen auf Metall.

Viktor unterdrückte einen Fluch. Sébastien hatte sie gefunden, folgte ihnen. Sie saßen in der Falle.

Marie sah ihn angstvoll an, ihre Augen glänzten im Licht der Taschenlampe. Der Schein musste bis zum Einstieg zu sehen sein.

Viktor fasste Marie an der Schulter. »Ich mache jetzt die Lampe aus«, sagte er. »Leg deine Hand an die Schachtwand und nimm sie nicht mehr weg, klar?«

Marie nickte stumm.

Hinter ihnen platschte es im Wasser.

»Wir gehen immer an der Wand entlang«, sagte er.

Marie legte ihre Hand an das glitschige Mauerwerk.

Viktor knipste die Taschenlampe aus und tastete sich langsam voran, Marie folgte ihm. Jetzt konnte Sébastien sie nicht mehr sehen. Sie nahmen den niedrigen Durchstieg, den Florin gewählt hatte. In der Dunkelheit war der Weg noch beklemmender. Marie sagte nichts mehr, folgte ihm aber voller Vertrauen.

Die Decke wurde niedriger, sie mussten sich immer tiefer bücken. Einmal gab Marie einen Schmerzenslaut von sich. Sie hatte sich wohl den Kopf gestoßen. Die Luft wurde wärmer und stickiger, das Atmen fiel Viktor zunehmend schwerer.

Und jetzt waren auch tappende Schritte im Schacht zu hören.

Viktor spürte Maries Hand, die sich in seinen Rücken krallte, und kroch schneller voran. Er hatte eine Idee. Sie musste funktionieren, sonst waren sie verloren. Es war ihre einzige Chance. Hinter ihnen ertönte raues Husten.

»Nur noch ein paar Meter«, flüsterte Viktor.

Marie gab keine Antwort, drückte nur die Finger zusammen.

»Pst«, sagte Viktor über die Schulter. »Kein Wort.«

Gleich darauf hatten sie den Eingang zu der gemauerten Höhle und dem Bettlerlager erreicht. Die Zelte standen noch immer an ihrem Platz, aber statt eines Lagerfeuers brannten nur ein paar Baulampen. Mehrere Männer saßen auf dem Boden.

Viktor legte den Finger auf den Mund und zog Marie wie in Zeitlupe Stück für Stück, den Rücken an die Wand gepresst, in Richtung der zwei Gänge am Ende des Gewölbes.

Die Männer lachten, einer hatte wohl einen Witz gemacht.

Viktor und Marie arbeiteten sich schweigend an der Wand entlang. Sie waren nur noch wenige Meter von dem Durchstieg entfernt, als einer der Bettler aufstand und etwas rief.

Viktor verfluchte seinen Einfall.

Ein zweiter und ein dritter Mann standen auf. Sie starrten zu dem Schacht, aus dem Viktor und Marie gekommen waren.

Überrascht vom Anblick des Bettlerlagers stand dort Sébastien, eine gezogene Pistole in der Hand.

Die Männer fingen an, wie wild zu gestikulieren, einer machte einen Schritt auf den Eindringling zu. Der andere bückte sich zu einer Reisetasche, griff hinein.

So rasch, als erfolgten die Bewegungen gleichzeitig, riss Sébastien die Waffe hoch, entsicherte und drückte ab.

Ein Schuss krachte.

Der Bettler an der Reisetasche blickte auf. Er machte ein überraschtes Gesicht, dann drehte er sich halb um sich selbst, ehe er in sich zusammensank, zu Boden fiel und zu einem Haufen alter Lumpen wurde.

Die anderen Männer waren schockstarr.

Sébastien lud die Pistole durch.

Viktor packte Marie, riss sie mit sich und stieß sie in den nächsten Gang. Dabei löste sich sein Griff um die Taschenlampe. Er hörte sie auf dem Boden aufschlagen.

Nun knallten hinter ihnen mehrere Schüsse. Waren die Bettler bewaffnet? Sie rannten um ihr Leben, immer weiter und weiter und weiter ins Dunkel hinein.

»Wo laufen wir denn hin?«, rief Marie.

»Das wirst du schon sehen«, erwiderte Viktor. »Vertrau mir.«

Aber er musste sich eingestehen, dass er keine Ahnung hatte, wo sie waren. Der Gang, durch den ihn Florin geführt hatte, war kürzer gewesen. Und es roch auch nicht nach dem Fluss, der hinter einem großen Tor gelegen hatte. Hier war es stockfinster. Nicht einmal das Dämmerlicht, das durch die vielen Schächte das Kanalsystem ein wenig erhellte, fiel herein. Er blieb stehen, versuchte, die Lage neu zu bewerten. Hinter ihnen war alles ruhig. Sébastien hatte sie verloren.

»Mach doch mal Licht«, sagte Marie neben ihm.

»Siehst du hier irgendwo eine Taschenlampe?«, gab er zurück.

Es raschelte, gleich darauf leuchtete sein Handydisplay auf und warf einen bläulichen Schein auf Maries Gesicht. Ihre Miene war angespannt, aber nicht ängstlich. Was immer die Schießerei und der Tod des Bettlers in ihr ausgelöst hatten, sie würde später darauf zurückkommen. Jetzt war sie ganz Konzentration. Im nächsten Augenblick flammte ein helles Licht auf. Das Handy erleuchtete den Gang.

Marie schwenkte den Lichtstrahl über die Umgebung.

Hier waren die Wände nicht aus dem Felsen gehauen, sondern gemauert und verputzt. Unter der Decke verliefen dicke Metallrohre. Sie wollte etwas sagen, als ihr wohl Viktors Miene auffiel.

»Sag nicht, du weißt nicht, dass dein Handy eine Taschenlampenfunktion hat«, sagte sie, Tadel in der Stimme.

»Ich telefoniere einfach damit«, sagte Viktor. »Aber ich werde es mir für die nächste Flucht merken.«

Marie hatte nicht zugehört. Das Handy in Augenhöhe, ging sie zur nächsten Wand und richtete den Schein der Lampe auf ein paar handschriftliche Zeilen, die jemand dort hinterlassen hatte. Sie standen untereinander, sahen wie eine Liste aus. Sie waren in altdeutscher Schrift geschrieben und kaum noch zu erkennen.

»›17. März 1944‹«, las Marie vor. »›16. Juli 1944‹, ›23. August 1944‹, ›10. September 1944 – Großangriff‹.« Sie überflog die Liste. »Das geht bis in den April 1945. Was ist das?«

Viktor war neben sie getreten. Hinter manchen Einträgen stand »2x«, hinter einem »Schönbrunn« und »Tierpark« und ein Kreuz.

»Da hat jemand die Luftangriffe auf Wien festgehalten«, sagte Viktor. »Das hier war ein Luftschutzkeller. In Berlin gab es unter fast jedem Haus so einen Raum.« Dann fiel ihm etwas ein. »Wenn dies eine Kellerwand ist, dann steht ein Haus darüber. Vorausgesetzt, dieser Luftschutzraum wurde nicht bei einem Angriff verschüttet.«

»Und dann gibt es vielleicht auch eine Kellertreppe nach oben«, sagte Marie aufgeregt.

»Wenn man den Keller nicht nach dem Krieg irgendwann zugemauert hat«, sagte Viktor und versuchte, nicht daran zu denken, was das für Marie und ihn bedeutete. »Los, weiter.«

Sie folgten dem Gang, vorbei an wie gedruckt wirkenden Aufschriften. Es waren mit Schablonen gemalte Anweisungen.

»NICHT IM GANGE STEHEN«.

»GEBT AUF EURE KINDER ACHT«.

»FÜR DEN BUNKERWART FREILASSEN«.

Während Marie aufgeregt von einer Inschrift zur nächsten lief und ihre prekäre Lage schon als Abenteuer zu betrachten schien, war Viktor, als streifte ihn beim Anblick der Botschaften aus einem längst vergangenen Krieg ein kalter Hauch. Ihm war, als wäre auf einmal eine prophetische Schrift an der Wand erschienen. Er musste an Sophie Wellendorff denken und an den teuflischen Plan, der ihn und Marie in diesen alten Luftschutzkeller verschlagen hatte. Auch damals hatten nationalistische, xenophobe Extremisten unter dem Deckmantel von Sozialreformen nach der Macht gegriffen, hatten Ausgrenzung und Abwertung zu Blutvergießen geführt. Am Ende war Europa in einem Jahrzehnt der Finsternis versunken.

»Hörst du das?« Marie war stehen geblieben.

Viktor lauschte angestrengt. Auf einmal hörte er leise Akkordeonmusik. »Ich glaube, die kommt von oben«, sagte er.

»Da, schau mal«, quietschte Marie. »Wir sind da.«

Eine Eisentür lag am Ende des Ganges. Rost wucherte über das einst hellgrau gestrichene Blatt, hatte ein raues Landkartenmuster hinterlassen. Ein Eisenriegel steckte in einer Halterung des Türrahmens, ähnlich denen, die man in Altbauwohnungen noch manchmal fand. Wahrscheinlich hatte das Haus darüber einen Bombentreffer abbekommen. Im Zuge der Bauarbeiten war der Luftschutzkeller aus Sicherheitsgründen versperrt worden und schließlich in Vergessenheit geraten.

»Warte«, sagte Viktor, »geh weg.«

Er musterte den Riegel. Er war hellgrau lackiert wie die Tür und bis auf ein paar Roststellen dort, wo er an der Halterung entlangschabte, intakt.

Viktor packte das hochstehende Ende des Riegels und zog vorsichtig, dann immer fester. Seine Finger schmerzten von dem krampfhaften Griff. Der Riegel rührte sich nicht. Er warf sich mit seinem ganzen Gewicht in die Zugrichtung. Langsam, millimeterweise gab das Stück Eisen nach, rutschte mit einem Ruck aus der Halterung. Viktor ließ den Riegel los, stolperte zurück, bis sein Rücken gegen die Wand schlug, und schnappte nach Luft.

»Du hast es geschafft!«, sagte Marie. Die Bewunderung in ihrer Stimme tat ihm wohl. »Und jetzt nichts wie weg hier.« Sie fasste nach der Klinke und drückte sie herunter.

Die Tür öffnete sich, dahinter erschien eine Treppe.

»Wahnsinn«, sagte Marie.

Jetzt war die Musik deutlicher, wenn auch noch immer gedämpft zu hören. Es war ein Heurigenlied. Ein Akkordeon, eine Geige und ein Sänger mit schmelzender Stimme.

In Wien gibt es eine Oberwelt und eine Unterwelt.

Viktor überkam ein Gefühl der Unwirklichkeit.

So stellt man sich Auerbachs Keller vor.

Sie könnten recht haben. Drei Stock geht es darunter noch in die Tiefe. Und wer weiß, vielleicht noch weiter. Im Nebenhaus gibt es eine Steintreppe, die zu den Zwölf Aposteln führt. Sie endet an einer Tür, die sich nicht öffnen lässt. Rätsel interessieren mich sehr. In diesem Leben werde ich das Geheimnis jedoch nicht mehr lösen.

Leopold Markgott hatte das Geheimnis nicht mehr gelöst.

»Da hinauf«, sagte Viktor bestimmt.

»Wo geht's da hin?«, fragte Marie.

»In die Oberwelt«, antwortete er.

Die Steintreppe führte sie in den Eingangsbereich eines großen Stadthauses. Nun war die Musik durch eine schwere Holztür zu hören. Dies musste das Nebenhaus sein.

Die Tür war nicht verschlossen.

Viktor und Marie blieben unter dem Türrahmen stehen und blickten auf die volle Gaststube hinab, die ein paar Stufen unter ihnen lag. Vom Kreuzgewölbe hingen an Eisenketten alte Räder herab, auf denen Lampen montiert waren, die ihr gelbes Licht auf die Szenerie warfen. In aus dem Stein gehauenen Nischen standen Heiligenfiguren. Der lebensgroße Mönch im Durchgang zum Nachbarraum wandte ihnen den Rücken zu.

Alle Tische waren besetzt. Die Musikanten spielten gerade die letzten Akkorde einer Walzermelodie. Die Gäste klatschten. Der Sänger verbeugte sich nach allen Seiten. Dann zog er plötzlich einen Stuhl heran und sprang auf die Sitzfläche.

»Was ist das?«, flüsterte Marie.

»Der Zwölf Apostelkeller«, antwortete Viktor.

»Warst du schon mal hier?«

Viktor nickte wortlos.

Der Sänger breitete die Arme aus und begann seinen Vortrag.

Tja, also diesmal ist es wirklich so weit,
sehen Sie, jede Stadt hat ihr eigenes Abschiedswort, in Paris zum Beispiel singt man »Bonsoir, bonsoir, Paris«, oder in Rom sagt man »Ciao« oder musikalisch »Arrivederci, Roma«, und bei uns in Wien, da sagt man ganz einfach »Servus«.

Ein paar Leute am nächsten Tisch drehten sich zu Viktor und Marie um. »He«, rief ein Mann. »Hallo, es zieht!«

Viktor bedeutete Marie, in die Gaststube hinunterzugehen, schloss die Tür hinter sich und folgte ihr. Während sie zwischen den Tischen hindurchschritten, hörten sie den Sänger.

Es gibt ka Musi ewig
und ka Glück für ewig,
so ist's halt im Leben.
Und drum kann's auch eben,
ew'ge Lieb nicht geben.

In stillem Übereinkommen warf Marie ihm einen kurzen Seitenblick zu, dann ging sie weiter.

Sag beim Abschied leise »Servus«,
nicht »Leb wohl« und nicht »Adieu«,
diese Worte tun nur weh.

Marie sah sich suchend nach Viktor um. Der deutete mehrmals mit der Hand in die Richtung, in der der Ausgang lag. Er war nicht in Stimmung für alte Schlager.

Doch das kleine
Wörterl »Servus«
ist ein lieber letzter Gruß,
wenn man Abschied nehmen muss.
Es gibt jahraus, jahrein
ein neuen Wein und neue Liebeleien.

Als sie endlich an der großen Eingangstür standen, fielen die Heurigengäste in den Refrain ein.

Sag beim Abschied leise »Servus«,
und gibt's auch kein Wiedersehn,
einmal war es doch schön.

Viktor riss die Tür auf und schob Marie in den Gang, der auf die Gasse hinausführte. Vor den Zwölf Aposteln blieben sie stehen. Marie sah ihn fragend an, und Viktor hatte die

Vision von einem Paar verschiedenfarbiger Augen. War ihm bei seinem ersten Besuch nicht ein Mann aufgefallen, der ein blaues und ein braunes Auge hatte? Er verdrängte den Gedanken. Die Begegnung hatte nichts mit ihrer Lage zu tun.

»Und jetzt?«, fragte Marie. Nachdem sie die letzten Stunden so tapfer durchgehalten hatte, klang sie erschöpft.

Viktor ließ seinen Blick zu dem Gewirr alter Gassen schweifen, die den Heurigen umgaben. Inzwischen war es dunkel geworden, und die schmiedeeisernen Laternen woben einen gelben Schein zwischen den barocken Hausfassaden.

Etwas hatte sich seit seinem letzten Besuch verändert.

An den Straßenecken standen an diesem Abend Polizisten in Schusswesten, Maschinengewehre in den Händen. In den engen Häuserschluchten hallten Parolen. Viktor konnte die Worte nicht verstehen, es klang wie der Siegesgesang von Fußballfans. Versprengte Anhänger von Wingolf von Manhardt? Unter einem Fenster hing eine große Fahne mit Aufdruck.

»WIR SIND DIE HEIMAT«.

Viktor nahm Maries Hand und spürte, wie sich ihre Finger fest um die seinen schlossen. »Jetzt suchen wir uns ein Hotel«, sagte er. »Und morgen fahren wir nach Hause.«

28

Der Himmel war so grau wie der Chiemsee, als Viktor am späten Nachmittag die Ausfahrt Grassau-Übersee nahm und von der Autobahn A 8 abfuhr. Als Kind hatte er sich über die Gesichter ortsunkundiger Erwachsener gefreut, wenn er gesagt hatte, er besuche seine Mutter »in Übersee«. Jeder hatte gedacht, er meine Amerika. Aber Viktors Übersee bestand aus einer Handvoll Häuser im bayrischen Landhausstil am Ufer des Chiemsees. Das Dorf zeichnete sich hauptsächlich durch einen kleinen Yachthafen und den Schiffsanleger für die Raddampfer aus, die zu den beiden großen Inseln Herren- und Frauenchiemsee fuhren.

Marie und er hatten die Nacht in einer kleinen Pension in einem Wiener Vorort verbracht. Am Morgen hatte er im Beerdigungsinstitut die Formalitäten für die Einäscherung seiner Mutter und die Überführung der Urne erledigt.

Simone Colbert würde ihre letzte Ruhestätte in ihrem Heimatort Grenoble finden, zwischen den Gräbern ihrer Eltern und dem ihres Bruders. Ursprünglich hatte Viktor die Asche seiner Mutter nach Berlin holen wollen. Seit Wien war ihm jedoch klar, wie fremd sie sich geblieben waren. Simone hatte getan, was sie unter ihren Mutterpflichten verstand, ihn in ihr Leben gelassen hatte sie nicht. Leopold Markgott hatte mehr über Simone Colbert gewusst als ihr eigener Sohn.

Die Erkenntnis schmerzte noch immer, aber der Entschluss, seine Mutter gehen zu lassen, hatte auch etwas Befreiendes.

Am Chiemsee wehte eine steife Brise. Sie kämmte das Schilf, das sich vom Ufer weit in das Wasser hinauszog. Die lanzenförmigen Blätter bogen sich wie ein Wald von Speerspitzen. Zerrissene Wolken zogen über den weiten blauen Frühlingshimmel.

Im vorgeschriebenen Schritttempo fuhr Viktor auf der Uferpromenade an dem kleinen Yachthafen vorbei. Die Tür des Clubhauses stand offen, es war Freitagnachmittag, ein Segelwochenende stand bevor. Die Boote tanzten noch fest verpackt auf dem kabbeligen Wasser. Ihre Masten schwankten gefährlich auf und ab. Ein Boot lag kieloben, eine ausgebleichte Fahne flatterte an seinem Heck.

An der rechten Seite reihten sich hinter Jägerzäunen Häuser im Alpenlandstil, deren Spitzgiebel und geschnitzte Balkone wie Scherenschnitte aussahen. Die gestärkten Gardinen hinter den Fenstern waren, so wie in Viktors Erinnerung, zugezogen. Aus Spitzen geklöppelte Gitter, die alles Fremde ausschlossen.

Dann lag Simones Haus vor ihnen.

Eine Doppelgarage auf der linken Seite, die nie benutzt worden war, weil Simone kein Auto hatte. Ein mit seit Jahren abgesunkenen Schieferplatten belegter Weg führte zur Haustür, neben der sich verdorrte Obstzweige im Tode noch immer an ein Spalier krallten. Das Erdgeschoss war weiß getüncht, der erste Stock unter dem vorstehenden Satteldach mit Holz verkleidet. Am Balkon hatte sich ein Brett gelöst und ragte in spitzem Winkel in die Luft. Statt eines Gartens umgab undurchdringliche Wildnis das Haus.

»Romantisch«, sagte Marie.

»Wart's ab«, sagte Viktor.

Simone hatte das Haus erst vor zwei Wochen verlassen. Aber sie hatte es schon lange Zeit vorher aufgegeben. Nie hatte sie Geld zur Instandhaltung von ihm angenommen.

Maman, tu mir den Gefallen.

Ich will kein Geld von dir.

Gib mir wenigstens die Heizölrechnung.

Ich komme ohne dich zurecht.

Ein Gefühl der Hoffnungslosigkeit erfasste Viktor. Jetzt fragte er sich, ob es nicht ein Fehler gewesen war, herzukommen und alte Gefühle aufzuwühlen. Simone war tot, und er würde sowieso einen Makler mit dem Verkauf beauftragen.

»Hast du den Schlüssel?« Marie sah ihn an, streckte ihm die Hand entgegen. »Was ist los?«

»Nichts«, sagte er. »Wir müssen uns beeilen, damit wir heute Abend zu Hause sind.« Er würde eine schnelle Durchsicht machen und die wichtigsten Dokumente mitnehmen. Und noch etwas musste er aus dem Haus holen, ehe der neugierige Blick fremder Leute darauffiel. »Deine Mutter wartet auf uns.«

Maries Miene wurde misstrauisch. »Heute ist doch Freitag.«

»Ja, und?«

»Da spielt sie Bridge.«

Viktor hätte sich auf die Zunge beißen können. Aennes Bridgeabend hatte er vergessen. Tatsächlich arbeitete er am Freitag länger oder genoss zu Hause einen ruhigen Abend mit einem Glas Rotwein und einem Buch. Marie durchschaute ihn jedes Mal. Ohne eine Antwort stieg er aus und ging zum Haus.

Der Haustürschlüssel hing an Viktors Schlüsselbund. Er hatte ihn zwar immer wieder in der Hand, weil er ihn aber nie benutzte, fiel er ihm kaum noch auf. Fast erstaunte es ihn, dass der Schlüssel die Tür öffnete.

Im Flur war es klamm und muffig.

Aus alter Gewohnheit ging Viktor in die Küche. Sie verströmte den Charme der 1970er Jahre. Moosgrüne Resopalflächen und mit Farnen bemalte Kacheln ließen den Raum aussehen, als befände er sich auf dem Grund eines Sees. Die Bodenfliesen waren aus Terrakotta und wohl eine Reminiszenz an den Landhauscharakter des Häuschens. Simone hatte es von einem alten Ehepaar gekauft und nichts darin geändert.

Im Abwaschbecken stand noch Simones *bol*, die riesige Tasse für den Milchkaffee, in den sie stets ihr Frühstücksbrot getaucht hatte. Auch vor ihrer Abreise nach Wien hatte sie nicht auf ihren Café au Lait verzichtet.

»Ganz schön frisch hier«, sagte Marie und rieb sich die Hände.

»Ja«, sagte Viktor. Sein Blick streifte den alten Holztisch in der Mitte der Küche. Helle Kreise zeichneten seine dunkle Platte, dort, wo Simones Platz gewesen war. Nur mit der Wodkaflasche und dem Glas hatte seine Mutter Spuren hinterlassen. »Die Unterlagen sind im Büro.«

Marie folgte ihm in den dunklen Flur.

Simones Arbeitszimmer lag auf der Rückseite des Hauses und ging auf den Garten hinaus. Das Zimmer war kalt und roch muffig. Die ausgewachsenen Sträucher vor dem Fenster wirkten wie ein Vorhang, ließen den Raum noch düsterer erscheinen als in Viktors Erinnerung. Viktor tastete nach dem Lichtschalter neben der Tür, fand ihn und drückte darauf. Eine Lichtkugel aus Milchglas, die an einer Metallstange von der Decke hing, flammte auf und verbreitete ihr diffuses Licht. Auf dem großen Schreibtisch, der mitten im Zimmer auf einem abgetretenen afghanischen Kelim stand, stapelten sich Zeitschriften, Notizzettel, Belege und ungeöffnete Briefe. In einer Henkeltasse standen Stifte.

Viktor ging zum Tisch und knipste die starke Lampe an, unter der Simone ihre Abzüge mit einer Lupe Millimeter für Millimeter nach Details abgesucht hatte. Jedes Bild war von ihr selbst entwickelt, begutachtet, bewertet und katalogisiert worden. So war über Jahrzehnte ein Archiv des Schreckens entstanden.

Marie sah sich um. »Wo sind denn die Fotos?«, fragte sie. »Simone muss doch jede Menge Abzüge gehabt haben.«

Viktor deutete auf einen Schrank auf der rechten Seite des Arbeitszimmers. Simone hatte ihre Arbeiten in beigefarbenen Akten nach Jahrgängen und Motiven geordnet und mit schwarzem Filzstift beschriftet. Der Tod musste schließlich seine Ordnung haben.

»Der Schlüssel steckt«, sagte er. »Bedien dich.«

Während Marie den Aktenschrank ausräumte, Ordner auf den Schreibtisch legte und großformatige Schwarz-Weiß-Abzüge herauszog, ging Viktor auf die andere Seite des Zimmers.

In einem Regal standen hier Simones Lieblingsbücher. Dicke Klassiker der französischen Literatur, aber auch zerfledderte Taschenbücher, denen man ansah, dass sie ihre Eigentümerin auf vielen Reisen begleitet hatten. Eine Fotografin verbrachte lange Wartezeiten auf abgelegenen Flughäfen oder einsame Abende in fremden Hotelzimmern.

Ein Brett nahmen schwarze Moleskine-Notizbücher ein.

Viktor ließ seinen Blick an ihren Rücken entlangwandern. Die ersten Bände waren abgegriffen und ausgeblichen, dem Ende der Reihe zu wurden die Bücher zunehmend glänzend und dunkel. Es mussten an die hundert sein, Jahrzehnte eines archivierten Lebens, mit Jahreszahlen auf weißen Etiketten festgehalten. Das letzte Notizbuch lag noch in einem Hotel in Wien und würde, so wie das restliche Gepäck, nach Berlin geschickt werden. Er zog wahllos einen Band heraus und schlug ihn auf.

Unser Wagen wurde von Rebellen gestoppt. Am Wegrand saßen ein paar Gefangene, die kurz vorher misshandelt worden waren. Lauter Teenager, keiner über zwanzig. Sie sahen aus, als hätte man ihnen die Haut abgezogen, so haben sie geblutet. Sie wussten, dass sie sterben würden. Also hat uns einer nach dem anderen seinen Namen gesagt, damit wir ihre Verwandten verständigen können. Dann ist der Rebellenführer hin und hat zweien von ihnen mit einer Machete den Kopf abgeschlagen. Ich musste Fotos von ihm schießen, mit den Trophäen in der Hand. Er wollte, dass ich seinen Ruhm in die Welt hinaustrage. Ich habe die Bilder gelöscht, kaum dass ich außer Sichtweite war.

Er schlug das Buch zu, behielt es in der Hand.

»Willst du die Aufnahmen sehen?«, fragte Marie vom Schreibtisch herüber. »Simone war eine tolle Fotografin und so mutig.« Trauer und Bewunderung schwangen in ihrer Stimme.

»Nein danke«, sagte Viktor.

Marie sah zu ihm herüber. »Es ist doch wichtig, dass solche Dinge dokumentiert werden«, sagte sie.

Ein nicht dokumentierter Tod ist ein vergessener Tod.

»Du klingst wie deine Großmutter«, sagte er, nahm die Moleskine-Bücher stapelweise aus dem Regal und türmte sie auf dem Boden auf. Er würde alle mitnehmen und in Berlin durchgehen. Es war ein verspäteter Versuch, seine Mutter kennenzulernen. »Niemand hat sie dazu gezwungen.«

Draußen im Garten knackten Zweige. Etwas raschelte leise, fast heimlich, unter dem Fenster, dann entfernte sich das Geräusch und verstummte.

Maries Augen verengten sich. »Da ist jemand.«

Viktor musterte seine Tochter. »Hast du Angst?« Er fragte sich, welche Spuren die Entführung in der Seele seiner Tochter hinterlassen hatte.

Marie verzog den Mund. »Natürlich nicht«, sagte sie.

Viktor ging zum Fenster, zog die Gardine beiseite und ließ seinen Blick durch die Wildnis des Gartens wandern. Eine Weile bewegte sich nichts. Dann entdeckte er ein Tier, das aus einem nahen Holunderbusch kroch. Es war so groß wie ein Terrier und hatte ein gestreiftes Rückenfell. Ungeniert tappte es über das tote Laub des vergangenen Jahres, das den ausgewachsenen Rasen sprenkelte, und verschwand in der Hecke.

»Ein Dachs«, sagte Viktor und ließ die Gardine zufallen.

»Dachte ich mir schon«, sagte die mutige Marie, aber Viktor meinte, eine Spur von Erleichterung in ihrer Stimme zu hören.

Viktor kehrte zum Regal mit den Notizbüchern zurück.

Marie lehnte sich mit dem Rücken gegen die Schreibtischkante und steckte die Hände in die Taschen ihrer Jeans. »Glaubst du, Simone hat mit ihrer Arbeit was bewirkt?«

Viktor hatte seine Mutter immer als selbstsüchtig wahrgenommen, nie als selbstlos. Hatte sie eine Mission gehabt?

»Warum fragst du?«

»Wenn man mit dem, was man tut, nichts ausrichtet«, sagte sie, »kann man's doch gleich lassen.«

Viktor drehte sich, den letzten Stapel Notizbücher in der Hand, zu ihr um. »Da hast du recht, mein Fräulein«, sagte er. »Wie kommst du gerade jetzt darauf?«

Marie hob das Kinn, ihr Blick wurde hart und seltsam emotionslos. »Es ist wegen dieser Entführer«, sagte sie. »Und wegen dem, was du mir erzählt hast.«

Viktor hatte nicht über Sophie Wellendorff sprechen wollen, über die CD und die Hintergründe der Entführung. Aber Marie hatte nicht lockergelassen. Am Ende hatte er sich für die Wahrheit entschieden. Er war Marie gegenüber immer aufrichtig gewesen. Wenn er sie jetzt anlog, dann würde ihr Verhältnis nie mehr das sein, was es gewesen war. Dann war der Schaden, den die Entführer angerichtet hatten, noch größer.

»Man kann nichts rückgängig machen«, sagte er.

Marie blickte auf die Schwarz-Weiß-Bilder, die neben ihr auf dem Schreibtisch lagen. »Fotos sind da sinnlos.«

»Allerdings.«

Sie sah ihn an, krauste die Nase. »Und was nicht?«

»Gesetze«, sagte Viktor.

»Gesetze?«

Viktor nickte. »Und eine Gesellschaftsordnung, die ihre Einhaltung garantiert«, sagte er. »So, und jetzt gib mir mal die große Tasche, die hinter dem Schreibtisch steht. Ich nehme die ganzen Notizbücher mit. Wenn du Fotos –«

»Was für Gesetze?«, fragte Marie.

»Zum Beispiel die Europäische Menschenrechtskonvention«, sagte er. »Alle Menschen sind gleich geboren, haben dieselben Rechte, dürfen nicht diskriminiert werden … Wenn du dich dafür so interessierst, empfehle ich dir den neuen Kommentar zur EMRK von David Kellermann. Er ist ein Spezialist auf dem Gebiet und hat sich vor einem Jahr darin habilitiert.«

Marie stieß sich vom Schreibtisch ab und fischte eine große braune Ledertasche dahinter hervor. »Und du glaubst, dass du mit diesen Gesetzen in deinem Beruf was bewirkst?«

»Na, hör mal, das hoffe ich doch«, sagte Viktor, nahm ihr die Tasche aus der Hand, hockte sich hin und begann, die Notizbücher einzuräumen. »Warum fragst du?«

»Vielleicht studiere ich doch Jura«, sagte Marie. »Ich kann mir den Laden ja mal ansehen.«

Viktor hob den Kopf. »Mit dem ›Laden‹ meinst du nicht meine Kanzlei, oder?«, fragte er etwas indigniert. »Außerdem wirst du doch Fotografin.«

Ein Windstoß fuhr in die Sträucher vor dem Fenster und ließ die dürren Äste zittern. Etwas knisterte im Garten.

»Dein Dachs hat anscheinend Verwandtschaft«, sagte Marie. »Na ja, vielleicht studiere ich auch in Freiburg.«

Viktor klappte den Deckel der Tasche herab und zog den Reißverschluss zu. »Es ist nicht wichtig, ob du Jura studierst«, sagte er und stand auf. »Wichtig ist, was du zu tun bereit bist.« Er wischte sich den Staub von den Händen,

den die schwarzen Bücher auf ihnen hinterlassen hatten, und suchte nach den richtigen Worten. Auch in ihm hatten die letzten Tage einen Entschluss reifen lassen. »Es ist leicht, gegen Verbrecher vor Gericht zu ziehen. Ich fürchte, in unserem Fall liegen die Dinge nicht ganz so einfach.«

»Das waren doch Verbrecher!« Marie war empört.

»Aber ihre Ansichten werden von vielen Leuten geteilt«, sagte Viktor. »Auch von unseren Freunden. Sie dürfen so denken und erwarten, dass wir ihre Meinung respektieren. Das heißt nicht, dass wir nicht verhindern sollten, dass solches Gedankengut Macht über uns bekommt.«

»Was? Diese faschistischen –«

Viktor hob die Hand, unterbrach Maries Ausbruch. »Wir können dagegen sein«, sagte er. »Aber Meinungsfreiheit ist ein hohes Gut. Es lohnt sich, sich dafür einzusetzen.«

»Ich soll mich dafür einsetzen, dass diese Leute …?«

»Natürlich«, sagte Viktor. »Denn ›diese Leute‹, wie du sie nennst, wollen unsere Freiheit einschränken. Sollen wir die Ersten sein, die auf ihren Zug aufspringen, indem wir sie daran hindern, zu sagen, was sie denken?«

Marie brummte etwas Unverständliches.

»Außerdem«, fuhr Viktor fort, »müssen wir zuerst mit uns selbst leben und in den Spiegel sehen können. Ich kann dir keine Ratschläge geben oder Gehorsam von dir verlangen, wenn ich zu feige bin, so zu handeln, wie ich es für richtig halte. Kennst du den kategorischen Imperativ?«

Marie schüttelte den Kopf.

»Kurz gesagt: Handle stets so, dass die Maxime deines Handelns zum allgemeingültigen Gesetz erhoben werden kann«, sagte Viktor. »Verstehst du das?«

Maries Miene war umwölkt, aber sie nickte. »Was du nicht willst, dass man dir tu, das füg auch keinem andern zu.«

Viktor verkniff sich ein Lächeln. Stattdessen setzte er

hinzu: »Viele Leute haben nicht automatisch recht, nur weil sie in der Überzahl sind. Gewissen darf sich niemals einfach einem Mehrheitsbeschluss beugen.« War er zu pathetisch?

Marie nahm die Schwarz-Weiß-Abzüge, bündelte sie und klopfte sie auf Kante. »Ich weiß nicht, ob ich das kann.«

Viktor seufzte. »Ich würde mich schon freuen«, sagte er, »wenn ich hin und wieder deine gute Absicht erkennen könnte.« Er warf einen Blick auf die Uhr. »Halb sechs. Und noch siebenhundert Kilometer nach Berlin. Am besten, wir nehmen uns ein Hotel irgendwo am See. Dann essen wir schön zu Abend, und morgen früh zeige ich dir noch ein wenig die Gegend.«

Hatte er nicht schon in Wien etwas Ähnliches gesagt?

Marie drehte sich zu ihm um. Ihre dunklen Augen glitzerten. »Aber keine Kirchen«, sagte sie und grinste.

»Höchstens ein paar ganz kleine«, erwiderte Viktor wie aus der Pistole geschossen. »Auf der Fraueninsel gibt es –«

»Papa!«

Und dann konnten sie zum ersten Mal wieder lachen.

29

Sie trafen sich in der Loos Bar im ersten Bezirk.

Als Sophie aus dem Durchgang von der Kärntner Straße das kaum dreißig Quadratmeter große Lokal betrat, drängten sich bereits die Besucher an der langen Theke, die den Raum der Länge nach durchzog. Das bernsteinfarbene Licht der Bar verlieh der mit Kassetten aus Marmor geschmückten Decke, dem schnörkellosen Mobiliar und dem Flaschenregal vor der Spiegelwand einen sepiafarbenen Schimmer. Aus der Musikanlage kam leiser Swing der dreißiger Jahre. Immer wenn Sophie in der Loos Bar war, fühlte sie sich wie auf einer Zeitreise in das Jahr ihrer Eröffnung – 1908.

Persönliche Vorliebe war jedoch nicht das Motiv, dass sie diesen Treffpunkt gewählt hatte. Das Lokal lag nur wenige hundert Meter vom Headquarter der Bewegung entfernt. Wingolf von Manhardt hatte keine Termine vorschützen, das Treffen kaum aus Zeitmangel ablehnen können.

Sophie ließ ihre Tasche von der Schulter gleiten und sah sich um. Neben dem Gefäß mit schimmernden Eiswürfeln, das auf dem Tresen stand, hantierten zwei Barkeeper mit Drinks. Eine Frau ganz in Schwarz, ein Glas Tomatensaft in der Hand, saß auf einem Hocker und sah zu ihr herüber. Einen Augenblick überlegte Sophie, woher sie das Gesicht kannte, dann fiel es ihr wieder ein.

Bibi Mitterhammer.

Die Redakteurin, die den Wolf nicht in ihrer Sendung haben wollte. Das Letzte, was Sophie im Headquarter über sie gehört hatte, war, dass man sie auf unbestimmte Zeit freigestellt hatte. Ihr schoss der Gedanke durch den Kopf, dass sie, sollte das bevorstehende Gespräch wider Erwarten nicht in ihrem Sinne ausgehen, der Mitterhammer ein paar Informationen anbieten könnte. Zur Sicherheit grüßte Sophie zu der Journalistin hinüber. Constanze war für den Verlust ihrer Sendung verantwortlich und nicht sie.

Die Mitterhammer drehte Sophie den Rücken zu.

An einer der eckigen Sitzgarnituren kassierte ein Kellner gerade bei einem jungen Paar. Sofort drängte sich Sophie durch die Barbesucher vor der Theke und steuerte das frei werdende Tischchen an. Das Paar stand auf, und Sophie schaffte es gerade noch, den Platz für sich und den Wolf zu belegen. Erleichtert bestellte sie ein Glas Weißwein.

Während Sophie wartete, behielt sie die Eingangstür im Auge. Ein Lichtband aus bernsteinfarbenen Glasquadraten zog sich darüber entlang und verbreitete einen warmen Schimmer. Die Musik spielte leise, die Stimmen in der Bar verschmolzen zu einem einzigen Summen. Niemand beachtete sie.

Endlich, eine Viertelstunde nach dem vereinbarten Zeitpunkt, betrat der Wolf die Loos Bar. An der Tür blieb er stehen, blockierte damit den Eingang und ließ seinen Blick durchs Lokal schweifen. Er trug seinen grünen Lodenmantel und einen Seidenschal, es war ein kalter Frühlingsabend. Gesichter wandten sich ihm zu, Gespräche verstummten.

Das war oft so.

Man kannte Wingolf von Manhardt und seine Botschaft aus der Zeitung und aus dem Fernsehen. Manche Menschen lehnten ihn schlicht ab, vermieden von vorneherein den Kontakt, ließen nicht einmal gemeinsame Bilder zu. Die große Masse der Opportunisten und – das sah Sophie wertfrei – der Aufstiegswilligen hatte jedoch keine Berührungsängste. Sie beobachteten seinen politischen Weg. War Wingolf von Manhardt nur eine Eintagsfliege? Oder gehörte er zu den künftigen Machthabern? Dann galt es, Gefährte der ersten Stunde zu sein. Man wartete ab und blieb aufgeschlossen. Zwei junge Männer an der Theke grüßten zum Wolf hinüber.

Sophie verkniff sich ein Lächeln.

Der Wolf hatte ihrem Treffen zunächst nicht zustimmen wollen. Es hatte ein paar unmissverständlicher Andeutungen, wenn nicht sogar versteckter Drohungen bedurft. Die Viertelstunde Verspätung war eine deutliche Botschaft an sie. Trotzdem zelebrierte er wie immer auch diesen Auftritt, verbreitete sein gewohntes Charisma.

Sophie hob die Hand, machte ihm ein Zeichen.

Der Wolf bahnte sich seinen Weg durch die Gäste, blieb kurz bei den jungen Männern stehen, machte wohl einen Scherz, denn die beiden lachten. Dann kam er an Sophies Tisch. Er zog seinen Mantel nicht aus, sondern setzte sich ihr gegenüber und eröffnete sofort das Gespräch.

»Was willst du?«, fragte er.

»Guten Abend, Wolf«, sagte sie.

»Verschwende nicht meine Zeit.« Seine blauen Augen waren kalt. »Du wolltest dich mit mir treffen. Also?«

»Ich möchte dir ein Angebot machen«, sagte sie.

»Deine Angebote interessieren mich nicht mehr.«

Sophie verkniff sich ein Lächeln. »Warum bist du dann hier?«, fragte sie, genoss den Argwohn in seiner Miene. Sie kannte ihn. Egal, wie routiniert sein Auftritt vor ein paar Minuten gewesen war, er fühlte sich unsicher und – ihr unterlegen. »Mein Vorschlag ist zu deinem Besten.«

Er riss den Seidenschal vom Hals, warf ihn über sein Knie. »Du redest von meinem Besten, ja?«, zischte er. »Danke lieber dem Irren, der diesen Franzosen auf dem Gewissen hat. Und hoffe, dass man ihn nie erwischt und er auspackt.«

Der Kellner kam, brachte Sophies Wein.

Der Wolf winkte sofort ab. »Ich bin gleich wieder weg.«

Der Kellner ging.

Sophie schob das Glas auf der glänzenden Tischplatte herum. Es war vor Kälte beschlagen, und das bernsteinfarbene Licht in der Bar ließ den Weißwein wie Sherry aussehen.

»Marais ist tot«, sagte sie und nahm einen Schluck von dem Wein. »Aber ich habe seine Unterlagen.«

Der Wolf starrte sie an. »Welche Unterlagen?«

»Die für die Rom-Pläne«, sagte Sophie. Sie war zwar sicher, dass niemand sie hören konnte, ging aber niemals ein Risiko ein. »Zeitangaben, Wege – einfach alles.« Dann fiel ihr noch etwas ein. »Natürlich auch die Kontakte.«

Der Wolf schwieg, war sichtlich überrumpelt.

»Und alle Namen«, fügte Sophie freundlich hinzu.

Der Wolf hatte sich gefangen. »Quatsch«, blaffte er. Aber seine Stimme klang nicht fest. »Ich glaube kein Wort.«

Sophie zuckte die Schultern, schwieg und trank Weißwein.

»Es gibt nichts«, sagte der Wolf. »Ich weiß es.«

»Warum triffst du dich dann mit mir?«

Der Wolf ging nicht auf ihre Frage ein. »Außerdem«, fuhr er stattdessen fort, »der Papst lebt. Die Kugel hat einen Zuschauer getroffen.« Er verzog abfällig den Mund. »Ich hätte wenigstens einen Profi genommen – Dilettanten.«

»Lee Harvey Oswald«, sagte Sophie. Schon bei ihrem Besuch in Grand Sud waren ihr die Ungereimtheiten bei den Plänen von Gladius aufgefallen. Inzwischen hatte ihr analytischer Verstand die Puzzleteile zusammengesetzt. »Lee Harvey Oswald ist der mutmaßliche Mörder von John F. Kennedy. Zwei Tage nach dem Anschlag wurde er von einem Nachtclubbesitzer erschossen – *in Polizeigewahrsam*. Damit war die Fährte zu seinen Auftraggebern kalt. Das Attentat von Dallas ist nie aufgeklärt worden. Bis heute weiß keiner, wer wirklich dahintergesteckt hat.«

Der Wolf starrte sie nur wortlos an.

Sophie beugte sich vor, senkte die Stimme zu einem Flüstern. »Gladius wollte den Papst töten«, erklärte sie. »Aber es war sicher nie geplant, den Killer mit dem Leben davonkommen zu lassen. Die hätten ihn nach dem Schuss noch auf dem Petersplatz hingerichtet, glaub mir.« Sie lehnte sich wieder zurück. »Irgendwas muss schiefgelaufen sein.«

Die Musik wechselte vom Swing-Orchester zu einer hohen Männerstimme. Sie summte einen Ohrwurm der dreißiger Jahre.

Aaaaaaah …

Die Comedian Harmonists.

»Es war ein versuchter Anschlag«, sagte Sophie. »Das ist fast so gut wie ein geglücktes Attentat.« Sie schwenkte ihr Glas im Kreis, der Wein warf goldene Blitze.

Der Wolf knöpfte seinen Mantel auf, schlug ihn zurück und steckte die Hände in die Hosentaschen. »Was willst du?«

Sie setzte ihr Glas ab. »Für dich arbeiten«, sagte sie.

»Ich lasse mich nicht erpressen.«

Sophie schwieg, wartete ab, ließ ihn kommen.

Die Comedian Harmonists sangen.

Irgendwo auf der Welt gibt's ein kleines bisschen Glück
Und ich träum davon in jedem Augenblick.

Der Wolf räusperte sich, blickte zu den Gästen an den Nachbartischen. Niemand schenkte ihnen Beachtung. Er beugte sich zu Sophie hinüber.

»Dein Stillschweigen gegen einen Job?«, fragte er.

Sophie nickte. »Das nenne ich ein faires Angebot.«

»Gut«, fuhr er mit gesenkter Stimme fort. »Spielen wir's durch. Du behauptest, etwas gegen die Bewegung – gegen mich – in der Hand zu haben. Richtig?«

Sophie nickte.

»Aber du hast nichts Konkretes, nur Hörensagen«, sagte er. »Dein Wort steht also gegen meins. Das Wort des Führers einer großen politischen Vereinigung gegen das einer geschassten Referentin.« Er lehnte sich zurück, überließ ihr selbst die Schlussfolgerung.

»Wer redet von Worten?«, fragte Sophie.
»Du hast also Material?« Eine Spur Unsicherheit.
»Sonst säße ich nicht hier.«

Wenn ich wüsst, wo das ist, ging ich in die Welt hinein
Denn ich möcht einmal recht so von Herzen glücklich sein.

Der Wolf musterte sie, und Sophie konnte erkennen, dass er versuchte, die Lage richtig einzuschätzen. Endlich schüttelte er den Kopf. »Nein, du bluffst«, sagte er ruhig. »Du hast nichts. Ich seh's dir an. Weil es nichts gibt.«

Sophie zuckte die Schultern. »Deine Entscheidung.«

Der Kellner erschien erneut, nahm eine Bestellung am Nebentisch auf, wandte sich an Wingolf von Manhardt.

»Möchten der Herr jetzt bestellen?«, fragte er.

»Einen Orangensaft«, sagte der Wolf. »Mit etwas warmem Wasser.« Er musste auf seine Stimmbänder achten.

Der Kellner warf einen Blick auf Sophies noch fast volles Weinglas, nickte und verschwand in Richtung Theke.

»Du kannst nicht auf mich verzichten«, sagte Sophie. »Außerdem habe ich bereits ein paar Einzelheiten für unser Meinungsmanagement ausgearbeitet.«

Sie liebte den Begriff Meinungsmanagement, vermied stets das unschöne Wort Propaganda. Meinungsmanagement klang so hip, so harmlos. Und hatte zudem den Vorteil, dass es kostengünstiger als alle anderen Kontrolltechniken war. Gewalt oder Bestechung waren etwas für mittelamerikanische Diktaturen. »Willst du meine Vorschläge hören?«, fragte sie und sah demonstrativ zu Bibi Mitterhammer hinüber, die noch immer an der Theke saß und jetzt mit einem älteren Mann mit kurz geschorenen weißen Haaren redete. Er trug einen zerknitterten Leinenanzug und ein rosafarbenes Hemd, hatte die Hände in die Hosentaschen gesteckt und den Kopf in den Nacken gelegt und hörte der Mitterhammer konzentriert zu. Print oder Sender – jedenfalls ein Medienmann. »Unsere Kanäle sind offen«, fügte Sophie hinzu.

Der Wolf war Sophies Blick gefolgt, runzelte die Stirn.

Irgendwo auf der Welt fängt mein Weg zum Himmel an
Irgendwo, irgendwie, irgendwann.

Der Kellner kam mit einem Tablett, stellte Cocktails auf den Nebentisch und ein Glas Orangensaft vor den Wolf.

Wingolf von Manhardt wartete, bis der Mann außer Hörweite war. »Erst will ich das Material sehen«, sagte er endlich. »Vorher brauchen wir über Forderungen nicht zu reden.« Er trank einen Schluck Saft, verzog den Mund. »Wie immer zu kalt.« Er schob das Glas weg.

Sophie schenkte ihm ein Lächeln. Jetzt wusste sie, dass sie auf dem richtigen Weg war.

»Du wirst mir schon vertrauen müssen«, sagte sie.

»Wo ist das Material?«, fragte er.

»Im Tresor meines Anwalts«, log sie. »Wo sonst?« Wie oft hatte sie in den letzten Tagen gewünscht, es wäre so.

»Gesetzt den Fall, dass ich auf dein Angebot eingehe«, sagte er, »bekomme ich im Gegenzug sämtliche Unterlagen.«

»Nein«, sagte sie.

Seine Augen verengten sich. »Wie bitte?«

»Woher willst du wissen, dass ich keine Kopien gezogen habe?«, fragte sie. »Außerdem ist das Material meine Lebensversicherung. Ich will nicht unter einer Wiener U-Bahn enden, wenn du verstehst, was ich meine.«

»Nina hat Selbstmord begangen«, sagte er.

Sophie machte eine wegwerfende Handbewegung. Geschenkt, Nina war kein Thema mehr. »Wenn mir etwas passiert«, sagte sie. »Wenn mir irgendwo ein Gesicht von Gladius auffällt – wenn ich auch nur den Verdacht habe –, dann übergibt mein Anwalt das ganze Material am nächsten Tag der Presse.« Sie brauchte nicht zu erwähnen, dass eine Spur zu Gladius auch eine Fährte zur Bewegung war. »Nur drei Wochen – und ein fingiertes Attentat wie in Rom wäre das Ende der Bewegung.«

Irgendwo auf der Welt gibt's ein bisschen Seligkeit
Und ich träum davon schon lange, lange Zeit.

Der Wolf verschränkte nur die Arme vor der Brust. »Du ruinierst unsere ganze Arbeit?«, fragte er. »Nur aus Rache?«

»Wofür hältst du mich?«, fragte Sophie. »Ich bin niemals nachtragend.« Sie verdrängte den Gedanken an Tobias, schob ihr Glas beiseite und schlug mit den Händen auf den Tisch. »Du kennst mein Angebot«, sagte sie. »Jetzt zum praktischen Teil – wir haben nur noch wenig Zeit. Die letzten Tage entscheiden die Wahl.«

Er gab keine Antwort, widersprach aber auch nicht.

»Die Sache in Rom ist passiert«, sagte Sophie. »Die Medien sind voll davon, das Netz ebenfalls.« Er nickte, und Sophie war sicher, dass Tobias gerade Tag und Nacht durcharbeitete und Pressespiegel erstellte. »Wir fangen sofort mit unserer eigenen Medien-Offensive an. Diskussionsforen, Newsgroups, Wikis und Chatrooms. Und natürlich Mailinglisten und Blogs. Wir stören die Online-Community, aber wir beleidigen niemanden – unsere Provokationen sind unterschwellig.« Sophie sah, dass sie seine volle Aufmerksamkeit hatte. »Man muss die Bürger nur mit einer Flut von Informationen überziehen, dann haben sie die Illusion von Informiertheit. Wir streuen Informationen, die wir aus sicheren Quellen haben.«

»Das machen wir doch bereits«, sagte er.

Sophie lächelte, sie liebte diese Herausforderung. »Ich habe sofort nach meiner Rückkehr aus Frankreich mit der Arbeit angefangen«, sagte sie. »Unsere Trolle sitzen in den Startlöchern. In sozialen Netzwerken wie Twitter und Facebook werden sie das Gerücht über einen Attentäter mit islamistischem Hintergrund streuen. Wir haben bereits falsche Nachrichten- und Wikipedia-Seiten angelegt. Wenn ich das Startsignal gebe, werden Kurznachrichten von falschen Zeugen an die Polizei in Rom verschickt, Journalisten und Politiker angeschrieben. Inzwischen haben wir zahlreiche Unterstützer in ganz Europa – nicht nur in den befreundeten Bewegungen, sondern auch an wichtigen Schaltstellen.«

Manhardt nickte zustimmend. Er betrachtete sich als Befehlshaber beim Sturm auf die Macht im Europäischen Parlament, mobilisierte seit Monaten seine Truppen.

»Natürlich werden wir von eigenen Konten Muslimgegner und Muslimbefürworter zu denselben Terminen an denselben Orten zu Kundgebungen aufrufen«, fuhr Sophie fort. »Wir werden sogar Videos auf YouTube einstellen, in denen der Islamische Staat angeblich die Verantwortung für den Anschlag übernimmt. Kostet etwas mehr, lässt sich aber kaum widerlegen. Das Werbeanzeigen-Budget für Facebook habe ich vorerst mal mit hunderttausend Dollar projektiert.«

Der Wolf nickte bedächtig. »Das ist drin«, sagte er. »Und was machen wir? Die Bewegung? Wir brauchen Fakten.«

Sophie sparte sich den Hinweis, dass dies ihr Argument gegenüber Jean le Marais gewesen war. Der ihr daraufhin die verdammte CD gegeben hatte. Weshalb sie jetzt hier saß und um ihre Zukunft pokerte. »Wir schaffen sie«, sagte sie so zuversichtlich, wie sie konnte. »2003 hatte der US-Außenminister Colin Powell vor dem UN-Sicherheitsrat ein Röhrchen mit irgendeinem Pulver in der Hand. Keiner wusste, was das war, aber es sollte beweisen, dass Saddam Hussein über Massenvernichtungswaffen verfügte. Diese Information richtete sich natürlich an die amerikanische Bevölkerung, sollte ihre Ängste schüren und ihre Akzeptanz für die seit Langem vorbereitete Irak-Invasion erhöhen.« Sie breitete die Hände aus. »Das nennt man Affektmanipulation.«

»Wir brauchen also ein Glasröhrchen«, sagte der Wolf.

»Ein *virtuelles* Glasröhrchen«, sagte sie. »Wir nutzen die Psychologie. Zuerst deklarieren wir Fakten als Meinungen, dann nehmen wir sie auseinander, bis jeder Sinnzusammenhang verloren geht. Anschließend setzen wir diese Faktenschnipsel so zusammen, dass ein ganz neuer Kontext entsteht.« Sie tippte mit dem Zeigefinger auf den Tisch. »Gib mir freie Hand, und ich fange mit der Kampagne an.« Sie sah ihn erwartungsvoll an, war von ihrem Plan überzeugt. »Der eingeschätzte Wahrheitsgehalt einer Behauptung steigt«, setzte sie hinzu, »je öfter sie präsentiert, ja, sogar wenn sie als falsch deklariert wird.«

Der Wolf gab keine Antwort, nur die Musik spielte.

Ich hab so Sehnsucht
Ich träum so oft
Bald wird das Glück mir nah sein.

Sophie hatte den Verdacht, dass der Wolf ihr nicht hatte folgen können. »Je häufiger man eine Meinung hört«, sagte sie, »desto eher glaubt man an den Wahrheitsgehalt.«

»Wir behaupten also, der Anschlag von Rom ginge auf das Konto islamistischer Terroristen«, sagte er.

»Wir nicht«, sagte Sophie. »Wir sind völlig überrascht, betroffen, fassungslos. Genau wie alle anderen Menschen auf dieser Welt. Aber wir diskutieren natürlich die Möglichkeit eines islamistischen Anschlags auf das christliche

Abendland und seine Folgen. Oft. Und immer wieder. Und immer von Neuem. Und auf allen uns zur Verfügung stehenden offiziellen Kanälen. Und irgendwann – ist es eine Tatsache.«

Ich hab so Sehnsucht
Ich hab gehofft
Bald wird die Stunde da sein.

»Wann fangen wir an?«, fragte der Wolf.

»Ich habe schon einen Medien- und einen Zeitplan erstellt«, sagte sie. »Die ganze Kampagne steht. Wir starten wie geplant mit der Veranstaltung am Ostermontag. Die habe ich schon vor dem Anschlag behördlich genehmigen lassen.«

Ein junges Paar schlängelte sich durch den schmalen Gang zwischen den Tischen, suchte einen Platz, ging wieder.

»Klingt nicht schlecht«, sagte der Wolf.

»Vertrau mir«, sagte Sophie und ließ sich noch zu einem Zitat hinreißen, mit dem sie ihre Expertise und ihren internationalen Horizont untermauerte. »And if all others accepted the lie which the Party imposed – if all records told the same tale – then the lie passed into history and became truth.« Immerhin hatte sie in Harvard studiert.

Der Wolf starrte sie an, und ihr wurde wieder bewusst, wie ungebildet er im Grunde war. Er war intelligent, konnte seine Rolle auf der Bühne spielen, die Fassade des starken Mannes mit immer denselben einstudierten Gesten aufrechterhalten – mehr als der begabte Darsteller eines neuen politischen Messias war er nicht. Deshalb brauchte er Leute wie Tobias und sie. Ganz anders als der souveräne und durch und durch authentische Viktor Hellberg zum Beispiel.

Sophie unterdrückte einen Seufzer. »Wenn alle die Lügen der Partei akzeptieren«, übersetzte sie, »und alle Aufzeichnungen dieselbe Story erzählen, geht die Lüge in die Geschichte ein und wird Wirklichkeit. Das schreibt George Orwell in seinem Buch ›1984‹.«

Auf einmal fühlte Sophie sich erschöpft. Seine Eitelkeit, seine Selbstverliebtheit nervten sie über alle Maßen. Aber sie glaubte an die Bewegung, an deren Ziele, an ein neues, selbstbestimmtes Europa.

»Was ist, wenn doch noch jemand einen Zusammenhang zwischen den Franzosen und uns herstellt?«, fragte er.

»Machen wir die Fakten kognitiv unsichtbar«, antwortete sie. »Wir bestimmen die Themen und die Diskussion.«

»Wir reden über etwas anderes«, sagte er.

»Je lauter, desto besser«, sagte Sophie. »So bleiben wir immer im Ballbesitz. Ganz einfach.«

Irgendwo auf der Welt fängt mein Weg zum Himmel an
Irgendwo, irgendwie, irgendwann
Irgendwo, irgendwie, irgendwann.

»Ich kann dich nicht wieder auf deinen alten Posten setzen, als wäre nichts geschehen«, sagte der Wolf.

»Den alten Posten will ich nicht«, gab sie zurück.

Er hob die Brauen. »Sondern?«

»Ich will deine Stellvertreterin bei der Bewegung werden«, sagte Sophie. »Ab jetzt bin ich die Zweite nach dir.«

Erst wirkte der Wolf überrascht, dann musste er lachen. Es klang herablassend. »Du bist ja verrückt.«

»Ach ja«, fuhr Sophie fort. »Und wir müssen auch über Tobias sprechen.« Sie machte eine Pause. »Schmeiß ihn raus.«

Seine Augen weiteten sich. »Spinnst du?«

»Das ist meine Conditio sine qua non«, sagte Sophie.

»Tobias ist mein bester Mann«, sagte er.

»Er oder ich«, beharrte Sophie.

»Wir können die Kampagne auch allein fahren«, sagte er.

Sophie zuckte die Schultern. »Dazu fehlt dir die Zeit«, sagte sie. Tobias und seine Leute würden länger brauchen, waren keine Experten wie sie. Aber am Ende würden sie es schaffen. Das Headquarter betrieb seit Monaten Meinungsmanipulation. Sophie schenkte dem Wolf ein Lächeln und sagte: »Und vergiss die Unterlagen der Franzosen nicht.«

Der Wolf stand auf, griff in die Tasche und warf einen Geldschein auf den Tisch. »Du bluffst«, sagte er. »Du hast nichts gegen mich in der Hand.«

Sophie lehnte sich zurück, verschränkte die Arme vor der Brust und sah zu ihm auf. »Die Entscheidung liegt bei dir«, sagte sie freundlich, wusste, dass sie hoch pokerte.

Ohne ein Wort des Abschieds drehte er sich um und ging.

Sophie sah, wie er an der Bar stehen blieb und einem der beiden jungen Männer, die ihn bei seiner Ankunft begrüßt hatten, die Hand schüttelte. Sophie kannte ihn von Pressefotos. Soviel sie wusste, hatte er sich auch ein paarmal im Headquarter gemeldet. Ein politisches Talent, das in der eigenen Partei nicht schnell genug Karriere machte.

Bibi Mitterhammer war nicht mehr da.

An ihrem Platz saß jetzt ein älterer Mann, der nicht zu dem Publikum der Bar passte und sie unverwandt ansah. Er war zwischen sechzig und siebzig, und sogar im diffusen Licht der Bar konnte man sehen, dass sein Gesicht unter den militärisch kurz geschnittenen eisengrauen Haaren braun gebrannt und faltendurchzogen war, er sein Leben im Süden und im Freien verbracht haben musste. Er trug einen dunklen Anzug und eine Goldrandbrille, was ihm das intellektuelle Aussehen eines alternden Bibliothekars gab.

Sophie wusste jedoch, dass er kein Schriftgelehrter war und dass er, wenn er aufstünde und zu ihr herüberkäme, beim Gehen ein Bein leicht nachziehen würde.

Es war Henri Mercier.
Die rechte Hand von Jean le Marais.
Und jetzt der neue Führer von Gladius.

Sophies Herzschlag beschleunigte sich. Auf einmal hatte sie Angst. Sie blickte zum Ausgang hinüber. Der Weg war frei, niemand konnte sie daran hindern, aufzustehen und die Bar zu verlassen. Eine Szene aus dem Film »Der Pate« schoss ihr durch den Kopf. Michael Corleone. Die Hinrichtung in einem Lokal, Blut und vor Entsetzen gelähmte Gäste.

Sie zwang sich, ruhig zu atmen, ihre Lage zu analysieren. Und dann begriff sie. Henris Gegenwart war keine Drohung, sondern Anerkennung. Die Franzosen wussten nichts von ihrem Rausschmiss, die Zusammenarbeit stand nicht in Frage.

Der König ist tot, es lebe der König.

Für Gladius mochte Jean le Marais auf dem Feld der Ehre gefallen sein, die Organisation marschierte weiter. Auch wenn Franziskus am Leben war, so hatte der versuchte Anschlag doch seinen Zweck erfüllt. Die Wogen der Entrüstung gingen hoch, überschwemmten die Welt und ließen sich von geschickten Strategen in geordnete Kanäle zwingen.

Am Ende hatte der Plan der Franzosen funktioniert.

Die Comedian Harmonists stimmten ein neues Lied an.

Der wahre Freund allein
Ist doch das höchste Gut auf Erden.

Fast hätte Sophie gelacht, so passend schien ihr der Text für ihre Situation. Sie war ein guter, ein wahrer Freund. Fragte sich nur, ob der Wolf das auch so sah.

Vertrauen gegen Vertrauen.

Sie hatte das Vertrauen, das Gladius in sie gesetzt hatte,

gerechtfertigt. Auch wenn man ihr die CD gestohlen hatte, die Meinungskampagne stand. So, wie sie es vor ein paar Wochen Jean le Marais versprochen hatte.

Sie fragte sich, woher Henri wusste, wo er sie finden konnte. Wie lange wollten diese Leute sie noch beobachten? Nun, sie hatte nichts zu verbergen. Jetzt nicht mehr.

Sophie griff nach ihrer Tasche und stand auf.

Die jungen Männer, mit denen der Wolf gesprochen hatte, waren noch immer da, warfen ihr Blicke zu.

Henri hob ihr sein Weinglas zum Gruß entgegen.

Sophie warf den Riemen ihrer Tasche über die Schulter und schenkte ihm ein Lächeln. Dann drängte sie sich an der Theke entlang ins Freie.

Vor der Loos Bar blieb sie stehen, sah sich zur Sicherheit um. Doch nichts erregte ihren Verdacht.

Auf der Kärntner Straße war noch immer einiges los. Die Menschen bummelten an den für die Nacht erleuchteten Geschäften vorbei, Straßenmusiker spielten, ein Zeitungsverkäufer pries die letzten Schlagzeilen an.

»Die Hintermänner des Papstattentats«.

»Neue Spuren führen in den Nahen Osten«.

Sophie kaufte die Zeitung. Sie hatte mit dem Frischling der Redaktion im Café Demel zu Mittag gegessen und ein paar Parallelen zu 1981 zur Diskussion gestellt, zum Anschlag auf Johannes Paul II. Hatte der Name des Attentäters nicht Ali Ağca gelautet? Der Redaktionsneuling war zu jung gewesen, hatte keine Erinnerung gehabt, aber immerhin die gewünschten Schlüsse gezogen. Wenn der Wolf die Schlagzeile las, würde er wissen, wem er sie zu verdanken hatte, und Sophies Unverzichtbarkeit erkennen. Es war eine Nachricht an ihn.

Sophie schlug den Weg zur U-Bahn-Station Stephansplatz ein. Jean le Marais war tot. Sie war dabei, sich ihren Platz in der Bewegung zurückzuerobern. Alles lief nach Plan.

Und wenn der Wolf sie nicht wieder aufnahm?

Zum ersten Mal an diesem Abend wurde Sophie unsicher.

Vielleicht sollte sie zur Sicherheit doch das Gespräch mit dieser Bibi Mitterhammer suchen – so von Frau zu Frau. Sie würde brisante Informationen gegen Anstand und Ansehen eintauschen. Immerhin konnte sie zur Aufklärung eines Papstattentats beitragen. *Donna d'onore.* Hieß das bei der Mafia nicht so? Sie würde eine Frau von Ehre sein.

Aber so schnell warf sie die Flinte nicht ins Korn.

Als Sophie die Kärntner Straße hinaufspazierte, ging ihr das Lied aus der Loos Bar nicht aus dem Kopf. Die Melodie der Comedian Harmonists, dieser Boyband, die in den dreißiger Jahren Deutschland verlassen musste. War es nicht ihr Abschiedslied gewesen?

Der hell erleuchtete Stephansdom tauchte am Ende der Fußgängerzone auf, sein mächtiger Hauptturm stach in den Himmel.

Sophie begann vor sich hinzusummen.

Ein Freund, ein guter Freund
Das ist das Beste, was es gibt auf der Welt
Ein Freund bleibt immer Freund
Und wenn die ganze Welt zusammenfällt.

Die alte Welt war dabei, zusammenzufallen. Und das war gut so. Denn aus ihren Trümmern würde, wie Phönix aus der Asche, ein neues, freies Europa auferstehen.

Und sie, Sophie Wellendorff, hatte ihren Anteil daran.

30

In der letzten Aprilwoche standen in Berlin die Kastanienbäume in voller Blüte. Ihr Duft mischte sich mit dem Gestank der Abgase zu dem typischen Großstadtgeruch. Die Cafés hatten Tische und Stühle auf die Gehsteige geräumt, ihre Gäste tranken Cappuccino zum Frühstück und besprachen das politische Tagesgeschäft und die bevorstehenden Wahlen zum Europaparlament mit seltener Gelassenheit. Gehetzte Büromenschen flanierten, ihre Mäntel lässig über die Schultern geworfen und dunkle Brillen auf der Nase, an den Schaufensterfronten vorbei und hielten ihre vom Neonlicht gebleichten Gesichter in die Frühlingssonne. Ein Hauch von Italianità wehte durch die Hauptstadt.

In der Kanzlei Hellberg, Bendix, Kellermann & Partner herrschte wie immer Hochbetrieb. Viktor Hellberg saß an seinem Schreibtisch, zwei hohe Aktenstapel, die sich in seiner Abwesenheit angesammelt hatten, vor sich, und versuchte, sich einen Überblick über Termine und Fristen zu verschaffen. Außer David Kellermann wusste niemand in der Kanzlei von den Geschehnissen in Wien. Viktor hatte nur erwähnt, dass die Regelung des Nachlasses seiner Mutter mehr Zeit in Anspruch genommen hätte als geplant – die Wiener Behörden. David war über Ostern mit der Familie in New York gewesen. Ihre Wege hatten sich in der Früh kurz im Kanzleifoyer gekreuzt.

Wie war New York, David?

Julya und die Kids waren begeistert.

Wir müssen was besprechen.

Nach fünf, ich habe praktisch eine Standleitung nach Dubai. Wollersby sitzt mit seinen Leuten da unten fest. Die Verhandlungen ziehen sich. Die Verträge sind eigentlich so gut wie unterschriftsreif – aber einer von uns sollte runterfliegen.

Viktor ließ seinen Blick über den vollen Schreibtisch wandern. Hinter ihm hing das im Stil der Moderne in Öl gemalte Porträt seines Vaters an der Wand. Heute hatte er das Gefühl, als bohrte sich ihm der Blick aus den kalten hellen Augen in den Rücken. Vor ihm lag eine aufgeschlagene Akte, daneben ein Stapel abgegriffener schwarzer Moleskine-Notizbücher.

Marie und er hatten noch einen halben Tag im Chiemgau verbracht und waren dann weiter nach Berlin gefahren. Hatten sie ihre Sachen nur aus Angst vor Verfolgern nicht mehr aus dem Hotel geholt und kein Flugzeug genommen? Oder hatte er instinktiv bereits gewusst, dass er einen Umweg machen wollte, über den Chiemsee und das Haus seiner Mutter?

Simone, wer warst du wirklich?

Die Notizbücher waren das Einzige gewesen, was er neben Versicherungs- und Bankunterlagen und persönlichen Dokumenten seiner Mutter mitgenommen hatte. Marie hatte das Auto mit Fotomaterial, Negativen und Abzügen vollgeladen und sich dann noch einmal in Ruhe das Haus angesehen, den verwilderten Garten, die Uferpromenade davor.

Können wir nicht in den Sommerferien herkommen?

Deine Mutter will seit Jahren ein Haus auf Ibiza.

Aber ich will das hier.

Es hat deiner Großmutter gehört – es ist für dich.

Mama wird durchdrehen.

Ganz bestimmt.

Aenne war durchgedreht. Sie hatte sich in lautstarken Vorhaltungen und Forderungen ergangen, gefolgt von dem üblichen strafenden Schweigen. Es hatte Marie und ihn der Notwendigkeit enthoben, über die Tage in Wien zu sprechen. Diese stille Komplizenschaft hatte ihm Maries Ähnlichkeit mit sich selbst wieder verdeutlicht. Genauso, wie sie ihm den Zustand seiner Ehe schmerzhaft vor Augen geführt hatte. Im Übrigen hatte Aenne nicht nach ihrem Aufenthalt gefragt.

Viktor nahm das schwarze Notizbuch, das ganz oben auf dem Stapel lag. Er wog es in der Hand, zögerte, wusste, was er darin finden würde. Seine Durchsicht hatte er methodisch mit den ältesten Büchern begonnen. Dann schlug er es auf und nahm ein paar zusammengefaltete Blätter heraus. Die Faltstellen waren rau, an manchen Stellen drohte das vergilbte Papier auseinanderzufallen. Simone musste es immer wieder in der Hand gehalten – und weggelegt haben.

Es war ein Brief, den Simone Colbert am Weihnachtsabend 1975 geschrieben hatte. Er war an ihn gerichtet, doch seine Mutter hatte ihn ihm nie gezeigt. Warum hatte sie die für sie so schmerzhaften Zeilen aufgehoben? Jetzt, nach ihrem Tod, hatte der Inhalt etwas von einem Vermächtnis.

Obwohl Viktor die Worte inzwischen fast auswendig kannte, faltete er das Papier auf und begann zu lesen.

An mein ungeborenes Kind!

Vielleicht werde ich nie den Mut haben, dir diesen Brief zu zeigen. Doch es ist leichter, aufzuschreiben, als auszusprechen, wofür es keine Worte gibt. Was ich dir heute, am Heiligabend 1975 schreibe, hat sich im Sommer in Afrika zugetragen, in einer dunklen Hütte voller Schmerz.

Wie hypnotisiert folgte Viktor ihrer Handschrift, mit der sie in allen fürchterlichen Einzelheiten eine Folter beschrieb, deren Augenzeugin sie geworden war. Zwei Gefangene waren unter Aufsicht von Jean le Marais zu Tode gemartert worden. Viktor wusste nicht, was ihn mehr schockierte – die Perversität dieser Söldner oder die Genauigkeit, mit der seine Mutter die grausame Szene beschrieb. Das Ende des Briefes hatte seine bisherige Welt auf den Kopf gestellt.

Der Soldat zog die Klinge aus der Glut, umfasste den Stock mit festem Griff und wandte sich dem noch lebenden Gefangenen zu. Der hatte aufgehört zu beten und blickte seinem Peiniger jetzt kalt entgegen. Das Weiß seiner dunklen Augen leuchtete im Feuerschein rot. Er zog die Mundwinkel nach unten und spuckte seinen Folterern vor die Füße.
Ich wusste, was jetzt kommen würde, hielt es nicht mehr aus. Mit schnellen Schritten ging ich zur Tür. Der Offizier mit der Brille wandte mir sein Gesicht zu. In seiner Miene konnte ich Mitleid lesen. Er trat beiseite, überließ mir seinen Platz und kehrte in die Hütte zurück.
Feste Schritte näherten sich mir.
Ich spürte, wie mir der Schweiß ausbrach.
Er blieb dicht hinter mir stehen. Der Geruch nach kaltem Zigarettenrauch stieg mir in die Nase. Die Schweißperlen zwischen meinen Schulterblättern schienen zu Eissplittern zu gefrieren. Verzweifelt ließ ich meinen Blick über die flirrende Landschaft wandern, suchte nach einem Ausweg. Doch die Schreie und die Qual der letzten Stunde füllten meinen Kopf, verhinderten jeden klaren Gedanken. Ich fühlte den fordernden Druck seines Körpers an meinem Rücken, seine kühle Wange an meinem Hals.
Jean le Marais war kaum größer als ich.
Aber ich konnte mich nicht wehren, konnte nicht fliehen, die Angst lähmte meine Glieder. Als ich spürte, wie seine Finger um meine Taille krochen und nach

der Gürtelschnalle griffen, fing ich an zu weinen. Vermutlich hielt er meinen gesenkten Kopf für stumme Einwilligung.
Aber etwas in mir war zerbrochen.
Danach bot er mir eine Zigarette an. Wir rauchten, bis die drei anderen Männer aus der Hütte kamen. Sie wussten, was geschehen war, sahen mich nicht an. Ich war dankbar dafür. Sie fuhren mich ins Hotel, als wäre nichts geschehen, luden mich und meine Kameratasche in der Halle ab.
Dort stand ich minutenlang, unfähig, mich zu rühren. Leopold Markgott, ein Österreicher, den ich ein paar Tage zuvor in der Hotelbar kennengelernt hatte, entdeckte mich schließlich und brachte mich zum Arzt.
Ich habe mich bemüht, nicht mehr an Angola zu denken, die Vergewaltigung zu verdrängen. Wenn ich nicht darüber rede, so dachte ich, ist nichts geschehen. Ich wollte vergessen, weiterarbeiten, weiterleben. Als ich zwei Monate später in Berlin von meiner Schwangerschaft erfuhr, war es zu spät, deinem Vater Hans gegenüber ehrlich zu sein.
Im Frühjahr wirst du geboren werden.
Ich hoffe, du wirst ein Mädchen.
Ich werde versuchen, dich zu lieben.
Maman

Viktor ließ das letzte Blatt des Briefes sinken. Er war im März zur Welt gekommen. Er war kein Mädchen geworden. Simone hatte es nicht geschafft, ihn zu lieben.

Und doch hatte sie wie eine Mutter gehandelt. Sie hatte ihre Erinnerungen in sich verschlossen und ihrem Kind das Wissen um seine Herkunft erspart. Auch wenn das Geheimnis ihre Welt nach und nach auseinanderbrechen ließ. Bis zu seinem Tod hatte Hans Hellberg Viktor für seinen Sohn gehalten, ihm ein Studium und das großbürgerliche Leben ermöglicht, das er nun führte.

Simone hatte den richtigen Namen ihres Peinigers herausgefunden – Jean Troyat – und ihn gejagt. Leopold Markgotts Anruf vor zwei Wochen musste ihr wie ein Wink des Schicksals vorgekommen sein. Sie war nach Wien geeilt, um den Beweis für Marais' Pläne zu erhalten, wollte ihn endlich bestraft sehen – wenn auch nicht für die Tat, die ihr Leben zerstört hatte. Der Tod war schneller gewesen als ihre Rache.

Nein, das stimmte so nicht. Simones Anruf in Frankreich hatte Jean le Marais nach Wien geführt und ihn letztlich seinem Mörder ausgeliefert. Ein Verbrechen, vor über vierzig Jahren begangen, war am Ende gesühnt worden.

Viktor sah zum Fenster hinüber. Gedankenverloren fasste er in die Tasche seiner Anzugjacke, spielte mit dem Ring, den er seit Wien wie einen Talisman mit sich herumtrug. Das Tigergesicht aus grüner Jade war glatt und kühl. Nur dort, wo das Ohr abgebrochen war, war es scharf wie eine Waffe.

El Capitán?

Die kalten Augen des vermeintlichen Priesters schwebten vor ihm. Er hatte geahnt, nein, er hatte gewusst, dass er Jean le Marais mit seinem Hinweis ans Messer lieferte. Der einzelne Schuss hallte noch immer in seiner Erinnerung.

Ich habe meinen Vater getötet.

Viktor suchte vergebens nach so etwas wie Reue.

Ich würde es wieder tun.

Der Gedanke verschaffte ihm Befriedigung. Er hatte Simone gerächt – und seinen Vater Hans Hellberg.

Die Bürotür wurde aufgerissen, und Marie streckte ihren Kopf herein. Sie hatte ihre wilde Mähne hochgesteckt, in dem gut gemeinten, aber vergeblichen Versuch, ihre störrischen Locken zu bändigen. Dafür trug sie beige Chinos, eine hellblaue Bluse und neue Turnschuhe. Um ihren Hals war ein blaues Nickituch geknotet, das die gut heilende Wunde verdeckte. Bald würde von dem Schnitt nur noch eine feine helle Linie übrig bleiben, die sich über die Kehle zog und hinter einem Ohr verschwand. Marie störte das nicht.

Das wird mein Markenzeichen, Papa.

Für mich bist du sowieso die Allerschönste.

Die Narbe erinnert mich daran, dass ich alles schaffe.

Dann will ich auch eine.

Nur David Kellermann wusste von der Entführung. Er hatte mit Marie über die Geschehnisse in Wien sprechen wollen. Aus seinem Berufsalltag wusste er, dass es weniger als eine Entführung brauchte, um die Seele eines jungen Menschen zu zerbrechen. Marie hatte weder mit einer Psychologin noch mit Aenne darüber reden wollen.

Marie, wir müssen es deiner Mutter erzählen.

Sie hatte lange nachgedacht und dann abgelehnt.

Simone hatte recht, aber Mama würde es nicht verstehen.

Aenne hatte nicht mit Vorhaltungen gespart, als sie erfuhr, wie unglücklich Marie ausgerutscht und auf ein rostiges Treppengeländer gestürzt war. Eine Blutvergiftung! Aber die Ärzte in Wien hatten gute Arbeit geleistet. Und sie war gerührt gewesen.

Seid ihr etwa deswegen länger in Wien geblieben, Viktor?

Du hast mich ertappt, mein Schatz.

Ich bin doch ihre Mutter – warum hast du nichts gesagt?

Du hättest dir nur unnötig Sorgen gemacht.

Ihr liebevoller Blick hatte ihm geholfen, die Tatsache, dass er seine Frau ohne zu zögern erneut angelogen hatte, in die finsterste Ecke seines Gewissens zu verbannen.

Jede Lüge zieht eine weitere nach sich.

Wer wusste das besser als er.

Marie hatte sich in den Tagen in Wien verändert. Viktor schien, dass sie erwachsener geworden war.

Er faltete den Brief zusammen und schob ihn in die Akte, die er gerade bearbeitete.

»Komm schnell, Papa«, sagte Marie aufgeregt.

»Marie, du sollst nicht so hereinplatzen.«

»Wingolf von Manhardt kommt aber gleich im Fernsehen«, sagte Marie und ignorierte wie gewöhnlich den väterlichen Tadel. »Ein Bericht im Mittagsjournal.«

Viktor musterte das Gesicht seiner Tochter, suchte nach einer sichtbaren Spur ihres biologischen Großvaters. Da war das spitze Kinn, das ihr etwas Zartes und gleichzeitig Energisches gab. Der Ausdruck ihrer schwarzen Augen war wissbegierig, zielstrebig – furchtlos. Doch die Härte, die Jean le Marais gekennzeichnet und die ihm selbst, so gestand er sich ein, bei seiner Arbeit als Anwalt Erfolg beschert hatte, fand er nicht. In zwei Generationen schien daraus Stärke ohne Grausamkeit geworden zu sein. Er spürte, wie sich ein Lächeln auf seinem Gesicht ausbreitete.

»Alles okay, Papa?« Marie trat ins Zimmer, lehnte die Tür hinter sich an. »Hast du einen großen Fall gewonnen?«

»Ja«, antwortete er. »Wie gefällt dir der – *Laden*?«

Ihre Miene wurde verlegen. »Ziemlich gut«, gab sie zu. »Kann ich in den Sommerferien als Praktikantin arbeiten?«

»Kommt auf deine Noten an.«

»Ich lerne ab jetzt mehr, versprochen.«

Er verkniff sich ein Lächeln. »Also doch Freiburg?«

»Ja, ich habe mich schon schlaugemacht«, sagte Marie eifrig. »Am Campus Freiburg gibt es einen Studiengang, der heißt Fotografie und Bewegtbild. Die machen da total irre Sachen, du solltest dir mal die Arbeiten von den Studenten ansehen.« Ihrer Miene nach zu urteilen war sie wild entschlossen, alle ihre Pläne umzusetzen, und erinnerte ihn damit mehr denn je an Simone Colbert. »Weil, fotografieren will ich ja schließlich auch noch.«

»Du musst nicht Juristin werden, weißt du?«

»Na endlich.« Sie grinste. »Das wollte ich mal hören.«

Viktor sah seine Tochter überrascht an. »Du hast gewusst, dass ich das sagen würde«, sagte er. Diese Menschenkenntnis, diese Intuition hatte Jean le Marais bei verschärften Verhören so erfolgreich gemacht. Und ihn selbst vor Gericht. Er verdrängte den verstörenden Gedanken. »Freche Kröte! Du darfst Menschen niemals manipulieren.«

»Ein Anwalt soll nie eine Frage stellen, auf die er die Antwort nicht im Voraus kennt – deine Worte«, sagte sie selbstgefällig und deutete auf das Porträt von Hans Hellberg hinter Viktors Rücken. »Ich bin eben die vierte Generation.«

Viktor legte die Hand auf die Akte, die vor ihm lag, und meinte, den Brief seiner Mutter darin zu spüren. Er räusperte sich. »Das stimmt«, sagte er. »Das Recht wird den Hellbergs in die Wiege gelegt.« Handelte er richtig?

In meiner Wiege lag das Recht nicht.

Fast hätte er bei dem zynischen Gedanken gegrinst. Stattdessen schlug er die Akte mit einem lauten Knall zu und stand auf. »Also geben wir uns diesen Manhardt. Ich hoffe allerdings, es ist das letzte Mal.« Eigentlich hatte er genug von diesen Leuten, aber er wollte Maries politisches Engagement auch nicht im Keim ersticken. Sie würde hoffentlich lange in der Welt leben, die gerade entstand.

Auf dem Weg in das große Sitzungszimmer, in dem sich auch ein Flachbildschirm befand, begegneten sie Johanna Mosbeck, die, ihre Aktentasche in der einen und einen Mantel in der anderen Hand, wohl gerade vom Gericht kam.

»Marie, geh schon mal vor«, sagte Viktor. »Johanna, kann ich dich kurz sprechen?«

Marie hob die Hand und lief eilig weiter.

Die Referendarin blieb stehen. »In der Sache Berger gegen Tellheim haben wir heute Morgen einen Vergleich –«

»Was ist mit diesem Familiennachzug aus Damaskus?«

Ihre Miene wurde verschlossen. »Habe ich abgelehnt.«

»Wir übernehmen das Mandat.«

»Soll das etwa heißen, ich darf mich darum kümmern?«

»Ich fürchte, dafür braucht es mehr Erfahrung«, sagte Viktor. »Ich mach's selbst. Leg mir die Unterlagen bitte ins Büro.« Er ließ Johanna stehen und folgte Marie. Nach ein paar Schritten drehte er sich noch einmal um. Johanna stand noch immer an derselben Stelle und starrte ihm nach. »Ach, übrigens, hast du von Wollersby gehört? Sitzt mit seinen Leuten immer noch in Dubai fest. Ziemlich üble Sache.«

Sie nickte. »Kann man nichts machen.«

»Da entgeht uns gerade ein großer Vertragsabschluss«, sagte er. »Die Zeiten ändern sich. Wäre gut, wenn wir in Zukunft einen Top-Juristen mit Arabischkenntnissen in der Kanzlei hätten. Wie ich höre, kennst du da vielleicht jemanden.«

Johannas Augen weiteten sich. »Meinst du – Karim?«, fragte sie. »Er macht demnächst seine Zusatzprüfungen.«

»Sprich mit ihm«, sagte Viktor. Er spürte, dass sie nach Dankesworten suchte. Um ihr zuvorzukommen, fügte er daher schnell hinzu: »Wir nehmen allerdings nur mit Prädikatsexamen, sag ihm das gleich auch.« Dann fiel ihm noch etwas ein. »Ach ja, haben wir einen Korrespondenzanwalt in Bukarest?«

»Ich glaube schon«, sagte Johanna zögernd. »Seinen Namen müsste ich aber erst herausfinden. Warum?«

»Florin Lascu«, sagte Viktor. »Wohnt angeblich in Temeswar. Der Kollege soll seine Adresse herausfinden – ich hoffe, die haben da so etwas wie ein Melderegister.«

»Lascu?« Johanna runzelte die Stirn. »Wer ist das?«

Viktor ging nicht auf die Frage ein. »Der Junge muss vor etwa achtzehn Jahren geboren worden sein«, sagte er. »Ich will die Kontaktdaten so bald wie möglich.«

»Und wozu?«, fragte Johanna.

»Florin Lascu braucht einen Platz in einer deutschen

Schule«, sagte Viktor. »Gymnasium – am besten ein gutes Privatinternat. Mach dich da mal schlau.«

»Sind das denn Klienten?«, fragte sie.

Jetzt ritt Viktor der Teufel. »Du kennst die Lascus nicht?«, fragte er mit leichtem Tadel in der Stimme. »Das ist eine große rumänische Familie.« Und das war nicht einmal gelogen. Er ließ die verblüffte Johanna stehen und setzte endgültig seinen Weg fort.

Der große Flachbildschirm, der an der Wand des Sitzungszimmers hing, war bereits eingeschaltet. Marie saß an dem langen schwarzen Besprechungstisch, die Fernbedienung vor sich, und kritzelte mit einem schwarzen Kugelschreiber auf einem Schreibblock herum. Viktor sah, dass sie eine Kirche skizziert hatte. Scharfe Zacken zierten die Dachkanten. Sie sahen aus wie die Schneide eines Messers mit Wellenschliff. Im Schatten des gotischen Portals hockte eine kleine Figur, eine alte Bettlerin.

David Kellermann stand mit dem Rücken zur Fensterfront.

Er hatte die Arme vor der Brust verschränkt und das Kinn in eine Hand gestützt. Sein schmales Gesicht mit der runden Goldrandbrille war das eines freundlichen Schriftgelehrten.

»Hallo, David«, sagte Viktor überrascht.

David sah ihn an. »Verhandlungspause in Dubai«, erklärte er. »Alle sind zum Mittagessen. Ich dachte, ich schau mal in die Sendung rein.« Seine Stimme klang sachlich, aber Viktor konnte die Anspannung hinter den beherrschten Zügen spüren. Was war passiert? Ehe er nachfragen konnte, ertönte die Kennmelodie des Mittagsjournals.

Der Bericht aus Brüssel war der zweite Beitrag.

Der runde Turm des Europaparlaments, der Viktor immer an einen Wasserspeicher erinnerte, erhob sich in einen strahlend blauen Frühlingshimmel. Stahlmasten, an denen alle Flaggen der Union flatterten, standen vor seinem Eingang Spalier. Auf der Rasenfläche, die sich daneben ausbreitete, drängte sich eine Pressemeute mit Kameras und Mikrofonen um den einzigen freien Platz, auf dem eine Reporterin einen gut aussehenden Mann im dunklen Anzug interviewte. Viktor kannte Wingolf von Manhardt nur von dem polemischen Auftritt auf dem Stephansplatz. Im Fernsehen wirkte er charismatisch, strahlte Lässigkeit und Weltgewandtheit aus.

»Papa, schau!« Marie zeigte auf den Bildschirm.

An Manhardts Seite stand eine hochgewachsene Frau. Sie hatte das blonde Haar hochgesteckt, trug ein blaues Kostüm und eine weiße Bluse. Sophie Wellendorffs Blick war sachlich kühl, sie wirkte kompetent und selbstbewusst.

»Herr von Manhardt«, begann die Journalistin. »Ihre Reise nach Brüssel wird von einem Attentat überschattet. Bei Ihrer Abschlusskundgebung auf dem Wiener Stephansplatz wurde einer Ihrer Mitstreiter erschossen. Wie beeinflusst dieser Anschlag Ihre Arbeit? Der Täter wurde noch nicht gefasst – muss man von einem politisch motivierten Mord ausgehen?« Sie hielt ihm das Mikrofon hin, nickte kaum merklich.

Das charismatische Lächeln verschwand von Wingolf von Manhardts Gesicht, es spiegelte gefasste Anteilnahme und gleichzeitig Sorge. »Jean le Marais«, sagte Manhardt, »der diesem feigen Attentat zum Opfer gefallen ist, war keiner unserer engen Mitstreiter – ich kannte ihn nicht einmal persönlich. Aber alle unsere Gedanken und Gebete gelten natürlich in dieser Stunde seiner Familie.«

Viktor verschränkte die Arme, kniff den Mund zusammen.

Marie starrte wie hypnotisiert auf den Bildschirm.

»Marais' Anwesenheit in Wien war also ein Zufall?«, fragte die Reporterin. »Der Anschlag ist immerhin bei einer

Ihrer Veranstaltungen passiert. Gab es denn irgendwelche Kontakte zwischen Ihnen?« Sie hielt ihm das Mikrofon hin.

»Soviel ich weiß, nicht«, sagte Manhardt. »Dazu liegen mir keine Informationen vor.« Er wandte sich an Sophie. »Vielleicht kannst du etwas mehr dazu sagen?«

Sophie beugte sich über das Mikrofon. »Wie Sie sicher wissen«, sagte sie, »war Jean le Marais der Begründer der nationalkonservativen Vereinigung Gladius. Unsere Bewegungen sprechen vergleichbare Themen an. Andere Berührungspunkte hat es jedoch nie gegeben.« Sie trat einen Schritt zurück.

»Es war also ein politisch motivierter Mord?«

»Es war ein Terrorakt«, sagte Manhardt scharf. Er blickte direkt in die Kamera. »Genauso wie das vereitelte Attentat auf den Heiligen Vater, Papst Franziskus.«

»Auf dem Petersplatz sind ein Polizist und ein potenzieller Attentäter gestorben«, sagte die Reporterin. »Sie glauben, es habe sich um einen Anschlag auf den Papst gehandelt?«

»Die ersten Ermittlungsergebnisse – und übrigens auch die Stimmen von Fachleuten im Netz – weisen in dieselbe Richtung«, sagte Manhardt. »Das Attentat von Rom hat uns alle, unsere Bewegung und die ganze christliche Welt, überrascht und fassungslos gemacht.« Sophie nickte. »Und es hat nicht nur dem Papst, sondern ganz Europa gegolten.«

»Die Einwanderung war das dominierende Thema der europäischen Politik in den letzten Jahren«, sagte die Reporterin. »Wie werden sich die Ereignisse in der Osterwoche Ihrer Meinung nach auf die Wahlen zum Europäischen Parlament auswirken?«

»Der Frieden in ganz Europa ist in Gefahr«, sagte Manhardt. »Europa wird zunehmend Opfer eines Kulturkampfes. Der Verfall abendländischer Werte bedroht das friedliche Miteinander unserer Menschen. Deshalb wollen wir ein neues Modell für die Bürger Europas, ein Europa ohne

Einwanderung und für unsere Völker. Wir wollen endlich eine Aufwertung des Nationalstaates.«

Manhardt blickte eindringlich in die Kamera, sprach mit jedem einzelnen Zuseher. »Wir alle wissen, dass die Durchmischung von Kulturen in der Geschichte stets zum Zusammenbruch des sozialen Friedens geführt hat, zu Kriminalität und Terror. Das werden wir nie wieder zulassen.«

Er machte eine Pause, ließ seine Worte wirken. Als er weitersprach, klang er zuversichtlich. »Europa ist durch seine Geschichte ein Kontinent kultureller Vielfalt, und unsere Bewegung steht für eine konservative und patriotisch geprägte Politik, für ein Europa der Nationen und der Freiheit. Deshalb gewinnen unsere Ideen in allen Ländern an Zuspruch. Europa steht vor einer Schicksalswahl und vor einem historischen Wendepunkt, und davor fürchten sich die selbst ernannten Eliten. Sie fürchten den Unmut des Volkes, sie fürchten uns. Wir sind das Volk!«

Manhardt holte Luft, dann zeigte er mit dem gekrümmten Zeigefinger zur Kameralinse. »Und lassen Sie sich eines von mir gesagt sein«, fuhr er fort. »Der Terror von Rom wird unser christliches Abendland nicht zerstören.«

Drei Männer, die im Hintergrund gestanden hatten, traten neben Wingolf von Manhardt. Einer war Mitte sechzig und trug eine Goldrandbrille, beim Gehen zog er das Bein ein wenig nach. Der zweite war um die dreißig, blond und gut aussehend und winkte dem Presseteam zu. Der dritte Mann, ein drahtiger, schwarzhaariger Fünfzigjähriger, wirkte in seinem gut geschnittenen grauen Anzug wie auf einer Vorstandssitzung.

David Kellermann räusperte sich. »Calvi«, sagte er.

Viktor drehte sich zu ihm um. »Ettore Calvi?«, fragte er. »Der Kollege aus Rom?«

David nickte. »Er hat schon länger politische Ambitionen«, sagte er. »Aber ich kannte nur Gerüchte.«

»Scheiße«, sagte Viktor.

Er hatte darauf bestanden, Calvi anzurufen und mit der Alarmierung der Behörden zu beauftragen. Soweit er der Presse entnommen hatte, war das nicht geschehen. Oder die Behörden hatten nicht reagiert, den Hinweis unterschlagen.

Du hast es mit einer extremistischen Szene zu tun. Die haben ein paar nette Gesichter in der Öffentlichkeit. Und jede Menge Leute in der zweiten und dritten Reihe. Du weißt nicht, wie weit ihr Machtapparat schon reicht.

David hatte ihn am Telefon gewarnt, aber er hatte nicht auf ihn gehört. Hätte er das Attentat verhindern können, wenn er umsichtiger gewesen wäre?

Viktor Hellberg gegen die politische Mafia?

Wohl kaum.

Wingolf von Manhardt zeigte auf die drei Männer. »Wir wollen Europa«, sagte er. »Aber ein Europa der Nationalstaaten. Ich danke meinen Freunden, die extra gekommen sind, um unsere Bewegung zu unterstützen.« Ein paar Leute applaudierten. Anscheinend waren die Männer mit Gefolge angereist. Manhardt wartete ab, bis der Beifall verklungen war. »Henri Mercier aus Frankreich, Ettore Calvi aus Italien und Larry Andersson aus Schweden stehen mit vielen anderen für dieses neue, freie Europa.«

Larry Andersson hob die Hand, die anderen lächelten.

Die Reporterin ließ einige Sekunden verstreichen, dann sagte sie: »Noch ein paar Worte zur Bewegung? Wie geht es bei Ihnen nun weiter?«

»Unbedingt«, sagte Manhardt sofort, das Stichwort schien abgesprochen. »Es war Zeit für ein neues, junges Gesicht bei der Bewegung.« Er sah Sophie an, um seinen Mund spielte ein stolzes Lächeln. »Es war Zeit für eine starke Frau an verantwortlicher Stelle. Ich freue mich, dass ich Sophie Wellendorff – eine Frau, für die Anstand und Ehrlichkeit auch in der Politik keine leeren Worte sind – als meine Stellvertreterin gewinnen konnte, um unsere Bewegung mit mir gemeinsam in eine erfolgreiche Zukunft im Sinne Europas zu führen.« Er legte Sophie die Hand leicht auf den Rücken, schob sie in den Fokus der Kameras. »Sie hat mir meine Werbung allerdings nicht leicht gemacht, wenn ich das in aller Offenheit sagen darf.« Gespielte Verzweiflung.

Gelächter war zu hören. Eine Journalistin in der ersten Reihe der Presseleute begann zu applaudieren, ein paar weitere Frauen fielen ein, jemand pfiff anerkennend.

Marie sprang auf. »Ey, ich denke, ich spinne.«

Viktor beugte sich über den Tisch, nahm die Fernbedienung und schaltete den Bildschirm ab.

»Papa – das ist doch alles gelogen!«

»Marie, geh zu Johanna und lass dir das neue Mandat erklären«, sagte Viktor. »Und dann versuch einmal, die rechtlichen Grundlagen für den Familiennachzug zu prüfen.«

Er drehte sich zu David Kellermann um.

David schien sich während des ganzen Berichts nicht gerührt zu haben. Er stand noch genauso vor der Fensterfront wie bei Viktors Eintreten. Seine Miene war ausdruckslos, seine Haltung wirkte wie versteinert. Jetzt löste er das Kinn aus der Hand und räusperte sich.

»Viktor, du wolltest was mit mir besprechen«, sagte er. »Wie wär's gegen fünf mit einer Runde um den Block?«

»Gute Idee«, sagte Viktor. »Ich brauche Luft.«

Der warme Frühlingstag ging in einen lauen Spätnachmittag über, als Viktor Hellberg und David Kellermann zur Spree hinunterspazierten. Sie überquerten die Kronprinzenbrücke und folgten der Konrad-Adenauer-Straße am Rand des Spreebogenparks. Bis dahin redeten sie über ihre Fälle und aktuellen Gerichtsklatsch. Anwalts-Small-Talk. Als spürten sie, dass es Schwerwiegendes zu besprechen gab, vor dem sie beide zurückschreckten. Erst als sie die weite Rasenfläche erreichten, die sich vor dem Reichstagsgebäude ausbreitete, blieben sie stehen und sahen sich an.

»Worum geht's?«, fragte David.

»Ich wollte dir für deine Unterstützung danken«, sagte Viktor und versuchte, Davids erstaunten Blick nicht persönlich zu nehmen. Vielleicht war seine Anerkennung in letzter Zeit ja tatsächlich etwas knapp ausgefallen. »Die Kanzlei war bei dir in guten Händen, ich konnte mich in Wien ganz auf Marie konzentrieren.«

»Du hättest dasselbe für mich getan«, sagte David.

»Unsere Kanzlei könnte einen Seniorpartner gebrauchen«, sagte Viktor statt einer Antwort. »Was hältst du davon?«

David schwieg, blickte über die große Rasenfläche zum Eingang des Reichstagsgebäudes hinüber. Mehrere Stufen führten zum von griechischen Säulen gestützten Portal hinauf. »Dem deutschen Volke«, stand darauf, wie eine Tempelinschrift. Das Glas der mächtigen Kuppel gleißte in der Frühlingssonne. Fahnen wehten vor dem Eingang und auf den Türmen des Reichstags.

»Was ist?«, fragte Viktor.

David wandte sich ab, begann am Rand des Rasens entlangzuspazieren. »Ich weiß dein Vertrauen zu schätzen«, sagte er leise. »Unter anderen Umständen würde ich dein Angebot jubelnd annehmen. Das weißt du. Aber …« Er brach ab.

Viktor schloss zu ihm auf. »Ist das etwa eine Absage?«

»Julya und ich verlassen Deutschland«, sagte David. »Ich wollte schon früher mit dir darüber reden, aber dann kam Wien und … Kurz gesagt, ich habe eine Professur an der New York Law School angenommen. Zum Herbstsemester übernehme ich den Lehrstuhl für Human Rights.«

»Du willst aus der Kanzlei ausscheiden?«

»Ich will nicht, dass meine Kinder weiter in eine Schule

gehen, vor der Betonbarrikaden und bewaffnete Polizisten stehen«, sagte David. »Ich will mit meiner Frau in jedem Lokal zu Abend essen können, ohne Angst zu haben, dass ein Stein durchs Fenster fliegt.« Er blieb stehen, sah Viktor an. »Julya hat in den letzten Monaten immer wieder Morddrohungen in die Redaktion bekommen.«

»Großer Gott – warum hast du nichts gesagt?«

Ein schmales Lächeln spielte um Davids Mund. »Und was hättest du getan?«, fragte er. »Die Polizei gerufen?«

»Habt ihr einen Verdacht?«, fragte Viktor.

Es sind Leute wie du und ich.

Viktor spürte wieder diese Welle eiskalter Wut.

Ließ ein Rechtsstaat solche Dinge geschehen?

»Wir hätten die Täter erwischt«, sagte er ruhig.

David musterte ihn. »Manchmal machst du mir Angst, weißt du das?«, sagte er. Er setzte seinen Weg fort. »Julya ist bereits drüben, richtet die Wohnung ein und spricht mit der Schule. Die Kinder und ich kommen nach.«

Zwei Hunde jagten einander bellend über den Rasen. Der größere verfolgte den kleineren. Viktor sah den beiden zu. Spielten sie? Oder war das eine Jagd auf Leben und Tod? Ein Mädchen, das auf den Stufen des Reichstagsgebäudes gesessen hatte, stand auf, steckte zwei Finger in den Mund und stieß einen gellenden Pfiff aus. Sofort drehten die Hunde um und hetzten zu ihm hinüber. Also doch nur Spiel.

»Wann?«, fragte Viktor.

David zögerte. »Mitte Mai«, sagte er schließlich. »Vor den Europawahlen. Wir wollen nichts riskieren.«

Viktor schüttelte den Kopf. »Ausgerechnet Amerika«, sagte er. »Populistische Strömungen treten überall auf, aber Europa ist nicht zuletzt wegen des ausgebauten Sozialsystems nicht so zerrüttet wie Amerika.«

Er ging zu einer kleinen Bank am Rande des Weges und

nahm darauf Platz. David setzte sich neben ihn. Auf dem Rasen spielten nun wieder die Hunde.

»Ich glaube an Europa, David«, sagte Viktor. »Und an unsere demokratische Stärke. Wir haben eine hohe Wahlbeteiligung, weil ein gutes System auf dem Spiel steht. Eine funktionierende Sozialpolitik, zusammen mit einer vorausschauenden Wirtschaftspolitik, die sie finanzieren hilft, hält Gesellschaften zusammen und beugt so vor, dass moderne Rattenfänger an die Macht kommen.«

David lachte. »Du bist ja ein Idealist geworden.«

Viktor wandte sich ihm zu, legte die Hand auf seinen Unterarm, sah ihn eindringlich an. »Wir leben in bewegten Zeiten«, sagte er. »Aber wir können doch nicht alle gehen. Außerdem muss in Amerika jeder selbst sehen, wo er bleibt. Sozialleistungen sind Almosen. Die kriegt nur, wer ganz unten angekommen ist. Dient das dem Zusammenhalt der Gesellschaft? Nein – es fördert die Spaltung und befördert so Populisten von links und von rechts.«

»Julya hat drüben Verwandte«, sagte David. »Sie haben uns zu diesem Schritt geraten. Die Familie hat Erfahrung.«

Viktor war, als hörte er wie eine Antwort das Dröhnen von Flugzeugmotoren. Und dazwischen Maries helle Stimme.

Wenn einer meint, dass sich Gewalt für ihn auszahlt, wird er sie anwenden, ob zivilisiert oder nicht. Ich wette, bei den Nazis –

Das waren ganz andere Zeiten. Das, was gewesen ist, ist vorbei.

Das waren Leute wie du und ich.

Die letzten beiden Wochen waren der Beweis, dass Marie recht gehabt hatte. Nie wieder würde er diese Diskussion so führen, auch wenn er nicht der Enkel Heinrich Hellbergs, des stolzen jungen Strafrichters unter der Hakenkreuzflagge war, des gütigen alten Mannes im Lehnstuhl. Vielleicht hatte sein leiblicher Großvater bei seiner Geburt gar nicht mehr gelebt. Wie hoch war die Lebenserwartung in den Slums einer südfranzösischen Hafenstadt? Sein Vater war dem Elend entkommen, war durch Mord und Folter aus dieser Schattenwelt emporgestiegen. Gewalt hatte ihm, Viktor, den Weg ins Leben und auf einen privilegierten Platz in der Welt verschafft.

Er fasste in die Jackentasche, zog den Jadering hervor und hielt ihn David hin. »Hier«, sagte er. »Nimm den.«

David starrte auf das grüne Tigergesicht. »Du schenkst mir einen Ring?«, fragte er überrascht.

»Es ist eine Leihgabe.«

Zögernd nahm David den Ring, drehte ihn in den Fingern.

»Er hat einem sehr mutigen Mann gehört«, fuhr Viktor fort. »Ich will, dass du den Ring nach New York mitnimmst. Aber bring ihn mir wieder, klar?«

David ließ den Ring sinken. »Ich weiß nicht, wann ich zurückkommen kann«, sagte er ruhig.

»Der Zeitpunkt ist egal.«

David schwieg, blickte zum Reichstag hinüber. Auf den Rasenflächen spielten jetzt ein paar Kinder Fußball. Die Fahnen auf den beiden Türmen flatterten im auffrischenden Abendwind.

»Ich würde mich freuen, wenn Marie mein Büro übernehmen würde«, sagte er schließlich. »Sie hat Mut und Verstand und wird mal eine gute Anwältin werden.«

»Marie bekommt ein anderes Zimmer«, sagte Viktor. »Dein Schreibtisch gehört dir, der wartet auf deine Rückkehr.«

David räusperte sich. »Könnte länger dauern.«

»Ich weiß.«

David wandte das Gesicht ab.

Viktor boxte ihn in den Oberarm, so wie Marie es bei ihm

immer tat. »Trödel in Amerika nicht herum«, sagte er. »Die Arbeit bei uns wird nicht weniger. Wir brauchen dich.«

David betrachtete den Ring. Nach einer Weile steckte er ihn auf den Mittelfinger seiner linken Hand und drehte den Stein in der langsam untergehenden Sonne. Die Jade versprühte ihr grünes Feuer. Das Maul des Tigers klaffte, seine Ohren waren wütend angelegt. Die abgebrochene Ohrspitze gab dem fauchenden Katzengesicht etwas Rührendes. Als wäre der Tiger verwundet, aber sein Kampfgeist ungebrochen. David lächelte zum ersten Mal.

»Ich verlasse mich auf dein Wort«, sagte er.

»Was sonst?«, fragte Viktor und stand auf. »Das Recht wird den Hellbergs schließlich in die Wiege gelegt.« Er klopfte seinem Freund auf die Schulter. »Lass uns noch über Wollersby sprechen – ich habe da eine ausgezeichnete Idee.«

Sie schlugen den Rückweg ein, gingen Seite an Seite im Gleichschritt, die Hände auf dem Rücken verschränkt.

Die sinkende Sonne ließ den Horizont im Westen Berlins blutrot leuchten, spiegelte sich in der Glaskuppel des Reichstagsgebäudes. Es sah aus, als stünde sie in Flammen.

EPILOG

Sie kauften dann doch kein Haus am Meer.

Gleich nach Cayetanos Rückkehr nach Brasilien hatte sich ein alter Freund bei ihm gemeldet, der ihm so manchen Auftrag vermittelt hatte. Er hatte sich nicht erkundigt, wo Cayetano die letzten Wochen gewesen war, das fragte man in seinem Geschäft nicht, sondern sofort von der aktuellen Situation nach der Wahl geschwärmt. Und von der guten Arbeitslage für Pistoleiros.

Cayetano, wir brauchen jetzt Männer wie dich. Dies sind neue Zeiten. Wir sorgen für Recht und Ordnung und machen unser Land groß. Der Präsident hat angekündigt, es werde in Brasilien nie gesehene Säuberungen geben.

Ich ziehe mich aus dem Geschäft zurück, Luiz.

Bist du verrückt? Der Präsident sagt selbst, dass der Fehler der Diktatur war, nur zu foltern und nicht zu töten.

Cayetano dachte an El Capitán. An das Flehen der Gemarterten und an ihre Schreie und ihre geschundenen Körper. An den Hubschrauberflug hoch über den Wäldern des Amazonas und die geknebelten Guerilleros auf dem Boden des brüllenden Helikopters. An die aufgerissenen Augen der Männer, wenn man sie zur offenen Heckklappe stieß.

Ruf mich nicht mehr an, Luiz.

Du willst also nicht für uns arbeiten?

Nein.

Weißt du, mit wem du dich gerade anlegst?

Ja.

Um unserer alten Zeiten willen: Pass auf dich auf.

Cayetano hatte Angelina nichts von dem Gespräch erzählt. Er wusste, dass Luiz recht hatte. Mit der Staatsmacht legte man sich nicht an. Sie mussten so bald wie möglich in eine andere Stadt, in einen anderen Bundesstaat ziehen. Und sie brauchten neue Papiere. Rossi war kein häufiger Nachname in Brasilien. Zumindest kannte Cayetano niemanden, der noch so hieß. Der neue Präsident wollte dafür sorgen, dass keine Migranten ins Land kamen.

Der Abschaum der Welt taucht in Brasilien auf, als hätten wir nicht schon genug Probleme.

Cayetano war Brasilianer, aber das würde ihn und seine Familie nun nicht mehr schützen. Auch Angelina schien sich in letzter Zeit Sorgen zu machen. Sie war eine kluge Frau, die Zeitung las und zwar, anders als Cayetano, nicht nur den Sportteil. Doch es wurde immer schwerer, diese Zeitungen zu bekommen. Der neue Präsident hatte eine harte Linie gegen die kritische Presse angekündigt. Viele Journalisten hatten inzwischen das Land verlassen. Regimegegner, hatte Angelina gesagt. Luiz würde erzählen, dass er das Angebot, für die Staatsmacht zu arbeiten, abgelehnt hatte.

Vielleicht galt auch Cayetano bald als Regimegegner.

An einem warmen Aprilabend, an dem die Sonne rote und gelbe Lichter auf den Horizont malte, hatten Cayetano und Angelina nach dem Essen noch in der Küche gesessen. Er hatte die Fußballergebnisse in der Zeitung überflogen und so lange gewartet, bis die Kinder zu ihren Freunden zum Spielen hinausgegangen waren. Erst als ihr fröhliches Lachen von der Straße heraufdrang, hatte er sich an Angelina gewandt.

Angelina, ich habe ein Haus gekauft.

Oh, Cayetano, wirklich? Am Meer?

Nein, wir gehen ins Hinterland.

Angelina hatte ihren Teil der Zeitung zusammengefaltet, ganz langsam und sorgfältig, so wie sie es immer tat, wenn sie nicht einverstanden war oder sich Sorgen machte.

Sprich nicht mit den Nachbarn, Angelina, und sag auch den Kindern nichts. Wir gehen nächste Woche in der Nacht.

Angelina hatte den Mund zusammengekniffen und genickt.

Aber dann hatte er ihr die Urkunde gezeigt.

Darauf standen ihre beiden Namen. Als Eigentümer eines Stück Landes, weit weg von der Küste, aber am Rande einer größeren Stadt, sodass ihre Kinder eine gute Schule besuchen und ins Kino und Angelina und er sogar ins Theater gehen konnten. Auf dem Grundstück gab es ein geräumiges Haus von hundertfünfzig Quadratmetern, mit vier Zimmern, einer großen Küche und zwei Toiletten, eine davon draußen. Um das ganze Haus lief eine Terrasse, auf der man bis zu sechs Hängematten aufhängen konnte. Ein Bach mit sauberem Wasser lief hinter dem Haus vorbei, mitten durch einen Hain mit Mango- und Guavenbäumen und Carambolas. Ein Stück entfernt wuchsen Tomaten, Reis, Mais, Salat und Maniok.

Wir könnten sogar Schweine halten, Angelina.

Endlich hatte Angelina ein wenig gelächelt.

Und Hühner, ich will unbedingt Hühner.

So viele du willst, meu coração.

Da war Cayetano endlich sicher, das Richtige getan zu haben. Nach bald dreiundzwanzig Jahren als Pistoleiro – der noch dazu der Regierung kritisch gegenüberstand – sah er in diesem eigenen Stück Land den perfekten Rückzugsort.

Doch Cayetano musste noch eine Aufgabe erfüllen.

An einem Morgen, eine Woche nachdem er aus Europa zurückgekommen war, fuhr er in sein Heimatdorf am Rande des Amazonas. Er besuchte seine Mutter und seine Schwester Lucía, die inzwischen ebenfalls mit ihrem Mann und den Kindern in der Hütte wohnte. Wie immer brachte er seiner Familie Geschenke mit und aß mit ihr zu Abend.

Von Europa erzählte er nichts.

Auch nicht von Luiz' Anruf.

Später, als er unter der Petroleumlampe, die von der Decke hing, in seiner Hängematte sanft schaukelte und dabei den Schreien der Tiere im Wald lauschte, dachte er noch einmal an Europa und an seinen letzten Auftrag. Er betete zweimal zehn Ave-Maria und zwanzig Vaterunser und legte besonderen Wert auf die Worte »Und vergib uns unsere Schuld«. Der Allmächtige und Allwissende nahm seine Gebete wohlwollend entgegen und schenkte ihm eine ruhige Nacht.

Am nächsten Morgen holte Cayetano seinen alten Rucksack und packte ein paar dicke Steine hinein. Dann stieg er in das Boot seines Schwagers, ließ den Außenbordmotor an und fuhr eine Stunde den Amazonas hinauf, bis er unbewohntes Gebiet erreicht hatte.

In der Mitte des Flusses stellte er den Motor ab.

Er richtete noch einmal das Wort an Gott und dankte ihm, dass ihm in all den Jahren nichts geschehen war, dass in Rom nicht ihm sein Leben genommen worden war, und dafür, dass sein erstes Leben nun vorbei war und sein zweites beginnen konnte. Dann zog er den Revolver aus dem Gürtel, mit dem er in zweiundzwanzig Jahren so viele Menschen getötet hatte, legte ihn in den Rucksack zu den Steinen und verschnürte das Ganze mit einem festen Knoten. Nach einem letzten Vaterunser schleuderte er das Paket in die braunen Fluten.

Erst jetzt fühlte Cayetano sich frei. Die schweren Steine hatten auch die Last seiner Schuld für immer mit auf den Grund des Amazonas genommen.

Erleichtert ließ er den Bootsmotor an und kehrte um.

Ein paar Tage später verschwanden Cayetano und Angelina mit ihren Kindern mitten in der Nacht aus ihrem Wohnort. Die Nachbarn sollten nichts von dem Umzug merken oder verspätete Fragen stellen. Sie nahmen nur ihre Kleidung, den Fernseher und das alte Radio mit, die Möbel ließen sie zurück.

An einem schönen Morgen Ende Mai, als die Kinder in ihrer neuen Schule waren, lag Cayetano mit verschränkten Armen in seiner Hängematte auf der Terrasse und stieß sich mit dem Fuß von der Wand ab. Während er so schaukelte, sah er seiner schönen Frau dabei zu, wie sie mit einer Schüssel Gemüseabfälle aus der Küche kam und mit schwingenden Hüften auf den Hof ging. Gleich war sie von einer Schar aufgeregt gackernder Hühner umringt, die unter Flügelschlagen an ihr hochflatterten.

Angelina hob die Schüssel über den Kopf, drehte sich hin und her, sah zu ihm herüber und lachte. Cayetano winkte ihr zu. Er liebte es, seine Frau so glücklich zu sehen.

Europa war nur noch ein ferner dunkler Traum.

Luiz hatte sich nicht mehr gemeldet. Vielleicht suchte er auch gar nicht nach Cayetano. Oder er fand ihn nicht.

Zum ersten Mal, seit sein Vater vor zweiundzwanzig Jahren den ersten Tod von ihm verlangt hatte, war Cayetano wirklich glücklich. Er hatte nicht nur einen eigenen Grundbesitz und seine Familie, sondern auch das gute Honorar für seinen letzten Auftrag auf der Bank und noch etwas von dem Geld, das ihm El Capitán nach Rom mitgegeben hatte.

Nach seiner Rückkehr aus Europa hatten Angelina und er nicht mehr über seinen furchtbaren Beruf gesprochen. Ihre Kinder wussten nichts von seiner Vergangenheit, hielten ihren Vater für einen erfolgreichen Businessman, der mit seinen Geschäften in Übersee genug Geld gemacht hatte, um sich auf dem Land zur Ruhe zu setzen. Ein Polizeibeamter, dem er einmal in einer heiklen persönlichen Angelegenheit helfen konnte, hatte ihm und seiner Familie neue Papiere besorgt. Die Kinder wussten, dass sich Wohlhabende mit fremden Namen vor drohenden Entführungen schützten. An jedem Sonntag ging Cayetano mit seiner Familie in die Kirche Assembleia de Deus.

Cayetano lebte jedoch nicht vollkommen in Frieden.

Immer wieder hatte er sich in den letzten Jahren gefragt, wie viele Menschen er getötet hatte. Aber er hatte nie die Zeit gehabt, sie zu zählen, und es kamen ja schließlich auch immer wieder neue Tote dazu.

Und dann waren da noch die Träume.

Trotz all der Vaterunser und Ave-Maria seines Abendrituals erschienen ihm seine Opfer in letzter Zeit immer öfter im Schlaf. Er kannte jedes zerschmetterte Gesicht, jeden vorwurfsvollen letzten Blick, mit dem ihn diese Unglücksmenschen angesehen hatten, wusste ihre Namen. Aus diesen Alpträumen wachte er von seinem eigenen Stöhnen mitten in der Nacht schweißgebadet auf, und Angelina nahm ihn wortlos in ihre Arme, bis er sich wieder beruhigt hatte.

Cayetano wusste, woran das lag.

Gott hatte ihm noch nicht ganz vergeben. Vielleicht waren es dafür auch zu viele Aufträge gewesen. Also betete Cayetano nach jedem schlechten Traum zehn Ave-Maria und zwanzig Vaterunser. Dann hatte er ein paar Nächte Ruhe.

Als Cayetano an diesem Morgen in seiner Hängematte schaukelte, Angelina die Hühner fütterte und die Kinder in der Schule waren, dachte er daran, dass seine Alpträume noch einen anderen Grund hatten und ihm noch etwas zu tun blieb.

Die Buchhaltung des Todes.

Der kleine Kalender, in dem er die Namen seiner Opfer, die Umstände ihres Sterbens und die Summe, die er für ihre Beseitigung erhalten hatte, gewissenhaft notiert hatte. So wie den Namen des Mannes, der als Letzter auf seiner Liste gestanden hatte. Ein Südamerikaner mit italienischen Wurzeln wie er selbst. Und den Auftraggeber. Nur ein Ableben war noch offen. Darauf gab es keinen Hinweis in dem Kalender.

Die Buchhaltung des Todes beschwerte seine Seele.

Aber hatten seine Opfer nicht ein Recht darauf, dass man die Umstände ihres Todes nicht vergaß? Durfte er den Kalender einfach wegwerfen? Am Ende hatte Cayetano wieder mit Angelina darüber gesprochen. So wie er es immer tat. Sie hatte überlegt und dann die richtigen Worte gefunden.

Du musst den Kalender für immer schließen.

Aber ich bin noch nicht fertig damit.

Schreib einfach ENDE unter den letzten Namen.

Cayetano sah zu seiner Frau hinüber, die sich jetzt hinuntergebeugt hatte und mit den Hühnern sprach. Er setzte sich auf, glitt aus der Hängematte und ging ins Haus.

Der kleine Kalender lag in der abgeschlossenen Schublade des Küchentischs. Er holte den Schlüssel aus der roten Tasse mit den großen weißen Punkten, die ganz oben auf dem Küchenschrank stand, damit die Kinder nicht darankamen, und schloss die Schublade auf. Er nahm den Kalender und einen Bleistift heraus und drehte das Küchenradio auf. Sofort erklang rhythmisches Klatschen und dann eine bekannte Tangomelodie von Astor Piazzolla. »Libertango«. Cayetano mochte das Lied, hätte gern mitgeklatscht. Stattdessen setzte er sich an den Tisch mit der Wachstuchdecke, auf der rote und schwarze Rosen wuchsen.

Cayetano schlug das Büchlein auf.

Sofort sprang ihm der Name des ersten Mannes, den er auf Befehl getötet hatte, ins Auge. In der Spalte für den Auftraggeber stand der Name seines Vaters an oberster Stelle. *Armando José Maria Rossi.* Erst nach dessen Tod hatte Cayetano herausgefunden, dass die Polizeiuniform, in der sein Vater seine Familie stets besucht hatte, nicht echt gewesen war. Sie hatte seinem Vater zur Tarnung gedient, wie ihm selbst die Soutane.

Dieser Mord war der erste und der letzte gewesen, den Cayetano unentgeltlich erledigt hatte. Danach hatte er immer nur für Geld gearbeitet. Ein Pistoleiro bekam sein Honorar im Voraus. Er hatte das immer als Ehrensache und Privileg betrachtet. Doch nun, an diesem friedvollen Morgen, als die Sonne auf den Küchentisch schien und die Namen der vielen Toten auf seiner Liste wärmte, wurde Cayetano klar, dass er sich sein Leben lang nur verkauft hatte. Wenn ein Pistoleiro seinen Lohn erhalten hatte, dann musste er seine Arbeit abliefern, dann gab es für ihn kein Zurück mehr. War er nicht genauso ein Tagelöhner gewesen wie all die armen Teufel, die man mit Pistoleiros gefügig machte?

Im Radio sprach jetzt der Präsident.

»Wir hätten dreißigtausend Korrupte erschießen sollen, angefangen mit Fernando Henrique Cardoso.«

Cayetano hob den Kopf. Das war der Name eines früheren Präsidenten. Wollte man etwa dreißigtausend Menschen erschießen? Jetzt sprach der Präsident über Regimegegner. Cayetano hörte besonders aufmerksam zu.

»Wenn diese Leute hierbleiben wollen, müssen sie sich unserem Recht unterwerfen. Oder sie verlassen das Land oder gehen ins Gefängnis. Diese roten Typen werden aus unserem Vaterland verbannt.«

Cayetano dachte an seinen Revolver, der auf dem Grund des Amazonas lag. Für einen Augenblick bereute er, sich von ihm getrennt zu haben. Wie sollte er sich und seine Familie schützen, wenn die Soldaten des Präsidenten kamen und ihn holten, weil er nun als Regimegegner galt?

»Ich bin für Folter, und das Volk ist es auch.«

Cayetano war in Europa gewesen, und es konnte sein, dass die Staatsmacht Fragen an ihn hatte. Wenn sie ihn unter seinem neuen Namen fand, was Cayetano für nicht ganz ausgeschlossen hielt. Die Offiziere und Soldaten würden wissen, wie sie zu ihren Antworten kamen. El Capitán war lange genug in Brasilien gewesen, hatte seine Methoden in diesem Land verfeinert und als Geschenk zurückgelassen.

Jetzt spielte wieder Musik, wieder Piazzolla.

Cayetano schüttelte den Kopf, obwohl das keiner sehen konnte. Er hatte beschlossen, in seinem zweiten Leben nicht mehr zu töten. Sein Wort galt. Er war kein Verräter. Wenn die Soldaten kamen, würde er unbewaffnet sein. Er würde ohne Widerstand mit ihnen mitgehen. Dann, so hoffte er, passierte Angelina und den Kindern nichts.

Cayetano schloss die Augen und sprach voller Inbrunst ein Vaterunser, legte sein Schicksal wie ein zum Tode Verurteilter in die Hände des Allmächtigen. Wenn Gott wollte, dass er unter der Folter starb, dann würde es so sein. Wenn er trotz seines Lebens als Pistoleiro noch einmal begnadigt wurde, dann würden die Soldaten des Präsidenten ihn nicht finden. In beiden Fällen war es an der Zeit, sein erstes Leben endgültig zu beschließen.

Cayetano senkte den Blick auf seine Liste und ging mit dem Zeigefinger die Nummern und die Namen seiner Opfer durch. An jedes erinnerte er sich genau, für manche schlug er ein Kreuz, für andere betete er schnell ein Ave-Maria oder ein Vaterunser. Auf der letzten Seite und beim letzten Namen angekommen, stockte sein Finger.

Jorge Mario Bergoglio.

Daneben standen sein Honorar und der Auftraggeber.

El Capitán.

Aber Gott hatte in seiner unendlichen Weisheit anders entschieden, hatte das Leben des Papstes nicht gewollt.

Cayetano runzelte die Stirn.

Wie sollte er seine Aufzeichnungen abschließen, wenn er die Namen zweier Opfer gar nicht kannte? Wie hatte der junge Polizist mit dem Puttengesicht geheißen, dessen Leichnam er unter den Kolonnaden des Vatikans zurückgelassen hatte? Und wie hatte der richtige Name von O Mago gelautet?

Er dachte eine Weile über das Problem nach und kam zu dem Schluss, dass diese Opfer in dem Kalender eines

Pistoleiros nichts zu suchen hatten. Der Tod des Polizisten war die Entscheidung des Allmächtigen gewesen, dessen Ratschluss unerforschlich war. O Magos Leben hatte Gott anstelle von Cayetanos Leben genommen.

Zufrieden mit dieser Lösung machte sich Cayetano an den letzten Eintrag in seiner Buchhaltung des Todes.

Auftrag: *El Capitán.*

Cayetano vermerkte noch den Tatort und das Datum. Die Spalte für das Honorar ließ er frei. Wie viel war das Leben eines Verräters schon wert? Nun blieb nur noch der Platz für den Auftraggeber. Er überlegte lange, dann bekreuzigte er sich und schrieb die letzten Worte in den Kalender.

Auftraggeber: *Cayetano José Maria Rossi.*

Und darunter: *ENDE.*

Nachwort

Sehr geehrte Leserin, sehr geehrter Leser,

der Begriff Faschismus hat im Laufe der letzten hundert Jahre eine neue Bedeutung gewonnen. Von einer politischen Idee, von einem Instrument zur Erlangung und zum Erhalt von Macht ist er zu einem Unwort geworden. Jemanden einen Faschisten zu nennen, enthebt uns der Notwendigkeit, Argumente zu finden oder mit Andersdenkenden auf einer sachlichen Ebene zu diskutieren. Geradezu inflationärer Gebrauch lässt die Bestrebungen dieser politischen Bewegung in Vergessenheit geraten, Faschismus wird zunehmend zur negativ behafteten Worthülse.

Dabei meinen wir, den Faschismus und seine Mechanismen aus dem Geschichtsunterricht zu kennen und dank unserer aufgeklärten Informationsgesellschaft gegen Organisationen, die sich die Zerstörung unserer Demokratien zum Ziel gesetzt haben, gefeit zu sein. Doch während Monarchien und Militärdiktaturen einer Gesellschaft von oben aufgezwungen werden, erwächst der Faschismus aus ihr selbst.

Angst heißt das Machtmittel, mit dem nationalistische Bewegungen alle Gesellschaftsschichten erreichen. Nur wer sein Land im freien Fall wähnt und den Verlust der eigenen Privilegien fürchtet, ist bereit für gewagte politische Experimente. Faschismus schürt künstlich Furcht und Hass zur Steigerung von Wahlchancen.

Wir lesen Zeitungen, verfolgen die Nachrichtensender, werden täglich mit aktuellen Meldungen überschwemmt. Je mehr wir von diesen vermeintlichen Fakten konsumieren, desto sicherer fühlen wir uns in unserem Urteil über die Welt. Wir sind die informierten Bürger. Sind wir das? Faschismus erlangt Macht durch Informationskontrolle.

»And if all others accepted the lie which the Party imposed – if all records told the same tale – then the lie passed into history and became truth.«* So schrieb schon George Orwell, der Autor des prophetischen Werkes »1984«.

»Fake News«, »alternative Fakten« und »Meinungsmanagement« sind Ausdrücke, die in unserem Wortschatz inzwischen fest verankert sind. Unsere persönlichsten Daten, die wir so freigiebig in allen sozialen Netzen teilen, werden nicht nur von der Wirtschaft zu Werbezwecken genutzt. Auch wer politische Interessen vertritt, bedient sich dieser Informationen, um uns gezielt mit Meldungen zu versorgen, die uns in eine weltanschauliche Richtung drängen. Staaten beschäftigen weltweit Heerscharen von Meinungsmachern, die ihre Botschaft fast kostenlos und mit minimalem Aufwand auf sozialen Plattformen verbreiten. Meinungen werden zu Fakten. Jede Lüge, oft genug wiederholt, wird zur Tatsache.

Die Zitate des brasilianischen Präsidenten Jair Bolsonaro, die ich im Epilog verwendet habe, sind authentisch. In Europa wäre diese offensive Wortwahl wohl – noch – undenkbar. Hier beschreitet man andere Wege.

»Ich fürchte nicht die Rückkehr der Faschisten in der Maske der Faschisten, sondern die Rückkehr der Faschisten in der Maske der Demokraten.« Dieser Satz stammt von dem deutschen Philosophen Theodor W. Adorno. Aufgeklärte Europäer halten die Demokratie für die beste aller Staatsformen – und gehen davon aus, dass jeder diese Auffassung teilt. Aber sehen die Bewohner der vielen Länder, die jahrhundertelange Geschichte, Sprache und Kultur tren-

---

* Und wenn alle anderen die Lüge akzeptieren, die die Partei aufstellt – und wenn alle Aufzeichnungen denselben Inhalt haben –, dann geht die Lüge in die Geschichte ein und wird zur Wahrheit.

nen, das genauso? Sind die Regeln, die Brüssel allen Europäern einheitlich vorschreibt, mit deren Leben überhaupt vereinbar? Das Konstrukt des vereinten Europas wird durch die Tatsache belastet, dass es über die Köpfe der Menschen hinweg errichtet wurde. Das bietet Angriffsflächen.

Wer die Macht an sich bringen will, so einst der italienische Faschistenführer Benito Mussolini, der möge so klug vorgehen wie jemand, der ein Huhn rupft – Feder um Feder, sodass es kein lautes Gackern gibt und das Rupfen unbemerkt vor sich geht. Ein Faschist, der ins Amt gewählt wird, kann sich zu Recht auf Legitimität berufen. Die Demokratie wird mit demokratischen Mitteln zerstört. Verfassungsänderungen werden als Reform getarnt und der Rechtsstaat so per Dekret ausgehöhlt. Die freie Presse wird durch Zweifel an deren Zuverlässigkeit eingeschränkt, dafür werden Falschinformationen gezielt gestreut. Bürger werden zum Schutz ihrer vorgeblich bedrohten Sicherheit zur Denunziation angehalten.

Der italienische Schriftsteller und Holocaust-Überlebende Primo Levi war der Überzeugung, jedes Zeitalter habe seinen eigenen Faschismus. Kann sich der Faschismus also im heutigen Europa ausbreiten? Ja, vor allem aus einem Grund: weil wir uns so sicher sind, dass es nicht möglich ist.

I. L. Callis
Salzburg, im März 2019

Mein besonderer Dank gilt:

Meinem Verleger Hejo Emons, der dieses Buch ermöglichte und mir in jeder Hinsicht Vertrauen schenkte.

Meinem Agenten Roman Hocke von der Literaturagentur AVA international, der dieses Buchprojekt von der ersten Idee bis zur letzten Zeile mit viel persönlichem Interesse begleitete.

Christel Steinmetz, Stefanie Rahnfeld, Daria Gaberdan, Sophie Olk, Hannah Naumann, Dominic Hettgen – Pars pro Toto für all die engagierten Verlagsmitarbeiter, die mit so viel Einsatz und Professionalität aus diesem Roman ein Buch gemacht haben. Und natürlich Art Director Nina Schäfer, die wieder für das wunderbare Cover verantwortlich zeichnet.

Meinem Lektor Carlos Westerkamp, der zur so schnellen wie intensiven Zusammenarbeit bereit war.

Viktor Eberl, Jurist und Politologe, der den Anstoß zu diesem Buch gab und mir mit Fachwissen und konstruktiven Gesprächen zur Seite stand.

Meiner Familie wie immer für alles.